아사
별
리

아사벼리 2

초판 1쇄 찍은 날 | 2011년 03월 11일
초판 2쇄 펴낸 날 | 2015년 10월 29일

지은이 | 이지환
펴낸이 | 서경석

편집책임 | 조윤희

펴낸곳 | 도서출판 청어람
등록번호 | 제1081-1-89호
등록일자 | 1999. 5. 31
어람번호 | 제5-0282호

주소 | 경기도 부천시 원미구 심곡동 163-2 서경B/D 3F (우) 420-822
전화 | 032-656-4452 팩스 | 032-656-4453
http://www.chungeoram.com
E-mail | chungeoram@chungeoram.com

ⓒ 이지환, 2011

ISBN 978-89-251-2457-5 04810
ISBN 978-89-251-2455-1 (SET)

※ 파본은 구입하신 서점에서 교환하여 드립니다.
※ 저자와 협의하여 인지를 붙이지 않습니다.
※ 이 책은 도서출판 청어람과 저작자의 계약에 의해 출판된 것이므로,
    무단 전재 및 유포·공유를 금합니다.

이지환 장편 소설 2

야사벼리

도서출판
청람

目次

제1장 · 7 | 제2장 · 59 | 제3장 · 89
제4장 · 131 | 제5장 · 173 | 제6장 · 213
제7장 · 255 | 제8장 · 295 | 제9장 · 349
제10장 · 393 | 제11장 · 435 | 제12장 · 483
제13장 · 527 | 結 · 575
다시 시작하는 아사벼리의 이야기 · 584

언제인지는 모르는데, 눈 어질고 속 깊은 하늘아비가 천마(天馬)를 타고 섬광처럼 날아가던 길이었다지.

백일홍빛 치맛자락 끌고 푸른 물을 긷던 땅의 여인이 있었는데, 야, 눈이 마주친 게야. 천지사방에 꽃비가 내리던 날이었다지.

삼라만상 짝을 지어 열희의 신음 소리를 내고 돌아눕는데, 그 몹쓸 열병(熱病)이 벼락같이 등짝을 후려치기에, 그만 하늘아비가 땅에 떨어지고 말았는데.

원래 그런 것이지. 인연은 길바닥에도 떨어져 있고, 우물가에도 피어 있고 채마밭이거나 황포돛대 끄트머리에도 매달려 있는 법. 태양을 바라는 여인네야, 그런 정을 외면 마오.

"어질고 어여쁜 이여, 다리를 다쳤소. 약을 주시오."

"씩씩하고 늠름한 이여, 성한 다리일랑 다시 분지르시오. 버버 떠나지 못하실지니."

큰 소리로 웃은 하늘아비. 천마에 꼬마의 꽃 한 송이 태워 훨훨 날아갔다지. 땅의 첫 아비를 얻었다네. 탯줄 자른 그 자리에 윤다화가 피었다네.

이 땅에 언제나 피어 있는 꽃. 어리얼싸, 내 윤다화여. 사랑스런 신방의 여인이여. 그대 보아 하늘문을 열었다네. 새로운 아침이네.

—단뫼국의 〈혼인가(婚姻歌)〉

第一章

슬픈 이 삶에 언제 한번
밝은 꽃잎 휘날리고 빛부신 태양 아래서
걱정없이
슬픔없이
그대 곁에 누운 날이 있었던가.
꿈이여, 꿈이 아닌 꿈이여.
이 서러운 연모여.

몽혼사의 독은 극악했다.
 이미 상당히 많은 피를 빨리고 독향에 취한 사곤은 벌써 얼굴이 시커멓게 변한 채 의식을 잃고 있었다. 급히 벼리에 의하여 파오로 옮겨졌으나 내내 혼수상태였다.
 그날부터 사곤은 닷새 밤낮을 내리 앓았다. 타버린 입술에는 허연 소금꽃이 피어 있었다. 열에 들떠, 헛것을 보아, 고함지르고 헛소리를 지절대며, 마구잡이로 주먹질 발길질을 하며 그렇게 바닥 모르게 추락하여 깊이깊이 앓았다. 바닥까지 완전히 무너져 내려, 몽계(夢界)를 떠돌았다. 서른 평생, 그가 처한 가장 위험한 고비였다.
 사곤이 앓아누워 사경을 헤매는 동안, 벼리 역시 잠 한숨 거의 자지 못했다. 그녀가 잠시 정신을 놓고 눈을 감은 그사이, 행여 그가 잘못되기라도 할까 봐 전전긍긍. 한시도 눈을 뗄 수가 없었다.

침상에 누워 앓고 있는 이 사내, 어느덧 천하이다. 어느덧 삶 전부이다.

다른 것 다 잃어도, 절대로 잃고 싶지 않은 유일한 존재. 그를 잃는다면, 아사벼리는 아무것도, 더 이상 아무것도 아닐 것 같았다.

사곤의 병석 옆에서 그를 간호하며, 벼리는 처음으로 나라의 앞날도, 마루한에 대한 의무도, 짊어진 소명과 이루어야 할 일들, 그 어느 것도 생각하지 않았다. 오롯이 이 사람만, 이 사람의 존재와 큰마음에 대해서만 생각했다. 그를 비우고는 견뎌내지 못할 제 심장만 생각했다. 영혼으로 울었다.

그렇듯이 이 닷새, 아사벼리는 오직 정직하게 사랑하는 처녀가 되었다. 한 사내 단목사곤만 향일하여 그만을 생각하고 그리워하고 근심했다.

침상 아래로 힘없이 떨어진 손을 부여잡고, 벼리는 수없이 많은 기도를 했다. 우르 신에게 간절히 빌었다. 어린 나이에 어머니가 죽던 그날보다 더 간절히, 애절하게 소원했다. 개구지고 장난스러운 그 미소를 다시 볼 수만 있다면 작은 산만 한 황소 한 마리를 바치겠다고 맹세했다. 원한다면 검(劍)을 놓을 수도 있다고 혼자 다짐하였다.

몽혼사의 독에 당한 것은 사곤이되, 벼리는 그보다 더 고약하고 아픈 심독(心毒)에 당했다. 어떤 경우에도 울지 않는 해란의 싸울아비 아사벼리가 내내 젖은 빨래처럼 흐느꼈었다.

"약 먹일 시간이올시다그려."

파오를 가린 천이 들렸다. 크락마락이 아기작아기작 들어섰다. 물 대야를 든 일라도 따라 들어왔다. 그들의 등 뒤로 따가운 햇살이 따라 들어왔다.

크락이 익숙한 솜씨로 사곤의 입을 벌리게 해 약을 먹인 다음, 다시 물 한 대접을 통째로 다 마시게 만들었다. 어제만 하더라도 물의 반 이상은 턱 아래로 흘러내렸었다. 하지만 오늘은 다 들어간다. 사곤이 제법 제 이성을 찾고 의지적으로 물을 삼키고 있다는 증거였다.

"상당히 많은 독이 스며든 것 같습니다그려. 이렇게 물을 많이 먹이고 계속하여 독을 빼주어야 할 것입니다그려."

그나마 상태가 나은 편인 크락마락은 하루 만에 정신을 차렸던 것이다. 몽혼사에 의하여 피까지 빨린 일라는 이틀이 꼬박 지나서야 겨우 깨어났지만.

"살다 살다 그런 괴물은 처음이라, 아이고, 지겨워! 다시는 이 길을 가고 싶지 않습니다."

일라가 몸서리를 쳤다. 한 발 다가와 근심스럽게 사곤을 내려다보았다.

"여전히 정신을 차리지 못합니까?"

"그래도 어제보다는 많이 좋아졌다. 크락이 만든 약물의 효능은 대단해."

"우리 크락의 인체치료법은 아트란에서도 일등이었어요. 그래서 국립의약원 교수가 되었지요."

마락이 자랑했다. 벼리는 고개를 끄덕였다.

"여하튼 그럭저럭 고비를 넘긴 듯하다. 일라, 이제 슬슬 기운이 나면 크락을 도와 하늘배 수리나 마치지. 간호는 내가 할 터이니."

"알았습니다."

크락마락과 일라가 파오를 나갔다. 벼리는 천을 들어 그의 턱 밑으로 흐르는 물기를 훔쳐 주었다. 소금꽃 핀 입술도 적셔주고, 아직도 경련하는 손과 발을 꼭꼭 주물러도 주었다.

"사곤."

가만히 불러보지만 대답이 없다. 벼리는 그 며칠 사이 형편없이 초췌해져 버린 사내를 물끄러미 내려다보았다.

"네가 이리 누워 있으니 재미가 없다."

혼수상태인 그가 들을 일 없기에, 내심 드러내 놓아도 부끄러울 일 없기에 순백하고 정직한 마음결을 그대로 풀어보았다. 앞으로 다시는 드러낼 일 없을 것이니, 널 위해 내가 울 일은 또다시 없을 터이니.

"네가 누구인지, 어떤 의미인지 내 곰곰이 생각해 보았다."

이미 마루한의 마린이 되었기에 벼리에게 있어 다른 사내란 그 누구든 무(無)의 의미. 있으나마나 한 사람. 없어도 별 상관없는 백지의 타자(他者)일 뿐이다. 하지만······.

"넌 아니다. 너만은 아니다. 넌 무엇하고도 바꿀 수 없고 견줄 수도 없는 유일무이(唯一無二)한 자다. 그래서 나는 네가…… 밉다. 너무 싫다."

아무것도 아닌 자가 아니기에, 무의미가 아니기에.

세상에서 그 무엇도 두려울 것 없는 아사벼리가 가장 무서워하는 자, 그가 바로 지금 손끝 하나 움직일 줄 모르는 이 사내이다. 너무나 낯설어 더 두렵고 지독하게 달콤하기도 하다. 이율배반의 감정의 혈류 안에서 벼리는 탄식했다.

"어이하여 나는 너에게만 이러는 것이냐? 어찌하여 무정하고 무심한 내 심장이 너 때문에 상처 입고 피 흘리느냐? 네가 누구이기에? 한갓 사내이자, 이미 연일랑 끊어진 자인데. 왜 너는 천하 전부, 삶 전부인 것이냐? 왜 나는 너를 바라보며 눈물 흘리고 간을 졸이고 있느냐?"

서러운 정이라 부르는 것이,

서툴되 애달픈 연모라 하는 것이 죄인가.

목숨을 구함받았다는 빚이 죄인가.

그 무엇이든 이유가 될 수도 있고 아닐 수도 있다. 확실한 것은 아사벼리의 돌 같은 심장이 단목사곤이라 부르는 사내 때문에 깨어져 버린 것. 그 틈 사이로 맑디맑고 애틋한 것이 끊임없이 흐르고 있다는 것. 축축하게 적신 그 물기가 내내 덤덤하고 건조하던 두 사람을 어떻게 변하게 만들지, 벼리는 정녕 두려웠다.

'내가 너 때문에 흔들리지 않게 빨리 강해져 다오. 내가 없어도 잘살 것 같은 얼굴로 웃어다오. 그래야 내가 너에게 덜 미안해지지

않겠느냐?'

하지만 이렇듯이 무방비한 얼굴로, 힘없이 나의 손길에만 의지하고 바라며 네, 누워 있으면…….

벼리는 손을 뻗어 부쩍 야위어 버린 사곤의 얼굴을 살며시 쓰다듬었다.

'너를 홀로 두지 못하게 된단다. 자꾸만 널 돌아보게 된단다. 마루한의 마린인 내가 외간 사내인 너를 이렇게 자꾸 보게 되면, 마음에 사무치게 되면……. 난 너를 그리는 죄를 다시 짓게 된다. 나를 죄인으로 만들지 말아다오, 사곤.'

사내여,

그리운 이름을 가진 사내여,

어찌하여 너는 내 앞에 이런 얼굴을 하고 누워 있느냐?

산맥처럼 든든하고 하늘처럼 강하되 부드럽던 네가.

어찌하여 짓밟혀 으깨어진 한 송이 꽃이거나 다리 다친 강아지처럼만 보이는가?

내 마음을 애틋하니 스며들어 적시는가?

"무사히 사무란으로 가게 되면, 우리의 인연은 끝난다. 알고 있나?"

혼몽한 잠 속의 사곤은 여전히 대답이 없다. 괴롭고 거친 호흡만 뱉어내며 뒤척였을 뿐이다.

"이기적이라고 해도 좋다. 그때, 홀가분하게 작별할 수 있도록 나는 네가 웃으며 여유만만하기를 바란다. 너를 위해서가 아니라

나를 위해서……. 널 아주 쉽게 버리고 작별할 수 있도록, 강해져 다오. 씩씩해져 다오. 아사벼리란 사람이 사라져도 아무렇지 않은 얼굴로 살아가는 굳센 사내가 되다오. 내 오직 그것만을 바랄 뿐이다. 하니 빨리 훌훌 털고 일어나 주렴. 빨리 회복되어 주렴. 나의…… 사내여."

사모하는 사람이여.

몽혼사에 감겨 위험에 처한 너를 향해 날아가며, 난 아무 생각도 하지 않았다. 오직 너와 함께 운명을 같이 할 생각이었을 뿐. 나 자신의 생사 따윈 아랑곳하지 않았다. 그것을 두고 미련하게 정 주고 사모하는 일이라 하면, 나는 그대를 정녕 사모한다. 그것을 아는가?

울지 못하는 싸울아비 아사벼리의 눈에서 다시 젖은 것이 흘러내렸다. 오직 이 사내 앞에서만 울게 된다. 이 사내 때문에 울게 된다. 이 사내 앞이면, 목석같은 아사벼리도 비에 젖은 꽃잎이 되고 만다.

'하여 너를 사모하는 것이다. 네 앞에서만 나는 오롯이 울 줄 알고 수줍어도 하는 여인이 되기에. 어느새 이렇듯이 너는 나를 여인으로 만들었다, 단목사곤.'

이글거리는 둥근 해가 중천에 솟구쳤다. 하지만 녹림은 내내 정적이었다.

하늘배 안에서 크락마락과 일라는 열심히 무엇인가를 뚝딱거리고 있었다. 사곤이 앓고 있는 파오 안도 더없이 조용했다.

"물…… 물…….”

사내의 메마른 입술이 달싹였다. 응답이 없었다. 몸을 뒤척이던 사곤은 힘겹게 눈꺼풀을 들어 올렸다. 흔들리던 눈동자가 잠시 후 또렷하게 자리를 잡았다. 아직도 손가락 하나 까딱할 힘이 남아 있지 않았다. 눈동자만 굴려 이리저리 주변을 살폈다. 저절로 사곤의 입술 끝에 미소가 스몄다.

"쿡쿡, 꿈자리가 왜 이리 시끄러운가 했더니.”

그가 누운 침상 아래, 맨바닥에 벼리가 누워 있었다. 수마(睡魔)에 무너져 코까지 골면서 정신없이 잠에 빠져 있었다. 몇 날 며칠 계속된 간병으로 인해, 어지간히 굳센 그녀라도 마침내 피곤함에 굴복하고 만 것이다.

"정말 멋이라고는 없다니까. 제가 잘 적에 이리 코를 곤다 하면 골을 낼 테지.”

사내의 손이 가벼이 검은 머릿결을 스쳤다. 더부룩한 검은 풀처럼 풀어진 머리카락이 강인하나 섬세한 얼굴을 덮고 있었다. 거의 요염하다고까지 말할 수 있을 정도였다.

"벼리, 아사벼리.”

사곤은 가만히 불렀다. 애틋하게 머리카락을 어루만졌다. 제 일신의 위험도 아랑곳하지 않고 남을 위하는 자. 생명을 구해주는 자. 깊은 잠에 빠진 정인이 듣지 못하는 말을 속삭였다.

"네가 내 생명을 구했구나. 반드시 이 은혜는 갚도록 하지.”

누군가 걸어오는 소리가 들렸다. 파오의 문 자락을 들치고 들어온 이는 크락마락이었다. 손에는 모락모락 김이 나는 죽이 담긴 그릇이 들려 있었다.

"아이고, 정신을 차렸습니다그려. 이제 살 만한 것입니까?"

"그럭저럭 정신을 차린 것 같다. 너희들이 날 구했다. 감사하군."

"뭐, 서로 돕고 사는 것이지요."

크락이 큰 입이 찢어져라 웃었다. 깊은 잠에 빠져 코까지 골며 깨어나지 못하는 벼리를 안쓰럽게 돌아보았다.

"닷새 내내 사곤님을 간호한다고 잠 한숨 자지 못했습니다그려."

"그래 보인다. 미련 맞은 이 녀석이 할 만한 일이지."

"아무래도 본좌는 이제부터 몽혼사에 물린 사람을 살리는 약을 연구해야겠습니다그려."

"성공하면 내가 사지. 떼돈을 벌 게다."

"금덩이쯤이야 하늘배 실험실에서 만들어내면 그만이니 그리 욕심이 없습니다만, 남들이 안 하는 짓을 한다는 데 재미가 있는법이지요그려."

어찌 이리 숨 한 번 쉬지 않고 좔좔좔 말을 잘도 쏟아내는지, 듣고 있는 사곤의 숨이 찼다.

"〈못 가는 대륙〉에는 참 희한한 일도 많습니다그려. 예쁘고 착하기만 한 드래가들이 사람을 공격도 하다니. 거참, 역시 이곳은 사람 살 만한 곳이 아닙니다그려."

"이봐, 크락."

"왜 그러십니까그려?"

"당신네 아트란 대륙에서는 뱀들이 말을 잘 듣나?"

"암만입니다그려. 우리네 나라에서는 드래가가 좀 큰 편이지요. 목에 줄을 감아 타고 다닙니다그려."

"드래가?"

"아, 이곳에서는 뱀이라 부릅니다그려. 에고, 괜히 날아왔습니다그려. 이곳은 정말 인갑답게 살 만한 곳이 아닙니다그려."

제 할 말만 하는 이자하고 말을 하다 보니 오히려 사곤의 골치가 아팠다. 그는 손을 저었다.

"나가보지. 자네만 보면 내가 제정신이 아닌 것 같으니까."

"그렇지 않아도 약이 독하니 오늘은 푹 쉬시는 것이 좋겠습니다그려. 아 참, 하늘배는 다 고쳤습니다그려. 언제든지 출발할 수 있습니다그려."

"그래? 잘했군."

"사곤님이 앓아누워 있으니 마음이 급해도 떠나지 못한 것입니다그려. 우리 아트란 사람들은 의리는 지킵니다그려."

"고맙군. 나도 공짜는 싫어. 반드시 답례를 하지. 너희들이 외상 맡은 금강석 값을 반으로 할인해 주지."

"거 참, 감사한 일입니다그려."

"그럭저럭 오늘 밤만 지나면 정상으로 돌아올 듯싶다. 내일 아침에는 출발할 수 있게 준비해 보지."

"알았습니다그려."

크락마락이 나가는 것을 바라보다가, 사곤은 침상에서 일어났다. 닷새 만에 몸을 일으키는 것이니, 핑 하니 현기증이 났다. 하지만 더 이상 헛것이 보이거나, 머리는 시키는데 손발이 움직이지 않는다거나, 눈앞이 노랗게 되면서 어질어질한 증상은 나타나지 않았다.

시험 삼아 손끝에 진기를 모아보았다. 동그란 빛 뭉치 같은 것이 그의 손끝을 타고 솟구쳤다. 그의 시선과 마음에 따라 이리저리 움직였다. 이내 그의 심명(心命)에 따라 건너편 부채나무 열매 하나를 정확하게 떨어뜨렸다. 닷새를 앓은 것이 오히려 전화위복이었다. 그동안 진기는 충분히 충만해졌다.

'괜찮군.'

사곤은 안도의 한숨을 내쉬었다. 천하의 단목사곤이 남의 손에 생명을 구함받게 되다니, 체면이 영 말이 아니었다. 그는 길게 하품을 내쉬었다. 누군가를 구해주는 것이 그의 체질이었지, 구함을 받는 것은 절대로 익숙지 않은 일이었다.

"자, 이제 살 만하니 사람 사는 일을 시작해야지. 일단 몸속의 물부터 좀 빼고 한번 먹어볼까?"

그는 바깥으로 걸어나갔다. 바지 허리춤을 까고 신나게 오줌 줄기부터 내갈겼다.

벼리가 눈을 뜬 것은 그로부터 두어 식경 후였다.

꿈도 꾸지 않는 깊디깊은 잠의 끄트머리였다. 꿈인 듯 꿈이 아닌 듯 반수면의 눈 안에 텅 빈 침상만 보였다. 깜짝 놀라 벌떡 일어났다. 대체 몸도 성치 않은 남자가 어디로 사라진 것이냐?

황당하여 이리저리 휘돌아보며 사곤의 종적을 찾았다. 어디선가 사람들이 킬킬거리고 희희낙락 장난질을 치는 웃음소리가 들려왔다. 그를 따라 파오의 문을 들치고 바깥으로 나갔다.

'저런…… 이젠 살 만한가 보군 그래.'

자신도 모르게 벼리의 입술에 꽃망울 같은 미소가 피었다. 호숫가, 야트막하고 따뜻한 물속에서 사곤과 일라, 크락마락이 한데 어울려 물장난을 치고 있었다. 궁색함도 잡스러움도 비통함도 잊고 그저 천진난만하게 뛰놀고 있는 그들의 모습은 오직 자연 그대로. 호숫가에 살랑이는 물풀과 같이, 물속을 노니는 물고기 떼와 같이, 혹은 수면을 스치는 바람결과 같이.

"어이, 보고 있지만 말고 들어오너라. 녹림의 마지막 날인데 마음껏 즐겨보자고!"

사곤이 손을 흔들었다. 파오 앞에 홀로 우두커니 서 있는 벼리를 불렀다. 완전히 기력을 회복한 모양이다. 늘 그렇듯이 그 사내의 입술에는 반갑고도 익숙한 미소가 바람처럼 흐르고 있었다.

말랑해진 심장이 움찔거렸다. 통증 같은 것이었다. 동시에 더없이 행복해지고 있었다. 벼리는 그만 크게 웃어버렸다. 어느새 정들어 버린 사람들에게로 달려갔다. 하얀 포말을 튕기며 풍덩 물속으로 뛰어들었다.

"이젠 괜찮은 것이냐?"

"암만. 그러하니 이리 놓고 있는 것이지. 닷새 묵은 때를 씻는 중이다."

고단하고 질척이는 삶의 틈바구니, 아주 짧으나마 따뜻한 한순간이었다.

다섯 사람은 그날 오후 내내 모든 것을 잊고 순간을 즐겼다. 얕으나마 따스한 물이 일렁이는 호수를 오가며 티 없는 어린애인 양 물장구를 치며 놀았다. 잘난 것도 없고 가진 것도 없다. 서럽고 아린 사연들을 저마다 지녔다. 등에는 다들 하나씩 평생 업고 가야 할 의무와 짐을 지고 있는 사람들. 그러나 그 순간만은 다들 잠자리 날개처럼 가벼웠다. 자유로웠다. 말간 햇살처럼 행복할 뿐이었다.

뉘엿뉘엿 해 그림자가 지평선에 깔리기 시작했다. 네 사람은 그제야 물속에서 빠져나왔다. 부채나무 열매로 간식을 먹고 저녁 준비를 시작했다. 크락마락이 하늘배를 다 수리하였기에, 이날은 녹림의 마지막 날이 될 것이다.

"저녁밥은 내가 준비할 터이니 오늘 벼리님은 푹 쉬십시오. 많이 곤하셨을 겁니다."

기특한 일라가 노구솥을 집으려는 벼리를 만류했다.

"숲에 들어가 옷이나 말리시지요. 나야 보퉁이에 여분이 있었습니다만, 벼리님은 단벌이 아닙니까? 축축한 옷은 불쾌할 겁니다."

반 계집이라 세심하기도 하단 말이지. 벼리는 일라에게 감사의 눈짓을 지어 보였다. 물이 뚝뚝 떨어지는 옷 꼬라지를 내려다보았다.

그렇지 않아도 몽혼사와 격투를 벌이느라 전신에 피가 튀었다. 시커멓게 말라붙은 혈흔도 모자라서, 그동안 내내 입고 뒹굴었던지라 시커멓게 때가 타 있었다. 이것이 정녕 사람이 입는 옷인지도 모를 만큼 누더기가 되어 있었다. 어쩐지 무진장 창피하였다. 벼리처럼 물이 뚝뚝 떨어지는 윗저고리를 훌훌 벗어 던지던 사곤이 힐끗 돌아보았다.

"단벌이라고? 하면 내 옷이라도 빌려주랴?"

"어, 넌 여벌옷이 있었더냐?"

"당연하지. 열흘 넘게 사막을 지나가는데 옷 한 벌로 어떻게 견뎌? 가려워서 미치지."

"지, 짐이 무겁다고 다 버리랬잖아! 물통하고 건량만 지고 가랬잖아!"

이런 배신이 있나! 순진하여 사곤의 말을 곧이곧대로 믿어 제 홀로 쓸 일용품이랑은 다 버리고 온 벼리만 바보 되는 순간이었다. 주먹을 쥐고 부들부들 떨었다. 애꿎은 사곤을 향하여 악을 썼다. 그가 들은 척 만 척하며 핑 하니 콧방귀를 뀌었다. 제 보퉁이에서 새 옷을 꺼내며 비웃었다.

"그래서 여벌옷까지 다 버리고 와? 너 바보 아니냐? 명색이 계집이면서 말이야, 지금껏 꼬질꼬질한 그 옷 한 벌로 버티었단 말인가? 대단해, 아사벼리! 대— 애— 단해!"

"이, 이익!"

"어쩐지 네 곁에만 가면 퀴퀴한 장내가 나더라 했어."

아니, 이렇게 심한 모욕이!

언제나 청결하게 심신을 다스리고 항시 단정하게 의관을 정제하는 해란국의 싸울아비 체면이 완전히 망가졌다. 사곤이 새 옷가지 한 벌을 또 꺼냈다. 뒤통수에 눈이 달렸나, 보지도 않고 휙 던졌다. 막 그를 향해 권을 날리려는 벼리의 얼굴에 뒤집어씌웠다.

"옷이나 갈아입어라. 더러운 냄새 피우지 말고. 코 썩겠다."

끝까지 제 잘못은 하나 없다, 어리석다, 벼리 탓만 한다. 벼리는 이를 벅벅 갈며 얼굴에 뒤집어쓴 옷가지를 거칠게 걷어냈다. 사곤이 태연하게 바지 허리띠를 풀어 내리고 있었다. 여기 더 있다간 저 얄미운 사내를 패 죽일 것만 같아 벼리는 조용히 돌아섰다. 숲 속을 향해 걸어가며 고함을 버럭 질렀다.

"따라오기만 해봐! 죽여 버려!"

"사내가 맨 엉덩짝 드러내도 눈 하나 깜짝하지 않는 계집에게는 관심없단다."

미치겠다. 정말 환장하겠다. 벼리는 두 손으로 머리카락을 벅벅 긁으며 버럭버럭 소리쳤다.

"누가 관심 달랬냐고—!"

"계집이 사내더러 따라오지 말라 하는 것은 빨리 따라오라는 말이거든."

필시 전생에 말 못해 죽은 귀신이 붙었을 거다, 저 인간. 벼리는 부글부글 끓는 울분을 억지로 가라앉히며 숲 속으로 걸어 들어갔다.

부채나무가 우거진 거기, 호수로 흘러 들어가는 개울가로 혼자 접어들었다. 젖은 소매 끝을 들어 큼큼 냄새를 맡아보았다.
우웩!
벼리는 제 옷이지만 그만 코를 막고 구역질을 했다.
퀴퀴한 장 냄새 정도가 아니라 아주 썩는 내가 났다. 하기는 이 옷만 걸치고 비비적거린 지도 벌써 보름이 넘어간다. 몸에 곰팡이가 피지 않은 것만도 다행이었다. 그나마 사막이라 워낙 건조하였기에 망정이었다.
일단 훌훌 옷을 벗고 물속으로 뛰어들어 갔다. 제일 먼저 더러운 옷을 돌멩이 위에 두들겨 빨았다. 나뭇가지 위에 널어놓고 다시 개울물 속으로 풍덩 뛰어들었다. 겨드랑이며 사타구니까지도 요모조모 다 씻었다. 머리도 벅벅 긁으며 다시 감았다. 온몸에 옷에서 밴 썩은 내가 풍기는 것 같아 미칠 지경이었다.
물에 젖어 반지르르한 몸에 사막의 붉은 황혼이 물들었다. 꼭꼭 싸맨 가슴대까지 다 풀어버렸다. 늘 감추고 죄고 싸맸던 몸, 대지의 여신처럼 당당하고 늘씬한 알몸으로 벼리는 마음껏 물과 마지막 남은 햇살을 즐겼다. 손에 닿아 한들거리는 하얀 수향연꽃 송이를 따서는 짓이겼다. 그것으로 몸에 발라보았다. 행여 달콤한 꽃내로 아직도 코에 남은 듯한 악취를 씻어낼 수 있을까 하여.
슬슬 몸에 한기가 돈다. 너무 오래 물속에 들어가 있었나 보다. 벼리는 물속에서 몸을 일으켰다. 사곤이 빌려준 단뫼의 바지저고리로 갈아입었다. 키가 큰 사곤인지라 바지며 소맷부리가 넉넉하게 펄럭였다. 묵청빛 천이 꼭 그 사내 눈빛과 같다고 생각했다.
 열 손가락으로 물이 줄줄 흐르는 머리카락을 쥐어 비틀었다. 바람결에 젖은 머리카락이 날렸다. 마르도록 훌훌 털었다. 물가에 앉아 수면에 비친 제 얼굴을 내려다보았다. 손가락 끝으로 팔랑이는 머리카락을 매만지고 있으려니 어쩐지 지금의 모든 것이 다 사라지고, 정곡성 그녀 방의 동경(銅鏡) 앞에 앉아 있는 듯한 느낌이 들었다.
 모든 것이 장엄하고 아름답다 생각했다. 그녀 자신이 짊어지고 있는 짐도, 거룩한 의무도, 험난한 고생도 잊어버리고 말았다. 아무래도 이상한 날이다. 지금 그녀는 싸울아비 아사벼리도, 마린 아사벼리도 아니었다. 그저 누군가를 그리워하는 한 여인이었다.
 내일 하늘배로 떠나면 다시 팍팍해질 삶이기에, 절박하고 두려운 운명과 정면대결을 시작해야 하기에, 홀로 앉아 님을 기다리는 상냥한 여인처럼 머리를 빗고 있는 이 시간이 언제 다시 올 줄 모르기에, 가슴 사무치게 이 시간이 소중하다.
 '다시는 돌아오지 않을 테니까. 일생에 단 한 번뿐인 줄 너무 잘 알고 있기 때문이다.'
 홀로 중얼거려 보았다. 붉은 노을에 물든 수면(水面) 위의 제 얼굴을 바라보며 미소 지었다. 지금은 괜찮아. 마음 풀고 연약한 계집이 되어 단장하는 이런 짓을 하고 있어도 좋아.
 오늘따라 유난히 또렷하게 느껴지는 볼의 검흔을 응시했다.
 '참 못났구나, 아사벼리.'

하지만 그 언젠가, 내 님은 나를 아름답다 여겨주셨네. 그런 기억이 있으니 다행이다. 행복하다.

사박사박 누군가 마른 풀을 밟고 걸어오는 소리가 들렸다. 멍하니 수면만 바라보던 벼리는 고개를 돌렸다. 사곤이었다. 오래도록 수염을 깎지 못하여 더부룩하였으나, 모처럼의 물놀이 끝이었다. 그도 역시 말끔하게만 보였다.

그녀를 찾았던가? 벼리를 발견한 순간, 눈에서부터 시작된 미소가 금세 하늘만큼 커져 버렸다. 얼굴 가득히 덮었다.

"여기 있었구나."

대답 대신, 그를 위해 옆으로 약간 엉덩이를 옮겼다. 곁에 앉으란 뜻이었다.

"우린 네가 물에 빠져 죽은 줄 알았다."

"썩은 내가 난다며? 다른 사람에게 폐를 끼치느니, 물에 불어 터지는 것이 낫다."

"여하튼 농담도 못해. 한마디 농(弄)이었는데, 그것을 그리 꿍하니 담고 있었단 말이냐?"

"흥."

아무래도 이자에게, 개구리 이야기를 해주어야겠다. 황소는 아무 생각 없이 논 섶을 짓밟고 지나가지만, 그 속에 사는 개구리는 배가 터져 죽는 법이다. 벼리는 더 이상의 대꾸 대신 널어놓은 옷의 주름을 펴는 척했다. 사곤이 힐끗 곁눈질을 했다.

"힘들었지?"

"뭐가?"

"날 간호하느라 밤잠도 자지 못했다 들었다. 어지간히 시달렸나 보군. 한시도 가만히 있지 않는 네가 영 직수굿한* 것을 보니 말이다. 미안하다."

"별일 아니었다. 어차피 네가 위험에 처한 것은 우리를 구하느라 그런 것이니, 서로가 빚을 진 셈이지. 미안타 할 일은 아니다."

"……초조한 게지?"

벼리가 사곤 쪽으로 고개를 돌렸다.

"왜?"

"사무란으로 가야 하는데, 가지 못하고 계속 여기서 지체하고 있으니 말이다."

그렇다, 라는 말이 목구멍까지 치솟았다. 하지만 벼리는 그 말을 꿀꺽 삼켜 버렸다. 그런 생각을 하는 자신을 꾸짖었다. 사곤이 몽혼사에게 물린 탓도 결국은 부주의한 일라와 벼리 자신 때문이 아니던가? 사곤이 그들을 꽃밭에서 끌어내 주지 않았다면, 아마도 지금쯤 세 사람은 피를 몽땅 빨리고 백골로 구르고 있을 것이다. 명부의 망귀가 되어 구천을 헤매고 있겠지.

"일부러 그런 것도 아닌데. 게다가 사경을 헤매는 사람을 남겨두고 나 몰라라 떠나는 짓은 하지 않는다."

"역시 의리 빼면 시체라니까, 아사벼리."

사곤이 킥킥 웃었다. 강물 같은 웃음소리를 들으니 비로소 그가 완전히 회복되었구나 하는 실감이 들었다.

---

*풀기가 꺾여 대들지 않고 다소곳이 있다

"너무 걱정하지 말아라. 내일 새벽에 출발하자. 크락의 말에 따르면 하늘배로 사무란까지는 겨우 한나절이란다."

"……내가 너무 늦지 않았기만을 바란다."

"늦지 않았다. 사신은 아직 사무란에 도착하지 않았다."

"그것을 네가 어떻게 알아?"

대답 대신 사곤이 하늘을 손가락질했다. 벼리는 그의 손가락을 따라 시선을 옮겼다. 까마득한 천공(天空)을 빙빙 맴도는 검은 새 한 마리가 보였다.

"나의 매이다. 사무란에서 날아왔다."

사곤이 손가락을 입안에 넣고 삐익 날카롭게 휘파람을 불었다. 황금빛 깃털에 검은 머리를 가진 매 한 마리가 바닥으로 내려 꽂혔다. 사곤의 팔뚝 위에 올라앉았다. 매의 다리에는 가죽통이 달려 있었다.

"시일이 이리도 많이 흘렀는데, 어째서 아직 사신들이 사무란에 도착하지 않은 거지?"

"네 마루한이 제법 영리한 모양이다."

"뭐라고?"

"축하한다, 아사벼리. 싸울아비로서의 네 용맹과 지략을 그가 믿고 있는 모양이다. 기필코 네가 어찌하든 사무란에 도착하여 아칸의 목을 따버릴 줄 확신하고 있는 듯하다."

"자세히 설명하지 못해?"

"사신더러, 대 마린을 놓아주면 송요성을 내어주는 협상에 임할 수 있다고 말하였단다. 정중하게 싸울아비 호위까지 딸려 사무란성으로 돌려보냈다더군. 눈치 빠른 그 호위는 돌고 돌아, 성마다 거치면서 사신들에게 술판 벌려주고 기녀들을 안기며 시간을 끌고 있고. 너에게 시간을 벌어주려는 게다."

마루한, 역시 장하십니다. 벼리는 마음속으로 부르짖었다. 헛된 일 한다고 노하실 줄 알았는데, 역시나 냉철하게 모든 것을 꿰뚫으셨군요. 앞날을 방비하며 때를 기다리실 줄 아시는군요. 그 은혜 잊지 않겠습니다. 반드시 아칸을 죽이고 마린을 모셔가겠습니다. 제 목숨을 걸고!

"하니 안심해도 좋아. 아직도 네겐 기회가 있다."

벼리는 고개를 끄덕였다. 아직도 축축한 옷을 다시 나뭇가지에 걸었다. 불쑥 물었다.

"사곤, 네가 천하의 모든 정보를 꿰뚫고 있다 하여 묻는 것이다. 혹여 흑군이란 자를 아느냐?"

"흑군?"

사곤의 얼굴이 갑자기 아주 기묘해졌다. 그러나 이내 제 낯빛을 회복하여 덤덤히 되물었다.

"왜 갑자기 그자의 이름을 묻느냐?"

"궁금하여서."

"어찌하여 갑자기?"

"……들었거니, 아칸과 손을 잡아 사무란성을 무너뜨리고 마린들을 곤경에 빠트린 자가 바로 그자라 한다. 내가 사무란에 잠입하여 아칸을 죽이고 마린들을 구해낸다 하더라도, 그자가 건재한 한은 우리 해란의 앞날은 희망이 없다."

"그래? 하여 만에 하나, 네 임무가 무사히 끝나면 이번에는 그자를 죽이려고?"

"못할 것도 없지."

사곤이 피식 웃었다.

"천하에서 제일 무서운 자이며, 그 정체마저 밝혀진 바가 없는 자인데 어떻게 죽이려는 거냐? 그자의 털끝이라도 건드리려거든 네 목숨부터 내놓고 시작해라."

"그렇게 무서운 자인가?"

"그렇다 하더라. 소문으로 듣기에 그의 심장에는 얼음이 박혀 있다 하더라."

"인간이 아니란 말이로군."

"글쎄, 나도 본 바가 없어 잘 모르겠다. 그에게 당한 자가 그리 말하니 그런 줄 안다."

"환란을 만드는 자라, 천하의 안위를 위해 반드시 없애야 할 자로구나."

"그런 말을 함부로 할 것은 아니지."

"왜?"

사곤이 반박했다.

"아직도 모르나? 눈으로 보이는 것이 전부는 아니다. 세상은 때때로 전혀 반대인 경우가 많지. 너는 그가 환란을 만드는 자라 하지만 그가 어쩌면 환란을 평정하는 자인 줄 누가 알 것이냐? 명심해라, 아사벼리. 이 세상 사람들이 다 너처럼 겉과 속이 똑같은 것은 아니다. 오히려 정반대인 경우가 많지. 인간이 아닌 것이 종종 가장 인간다운 모습을 하고 있단다. 가장 사악한 자가 가장 선한 얼굴을 하고 나타나듯. 그런 것에 절대로 속지 마라, 필패(必敗)이다."

사곤이 말을 멈추었다. 바람에 흩날리는 벼리의 더부룩한 머리카락을 바라보았다. 미간에 주름살이 졌다.

"그새 많이 길었군. 이젠 사내라 해도 아무도 안 믿겠다."

"귀찮아. 아직은 길이가 어중간해서 상투도 틀 수 없으니, 곤란하다. 꼭꼭 건을 쓰고 있어야겠다."

"잠깐만."

사곤이 벌떡 일어났다. 개울가로 가더니 잠시 쭈그려 앉아 무엇을 찾는 동작을 했다. 이내 돌아온 그의 손에는 질기고 길어 돗자리를 만드는 연지풀 푸른 줄기가 한 주먹 담겨 있었다.

"돌아앉아 보렴."

"왜?"

"잔말 말고."

벼리는 입을 툭 하니 내밀면서도 사곤이 시키는 대로 돌아앉았다. 그가 더부룩한 벼리의 머리카락을 잡아 둘로 갈랐다. 한가닥, 한가닥 정성스런 손길로 땋아 내리기 시작했다.

"너풀거리는 이 머리 꼴을 보면 다들 도깨비라 할 것이다."

"사내가 되어 여인의 머리나 땋고 있다니, 망신인 줄 알아라."

"흠, 저가 계집임을 이제야 인정하는군."

사곤이 코웃음을 쳤다. 또 도발이다. 벼리는 툴툴거렸다.

"왜 이래? 누가 사내래?"

"처음 만났을 때, 저더러 계집이라 하니 노화를 내며 검을 빼들었던 생각은 아예 하지 않는구먼."

"내가 언제?"

"저에게 불리한 건 죄다 잊어버리지? 꼼지락거리지 마! 자꾸 비뚤어진다."

사곤이 한쪽 땋은 머리를 연지풀 줄기로 꽁꽁 묶어주었다. 다른 쪽도 땋기 시작했다. 벼리는 멍하니 허공만 바라보았다. 조심스레 여인의 머리카락을 묶어주는 사내, 무연한 얼굴로 하늘만 바라보며 머리채를 맡기고 있는 남복(男服)의 여인.

참 이상하다. 자꾸만 눈 속이 쓰라리다. 참지 않으면 바보같이 이유없는 눈물이 그만 흘러내릴 것만 같다.

"일라는."

억지로 덤덤하게 말을 내뱉는 목울대가 아파오고 있었다.

"그래."

"반(半) 사내라 하면서도 참 피부가 하얗고 고웁더라."

벼리는 손을 들어 바람에 거칠어지고, 햇살에 그을린 구릿빛 제 얼굴을 서툴게 어루만졌다. 서걱거리는 모래밭 같은 제 피부를 다시 한 번 되새김질했다. 잠시 사곤은 대답이 없었다. 마지막 매듭 후에 끈으로 삼은 긴 연지풀 줄기를 손톱 끝으로 자르며 불쑥 말했다.

"너도 참 하얗단다."

"음?"

"네 머리 속, 말이다. 박속 같다. 본디는 너도 백옥(白玉)이었던 게야."

이 세상 그 누구도 모르는 귀하디귀한 옥. 오직 그만이 알고 있는 유일무이한 보석. 세상의 첫 아침빛을 닮은 아사벼리. 이제야 조금씩 깨어나고 있는 태초의 여인. 그의 유일한 정인.

사곤은 가만히 뒤에서부터 벼리를 안았다. 벼리 또한 마다하지 않았다. 이른 달 기운 따라 서서히 보랏빛 땅거미가 내리는 개울가. 그가 땋아준 검은 머리타래를 어루만지며 그에게 등을 기대는 일이 세상에서 가장 옳은 일로 여겨졌다.

말하지 않아도 다 말한 것같이, 다 들은 것같이 안식의 침묵 안에서 더 짙은 어둠이 내리기 시작했다. 마침내 보얀 달이 떴다.

"언젠가, 열서너 살 되던 어느 날, 누군가가…… 그런 말을 한 적이 있다."

나직한 벼리의 말에 사곤은 내내 침묵했다. 계속하라는 의미였다. 눈앞에 무리지어 우거진 가시투성이 바늘귀란목*을 바라보며, 벼리는 말을 이었다.

"나더러 저 바늘귀란과도 같은 여인이라고. 매사 하얀 이를 드러내며 검부터 빼드는 터라 가시투성이, 참 멋없어 그 누구도 돌아보

---

*바늘귀란목:사막의 녹림 주변에서 자란다. 키는 너덧 척 정도이고 잎이 변한 가시 줄기가 나 있다. 오늘날의 선인장이 나무로 변했다고 생각하면 된다

지 않는 존재라고 말이다."

"아팠느냐?"

"……이미 여인이기를 포기했으나, 어쩐지 그날은 마음이 상했다. 더 많이 웃고 더 강하게 검을 휘두르며 대범하게 굴었으되, 자꾸만 아팠다."

아마도 그 말을 한 이가 벗이라 믿어 좋아한 사람이라 그랬던가? 그날 밤, 난생처음 면경을 들여다보았었다.

누군가를 마음에 담았던 일이, 수줍은 첫사랑이 처음으로 무서운 가시가 되어 깊이 찌르고 있었다. 누구의 죄도 아닌데 스스로의 마음이, 덧없는 정이, 보답받지 못할 벙어리 연모가, 어느새 가시가 되어 무성해져 있었다.

가슴 아파 난생처음 계집애처럼 유약한 감정에 취해 골내며 울고 싶었었다. 면경 속의 그 얼굴은 사랑 따위에 울고 웃는 추한 몰골이 되어 있었다.

"그래, 그 면경 안에 누가 있더냐?"

"……벼리, 아사벼리. 해란국의 으뜸 싸울아비. 단지 그것뿐인 자가 들어 있었다."

아무리 오래 살아도 좋아하는 사내의 사모지정 따위는 받지 못할 그런 사람. 불모지 같은, 수컷도 아니고 암컷도 아닌 무성의 슬픈 얼굴이.

"그래서 그날, 아사벼리란 이름을 가진 그자가, 여인도 아닌 사내도 아닌 그 소녀는 다시 스스로 단검을 들어 한 번 더 얼굴의 흉터를 내려 그었다."

 영원히 지울 수 없는 검상을 더 깊이 새기며 스스로 여인의 정을 포기했다. 네게 내가 여인이 아니라면 아주 강한 사내가 될 것이다. 우정을 바란다면 내 너에게 그것을 주마. 여인이 아니기에, 내 한결같은 마음으로 네 곁에 있을 수 있지. 그리라도 하여 내 너의 곁에 벗으로 남고 싶다. 그리 다짐하고 또 다짐하였었다.

 "이 바보, 언제나 너는 하나만 알고 둘은 모르는구나."

 사곤이 깊은 시선을 들었다.

 끝없이 펼쳐진 바늘귀란목 덤불을 바라보았다. 이 며칠 녹림을 지나가는 폭우로 인하여 한껏 물을 머금었다. 통통하게 부풀어 있었다. 마음껏 물을 머금는 이 기회를 놓칠세라, 다투어 한껏 정열적인 꽃송이를 만개하고 있었다.

 "한 해 한 철, 이 황량한 사막이 온통 천상이 되는 때가 있다."

 그가 손을 뻗어 붉디붉은 바늘귀란목의 꽃을 끌어당겼다. 보드랍고 발그레한 꽃 한 송이가 그의 마음을 따라 허공을 날아왔다. 살며시 손 위에 앉았다. 신기한 격공섭물(隔空攝物)*이었다.

 그가 심장같이 붉은 꽃송이를 가만히 벼리의 검은 머리카락에 꽂아주었다.

 "너에게 바치는 첫 꽃이로구나."

 그가 무릎 위에 축 떨어진 벼리의 두 손을 깍지껴 꼭 잡았다. 굳은살 박인 그 손을 장하다 어루만져 주었다. 다정하게 입 맞추어주

---

*격공섭물:내공을 이용해 손을 안 대고 물건을 취하는 무공. 능공섭물(綾空攝物), 혹은 허공섭물(虛空攝物)이라고도 일컫는다

었다.

"보아라, 아사벼리. 누가 바늘귀란목을 못났다 하더냐? 천하에서 가장 귀한 꽃이요, 나무인 것을."

비를 맞고 난 후, 햇살을 받으면 일제히 이리도 보드랍고 아름답고 정열적인 꽃을 피워낸다. 벌, 나비 날아들고, 온갖 짐승들이 새순과 향기를 탐내어 달려오지.

"알지 못하는 자들은 저것들을 두고 말라비틀어진 것이고 가시투성이라 말하여 꺼려하지. 하지만 사실 저 바늘귀란목이 이 사막의 생명들을 살리는 근원이란다. 헛똑똑이 아사벼리."

사곤이 단검으로 가장 가까운 바늘귀란목 한 그루를 잘랐다. 보드라운 가시가 나기 시작하는 새순을 하나 따서 껍질을 부욱 그었다. 작은 쟁반만 한 새순이 칼날 아래 속절없이 갈라졌다. 단내가 혹 끼치는 노르스름한 속살이 나왔다.

"맛 좀 보아라. 먹을 만할 게다."

벼리는 잠시 망설이다 그의 손에 얹힌 것을 집어 들었다. 그가 하듯 소담스레 베어 물었다. 주룩 과즙이 흘렀다. 맛이 아주 좋았다. 능금 맛과 딸기 맛이 동시에 섞인 듯한 느낌이었다.

"가시 많다 하여 비틀어진 쓴맛만 가진 것은 아니지. 저 사막이 황량한 바람과 모래만 있는 것은 아니듯."

"나도 배우고 있는 중이다."

"보아라, 아름답지 않느냐?"

두 사람은 나란히 앉아 바늘귀란목의 달콤한 새순을 씹으며 하늘의 달을 올려다보았다. 가슴이 시리도록 새파란 천공 위에 하얀 달이 둥실둥실 치솟고 있었다. 금세 잠이 쏟아질 만큼 편안한 고요함이 내려앉고 있었다.

"꿈만 같구나."

더 이상은 할 말을 찾지 못했다. 벼리는 사곤의 든든한 가슴에 온몸을 기대고 그 말만 중얼거렸을 뿐이다.

살다 보면 그런 날들이 분명히 있는 것이다. 그만 마음의 매듭이 풀리고 시공을 잃어버리는 그런 때, 세상만사 아무것도 아닌 듯, 꿈길 밟듯 그런 날 그런 시간이 그들에게도 닥쳐왔다.

긴 숨 내쉬듯이 쉬어가는 때, 어느덧 세상 바깥을 벗어나 버린 그런 때. 정직한 마음 말고는 아무것도 필요없고, 갑갑한 가식일랑은 더더구나 두르지 않아도 좋은 때.

사곤의 강인한 팔이 살며시 벼리의 어깨를 안아 자신 쪽으로 돌려놓았다. 달빛을 등에 지고 다가온 그가, 달빛을 가득 담고 있는 벼리의 서투른 입술을 가만히 훔쳤다.

긴 만큼 애틋하고, 애틋한 만큼 절실한 흔적. 절실하기에 더 뜨겁고, 너무 뜨거워서 가슴 시린 그런 입맞춤.

두 개의 입술이 맞물려 하나의 호흡을 만들었다. 갈라진 마음이 만나 합쳐졌다. 서로에게만 천천히 걸어온 심장이 마침내 같은 박자로 뛰었다.

그렇듯이 거룩하고 사랑스러운 입맞춤 후에 벼리가 고개를 들었다. 낯선, 아주 낯선 이를 바라보듯 앞에 앉은 사곤을 깊이 응시했다. 수줍어하며, 나지막이 속삭였다.

"네가…… 누구냐?"

"노예다, 나의 아사벼리. 너를 향한 운명의 노예, 열정의 노예이다."

사곤이 다시 손을 뻗어 벼리의 얼굴을 어루만졌다. 그의 얼굴이 가까이 다가왔다. 벼리의 왼쪽 볼, 서러운 검흔 위로 뜨거운 입술이 닿았다. 소중하게 어여쁘게 타고 흘렀다.

"사람들은 몰라, 바보같이."

고개를 든 사곤이 빙그레 웃었다.

"천하의 명품 하늘아비들의 곤옥(坤玉)은 겉보기로 흠이 많다."

사람들은 그 흠만 보아 누구도 곤옥을 욕심내지 않는다. 캐다가도 내버리기 일쑤이다. 하지만 실상 그 흠으로 인하여 곤옥이 만들어지는 것을 왜 모를까?

"선명한 흠이 있어도 깨어지지 않아야 곤옥 내부의 빛이 새어 나온다. 천하의 명품 유리옥(琉璃玉)이 만들어지는 것이란다. 내게 있어 너의 이 상처는 곤옥의 빛을 밝히는 유열의 금이란다, 아사벼리."

몸을 나누지 않아도 좋다. 말 한마디로도 넋이 묶이고 혼백이 교합할 수 있는 법이다. 그렇듯이 그 순간, 하늘과 땅이 만나는 마법이 시작되었다. 단번에 두 사람을 모든 세상의 것들과 유리된 기억상실증 환자로 만들었다. 삽시간에 그들을 둘러싼 시공간(視空間)이 지워졌다. 그들이 무겁게 두르고 있던 인연의 껍질도 부서졌다. 복잡한 인간사와 힘겨운 짐도 사라졌다.
 심장이 부른 손끝을 타고 알몸의 빛나는 마음이 닿았다.
 지금 이 순간, 그들이 바라는 것은 단 하나. 무엇보다 서로에게 가까이 다가가는 일만이 전부였다.
 "아사벼리."
 한 사내가 정성을 다해 심중의 반려를 불렀다.
 "해란의 아사벼리, 나와 함께하겠느냐?"
 평생을, 사랑을, 삶이라 하는 것을 같이하겠느냐?
 오롯이 우리 둘만 함께, 영원토록. 내가 너에게 전부를 주듯이 너 또한 나에게 전부를 주겠느냐?
 홀로가기란 너무 길어. 때론 외롭고 때론 서러운 이 삶을, 서로 기대고 의지하며 함께하려느냐? 우리 둘이 그런 삶을 부대끼며 함께 엮어 웃음이며 행복이란 것을 만들어보려느냐?
 기다리는 자, 사곤에게는 억겁처럼 느껴지는 침묵이 흘렀다.
 붉디붉은 심장 전부를 그 여인 손 앞에 내놓았다. 천하를 손 위에 놓고 이리저리 요리할 때도 눈 하나 까딱하지 않던 단목사곤이 태어나 처음으로 몹시 떨었다.
 잠시 전 사곤이 그러하였듯이, 벼리가 손을 들었다. 그녀를 바라며 기다리는 사내의 볼을 살며시 쓸어내렸다. 달빛을 타고, 바람을 타고, 목소리가 흘렀다. 그 사내를 원하고 욕망하는 여인의 수줍고도 가냘픈 첫 소원이 피어났다.
 "함께하고 싶다, 오직 너하고만."

벼리가 두 팔을 당겨 그녀의 사내를 강하게 끌어당겼다. 과즙 맛이 나는 입술을 오롯이 탐했다.

"이런 입맞춤이라는 것을, 너하고만 다시 하고 싶다."

모든 것을 함께하고 싶다. 내 마음속 정인이라 여긴 너와. 단목사곤이라 부르는 그대와 더불어 아사벼리는 지금껏 다른 누구하고도 하지 않은 그 일을 하고 싶다.

사곤이 껄껄 웃었다. 짐짓 고개를 숙이고 으르렁거렸다. 네 개의 애련한 눈동자가 서로에게 칭칭 감겨 있었다.

"이런 멋없는 녀석 같으니라고. 지금 내가 또 하려는 일을 네가 먼저 해버리는구나."

"나는 수줍음 타는 여인네의 일을 배우지 못해, 부끄러움을 모른다. 이 순간, 정직한 내 심장이 옳다 가르치는 일만 하고자 한다, 사곤."

"말하여라."

"……나를 안아다오. 나를 묶어다오. 더불어 함께 하는 일을…… 나에게도 가르쳐 다오."

순백의 달빛 아래서, 남자의 손이 처음으로 옷고름을 풀었다. 철갑을 두른 해란국의 으뜸 싸울아비 아사벼리의 심장으로 침입했다. 사곤의 두 팔이 한가득 벼리를 안아버렸다. 입술로는 뜨거운 호흡을 나누어 마시며 두 개의 따뜻한 손은 처음 드러낸 연인의 몸을 다정히 쓸어내렸다. 출렁 드러난 가슴과 강인한 등골 위로 유유히 흘러갔다. 그러다가 그만 흠칫, 그 손길이 멎어버렸다.

"……등에도 흉터가 많구나."

"나야 원래 싸울아비였으니까."

그깟 것 별로 놀랄 일이 아니라는 듯 벼리가 덤덤하게 되받았다. 행여 그 상처로 인해 이 사내가 멀어질까 두려운 것일까? 본능적으로 몸을 움츠려 버렸다. 사곤은 울컥하고 말았다.

"하긴, 네 몸에 상처가 나, 네 나라가 번성하고 평화스러웠던 게지. 하지만……."

사곤은 강하게 벼리를 안아버렸다. 속상하여 어찌할 바를 모르며 낮으나 강한 목소리로 윽박질렀다.

"아사벼리."

"음."

"네 나라가 무너질지언정, 천하가 병화(兵火)에 휩싸일지언정, 이제부터는 부디 너를 아끼거라. 약조하렴."

내 여인의 이 몸에 서럽고 서글픈 상처 하나씩 덧그려질 때마다, 나는……. 사곤은 이를 악물었다.

"널 위해 천하를 베어버리게 될 테니까."

거짓이라도 좋다. 듣기 좋아라 하는 빈말이라 해도 좋다. 그녀를 위해 천하를 베어버리겠다는 이 사람 앞에서 그만 눈물이 솟구쳤다. 샘물처럼 흘러내렸다.

우직한 싸울아비라 여겨, 그리 배워서 그 어떤 고통과 고난 앞에서도 울지 않던, 아니, 울지 못하던 벙어리 새 아사벼리. 하지만 틀렸다. 울지 못해서가 아니라 귀한 노래로 들어주는 이가 없어 울지 않았을 뿐.

달빛처럼 다가온 사내를 두 팔 벌려 아듬었다.

겹쳐지는 몸과 마음을 거부하지 않고 받아들였다. 그것만이 선이고 정의인 것같이.

온 마음으로 귀가 되고, 온몸으로 정성이 되어 그녀를 온전히 안아주는 이 사람. 심명(心鳴)을 들어주는 유일한 사람. 벼리는 마침내 깃을 접고 한 사내, 사곤의 품에 내려앉았다. 촉촉이 젖은 눈을 하고, 입술을 하고 아주 어여쁘게 울었다. 천하에서 오직 그 사내만이 들을 수 있는 희열과 쾌락의 울음을 토해냈다. 그를 위하여 촉촉이 젖어갔다.

달이 쪼개지고, 태양이 폭발하였다. 두 사람이 함께하는 뜨겁고도 서늘한 찰나의 기쁨. 그날은 단목사곤과 아사벼리에게 있어 개벽(開闢)한 날이었다.

동쪽 하늘이 장밋빛으로 밝아지기 시작했다.

새벽이라, 서늘한 기운에 벼리가 살며시 몸을 떨었다. 그러다가 눈이 번뜩 열려졌다. 내내 벼리를 안고 있던 사곤이 반듯한 이마에 입맞춤했다. 다정하게 미소 지었다.

"깨었느냐?"

이제 우리는 어제의 우리가 아니다. 사곤은 다시금 품에 안긴 아름다운 여자를 강하게 감싸 안았다. 마음을 다해, 온 삶을 다해 얼싸 안았다. 합일하였다. 이제 너는 완전히 내 것이다, 아사벼리.

무엇을 생각하는 것일까? 몽롱함만이 담겼던 눈동자에, 서서히 이성의 빛이 새어들기 시작했다. 갑자기 벼리의 얼굴이 창백하게 질렸다. 무의식적인 동작이었다. 갑자기 자신을 안고 있는 사곤의 팔을 강하게 밀어냈다. 달빛과 어둠이 만들어낸 마법의 거미줄이 단번에 풀려 버렸다. 순식간에 남자의 뜨겁던 가슴이 허옇게 식어 내렸다.

"우리가…… 우리가…… 이렇게…… 왜……?"

그를 바라보는 눈동자에는 낯설디낯선 경악 같은 것이 어려 있었다. 알몸으로 둘이 함께 얼싸안고 있는 지금 이 순간을 도저히 이해하지 못하겠다는, 용서할 수 없다는 그런 얼굴. 지난밤, 사랑스럽게 안겨들어 열정에 흐느끼던 모습과는 아주 다른 모습, 표정들.

붉게 달궈진 쇠가 삽시간에 찬물에 담겨 싸그르르 식어 내리듯이 내내 달떠 행복하던 마음이 냉혹하게 얼어붙었다.

세세연년 맺어질 동심결이었는 줄 알았다. 한데 헛된 하룻밤 꿈이었나 보다. 그것도 함께 꾼 꿈이 아니었다. 홀로 달아 어찌할 바 몰라 어리석어진 사내의 성급한 오해였을 뿐이었다.

"허어, 이거 어쩐지 후회하는 얼굴인걸?"

어찌할 수 없이 비아냥이 되고 말았다. 벼리는 대답하지 않았다. 어찌할 바를 모르는 얼굴을 하고 주변에 흩어진 제 옷가지를 그러모으는 데만 신경을 쏟았다. 돌아앉아 저고리로 나신을 가리려 용을 썼다.

사곤은 초점 잃은 눈동자로 벼리의 하는 양을 지켜보았다. 그리도 사랑스럽고 다정하던 여인이, 그와 더불어 모든 것을 함께하겠다 말하였던 반려가 그들의 지난밤을 깡그리 부정하는 것을 보아야만 하는 치욕을 견뎠다.

그것은 벼리도 마찬가지였다.

벼리는 스스로에게 경악했다. 어찌할 바를 몰라 황망할 뿐이었다. 등을 보인 남자 역시 그런 생각을 하고 있음을 꿈에도 생각하지 못하고 절규했다.

"미안하다. 미안하다. 어쩌면 좋지? 나는…… 나는 지금 나를 용서할 수가 없다. 무슨 일이 있어도 나는 너하고 이렇게 더불어 하지 말았어야 했다."

마음을 너무 풀어버렸다. 이렇게까지 남김없이 감정을 풀지 말았어야 했다.

이토록이나 매혹되고 말다니……. 어떻게 이렇게 남김없이 완전하게 망각할 수 있었을까? 그녀의 긍지, 그녀의 의무, 그녀의 굳은 목표를 완전히 잊어버렸다. 어떻게 이렇듯이 한갓 아낙처럼 한 사내의 품에서 완전하게 도취될 수 있었을까.

정직한 열정 같은 건 한 번도 깨트리지 못한 채 살았지. 그런 그녀가 밤의 달빛에 취해, 살아 있음의 기쁨에 젖어 그를 끌어안았다. 순간의 쾌락에 잠겨 그것의 부도덕한 즙액을 마음껏 빨았다. 지난밤 걷잡을 수 없는 그 열정과 욕망은 폭우가 내린 후, 계곡을 쓸고 내려가는 검붉은 물결 같은 것이었다.

"나는…… 이미 마루한의 마린이었다."

시큼한 한마디. 그것으로 사곤은 벼리와 자신 사이에 흐르는 깊고 거친 파도를 보았다. 절대로 건너갈 수 없는 파도였다. 벼리가 흐느끼며 그녀의 원죄를 깊이 사죄하였다.

"아무리 너를 향하고 원한다 해도 이러면 아니 되었다. 나는 이미 다른 사내의 아낙인데……. 우르 신 앞에서 혼약을 치른 마루한이 계시거늘……. 나는 절대로 너를 가질 수 없었다. 아무리 아름답고 탐난다 하더라도 자격이 없었다. 널 욕심내서는 아니 되었어. 미안하다. 미안하다."

주먹만 한 눈물을 뚝뚝 흘리며 통탄해하는 그녀를, 차마 제가 저지른 배덕을 바로 직시하지 못해, 염치없이 이를 악물며 자탄하는 벼리를 바라보며 사곤 또한 아무 말도 할 수가 없었다.

분노나 배신감보다 더 큰 것은 슬픔, 혹은 죄송함.

그가 사랑하는 이는 명예와 의리를 무엇보다 소중히 여기는 존재였다. 삶의 전부를 그것을 향일하며 살았지. 목숨보다 더 귀하게 여기는 것을 스스로 깨뜨리고 난 후 지금 어찌할 바를 모르는 어린애였다.

달빛 같은 것으로 유혹하지 말았어야 했다. 다정함으로, 친절함으로 다가서지 말아야 했다. 그렇다면 이런 일이 일어나지 않았을 것이다. 그녀가 자신을 혐오하고 그녀의 아름다운 정인을 미워하고 달빛과 햇빛을 두려워하는 일은 일어나지 않았을 거다. 사곤은 자신의 기막힘보다 벼리의 황망함과 절망을 더 깊이 강하게 통감했다. 그는 대체 저 기품 높은 여자에게 무슨 짓을 했던가?

"다, 내 잘못이다……. 다, 내 잘못이야. 널 어찌 탓할까? 미안하다. 우린…… 처음부터 만나지 말았어야 했는데. 널 완전히 지우고 멀리하였어야 했는데……. 지우지 못하고, 흔들려 버렸다. 너를 희롱하고 말았다. 미안하다. 사곤, 미안하다. 내가 널 이용하고 말았다."

끝내 자신의 죄, 자신의 허물이라 한다. 그런 말을 듣고 있는 사내가 얼마나 무안스러운지 알기나 할까? 분하기도 하고 또 민망하기도 하고, 더없이 원통하였다. 사곤은 그만 버럭 고함을 질러 버렸다.

"우리가 더불어 한 것이 너에게는 그리도 끔찍한 죄였더냐? 하, 그래! 정말 미안하다, 아사벼리. 그런 죄를 짓게 만들어 정말 미안하다. 그 말은 내가 하마."

격하게 흔들려 남김없이 바닥을 드러냈던 감정을 남자가 먼저 추슬렀다. 사곤 또한 벼리가 그러하듯 주변에 흩어진 자신의 옷을 주워 입었다. 입안으로 온갖 상욕을 퍼부으면서.

정사(情事)가 끝난 후, 노골적으로 싫다, 후회한다 하는 여인 앞에서 옷가지를 주워 나신을 가리는 일이야말로 사내에게도 얼마나 곤욕스러운 일인지. 옷차림을 수습한 후, 돌아서서 사곤은 얼음장보다 더 싸늘한 눈빛으로 벼리를 노려보았다. 그녀보다 더 날카로운 어조로 격하게 뱉어냈다.

"하지만 나는 후회하지 않는다. 하니 네가 미안할 일도 없다. 네 죄가 아니라 남의 아낙을 탐욕한 내 죄이다. 널 유혹한 것은 내가 먼저이니, 차라리 겁탈당했다 생각하려무나. 날 증오하고 저주하되, 우리 사이의 일들을 없던 것으로는 하지 말아라. 내 그는 용서치 않을 터이니."

한 번도 두서를 잃어본 적 없던 단목사곤의 입술이 새하얗게 질려 있었다. 고저 없는 말을 뱉어내고 있었다. 무슨 말을 하는지도 모르고 움직였다. 그 입술이 면도날처럼 날카롭게 벼리의 심장을 난도질하는 것을 보면서도 멈출 줄을 몰랐다.

"사곤, 제발……."

애원하는 벼리의 말은 더 이상 사곤의 귀에 들리지 않았다.

"어찌하여 너는 부인하느냐? 네 진실을 왜 아니라 말하느냐? 그깟 신 앞의 헛된 맹세, 사람의 참정보다 더 중요하더냐? 신 앞에 죄지었다 말하되, 어째서 나에게 지은 죄는 말하지 않느냐? 인간으로 태어나서 인간에게 짓는 죄가 하늘에게 짓는 죄보다 더 큰 줄 아직 모르느냐?"

"뭐라고?"

"네가 용서할 수 없는 건, 내가 아니라 너 자신인 것을 안다. 네가 정녕 무서워하고 두려워하는 것은 네 지아비라 하는 마루한도, 우르 신의 진노도 아니다. 온전한 네 마음이 나에게 온 것 때문이 아니냐? 마린으로서 육신의 정절을 지키지 못함이 괴로운 것이 아니라, 나에 대한 진실을 배반하였기 때문이다. 대답해라! 네가 지은 죄가 정녕 무엇이냐? 마루한에 대한 배신이냐? 나에 대한 네 마음을 배신한 것이냐?"

흐느끼면서도 벼리는 더 이상은 대답하지 못했다. 사곤은 쓴웃음을 지었다. 눈물 대신 허탈하게 웃었다.

"그래, 좋다. 이것이 네 본심이구나. 너는 나를 진정 사모하면서도, 네 잘난 도덕은 엄연하니, 널 사지(死地)로만 내모는 허울뿐인 네 신랑에게 미안해하는구나. 하니 죄는 내가 지을 수밖에. 너는 결백하다, 아사벼리. 너는 절대로 네 마루한을 배반하지 않았다. 다 내가 한 짓이다. 어젯밤의 모든 것을 내 죄업으로 치부하렴. 그리하여서라도 네 마음이 편안하다면 난 천 번 만 번 너에게 난도질당하마!"

"그런 말이 아니지 않느냐?"

간신히 흐느낌을 멈추었다. 벼리가 격하게 소리 질렀다. 사곤은 가만히 고개를 저었다.

"네가 무어라 변명하여도 변한 건 없다! 내가 아무리 간절하다 해도, 네 마음이 아무리 내게 온다 하여도 너는 해란의 마린일 뿐이고, 나는 다른 놈의 여인을 탐내어 취한 염치없고 불한당 같은 놈일 뿐. 네 눈에서 이미 대답을 보았다. 하니 그렇게 알고 가자꾸나."

"사곤, 제발……."

"네 잘난 마루한에게 무사히 돌아가면, 그대로 말하려무나. 네 마음은 아니었는데, 추악하고 더러운 짐승 같은 놈 하나 있어, 겁탈하였다고. 사막을 건너느라 동행하던 자가 길을 찾아주는 대신 네 몸을 원해, 대가로 내어주었다 하렴. 마루한이란 자가 너그럽다면 그 정도는 용서하겠지!"

상대에게서 상처받았다 여기어 격해진 마음이 모진 말을 만들었다. 서로에게 깊이 상처 주면서. 그런데 왜 눈물만이 흐르는가. 여린 속살이 모래에 쓸린 듯 아프고 또 아파서 단 한 번도 남 앞에서는 흘리지 못한 피눈물이 흐르는 이유는 무엇인가?

성큼성큼 뒤돌아서 가버리는 사곤의 등을 바라보며 벼리는 다시금 소리없이 울었다. 입술을 악물고, 주먹을 움켜쥔 채 발을 동동 구르면서.

사곤, 사곤……

입안에서만 뱅뱅 도는 그 이름을 서럽게, 서럽게 불렀다.

내 죄를 네 죄라 말하는 자여, 우리를 욕하여 나를 용서하는 자여, 왜 죄를 그대가 지었다 말하는가? 사람에게 지은 죄가 하늘에게 지은 죄보다 무섭다면, 네가 아닌 내가 그런 죄를 지었는데, 왜 그대가 더 많은 죄를 떠안는가?

"……울지 마라. 제발 울지 마라."

떠났다 생각했는데 어느새 돌아왔다. 사곤이 벼리 앞에 쭈그려 앉았다. 눈물투성이 얼굴을 닦아주고는 꼭 끌어안았다.

버리려 해도 버리지 못해, 버려지지 않는다. 네가 나에 대해 그런 것처럼.

말하지 않는 말이, 꼭 끌어안는 그 팔을 통해 고스란히 전해졌다.

"나를 가장 아프게 하려면, 깊이 상처 주려거든 이렇게 소리 내지 말고 홀로 울려무나."

사곤은 조용히 중얼거렸다. 네가 홀로 울면, 나는 가슴이 미어져 어찌할 바를 모른단다. 울지 못한다는 네가 운다는 것은, 내가 어찌하여도 위로해 줄 수 없을 만큼 크고 깊은 상처라는 뜻이니까. 너를 사랑하는 내가 어찌해 줄 수 없는 슬픔이라니, 나에게는 그것이 가장 참혹한 고통이요, 슬픔이란다.

"나를 이렇게 벌주지 말아다오. 너의 눈물로 베이느니 차라리 너의 검으로 베이겠다."

붉은 핏물은 흐르다가 멈추지만, 마음에 벤 상흔은 절대로 아물지 않기에. 생이 끝날 때까지 슬픔으로 흐르고 흘러 죽음에 이르게 하기에. 사곤은 젖은 벼리의 얼굴에 입 맞추었다.

"정의 칼에 베인 상처는 절대로 낫지 않아. 하물며 그 사람이 일생을 기다려 온 정인이라면."

"제발 우리의 어제를 잊어다오. 뻔뻔하고 미련 맞은 나를 한 번만 네가 용서해다오. 염치없으나 언제나 나에게는 다정하던 너를 믿고 애원하련다. 없던 시간으로 잘라내 주렴."

울면서 벼리는 그에게 부탁했다. 참말 염치없어 혀를 깨물고 싶은 것을 참으며 애원했다.

"내가 다 잊는다 약조하면 되는 거냐? 없던 일로 치부하면 네 마음이 좀 편안할 것 같으냐?"

아닌 줄 알면서도 그가 물었다. 처음으로 그 사내의 눈에 잠긴 절망을, 슬픔을 보았다. 진심이었다. 처음부터 끝까지 두 사람 모두 진심이었다. 그것마저 부인하고 뿌리 끝까지 파내지는 못하리라.
 입술은 거짓을 말하지만, 눈동자는 진실을 말한다. 입으로는 상처 주며 눈으로는 쓰다듬는다. 차마 말하지 못한 것들이 눈물을 타고 홍수처럼 흘러내렸다. 넘치고 넘쳐 감당할 수 없었다. 살아 이렇게 가슴 아픈 것은 처음이었다.
 사모하는 마루한이 그녀의 상처를 동정할 때도, 불유가 어여쁜 계집아이에게 줄 복주머니를 대신 전해줄 때도, 어머니 대신이던 할머니가 임종하셨을 때에도…… 이렇듯이 심장의 껍질을 벗겨내는 아픔 같은 것은 한 번도 느끼지 못했었다. 말 그대로 가슴이 부서지고 있었다.
 무너진 가슴을 서로 위로하듯, 다시 입맞춤. 결별을, 외면을 말하면서도 멈추지 못하는 그 접촉 아래 쓰디쓴 눈물이 다시 흘렀다. 찝찔한 눈물이 혀를 타고 턱을 지났다. 갈구하는 정직한 입술 사이로 스며들었다.
 "왜?"
 그가 물었다. 그녀 눈에 물기가 어려 그 사내의 눈에도 눈물이 스민 것처럼만 보였다.
 "나를 사모하지도 않는다 하면서 왜 나를 받아들인 거지?"
 묻고 싶은 건 벼리였다. 사곤이 아니었다.
 이미 그가 남긴 흔적 위에 사곤은 다시 흔적을 남겼다. 붉디붉은 심장의 각인 같은, 결코 흘리지 못하는 눈물 같은 회한 안에서 그래도 그대를 원하는 이 치열한 소유욕 같은.

모순 같은 감정 안에서, 화염 같은 열화 지옥 안에서 두 사람은 다시 서로에게 몰두했다. 이번에는 태양 아래서, 자포자기하듯. 아니, 파멸에 몰입하듯 거친 입맞춤으로 탐욕하고 흡입했다.

지금의 감정들은 인간의 의지와는 상관없는 일이었다. 그들에게 벌어진 이 일들에게서 도망가지 않았다. 이미 지우기란 불가능한 일. 그렇다면 가능한 한 더 깊이 몰두하여 존재를 새기는 일. 나중에 그것을 죄로 감당한다 해도.

"난 사랑 따윈 내게 일어나는 일이 아니라 믿었다. 하물며 내가 얻지 못하는 사랑 같은 건 없다고 생각했는데."

사곤이 연인의 몸을 강하게 끌어안고 중얼거렸다.

"하지만 너였다, 아사벼리. 네가 내게로 왔다. 너라면, 난 내 마음을 심어도 된다고 믿었다. 하지만 아니라 하니……. 이미 다른 사내의 여인이어서 내가 아니라 하니……."

그의 심장 소리가 들리지 않아. 벼리는 안타깝게 그의 가슴에 손을 얹고 귀를 댔다. 어젯밤처럼 그녀로 인해 고동치는 소리를 듣고 싶었다. 그러나 너무나 차가워.

비명 지르고 싶었다. 그는 너무도 차가웠다. 빙인(氷人)이었다. 그녀가 그렇게 만들어 버렸다. 그녀만을 심었다 하던 그 심장이 얼어 버렸다.

"우리는 왜 죄짓지 않고는 서로를 보듬어줄 수 없을까?"

"몰라서 묻느냐?"

사곤이 부드럽게 웃었다. 그래서 더 아린 웃음이었다.

"네가 멍청해서 그렇다, 아사벼리. 네가 날 기다리지 않고 어리석게 다른 사내의 마린이 되어버렸기 때문이다. 하찮은 명분과 의무에 밀려 내 진심을 뒤로 밀어놓은 죄이다. 싫다 하지 않은 죄이다."

사무치게 가슴 아픈 그 말을 하면서도 그것이 얼마나 아픈지 느끼지 못하는가. 벼리는 울면서 웃었다.

"이렇게 내가 너를 만나 사모하게 될 줄 어떻게 안다고? 내게 그런 말을 하느냐?"

억지, 하지만 그것이 당신의 진심. 말로는 상처 주며 굳은살 박인 이 손으로 눈물을 훔쳐 주는 것도 당신의 진심.

"널 사모한 것은 내 뜻이 아니었다. 하늘의 뜻이었지."

고개를 끄덕였다. 내가 널 눈에 담고 종국에 마음까지 담은 것도 하늘의 뜻.

"힘들게 해서 미안하다, 아사벼리. 이건 정말 내 뜻이 아니었다."

다시 고개를 끄덕였다.

"마음 접자. 기억도 접자. 네가 편안하다면 그리하자. 우리에게는 아무 일도 일어나지 않았다."

그래, 아무 일도. 아무 일도 일어나지 않았다. 달라진 것은 없다. 하지만, 네 말대로 엄연한 진실을 부인하고 내 어찌 부끄러워 살까?

"염치없지만…… 내, 이 말은 하련다. 네가 믿을지 안 믿을지는 모르지만."

젖은 눈을 들었다. 기다리고 있는 참정의 사람에게로 벼리는 정직하게 말했다.

"만에 하나, 내가 의무를 다하고 정곡으로 돌아가면……. 그러기만 한다면, 나는 마루한께 혼약을 파기해 달라 청원하겠다."

그녀 때문에 아픈 남자를 바라보며 억지로 환히 웃었다. 둘이 함께 저지른 일이었다. 둘이 함께 감당해야 할 책임이며, 둘이 함께 이겨내야 할 일이었다. 그에게 힘든 것들 전부 떠밀어놓고 그녀만 편안하게 빠져나와 가증스럽게 아무 일도 없었다는 듯이 살아갈 수는 없는 노릇이었다.

"내가 이미 그를 배신했으니, 마음으로나 몸으로나 우르 신 앞에 맹세한 혼약을 파기했으니, 나는 그분께 엎드려 목숨으로 사죄하고, 혼약을 파기해 달라 부탁하겠다."

"참이냐?"

"약조한다."

벼리가 강하게 단언했다.

"내 목숨을 걸고, 내 진실을 걸고 약조한다. 그분이 노하시어 내 목을 벤다 하면…… 저승에서라도 너와 다시 만나겠다. 만약 너그러우신 그분이 날 용서해 주시고 보내주신다면, 천 리도 좋다. 만 리라도 좋다. 나는 너를 찾아, 너만을 따라가겠다. 그러니 지금은 너를 외면하고 미워하는 척하는 가증스러운 나를 너그럽게 용서해 다오, 사곤."

사랑하기에 상처 주고도, 또 사랑하기에 용서하고 만다. 눈물도,

웃음도 다 그대에게서 비롯된 것.

아침 햇살 아래서 벼리는 엄숙히 약조했다. 해란의 긍지 높은 싸울아비로서, 신실한 혼약을 깨트린 죄를 짓고도 접지 못하는 그 마음을 마침내 인정했다. 신성한 의무를 다한 후에 반드시 너에게로 가겠노라는 맹세를 바쳤다.

"이 약속을 지키지 못할 때에는 내 검이 나를 용서치 못하리라. 나 아사벼리는 마루한에 대한 의무를 다한 연후에 반드시 너에게 갈 것이다."

그러니 기다려다오, 말 못하는 눈동자에 담긴 애원은 바로 그것이었다.

충분하다. 사곤은 가만히 고개를 끄덕였다.

말과 행동이 똑같은 너는 무슨 일이 있어도 나에게 오겠지. 그날부터 너는 평생 동안 내 곁에서 내 삶과 함께할 것이다.

그때였다. 갑자기 때 아닌 돌풍이 휘몰아치기 시작했다. 잔가지가 날리고 마른 풀잎이 뿌옇게 흩날렸다. 여린 바늘귀란목 줄기가 툭툭 꺾여 나갔다. 대체 무슨 일이 벌어진 것인가? 강한 바람과 먼지에 눈도 제대로 뜨지 못한 채 두 사람은 깜짝 놀라 주변을 두리번거렸다.

"어이, 위입니다그려. 위라고요!"

"벼리 아가씨, 여기랍니다."

두 사람은 고개를 치켜들었다. 십여 척 허공 위에 괴상한 물건이 둥둥 떠 있었다.

"저런, 크락마락이 나는 배를 띄웠구먼. 우리가 밤새 나타나지 않으니 찾으러 나선 모양이다."

벼리는 멍하니 입을 벌린 채, 하늘에서 내려오는 밧줄 사다리를 바라보았다.

"어서 올라가. 네 의무를 다하기 위해 어서 사무란으로 가야지 않느냐?"

"저, 저런 것을 타도 괜찮을까?"

"크락마락이 〈미친 현자의 섬〉에서부터 여기 대륙까지 십만 리를 날아왔다는 데도 무사하지 않더냐? 걱정 말고 어서 타기나 해."

"하지만……."

보수적인 벼리는 그래도 망설였다.

"죽어도 우리 같이 죽을 테니 걱정 말고. 태환영보를 익혔으니 허공에서 떨어져도 목숨은 부지할 것이다."

벼리는 사곤이 재촉하는 대로 밧줄 사다리에 올랐다. 사곤은 그대로 허공으로 솟구쳐 하늘배에 올라탔다. 하늘배 안에는 일라와 함께 그들이 사무란성에 도착해서 타고 갈 비사마 두 마리까지 고스란히 다 타고 있었다.

"말도 없이 밤 내내 아니 돌아오시면 사람들이 걱정합니다그려."

"미안하게 되었다. 그나저나 크락마락, 사무란성까지는 얼마나 걸리겠나."

"에헴, 나의 지도를 보아하면, 아무리 천천히 가도 하늘배로 하루면 거뜬하오이다그려.”
 "좋다. 출발해라.”
 그들의 좋은 보금자리였던 녹림의 하늘을 날아 하늘배는 이내 까맣게 멀어져 갔다.

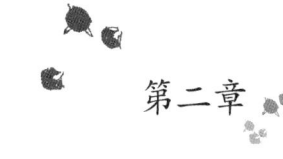

第二章

"세상에서 가장 어여쁜 사람은 누구입니까?"

"제 피를 흘려 다른 사람을 살리는 사람이다."

"세상에서 가장 무서운 사람은 누구입니까?"

"웃으며 다른 사람의 눈물을 계산하는 사람이다."

새벽빛이 떠오를 무렵, 하늘배는 마침내 사무란성의 천공에 진입했다.

바깥으로 뚫린 구멍으로 네 사람은 아래를 내려다보았다. 하늘 아래 제일 번화하고 화려하며 아름다운 성이라는 명성은 허언이 아니었다. 거대한 세 겹의 성벽과 잔잔한 바다로 둘러싸인 사무란성은 이제 막 깨어나는 새벽빛을 받아 천천히 밝아지고 있었다.

동남쪽으로는 사막, 서남쪽으로는 바다, 북쪽으로는 험준한 바위산으로 에워싸여 있다. 무후에게 점령당하기 전까지는 천 년 넘게 단 한 번도 적에게 짓밟히지 않았던 철옹성이기도 했다.

"대단하지? 규모로 치면야 정곡성의 딱 열 배다."

"그렇구나."

 벼리는 사무란성의 전경에서 눈을 떼지 않으며 대답했다. 희뿌연한 시야 속에서 우르 신을 모신 신전들이 백색 고깔모자처럼 곳곳에 솟아 있는 것이 제일 먼저 보였다.

 유리처럼 윤기나고 단단하게 구운 벽돌로 쌓아 올린 후에, 그 위에다 온갖 보석과 황금으로 치장하였다. 다채로운 문양과 신화(神話)를 아로새겨 놓은 신전의 기둥들, 지붕들이 스윽 스쳐도 수백여 개를 헤아렸다.

 마루한이 거처하던 대궁(大宮)의 지붕은 황금빛이었다. 소문대로 금을 입힌 것은 아닐 테지만, 그 소문이 허언(虛言)만은 아니라는 듯 반짝반짝 빛나고 있었다.

 오색의 돌로 쌓아 올린 제천(祭天)의 신단, 궁성 문 앞의 대광장, 그 주변을 둘러싼 여러 관청들. 마루한과 귀족들만이 드나드는 대신전도 대궁 옆에 우아한 자태를 자랑하며 여명을 받고 있었다. 대신전 주변의 열여섯 개 기둥은 해란국 전역의 열여섯 성(城)을 상징하는 것이었다. 그런 것들이 백색 벽돌로 쌓은 성과 깊이 파인 해자에 보호되어 내성을 이루었다.

 내성과 백성들이 거처하는 외성은 다섯 개의 커다란 도개교로 이어져 있었다. 엄청난 규모를 자랑하는 큰 장마당과 부두, 경작지까지 아우르는 외성은 한눈으로도 다 살필 수 없을 만큼 넓고 엄청났다. 하기는 그 역사가 워낙 오래되었기 때문에 어지간한 성들의 규모와는 비교조차 할 수 없을 것이다.

이런 곳이 바로 해란국의 도성, 빼앗긴 심장이자 궁지, 또한 마루한 가람휘의 유일하고도 아름다운 반려 마린이 억류되어 있는 곳이었다. 온갖 고생을 해가며 그들이 도착하고자 한 목적지였다.

"이봐, 크락마락. 저 산 너머에 배를 내려라."

사곤이 사무란성 내에 있으면서 또 하나의 성벽 노릇을 하는 눈 아래의 바위산을 가리켰다. 성에서 보자면 남동쪽 방향이었다.

"알았소이다그려."

"서둘러! 해가 떠오르면 하늘에 배가 떠 있는 것을 사람들이 보게 된다. 큰 소동이 나게 될 것이다."

얼마 후, 하늘배는 서서히 산 중턱, 안전한 곳에 안착했다. 생전 처음 보는 괴상한 물건과 소음에, 짐승들은 쫑긋 귀를 세웠다. 돌개바람에 나뭇잎과 잔가지들이 휘말려 떨어졌다.

사곤과 벼리, 일라가 하늘배에서 내렸다. 그들이 탈 비사마 두 마리도 따라 내렸다. 그는, 혹은 그들은 계속 날아가서 아사달까지 갈 예정이었다.

"잘들 가시오. 다음에 인연이 닿으면 꼭 만납시다그려."

"자네는 계속 이대로 아사달까지 날아갈 텐가?"

크락이 고개를 끄덕였다.

"반드시 가야지요그려. 마락의 몸이 견디지 못할지니. 어찌하든 날아가서 하늘아비를 만나 치료를 받아야 하오."

"소원 성취하시게나."

"다음에 꼭 만납시다."

"여러분들도 소원 성취하시오그려! 그럼 모두들 잘 계시오!"

둘렁둘렁, 다시 하늘배가 허공으로 떠올랐다. 그들 머리 위를 지나 해 뜨는 쪽을 향하여 다시 날아가기 시작했다.

"아사달까지 무사히 도착해야 할 터인데."

"뜻이 깊으면 하늘도 움직인다 하였다. 이미 한 번 죽은 목숨이라, 무엇을 못할까? 가자. 우리 일도 바쁘다."

사곤이 먼저 훌쩍 말등에 올라탔다. 처음처럼 일라가 사곤의 뒤에 올라탔고, 벼리도 남은 말등에 올랐다. 언덕을 달려내렸다. 잠시 말을 멈추고, 이내 입성하게 될 사무란의 전경을 바라보았다.

"마침내 적진의 심장에 뛰어들 순간이 도래했군."

"그렇구나."

"두려우냐?"

"두렵기는!"

벼리는 강하게 받아쳤다. 신념과 의지로 빛나는 얼굴이 아침 햇살을 받아 붉게 타오르고 있었다.

"마냥 가슴이 설렌다. 마침내 우리 마루한을 위해 내가 무엇인가를 할 수 있게 되었잖느냐."

거침없고 당당하다. 매몰찰 정도로 확신에 가득 찬 목소리였다. 힘차게 말 배를 걷어차서 먼저 달려가 버렸다. 벼리의 뒷모습을 바라보며 사곤이 고개를 저었다.

"위험한데……."

"우직한 싸울아비라, 전진하는 것만 알아서 그렇지."

"역시 경험이 없어 그런지 불나방처럼 어리석게 구는군."

살수인 일라의 눈에 벼리의 행동이 얼마나 웃기게 보일 것인가. 사곤은 한숨을 쉬었다. 싫든 좋든 죽도록 뒤치다꺼리하는 일은 이곳에 와서도 마찬가지였다. 일라가 킥킥댔다.

"저 멍청한 녀석은 제가 가면 얼씨구나 좋다 하며 아칸이 목을 내밀고 기다리고 있는 줄 아는 것 같다."

"그런 모양이다."

"하기는 나라도 그렇겠어. 이렇게 훌륭한 해결사가 곁에 딱 붙어 계시는데 무엇을 걱정할까? 우격다짐 막무가내로 나가도 일은 항시 성사될 터인데."

"하지만 저 녀석은 그것을 모르지."

"글쎄, 모를까? 알면서도 모르는 척하는 것이 아닌가?"

사곤은 일라의 말에 굳이 대답하지 않았다. 뭐, 괜찮아. 그는 어느새 거뭇한 나무 그늘 사이로 멀어지는 벼리의 뒷모습을 바라보았다.

이번의 임무만 끝나면 솔직하게 마음을 인정한다고 하였다. 어찌하든 그에게 온다고 하였으니, 그렇게 되겠지. *그것만이 그에게 중요했다.* 사곤은 힐끗 고개를 돌렸다. 일라는 목을 빼고 사무란을 노려보고 있었다. 그의 시선은 아칸이 머무른다 하는 내성의 궁전에 박혀 있었다.

"일라."

"왜?"

"거래 하나 하자."

"무슨……?"

"그 녹주석, 나한테 넘기지? 대신 네가 아칸을 죽이고 탈출할 때 도와주마. 크락이 돌아오면 하늘배를 태워주겠단 말이지."

"뭐라고?"

"너 같은 놈에게 고루불이 독을 한 병이나 쥐어준다는 건 너무 위험해."

일라의 얼굴이 질렸다. 제 목에 건 녹주석만큼이나 시퍼렇게 변했다.

"한 패거리라 믿고 하는 말인데, 고루불이 독을 담기 위하여 만든 그 녹주석 목걸이, 내가 쥬신에서 만들어다 팔아먹었거든."

기선 제압, 그러니 속이지 말아라 하는 말이었다.

"여기까지 무사히 모셔다 주었으니, 대가를 내놓아야지. 안 그래?"

속이고 도망갈 방도가 없다. 일라가 기가 찬 얼굴로 빽 하니 고함을 질렀다.

"이건 내 밥벌이 밑천이라고!"

"쿡쿡. 백발백중, 살수 사염화의 한 방이 바로 이 고루불이 목걸이였군. 내놔라. 나도 나름대로 큰 그림이 있으니까. 대신 아칸이 자빠져 자는 대궁의 비밀 통로와 바꾸면 괜찮겠어?"

"어, 그런 것이 있었나?"

"내가 누구냐? 천하의 모든 물건을 취급하는 단뇌의 장사치다."

"생각해 보지."

"좋아. 그리고 하나 더."

사곤이 일라의 귀에 대고 무어라 속삭였다. 일라의 표정이 복잡하게 변했다.

"몰랐는걸? 어떤 경우에도 정정당당하다는 해란의 곤은 싸울아비가 암살 따위나 하러 잠입하다니."

"뭐, 나름 비상시국이니까. 내가 부탁한 대로 해줄 수 있나?"

"어렵지 않은 일이야. 이래 봬도 우린 생사고락을 같이 하며 사막을 건너온 사이가 아니겠어?"

"네가 할 일은 아주 중요하다, 일라. 인간의 가장 깊은 내심을 드러내게 할 터이니."

"알았어, 알았다구."

사곤이 손을 치켜들었다. 잘난 척 먼저 내려간 주제에, 길을 모르는 거다. 눈 아래 언덕에 서서, 안 오냐? 하듯이 돌아보는 벼리에게 마구 흔들었다.

"그렇게 좋으냐?"

붉고 긴 머리채를 요염하게 쓸어 올리며 일라가 비아냥거렸다.

"내 여자 앞에서는 좀 푼수를 떨어도 괜찮아."

"네에, 그렇겠지요."

일라가 중얼거렸다. 사곤은 호탕하게 웃으며 검푸른 두건을 아래로 내렸다. 입 가리개를 더 치켜 올려 얼굴을 확실히 감추었다. 일라도 그렇게 했다. 사곤이 말 배를 걷어찼다.

"자아, 가보자구. 어디 한번 무후의 간담이 서늘해지게 한바탕 놀아볼까?"

두 사람이 탄 말도 이내 벼리의 뒤를 따라 산 아래로 달려 내려가기 시작했다.

그날 오후이다. 사무란의 제1 외성(外城)에 위치한 큰 장마당.
산과 물을 건너온 단뫼의 상인들이 흐드러지게 판을 벌인 날이었다.
비록 적국에게 점령당한 곳이라 하나, 사무란의 밤은 화려하고 번화했다. 무후의 점령군은 항복한 나라의 백성들에게는 관대한 편이었다. 사무란에서 가장 큰 우르 신전을 자신들이 믿는 〈백탑교〉의 사원으로 바꿔놓은 것 말고는 특별하게 시가지를 파괴하거나 변화시킨 것은 없었다. 일상생활을 그다지 억압하거나 간섭하지도 않았다. 적어도 대놓고 점령군들에게 반항하거나 반대하지 않는다면, 겉으로나마 복종하는 이상, 백성들은 예전과 별다름없는 삶을 영위하고 있었다.
그런 밤에, 그해로 보아 가장 많은 단뫼의 상인들이 입성하였다. 꽃불처럼 타오르는 횃불 아래아래 판이 벌어졌다. 구경 나온 사람들로 하여금 입이 쩍 벌어지게 만들었다. 눈이 번쩍 뜨일 정도로 신기하고 탐나는 것들뿐이었다.
이국적이고 아름다운 옷감들을 파는 가게가 특히 붐볐다. 금사 은사를 섞어 짠 화려하기 이를 데 없는 천과 손가락으로 쓸면 물처럼 흘러내리는 쥬신의 비단이라든지, 질박하고 튼튼한 마고국의 목면은 언제나 인기였다.

그 옆에는 으레 천을 물들여 주는 염색집이 있기 마련이다. 해란국의 사람들이 좋아하는 온갖 염료들, 꽃들이며 무지개인들 장대에 걸려 펄럭이는 천들만큼 화려한 색감일까? 온갖 색으로 물들여진 천들이 바람에 펄럭이며 오가는 사람들의 시선을 유혹했다.

효흰국에서만 만들어지는 보석만큼이나 귀한 유리그릇들과 맥국에서 생산된 기이한 향료단지, 반짝거리며 빛나는 보석들이 박힌 장신구들이 아낙과 처녀들의 마음을 모처럼 설레게 했다. 새침 맞은 얼굴을 한 여인들이 몰래 내놓는 돈을 주머니에 연신 집어넣으며 단뫼의 장사치들은 싱긋싱긋 잘도 웃었다. 검푸른 눈을 가진 헌칠한 사내들이 짓는 미소 앞에서 해란의 아낙들 가슴에 봄바람이 불었다.

그것뿐만인가.

각양각색의 술통들이 쌓여 있는 주가(酒家) 앞에는 진귀한 명주(名酒)들을 장만하려는 기루의 주인들, 명문대가 찬모들, 무후의 병졸들까지도 모여들었다. 술병을 허리에 차고 우글거렸다.

천하의 사람들이 즐겨 읽는 맥국의 채색 그림책, 가림토 문자로 써진 고서(古書)를 뒤적이는 학자들과 학동들로 붐비는 모퉁이 끝. 재주 부리는 원숭이 두 마리가 다래를 까먹고 있다.

그런 틈을 놓칠 수 있나. 사람들이 북적이는 장사 한쪽에 아름다운 미희들과 광대들이 울리고 웃기며 사람들을 끌어모으고 있었다.

그날 밤 사무란의 거리는 난리라도 난 듯이 떠들썩했다.

"자아, 자. 어서 오세요. 들어오세요. 단돈 일 정. 들어오시면 아름다운 무희들의 춤판과 노래들, 어릿광대들의 묘기를 보실 수 있습니다아! 술 한 잔도 드리고 나중에 보우하는 달에 쓸 '달맞이 폭죽'도 한 묶음 드려요. 쌉니다, 싸!"

단뫼의 장사치를 가장한지라 벼리 역시도, 사곤의 좌판 앞에 앉아 있었다.

"지금 뭣 하자는 거야? 당장 왕성에로 쳐들어가야지. 비밀 통로나 알려줘."

연신 채근하였어도 사곤은 내내 마이동풍(馬耳東風)이었다. 일단은 장사가 최고, 돈부터 벌고 나중에 네 볼일이나 보자, 이런 얼굴이었다. 오히려 느긋하게 기다리면 일이 될 터인데, 성마르게 군다고 머리통까지 한 대 때렸다.

"기다려. 우리가 찾아가지 않아도 그쪽에서 찾아올 터이니. 어차피 싫어도 내일이면 왕성으로 들어가야 한다."

"왜?"

"사무란성으로 들어온 단뫼의 장사치들은 언제나 왕성으로 들어가 마루한을 알현하고 뇌물을 바치는 것이 관례였거든. 내일이면 아칸도 우릴 부를 것이다. 돈은 이 세상 누구나 다 좋아하는 것이지. 게다가 군주는 더더욱이나."

"뇌물을 바쳐?"

"그럼 공짜로 장사를 하는 줄 알았나? 네 마루한도 몹시도 돈을 좋아하는 인간이었다."

사곤이 멍해진 벼리의 얼굴을 바라보며 히죽 웃었다.

"천하의 모든 성이 네 아비와 네가 다스리던 정곡성처럼 결백하고 깨끗한 줄 아느냐? 그렇게 꾸려온 너희 성이 오히려 이상한 게다."

"그래도……."

"너무 맑은 물이면 물고기가 살지 못하지. 적당하게 해둬라, 아사벼리. 인간의 삶이란 언제나 칼로 자른 듯이 단호하고, 닦은 거울처럼 말짱하고, 순백한 종이처럼 하얀 것은 아니다. 검고 어둡고 더러운 것까지 다 아울러야 하는 거다. 사람의 살아가는 일은 그렇게 누추하고 기가 막히지만, 그래서 재미있는 것이다."

사곤은 벼리에게 이 세상이 절대적인 선도, 절대적인 악도 아니라는 것을 가르치고 싶었다. 세상은 절대로 두 개로 나뉠 수 없는 것이며 혼재(混在)된 것이 자연에 가깝다고 믿고 있었다. 금을 가르고 편을 나누며 네 것 내 것을 가려야 직성이 풀리는 인간들은 사실 세상의 한쪽만 바라보는 것이 아닌가.

사곤은 벼리의 옆얼굴을 바라보았다. 맑되 아직은 편협하다. 의기 굳되 여전히 유연하지 못하다. 강철은 단련될수록, 강해질수록 잘 휘어지며 부드러워진다. 그래야 잘 부러지지 않는 법이다.

'저 녀석은 더 많이 두들겨 맞아야 하겠군. 강한 것을 이기는 것은 부드러운 것임을 너는 어찌 아직도 모르느냐? 맑고 결백한 것은 그만큼 더럽혀지기 쉬운 것임을 언제쯤 깨달을 것이냐?'

두어 식경 지나, 사곤과 벼리가 무후의 병사들에게 검 너덧 자루를 팔았을 무렵이었다. 말발굽 소리가 요란스레 나더니, 대궁이 있는 내성으로 이어진 길 쪽에서부터 깃발을 꽂은 말 몇 마리가 달려 나왔다. 그들이 앉은 파오 앞에서 멈추었다.

"누가 장사치들의 우두머리이냐?"

"바로 저올시다만?"

사곤 옆에 앉아 있던 현고부가 몸을 일으켰다.

"관례대로 단뫼의 장사치들은 다 대궁으로 들어와 아칸을 배알하고 경배하라는 분부이시다."

"당연히 그렇게 해야 합지요, 나리."

"내일 밤에 아칸께서 커다란 잔치를 준비하시니, 그에 대한 준비를 단단히 하고 오는 게 좋을 것이야."

달리 말하자면, 그 잔치에 쓸 비용과 음식과 술과 광대들, 무희들을 전부 다 데리고 들어오느라 하는 말이었다. 현고부가 한껏 사람 좋은 얼굴을 만들었다. 함박웃음을 지어 보였다.

"걱정 마십시오, 나리. 절대로 실망하지 않으실 겝니다."

전령이 떠나고 사곤은 벼리를 돌아보았다.

"내 말이 맞았지?"

어둑해질 무렵, 다시 길 끝에서 마차가 한 대 나타났다. 두 마리의 말이 끄는 그 마차는 황금빛 수가 놓아진 검은 비단으로 휘장이 쳐져 있었다. 황금빛 수는 무후의 신인 신수(神樹) 백탑목이 새겨져 있었다. 지체 높은 신관이 타고 있다는 뜻이었다. 사곤이 기다리던 마차였다.

황금빛이 번쩍, 이내 그는 사람 눈을 피해 감쪽같이 마차에 올라탔다.

"오래간만이다."

"그런가?"

그 안에 탄 자는 은빛 머리카락에 운두 높은 저고리, 검은 고깔모자를 쓴 신관이었다. 손에는 지위를 상징하듯, 순은덩이로 만든 신목이 새겨진 지팡이를 들고 있었다.

"미리 온다는 기별도 없더니."

"내가 미리 기별하고 오는 사람인가?"

사곤의 대답에 무후의 신관이 싱긋 웃었다. 세로맥아, 백탑교의 일등신관이자 아칸의 대승정이다. 흑군 사곤의 조력자이자 친구이기도 했다.

"어제 재미있는 소문을 들었다."

"흐음?"

"호율성의 노예 시장이 완전히 초토화되었다더구나."

"그래?"

"차아킨의 보고에 따르자면 검은 복면을 한 자가 단신으로 나타나, 일거에 쓸어버렸다고 한다. 뭐 좀 아는 것 있나?"

"내가 어떻게 알아? 넌 아는 것이 있냐?"

사곤은 시침을 뚝 뗐다. 오히려 하얀 이를 들이대고 세로맥아를 노려보았다.

"내가 경고한 것을 잊지 않았을 텐데? 아직도 호율성에서 버젓이 노예 시장이 열리게 해?"

"내 탓이 아니다. 내 힘을 벗어난 일이었다구."

"누구의 탓을 하려는 거냐? 아칸이 네 손안에 있다는 것을 뻔히 아는데?"

"이젠 아니라 말했잖느냐. 대중신의 목을 잘라 보낸 것도 내 탓이 아니었다구."

"그 일 때문에 너희 무후는 한동안 어려움을 겪게 될 것이다. 그런데 왜 그런 짓을 하게 내버려 둔 거냐?"

"이미 아칸이 내 손을 벗어나 버렸다 했잖느냐?"

"역시 그 여자 탓인가?"

"뒷말로는 자존심이 상했다고 하더구나. 제 아닌 다른 여자를 마린으로 맞아들인 것에 대하여 분노를 했다더군."

"그렇다고 해서 그런 짓을 저지르게 해? 해란의 사람들이 무서운 이유는 명분에 집착하는 일이라 했지? 너희는 금기를 어겼어. 항복한 자에 대해서는 관대하고 살상하지 않는다는 것이 너희들이 천하의 정복민들 마음을 얻은 이유였다. 한데 이유도 없이 생목숨을 죽였으니, 해란은 이제 명맥이 끊어질 때까지 너희들을 괴롭힐 게다."

세로맥아가 침울하게 고개를 끄덕였다. 물론 그로서는 해란의 저항보다는 눈앞의 이 사내가 내보인 분노가 더 두려웠지만.

"그나저나, 네 아칸은 여전히 정신을 차리지 못하는 모양이지?"

"흑군이 가장 경계한 일인데, 호율성의 노예 시장이 여전히 번성할 정도라면, 알 만하지 않는가?"

"네 소박한 아칸이 사무란에 입성하여 나쁜 것만 많이 배웠구나."

세로맥아가 한숨을 쉬었다.

"오직 전사라, 비단침상도 모르고 어여쁜 여인들도 모르고 미주(美酒)에 취하는 일도 몰랐었지. 한데 여기로 입성하니, 바로 하늘 아래 천국인 게다. 하여 제 넋을 잃어버린 것이지. 살자 하는 사무란의 인간들이 엎드려 절하고 서로 다투어 아첨하여 칭송하니, 위신은 더욱 높아지고, 거만함은 하늘을 찌르게 되는 것이다. 어쩔 수 없는 슬픈 인간의 본성이다."

"아직도 그 계집을 총애하여 정신을 못 차리는 게로군."

사곤의 말에 세로맥아가 다시 고개를 끄덕였다.

"하자는 대로 다 하여준다더라. 사내 몸과 넋을 녹이는 데에는 천부적인 자질을 지닌 계집이었다. 해란의 마루한이 그리도 집착하는 이유를 알 만하다 싶었다. 여하튼 계집이 요물이라니까."

"계집 탓하지 말아라. 거기에 휘말려 든 사내놈이 더 못난 것이지."

사곤이 단번에 내뱉겼다. 갑자기 그의 얼굴이 엄숙해졌다.

"세로맥아."

"왜?"

"여기서 난 결단을 내리지 않으면 안 된다."

"무슨……?"

"내가 너희들에게서 손을 뗄 것인지, 아니면 너희들을 계속하여 지지할 것인지."

"어떤 생각을 품고 여기로 왔느냐?"

"네 대답 여하에 따라 달라질 것이다."

"이제 우리 무후도 나름대로 홀로 설 만하다. 네 협박이 먹히지 않을 것이란 것을 알고 있지?"

사곤은 빙글빙글 웃었다.

"네 나라 본국의 도성이 텅 비어 있음을 아는 자, 나뿐이지. 단번에 들어가 초토화를 할 수 있는 것도 나뿐이고. 게다가 너희 무후의 본성과 우리 단뫼는 국경을 아주 가까이 같이하고 있지. 내 매가 한 번 하늘을 날면 너희 무후의 본성은 사흘 이내로 함락된다. 돌아갈 곳을 잃는 거다. 그런 연후에 곳곳이 네 군사들이 모여 있는 성 하나씩 하나씩 잘라주마. 그래도 되는 거냐?"

싱긋싱긋 웃으며 이야기하고 있으나, 그것이 전부 사실이라는 것을 세로맥아는 너무 잘 알고 있었다. 등골에 오스스 소름이 끼쳤다.

"원하는 게 뭐냐?"

"네 아칸의 목."

"뭐라고?"

"나무가 살려면 썩은 가지를 잘라야 하는 법, 네 아칸은 희망이 없다. 네 나라가 계속 번성하고 너와 내가 계속하여 평화로이 거래를 하려면 그자가 없어져야 해."

"날더러 그를 암살하란 말이냐?"

"천만에! 그, 목을 원하는 자가 둘이나 있다. 네가 손을 대지 않아도 그 목을 따러 스며들 그림자가 있으니 걱정 말고. 너와 내가 합의할 문제는 다음 아칸이 누가 되느냐 하는 거다."

"염두에 둔 사람이 있느냐?"

"지금 송요성을 공격하고 있는 방백이 누구였지?"

"가실세아."

"그자가 마음에 든다. 돌아보니 그자가 점령한 성만 깨끗하고 질서가 잡혀 있었다. 쓸 만하다."

"하지만 그는 패거리를 짓지 않아 세력이 별로 없어. 그자를 아칸으로 추대하려면 뭔가 커다란 공적이 있어야 한다."

"송요성을 주지."

"뭐라고?"

"난공불락의 성, 완벽한 보물성이지. 해란의 철과 금의 절반이 그곳에서 난다. 그 성만 함락하면 해란의 명줄을 거의 끊었다고 해도 과언이 아니지. 하여 너희들이 그토록 송요성을 가지고자 애를 쓰는 것 아니냐?"

"그렇게만 된다면 가실세아가 아칸이 될 만하지. 하지만 어떻게?"

"성으로 잠입하는 비밀 통로."

"그런 게 있었나?"

"나한테 없는 게 어디 있어? 지도를 주지. 단!"

"단?"

"며칠 내로 내 사람이 네 썩어빠진 아칸의 목을 딸 게다. 그때, 어찌하든 그 암살자의 목숨은 살려줄 것."

"그건 장담 못해. 눈앞에서 우리의 아칸을 죽인 자를 살려줄 명분이 없다."

"명분이야 만들면 되는 것이고, 그자가 제 목숨을 이어갈 수 있게 술수야 부리면 되는 법. 단, 네가 할 일은 그자를 감옥에 가두었을 때, 누구도 죽이지 못하게 철통같이 번을 세우는 것이다."

"그다음에는?"

"내가 알아서 하지."

"좋아."

세로맥아가 줄을 잡아당겼다. 마차가 멎었다. 볼일 끝났으니 내리란 말이었다.

"참."

사곤은 몸을 돌이켰다. 세로맥아가 헛기침을 했다.

"뭐?"

"이건 단지 작은 호기심에서 묻는 말인데, 감히 우리의 아칸을 죽이러 온 자는 어떤 자냐?"

"다 밝히면 재미없지. 단 하나, 대궁에 도사리고 앉아 여러 사낼 바보로 만든 계집의 목줄까지 쥐고 있는 자이다."

맹하게 생긴 그 계집, 얼마나 표독해지고 악랄해질 수 있는지 구경하는 것도 재미있지. 그런 계집에 목숨 건 사내의 바보짓도 재미있고. 그가 사무란성에 온 이유는 오직 그것 때문이다. 사곤은 싱긋 미소 지었다. 얼음을 문 듯 지독히도 싸늘한 웃음이었다.

자정 무렵, 단뫼의 상인들이 묵고 있는 여각.
가장 깊은 방에 앉아 벼리는 무릎을 꿇고 검을 닦고 있었다.
사악삭, 사악삭. 하얀 천 사이로 드러나는 검날에 그의 얼굴이 비쳐졌다. 볼에 그어진 검상이며 구릿빛 못난 얼굴까지.
일편단심(一片丹心), 항구여일(恒久如一).
벼리는 읽고 읽어 뇌리에 새겨진 글귀를 내려다보고 있었다.
이렇듯이 사무치게 그리워하고 마음이 얽혔는데도, 운명의 회오리에 말려 헤어져 버린 두 사람. 다시 만나지 못해 병이 든 두 마음을 생각했다. 평생 상대의 그림자만 좇는 해와 달처럼.
그리워만 하고 만나지 못해 속이 검게 썩어 들어가는 그 사내를 생각했다. 올곧게 한 여인만을 가슴에 담아 내내 놓지 못하여 가슴 앓이하던 그 사내. 그렇듯이 한 여인을 사모하고 한 나라도 사랑하는 그 사내. 온 백성의 아비 노릇을 하려 제 가슴을 베어내던 그 사내. 꿈속에서만 울어내던 그를 위하여.
'마루한.'
불빛에 비친 칼날을 내려다보며 가만히 중얼거렸다. 제 목숨을 내놓더라도 마린을 모시고 가겠습니다. 그것이 당신을 배반한 내가 마지막으로 이루어야 할 일. 작으나마 죄를 씻는 일.

지그시 이를 악물었다.

'그리고 그 일이 끝나면.'

만에 하나, 천운으로 그가 소명을 다하고 마루한께 다시 돌아갈 수 있다면.

'제 목을 내놓고 사죄하겠습니다.'

그리고 간청하겠다. 우르 신 앞에서 맹세한 혼약을 파기해 달라고. 새처럼 자유롭게 날아갈 수 있게 해달라고.

'평생 한 번, 이기적으로 오직 제 자신의 마음에만 정직하여 떠나고 싶습니다. 온 목숨 다하여 마루한의 소원을 이루어 드린 연후에, 그래도 제 명이 남아 있다면 그것은 여분. 그때는 그 여분의 목숨, 나만을 기다리는 사람에게 주고 싶습니다. 온전히 오롯이 전부다.'

싸울아비 아사벼리를 눈부신 꽃처녀로 만들었던 그 사내. 넓은 가슴으로 눈물을 감추어주고 두터운 손으로 검은 머리태를 땋아주던 그 사람에게로. 보기 흉한 흉터를 밉다 하지 않고, 장하다 쓸어주던 그 사내에게로.

단 한 번만, 이기적으로 무거운 의무에서 벗어나, 그 사람을 행복하게 해주는 데에만 목숨 걸고 싶다고. 그리하여 단 한 번도 온전히 자신을 위해 살지 못한 아사벼리가 자유롭게 행복해지고 싶다고.

문 바깥에서 흠흠 헛기침이 났다. 문이 열렸다. 사곤이었다.

"검을 닦고 있는 거냐?"

대답 대신 검을 들어 불빛에 비춰보았다. 눈에 보이지 않는 예기가 방 안의 공기마저 베어버릴 듯하다. 소중히 갈무리하여 검집 안에 넣었다. 옷자락 안에 감추었다.

"그래, 아칸의 목을 따고 마린을 구해낼 방도를 생각하여 보았느냐?"

"일단, 내일 대궁으로 들어간다 하니, 상황을 살피고 적진을 탐지한 다음, 잠입하여 거사를 치를 계책을 세우려 한다."

"그렇군."

사곤이 벼리가 앉은 탁자 앞으로 다가앉았다. 그리고 불쑥 무엇을 건네주었다.

"이것이 무엇이냐?"

"받아두어라. 유용할 게다."

"이것이 무엇이냐니깐?"

벼리는 주머니 속을 열어보았다. 물건의 정체를 확인하고는 고개를 들어 노려보았다. 그건 일라가 늘 목에 걸고 다니던 녹주석 목걸이였다. 이 사이로 경멸스럽게 내뱉었다.

"기어코 빼앗았군. 지독한 인간 같으니라고!"

"고루불이 독이다."

"뭐?"

"자세히 보면 중간에 가느다란 금이 있을 게다. 그 부분을 힘주어 돌리면 열린다."

"이 속에 고루불이 독이 들어 있다고?"

"살수들이 즐겨 사용하는 물건이지. 조심해라. 사무란성의 인간 전부를 몰살시킬 정도의 양이다."

"이것을 네가 어찌……?"

"만에 하나 아칸을 습격했을 때, 상처만 입히고 죽이지 못한다면 낭패가 아니냐? 너야 어차피 목숨 내어놓고 달려드는 녀석. 네가 죽더라도 그놈은 기어코 죽여야지."

"죽여야지. 하여서?"

"아칸을 칼로 찔러 죽일 양이면 검에다 발라두는 것이 좋겠지. 그리고."

그가 다시 전낭에서 붉은 병을 꺼냈다. 그것의 뚜껑은 밀납으로 단단히 봉해진 채, 몇 겹의 금박으로 감겨 있었다.

"고루불이 해독약이 있다는 것은 너도 몰랐을 거다."

벼리의 눈이 크게 뜨였다. 믿지 못하겠다는 빛이 그 눈 속에 일렁이고 있었다.

"고루불이 독을 중화시킬 수 있는 것이 세상에 존재한단 말인가?"

"모든 것은 상극이 있는 법이다. 역시 내가 쥬신에서 구해온 물건이지. 짐초의 독*이다."

"짐초의 독?"

"짐새가 먹이로 삼는 풀이 짐초이다. 그놈이 극독을 품고 있는

---

*짐초의 독:짐새는 독사를 잡아먹고 사는 새로서 그 독이 너무 지독해서 생명체는 그림자만 보아도 즉사를 할 정도라고 한다. 짐초는 짐새가 먹이로 삼는 열매로서 독사의 독을 중화하여 짐새를 살게 하는 풀로 설정함

독사를 허구한 날 잡아먹고도 살아가는 이유가 바로 이 풀 때문이다."

"이이제독, 독은 독으로써 이긴다는 것인가?"

"간직해라. 네게 큰 도움이 될지도 모르니."

"이것을 왜?"

"멍청아! 머리를 쓰란 말이다. 이 독을 어떻게 이용할 수 있을지. 무작정 검을 들고 달려들면 다냐? 그놈도 죽이고 마린도 살리고 또한 반드시 네 목숨도 구할 방도를 찾아야지!"

"내 목숨 따윈 아깝지 않다고 하였을 텐데?"

"목숨 따위?"

사곤이 버럭 고함질렀다. 눈 속에 불길이 이글거리고 있었다.

"감히 어찌 그런 말을 하느냐? 너는 아끼지 않는 네 목숨, 나한테는 아주 귀하다. 내 마음을 끝까지 모르는 척할 테냐?"

"……미안하다. 잘못 말하였다."

벼리가 풀죽어 말하였다. 그러다 고개를 번쩍 들었다. 탁자 위에 놓인 손이 가늘게 떨리고 있음을 보고 있는 그 사내에게 청하였다.

"부탁이 있다, 사곤."

"무엇이냐?"

"……나더러 두렵지 않느냐고 묻지 마라. 나도 인간이거늘."

"흠."

"나더러 도망치고 싶지 않느냐고, 비겁해지고 싶지 않느냐고도 묻지 마라. 입에서 그런 말이 나올까 두려운 사람이 바로 나이니."

벼리의 굳센 눈이 아주 슬프게 변하였다. 가만히 고개를 흔들었다.

"아무것도 미리 생각하지 않으려 한다. 어찌하면 내 목숨 먼저 아껴 살아날까도 생각하지 않는다. 나는, 해야 할 일이 있고 이루어야 할 소명이 있으며 지켜야 할 의무가 있다. 나는, 그것을 반드시 행하려 한다. 이루려 한다. 그러고 나서, 그다음. 그래도 여전히 살아 있다면, 나는."

말 대신 손을 들어 마음속 담아둔 그 사내가 땋아준 머리카락을 매만졌다. 수줍고도 설레는 동작이었다.

애련하게 미소 지었다. 불빛 아래 몹시 서럽고도 애틋한 웃음이었다. 마루한이 아닌 다른 사내에게 처음 보여준 자발적인 미소였다. 바라보고 있는 사내의 마음을 사랑스러움과 슬픔으로 미여지게 만드는 미소였다.

"살아 있음을 즐기려 한다. 누군가에게 지극히 사랑받는 나를 몹시 아끼려 한다. 내 서원을 이룬 다음에, 그다음에."

벼리는 이를 악물었다. 슬픔으로 가득 찬 사내의 눈빛을 위로하듯이 다시 웃었다. 그 얼굴을 쓰다듬듯이 속삭였다.

"하니 그런 눈으로 나를 보지 말아라. 하니 그런 말로 나를 흔들지 말아라. 말하지 않는다 해서, 내 마음이 너와 다르다고도 말하지 말아라. 말 못하여도 너는 알지 않느냐? 애끓는 내 마음을……."

벼리가 일어났다. 사곤이 앉은 그 자리 앞으로 다가가 무릎을 꿇었다. 가만히 그의 무릎에 머리를 올려놓았다. 마음을 기댔다.
 마지막이 될지도 모르기에, 이것이 어쩌면 이승에서의 영영 이별일 수도 있기에.
 "지금은 날 좀 쓰다듬어 다오."
 곁에 아무도 없는 외로운 나를, 아직은 살아 있을 때, 살아 있는 네가 안아다오. 마지막으로 나는 한 번만 더 죄를 지으련다. 마루한의 마린인 아사벼리가, 감히 외간 사내를 사랑하는 죄를 한 번만 더 지으려 한다.
 따뜻하고 두툼한 손이 벼리의 머리 위로 다가왔다. 정수리를 덮었다. 남은 한 손으로 가만가만 등을 쓸어주었다. 아사벼리, 아사벼리, 내 눈부신 빛이여. 귀하고 귀한 내 사람이여. 말 못하는 말이, 흐르고 흘러 그대로 스며들었다.
 벼리는 눈을 감았다. 남실거리는 온기의 물결 같은 것이 그 손에서부터 전해져 와 심장을 가득 채웠다.
 '죄를 짓는 순간이 이리도 행복하니 이를 어쩌랴?'
 주르르, 눈물이 흐를 것 같아 미칠 것 같다. 소리없는 흐느낌이 그만 바깥으로 새어 나올 것 같아 이를 악물었다.
 천지간에 둘만인 지금, 함께인 이 순간이 영원이고 싶으니 이를 어쩌랴. 신의를 배반하고 우르 신 앞에서 맹세한 혼약을 배반한 내가 이 행복을 사무쳐 하니 이를 어쩌랴.
 사랑이라 부르는 자여,
 단목사곤이라 이름하는 서러운 내 사내여.

어찌하여 너는 나에게 정이란 것을 가르쳤더냐? 사랑이라는 것으로 물들여 버렸더냐?

무엇 때문에 나를 이리도 허약하게 만들었느냐? 어찌하여 나를 이리도 비겁하게 만들었느냐? 정 하나에 목숨 걸고 울고 웃게 만드는 유약한 아낙으로 살고 싶게 만들었느냐? 오직 나, 아사벼리는 긍지 높은 해란의 싸울아비일 뿐, 꽃잎 같은 여인이 아니었다. 한데 너는 나를, 네 심장을 오롯이 박아 가꿀 너른 대지로 만들어 버렸구나. 모든 것 다 버리고 너 하나만의 정인으로 살고 싶게 만들었구나.

"아사벼리."

머리 위에서 그 사내가 속삭이고 있었다.

"음."

"난 지금 참 복잡한 심사란다."

"어찌하여?"

"억지로라도 말려 너를 살려야 하나, 너 하는 양 그대로 두고 보아 죽여야 하나."

그만큼 벼리 자신이 할 일이 어렵다는 뜻. 거의 불가능하다고 말할 정도로 힘들고 지난한 일이라는 뜻이었다. 사곤 자신으로서도 더 이상은 도와줄 수 없을 만큼으로.

"……제발 날 말리지 않기를 바란다. 해야 할 일을 하지 못한다면, 하늘 앞에 서원한 그 일을 이루지 못한다면, 난 살아도 산목숨이 아니기에."

"하늘 아래 떳떳하지 못하여 평생토록 괴로워하는 너를 보아 내 아프느니, 네 죽는 것을 지켜보며, 홀로 슬퍼하며 평생 나 홀로 사는 것이 나을까? 그런 것일까?"

머리를 쓰다듬고 있던 손이 멎었다. 이윽고 다가온 두 손이 벼리의 얼굴을 하늘로 치켜 올렸다. 손길보다 더 따뜻하여 눈물 저린, 햇살처럼 뜨거워 사무친 입술이 기다리고 있었다.

내려다보는 남자와 올려다보는 여자가, 수줍은 사랑을 나누는 기쁨으로 행복한 두 사람이 입 맞추었다. 그런 기쁨마저 너무 가슴 아파서 울 것 같은 눈을 하고, 그리하여 그만 눈을 감아버린 채 오래도록 입 맞추었다.

서로의 피를 나누듯이, 생명을 주듯이 긴 입맞춤 후에 사곤이 고개를 들었다. 벼리에게 눈을 맞추었다.

"반드시."

"음."

"남의 목숨 사랑하듯, 네 목숨도 사랑한다고 약조하거라."

거짓이라 할지라도 이날은 고개를 끄덕였다. 울 것 같은 눈을 하고도 내내 웃었다.

"네가 지켜줄 누군가의 사랑도 지엄하나, 살아 나에게로 오겠다는 네 맹세도 그만큼 거룩하다. 반드시 지키겠다고 맹세하거라."

하고말고. 하고말고.

내가 너에게 할 수 있는 그 맹세…… 지킬 수만 있다면, 내 뼈를 부수어서라도 지키고말고. 우르 신이시여, 가당찮은 욕심을 용서하시기를. 내 반드시 살고 싶습니다. 이 사람에게로 가고 싶습니다. 한 번은 행복하고 싶습니다. 나를 바라는 이 사람을 행복하게 해주고 싶습니다.

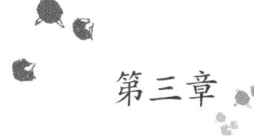

第三章

믿음을 배신한 자여, 저주받으리라.
사랑을 배반한 자여, 저주받으리라.
환인께서 고개를 흔들며 말씀하셨다.
"함부로 저주하지 말지어다.
악한 것은 사람이 아닌 법이니,
그가 처한 상황이 악하게 만드는 것이니."

다음날, 정오가 넘어갈 무렵이다.

단뇌의 상인들 중 대궁으로 들어갈 이들은 주섬주섬 행렬을 만들기 시작했다. 다들 아칸을 만나 바칠 예물들을 한가득 실은 수레를 끌고 있었다.

벼리 또한 사곤과 더불어 수레에 타고 있었다.

"일라는?"

"오늘 밤의 주역인데 빠질 리가 있겠느냐?"

사곤이 고갯짓을 했다. 아닌 게 아니라, 화려한 의상들을 걸쳐 활짝 핀 꽃송이들처럼 화려하다. 어여쁜 무희(舞姬)들과 가기(歌妓)들이 한가득 수레에 타고 있었다. 광대들도 한몫하여 우스꽝스러운 차림으로 북들을 둥둥 치고 있었다. 보기만 하여도 절로 신이 났다.

　마음 안에야 저들 나름대로 각양각색의 시름과 고민을 안고 있을 테지만, 겉보기로는 즐겁고 들뜬 표정이기만 했다.

　"일라는 검무(劍舞)를 출 것이다."

　"검무를?"

　"천하에서 짝을 찾기 어려울 정도로 능숙한 솜씨이니, 오늘 밤 인기를 독차지할 게야."

　벼리는 사곤을 빤히 바라보았다.

　"그 말을 내게 하는 이유가 무엇이냐?"

　"누군가가 구하러 왔다고 네가 만나야 할 사람에게 알려야 하지 않느냐?"

　"……그렇군. 나는 마루한의 정표를 지니고 왔다."

　"겨우 심부름이나 할 우리와는 달리 일라는 사람들 앞에 나가서 춤을 출 것이다. 눈에 뜨이기가 더 쉽다."

　벼리는 고개를 끄덕였다. 사곤이 무엇을 말하려는지 알 것 같았다. 벌떡 일어나 수레 쪽으로 다가갔다.

　"일라, 잠깐만 나하고 이야기할 수 있어?"

　"좋지."

　사곤은 수레의 뒤 그늘에서 이야기를 나누는 두 사람을 바라보았다. 벼리가 자신의 단검을 일라에게 건네주는 것도 보았다. 고개를 설레설레 저었다.

　'불쌍한 녀석.'

하나이던 신념이 허무하게 깨어지는 것, 믿었던 사람에게 무참하게 배신당하는 일, 어느 것이 더 슬프고 비참할까?

'하지만 넌 여기 이곳에서, 너의 일생에는 지금껏 없었던 두 가지를 다 배우게 될 것이다. 아사벼리.'

거기서 살아남아라. 네 무지하고 순백한 것이 더럽혀져도, 처참하게 짓밟혀도 너의 긍지와 올곧음과 순수가 더럽혀지지 않는지 시험하겠다. 아사벼리, 너는 땅의 아비로서 하늘의 문을 열 자, 나 단목사곤이 정한 반려이다. 네가 고마의 어미가 될 자격이 있는지 스스로 증명하거라.

사곤은 매처럼 날카로운 눈동자로 벼리를 바라보았다. 연민하고 동정하며, 또 한편으로는 대견해하며.

그가 아는 한, 삶을 저리도 전부, 깨끗하고 그리고 정직하고 절박하게 살아내는 이는 그가 사랑하는 저 여인이 유일했다. 가능한 한 상처받지 않기를 진심으로 빌었다. 하지만 그녀가 원하고 가고자 하는 길은 어찌할 수 없는 가시밭이었다. 그녀가 제 삶이 아닌 다른 사람의 삶을 더 소중히 여기던 그 순간부터, 그들의 추악한 배신과 비겁함과 분노와 절망까지 다 껴안던 순간부터.

그것을 이겨내고 그것마저 다 떠안을 수 있다면, 그녀는 진정 천하의 어미가 될 자격을 얻을 것이다.

"태궁."

다가온 이는 현고부였다.

"무엇이냐?"

"말씀드려야 할 일이 있는 듯싶어서."

"말하라."

"어젯밤, 우리 아이들 사이에 볼에 검흔이 난 자가 있는지 묻고 다니는 사내가 있었다 하더이다."

"뭐라고?"

삽시간에 사곤의 눈이 예리한 칼날로 변했다.

"그가 누군지 탐문하였느냐?"

"보아하니, 해란의 복식을 한 자였습니다. 듣잡기로 어제 정곡에서 돌아온 무후의 사신을 호위해, 해란의 싸울아비들이 여럿 입성하였다 하더이다. 누구도 대답하지 않으니, 결국 뜻을 이루지 못하고 그들이 묵는 여각으로 다시 돌아가더란 말을 들었습니다."

"그렇군."

필시 마루한의 명을 받고 벼리를 돕기 위해 은밀히 들어온 자가 분명했다. 사곤이 상인들에게 엄명하기를, 누구도 벼리에 대하여 발설하지 말라 하였기에 다들 외면한 것이 분명했다. 어차피 얼굴 태반을 늘 가리고 사는 단뫼의 장사치들이다. 보는 앞에서 두건과 입 가리개를 벗지 않는 이상 일일이 확인하기도 어렵기는 했다.

"다음에도 또 탐문을 하면 어찌하오리까?"

"내가 데려온 자는 이곳에 없는 자이다. 괜히 우리가 소용돌이에 휘말릴 필요는 없다. 함구하고 내쳐라."

"알겠습니다."

"하고, 내가 말한 것은 완성되었나?"

"그러믄요. 아예 그것을 만든 대장장이를 찾아냈습니다. 그대로 만들었나이다."

현고부가 가죽집에 넣은 단검을 사곤에게 넘겨주었다. 사곤은 검집에서 검을 꺼내보았다. 잘 갈린 예리한 날에 반짝 햇빛이 튕겨 올랐다. 선명한 금 입사로 적힌 맹세의 글귀. 일편단심(一片丹心), 항구여일(恒久如一).

'일편단심, 항구여일 좋아하시네.'

삐뚜름한 미소가 사곤의 입술 사이로 주름처럼 잡혔다.

"일라가 벼리에게서 받은 검을 가져오너라. 그것이야말로 누구에게도 내줄 수 없는 것이다."

"알겠습니다."

"재미있어."

"예에?"

현고부가 사곤을 바라보며 되물었다. 어떤 경우에도 내심을 거의 드러내지 않는 주인의 얼굴에 이상야릇한 살기가 번져 있었다. 피비린내가 훅 끼치는 느낌에 흠칫 놀라 한 발 물러섰다. 사곤은 금 입사된 글씨를 노려보고 있었다.

"잘 보아두어라. 이 검 하나에 사무란성 운명이 달려 있다."

"그, 그렇습니까?"

"마지막 기회를 주려는 것이다. 살아 움직이는 것들은 다 저마다의 사연과 이유가 있으니, 바닥까지 썩었는지, 정녕 그 마음이 완전히 뒤돌아서 어찌할 수 없는 수준에 이르렀는지, 오늘 밤 하는 양을 보면 알겠지."

두 사람 앞으로 벼리가 다시 돌아왔다. 이내 동자가 궁성으로 들어갈 행렬 짓기가 끝났다는 것을 알리러 달려왔다.

"자아, 준비가 끝났으면 출발하자구!"

우두머리인 현고부가 크게 소리쳤다. 그것을 신호로 짐과 사람들을 가득 실은 수레들이 느릿느릿 움직이기 시작했다. 물론 그 목적지는 사무란성의 대궁이었다.

길게 이어진 수레들의 행렬이 곧게 뻗은 길을 지나, 도개교를 건너, 육중한 성문을 넘었다. 그리고도 다시 몇 겹의 벽을 넘어갔다. 벼리는 눈앞에 펼쳐진 화려한 대궁을 바라보았다. 지그시 입술을 깨물었다. 이 안에는 아름다운 마린이 억류되어 계시다. 적에게 사로잡힌 그분은 차마 말 못할 고초를 견디고 계실지니.

'마침내 적의 심장부에 들어왔다. 반드시 뜻을 이루리라. 마루한, 기다려 주십시오. 소장 아사벼리, 이 목숨 바쳐 아칸을 죽이고 마린을 구해내겠나이다.'

사무란성의 내성.

사곤과 벼리도 끼어 있는 단뇌국 상인들의 행렬이 내성으로 들어오는 그 무렵, 대승정 세로맥아는 아칸이 머물고 있는 해명전으로 들어섰다. 이 며칠 내 그렇듯이 무후의 군주는 아직 침전에서 나오지 않았다 한다.

"덕운재로 가겠다."

"하지만 방해하신다고 노화를 내실 터인데요?"
"어디 한두 번 당하는 일이냐? 괜찮다, 가자."
세로맥아는 아랫것들의 만류에도 불구하고 긴소매를 떨치고 대청을 나섰다. 덕운재로 가는 회랑으로 접어들었다.
"존모존모, 대승정을 뵈옵니다."
아칸의 측근에서 그를 지키는 시밀위 두 명이 문 앞에 서 있었다. 문 앞에 멈추어 서는 세로맥아를 향해 허리를 굽혀 최대한의 경의를 표했다. 아직도 제정일치(祭政一致)에 가까운 무후국이다. 아칸보다도 오히려 더 많은 존경과 경외심을 받는 대상이 바로 대승정인 그였기 때문이다.
세로맥아는 굳게 닫힌 문을 바라보았다. 분명히 한심하다는 표정이 얼굴 위로 스쳤을 것이다.
"아직도 기침 아니 하셨는가?"
"기침은 하시었고, 조찬도 들었으나, 대청으로 나가신다는 말씀은 없었나이다."
"그렇군. 덧없는 열락에 빠져 천상에 노닐고 계시니 귀찮은 지상의 일일랑은 관심이 없으시지. 이러니 뭐, 소원대로 천상에 보내 드려야지, 별수가 없군."
"네에? 무슨 말씀이신지……?"
"아니다, 혼잣말이었다. 들었다고 아뢰어라."
대답 대신, 시밀위가 목청을 크게 하여 문안의 사람에게 아뢰었다.

"아칸이시여, 대승정 드셨나이다."

"들라 하라."

잠시 후 느릿느릿한 목소리가 새어 나왔다. 음성에서조차 아아, 귀찮다! 하는 기색이 뚜렷했다. 시밀위가 민망하게 웃어 보였다.

"어젯밤도 느지막이 잠자리에 드셔서."

"그렇군. 공사다망하신 탓이겠지."

세로맥아의 목소리에는 어찌할 수 없이 희미한 경멸이 다시 섞였다.

문이 열렸다. 대낮인데도, 침상의 분홍빛 휘장은 아직도 내려져 있었다. 그 안에 비치는 그림자는 여전히 두 개였다. 건장한 가슴에 안겨 있는 것은 날렵하고 우아한 선을 그리는 여체 하나. 서로에게 찰싹 붙어 있는 두 개의 동체는 아직도 원시의 그대로였다.

그것을 바라보는 세로맥아의 눈에 더욱더 노골적인 혐오의 빛이 어렸다. 그러나 휘장 안의 사람은 그것을 볼 리 만무하다.

짐짓 목소리를 명랑하게 가장하였다. 별것 아니라는 얼굴로 대승정은 말했다.

"아칸이시여, 이제 그만 옥안을 사람들에게 좀 보여주심이 어떠하신지요? 중방들이 공무를 보지 못하여 발을 동동 구르고 있다 합니다."

"역시, 오늘도 잔소리를 하러 들어온 건가?"

"산적한 문제가 쌓여 있으니, 소승이 오늘도 쓴소리를 할 수밖에 없나이다."

"무엇이 그리 조급한가? 각자 맡은 일을 하라고 해. 나라의 일이 하루 이틀 미뤄진다고 해서 하늘이 무너지는 것은 아니지 않는가?"

그러면서도 건장한 아칸의 몸이 일어났다. 휘장이 젖혀지고, 흩어진 침상이 잠시 드러났다. 허리에만 천을 감은 아칸의 몸 뒤로 숨듯이, 여자가 앉아 있었다. 방금 전까지 중천에 뜬 해도 아랑곳하지 않고 그와 농탕질하고 희롱하던 뻔뻔한 계집이다.

비단이불을 들어 은덩이 같은 알몸을 가리는 시늉을 하고 있었다. 여자의 시선과 세로맥아의 시선이 아주 짧게 부딪쳤다. 흑수정같이 아득한 여자의 검은 눈동자는 처연하고 서늘한 안개 같은 것이 가득 서려 있었다. 증오와 분노 같은 것이, 체념과 자포자기에 섞여 어떤 빛인지도 알아차릴 수 없을 만큼 모호했다.

그럼에도 이미 여인에 대하여 좋은 감정일 리 없는 세로맥아의 눈빛은 바늘 끝같이 날카로웠다.

'가증스러운 계집.'

유혹은 제가 먼저 하였으면서도, 아직도 피해자인 척, 슬픈 운명의 희생양인 듯 청승을 떨어대는 모양이다. 하기는 벼룩도 낯짝이 있는 법이니.

등을 돌려 겉옷을 걸치고 있는 중이라, 아칸은 대승정의 눈빛을 여전히 읽지 못했다. 시큼한 비웃음과 경멸을 담아, 세로맥아는 슬쩍 웃어주었다.

'요물(妖物).'

이런 여자일수록 눈치는 빠르다. 자신에 대한 호(好), 불호(不好)를 알아차리는 데는 거의 천부적이다. 아칸보다 오히려 더 큰 권위를 가지는 대승정이 그녀 자신에 대하여 결코 호의적이지 않다는 것을 눈치챈 모양이다. 여자의 얼굴이 보기 싫게 일그러졌다.

'이것, 제 비위를 거슬렀으니 조만간 내 목을 쳐라 간살거리겠군. 훗흐, 그보다 아칸의 목이 더 먼저 떨어지겠지만. 그렇게 되면 연 떨어진 끈이라, 저 계집 얼굴이 어떻게 변할까 정말 궁금해.'

침상의 휘장이 아래로 떨어짐과 동시에 아칸이 돌아섰다.

며칠 밤 내내 주색(酒色)에 빠져 있었던 터로, 아직도 얼굴은 시뻘건 취기가 가시지 않았다. 한때 늠름하던 기상과 총명함으로 넘치던 눈동자는 벌써 두터운 권태와 향락으로 기름때가 끼어 있었다.

"그래, 오늘 할 일은 무엇이지?"

"할 일이야 많지요."

세로맥아는 명랑하게 말했다. 아칸이 식사를 차리는 탁자 앞으로 다가앉았다. 아련나가 소리없이 문을 열고 다른 방으로 사라지고 있었다.

뱀같이 부드러운 동작이었다. 소리 하나 내지 않았다. 누구는 우아하고 품위있는 동작이라 할지 모르겠다. 하지만 세로맥아의 눈에는 찬 피가 흐르는 고약한 뱀 한 마리가 방을 가로지르는 것처럼만 보였다.

"일단, 대청으로 나가시어 공무를 처리하셔야 합니다. 게다가 오늘 밤은 단뫼의 상인들이 입성하여 거나한 연회를 준비하는데, 그 사이에 각처에서 온 사절들과 복속을 원하는 소국들의 사절들을 알현하셔야 합니다."

"그렇군."

"하나 더."

세로맥아는 여자가 나간 문이 완전히 닫히지 않았다는 것을 옆눈으로 바라보았다. 어디 한번 시험해 볼까? 인간의 진실 밑바닥까지 말짱하게 드러나도록, 의심과 분노와 배신의 씨앗 하나를 뿌려 볼까?

"정곡에 간 해란의 사절들이 돌아왔습니다."

"오호, 그래? 유난히 게으름을 피우는 놈들이야. 대체 며칠 만에 돌아오는가?"

"뭐, 어려운 협상을 하고 있으니까요. 제법 반가운 소식을 안고 온 모양입니다."

"반가운 소식?"

아칸이 번쩍 고개를 들었다.

"해란의 마루한이 한발 물러섰다 하지요. 일단 대 마린이라도 자신에게 보내주면, 송요성을 내주는 협상에 나올 수 있다 합니다."

"송요성을 내주는 것이 아니라, 내줄 수도 있다? 그러면서 나더러 대 마린을 내어주라 말해?"

"송요성은 뭐, 지금 남은 해란의 마지막 명줄이니까요. 고집을 피우는 것이 이해됩니다. 하니 우리더러도 나름대로 성의를 보여라 이런 말이겠지요."

문 뒤에 서서, 안에서 들려오는 말을 주워듣는 아련나의 얼굴이 시퍼렇게 변하였다. 지금 자신이 들은 말을 믿을 수가 없었다. 꽉 쥔 주먹 때문에 손톱이 살을 파고들고 있었다. 아름다운 얼굴이 밉게 일그러졌다. 퍼들퍼들 떨렸다. 분노로 하얗게 질렸다.

'내가 아니라고? 먼저 대 마린을 보내주면 협상에 나서겠다고 말하였다고?'

무엇보다 그에게 자신이 우선이라고 믿었다. 그녀의 안전과 생명을 보호하기 위해 무슨 일이든 할 수 있고 수치를 감당하리라 믿었다. 그런데, 그는 다시 한 번 아련나의 믿음을 무참하게 배신하였다.

그녀의 심장을 직격으로 파헤치는 말은 또 있었다.

"뭐, 즐거운 소식이 하나 더 있습니다만."

"무엇인가?"

"송요성으로 진입하는 비밀 통로가 있답니다."

"뭐라고? 참말인가?"

"해란의 싸울아비가 배신을 한 것이지요. 그 지도를 가진 자가 사무란성에 들어왔습니다. 그는…… 아, 죄송합니다. 문단속을 좀 하도록 하지요. 혹여 엿듣는 귀라도 있으면 곤란하니까요."

아련나는 흠칫했다. 얄미운 대승정 그자가 벌떡 일어났다. 그녀가 선 문을 꽉 닫아버렸다. 그 동작이 의미하는 바는 아주 명확했다. 계집, 꺼지시지.

아련나는 숨을 몰아쉬며 뒤돌아섰다. 너무 큰 충격에 뇌리가 하얇게 바래는 기분이었다. 정상적인 사고를 할 수가 없었다.

'나는 이런 치욕을 겪고 있는데, 다시 만나기 위해, 어찌하든 살아서 기다리려 하는데. 나를 배신하고 어머님을 먼저 챙겨? 나는 결국 그에게 아무것도 아니란 말인가?'

그가 그녀를 잊어버리고, 새 마린을 맞이하였다는 기별을 받은 이상의 충격이었다. 비틀비틀 아련나는 회랑의 난간을 붙잡고 기계적으로 몸을 움직였다.

"당신이, 당신이 감히!"

하얀 이가 빠드득 갈렸다. 붉은 입술이 피 먹은 듯 질끈 다물려졌다.

살아남으려고 내가 어떤 치욕을 겪었는데? 당신이 날 데리러 와주기를 기다리며 살고 있는데 나를 감히 버려?

힘없고 능력없어 행복은커녕 나를 지켜주지 못하는 사내여, 남편이라 말하고 하늘이 내려준 반려라 말하던 사내여, 그 말을 부끄러워하라.

하늘 아래 가장 고귀하고 아름다운 내가, 천한 노예만도 못하게 구차한 목숨을 이어가는데, 오직 그대가 나를 구하러 오기만을 기다리며 살았는데, 돌아온 것은 뼈아픈 배신뿐이었다.

'당신은 감히 나를 버리고 먼저 배신하였다. 버젓이 날 두고 새 계집을 마린으로 맞이하였지. 그것도 모자라서, 이제는 나를 버리고 대 마린만을 구하려 해? 그것이 날 온전히 사랑한다던 그대의 진심인가?'

누구도 감히 그녀를 버리지 못한다. 배신해서는 안 된다. 그녀는 버림받거나 뒤로 밀쳐지는 일에 익숙하지 않았다. 늘 괴임만 받고 사랑만 독차지하는 사람이었다. 한데 다른 누구도 아닌 남편 마루한이 가장 지독하게 그녀를 배신하였다. 분하고 억울했다. 서럽다 못해 온몸이 지독히 아파왔다. 숨을 쉬는 것조차 치욕이고 수치였다.

세상에서 가장 고귀하고 아름다운 아련나 그녀가, 해란의 마린인 자신이 다른 누구도 아닌 남편 가람휘에게 먼저 버림받다니! 헌 물건보다도 못하게 내팽개쳐지다니.

"에구머니, 마린!"

회랑을 꺾어 돌자마자 늘 그 자리, 이제나저제나 그녀를 기다리고 있던 유모 가시솔이 비명을 질렀다. 하얗게 질린 채 비틀거리는 주인을 안아 들었다. 아련나는 신임하는 시녀의 품에 힘없이 안겼다. 그녀가 무슨 짓을 해도 믿어주고 지지해 주는 유일한 편에게로 몸을 맡겼다. 하얀 입술이 나직한 말을 뱉어냈다.

"가시솔, 나를 부축하거라."

"예, 예, 마린."

주르르, 눈물이 흘렀다. 왜 우는 것일까? 공허한 아련나의 눈빛이 내내 하늘로 향해 있었다.

자신의 눈물이 무엇 때문인지도 모른다. 그럼에도 내궁으로 돌아가는 내내, 아련나는 울고 또 울었다. 갈래갈래 얽힌 생각들과 감정들이 계속하여 눈물로 샘솟았다. 멈출래야 멈출 수 없었다. 지향전에 도착할 때까지 하얀 볼은 내내 젖어 있었다.

"제발 진정하시어요, 마린. 제발 눈물을 그치시어요."

가시솔이 어찌할 바를 모르며 동당거렸다. 괜스레 고함을 질렀다. 시녀들을 재촉해 소셋물을 떠오게 했다. 손수 젖은 수건을 들어 분단장 지워진 아련나의 얼굴을 살며시 닦아주며 어린애 달래듯이 얼렀다.

"고운 얼굴이 어찌 눈물에 젖으셨을까? 어찌 그러하셔요? 네에? 말씀 좀 해보세요, 마린!"

"그가……."

주룩, 눈물이 다시 흘렀다. 아련나는 홱 하니 가시솔의 손을 뿌리쳤다. 손에 잡히는 대로 경대 앞의 화병을 집어 들어 바닥에 내던져 버렸다. 와장창, 깨어지는 소리가 요란했다. 꽃송이가 이리저리 바닥에 흩어졌다. 그런 꼴이 버림받은 제 모습 같아 더 분했다. 콱콱 밟아주고, 그것으로도 모자라, 또다시 손거울까지 내던져 버렸다. 사금파리를 씹듯이 울음 섞인 목소리로 절규했다.

"그가, 그가 감히 나를 버렸어!"

"'그'라니요? 아칸께서요? 마린을 버린 겁니까? 그런 거예요? 소인이 당장 나가 마린을 울린 죄를 물어 크게 호령하겠나이다. 하니 울지 마시고 말씀하세요!"

실제로는 그럴 수 없다 하여도 가시솔은 큰소리부터 쳤다. 그녀의 어여쁜 마린이 울고 골내면 나중에야 어떻든 지금에는 무조건 달래주어야 한다. 그러나 줄줄 울면서 아련나가 발을 굴렀다.

"그깟 아칸 따위가 무어람? 난 마루한을 말하는 거야!"

"네에?"

가시솔의 눈이 휘둥그레졌다.

"그가 날 보기 좋게 배신하였어!"

아련나는 이를 갈았다. 자신이 한 배신과 허물은 생각나지 않는다. 전부 다 가람휘 탓, 못난 나라의 군주인 남편 탓만 하였다. 분해하였다.

"네 말이 맞았어. 그는 결국 그렇고 그런 사내였다. 언제고 날 배신할 사내였던 것이야. 네 말대로 그를 기다리며 수절하였다간 난 정말 기막힌 꼴을 당하였을 것이야."

"마린, 진정하시고 찬찬히 말씀하여 보세요."

가시솔이 다급하니 캐물었다. 만에 하나, 마루한이 사무란성에 입성이라도 한다면? 도성을 수복하는 일이라도 생긴다면? 아련나를 부추겨 아칸에게로 가게 한 그녀의 목이 제일 먼저 잘릴 것이다. 아련나가 흐느끼며, 분해하며 이를 갈았다. 바락바락 고함을 쳤다.

"송요성을 내주는 협상을 하는 대가로 나 아닌 대 마린을 보내주라고 요구하였대. 내가 아니라 제 어미를 먼저 택한 사내야! 난 어떻게 되든 상관하지 않는다는 것이야!"

가시솔이 그만 가슴을 쓸어내렸다. 두 눈을 부릅뜬 가람휘가 당장 달려들어 제 목을 내려칠 것 같은 공포에서 간신히 벗어났다.

"무슨 상관이랍니까? 그래도 아칸께서는 내내 마린을 총애하실 터인데요."

"분해! 분해 죽겠어!"

아련나는 참지 못하고 계속 울부짖었다. 달래려 하는 가시솔의 손을 앙칼지게 뿌리치고 말았다.

"내가 제일이랬어. 천하에서 내가 가장 귀하다고 말하였다고! 한데 나를 두고 새장가를 간 것으로도 모자라서, 이젠 나를 아예 버리는 것이야. 더럽게 손때 탄 물건같이 내던지는 것이야. 내 생각은 조금도 하지 않고 대 마린만 데려가려 해!"

"그러라고 하십시오. 흥!"

가시솔이 콧방귀를 날렸다. 여주인의 처지를 동정하여 분해하고 있었다. 미련 맞고 간특한 제 혀가 벌인 일만 발각나지 않는다면, 무슨 상관이람?

"그런 남정네일랑은 관두라고 하십시오. 그러기에 제가 그랬습지요? 마린이 먼저 살길을 찾아야 한다고요. 아이고, 아칸을 함락시킨 것은 정말 다행입니다. 끝까지 반항하고 쌀쌀맞게 굴었다가, 까딱하였으면 마린께서는 정말 이쪽저쪽에게 다 외면받고 늙어 죽을 때까지 내궁에 갇혀 살 뻔하지 않았나요?"

마루한이 전장에서 죽었다는 소문이 파다하게 퍼지던 때였다. 이내 사무란성까지 함락당한 후, 앞날이 보이지 않는 캄캄한 절망에 흐느끼던 나날이었다. 그런 날 하루, 그녀더러 차라리 무후의 아칸을 유혹하라 권유한 이는 가시솔이었다.

겉보기에는 점잖게 물러났으되, 천하제일미인 마린을 바라보던 아칸의 시선은 이미 애모였고 열망이었다. 뜨거운 흠모였다. 시작만 하면 단박에 이길 수 있는 승부였다.

유모의 은근한 권유에 아련나는 물론 처음에는 질색하였다. 들은 척도 하지 않았다.

"듣기 싫어! 그 징그러운 얼굴이라니! 게다가 난 해란의 마린이야. 우리나라를 멸망시킨 적국의 사내에게 몸을 맡길 수는 없어!"

"아이고, 쓸데없는 소리! 자존심이 목숨을 살려준대요?"

"그가 약조하였잖아. 끝까지 마린 대접을 해준다고!"

"그 말을 정녕 믿으세요?"

"그럼……?"

언제나 바람 하나 불지 않는 따스한 양지목에서만 살았던 여인이다. 거기에다가 아직은 철없는 열아홉 어린 새색시. 유모의 말에 불안한 검은 그늘을 드러냈다. 겁먹은 눈동자로 빤히 바라보았다. 손톱을 깨물며 안절부절못하였다.

"설마 그가 나를 겁간이라도 한단 말이야?"

그런 말 한마디를 하는데도 벌써 눈물부터 글썽해지고 있었다. 봉숭아 물들인 손끝이 바들바들 떨리고 있었다.

"패망한 나라의 여인들 운명이란 아무도 모르는 것이랍니다. 하니 마린께서 먼저 살아갈 길을 찾아야 한다굽쇼."

"하지만…… 하지만…… 그가 그리운걸. 난 그 사람의 마린인걸. 평생토록, 죽음마저도 함께 하자 약조하였단 말이야. 흑흑흑."

비단 소매 깃이 내내 그런 것처럼 또 눈물에 젖었다. 어린 새색시가 입은 소복(素服)은 더없이 처량 맞고 애달팠다.

"그래 놓고 먼저 돌아가신 건 마루한이잖습니까? 그렇게 보면 배신은 마루한이 먼저 하신 게지요. 평생 해로하자 하여놓고 마린만 남겨두고 가신 분 아닙니까?"

가시솔이 답답하다는 듯 가슴을 쳤다. 산들산들 흔들리는 어린 여주인을 내내 꾀었다.

"하구요, 사내가 어디 얼굴 뜯어먹고 산답니까? 마린, 명심하세요! 이제 마린은 어찌할 수 없는 과부라구요. 평생 홀로 살 생각이 아니라면 조만간 새 서방을 얻어야 한단 말입니다. 이왕이면 마린을 여전히 호사롭게 살림하게 해주고 대접할 사내를 고르라는 겁니다."

집요하게 설득하는 유모 앞에서 그래도 아련나는 한껏 거부했다. 누가 무어래도 그녀는 해란국의 마린이었다. 천하에서 짝을 찾기 힘들 만큼 멋지고 헌칠한 사내를 만나 더없이 아낌받고 사랑받았다. 그 사내의 유일한 정인이었다. 비록 그가 전장에서 원귀(冤鬼)가 되었다 하나, 서로 연모하고 사랑하던 기억을 함부로 버릴 수는 없었다. 눈물 흘리며 가련하게 소리쳤다. 세차게 고개를 흔들었.

"싫어, 싫다구! 난 그이를 사모해. 그이가 죽었다 해도 절대로 배신할 수 없어!"

"몇 번이나 말해야겠습니까? 이승의 인연이란 한쪽이 죽으면 끝나는 것입니다. 이제 그만 마루한은 잊으세요!"

며칠 밤 내내 앙탈하고 고집을 피웠다. 하지만 여전히 마린으로 대접할 사내를 찾으라는 말에 아련나의 얇은 귀가 솔깃하였다.

내내 어찌할까, 어찌할까 갈등하고 고민하였다. 그러던 차에 그녀로 하여금 모진 결심을 하게 만든 일이 일어났다. 그것을 부추긴 건, 우습게도 마루한의 어미인 대 마린의 차가운 말 한마디 때문이었다.

기막힌 팔자라니, 패망한 나라의 슬픈 여인들 운명이라니…….

겨우 두 해 남짓으로 아련나의 꿈결 같은 혼인생활이 끝나 버렸다. 남편을 잃어버려 비탄에 잠긴 며느리를 위로하지는 못할망정 더 가혹하고 차갑게 몰아붙였다.

"마린, 대 마린께서 불러 계십니다."

아련나의 무릎 앞에 대 마린께서 내놓은 것은 뜻밖에도 시퍼런 빛이 번쩍이는 비수 한 자루였다.

"이것이 무엇입니까?"

"보고도 물을까? 해란의 여인네들이 가야 할 길인 게지."

"네에?"

겁먹은 아련나의 눈빛이 허공 안에서 얼어붙었다. 시어머니인 대 마린의 눈은 더없이 서늘했다. 묵언(默言)으로 며느리에게 자진을 명하고 있는 것이었다.

"아칸이라는 자가, 내궁의 여인들을 무사히 보살펴 준다 하였으되, 그것은 새빨간 사탕발림. 조만간에 모진 일이 닥칠 게다."

하물며 천하제일미라는 네 미모에 혹한 자들이 어디 한둘일까? 명예를 더럽히지 말고 네 스스로 마린으로서의 위엄을 보여라. 아련나로서는 절대로 받아들일 수 없는 더없이 가혹하고 싸늘한 명령이었다.

"하, 하지만…… 어머님."

"패망한 나라의 마린들은 싫든 좋든 조만간 비싼 인질이 된다. 우리 둘의 목숨이 여기 있는 한, 백성들조차 무후를 상대하여 일어서지 못해. 우린 걸림돌만 될 것이다. 나라와 백성들을 위해 무엇인가 불길이 되어야 하지 않느냐?"

"그러시면 어마마마께서 먼저 결단하시면 되겠네요. 저는 못나고 어리석어 이 말씀을 허용치 못하겠나이다."

처음으로 대 마린에게 대들었다. 눈앞에 보이는 것이 없었다. 아무리 명예도 좋고 긍지도 좋으나, 어떻게 귀한 목숨을 감히 생으로 내놓으라고 해?

돌아서 나오며 이를 뽀드득 갈았다. 그녀가 스스로 자진하지 않으면 대 마린이 당장 사람을 보내 생목숨을 끊어버릴 것 같은 위기감에 몸서리가 쳐졌다.

'내가 왜 죽어? 무엇 때문에? 난 죄가 없어. 마린이 된 것이 무에 큰 죄라고 날더러 생목숨을 끊으래? 우리를 지켜주지 못한 제 아들을 탓해야지, 왜 나만 가지고 그래?'

원망은 결국 전쟁에서 패한 지아비에게로 돌아가고 있었다.

저승의 마루한 노릇보다, 이승의 개똥 노릇이 더 좋다고 하지 않던가? 무엇인가 하지 않으면 그녀의 안락하고 편안한 일생은 다시 오지 않을 것이다. 조만간 대 마린이 보낸 자들에 의하여 목줄이 끊어지고 말 것 같아 두려웠다.

'호강하고 잘살아보려고 고이 자라 마린이 된 것이지, 남은 당하지도 않는 모진 꼴 당하려고 내가 마린이 되었나?'

마린으로서의 지엄한 의무와 숙명에 대한 것을 배우기에는 그녀 나이가 너무 어렸다. 철이 들지 못했다. 귀족 가문의 공녀로 태어나 고생 따윈 해보지 않았다. 지금껏 어려움일랑 한 번도 당하지 않아 그것을 견딜 줄도 몰랐다.

그런 비겁함이, 살다 보면 어찌할 수 없이 닥치는 간난신고(艱難辛苦)를 그저 피하고 도망만 치고 싶은 두려움이 죄였다. 목숨을 부지하고 안락하고 편안하게 살 수 있는 쉬운 길만 찾게 되었다. 결국 내가 이러면 아니 되지, 하면서도 미적미적 엉덩이를 들고 있었다. 유모가 밀어 넣는 대로 못 이기는 척 패덕의 길로 접어들고야 말았다.

아니면 그만, 맞다면 좋지.

소복을 차려입고 술상 차려 아칸을 청한 것은 그 며칠 후. 그녀를 탐욕하는 사내의 속내를 떠보기 위한 것이었다. 달빛 아래 눈물 반 요염 반, 그녀가 밤안개처럼 흩뿌린 매혹에 속절없이 그 사내가 걸려드는 것을 보았다. 청순하고 보들거리는 아련나의 아름다움은 촘촘한 그물과도 같아 어떤 사내도 도망갈 수 없었다.

그날 밤, 밤의 어둠을 장막 삼아 질끈 눈 한번 감아버렸다. 반 강제, 반은 자진하여 마린 아련나는 아칸에게 안겼다. 지아비를 잊어버렸다. 지워 버렸다. 새 사내에게 그녀를 허락하였다. 그 대가로 그의 타무라가 되었다. 평생토록 사무란의 이 궁에서 호사스럽게 살 수 있는 기회를 확보한 셈이었다.

잔인한 운명은 그다음.

아련나는 정말 그때 죽고 싶었다.

이미 죽었다던 남편 마루한이 살아 있단다. 하늘님! 야속하신 우르 신이시여!

무사히 먼 변방의 정곡성으로 입성하였다는 기별을 그로부터 열흘 후에 들었다. 하물며 그가 아내와 어미를 위하여 나라의 금을 통째로 털어 몸값을 치르고자 하였던 것도. 그렇게 사랑을 놓지 못하고 신의를 지켜 최선을 다하고 있다는 것을 알았다.

사랑하는 아내를 포기하지 못하여 나라를 망쳐가며 몸값을 치르려 하였다 한다. 여전히 남편인 그가 아내인 그녀만을 그리워하고 있음을 알았다. 사모하고 있음을 깨달았다. 그녀가 이미 저질러 버린 배신의 무게가 유약한 심장을 무섭게 짓눌렀다.

"그자는 타무라, 그대를 몹시도 사모한 모양이다. 핫하하! 어찌 아니 그러겠어? 이토록이나 고운 사람인데? 근심이다. 몸값을 받았으니 그대를 보내주어야 한다는 중방들의 의견이 많아."

간사한 입술이 먼저 움직이고 있었다. 본능적으로 사내가 좋아할 만한 말을 나불거리고 있었다. 어떤 경우에든 살 궁리부터 먼저 하는 생존의 본능이 시키는 것이었다.

이런 몸으로 마루한에게 갈 수는 없어. 절대로!

가람휘에게 아련나 그녀는 평생 사랑스럽고 어여쁜 꽃의 기억이

고만 싶었다.

"보내신다 하여도 전 가지 않아요."

"정말 그러한가?"

"전 이미 아칸의 계집이 되었습니다. 물이 흘러가는 것처럼 옛 사람에 대한 정도 이미 흘러가 버렸습니다. 다시 되돌릴 순 없지요."

물론 그럼에도 그 밤 내내 가슴 아프고 불안했다. 지울 수 없는 미안함과 죄책감에 쓰라렸다. 늘 하던 대로 아칸에게 안겨 잠을 청하는데 눈이 차마 감기지 않았다. 밤 내내 말똥말똥하였다. 도통 잠이 오지 않았다.

"하지만 늦었습니다. 어쩌겠어요?"

내궁으로 돌아가 절망하여 울부짖었다. 왜 나를 유혹하여 아칸에게 안기게 만들었냐고 소리 질렀다. 단박에 그녀를 마루한에게 돌려보낼 것만 같아 불안에 떨었다. 원망이야 만만한 가시솔에게 내던졌지만 배신의 죄는 아련나 자신이 반 이상 책임져야 할 일이었기 때문이다.

"진정하세요, 마린. 어차피 사무란성은 무후의 것이랍니다. 아무리 애타하여도 힘이 없으니 절대로 수복할 수 없답니다. 마루한이 살아 계셔도 이곳으로 돌아와 마린을 모셔갈 일은 없단 말입니다. 아칸께서 놓아주지 않으면 마린은 평생 여기에 머무를 수 있단 말입니다."

"하지만, 하지만 난 그가 두려워. 미안해서 못 견디겠어. 만에 하나 아칸이 나를 그에게 보내면 어쩌지? 내가 사무란성에서 아칸에게 안겨 버린 것을 안다면 그는 절대로 날 용서하지 않을 거야. 날더러 차라리 자진이라도 하라고 할 사람이야. 무서워."

"아이고, 괜찮다니까요! 진정하세요, 마린."

"가시솔, 어떻게 좀 해봐. 난 무서워! 무서워 죽겠어! 내가 이렇게 부정한 계집이라는 것을 안다면 난 죽어버리겠어!"

"하는 수 없군요. 좋습니다. 하면 아칸에게 청원하세요!"

어린 여주인을 위해 무엇이든 다하는 늙은 유모가 비장하게 내뱉었다. 맹목적인 그녀에게 있어 유일한 선(善)이란 오직 아련나를 지키는 것, 그녀의 욕망과 소원을 이루어주는 것이다. 나머지는 아무것도 중요하지 않았다. 아련나가 마루한에게 돌아가면 가시솔 그녀가 가장 무거운 벌을 받게 될 것이다. 두 사람의 목숨을 지키기 위해서라도 이제는 내친걸음, 되물릴 수가 없었다.

"청원?"

"아칸에게도 좋고 마린께서도 여기에 계속 머무르실 수 있는 방도를 찾아보잔 말입니다."

"무엇을 어떻게 하란 말이냐?"

"아칸은 마린의 무슨 말이든 다 들어준다면서요?"

"그래, 지금은 그렇지."

"하오니, 아칸더러 속살거리세요. 이 기회를 놓치지 말고 다른 것도 더 얻으라고요. 마린을 모셔가려면 무후가 탐내하지만 얻지 못하는 송요성 이하 세 성(城)을 더 내놓으라고 마루한에게 요구하라고 하세요."

"하지만 그 성은 아주 중요하댔어. 마루한은 절대로 들어주지 못할 요구야."

입으로는 못한다 하면서도 벌써 머리와 심장은 어찌하면 더 유리할까? 제 일신만이 안락할까, 제 허물이 드러나지 않을까를 계산하고 있었다.

"그것이 우리가 바라는 바라니까요. 아칸은 좋다구나 하고 마루한께 요구할 것이고, 마루한은 절대로 그 요구를 들어드릴 수 없음이라. 마린을 절대로 데려가지 못한답니다. 마린의 일생은 평온하고 안락할 터이니 두고 보세요."

"정말 그럴까? 그랬으면 좋겠는데."

편안하고 안락한 삶도 빼앗기기 싫었다. 그보다 더 못할 것은 패덕한 계집의 낙인이 찍혀 가람휘에게로 돌아가는 일이었다. 사람들의 따가운 눈초리를 어찌 견디랴? 남편을 배신하고 마린의 명예를 더럽힌 추악한 계집이라 손가락질받으며 살 수는 없었다. 자존심도 허락하지 않았고, 양심도 용납하지 않았다. 아련나는 결국 해서는 아니 되는 일을 또 한 번 하고 말았다. 가시솔이 시키는 대로, 아칸을 움직였다. 두 여인의 몸값으로 세 성을 요구하게 만들었다.

"이러면 안 되는 거야. 내가 괜한 짓을 한 거야."

돌아와서는 지독히도 후회했다. 자책하고 괴로워했다. 자꾸만 늪에 빠져들듯이 해서는 아니 되는 짓을 하고 마는 스스로를 자탄했다. 한심스럽게 여겼다.

그런데 참으로 이상한 일이었다. 무리한 요구를 들어주지 못한 마루한이 그녀를 그만 포기했으면 좋겠다, 이대로 인연이 다한 터이니 그만 헤어져 살자 하였던 체념 한 켠에 소보록하게 자라나는 기이한 감정 하나가 더 있었다. 더없이 이기적이고 교활하기까지 한 욕심이었다.

'그럼에도 마루한이 국운이 걸린 성까지 포기해 가며 나를 구하고자 하는 모습이 보고 싶어.'

그 정도로 그에게 여전히 사랑받는 자신을 확인하고 싶었다. 그녀는 그를 배신하고 저버렸어도 그는 그녀를 버리지 못하고 연연해하며 사모하는 것을 보고 싶었다. 늘상 어여쁨받고 사랑만 받는 자의 무서운 허영심이었다.

하여 가람휘 그가 단호하게 거절했다는 말을 들었을 때 안도감보다는 치열한 분노와 배신감이 먼저 치밀었다.

"평생 일편단심? 세세연년 해로하자 약조한 것이 언제라고? 감히 새 계집을 맞이해?"

아무리 불가능해 보여도 그렇지, 절망스러워도 그렇지! 그녀를 구할 생각은 그만두고 가람휘가 정곡에서 새 여인을 맞이하여 장가를 들었다 한다. 기막힌 그 기별에 얼마나 분노했던가?

결국 사내의 맹세란 새빨간 거짓말, 하룻밤이면 사라질 덧없는 것에 불과했다. 그런 사내의 맹세에 얽매여 고민하고 괴로워하고 양심에 가책을 느껴 울고불고 하였던 것이 더 분하고 서러웠다. 분한 만큼 복수하고 싶었다. 내가 느낀 괴로움과 양심의 가책만큼 너도 고민하고 고뇌해 보아라.

앙칼지고 비뚤어진 복수심으로 아련나는 난생처음 제 스스로 악한 짓을 하였다. 이미 종종 해본 짓이기에 오히려 쉬웠다. 이번에는 가시솔이 시키지도 않았음에도, 붉은 입술로 사내를 다시 한 번 부추겼다.

"말로 해서는 해란의 사람들은 고집스러워 절대로 당신의 요구를 듣지 않아요, 아칸. 정말 송요성을 얻고 싶으시다면, 무엇인가 단호한 의지를 보여주세요."

"어떻게 하란 말인가?"

"당신이 아주 단호한 뜻을 가지고 있다는 것을 보여주시면 됩니다, 아칸."

"무엇을 어찌하면 내 뜻이 보여지겠는가?"

"더 이상 당신의 뜻을 거역하면 이렇게 된다는 것을 한 번쯤 시위(施威)해도 나쁘지 않지요. 아칸, 마루한에게 소중한 사람의 목을 잘라 보내주지 그래요? 여차하면 마린의 목이라도 칠 기세인 것을 알면 그도 어쩔 수 없이 협상을 하게 될 겁니다."

지금껏 예쁘고 부드럽고 사랑스러운 말만 하던 아련나의 입이 한순간에 가장 무섭고 지독한 비수가 되었다. 마루한을 키운 유모와 승후대장, 거기다가 대 마린이 가장 신임하는 으뜸 감고의 목이 베어졌다. 그녀의 말 한마디에, 어긋난 복수심과 가람휘에 대한 철없는 분노 때문에.

그렇게 제가 저지른 죄악은 그럼에도 하나도 기억나지 않았다. 단지 제가 당한 설움과 배신만이 쓰라리고 아팠다. 원통하고 서글 펐다.

아련나는 가시솔이 마치 가람휘가 되는 듯이 악을 썼다. 가림없는 증오와 참을 수 없는 분노를 담아, 바득바득 고함질렀다. 지금 이 순간처럼 그녀가 그를 미워한 적은 없었다.

"한데 이자가 하는 짓 좀 보아! 반려라 하면서, 평생 사모한다 하더니, 그자가 지금 나를 이렇게도 배신하는구나! 세 성을 포기하면서도 나는 내버려 두고 대 마린만 모셔간다 하는구나! 새 계집을 얻었다더니, 나는 깡그리 잊었구나! 미워! 분해! 죽여 버리고 싶어!"

아름다운 아련나의 얼굴이 추한 눈물로 얼룩졌다. 배신당한 믿음에, 더럽혀진 사랑에 몸서리쳤다. 인간의 가장 추한 밑바닥에서부터 솟아오르는 검고 더러운 것들로 여인은 오염되었다. 가장 사랑스럽고 곱던 여인이 한순간에 나찰보다 더 사악하고 독한 물건이 되어버렸다.

"진정하세요, 마린. 행여 누가 들을까 두렵습니다."

"들으면 어때? 내 증오와 원한을 누구라도 들어 그자에게 똑똑히 전해주면 좋겠어! 정말 원통해! 그를 증오해!"

"그만하시래두요!"

가시솔이 무엄함을 무릅쓰고 눈짓을 했다. 주변의 시녀들이 수건을 들어 아련나의 입을 막아버렸다. 늙은 유모가 어린 마린에게 꾸짖어 일렀다. 나지막하나 강하게 오금 박았다.
"이렇게 마린께서 울부짖는 소리가 행여 아칸에게 전하여져 보십시오. 옹졸한 것이 사내 속이라, 아직도 마린께서 정곡에 계시는 마루한을 잊지 못해, 이리 분해한다 오해하시면 어찌합니까? 소인은 그를 두려워하나이다."

검은 눈물로 얼룩져 있던 아련나의 눈이 순간 긴장되었다. 고개를 끄덕였다. 소리 지르지 않겠다는 뜻이었다.

"자아, 어여쁘셔요. 얼굴을 씻고 잠시 진정하시어요. 애들아, 마린을 침상에 모셔라."

시녀들이 아련나를 침상에 모셨다. 가시솔이 그녀의 손발을 주무르면서 다정하게 타일렀다.

"들어보셔요, 마린. 마루한이 대 마린을 모셔감을 차라리 잘되었다고 생각하시어요."

"뭐얏?"

"지금껏 눈 안의 가시처럼 마린을 불편하게 하고 힘들게 한 분이 누구셔요? 아칸에게 안긴 것도 사실은 그분 때문이 아닙니까? 아니, 스스로 자진을 하라뇨! 패국의 여인들이 누구나 겪는 설움이라, 그것을 이해하고 용서하지는 못하고 내내 더러운 것을 바라보듯 하지 않으셨어요?"

"그건 그래."

아련나는 크게 고개를 끄덕였다.

지은 죄가 크다 싶으니 모든 것이 걸렸다. 사소한 눈빛 하나, 말

한마디가 비수처럼 찔렀다.

 마린 아련나가 아칸에게 몸을 더럽혔다더라, 나라를 망하게 한 적의 총애를 받아 공공연하게 타무라로 불리운단다, 염치도 없는 아칸의 부름에 따라 날밤 가리지 않고 불려간다 기별을 들은 대 마린은 그만 앓아누웠다. 하도 기막히고 어이없어 화병이 난 것이다.

 하물며 눈앞에서 마린 자신들의 몸값 대신으로 아들을 협박하려 생목숨 세 개가 베어졌다. 그 죄를 어찌 씻으랴. 그날 이후 대 마린은 아련나의 문안도 받지 않았다. 오다가다 잠시라도 눈길이 스치면 더없이 더러운 벌레를 보듯이 경멸하는 시선이 침묵과 함께 날아오곤 하였다.

 "하여 내궁의 아랫것들도 다 마린을 무시하고 등 뒤에서 비웃는 것이 아닙니까? 그 늙은 것이 가버리면, 오히려 마린은 더 자유롭고 편안해지시는 겁니다. 좋은 일이라고 봐요."

 "그런 건가? 그렇…… 겠지?"

 "암만요."

 "하지만…… 난 마루한이 날 버리고, 제 어미만 챙기고 새 계집 맞이하여 날 배신한 것을 용서할 순 없단 말야!"

 "어허! 그깟 못난 사내이랑 잊어버리시라니까요. 지금 마린이 신경 쓰실 분은 오직 아칸뿐이랍니다. 그분만이 소중한 거여요. 차라리 대 마린 따위는 데려가라고 하세요. 마린은 이제 누구도 넘볼 수 없는 아칸의 유일한 타무라 아닙니까? 조만간 아드님이라도 낳으시면 그야말로 경사. 그딴 사내 싹 잊고 오직 마린이 평화롭게 살길을 찾으세요."
 "흑흑."
 아련나의 울음소리가 조용한 방에 울려 퍼졌다.
 "이제 그만 뚝 하시라구요. 잊어버리세요. 설사 마루한께 돌아간다 하여도 소용없어요. 이미 마린께서 아칸에게 몸을 허락하였다는 것은 세상 사람이 다 아는 일이랍니다. 게다가……."
 가시솔의 시선이 아련나의 아랫배에 살짝 닿았다. 수치스러워하기보다는 오히려 대견하다는 빛이 늙은 유모의 얼굴에 번졌다.
 "이번 달 달거리를 하실 때 아닙니까요?"
 "음, 그렇긴 한데……. 아무래도 이상해, 가시솔."
 "아이고, 아무래도 회임하신 것 같사와요."
 "가시솔, 나 무서워."
 아련나의 얼굴이 다시 일그러졌다. 울상이 되었다.
 "적에게 몸을 주었다는 것도 부끄러운 일이지만, 이렇듯이 그의 아이까지 회임하였다는 것을 사람들이 알면……."
 "장하셔요! 아칸께서 얼마나 기뻐하실까요? 마린, 이제는 운명이어요. 모든 것을 잊고 아칸의 아기를 낳아 후사를 도모하시어요. 어차피, 마린께서 아칸을 일부러 유혹하신 것은 하룻밤 서방 따위를 얻고자 한 일이 아니지 않습니까요? 떳떳하게 후사를 얻으면 마린께서는 타무라 따위가 아니라 아칸의 정식 타민이 될 수도 있사와요. 아칸은 지금 마린에게 홀딱 빠져 있지 않사옵니까? 부디 똘똘한 아드님만 낳으셔요. 그러면……."

바로 그때였다.

"그 말이 참이냐?"

등 뒤에서 들려오는 조용한 목소리가 있었다. 이미 깨어진 물동이, 입조심하지 못하고 속내의 검은 말을 다 뱉어버린 후였다. 두 여자의 몸이 빳빳이 경직되고 말았다.

"참으로 마린 그대가, 아칸을 먼저 유혹한 것이냐? 나라와 지아비를 배신하고 제 몸 먼저 버려가며 살길을 도모한 것으로도 모자라서, 이제는 적의 씨앗까지 태에다 품었다고 말하는 것이냐? 부끄러워하기는커녕 장하다 자랑하는 것이냐?"

힐난하여 사실을 확인하는 말은 더없이 준엄했다. 가차없었다.

겁먹고 부끄러워하는 눈빛 두 개가 문 쪽으로 다가갔다. 그러한 이유로 삽시간에 더 악독해지고 모질어지는 시선이기도 했다. 원래 벼랑 끝에 내몰린 사람이 더 독해지고, 궁지에 몰린 쥐도 고양이를 무는 법이므로. 지금 아련나와 가시솔의 처지가 그러하였다.

문 앞에 선 사람은 여전히 하얀 상복을 입은 대 마린이었다.

패망한 나라의 여인이며 아들과 생이별하였다. 언제고 내 결단하리라 하며 잠을 잘 때에도 비수를 베개 아래 묻어둔 사람이다. 해란의 마린으로서 기품과 의연한 긍지를 잃지 않는 큰어르신이다. 철없는 며느리를 두고도 어찌하든 품 안에 안으려 노력하시는 분이기도 하였다. 물론 마린으로서의 권위와 누리는 것에 더 많은 관심을 가진 아련나에게는 굴레이자 구속으로만 느껴지는 배려라 하여도.

그녀 등 뒤로 대 마린이 거처하는 한울전의 시녀들이 십수 명 더

서 있었다. 모두의 눈빛들이 차가운 혐오로 번쩍이고 있었다. 아련나와 가시솔의 이야기를 다 들었다는 뜻이었다.

대 마린의 얼굴은 몸에 걸친 흰옷처럼 창백했다. 눈을 뜬 장님이며 귀머거리라. 눈으로 보면서도, 귀로 들으면서도 끝까지 믿지는 않았는데.

비로소 똑똑히 보게 되었다. 더러운 진실이었다. 언제나 바른길을 향하고 배워온 어른으로서는 차마 믿고 싶지 않을 정도로 끔찍한 배덕이요, 패륜이 눈앞에 서 있었다. 그녀의 며느리로서, 아들의 유일한 정인이란 이름을 달고서.

대 마린의 눈이 절망으로 캄캄해졌다.

[아무것도 모르는 어린 소녀올시다. 마린을 지켜주십시오. 어머님은 큰어른이시니 부디 심약한 마린을 잘 보우하사, 바른길로 인도하시고 내내 평안케 하여주십시오.]

전쟁터로 떠나기 전날, 마루한은 대 마린을 찾아왔었다.

어미의 안부는 겨우 한마디, 대신 제 어린 아낙의 평안만을 내내 부탁하고 당부하였다. 흠뻑 쏟은 정에 묻혀 아무것도 보이지 않는 순박한 아들의 눈빛이 새삼 떠올랐다.

그렇게 애틋해하고 사랑스러워하던 여인이라, 결국은 없는 나라 살림에 창고를 털어내 몸값을 치르려 하였겠지. 해란의 백성들이 살아갈 내일을 담보로 하여 여인 두 목숨을 구하려 몸부림을 치고 있는 것이겠지. 한데 이곳의 저 계집은 대체 무슨 짓을 하고 있는가?

대 마린은 고개를 설레설레 저었다. 너무 기막히고 원통하였다. 더럽고 추악하여 차마 외면하고 싶었다. 저절로 눈물이 흘렀다. 해란국의 긍지 높은 마린의 옷을 걸쳤으되, 천한 노예도 하지 않을 짓을 스스럼없이 저지른 여인을 뚫어질 듯 바라보았다.

'마루한, 아아, 어질고 순박한 내 아들이시여. 그대의 마음이 아깝소. 그대의 순정이 불쌍하오.'

저런 계집에게 네 맑고 깊은 정을 다 바쳤느냐? 아들아.

마린의 관을 바치고 발치에 엎드렸더냐?

어미를 거역하고 군주의 위엄마저 버려가며 저 아이의 손을 잡았느냐?

마음의 놀잇감이 되기를 자청하였느냐?

나라의 미래마저 포기해 가며 구하려 애타하였느냐?

이 어미는 지금 피눈물이 나는구나. 저 계집의 간특함 때문이 아니라, 보답받지 못하는 내 아들의 서러운 사랑 때문에 눈물이 나는구나.

이 어지러운 세상에 고귀하게 태어난 여인이 한결같이 편안하게 살기란 힘든 법이니, 환란에 휘말려 몸도 마음도 지키지 못하고 살아가는 여인들이 얼마나 많을까?

하여 마린이 아칸에게 짓밟힌 일 따위야 내 감히 꾸짖지는 못한다. 말로야 마린의 긍지를 지켜 생목숨을 스스로 끊어내라 하였어도 그리 못하는 이 사람, 꾸짖지는 못해. 말은 쉬우나 어느 누구도 쉬이 하지 못하는 일이 아니더냐?

오히려 그리라도 모질게 살아남아, 밟혀도, 밟혀도 오똑하니 살아남아, 끝내 제 지아비를 찾아가려는가 싶어 장하였다, 홀로 울었다.

그래, 장하다. 너라도 그렇게 살아남거라. 잊지 못하는 너의 사내에게 찾아가려무나. 너 하나에게 목숨 건 내 아들에게 기필코 돌아가 의지할 데 없는 그이에게 희망을 주고 행복을 주려무나. 이곳에서 있었던 일일랑은 난 아무것도 모른다. 보지 않고 듣지 않았다. 그리 생각하며 오히려 아랫것들 입단속부터 시켰는데.

감추어진 진실은 이러하였다. 마침내 보여진 사실은 이렇듯이 참혹하였다. 저런 계집을 구하고자, 포기하지 못하여 내 아들이 병들었구나. 내 아들이 죽는구나.

대 마린은 가슴 에이는 목소리로 탄식했다.

"내가 그만 절대로 듣지 말아야 할 말을 마침내 들어버렸구나. 어찌하리?"

"마, 망극하옵니다, 대 마린."

"어, 어머님……."

"하도 내전이 소란스럽기에, 무슨 큰일이 났다 싶어 달려왔더니만……. 하아, 참으로 무서운 말에 내 귀가 그만 더럽혀졌어."

부들부들 떨며 변명하려는 말을 들으려 하지 않았다. 명명백백한 사실이 드러나 버렸는데, 헛된 입이 나불거리는 것을 들어서 무엇할꼬? 대 마린이 주먹을 들어 스스로의 가슴을 쳤다. 더없이 아프게 탄식하였다.

"낱낱이 드러나는 진실이라, 통탄스럽구나. 분하구나. 해란의 마린으로서, 적에게 스스로 몸을 허락한 것도 경악할 만한데, 무어라? 그 더러운 씨앗을 배에 품고 있어? 하늘을 어찌 우러러볼까? 네, 그리하고도 백성과 네 남편에게 수치스럽지 않으냐?"

유구무언(有口無言). 아련나와 가시솔이 무슨 말을 할 수 있을까? 어찌할 바를 모른 채 죄책감과 수치심, 차마 얼굴을 들 수 없는 민망함으로 부들부들 떨고만 있을 뿐.

대 마린이 몸을 돌이켰다. 나지막이 탄식하였다.

"나는 그것도 모르고…… 대승정이 오늘 날더러 마루한이 계신 곳으로 보내준다기에…… 이승의 삶일랑 얼마 남지 않은 늙은 나는 말고, 불쌍하고 어린 마린이나 무사히 제 지아비에게 보내주십사 하고 청원하고 돌아왔건만……."

어느새 어르신의 노안(老顔)에 눈물이 흐르고 있었다. 하도 기막힌 일에 망연자실, 억장이 무너진 것이다.

"패망한 나라의 여인이니 그 운명이 어찌 가련치 않을까? 아칸에게 몸을 더럽힌 것이야, 제 뜻이 아니라 강제로 짐승 같은 자에게 당한 일이니 용서해야지, 덮어야지 하였던 것인데. 아아, 배신은 네가 먼저였구나. 네가 먼저 저지른 일이었구나. 그토록 간교하게 제 살길부터 찾아, 절대로 하여서는 아니 되는 일을 하였구나. 이런 것도 모르고 마냥 그리워하는 내 아들이 가엾어 어찌하리?"

올곧은 사내의 마음이라……. 제 여인한테 심어둔 정 하나, 그것만이 전부. 하늘같이 여긴다. 백성과 나라를 반 포기해 가면서까지 그 정을 찾아 이리도 안달하는 그 마음을 어찌할 거나. 어찌할 거나.

'내 아들의 그 마음이 가엾어, 나는 이날 보고 들은 것을 죽어도 말하지 못해. 말짱하게 배신당한 내 아들의 가슴이 찢어지는 것을 볼 수 없어 나는 저 계집의 배덕을 죽어도 말하지 못해. 어찌할 거나. 어찌할 거나.'

대 마린은 내내 울며 자신의 침궁으로 돌아왔다. 소리조차 내지 못하는 참혹한 눈물이었다.

'못난 사람, 못난 사람.'

하얀 소매 깃이 눈물로 흠뻑 젖었다. 멀리 떠나 이기지도 못하고, 끝내 돌아오지도 못한 못난 아들만을 원망하였다.

'왜 패하신 것이오? 왜 이기지도 못할 헛된 전쟁을 시작하신 것이오?'

진정 원통했다. 대 마린은 아련나의 행태를 증오하고 분노하는 만큼, 폭정하여 백성의 마음을 해란에게서 떠나가게 한 그녀 자신의 지아비를 원망하였다.

그런 나라를 이어받은 아들은 의기만 높을 뿐 정세엔 어두웠다. 오판하여 일을 그르치고 제 목숨을 잃을 뻔한 것도 모자라서, 누대로부터 물려받은 도성까지 빼앗겼다. 제 지어미 하나 지키지 못한 힘없는 아들을 무수히 원망하였다.

'철없고 약하나, 그저 곱고 어여쁘기만 하던 마린이었소.'

사랑받으며 사는 것만 알던 소녀를 저리도 살고자 발악하는 추한 계집으로 만들어 버린 자가 누구인가? 몸을 더럽히고 신의를 배신하고, 마린으로서의 긍지를 더럽혀도 좋다 한다.

'제 일신 편안하고 안락한 것만을 두고 좋아라 하게 만든 이가 누구요? 이 슬픈 세상, 약한 여인의 삶이란, 결국은 못난 사내들이 만든 것. 다 그대 탓이오. 내 아들이나 그대는 참으로 못난 사람이오, 마루한.'

여인 된 자의 슬픔이기에 그녀는 며느리의 행동을 이해하려 애를 썼다. 하나, 어미 된 자의 이름으로 도저히 용서할 수가 없었다. 오십 평생, 대 마린은 여인으로도, 마린으로서도 그렇게 살라 배우지는 않았다. 비굴하게 살기보다는 떳떳하게 죽는 법을 익혔다.

차마 보이지 못하는 비애와 분노를 대 마린은 흐르는 눈물로 대신하였다. 이를 악물었다. 꽉 움켜쥔 주먹이 부들부들 떨렸다.

'도성이 함락되었을 때, 내 끝까지 구차하게 살아남은 것은 오직 하나. 훗날 내 아들이 어미를 지키지 못하였다 자책하고 아파할까 그러한 것이다.'

다시금 대 마린의 옷자락에 서러운 눈물이 떨어졌다.

'훗날이라도 살아남아 내일을 준비하는 마루한의 마음터가 되고자 함이었다. 작은 벽이 되어 그이가 그리도 간절하게 귀애하던 마린을 지켜주고자 함이었다. 한데 내가 잘못 생각하였구나.'

으윽으윽. 질끈 깨물린 입술 사이로 오열이 조각조각 새어 흘렀다.

지아비 죽고, 아들이 떠나고, 나라조차 패망하였다. 그럼에도 끝내 소리 내어 울지 않던 의연한 분, 대 마린의 눈물이 오늘에서야 마침내 쉬임없이 흐른다. 둑 터진 강물처럼 흐른다.

더러운 목숨, 구차한 생이여. 어찌하여 이날까지 살아남아, 이런 수치를 보아야 하는 것이냐.

'차라리 그날, 먼저 마린을 죽이고 나도 자진하는 것이 옳았다.'

그리 하였다면 그들 둘 목숨 때문에 그녀의 아들이 애면글면, 백성마저 저버리는 군주가 되게 하지는 않았을 것이다. 순정을 바쳐 오직 한 여인만을 사랑한 일이 훗날, 제 목을 조르는 수치가 되지는 않았을 것이다.

'아아, 불쌍한 마루한, 가련한 내 아들이여! 이를 어찌하리. 이를 어찌하리.'

第四章

운은 하늘에,
일은 사람에게 달렸다.
뜻을 세우고 최선을 다한 후에
천명(天命)을 기다려라.

수천 개의 횃불이 성안 곳곳에 걸렸다. 대낮같이 밝은 큰 광장 정문 앞에 줄줄이 단뫼의 상인들이 모여 서 있었다. 아칸에게 바칠 예물들을 이고 지고, 성문을 넘어가고 있는 중이다.

말로만 경계를 서는 것일 뿐, 성의 경비를 맡은 병정들 모두 다, 마음은 딴 데 가 있었다. 이국적인 미희들을 곁눈질하고, 단뫼의 상인들이 이고 지고 오는 예물만 기웃거렸다. 혹여 떨어질지도 모르는 콩고물이나 밝히며 히죽거렸다.

그런 사이, 은근슬쩍 오가는 웃음 뒤로 그런 자그마한 일들이 벌어진다. 금전이나 가벼운 금붙이 장신구들이 꿀떡꿀떡 문을 가로막은 병사들의 소매 춤으로 스며들었다. 그러니 엄중한 경비란 애당

초 거의 건성. 아무 탈 없이 벼리와 사곤도 마지막 성문을 넘었다.

정곡성의 대 장방보다 열 배는 더 큰 규모였다. 사무란성의 대 장방에 상인들이 허리를 굽히고 들어섰다.

고개를 높이 쳐들어야 겨우 바라볼 수 있는 높은 자리에 장엄한 옥좌가 놓였다. 그 자리에 버티고 앉은 자가 바로 무후의 아칸이었다. 당당하게 버티고 앉아 산해진미가 즐비한 거대한 식탁을 앞에 두고 질탕한 연회를 마음껏 즐기고 있었다.

문가에 한 뭉치로 몰려 앉은 단뫼의 상인들. 일행의 말석에 앉은 벼리는 상단(上壇)에 앉은 아칸을 뚫어질 듯 노려보았다.

'해란의 원수!'

소매 춤 아래 그녀의 주먹이 불끈 쥐어졌다. 반드시 네 목을 베고야 말리라.

무후의 아칸은 검붉은 얼굴에 긴 수염을 기르고 있었다. 건장한 체구를 지닌 사십 줄 사내였다. 은으로 만든 뿔 모양의 잔에 철철 독주를 따라 연신 마셔대며 킬킬거리고 있었다. 그 사내의 바로 아래, 은빛 머리카락에 운두 높은 저고리, 검은 고깔모자를 쓴 장신의 사내가 앉아 있다. 대승정이라고 했다. 인간다운 표정과는 거의 상관없는 냉엄한 표정을 짓고 있었다.

"무후는 제정일치이다. 무장인 아칸보다 오히려 저 신관의 권위가 더 높게 여겨지지."

사곤이 귓속말로 소곤거렸다.

한 단 아래 낮은 자리에는 좌우로 탁자가 자리 잡고 있었다. 그곳에는 무후의 중신들과 방백들이 벌여 앉았다. 힐끗힐끗 문가의 이국적인 무희들을 눈으로 핥거나 방탕한 얼굴로 음식과 술을 탐식하고 있었다.

"원래 무후의 인간들은 다 저리 염치없고 방탕한가?"

술을 나르는 궁녀의 치맛자락 사이로 손을 밀어 넣으며 킬킬거리고 있다. 염치없고 뻔뻔한 무후의 방백들 작태를 바라보며 벼리는 이 사이로 뱉어냈다.

"저이들을 탓하지 말아라. 다들 이곳 사무란에 들어와서 배운 악덕이다."

마치 벼리의 순진한 등짝을 후려치는 듯했다. 서릿발같이 찬 목소리였다.

"……그런가?"

"평생 동안 말 위에서 초원만 달리던 자들이 지상의 극락이라는 이곳에 들어와 눈이 뒤집혀진 것이다. 사람들의 본성이란 언제나 편한 것을 찾고 쉬운 것과 좋은 것을 좇는 법이다. 난만하고 농익어 극성이라, 사무란의 썩어가는 향미가 여럿을 망쳤지."

알록달록한 옷을 입은 어릿광대들이 뛰쳐나왔다. 북소리에 맞추어 붉은 공을 돌리고 불덩이를 삼키며 흥겨운 유흥을 시작했다. 왁자지껄, 웃음소리와 흥겨운 악기 소리가 뒤섞였다.

바로 그때였다.

살랑살랑 미풍이 불 듯, 아름다운 음악 소리가 흐르듯 비단 옷자락을 끌며 궁녀의 옷을 걸친 너덧 명의 여인이 왼쪽 문에서 나타났다. 그들은 더없이 고고하고 아름다운 한 여인을 모시고 있었다. 공손히 아칸이 앉은 옆자리로 모셨다. 누가 '저분이 마린님'이라 말해준 것은 아니었다. 설명은 필요없었다.

"잘 보아두어라, 저 여자가 바로 네 마루한이 오매불망 잊지 못하는 마린이다."

굳이 사곤이 귀띔하지 않아도 곧바로 알 수 있었다. 새침한 듯, 허무한 듯, 차갑고도 서늘한 눈빛을 한 그녀는 마루한 가람휘의 유일한 정인, 해란의 큰어미 마린이었다.

아사벼리는 숨이 막히는 아름다움을 자랑하는 단 위의 여자를 멍하니 올려다보았다. 마루한의 마음꽃, 깊이 은애받는 그분은 비길 데 없고 견줄 데 없는 화사한 아름다움으로 자신의 존재 자체를 증명하고 있었다. 비교 대상이 없는 아름다움, 그것만으로도 충분히 주변을 압도하고 있었다.

벼리는 굳은살이 박인 자신의 손을 그만 옷자락 속에 말아 넣었다. 입 가리개를 더욱더 끌어 올려 흉측한 검흔이 남은 얼굴을 더 깊이 감춰 버리고 말았다.

유리꽃처럼 말갛고 모란처럼 풍염하며 송죽처럼 기품 가득 차시다. 세상 어떤 남자가 사모하지 않으랴? 태생부터가 애초에 마린으로 태어나신 분이다. 사랑받기 위해 존재하시는 분이다.

그렇게 마린 아련나는 현실에는 존재하지 않는 천녀(天女)인 양 비현실적인 미모로 좌중의 시선을 모으고 있었다. 그늘 깊은 눈동자가 안개처럼 흐려, 오히려 처연하고 몽롱한 요염함까지 풍기고 있었다. 무심하고 슬픈 표정인데도 저렇듯이 고운 여인은 처음이었다.

하얀 달 같은 이마를 들어 그녀가 단 아래 사람들을 내려다보았다. 아주 잠시 벼리 쪽도 스쳐 지나갔다. 마린의 눈빛은 더없이 시원하고 서늘해서 겨울눈의 감촉 같았다. 차가운 온기를 가진 눈동자였다. 매혹당할 수밖에 없는…….

참 이상한 일이다. 마음이 지독히도 아파야 하는데 이율배반적으로 안도감이 생기는 것이다.

이것으로 된 거야. 벼리는 그런 생각을 했다.

험하고 먼먼 길을 넘어 그녀가 정말 확인하고 싶었던 것은 무엇일까?

그녀가 사모하는 마루한은 오롯이 저분의 것이라는 변하지 않는 현실. 확실하게 새겼다. 미련도 아픔도 이제는 끝이다. 너무나 확실한 정답 앞에서, 조금의 여지도 없는 현실 앞에서, 그녀가 택할 길은, 완전히 단념하는 것. 저분만 다시 찾으신다면 마루한은 행복하시겠지. 있으나마나 한 벼리가 그를 놓고, 사곤에게로 간다 해도 상처받지 않을 터이니 덜 미안해도 좋지 않을까?

'마루한, 죄송합니다. 하나 소장, 안심하였습니다.'

고개를 숙이고 미소 지었다. 그렇지 않으면 이상하게 눈물이 터질 것 같아서였다. 말로 할 수 없을 만큼 미안하면서도 결코 사랑이 아니었던 그분을, 이제는 완전히 놓을 수 있다. 가질 수 없는 태양, 아름다운 마루한께 마지막 선물로 저분을 반드시 모셔다 드리겠다.

'더없이 가엾으신 분, 지금 얼마나 속울음을 흘리고 계실까?'

그만큼 더 가슴이 저리고 몹시 아파왔다. 그녀의 아름다운 군주가 그리워하는 마린 아련나. 그녀의 원통함과 치욕이 벼리 자신의 것같이 생생하게, 또 고스란히 전해지는 것 같았다. 그녀 역시 허명(虛名)이되 마린이었으니.

일국의 국모(國母)로서 저런 치욕은 죽음보다 더한 고통이 아닐까?

망국의 여인이 가진 슬픈 운명이여. 님은 멀리 보내놓고 생이별 하였는데, 그리워도 보지 못하여 날마다 피눈물 흘리는데, 밝은 날은 이렇게 미소 지어야 하는 것. 적국의 군주인 아칸의 옆에 싫어도 끌려 나와 인형처럼 앉아 있어야 한다니, 싫어도 억지웃음을 지어야만 하다니, 소매 걷고 술까지 따르는 치욕을 견뎌내야 한다니……. 다시 한 번 벼리는 지그시 이를 악물었다.

'아름다운 마린이시여, 무슨 수를 쓰든지 당신만은 제가 마루한께 무사히 돌려보내 드리겠습니다.'

그러는 동안 단뫼의 상인들이 한 사람씩 나아가 아칸에게 준비해 온 귀한 예물을 바치고 있었다.

"저는 아칸께서 가장 좋아하시는 물건을 가져왔나이다."

사곤도 앞으로 나아갔다. 두 손으로 비단으로 겉을 싼 길쭉한 상자를 눈 위에까지 올려 바쳤다.

"소인은 무구(武具)를 취급하옵니다. 〈미친 현자의 섬〉에서 만든 강철검이올시다."

"흐음, 감사한 일이야. 가납하노라. 하지만 우리의 타무라를 위하여 아름다운 보석을 가져왔으면 더 좋을 뻔했어."

완전히 썩었구나, 아칸이여. 사곤은 돌아서며 홀로 중얼거렸다.

의기 높고 용맹하여 네 나라 무후에서는 영웅이라 불리던 자(者), 네가 아름다운 검을 보고도 전율하지 않는구나. 한갓 계집의 환심을 사려 무장의 긍지를 접고 난봉꾼같이 비단이나 밝히고 호사스런 보석이나 패물만 따져 대는구나. 해란의 썩은 폭군이 그러하였듯 너 또한 똑같은 타락의 길로 떨어져 있구나. 너에게는 희망이 없다.

그러나 그 자리에 모인 어느 누구도 사곤의 입술에 떠오르던 희미한 살기를 보지 못하였다.

흥겨운 연회가 무르익었다. 챙챙챙, 방울 소리에 맞추어 오색의 화려한 망사의를 걸친 무희들이 뛰쳐나왔다. 휘돌고 뜀뛰고 뱅글뱅글 손잡고 앉았다 섰다, 모였다가 풀어졌다가 다시 둥글게 맴돌았다. 그것으로 연회의 흥겨운 분위기는 최고조에 달했다.

짤랑짤랑, 옥방울 소리가 대 장방의 높은 천장에 가득히 울려 퍼졌다. 무엇인가 시작된다는 신호였다. 사람들의 시선이 무희들이 끌고 나온 커다란 연꽃 모양 수레에 모아졌다.

만개(滿開). 진분홍빛 비단으로 만든 꽃잎이 활짝 펼쳐졌다. 금빛 은빛 반짝이는 사슬로 만든 그물망 같은 치마와 한들거리는 붉은 사(絲)로 만든 짧은 저고리 차림을 한 무희가 한 명 뛰어나왔다. 일라였다.

강렬하고 이국적인 선율에 맞추어 강하게 허리를 흔들며 두 손에 끈으로 감은 검 두 개를 교차하고 능숙하게 움직이며 화려한 검무를 추기 시작했다.

관능적인 미소가 진홍빛 입술에 가득 담겨 있다. 사람들의 얼을 빼는 유혹적이고 농밀한 자태가 삽시간에 좌중의 인기를 독차지했다.

사무란에서는 보기 힘든 붉고 긴 머리채가 이리저리 흩날렸다. 요요한 매력을 가득 비산했다. 섬세하나 격한 움직임으로 검무를 추는 무희는 모든 사람의 시선을 자신에게 모은 채 대 장방 넓은 공간을 좁다 하며 이리저리 날아다녔다.

헤벌레하는 중방들 곁으로 다가가 살짝 눈웃음을 친다. 이내 허공을 밟는 가벼운 걸음걸이로 도약하여 반대편으로 날아갔다. 그 서슬에 뽀얀 허벅지며 은밀한 속살이 드러나 보였다. 사내들은 다투어 침을 삼키고 여인들은 입을 삐죽였다.

엄숙한 표정을 바꾸지 않는 신관을 희롱하듯이 살그머니 다가가 헤죽 웃어 보인다. 이내 다시 돌아서서 발끝으로 뱅그르르 돌며 아칸의 눈앞으로 나섰다. 꽃바람을 일으키며 고이 서서 발끝으로만 몸을 지탱하고 현기증이 날 정도로 세차게 맴돌았다. 끊어질 듯 이어질 듯 강렬하게 박자를 맞추는 북소리에 맞춰 마침내 그 자리에 푹 쓰러졌다. 단상의 아칸을 향해 깊이 고개를 숙였다.

우레와 같은 박수 소리, 환호성과 더불어 멋진 춤에 대한 답례로 꽃송이와 금돈이 다투어 그녀의 몸 위로 떨어졌다. 일라가 천천히 몸을 일으켰다.

"계집, 솜씨가 제법이군."

이미 거나하게 취했다. 아칸이 킬킬대며 손에 잡히는 대로 금전을 집어 허공에 뿌렸다. 아까 전, 단뫼의 현고부가 예물이라는 이름으로 바친 뇌물이다. 공것이기에 아까울 것이 없다. 그 자리에 앉아 있는 한은 마르지 않을 황금이다. 물처럼 뿌린다 한들 무엇 어떠랴?

단 아래 세로맥아가 가벼이 고개를 저었다. 그 역시도 아칸의 이런 추태 앞에서 그의 운명이 마침내 결정되었음을 예감한 것이다.

"만세만세만세! 아칸의 만수무강을 기원하나이다."

일라가 간드러진 목소리로 감사를 표했다.

"볼만한 구경거리라. 계집, 너는 내일 다시 궁으로 들어와 솜씨를 보여주어라."

"천한 소녀를 다시 불러주시니, 그 은혜 백골난망이옵니다. 감사한 분부 성심으로 받들겠나이다."

깊이 절하고 일라가 바닥에 떨어진 금전들을 긁어모았다. 그리고는 허리를 굽힌 채 뒷걸음으로 물러났다. 아니, 물러나려 하였다. 바로 그때, 긴장이 풀린 탓일까? 춤을 추기 위해 손에 검을 묶었던 끈이 느슨해진 탓일까? 우연인지 일부러인지 모르나 돌아 걷던 일라의 손에서 달랑대던 단도가 찰캉 바닥에 떨어졌다. 아칸의 시선도, 그 옆에 앉아 있던 아련나의 시선도 바닥에 떨어진 앙증맞은 단검에 가 닿았다.

"저건……?"

갑자기 아련나의 눈빛이 새카맣게 변했다. 복사빛이던 볼이 삽시간에 하얗게 식어 내렸다.

아칸 앞에서 큰 실수를 한 셈이다. 허둥지둥 일라가 허리 굽혀 단검을 주워들었다. 황망히 물러나려 하였다.

"잠깐."

수정처럼 투명하고 겨울아침처럼 서늘한 목소리가 일라의 발걸음을 제지했다. 칼로 자른 듯 소란한 웅성거림도, 음악 소리도 뚝 끊겼다.

"황공하옵니다, 마린. 아니, 타무라님. 천한 소녀에게 무슨 분부라도……?"

"네 그 검 말이다, 아주 곱구나. 이리 가져와 보아라."

그럼 그렇지.

대 장방에 앉은 세 사람의 마음속에 똑같이 울린 뜻이었다. 일라가 시침을 뚝 땠다. 대체 왜 그러시나, 아무것도 모른다는 표정으로 바닥에 떨어졌던 검을 두 손으로 받쳤다. 무릎걸음으로 다가가 눈 위로까지 올려 아련나에게 드렸다.

그것을 바라보는 아련나의 얼굴은 더없이 창백했다. 그녀 등 뒤에 서 있던 가시솔의 얼굴도 새파랗게 질려가고 있었다. 일라가 들고 춤추었던 단검이 아련나가 가람휘와 혼인할 때 예물로 가져왔던 그것임을 유모인 그녀만은 알고 있었기 때문이다.

찰나의 짧은 시간 동안 천 번 마음이 바뀌고 만 번 생각이 바뀌었다. 지그시 검을 응시하는 아련나의 머릿속에서 그 순간 오가던 생각들을 어찌 필설로 형용할 수 있으랴?

"이것이…… 네 검이냐?"

"아니옵니다. 소녀는 이것을 빌렸습니다."

"빌려? 누구에게?"

"온갖 무구를 다루는 단뫼의 저분에게서 말입니다."

일라는 능청맞은 표정으로 앉아 있는 사곤을 손짓했다.

"제가 짝을 맞추어 추는 검이 마침 부러진지라, 길이가 알맞고 어여쁜 단검을 구했을 뿐입니다."

"타무라, 왜 이런 것에 관심을 보이는 거지?"

"……예전에 소첩이 가지고 있던 소검(小劍)과 너무 흡사하기에 신기하여 그렇습니다."

"갖고 싶은가?"

아련나가 고개를 끄덕였다. 아칸이 주인이라 하는 사곤을 손짓하였다.

"이 검을 타무라께서 원하신다."

하니, 내놓아라 하는 말이었다. 그러나 여기서 정말 의외의 일이 벌어졌다. 한갓 장사치인 그가 감히 아칸의 명령을 거부한 것이다.

"죄송하옵니다, 아칸이시여. 다른 것은 모르되 이 검은 아니 되옵니다."

"뭐라고?"

"제 것이 아니올시다. 하여 드릴 수가 없습니다. 어제 아침, 이 검의 주인에게 돈을 빌려주고 담보로 잠시 맡아두고 있는 중이기 때문입니다."

아련나가 후루룩 숨을 들이켰다. 다급하게 되물었다.

"어떤 사내가 이 검을 맡기고 돈을 빌렸다고? 어떻게 생긴 자이냐?"

"형색은 초라하였으되 헌칠한 기품이라, 아마도 고귀한 가문의 몰락한 자제였던 모양입니다. 키가 훌쩍하니 크고 미목수려한 사내였습니다. 몹시도 애지중지한 터인지 내놓으면서도 몹시 안타까워 했습니다. 이 검을 팔아 노잣돈을 장만한다 하였나이다."

사곤의 설명에 아련나의 표정이 더 식어 내렸다. 탁자 아래 떨어진 손이 와들와들 떨렸다. 이제는 옆에 앉은 아칸조차 술에 취했음에도 불구하고 무엇인가 심상치 않음을 느끼기 시작할 정도였다.

아련나는 정신을 차렸다. 그녀도 자신이 이제는 자제를 해야 할 때임을 깨달았다. 하나, 그렇다고 해서 눈에 들어온 이 검을 포기할 수는 없었다. 천하에서 오직 그녀만이 아는 정표. 그가, 그녀의 남편인 마루한이 몰래 사무란성에 잠입한 것이 분명하였다 그녀에게 신호를 보내고 있었다.

아무렇지도 않은 표정을 회복하며, 그깟 것 별것 아니라는 투로 나직하게 말했다.

"이 검은 내가 예전에 항시 애지중지하였으되 그만 잃어버린 것과 아주 흡사하구나. 내가 반드시 갖고 싶구나."

반 사정조였다. 그럼에도 사곤은 끝내 고개를 흔들었다.

"안 됩니다, 타무라님. 아무리 원하신다 하여도 이는 못 내드리옵니다."

 무엇 때문에 그가 아련나를 도발하고 있는지, 구석에서 지켜보고 있는 벼리로서는 답답해 미칠 지경이었다.

 '아니, 저놈은 왜 다 된 밥에 재를 뿌리려는 거지?'

 마린 아련나가 크게 동요하고 있음은 멀리 앉은 그녀에게도 확실하게 느껴졌다. 마루한의 정표를 알아본 것이 분명했다. 신호를 보내고 있다는 것을 눈치챈 것이다.

 벼리가 마루한에게서 가져온 단검의 손잡이는 비틀어 열 수 있게 되어 있었다. 그 안은 텅 빈 대롱 모양이었다. 은밀하게 서신을 주고받을 때 안성맞춤이었다. 그 검을 선물로 준 마린은 그 안에 마루한의 기별이 들어 있음을 알 수 있는 것이다. 그러니 그리도 대놓고 달라 안달하며 청하는 것이겠지.

 벼리는 그 안에다가 마린을 구하러 왔음을, 기별을 보고 은밀히 연락해 주기를 기다린다는 서신을 넣어두었던 것이다. 마린이 알고 있다 하는 비밀 통로의 문만 열어주면 대궁으로 쉬이 잠입할 수가 있다. 그리하면 아칸의 목을 감쪽같이 자르고 마린들을 탈출시킬 수 있을 것이다.

 여하튼 마린의 손에 검이 들어가야만 일차적 관문을 넘어서는 것이었다. 그래야 앞으로 벼리가 세운 계획들이 차질없이 착착 진행될 것이다. 일라를 시켜 일껏 검을 떨어뜨리게 만들었다. 마린에게 신호를 보냈는데, 중간에서 저 작자가 또 파토를 놓고 방해를 하다니, 이런 빌어먹을!

저 멀리서 벼리가 이를 갈거나 말거나, 단상의 아칸이 불쾌한 얼굴이 되거나 말거나, 사곤은 내내 능청이었다. 고집스레 버티었다.

"제 것이 아니란 말이지요. 주인이 반드시 다시 찾으러 온다 하였사옵니다. 정인이 준 정표라, 절대로 남에게 넘기면 아니 된다 몇 번이고 당부하였거든요. 단뫼의 장사치는 신용이 생명, 그 약조를 어길 순 없습니다."

정인이 준 정표라는 말에 아련나의 얼굴이 이번에는 시커멓게 질렸다. 마음속에서 긴가민가 하는 불안이 마침내 확신으로 굳어진 것이다. 다급하게 소리쳤다. 그래 보았자 다른 사람 귀에는 귀여운 사정으로 들렸겠지만.

"내가 부탁하여도? 내가 꼭 가지고 싶다 하여도?"

"안 됩니다."

"아칸!"

마침내 아련나가 성마르게 아칸을 불렀다. 든든한 비호자에게 작은 어리광을 피우듯이, 새치름하니 골을 내듯이 소리쳤다. 귀한 여인이 간절히 원하는 것을 주지 못한다는 것은 사내 체면상 말도 아니 되는 일, 아칸이 노한 얼굴을 지으며 호령질을 했다.

"네 이놈! 타무라가 간절하게 원하지 않느냐? 기쁘게 바치지 못하겠느냐?"

"망극하옵니다, 아칸. 그리 말씀하시어도 이 검은 내놓을 수 없나이다."

"뭐, 뭐라고?"

술기운에 그렇지 않아도 붉은 아칸의 얼굴이 이제는 시뻘게졌다. 그가 발을 굴렀다. 벽력같이 호령질을 하였다.

"이 무례한 놈 좀 보았나?"

"말씀드렸지 않습니까? 단뫼의 상인은 신용이 생명이라고 말입니다."

사곤은 일부러 끝까지 뻗대었다.

사람을 두고 판단할 때 적어도 세 번의 기회를 주라, 아비 단목유성의 가르침이었다. 하여 그는 마지막으로 아칸의 크기를 시험하자 하였다. 좁쌀만큼의 희망이라도 있는지, 아무리 계집에게 녹아 있다 하여도 군주로서 최소한의 이성과 판단력을 지니고 있는지 다시 한 번 확인하려 함이었다.

"아무리 작은 신용도 허투이 하지 않습니다. 아칸과의 거래도 중하나 범인(凡人)과의 약조도 그만큼 중요한 것, 반드시 지켜야 합니다. 소인은 그 검을 판 사내에게 이레의 말미를 주었습니다. 그가 그사이에 빌려간 돈을 가져온다면 이 검을 그대로 돌려주기로 약조하였나이다. 저는 무슨 일이 있어도 이레 동안은 이 검을 누구에게도 내줄 수 없습니다. 만에 하나, 아칸께서 이 일을 빌미로 저희를 핍박하신다 하면……."

"닥쳐라! 네 이놈! 듣자듣자 하니 참으로 무례한 놈일세! 여봐라!"

노기등등하여 아칸이 소리쳤다. 벌떡 일어나 무릎을 꿇은 사곤을 향하여 들고 있던 술잔을 내던졌다.

"저놈을 당장 끌어내라! 한갓 장사치 주제에 감히 나를 대적하여 목을 뻣뻣이 세워? 네 이놈! 다시는 나불거리지 못하게 네 혀를 잘라주마!"

아칸의 호령질에 따라 병사들이 우르르 달려들었다. 사곤의 머리를 강하게 창대로 내려쳤다. 강한 충격에 그의 무릎이 팍 꺾였다. 창대로 맞은 옆머리에서 붉은 피가 흘러내리기 시작했다.

"사곤!"

제일 먼저 달려간 사람은 벼리였다. 현고부를 비롯한 단뫼의 상인들 또한 일제히 일어섰다. 신용이 목숨이기에, 굳건하게 의기를 지킨다 하는 그를 두고 부당하게 대우하는 것에 대하여 다들 강하게 항의하는 뜻으로 웅성거리기 시작했다.

일촉즉발.

불길하고 심상치 않은 분위기를 직감한 무후의 병사들이 일제히 검을 빼들었다. 살벌한 얼굴로 상인들을 향해 겨누었다. 아칸의 말 한마디면 이곳에서 처참한 살육전이 벌어질 참이었다.

우호적이고 즐겁던 대 장방의 연회가 결국은 살얼음판 디디는 긴장으로 가득 차버렸다. 현고부가 강하게 항의하였다. 검푸른 눈에 시퍼런 불꽃이 튀고 있었다.

"아칸, 이러실 수는 없습니다!"

"저, 저 버릇없는 놈들을 보았나! 감히 여기가 어디라고 한갓 장사치들 주제에 까불랑대는 거냐? 에잇! 저놈들을 다 쫓아내어랏!"

"아칸, 부디 진정하십시오."

"이만하시지요. 무작정 노화 내시다간 앞으로 크게 곤란한 문제를 만드시는 겁니다. 단뫼의 상인들과 이렇게 부딪쳐 보았자 좋은 일이라고는 없사옵니다."

깜짝 놀란 중방들과 신관들이 일어나 만류해도 소용없었다. 제 여자 앞에서 훼손된 위엄과 체면만이 중요할 뿐. 미친 듯이 고래고래 소리 지르는 아칸의 고함 소리만이 대 장방에 가득 찼을 뿐이다.

그런 동안 병사들이 쓰러진 사곤의 몸을 질질 끌고 나가고 있었다. 그럼에도 끝내 지지 않았다. 기가 죽기는커녕 오히려 더 당당하였다. 고래고래 소리 지르며 저주를 퍼부어 아칸의 커다란 분노에다 더 강하게 기름을 퍼부었다.

"천하의 그 어떤 군주도 이렇게 고약하진 않았다. 감히 우리 단뫼의 상인들을 하찮게 여긴 연후에 누가 안심하고 살 수 있단 말인가? 당장에 내년부터 식량을 실은 수레는 절대로 이 성에 들어오지 않으리라!"

그의 고함 소리는 갈수록 커져만 갔다.

"누가 전쟁을 준비하는가? 검이 녹슬고, 화살이 부러져도 절대로 새것을 구하지 못하리라. 천하의 나라들이 다 우리의 동맹이니, 무후가 아무리 강맹하다 한들, 솥발처럼 늘어서 사방을 둘러싸고 있는 열 나라를 이길 수 있단 말인가? 무후의 눈과 귀를 멀게 하고 팔과 다리를 자르리라. 이날 무후의 운명이 결정되었다. 단뫼의 형제들이여, 천하에다 이 사실을 알려라! 내 목이 사무란의 성벽에 걸릴

즈음이면 이스탄* 역시 시산혈해가 될 것이다! 하나를 받으면 백을 갚는 우리이니, 단뫼의 국운이 다하는 날까지, 무후와는 양립하지 못할 것이다. 무후라는 이름은 이날 이후, 다시는 역사 속에 나타나지 못하리라!"

술에 취하고 정분 준 계집의 웃음에만 취한 아칸이야 그 말이 귀에 들어오지 않을 테지만, 낮은 탁자에 앉은 무후의 방백들이며 신관들의 얼굴은 하나같이 굳어지고 있었다. 끌려 나가는 단뫼의 저 사내가 하는 말이라니, 단지 허언만은 아니었다. 참으로 무서운 선전포고요, 치 떨리는 앞날에 대한 예언이 아닌가? 다들 숨을 삼켰다. 질린 얼굴이었다.

그러거나 말거나, 들은 척도 아니한다. 나라야 무너지든 말든 무슨 상관이랴?

아칸은 탁자에 놓인 검을 들어 새치름하게 옆으로 돌아앉은 아련나에게 건네주었다. 그제야 고운 볼우물이 패는 여인을 바라보며 안심한 미소를 지었다.

"고약한 놈! 당장에 목을 댕겅 잘라 버리고 말지."

"······엄히 본보기를 보여주세요. 감히 어디서 아칸을 대적하여 입을 나불거리는가? 신첩은 몹시도 불쾌합니다."

"암만 암만. 저놈 목을 잘라 소금에 절여 그대의 발길이 닿는 땅에다 묻어놓아라 하마. 세세연년 밟아주련다. 버릇을 가르쳐 주자구나."

"그래주셔요. 이날 당한 모욕을 신첩은 절대로 잊지 않을 것이

---

*이스탄:무후의 도성

어요."

"나만 믿으라 하지 않았더냐? 이깟 검이 다 무엇이라고? 이제 네 것이다. 하니 웃어보렴? 응?"

아칸의 말에 아련나가 억지로 웃어 보였다. 하지만 얼굴에 깔린 수심의 그늘은 여전했다.

바로 그때, 내내 자리에 앉아 조용한 얼굴로 대 장방 안에서 벌어진 혼란상을 지켜보고 있던 세로맥아가 일어섰다. 아련나의 미소에 흠빡 빠져 앞뒤 분간하지 못하며 마냥 흡족해하는 아칸을 바라보았다.

침착한 대승정의 입술에 경멸스런 빛이 경련으로 떠올랐다. 그대, 못난 자여. 흑군께서 마지막 기회를 주었으되, 어리석은 너는 그것을 발로 걷어차 버렸구나.

옆에 앉았던 방백이 불안한 얼굴로 세로맥아의 옷깃을 잡았다.

"대승정님, 어디로 가시려 합니까?"

"잠시 나가볼까 합니다. 아까 끌려 나간 단뫼의 장사치 일이 좀 마음에 걸려서요."

"대승정님께서도 그 사내가 한 말을 귀담아 들으신 겝니까? 소신도 걱정스럽나이다. 단지 분하여 협박을 하는 것만은 아닌 듯합니다."

"진실일까 두려워 나도 걱정을 하는 차입니다. 내가 잠시 나가 수습을 하지요. 쯧쯧쯧."

세로맥아는 혀를 찼다. 아련나와 농탕질을 하느라 정신이 없는 아칸을 다시 돌아보았다. 아칸의 내쳐라 하는 말이 바로 축객령이라, 단뫼의 상인들은 병사들에 의하여 줄줄이 끌려 나가듯 문을 나서고 있었다. 그것을 바라보던 방백이 다시 고개를 돌렸다.
"아칸께서 술에 취하시어 잠시 실수를 하신 겝니다."
그의 표정은 근심이 가득 찬 것이었다. 제법 주변 사정을 헤아릴 줄 아는 자였다.
"단뫼의 상인들은 신용이 생명, 천하의 누구도 그것을 건들지 못하고 어기지도 못하지요. 그것이 철칙입니다. 천하의 상권을 장악하고 정보망을 손아귀에 넣었으니 누구든 전쟁에서 이기려면 그들과 손을 잡지 않으면 안 되거든요. 한데 우두머리인 듯싶은 자를 저리도 수모 주었으니……. 그것으로도 모자라서 저들을 저리 박대하고 쫓아냈으니, 이것, 혹여 단뫼와의 친선에 금이 갈까 무섭군요."
아까 그자가 한 저주가 사실이 될지니, 식량이며 무기를 구하지 못하는 것만이 문제가 아니었다. 당장에 곧바로 무후의 본성인 이스탄이 함락되는 듯한 불길함으로 그가 몸서리를 쳤다.
"빨리 나가시어 큰일 없도록 하여주십시오. 우리의 아칸께서 단지 술에 취하였다고, 하여 잠시 사리분별을 잊으셨다고 설명하여 주십시오."
방백들의 시선이 약속이나 한 듯 단상의 아칸과 아련나에게로 향했다. 그들 모두의 시선 안에는 아까 세로맥아가 지었던 혐오와 분노, 경멸의 빛이 한가득 어려 있었다.

신하라 하는 자들이 이미 아칸을 버렸다. 대수롭지 않게 여기며 경멸하고 있다. 하여 황금관을 쓰고 단상에 앉은 저자는 이미 군주가 아니다. 허수아비일 뿐이다.

그런 생각을 하며 세로맥아는 천천히 대 장방을 벗어났다.

한편 억지로 끌려 나간 사곤은 보기 좋게 성문 밖으로 내팽개쳐졌다. 따라간 벼리도 한패거리라 하여, 역시 엉덩짝 걷어차이고 창대로 두들겨 맞은 채 쫓겨났다. 사곤이 엎어진 그 위에 시루떡처럼 포개지고 말았다. 감히 저들의 아칸을 대적하여 건방지게 군 자들이라, 아무리 아까 두둑이 뇌물을 받았다 하여도 가만둘 수는 없는 노릇이다.

두 사람의 몸 위로 무차별하게 발길질이, 몽둥이찜질이 날아오기 시작했다. 그럼에도 벼리는 사곤의 몸을 감싸 두 팔로 안았다. 끝까지 보호하려 애를 썼다.

"그만들 하게나."

"아이고, 대승정님."

더러운 개가 몽둥이찜질을 당하듯이 참혹하게 두들겨 맞고 있는 그 작은 소동 안에 나타난 사람은 세로맥아였다. 병사들이 공손히 고개를 숙였다, 여전히 살기등등하게 두 사람을 노려보았다.

"단뫼의 장사치들을 잘못 핍박하였다가, 큰일당하려구 이러는 게야?"

"하지만 이자가 감히 아칸에게 불경한지라……."

"장사치로 신용을 지키려는 것뿐인데 무엇을 잘못한 것인가? 그만하게."

"예."

세로맥아가 비틀비틀 일어나는 사곤과 또 다른 한 사내를 바라보았다.

"더 이상은 핍박하지 않을 터이니, 물러가거라. 너희들 단뫼의 장사치들이 장사를 하는 것도 불편함이 없을 터이니 걱정 말고."

문에서 몰려 나온 상인들이 벼리와 사곤을 둘러쌌다. 그들을 서둘러 부축하여 수레 쪽으로 걸어갔다. 현고부가 돌아서서 세로맥아를 바라보았다. 그의 입술에는 자세히 보지 않으면 알아차릴 수도 없을 만큼 희미한 미소가 스며 있었다. 정중히 신관을 향해 허리를 굽혔다.

"저희를 환대하여 주신 것에 감사하옵니다. 군주의 자질이야, 나라의 운명. 아주 슬픈 일이군입쇼. 무후의 기세가 맑고 욱일승천하기에, 대륙의 패자가 될 만한 그릇이라 생각하였는데, 아낌없이 조력하고 뒷받침해 온 우리들의 판단이 잘못된 것 같습니다. 이날 큰 손해를 입었으니 어찌하리. 한 사람의 경국지색이 기필코 두 나라를 망치옵니다그려. 허허허. 썩은 기둥은 빨리 갈아야 집이 무너지지 않는 법, 그것을 놓아두었다가 이내 모든 사람이 깔려 죽을까 두렵사옵니다. 대승정 나리, 그럼 이만······."

"이보게!"

그러나 현고부는 세로맥아가 부르든 말든 뒤돌아서 걸어가 버렸다. 세로맥아는 단뫼의 상인들이 탄 수레가 천천히 성문을 빠져나가는 것을 초조히 지켜보다가 몸을 돌렸다. 손짓하여 부하를 불렀다.

"송요성에 사람을 보내라."

"예, 대승정."

"가실세아 장군더러 즉시 사무란성으로 돌아오십사 하고 말이다."

"존명."

"가장 급한 일이다. 가능한 한 빨리, 단신으로도 좋으니 돌아오십사 말씀드리도록."

"알겠습니다."

예감상, 아칸의 명줄은 오늘내일 사이에 끝이 나게 될 것이다. 무후의 미래를 맡은 대승정으로서 그 다음을 생각하지 않으면 안 된다. 그는 돌아서서 다시 문 안으로 들어갔다. 여전히 질탕한 환락에 젖어 술잔을 기울이는 아칸을 바라보며 홀로 중얼거렸다.

'흠, 아칸의 목을 담을 관은 어떤 나무가 좋을까? 명색이 군주라, 질 좋은 나무로 선택해 주어야겠지?'

"마린."

"손대지 마! 나가! 다 나가!"

비단 찢어지듯이 날카로운 고함 소리가 아침 햇살을 타고 울려 퍼졌다. 아련나는 자신에게 다가온 가시솔의 손길을 강하게 뿌리쳤다.

"꼴도 보기 싫어! 혼자 있게 해줘!"

그녀는 비틀비틀 걸어갔다. 탁자 앞에 가서 푹 엎드려 버렸다.

어젯밤부터 쿵쿵 뛰던 가슴의 진동이 아직도 가라앉지 않고 있었다.

가시에 찔린 듯이 다시 발딱 일어났다. 초조하게 호사스러운 침궁 안을 이리저리 서성였다. 성마른 안달과 불안에 손톱을 씹었다. 어찌하지? 대체 난 어찌하지? 하룻밤 사이에 그녀의 눈 아래는 시커멓게 그늘이 져 있었다.

그가 왔다.

그의 남편이, 마루한이.

그녀를 사랑하는 가람휘가.

아련나의 눈길이 새삼 떨렸다. 탁자에 놓여진 단검에 가 멎었다. 검날에 새겨진 '일편단심, 항구여일'이라는 글귀로 가 멎었다. 염치없어 고개를 돌려 버렸다.

'너무 늦었어. 너무 늦었다구요!'

마치 가람휘가 앞에 서 있는 것처럼 아련나는 두 손으로 얼굴을 가리고 절통하게 부르짖었다.

배신은 당신이 먼저였다. 아련나는 가람휘가 전쟁터에서 죽었다는 기별에 산산조각 무너지던 그날의 심장을 생각했다.

금세 돌아오마 하였던 약조를 어긴 것도 당신이 먼저. 서러운 내 가슴 갈가리 찢어놓은 것도 당신이 먼저였다.

마루한이 죽은 후, 이제 겨우 열아홉 된 새각시. 후대의 마루한이 될 아기도 가지지 못한 마린이란 그저 살아 있되 죽은 목숨. 생애 내내 하얀 옷을 입고 그림자처럼 너울을 쓰고 죽은 듯 살아야 하는 것이 운명이었다.

그녀는 해란의 마린이자, 세상에서 가장 아름다운 꽃. 누구보다도 더 귀하고 아낌받고 행복하게 살아야 할 권리가 있는 여자였다. 그렇듯이 그녀를 가장 소중한 꽃으로 대접하여, 늘 은애하고 존중하고 사모해 준 가람휘를 깊이 사랑했다. 혼인할 당시 젊고 늠름한 마루한을 사모한 것은 하나 거짓없는 진심이었다.

'하늘을 우러러 한 점 부끄러움 없는 진실, 아시지요? 당신만 은애하고 사모하였던 것, 아시지요? 믿으시지요?'

왜 마루한은 쓸데없는 전쟁 같은 것을 일으킨 걸까? 별 쓸모도 없는 국경의 땅 조금 내어주고 화친이나 할 일이지.

'그건 당신 잘못이잖아요? 날 지켜주지 못하고 홀로 전쟁터로 떠나 버린 당신 잘못이잖아요!'

그녀의 지아비 마루한은 전사(戰死)하였다 한다. 겨우 혼인한 지 두 해만에 아름다운 마린 아련나는 젊디젊은 과부가 되어버렸다.

그런 몹쓸 운명으로도 모자라 이내 사무란성조차 무후에게 함락되었다. 거처인 지향전 경계 바깥으로는 한 발자국도 나갈 수 없이 평생 불안과 두려움 속에서 살아야 한다 하였다.

그날 이후, 아련나에겐 두 가지의 선택만이 남아 있었다. 평생 지아비를 그리워하며 울며 살거나, 아니면 마린으로서의 위엄과 체통을 지켜 장렬하게 죽거나.

'마루한, 난 그렇게는 살 수 없었어요. 그래서 그랬던 거예요. 살고자 한 것이어요. 당신이 이미 죽은 줄 알아서, 긴긴 세월 하얀 옷만 입고 울며 얼굴을 가린 채는 살 수 없다 싶어서. 난 그저 평범한 아낙들이 가지는 작은 행복만을 원했을 뿐이라구요. 그건 욕심이 아니잖아요? 그런 것이 죄가 되지는 않잖아요? 곱게, 어여쁘게 사랑받으며 살고 싶었어요. 너무 일찍 이별해 당신이 다 해주지 못한 것들, 나는 끝까지 다 가지고 싶었어요. 오래오래 마린의 황금관을 쓰고 그렇게 살고 싶었을 뿐이어요.'

계속 흐느끼며 아련나는 스스로에게, 앞에 서 있는 마루한의 그림자 앞에 애써 변명했다. 자위했다.

평생 우는 삶도, 단번에 죽는 일도 다 쉽게 할 수 없는 일이었다. 아련나는 그 어느 쪽도 택하지 않았다.

대신 어여쁘게 웃어 살아남았다. 적에게 옷고름을 풀어주어서라도 예전같이 화려하게 사랑받는 마린으로 살길을 찾아냈다.

'당신도 말했잖아요? 난 마린으로 태어난 여인이라고. 이 세상의 좋은 것 전부 가질 만한 자격이 있는 여자라고요. 그렇게 살게 해준다 하였잖아요?'

하지만 당신이 먼저 어긴 거다. 아련나는 이를 악물었다. 삐뚤어진 원망을 가람휘에게 모질게 퍼부었다.

'지키지도 못할 맹세라, 약조를 어긴 것은 당신이 먼저잖아요? 당신이 잘못한 거여요. 나는 잘못이 없어요, 마루한. 단지 살고자

하는 욕심만 부렸을 뿐이어요. 그를 두고 나더러 야속타, 나쁘다 하지 마셔요.'

마린 아련나. 공녀로 태어나, 마린이 된 소녀. 애초부터 가장 높은 권력을 가진 자의 반려로 만들어진 여자. 애완당하는 기쁨에 길들여진 꽃. 가람휘가 없다면 다른 남자, 그와 같은 권력과 강대한 힘을 지닌 남자. 그녀를 평생 마린으로 대접하고 살게 해줄 수 있으며 무엇보다 피 통하고 따뜻한 살아 있는 남자를 원하는 여자. 어쩌면 가장 정직한 욕심과 본능에 충실한 여자다운 여자. 누가 감히 그녀를 욕하고 단죄할 수 있으랴?

하여 그녀는 과감하게 승리자인 무후의 아칸을 유혹했다. 그의 전리품이 되어, 그와 마루한의 침상에서 뒹굴었다. 비록 아칸의 정후인 타민이 되지는 못했으나, 그녀 또한 후궁의 일등 가는 직급, 총애받는 유일한 타무라 자리에 올랐다. 지금 배 속에 있는 아기가 아들이기만 한다면, 아칸은 약관을 넘어가는 큰아들을 죽이고 이 아기를 사무란의 차아킨으로 만들어준다 하였다. 가람휘와 이별하여 잃어버린 모든 것들을, 아칸을 만나 다시 완전하게 채웠다. 그것으로 모든 것이 완전해졌다고 믿었는데.

―구하러 왔소이다. 별다래 여각이오. 기별 주시오.

아련나의 단검 자루는 가람휘와 그녀 둘만이 아는 비밀 서신통이었다. 평화롭던 시절, 침방에의 뜨거운 약조와 그녀에게 보내는 마루한의 연시(戀詩)가 들어 있던 것이다.
 어젯밤, 연회가 끝나고 아칸의 침방에 들어갈 때까지 시간은 너무나 더디게 흘렀다. 질펀한 정사 끝에 그가 곯아떨어질 때까지 참아내느라 얼마나 힘들었던가.
 새벽에 몰래 일어나 단검의 손잡이를 비틀어 열어보았다. 역시나 돌돌 말린 양피지 하나가 툭 하니 떨어졌다. 그가 보낸 서신이었다. 이미 단뫼의 상인 입을 통하여 가람휘가 사무란에 들어왔을지 몰라, 대강은 짐작하였다. 하지만 정작 그 증거가 명백하게 나타난 순간, 그만 가슴이 툭 하고 떨어졌다.
 그가 왔다. 사랑하는 지아비 가람휘가.
 그녀를 구하러, 사랑하는 아내를 되찾기 위해, 그림자처럼 스며들었다.
 아련나의 심장이 산산조각이 나버렸다. 그녀는 입을 틀어막고 홀로 울부짖었다.
 '어찌하여? 어찌하여 그대는 이렇게 늦게, 모든 일이 다 끝나 버린 후에 나타난 건가요? 이렇게 홀로 나타나서 어찌하려고?'
 대 마린을 보내라, 송요성을 내줄 수 있다 말하며 시간을 끌었던 것은 결국 연막작전이었던 거다. 협상을 질질 끄는 그동안, 마루한은 직접 먼 길 달려 어린 마린을 구하러 온 것이다. 그만큼 그는 그녀를 사랑하였다. 정곡에서 새장가를 든 것도 그리 보면 거짓일 가능성이 많았다. 결국 무후의 시선을 교란시켜 몸값을 낮추려는 나름대로의 고육책(苦肉策)이었는지도 모른다. 가람휘는 결코 그녀를 배신하지 않았다.

사느런한 미소가 아련나의 눈물 젖은 얼굴에 배어났다.

하지만……

'난 그를 이미 배신하였는걸.'

염치없고 부끄러운 마음에 아련나의 눈에서 다시 눈물이 흘러내렸다. 그를 다시 볼 염치가 없어. 난 천벌을 받을 거야. 하지만 그가 보고 싶어. 그리워. 나만 향해 웃어주고, 나만 안아주던 든든한 팔이 그리워. 징그러운 아칸보다는 헌칠하고 미목수려한 그이가 천배는 더 멋진걸. 내 첫정인걸.

'세 성을 내어놓는 대신 나를 데려가는 것이 차라리 낫지 않을까? 제 목숨을 바치려 하지만 그는 홀몸. 아칸의 병사들을 이기지는 못해. 아무리 내가 비밀 통로를 열어주어도 무사히 날 데리고 탈출하지도 못할 것이야. 도망간다 하여도 우린 결국 둘 다 잡혀 개죽음을 당할 것이야. 소용없어. 아무리 그가 날 데리러 왔다 해도 희망이 없어. 게다가 난 이미 아칸의 아이를 잉태한 몸인걸. 그를 다시 보기 염치가 없어. 못해. 못해…….'

언제나 굴절하는 생각은 나쁜 쪽으로 향해 먼저 흐른다. 애초부터 좋지 못하고 절망적인 쪽으로 움직이는 것이다. 하여 교활하게 제 일신 살길부터 찾아내고자 한다. 남 목숨 끊어낸다 하여도 제 도망갈 구멍은 파려 한다. 희생시킬 그 목숨이 설사 사랑하였던 가람휘라 하여도.

하지만 내가 정말 당신을 다시 한 번 배신할 수 있을까? 내 손으로 사랑한 당신을 완전한 죽음의 구렁텅이로 밀어 넣을 수 있을까? 꼭 쥔 작고 하얀 주먹이 바들바들 떨렸다. 아련나의 하얀 이가 지그시 붉은 입술을 물었다. 피를 빠는 흡혈귀같이, 애틋하게 사랑한 추억을 씹듯이…….

"못해, 나는 못해! 다시 또 그런 죄까지는 죽어도 지을 수 없어! 천벌받을 것이야!"

아련나는 절망적으로 침상 위에 푹 하고 엎드렸다. 으흐흑. 질끈 다물린 입술 사이로 아련나의 신음 같은 울음소리가 다시 시작되었다.

그때, 달칵 소리가 나며 문이 조용히 열렸다. 아련나가 고개를 들었다.

"마린."

가시솔이 문 앞에 서 있었다. 침착한 어조로 나지막하게 말했다.

"어떤 생각을 하고 계시는지는 잘 알겠습니다만, 이미 늦었습니다."

"뭐, 뭐라고?"

눈물에 젖어 엉망이 된 아련나의 얼굴이 새카맣게 질렸다. 겁먹은 눈동자가 가시솔을 노려보았다.

"무, 무슨 이야기를 하려는 거야?"

"모든 것을 되돌리기에는 늦었다구쇼."

"하, 하지만…… 그가 왔어! 날 구하러 왔단 말이야."

"하지만 원군도 없이 홀로이지요. 두 분이 무사히 사무란성을 탈출할 가능성이 있다고 생각하시나요? 게다가."

가시솔의 시선이 아련나의 아랫배에 다가갔다. 어젯밤 아칸은 내내 자신의 씨앗을 품고 있는 아련나의 몸을 쓰다듬으며 흐뭇해했었다. 본능적으로 돋아나는 부끄러움. 아련나는 두 손을 들어 이제는 치욕이 된 아랫배를 가리려는 동작을 취했다.

"이것을 무어라고 변명하실 생각이십니까?"

"어, 억지로 당한 일이잖아! 내 본의가 아니었잖아!"

"마루한께서는 이해를 해주실 지도 모릅니다. 하지만, 백성들이 수군거리겠지요. 훗날 싫어도 마루한께서는 체면 때문에 마린을 반드시 내치게 될 것입니다."

"돌아가도…… 그가 나, 나를 쫓아낸다고?"

늙은 유모의 얼굴을 바라보는 아련나의 얼굴은 참혹했다.

"어느 것이 진정 마린의 일생에 좋은 것인지 생각해 보셔요. 두 분이 만난다 하여도, 탈출에 성공할 가망성은 거의 없습니다. 무사히 돌아가신다 하여도 마린은 이내 마루한을 배신하고 적의 씨앗을 품은 더러운 계집으로 내침을 당하실 겁니다."

만에 하나라도 아련나가 가람휘를 만나게 되면, 무사히 정곡까지 돌아가게 되면, 남든 따라가든 가시솔 그녀에게는 무섭고 잔인한 파멸만이 기다리고 있다. 절대로 그리할 수는 없다. 필사적이었다.

함께 같은 죄를 지은 우리 두 사람에게 어떤 선택이 가장 유리할까. 영활하게 셈하는 눈동자가 젖은 유리알처럼 섬뜩한 빛을 담고 있었다.

가시솔이 다시 흔들리는 아련나를 꾀었다.

"하지만 이곳에 남으시면 마린은 아칸의 총애를 한 몸에 받는 유일한 타무라이십니다. 훗날의 아칸을 낳을 분 아니십니까? 단, 아칸을 아직도 괴롭히는 패배자 마루한이 완전히 섬멸된 후라야 가능한 일이지만 말입니다."

"나더러 대체 어찌하라는 거야?"

아련나가 발악하듯이 고함질렀다. 거의 자포자기였다.

"인정 따윈 미련 따윈 완전히 버리시란 말입지요."

"그, 그를 다시 배신하라고? 잠입하였다는 정보를 발설해 죽게 하라고?"

"하면 마린의 목숨을 내던져서 마루한을 구하실 건가요?"

가시솔이 얄밉게 되물었다. 누구보다도 자기중심적인 아련나의 섬약한 마음을 콕콕 찔렀다.

"게다가 이미 정곡에서 마루한은 새장가까지 들었다 하지 않습니까? 배신은 그분이 먼저이지요. 하물며 마린께서 반 본의로 아칸에게 안겼다는 것을 대 마린이 알고 계십니다. 지금은 감출 수 있으나 그것이 알려지면 훗날 반드시 마린은 잔인하게 버림받으실 겁니다. 혹여 모르지요. 나라와 마루한을 배신하였다고 사랑하는 분의 손으로 죽임을 당하게 될지도요."

"싫어! 싫어! 그런 것은 죽어도 싫어!"

여인의 새된 절규가 지향전의 침궁에 메아리쳤다.

아침밥을 먹은 연후에 벼리는 사곤의 피 터진 머리통에 약을 발라주었다. 새 붕대로 둘둘 감아주고 있는 중이었다.

"그렇게 겁도 없이 나불대다가 언젠가 한번은 큰 화를 부를 줄 알았다."

"웃기지 마라. 너도 바보다. 덤벼들면 똑같이 치도곤당할 줄 알면서도 왜 달려들어?"

곧 죽어도 고맙다 하지 않는다. 사곤이 툴툴거렸다. 벼리의 입술가도 찢어져 검붉은 피딱지가 맺혀 있었다. 터지지는 않았지만 머리통도 주먹만큼이나 부풀어 올라 있었다.

"크락마락이 만든 아주 좋은 금창약을 발랐으니, 이내 아물게다. 아프지 않으냐?"

"머리통 터졌는데 안 아픈 놈 보았냐?"

뻔한 것을 왜 물어? 버럭 고함지르는 사곤더러 벼리도 따라 악을 썼다.

"나한테 왜 화를 내냐? 누가 쓸데없이 건방진 입을 나불거려 매를 벌래? 검이나 고이 마른께 건네주었으면 끝날 일이었잖아."

"……아사벼리."

이자가 웬일이지? 전혀 그답지 않게 이리도 그윽하게, 진지한 얼굴을 하고 목소리를 깔고 이름을 부르는 것이냐?

갑자기 돌변한 사곤의 기색에 긴장이 되었다. 벼리는 우물쭈물 대답했다.

"왜, 왜 그러는데?"

"너 참 대단하다."

"뭐가?"

"내 평생 너처럼 멍청한 녀석은 처음 보았다."

"뭐얏?"

"요렇게 새카만 눈 뜨고 하도 잘 노려보기에 눈이 제법 밝은 줄 알았더니! 완전히 당달봉사라, 눈 뜨고도 보지 못하는구나. 아이고!"

"대체 무슨 말을 하고 싶은 거냐?"

대답 대신 사곤은 이상야릇한 미소만 지어 보였다. 탁자에 놓은 능금을 집어 와삭 깨물었다.

"순진한 거냐? 정말 바보인 거냐?"

"무슨 뜻이냐고!"

"절대로 변하지 않는 것이란 없다."

"그래서?"

"인간의 마음도 마찬가지이지. 모든 사람의 마음이 너처럼 한결같다고 생각하지 말란 말이다."

무슨 말을 하려는 걸까? 의문에 가득 찬 눈동자를 바라보더니 그가 나지막이 혀를 찼다.

"단뫼의 옛 사람들이 그런 말을 하였지."

"……?"

"계집의 마음은 바람에 흔들리는 풀잎이라고. 여자를 믿느니 차라리 키우는 양을 믿으라 했다."

벼리는 벌떡 일어나 검을 빼들었다. 사곤의 목젖에 아주 가까이 들이댔다.

"너는 지금 우리의 마린을 모독하고 있다."

"흠, 그런가?"

"아비 없는 자식을 낳고도 자랑으로 삼는다 하는 너의 단뫼의 계집들은 배덕과 변절을 밥 먹듯이 하고 있는 줄 모르나, 해란의 여인들은 그렇지 않다. 한 번 맺은 인연을 평생 간직하고 산다. 정절을 긍지로 알며 지조를 생명으로 삼는다. 목숨으로 지킨다."

"어째서 네 나라의 여인들의 으뜸이요 귀감이라는 그 여자는 적에게 붙잡히자마자 스스로 자진하지 않은 걸까?"

사곤이 능금 꼬랑지를 창밖으로 휙 던졌다. 반박하려던 벼리의 입이 그만 딱 막혔다. 그가 벼리를 빤히 바라보았다. 아주 덤덤하게 되물었다.

"너희 여자들, 전쟁 중에 적에게 잡히면 어떠한 치욕을 겪을지 뻔히 알고 있지 않나?"

대답할 말을 찾을 수가 없었다. 벼리 또한 해란의 여인으로 태어났고 성주의 여식이었기에, 어려서 가르침받기를 적에게 잡히느니 먼저 목숨을 끊어야 한다 배웠다. 혀를 깨물고 죽을지언정 적에게 몸을 더럽히는 치욕을 겪지는 말아야 한다 배웠다. 하물며 더없이 고귀한 마린이시니, 보지 않아도 짐작할 수 있다. 골수에 사무치도록 똑같은 가르침을 배우고 지켜야 한다 강요당했을 것이다.

"하물며 더없이 사랑받는 마린이라면 아주 좋은 인질이지. 내 나라 여인들은 아비 없는 자식을 낳을지는 모르나 적어도 전쟁에서 지면 어떻게 처신해야 할지는 알고 있다. 하물며 적들에게 가장 좋은 미끼 노릇이 되고, 아군에게는 치명적인 위험이 되는 마루한의 여인이라면 말야, 적에게 잡히느니, 스스로 목숨을 끊었을 거다. 그래야 사랑하는 왕이 자신으로 인해 판단을 흐리거나 굴욕적이 되지 않을 테니까. 평범한 여인도 그러함에야. 하물며 일국의 고귀한 태주*임에랴. 아무리 어리석어도 그 정도의 정세 판단도 하지 못한단 말인가?"

결국은 이곳의 마린이 이미 마음이 변했다는 암시인가? 깊이 사랑하는 마루한을 벌써 배신하였다는 뜻인가?

"닥쳐!"

그럼에도 벼리는 악을 썼다. 끝내 부인하고 아름다운 마린을 변호하려 기를 썼다.

"우리의 마린은 절대로 참정을 버리거나 깨뜨릴 분이 아니시다. 만에 하나, 그분이 적에게 몸을 더럽혔다 치자. 싫어도 적의 침상을 데우는 일을 한다 치자. 하지만 어리석은 사내인 네가 어찌 여인의 마음을 안단 말이냐? 그런 치욕을 감수하고서라도 사랑하는 정인에게 다시 돌아가려, 혀 깨물고 모진 목숨 이어가는 것도 여인이다. 죽는 것은 오히려 쉬우나 그것을 감수하고 참아내며 살아가는 것이 더 무서운 일인지 모른단 말이냐?"

"너도 여인이다, 이 말이냐? 지금껏 여인으로 살지 않았던 녀석

---

*태주:단뫼에서 환제의 딸이나 며느리, 즉 황실의 여인들을 일컫는 말

이 어찌 그리 여인의 마음을 잘 안다 자신하느냐?"

"닥쳐! 괜히 교묘한 말로 나를 혼란하게 만들지 말란 말이다! 누가 무어래도 나는 우리의 마린을 믿는다. 첫정을 엮고, 참정을 나누었기에 항구여일, 일편단심. 그런 분을 잃고 가슴앓이라, 슬피 우시던 마루한의 심장을 믿듯이, 그런 분의 사랑을 받은 마린의 마음도 믿는다. 하늘이 내리신 천연(天緣)이니, 두 분의 마음은 인간의 힘으로 끊지 못한다. 내 그를 믿기에 여기까지 죽음을 불사하고 온 것이다."

"내가 거짓말을 하는 것이냐? 너더러 네 마린을 의심하게 하고 이간질시키는 놈이란 말이냐?"

"잘 아는구나!"

"좋다. 네가 그렇게까지 말하니, 우리는 더 이상 같이할 필요가 없다. 서로를 믿지 못하고 의심할 바에야 왜 같이 위험을 무릅쓸 것이냐? 네가 더 이상 나를 필요로 하지 않으니 나는 떠나련다."

그가 잘라 말했다. 사곤의 눈이 이처럼 차갑고 냉혹하게 변한 것은 처음이었다. 벼리는 순간적으로 당황했다. 저절로 말이 더듬거려졌다.

"내, 내 말은 그런 뜻이 아니지 않느냐?"

"더 이상 잔말 말아라. 나는 나를 믿지 못하는 자와는 일을 같이 하지 않는다. 어쨌거나 애초의 계약대로 너를 무사히 사무란성에까지 데려다 주었다. 내 임무는 다했다. 이제부터 우리, 서로 각자의 길을 가자구나."

훌훌 바람처럼 제 보퉁이를 집어든 그가 손을 내밀었다.

"약속한 보수를 주어야지."

그렇지 않아도 기가 찬 터에 점입가경. 벼리는 손을 벌린 사곤을 멍하니 바라보았다.

"이 세상에 대가 없는 일이 어디 있느냐? 셈은 똑바로 하자. 무사히 사무란성에 도착하게 해주면 금 스무 냥을 더 준다고 약조하였잖아."

"뭐, 뭐라고?"

"난 심장 대신 저울을 달았다. 달리 단뫼의 장사치라 하는 줄 아느냐?"

기가 차서 벼리는 입을 떡 벌렸다. 어쩐지 억울하고 분하여 강하게 항의했다.

"우, 우리 사이에 너무 심한 것 아냐?"

눈 하나 꿈쩍하지 않는다. 사곤이 흥 하고 콧방귀를 날렸다.

"우리 사이 좋아하시네? 대체 넌 무슨 권리로 나더러 손해 보는 짓을 하라고 뻔뻔하게 말하는 거냐? 한 번 약조한 것은 서로가 지켜야지."

그는 그녀를 한심해하고, 그녀는 그를 실망해하고 있었다. 잠시간의 짧은 침묵과 응시 안에서 둘의 감정이 여과 없이 토해졌다. 묵언으로 전해지는 결별, 단절의 순간이었다.

그를 향해 내뻗은 손이 멈칫거리다가 툭하고 떨어졌다. 허공만 잡은 손이 유난히 허전했다. 이렇게 단번에 그가 벼리 자신과의 연을 말끔하게 잘라 버릴 것은 예상하지 못했다. 깊은 통증이 눈물로 비질거리며 새어 나오려고 하였다.

처음부터 예상한 일인데, 사무란까지 오면 그와의 인연은 다하는 것이라고 마음먹었는데도, 이렇게 우울하게 끝장날 줄은 정말 몰랐다. 결국 그도 그들의 연이 어긋난 잘못임을 알게 된 것인가?

"……좋다! 가버려라!"

나쁜 놈.

벼리는 사납게 몸을 돌이켜 전낭을 열었다. 그 안에 든 마지막 금붙이 두 개를 먼지까지 해서 탁탁 털었다. 사곤의 손에 쓰레기 내던지듯이 쥐어주었다.

바로 그때였다. 누군가 살그머니 문을 두드리는 소리가 났다. 다른 사람의 이목을 두려워하며 몰래 찾아온 사람의 기척이었다. 벼리는 긴장한 채 문 앞으로 다가갔다.

"누구시오?"

"마린의 검을 받은 사람이올시다."

행여 누가 들을세라, 숨죽인 목소리였다. 시녀를 보낸 것인가? 늙수그레한 여인네의 음성이었다.

이것 보아라! 벼리는 창밖에 선 사곤을 돌아보았다. 의기양양 중얼거렸다.

"들었느냐? 네가 틀렸다. 마린께서 응답하셨다."

"글쎄……."

어디 네 마음대로 해석하려무나. 사곤이 손을 흔들었다. 날렵한 동작으로 창문을 넘어가 버렸다. 삽시간에 모습을 감추었다.
 벼리는 빼들었던 검을 집어넣었다. 자신만만 문을 열었다. 순간 그만 얼어붙었다.
 문 앞에 서 있는 사람은 그녀가 기다리던 마린의 심부름꾼도, 시녀도 아니었다. 살기등등하게 검을 빼든 무후의 병사들이었다.

第五章

"싸울아비가 가야 할 길을 가르쳐 주십시오."
스승께서 말씀하셨다.
"모든 것을 다 잃어도 희망만은 잃지 말라.
모든 것을 버려도 믿음만은 버리지 말라.
모든 것을 빼앗겨도 정의만은 빼앗기지 말라."

아침 내내 단뫼의 상인들이 머무르는 여각을 다 찾아다녔다. 하지만 볼에 검흔이 있는 남장여인의 소식을 전해 들을 수는 없었다. 낙심천만. 그럼에도 단념할 수가 없다. 불유는 다시 한 번 사정하듯 푸른 두건을 쓴 단뫼의 상인에게 물었다. 거의 간청하다시피 매달렸다.

"정녕 모르는가? 정말 그런 자를 본 적이 없는가?"

"죄송하옵니다. 소인도 천호장님의 부탁을 받고 이리저리 수소문을 하였으나 그런 이를 본 바 없다 합니다."

이틀 내리 탐문한 터라 단뫼의 장사치가 안타까운 얼굴을 했다. 불유가 찾는 사람을 알지 못하는 것이 무엇 큰 죄라도 되는 듯, 그가 더 미안한 얼굴을 했다.

"알았네. 다들 모른다 하니 어쩔 수 없지."

불유는 돌아섰다. 한숨이 절로 나왔다.

'아사벼리, 아직껏 사무란에 도착하지 못한 것이냐? 아니면 은밀히 숨어 일을 벌이고 있기에 아직 네 정체가 드러나지 않은 것이냐?'

그는 이를 악물었다. 어떤 경우에도 뜻한 바를 이루었던 너이기에, 나는 애써 절망적이고 불길한 생각은 아니하련다. 억지로 억지로 마음을 다시 가누었다.

가장 사랑하는 벗이, 마음속 깊이 간직한 유일한 그 사람이 멀고 험한 낯선 길 달려오다, 어디 달이 뜨는 메마른 사막 한자락에 쓰러져 숨을 거두었을 것이란 생각, 죽어도 하지 않으련다. 주먹을 움켜쥐었다.

'내가 아는 싸울아비 아사벼리는 불굴의 용장, 뜻을 한 번 세우면 어떤 경우에도 반드시 이루었던 사람이다.'

물이 떨어지면 제 살을 이로 뜯어 핏물을 마시고, 다리가 잘리면 기어서라도 천 리 길 올 사람. 눈이 멀면, 새소리 바람 소리 익혀 길을 찾을 사람. 그러한 사람임을 내 믿기에 나는 네가 중도에서 포기하거나, 잘못되었다는 생각 죽어도 하지 않으련다. 아무도 울어주는 이 없는 쓸쓸한 길에서 사모하는 그대가 홀로 눈도 감지 못하고 차디찬 시신이 되었으리란 생각, 나는 죽을 때까지 하지 않으련다. 불유는 멀리 아물거리는 사막 쪽으로 시선을 돌렸다.

'평생 네가 이곳에 도착하지 못한다 해도, 나는 여전히 네가 오고 있음을, 아직도 먼 이 길을 살아 걷고 있음을 믿으련다.'

그래야 내가 살 것이니. 너를 위해서가 아니라 외롭고 허전한 내가 이 팍팍한 삶을 견디고 살아낼 수 있기에. 너 없는 이 세상, 염치없이 살아남은 나를 가눌 수 있기에, 나의 아사벼리.

"천호장님."

다가오는 사람은 사신을 따라 함께 사무란성까지 동행한 친기대 시위였다.

"무슨 일이냐?"

"방금 여각으로 기별이 왔나이다. 지금 당장 사무란의 왕성으로 들어오라 합니다."

"지금 당장?"

"그렇습니다."

불유는 이맛살을 찌푸렸다.

사무란 성에 도착한 지 벌써 사흘째. 분명 해란의 마루한이 보낸 서신을 읽었을 터인데, 가타부타 기별이 없다. 싫다, 좋다 말도 없이 마냥 기다리게만 만들었다. 내내 버려둔 짐 뭉치처럼 취급하다가 갑자기 왕성으로 들어오라 하니 다소간 얼떨떨하였다. 긴장도 되었다.

"누구를 들어오라 하더냐?"

"사무란성에 들어온 우리 해란의 사신과 천호장님이라고 하였습니다."

"그래?"

실컷 기다리게 해놓고 이제 답변을 해준다는 것인가?

"알았다."

머물고 있는 여각으로 돌아가기 위하여 말등에 올랐다. 얼마 가지도 않아서였다. 저쪽에서부터 '물렀거라!' 하는 호령 소리가 크게 울려 퍼졌다. 반대편 길이었다. 제일 먼저 붉은 기를 세운 전령이 달려오고 이내 그를 따라 마차 한 대가 질주해 왔다. 자칫 잘못하면 깔릴 것 같다. 두 사람은 재빠르게 고삐를 당겨 길섶으로 피했다.

질주해 오는 마차는 검은 장막이 쳐져 있었다. 보아하니, 죄인을 호송하는 중인가 보다. 중죄인인지, 주변을 지키며 같이 말달려 오는 무사들이 수십 명이었다. 바람처럼 달려 먼지만 남기고 내성을 향해 거침없이 달려가 버렸다. 보기 드문 죄수의 호송마차를 보아 그런가? 어쩐지 성의 분위기도 어제와는 또 다르게 훨씬 더 긴장감에 가득 차 있는 것같이 느껴졌다.

"이상하군. 오늘따라 무엇인가 좀 심상치 않은 분위기로구먼."

"그러게나 말입니다."

불유는 도개교를 지나 이제 막 내성으로 들어가는 죄인 호송마차를 다시 돌아보았다. 그가 어찌 알랴? 방금 지나간 그 마차에 그가 애타이 찾는 그 사람이 앉아 있음을. 그가 사랑하는 아사벼리, 그가 두 손 두 다리 포박당한 채 죽을 길로 끌려가고 있다는 것을 어찌 알랴?

'이것을 대체 어찌 받아들여야 하는 것인가?'

두 손은 뒤로 묶인 채, 마차의 기둥에 묶여 잡혀가고 있는 중이었다. 멍하니 허공을 응시하고 있는 벼리의 뇌리 속에는 오직 그 생각뿐이었다.

'설마, 설마······.'

아니야! 절대 아니야! 강하게 부정했다. 자꾸만 떠오르는 의심과 불안에 사로잡히지 않기 위해 세차게 머리를 흔들었다. 그런 생각을 하는 것조차 무서운 불경(不敬) 같아 미칠 것 같았다.

'하지만······.'

이를 악물었다. 명백한 사실 앞에 변명도 할 수 없다. 말이 필요 없는 것이다. 일어난 사실 자체가 마린의 유죄(有罪)를 증명하고 있었다.

'어쩌면······ 사곤은 이것을 경고하려 했던가?'

후회는 아무리 빨라도 늦은 것이라 하였나? 아아, 마린. 설마 제가 짐작하는 그 일을 당신이 하신 것입니까?

'아니야! 그럴 리 없어.'

피할 사이도 없이 마루한의 반듯한 얼굴이 떠올랐다. 오매불망 애달피 사모하던 그 눈빛이 생각났다. 일편단심, 항구여일. 낱낱이 외던 아름다운 그 말씀도 기억했다. 그렇게 사랑하는 사람들, 그렇게 다정한 사람들이었다. 붉고 짙은 그 마음이 어찌 몇 달도 아니 되어 변할 수 있단 말인가? 변한 것으로도 모자라서 배반까지 한단 말인가? 목숨으로 지켜야 할 사람을 잔혹하게 배반하는 것도 모자라서 먼저 사지(死地)로 끌고 들어갈 수 있단 말인가?

'아닐 것이야. 아닐 것이다. 믿을 수 없는 것을 믿어야만 하는 일만큼 가슴 아픈 일이 없다 하지? 믿자, 믿자.'

되뇌는 말은 스스로에게 다짐하는 확언이었다. 믿지 못하면 지금껏 그녀의 모든 시간은 헛되고 헛된 것이라. 어찌하리. 슬프고 아파서 내 어이하리.

'사람 사이 오가는 거룩하고 귀한 진정을 내 믿거니, 마루한과 마린 두 분께서 그것의 표상임을 내 믿거니, 그분이 일부러 그런 것은 아닐 게야. 필시 발각이 되신 게야. 그분의 힘으로 어찌할 수 없는 일이 벌어져 버린 게야.'

세상일은 왕왕 인간의 뜻과는 어긋나, 전혀 예상치도 못한 방향으로 흘러가기도 한다. 사람의 죄가 아닌 것이다. 하늘의 뜻이 그런 것이다.

'마린의 본의는 아니었을 게야. 적국의 마린이니, 감시하는 눈도 많을 터이고 엿듣는 귀도 많았을 게야. 아무리 은밀히 일을 처리한다 하여도 드러나 버린 것이야. 그리 믿어야지. 그렇게 생각하여야지. 그분은 절대로 사모하는 마루한을 저버릴 분이 아니야.'

티끌 한 점 없고 말갛기만 하던 마린의 아름다운 모습을 떠올리며 벼리는 몸서리를 쳤다. 그럴 리 없어. 유리꽃처럼 맑고 투명한 마린의 모습은 얼마나 고귀하고 성결하던가. 조그마한 악기(惡氣)도, 한 점 추함의 검은 얼룩도 없던 그분의 성스럽고 단아한 자태를 생각했다. 손톱 끝으로 개미 한 마리도 눌러 죽이지 못할 것처럼 가냘프고 유약해 보였지. 그런 분이 사곤을 상대로 애원까지 하고, 심지어 외면하던 아칸더러 검을 얻기 위하여 고개 숙였다. 정인의 정표이기에 그를 알아보고 필사적으로 닿으려 하던 모습이 아니더냐? 그런 분이 어찌 더러운 배신을 행할 수 있으랴?

벼리는 서글픈 눈을 들었다. 단단히 무너지는 마음 둑을 억지로 다시 세웠다. 절망하지 말자. 포기하지 말자.

'하늘이 무너져도 솟아날 구멍이 있다 하였다. 마지막 순간까지 뜻을 놓아서는 아니 된다. 이날 내 목숨이 끊어진다 해도 아칸만은 반드시 치명상을 입히고 죽일 것이다. 여기까지 왔는데 헛되이 죽을 수는 없지 않느냐?'

새삼 어금니를 사려 물었다. 허공을 응시하는 아사벼리의 눈이 매섭게 빛났다.

"저 멍청이, 결국 불여우에게 당하고 마는군."

그렇게 조심하라 몇 번이고 거듭하여 일러주었건만. 사곤은 혀를 쯧쯧 찼다. 저 멀리서 달려오는 죄인 호송마차를 노려보았다. 벼리가 무후의 병사들에게 체포되어 끌려가는 순간, 사곤과 일라는 슬쩍 몸을 빼내 미리 사무란의 왕성으로 잠입해 있었던 것이다.

"밉살맞은 놈이지만, 뭐, 어쩔 수 없군. 이왕 도와주기로 작정한 것, 초지일관(初志一貫)이다."

"의리라는 게 있는 법이지."

일라도 혼잣말처럼 중얼거렸다. 두 사람 다 똑같이 검은 두건을 쓰고 얼굴을 전부 가린 채 눈만 드러낸 모습이다. 성벽 기둥 그늘에 선 채 마차를 내려다보았다.

"그나저나 그 계집, 정말 대단하군."

일라가 혀를 찼다. 그럴 것이다 짐작하면서도, 한편으로는 설마설마하던 일이 그대로 드러났다. 그 역시도 약간 충격을 받은 얼굴이었다. 정말 질렸다는 표정이기도 했다.

"분명 그 검을 보고 제 지아비가 나타났다고 생각했을 텐데 말입니다."

"돌아가 보았자 지금 누리는 안락함과 호화사치를 누리지는 못한다고 생각한 게지. 계산은 빠른 계집이다. 게다가 이미 적에게 몸을 주고, 총애받는 타무라 노릇까지 한다는 소문이 다 났다. 마루한에게 돌아가도 제게는 이득이 없다는 것을 재빨리 알아차린 게야."

"그래도 무척 정분 좋고 서로 사모하였다던데……. 눈 하나 꿈쩍 않고 태연히 밀고를 하는 것 보면, 완전히 마음 변한 것이 확실하군요."

"눈에 보이는 일이잖느냐. 그래서 계집의 마음이란 믿을 게 못 되는 거다."

"벼리님도 그 '계집'인 것으로 아는뎁쇼?"

네가 사모한다 설치는 저 멍청한 여자는 그럼 계집 아니고 너처럼 사내거나, 나처럼 어지자지냐? 일라가 치받았다. 그러거나 말거나 사곤은 제 말만 내뱉었다.

"살 부비고 정분 붙어 있을 때는 너 없으면 하루도 살지 못한다 앙앙대다가, 눈 멀어 마음 멀어지고, 새 정분 나타나면 언제 내가 널 보았더냐 하며 찬바람 불며 쌀쌀맞은 것이 무서워. 변덕 심하기로는 꼭 오뉴월 날씨 같단 말이야."

"그러게 말입니다. 제 하나 구한답시고 나라를 망쳐 버린 것도 아랑곳하지 않고, 여럿 마음 아프게 하여가며 순정 지킨 제 지아비를 태연히 얼굴 하나 변하지 않고 사지로 몰아넣는 영악함과 깜찍함이라니. 지금 저도 인간의 마음을 믿어야 하는 걸까 고민 중입니다."

"세상에서는 여러 질(質)의 인간이 사는 법이니까. 그렇게 안달하며, 하여서는 아니 되는 일까지 하여 마린의 자리를 유지하고 아칸 곁에서 기생하며 잘살아보려고 난리 치던 그 여자, 이 며칠 사이로 싫든 좋든 제 마루한 곁으로 되돌아가게 생긴 것을 알면 볼만할 게다. 착한 척 순진한 척 교활을 떨어대던 그 얼굴이 어떻게 변할지, 정말 한번 보고 싶구나."

사곤이 다시 쯧쯧 혀를 찼다. 검은 휘장을 친 마차는 이제 막 그들의 눈 아래, 왕궁이 있는 도개교를 지나가고 있었다.

"보기 좋게 뒤통수를 맞은 셈이니, 벼리님 얼굴이 궁금한데요?"

"궁금해할 것 없다. 마지막 순간까지, 제 눈으로 보고 들어도 끝내 사람의 선의를 믿고 제 마음같이 남도 그러할 것이라 믿을 것이다. 절대로 아닐 것이야 하며 홀로 위로하고 있겠지."

"멍청한 겁니까, 곧고 바르다고 하는 겁니까?"

"둘 다 아니다. 짜증난다고 하는 거다."

사곤이 잘라 말했다. 허구한 날, 남의 뒷설거지나 하고 다니는 팔자라니, 단뫼의 태궁이자 천하를 주무르는 흑군인 그가 어쩌다 이런 꼴이 되었는지 알다가도 모를 일이었다. 하지만 그렇다고 침 발라놓은 반려가 죽어 자빠지는 꼴은 볼 수가 없으니, 결국은 이렇게 몸으로 뛸 수밖에 없는 것이다.

"어쩐지 불길한 예감이 든다. 평생 저 녀석이 벌인 일의 뒤치다꺼리를 하고 다녀야 할 팔자가 될 것 같구나. 아이고, 착한 것도 정도가 있고 우직한 것도 급수가 있는 법인데 말이지. 저 정도의 경지라면 거의 예술적인 우매함이라 하는 거다."

"표리부동이 판을 치고 변절과 배신을 밥 먹듯 하는 인간 세상에 벼리님 같은 분도 하나쯤 있는 건 나쁘지 않습니다."

"너무 강한 것은 빨리 꺾인다. 지나치게 맑은 것은 쉬이 더럽혀지지. 세상은 밝은 것과 어둔 것이 함께 어울린 곳이다."

인간이란 존재는 처음부터 끝까지 올곧거나 완전히 선하거나 하지 않다. 그건 하늘아비나 가능한 일이다. 사곤이 아는 한 인간 세상은 그렇다.

"그런 세상에 저런 녀석이 하나 있으니, 여럿 다치는 거다. 제놈의 정의 때문에 여럿의 비겁함이 온전히 드러나니, 누가 반기랴? 결국 저놈은 옳은 일을 하고도 언제나 박해받고 버림받는 팔자다."

"흠, 그것을 다 알고 있는 사곤님이 전 더 위대해 보입니다."

"알아야 대응하고, 대응할 수 있어야 당하지 않고 지지 않는다. 아직도 모르느냐? 자, 우리도 슬슬 움직여 보자고. 시간이 늦으면 낭패니까."

황금빛이 번쩍, 일라를 옆구리에 낀 사곤의 모습이 금세 사라졌다. 텅 빈 성벽에는 싸늘한 바람만이 휘돌아가고 있었다.

한울전, 대 마린이 머무시는 곳이다.

내궁의 중심인 지향전의 동편에 위치해 있는 곳이다. 갖가지 화목(花木)으로 아름답게 꾸며진 가산(假山)과 자그마한 호수를 사이에 두고 마린의 궁과 구별되어 있었다.

이날, 늘 조용하던 그곳이 지금 때아닌 흐느낌 소리로 가득 차 있었다. 그런 가운데 대 마린은 의연하게 머리단장을 하고 있었다. 나지막하게, 그러나 엄히 꾸짖었다.

"울지 말라 하였거늘!"

"마린, 흑흑흑, 마린."

"항시 진중한 몸가짐을 하라 하지 않더냐? 어찌 경망되게 울음소리를 내는고?"

"하, 하지만…… 흑흑흑. 마루한께서 생포되어 끌려오신다 합니다. 대 마린 보시는 앞에서 참수당하신다 합니다. 흑흑흑."

대 마린을 오래도록 모셔, 마루한을 어려서부터 길러온 시녀들이 많았다. 하여 반(牛) 어미의 마음이라, 눈물을 감추려 하여도 끝없이 이어지고 있었다. 대 마린이 침착한 손길로 봉관을 받아 썼다. 억지로 미소 짓는 입술이 이내 처연해졌다.
 '마루한, 마지막 가시는 길에 이 어미 모습일랑 잘 보고 가시오. 곱다 어루만지시며 재롱 피우던 그때 어미 모습과 좀 비슷하오? 내 그대를 위하여 오랜만에 성장하였소이다.'
 뭇 백성 사랑하고 나라를 맡은 군주이기 전에, 마음정 하나에 목숨 걸어 당당한 사내라 하니.
 이렇듯이 일이 잘못되어 저승길을 간다 해도 무엇이 아쉬울까? 진실은 가려진 것이라, 배신당하여 죽음에 이르렀다는 것은 제발 끝내 모르고 가시오. 오직 사랑 하나 지키려, 사랑 때문에 죽는 사내라, 부러울 것 없다 생각하시오. 이 어미는 군주로서는 한심하나, 지아비로서는 아름다운 그대의 마지막을 위하여 이렇게 단장하였소이다.
 대 마린은 일어서서 시녀가 입혀주는 대 마린의 의복을 걸쳤다.
 "울지 말래두! 누가 무어라도 장한 내 아들, 제 마음정을 끊어내지 못해, 일편단심이라 약조한 그 맹세를 지키기 위해 다 버리고 오신 분이다. 비록 더러운 배신을 당해 적의 수중에 떨어졌으나 그토록 곧고 아름다운 분이다. 이날 그분이 죽음을 당하는 자리에 이 어미는 서 있을 거니와, 그래도 제 지어미 사모하여 돌아오마 약조한 그 맹세 지키려 제 목숨까지 버리는 사내라, 신의 높구나. 아들을 잘 키웠구나, 자랑스러워하며 웃으련다."
 어느새 눈에서는 눈물이 흘러내린다. 분단장한 얼굴에 고랑을 만든다. 그럼에도 대 마린은 억지로 웃는 웃음을 지우지 않았다. 돌아서서 그 아들 포박당해 오고 있을 먼먼 담 너머를 응시했다.

'사랑이 널 망쳤구나. 사랑이 너를 죽였구나. 하지만 내 너를 부끄러워하지 않으련다. 하늘은 공정하시니, 이날 네가 죽더라도, 해란의 사람들은 다 너를 칭송할 것이다. 곧은 정 하나 지키려 나라를 버리고 목숨을 버린 너를 어리석다 할지언정, 못났다 할지언정 나쁘다 하지는 않으리라.'

하늘님.

대 마린은 이를 악물었다. 소맷자락으로 눈물 씻고 하얀 비단 옷자락에 묻은 눈물 자국을 매만졌다.

'내, 하늘님의 공평무사함을 믿거니. 이날의 원수를, 이날의 억울함을, 이날의 원통함을 반드시 갚게 해주십시오. 내 오늘, 마루한의 목이 걸린 성벽 위에서, 만백성들이 보는 앞에서 목을 맬 것이다. 오직 더 많이 사랑한 죄뿐인 제 지아비를 먼저 죽음으로 내몬 그 계집의 죄상을 낱낱이 밝히리라. 밝은 하늘 아래 다시는 고개 치켜들지 못하고 살게 만들어주리라. 훗날 두고두고 더러운 이름으로 청사에 기록되게 해주리라.'

해명전 덕운재.

해가 중천에 떴는데, 문 하나 바깥으로 모든 사람이 분주히 종종걸음을 치고 있는데, 웅성웅성 소곤소곤, 이날 벌어질 일들에 대하여 귀엣말을 하고들 있는데.

다른 날과 마찬가지로 덕운재의 침상 위에서만큼은 화사한 봄날,

뜨거운 열풍이 불고 있다. 속바지 차림인 아칸은 아직도 얇은 침의 차림인 아련나를 사랑스럽게 어루만지고 있었다. 그가 입 맞추었다. 반 투정질 같은 어린양이었다.

"아련나, 이제 좀 날 놓아다오. 나가봐야 한다니까."

"싫어요, 조금만 더. 네에? 아칸, 조금만 더 안기고 싶어요."

중방이 몇 번이고 찾아왔다. 대 장방에 납시어야 한다고 아뢰었다. 하지만 가냘프나 강한 팔이 그를 놓아주지 않는다. 달콤한 입맞춤으로, 살랑거리는 요염으로 다시 그를 함락시켜 버린다.

은어처럼 하얀 손이 아칸의 속바지 속으로 쑥 들어가 버렸다. 조물락대는 손놀림에 저절로 헉 하는 신음 소리가 사내의 입에서 새어 나왔다. 아련나가 머루같이 까만 눈을 뜨고 종알거렸다. 실바람 같은 눈웃음이 살살 흘렀다.

"아직도 욕심 많으시면서? 이렇게 장대해 있으면서? 요것 봐, 아이 귀여워."

"아련나…… 으흑, 어…… 헉……. 요, 요것! 앙큼쟁이 같으니라고!"

다시 항복하고 말았다. 아칸이 야들거리고 보드라운 매혹의 여체 위에 무너졌다.

"아련나, 요 귀여운 것."

건장한 사십 줄 사내가 다시금 어린 애첩의 풍염한 가슴골 사이에 잡혀 버렸다. 보드랍고 통통한 매혹 속에 휘말려 열정을 앓았다. 휘몰아치는 애욕의 꿀물이 뚝뚝 떨어졌다. 아칸은 다시 한 번 아련나의 노예가 되어 헐떡이며 대낮의 열정을 불태웠다.
 침상에는 뜨거운 비바람이 몰아치고 있다. 비단이불 자락이 두 개의 알몸에 휘감기고, 농밀한 애욕의 냄새가 침방에 가득 찼다. 멧돼지처럼 헐떡이던 아칸이 마침내 부르르 떨며 절정을 분출했다. 이번에는 아련나가 먼저 팔을 당겨 진득한 땀이 묻은 아칸의 이마에 쪽 하니 입맞춤을 해주었다.
 "언제나 요렇게 기막히시다니까!"
 입술을 뾰족 내민 채 그를 칭찬하는 말 앞에서 아칸의 어깨가 절로 으쓱거려졌다. 청초한 모란화. 천진난만하기도 하고 요염하기도 하고 순진하기도 하고 농염하기도 한 모순의 매혹 앞에서 그는 언제나 넋을 잃고 만다. 몸의 약탈자는 그이되, 넋의 주인은 아련나였다.
 "너 없이 어찌 살까? 이제 너 없는 세상은 생각도 하기 싫구나."
 억세고 무딘 사내가 중얼거렸다. 아련나는 모를 테지만 아칸에게 있어서는 생에 있어 처음 하는 고백이다. 스스로도 놀랄 만큼 그는 이 고운 꽃에게 흠뻑 빠져 버렸다. 단지 살로 얽힌 애욕만은 아니었다. 이제는 마음으로부터 얽힌 정이 퐁퐁 솟아오르고 있는 중이었다. 품속의 애첩도 살랑살랑 웃었다. 진정 기쁜 듯이 환하게 웃었다.
 "사모하여요. 소녀도 사모하여요."
 이날은 제가 먼저 사모한다는 말까지 해주었다. 저절로 아칸의 입술 위로 헤벌레 기쁜 웃음이 떠올랐다. 요 어여쁜 것, 이젠 저도 진정 나를 제 사내로 여기는 것이야. 그러니 제 먼저 마루한이 이곳으로 잠입하였다는 것을 발설하는 게지. 제가 먼저 달려와 기별받은 것을 토설하였을 테지.

가련한 사내의 애달픈 진심이었다. 어리석은 티이지만 그것 또한 순정이라. 아칸은 한 번 배신한 계집은 다시 배신할 수 있음을 편리하게 잊어버렸다. 그녀가 밀고한 자는 한때 그녀의 지아비였고, 참정 나누어 깊이 사모하던 사이였다는 것도 넘어가 버렸다. 그런 자를 제 손으로 목줄 끊었다. 먼먼 길 넘어 오직 제 아낙 구하자고 나라와 겨레를 버리고 달려온 사내를 밀고하였다. 꾸짖어 마땅한 죄업을 보면서도 자신에게 정의 지침이 돌려진 증거라 하여 흐뭇해하였다. 다디단 독에 취한 터로 눈멀고 귀먹어 버렸구나.

아칸이 아련나의 아랫배에 손을 살짝 가져다 댔다. 진정 즐겁고 대견해하는 빛이 어렸다. 이 안에 그의 씨앗이 자라고 있는 것이다. 혼잣말처럼 중얼거렸다.

"이제야 말하건대, 사실 좀 불안하였단다."

아련나의 눈동자가 동그랗게 변하였다. 왜냐고 되묻는 듯했다. 아칸은 보들보들한 거기에 얼굴을 묻어버렸다.

"네가 늘 서늘하기에…… 몸은 내 곁에 있지만 마음은 다른 곳에 가 있는 것은 아닌지, 혹여 지나간 사람 그리워하여 나를 밀어내고 있는 것은 아닌지 걱정하였지."

"전 아칸의 여인이라고 말씀드렸답니다."

상냥하고 어여쁜 입술이 너무나 고운 말을 뱉어내고 있었다. 아칸은 두 팔로 야들한 몸을 꽉 끌어안았다. 향기 가득한 꽃송이의 볼에다 쪽 하고 입을 맞춰주었다.

"암만 암만! 내 다시는 너를 의심하지 않을 것이다."

아칸이 흐뭇하게 아련나의 아랫배에 입술을 비볐다. 바닥에 남아 있던 검은 물은 이제 다 말랐다. 더 이상의 의구심도, 불안도 없다. 손안에 들어 있는 그대로, 이 여자는 아칸의 것이다. 마음까지 오롯이 그의 소유이다.

"이렇듯이 내 아이를 잉태하고 있거니와, 일이 벌어지자마자 당장 나에게로 다가와서 알려주다니, 네겐 나뿐인 게야. 암암! 이젠 하늘이 무너진다 해도 너를 믿을란다."

"지나간 세월 잡을 수 없고, 지나간 정 또한 다시 이을 수 없다 하니, 그것을 믿어주세요. 소녀의 오늘과 내일은 오직 아칸에게만 달려 있습니다. 아시지요?"

어느새 눈물이 글썽글썽하였다. 일편단심인 제 마음을 증명하듯이 까만 눈동자가 오직 하나의 정을 맹세하였다. 아칸도 검다 못해 푸른빛 나는 아련나의 머리타래를 쓰다듬었다.

"알고 말고! 아무 걱정도 말아라. 아들만 낳으렴. 요 녀석을 사무란의 차아킨으로 만들어주마. 조만간 너를 타민으로 만들 작정이다."

"어머! 정말?"

"이스탄의 늙은 계집이야 뻔한 허수아비인걸. 내 정이 간 곳이 진짜 타민이지. 아들만 낳으렴, 아련나. 그를 폐위하고 너에게 타민의 관을 반드시 씌워주마."

"약조하신 거여요!"

해사하게 웃는 아련나의 얼굴이 꼭 아침햇살에 흔들리는 연꽃 같았다. 새삼스레 아칸의 가슴이 떨렸다. 절대로 이 여인을 놓치지 않을 것이다. 그는 침상에서 벌떡 일어났다. 그러기 위해 마지막 방해꾼을 제거하여야지. 이날, 해란의 마루한이 죽으면 연적도, 적국의 군주도 다 사라지게 된다. 거침없는 그의 행보를 막을 자, 천하에 그 누가 있으랴? 아련나도 따라 일어났다. 소세 시중을 들고, 그가 의관을 정제하는 동안 나긋한 손길로 살뜰하게 보살펴 주었다. 바깥에서 다시 한 번 재촉하는 시종의 목소리가 새어 들어왔다.

"아칸이시여, 지금 대 장방에서 모든 이들이 기다리고 있나이다."

아칸이 아련나를 돌아보았다. 싱긋 웃어주었다.

"자아, 어디 한번 나가 볼까? 그대도 같이 나갈 것인가?"

아련나는 고개를 살래살래 흔들었다. 수줍은 동작으로 살며시 아랫배를 가리는 동작을 취해 보였다.

"아기에게 험한 꼴을 보여주면 아니 된대요."

"그렇구먼. 핫하하. 내가 생각이 짧았어. 그럼 이곳에 있어라. 내 모든 일을 처리하고 금세 돌아올 터이니."

아칸이 나갔다. 문이 닫혔다. 아련나는 홀로 남았다. 그 자리에 서서 문 쪽을 바라보고 있는 그녀의 표정은 기이한 것이었다. 우는 것도 아니고 웃는 것도 아니었다. 슬픔도 기쁨도 아니었다. 사랑하는 지아비를 제 손으로 죽음에 몰아넣은 후, 엄습하는 후회와 본능적인 죄책감이 하나라면, 이것으로 나는 아칸의 신임을 얻었다 헤아리는 교활하고 깜찍한 계산도 들어 있는 기묘한 가면(假面) 같은 것이었다. 죄책감과 공포, 불안과 두려움이 그늘처럼 하얀 얼굴을 잠식하고 있었다. 동시에 이제 다시는 과거가 유령처럼 떠올라 그녀를 위협하지는 못하리라 하는 안도감과 만족감이 독물처럼 스며들어 눈물도 아니고 웃음도 아닌 그런 것이 뚝뚝 떨어지고 있었다.

문득 아련나는 하얀 제 손을 내려다보았다. 해사하던 얼굴이 삽시간에 그늘졌다. 핏물이 훅 끼치는 듯한 착각으로 그녀는 입술을 깨물었다. 이 손으로 가람휘, 그녀의 아름다운 마루한을 죽였다. 그녀는 허겁지겁 아칸이 소세를 하고 남긴 대야의 물에 제 손을 담갔다. 그렇게 하면 그 손에 묻은 살부(殺夫)의 원죄가 씻겨 나가기라도 하듯이 미친 듯이 씻고 또 씻었다. 어느새 알지도 못하는 새 하얀 볼에는 눈물이 뚝뚝 떨어지고 있었다.

'죄송해요, 죄송해요, 마루한.'

가증스러우나 진실한 눈물이었다. 아련나는 제 손으로 살해한 남편을 위하여 홀로 울었다. 살자고 한 짓이다. 내가 죽기 싫어서. 나를 이렇게 악하게 몰아대고, 나락으로 나락으로 떨어지게 만든 건 바로 당신이잖아요! 아련나는 마치 가람휘가 앞에 서 있기라도 하듯이 중얼거렸다.

"미안해요. 미안해요, 마루한. 나는 나쁜 년이에요. 모질고 추악한 년이에요. 하지만, 하지만…… 이 눈물은 거짓이 아니어요. 진실이어요, 마루한. 당신을 생각하며 흘린 이 눈물은 정녕 거짓이 아니어요. 내가 왜 이런 선택을 할 수밖에 없었는지, 당신은 이해하셔야 해요. 그대에게 돌아갈 수도 없고 떳떳하게 죽을 수도 없는 약한 여자인 내가 어찌할 수 있을까요? 마루한, 용서해 주세요. 당신을 죽이고도 홀로 우는 이 눈물을 당신만은 알아주셔요. 거짓없는 이 슬픔을 당신만은 알아주셔야 해요, 마루한."

하지만 첫사랑이자 첫 지아비인 그를, 영원토록 한 몸 한뜻이 되자 맹세한 그 사내를 먼저 버린 죄는 사라지지 않는다. 살아 있는 한, 아련나의 영원한 원죄로 남아 있을 것이다. 하얀 손에 묻은 투명한 핏자국은 절대로 지울 수가 없을 것이다.

대 장방, 아칸은 단 위의 용상에 뚜벅뚜벅 걸어가 앉았다. 그의 시선은 제일 먼저 왼쪽 단 아래 자리로 갔다. 그곳에는 영문을 몰라 불안하게 고개를 두리번거리는 해란국의 사신들 일행이 앉아 있었다. 지난번 무후의 사절들을 호위해 온 싸울아비들과 협상의 자리에 나온 관리였다.

'그렇게 눈속임을 해놓고 교활한 마루한, 그놈이 홀로 잠입을 하였다 이 말이지? 제법 영리한걸?'

아니다, 어리석은 짓이다. 영리하지 못한 짓이다. 제 계집 하나 찾자고, 일국의 군주라는 자가 단신으로 적진에 잠입까지 하다니,

그것은 용기가 아니라 만용이라고 하는 것이다. 과연 그는 이곳으로 스며들면서 제가 살아 제 여인까지 구출하여 무사히 돌아갈 수 있을 거라고 생각하였던 걸까?

'흠, 그 의기와 순정은 가상하되, 넌 패배하였다. 네가 구하고자 한 그 마음은 이미 내가 빼앗아 버렸거든.'

사모한다 말하던 아련나의 고운 목소리를 떠올렸다. 저절로 흐뭇하였다. 오른쪽으로 고개를 돌렸다. 소복(素服)한 채, 의연한 얼굴을 하고 있는 해란의 대 마린이 앉아 있었다. 눈앞에서 제 아들이 죽어 나가도 아마 저 여인이라면 눈 하나 까딱하지 않을 것이야. 하지만 그를 밀고한 자가 제 며느리란 것을 알면 좀 놀라기는 할까? 아칸의 입술에 히죽 웃음 같은 것이 스쳤다. 고양이가 쥐를 놀리는 듯한 잔혹함이 스민 미소였다. 정면 아래에는 대승정이 신관들과 뒤통수를 보인 채 앉아 있다. 세로맥아의 고깔모자를 내려다보며 아칸은 다시 속으로 중얼거렸다.

'이것으로 잔소리는 좀 덜하겠군?'

그더러 아련나와 희롱질하느라고 아칸의 위엄을 잊고 산다고, 국사(國事)도 잊어버리고 춘몽만을 꾸고 있다고 날마다 잔소리질이지. 귀에 못이 박일 정도였다. 하지만 이 일로 인하여 대승정도 아칸이 영 귀와 눈을 막아두고 있는 것은 아니란 것을 알 터이지. 다시 유쾌하여졌다.

'무엇보다 큰 공(功)을 세운 이는 타무라란 말이지. 대승정도 이제 그녀를 영 싫어하지는 못할 것이야. 그를 타민으로 만들자면 무엇보다도 대승정의 지지가 필요하니까 말이야. 타무라의 지아비가 이렇게 죽고 나면, 내가 그녀와 새로이 혼인하는 것은 아무런 문제가 없는 것이다.'

더없이 달콤하고 황홀하다. 아칸은 지금 이내 끝날 짧디짧은 춘몽을 꾸고 있었다. 한 치 앞을 내다보지 못하는 것이 사람살이란 것을 그는 까마득히 잊고 있었다.

아칸이 손을 들었다. 이쪽저쪽에서 솟구치던 수군거림이 슬슬 잦아들었다. 사람들의 시선이 일제히 아칸의 입으로 모아졌다. 그가 목청을 높였다.

"내가 이 자리에 사람들을 모이게 한 것은, 이날, 사무란에 스며든 아주 커다란 쥐새끼 한 마리를 잡았기 때문이오."

"쥐새끼라니요? 아칸."

"그러게 말이오. 나도 그런 큰 쥐새끼가 있는 줄 몰랐거든. 소문에 듣기로 멀리 정곡에서부터 기어온 놈이라 하더군. 눈치 빠른 우리 타무라께서 큰 쥐새끼 한 마리가 스며든 것을 나에게 귀띔하였기로, 이날 내 그대들에게 겁없는 그 쥐를 구경시켜 줄 참이다."

아칸은 눈에 띄게 동요하고 있는 해란의 사신 쪽을 바라보며 느긋하게 수염을 쓸어내렸다. 네놈들의 마루한을 먼저 목 베고 나서, 너희들도 다 죽여주마. 감히 우리 대(大) 무후를 능멸하려 하였으니, 사지분시를 해도 모자랄 판이로구나. 대 마린 쪽을 힐끗 바라보았다. 예상대로 눈썹 하나 까딱하지 않았다. 역시 만 정 떨어지는군.

얼음 같은 저 표정이 제 아들놈 얼굴을 보면 어찌 변할까?

"죄인을 끌고 들어오라!"

"죄인을 끌고 들라는 분부이시다―!"

〈저 자식 엄청 거들먹거리는데요?〉

〈제법 까불고 있군.〉

〈곧 뒈질 놈이 엄청 잘난 척이네. 확 싸대기라도 한 대 때려주고 싶구먼요.〉

〈지금 눈에 보이는 게 어디 있겠나? 내버려 둬, 몇 각 후이면 피눈물을 흘리게 될 것이다.〉

아무도 짐작하지 못하나 지금 대 장방의 대들보 위에는 검은 인영 두 개가 숨을 죽인 채 엎드려 있었다. 심어(心語)로 한가로이 대화를 나누고 있었다. 일라와 사곤이었다. 매 같은 눈으로 아래에서 벌어지는 일들을 내려다보고 있는 중이었다.

〈뭐든지 때가 중요한 거다. 잘 살펴라.〉

〈한데 벼리님이 제대로 할까요?〉

〈아무리 둔한 놈이라 해도 명색이 싸울아비이며 제 할 일 꿰뚫고 있는 녀석이다. 던져 준 기회도 못 찾아먹는 놈은 아니니 걱정 말아라.〉

검은 두건으로 얼굴이 가려진 죄인이 두 손을 뒤로 묶인 채 병사들에 의하여 끌려 들어왔다. 병사들이 검날과 창대로 후려갈기며 꿇어앉히려 하였으나 끝내 반항하였다. 뻣뻣이 선 채 움직이지 않았다. 헌칠하고 당당하니, 비록 속박된 상태이되 함부로 범접하지 못할 영걸찬 기세와 기품이 느껴졌다.

"흠, 의기가 대단하신걸! 썩어도 준치, 역시 마루한이란 건가?"

혼잣말 같은 아칸의 중얼거림에 해란의 사절들이 앉은 자리가 갑자기 소란스러워졌다. 다들 당황한 기색이 역력하였다. 비로소 검은 두건을 뒤집어쓴 죄인이 누구인지 짐작한 것이리라. 아칸의 눈짓에 병사 한 명이 그의 얼굴을 가린 두건을 벗겼다. 그 순간, 대 장방의 모든 사람의 얼굴에는 경악이 떠올랐다.

"아니, 너는 누구냐?"

"해란의 마루한이 아니지 않는가?"

대 마린도 아들이라 생각한 자 대신 나타난 낯선 얼굴 앞에서 깜짝 놀랐다. 다행스럽기도 하고 얼떨떨하기도 하여 시녀들을 돌아보았다.

"대체 저이는 누구란 말인가?"

'아사벼리!'

오직 홀로 불유만이 마음속으로 감격에 젖어 소리치고 있었다. 벼리는 이글거리는 눈빛으로 단상의 아칸을 쏘아보았다. 고개를 젖힌 채 당당히 선언하였다.

"천한 손 함부로 대지 말라! 나는 해란국의 으뜸 싸울아비이자, 버금 마린 아사벼리. 마루한의 뜻을 받아 아칸 네놈의 목을 따고 우리 마린님들을 모셔가려고 왔다!"

"호오, 정곡으로 숨어 들어간 마루한이 새 마린을 맞이하였다더니, 이렇게 당당하고 사내 같은 계집을 맞이한 줄은 몰랐는걸? 지어미가 싸울아비라 이 말인가? 비겁하게시리, 여인네 등 뒤에 숨어 일을 처리하려는 모양이다만, 틀렸다."

아칸이 킬킬거리며 조롱하였다.

"넌 이미 발각되어 이렇게 잡혀왔다. 내 말 한마디면 이 자리에서 목이 잘릴 것이다. 아깝구나. 계집답지 않게 용맹하되 덧없이 죽임을 당할 터이니, 불쌍하여 어쩌지?"

"닥쳐라, 더러운 자! 비록 내 오늘 죽는다 해도 우리 해란의 혼백은 사그라지지 않는다. 나 말고도 목숨 건 자가 수없이 많으니, 또 다른 내가 날마다 네 잠자리로 스며들어 네 목줄을 따려 할 것이다!"

벼리도 지지 않고 맞고함을 쳤다.

아아, 장하도다. 눈부시도다. 그것을 바라보고 있는 대 마린의 눈에 눈물이 어렸다. 장하고 늠름한 저이가 바로 마루한이 새로 맞이하신 버금 마린이더냐? 비록 여인이되, 전신(戰神)같이 용맹하고 의기롭구나. 해란의 눈부신 혼을 드러내는구나. 목숨 걸고 찾아온 제 지아비를 죽이려 밀고한 계집도 있는데, 저이는 하늘보다 귀한 제 목숨 걸고 제 지아비 소원 받들어, 뜻을 이루어주기 위하여 용맹하게 달려왔구나. 죽지 않은 해란의 기백을 세우는구나.

'비록 원통하게 원하던 바는 이루지 못해도, 독 바른 그물에 얽혀들어 저렇듯이 허무하게 죽는다지만, 아름다워라. 장엄하구나. 내 아들이 과연 사랑하여 곁에 두실 만한 여인이로구나.'

불유는 지지 않고 아칸과 대적하여 고함치는 벼리를 눈물 어린 눈으로 바라보았다. 가슴 벅차 가만히 앉아 있을 수 없을 정도였다. 그럴 줄 알았다. 내 아는 아사벼리는 어떤 험로도 뚫고 제 뜻 세우시는 분이지. 내가 믿은 대로 당당하게 살아 이리 만났다. 한데 너는 적의 손에 잡혀 있구나. 포박당한 채 죽음을 목전에 두고 계시구나. 아사벼리, 걱정 말아라. 너의 벗이 여기에 와 있다. 다시는 내 눈앞에서 네 죽는 꼴은 보지 않으리라 작정한 내가 와 있다. 차라리 내가 죽을지언정 너를 죽게 하지는 않으리라!

생각은 짧고 결단은 거침없었다. 아사벼리, 너를 위하여!

그 누구도 미처 예상치 못한 일이었다. 갑자기 와장창 그릇들이 마구잡이로 바닥에 떨어졌다. 누군가 긴장을 이기지 못해 실수를 한 것이다. 깨어지는 소리가 요란스레 났다. 자연스레 사람들의 시선이 그쪽으로 향하였다. 해란의 사신들이 앉아 있던 자리였다. 제 실수를 민망해하며 허리를 굽히는가 하더니, 그 사내가 바닥에 나뒹굴고 있는 사금파리 조각을 손에 쓸어 담았다. 삽시간에 허공을 걷어차며 앞으로 돌진하였다. 날카로운 사금파리 조각으로 벼리의 주변에 서 있던 경비병들의 눈을 공격했다.

전광석화, 정확하게 내리꽂았다. 눈에 예리한 것들이 박혔으니 그 어떤 천하장사인들 견딜 수가 있을까. 벼리를 감시하고 있던 경비병들 서넛이 단번에 바닥에 쓰러졌다. 피 철철 흘리는 두 눈을 움켜쥐고 뒹굴었다. 짐승처럼 신음했다. 그것으로 그치지 않았다. 불유는 단번에 벼리를 향해 검을 겨누고 있던 무후의 병사들을 향해 격권으로 목을 날려 버렸다. 떨어지는 검과 창을 허공에서 잡아채

가볍게 착지하여 주변을 일거에 쓸어버렸다.

삽시간에 대 장방은 아수라장이 되었다. 무장도 하지 않고, 공식적으로 방문하여 사신의 자리에 앉아 있던 불유가 암살자로 돌변하리라고는 그 누구도 미처 생각하지 못하였던 것이다. 돌연히 나타난 또 다른 적이라, 불유를 향해 병사들이 달려들었다. 예리한 검날이 다시 아칸을 향해 도약하려는 그의 다리를 싹둑 베어 넘겼다. 사방에서 화살이 날아왔다. 그럼에도 불유는 포기하지 않았다. 악착스레 기어서까지, 팔목으로 땅을 지탱하며 아칸을 물어뜯을 듯이 달려들었다.

찰나였으나, 그 누구도 포박된 벼리를 돌아보지 않았다. 시선의 빈틈이 생긴 것이다.

〈아사벼리, 기회다! 놓치지 마라.〉

그 순간, 뇌리 속에 가득 심어가 울려 퍼졌다. 순간적으로 눈앞에 황금빛이 번쩍하였다. 그녀의 손을 강하게 구속하고 있던 포승줄이 풀렸다. 예리한 단검 하나가 자유로워진 손에 쥐어졌다.

'사곤.'

가슴이 벅찼다. 화를 내고 그리 떠난 사람이 그녀를 도와주러 다시 돌아와 주었다.

"멍청한 놈들아! 여기에도 있다!"

대들보 위에서 검은 인영 두 개가 뛰어내렸다. 불유를 공격하려던 병사들에게 표창을 날렸다. 신기(神技)와 같은 무위(武威)였다. 그들에게로 달려들던 병사들이 날파리 떼처럼 픽픽 쓰러졌다. 사람들의 시선이 온통 새로이 나타난 암살자들에게로 쏠렸다. 바로 그때, 한 다리 잃고 바닥에 뒹구는 불유의 피 흐르는 눈이 벼리의 시선과 허공에서 마주쳤다. 그의 눈에도 화살이 박혀 이미 빛을 잃어가고 있었다. 간절한 염원! 우리들의 의무를 잊지 말아라!

'아사벼리! 무엇을 하고 있는 거냐? 죽여라!'

이심전심(以心傳心), 말하지 않아도 알아차렸다.

숨 한 번 들이쉬니 만 리를 간다. 태환영보. 벼리는 훌쩍 허공으로 도약했다. 무방비하게 앉아 있던 아칸의 등 뒤로 날아가 옆구리를 직격으로 찔러 버렸다.

"끄아악!"

아칸의 신형이 천천히 앞으로 무너졌다. 벼리는 그의 목을 뒤에서부터 틀어쥐고 날카롭게 고함질쳤다.

"멈춰라!"

찰나이되, 모든 사람의 동작이 한순간 굳어졌다. 믿지 못하겠다는 표정이었다. 눈이 휘둥그레져 있었다. 언제 어느새 포박을 풀고, 아칸을 공격했단 말인가?

"멈추지 않으면 이자가 죽는다!"

거짓이 아니었다. 아칸의 옆구리에서 흘러내리는 피는 시커먼 색이다가, 이내 거품 부글거리는 녹색으로 변해 있었다. 독에 당한 것이다. 그의 신형이 힘없이 축 늘어졌다.

대승정 세로맥아가 손을 들었다. 벼리를 향해 당장에라도 벌집으로 만들어 버릴 듯 겨누었던 수많은 검과 창이, 화살들이 서서히 아래로 내려졌다. 그 틈을 놓치지 않고 시선을 교란하였던 두 개의 검은 인영은 어느새 사라져 버렸다. 신출귀몰한 자들이었다. 세로맥아가 침착하게 벼리를 응시하였다.

"무엇을 원하느냐?"

"억류되신 마린들의 자유!"

"그것뿐인가?"

"부상당한 내 벗과 지금 이 자리에 앉아 있는 해란의 사람들을 전부 다 무사히 보내줄 것."

바닥에 쓰러져 피 흘리고 있는 불유는 이미 정신을 잃은 채였다.

"싫다면?"

"너희들 아칸의 목숨을 구하고 싶지 않은가 보군!"

"아칸이 되고 싶은 자들은 이 자리에만도 무수히 넘치고 넘치지. 굳이 이자의 목숨에 연연해할 필요가 없어. 너는 잘못 짚었다."

"흠, 과연 그럴까? 날 죽이면 사무란의 너희들도 전부 다 죽는데도?"

"뭐라고?"

벼리가 목에 걸고 있던 녹주석 목걸이를 잡아 뜯어 바닥에 던졌다. 강한 충격에 녹주석이 탁 하고 깨졌다. 그 안에 들어 있던 맑은 액체가 바닥에 젖었다.

"고루불이 독!"

"눈이 밝아 잘 아는구나!"

벼리는 한 발 물러서는 대승정을 바라보며 조롱하였다. 그 독이 얼마나 지독하였던지, 단단한 돌바닥마저 스르르 녹이고 있었던 것이다. 불길한 녹색 거품을 만들며 흘렀다. 그 액체가 흐르는 길은 전부 다 움푹움푹 파여졌다.

"으아악!"

멍하니 서 있다가 흘러오는 거품을 피하지 못하였다. 맨발에 닿았다. 쟁반을 든 채 그대로 얼어 있던 심부름꾼 한 사람이 비명을 질렀다. 손에 들고 있던 쟁반이 툭 하고 떨어졌다. 그가 고통의 비명을 지르며 데굴데굴 구르기 시작했다. 단지 거품 조금에 닿았을 뿐인데도 살갗에 시퍼런 불길이 돋았다. 화르르 맨살을 태웠다. 채 반 각도 지나기 전에 이내 검은 숯덩이처럼 변해 버렸다. 방금 전만 하여도 한 인간이던 것이 시커먼 재와 숯으로 변해 바닥에 푸시시 연기로 타고 있었다. 눈뜨고 볼 수 없을 만큼 끔찍한 광경이었다. 주변의 사람들 얼굴 또한 숯덩이처럼 시커멓게 타고 있었다.

"으아악! 사람 살려!"

"고, 고루불이 독이다!"

"우린 다 죽는다!"

어떻게 말릴 사이도 없었다. 문 앞에 서 있던 구종들과 병사들, 시녀들이 한꺼번에 비명을 지르며 문을 넘어 달아나기 시작했다. 낭패한 기색으로 세로맥아가 그 광경을 바라보았다. 다시 고개를 돌려 그녀를 쏘아보았다. 벼리는 당당하게 세로맥아를 마주 응시했다.

"보았느냐? 방금 내 손을 풀어주고 도망간 내 동료들이 있다. 나를 죽이면 그들은 그들이 가진 이 고루불이 독을 사무란의 모든 샘과 강에다 풀어버릴 것이다."

"거짓말 마라! 그러면 너희들 동족도 다 죽는 것 아니냐?"

벼리는 코웃음을 쳤다. 적을 속이려면 나마저 속여야 하는 법. 아주 그럴 듯하게, 눈 하나 깜짝 않고 대꾸하였다.

"이왕지사 적들에게 점령당한 곳이다. 끝까지 항거하지 않고 적들에게 항복하여 순응하여 살면 그들도 배신자다. 죽어도 마땅하다. 우리가 이렇게 몰래 왕성으로 잠입한 것을 보면 모르겠는가? 우리는 사무란의 모든 곳을 속속들이 알고 있다. 왕성의 샘들이 솟아나는 근원이 되는 지하의 동굴도 알고 있다. 자, 선택해라. 다 죽을 것인지, 내 벗과 우리 마린들을 풀어주어 너희 자신의 목숨과 백성들, 아칸을 살릴 것인지!"

세로맥아가 축 늘어져 흔들리고 있는 아칸을 바라보았다. 갈등 가득한 얼굴로 되물었다.

"내가 널 어찌 믿지? 마린들을 무사히 풀어주면 네 짝패가 독을 풀지 않는다는 것을 어찌 확신하지?"

이대도강(李代桃畺)* 고육지계(苦肉之計). 망설일 필요가 없다. 대답 대신 벼리는 들고 있던 검으로 자신의 허벅지를 푹 찔렀다. 아직도 독의 기운이 남아 있었다. 검에 찔린 상처에서는 뻘건 핏물 대신 꺼멓고 더러운 녹색의 핏물이 뚝뚝 떨어지기 시작했다.

---

*이대도강:손자병법 중 11계. 뜻은 '살구가 복숭아 대신 쓰러지다' 라는 것으로 자신은 작은 상처를 입고 상대에겐 치명타를 가하는 방법이다

"보았느냐? 나도 이렇게 독에 당하였다. 사흘 내로 해독약을 먹지 않으면 나도 죽는다. 내 목숨을 걸고, 맹세한다. 그들을 무사히 보내주어라. 그러면 너희들은 살 수 있다. 사람들이 무사히 국경을 넘었다는 기별이 오면, 해독약을 주겠다. 너희 아칸도 살릴 수 있다."

"거짓말! 고루불이 독을 해독할 것은 이 세상 어디에도 없다!"

"짐초의 독을 들어보지 못하였나? 이 천하에서 고루불이 독을 해독할 수 있는 것은 그것뿐이다."

"그렇군. 짐초의 독이 있었군. 고루불이 독을 이기는 유일한 것이지."

비로소 세로맥아가 고개를 끄덕였다.

"내 짝패들이 그것을 가지고 있다. 마린께서 무사히 국경선을 넘었다는 매가 날아오면 내 목숨을 걸고, 너희들에게 해독약을 주도록 하겠다. 너희들은 안전할 것이다."

"정말이냐?"

"해란의 싸울아비는 거짓 따위 모른다. 약조한다. 만약 거짓이라면 나를 죽여라!"

긍지에 가득 차, 단호하게 대답하는 말에 대승정이 잠시 생각에 잠겼다.

"……그러라…… 고…… 약조하라……. 대승정…… 해, 해독약…… 얻을 수…… 있다니…… 무엇을…… 망…… 설이는가…… 빨리……."

세로맥아의 눈이 벼리의 팔 안에 붙잡혀서는 대롱거리고 있는 아칸에게로 다가갔다. 치명상을 입고 채 입도 벌리지 못할 고통에 시달리면서도, 끝까지 살고자 하는 욕망을 포기하지 못한다. 실낱같은 희망에 매달려 애원하고 있었다.

"좋다. 네가 원하는 것을 들어주겠다. 마린들과 저 괘씸한 자를 무사히 보내주겠다. 대신 너는 감옥에 갇혀야 한다. 네 짝패들이 함부로 독을 풀지 않는다는 확신이 필요하다. 마린들을 풀어주는 대신 너를 인질로 삼겠다."

"좋다."

단번에 한 번의 망설임도 없이 벼리는 대답하였다. 그러면서 당차게 마지막 담판을 지었다.

"단, 교활한 너희들이 날 기만할지 모르니, 기별은 저기 계신 대마린의 매로써만 하겠다!"

"치밀하군. 하나도 빈틈이 없어. 받아들이겠다."

벼리가 항복의 뜻으로 검을 내던졌다. 대 마린에게 천천히 다가갔다. 절룩이며 걸어가는 그녀의 발걸음 뒤로 짙푸른 피가 뚝뚝 떨어졌다. 정신을 잃을 듯, 뼈까지 파고드는 고통 따위는 아랑곳없이 당당하게 걸어갔다. 대 마린 앞에 섰다. 한 무릎 꿇고 깊이 고개 숙여 하늘 아래 첫 인사를 하였다.

"대 마린, 정곡의 싸울아비이자 존귀하신 마루한의 버금 마린 아사벼리이옵니다. 마루한의 뜻을 받들어 대 마린을 모시러 왔나이다."

"……장, 장하구나. 기특하구나!"

인자하신 분이 벼리의 굳은살 박인 손을 덥석 잡았다. 그러더니 황공하옵게도 직접 소매 깃을 이로 부욱 찢었다. 눈물 흘리며 벼리의 피 흐르는 상처를 꽁꽁 동여매 주었다. 떨리는 손을 들어 벼리의 초췌한 얼굴을 감싸주었다. 몇 번이고 몇 번이고 애틋하게, 쓸어내렸다.

"내 이 장한 얼굴을 똑똑히 보고 가련다."

"망극하옵니다."

"내 허구한 날 정곡에 홀로 계신 마루한을 근심하였거니, 이렇게도 든든하고 굳센 반려를 맞이하여 곁에 두시었구나. 아름다운 사람 알아보시는 눈이 밝아졌어. 어른이 되시었어."

감격의 눈물이 인자한 대 마린의 얼굴을 타고 계속하여 흘렀다.

"내 염치없으나, 먼저 정곡에 돌아가마. 그대의 용맹, 이 아름다운 의기를 자랑자랑 하련다. 해란의 빛은 절대로 꺼지지 않음을 널리 알릴 것이야!"

"망극하옵니다. 오직 마루한에 대한 이 단심을 알아주시니, 여한이 없나이다. 대 마린, 잠시만 감히 존체를 가까이 하겠나이다."

벼리는 대 마린의 귀 가까이 입을 가져갔다. 둘만 알아들을 수 있는 비밀 약조를 나누었다.

"국경을 넘어 아군을 만나시어 안전해지시면 매를 날려주십시오. 정표를 함께 보내주십시오."

그렇게 하마, 대 마린이 눈으로 대답하였다.

"무엇을 보내주시겠습니까?"

대 마린이 벼리의 다리를 어루만졌다. 방금 자신이 싸매주었던 상처를 다시 한 번 토닥였다. 그런 다음 자신의 찢어진 소매 깃을 걷어 올렸다.

'너의 상처를 싸매느라 찢어진 이 옷깃 한 조각을 보내련다.'

말하지 않은 말이 오갔다. 통하였다. 이것으로 충분하다.

"돌아가시면 마루한께 이 몸 아사벼리, 기필코 충정을 다하였다고 전하여 주십시오, 그리고……"

"말하여라. 내 반드시 전해주마."

"……부디…… 행복하시라고……. 이 몸 대신 마루한의 기쁨빛을 다시 돌려드리니…… 이제 다시는 우시지 말라 전해주옵소서."

벼리는 비틀거리며 일어났다. 다시 밀어닥치는 고통에 어금니를 사려 물었다. 적들 앞에서 허약한 꼴 보일 수 없다. 단전에 마지막 남은 기운을 모았다. 당당하게 두 발로 버텨 섰다.

이제 포박하려무나. 먼저 두 팔을 내밀었다. 기꺼이 받아들였다. 세로맥아가 아주 기이한 눈빛으로 벼리를 바라보았다. 칭찬도 아닌 것이, 비아냥도 아닌 것이 말 그대로 진심, 눈 속에는 진정한 탄복이 서려 있었다.

"너는 정말 대단한 자다, 마린 아사벼리. 해란의 계집 중에 너처럼 의기있고 충성심 강한 자는 처음이다. 너희들 해란의 싸울아비들은 다 그런가?"

"당연하다! 너희는 우리 땅을 차지하였으나, 우리의 넋은 짓밟지 못한다! 두고 보아라! 지금은 천기 따라, 잠시 물러나 있으되 반드시 다시 일어나리라. 너희들의 수도를 짓밟고 똑같이 복수해 주리라!"

병사들에게 끌려가면서도 끝내 기 하나 죽지 않았다. 세로맥아는 고개를 흔들었다. 정말 대단한 여걸(女傑)인걸. 미리 설명을 들은 바 없으되, 그 또한 현명한 지혜를 지닌 자이다. 금세 알아차렸다.

'저 여자가 바로 흑군이 점지한 반려인 모양이지? 반드시 보호하라 하더니…… 눈 밝은 그자가 택할 만하다. 저 여자, 천하를 같이 호령할 재목이다.'

그는 손을 들었다. 바닥에 쓰러져 있는 아칸을 침실로 옮겨라 명령하였다. 온몸에 화살이 꽂히고 피투성이가 된 채 혼절해 버린 해란의 무장도 옮겨라 명령하였다. 아사벼리란 그 계집도 대단하나, 제 목숨 아끼지 않고 멋지게 교란작전을 성공시킨 이자도 대단하다 생각했다. 해란을 삼키는 일은 생각보다 더 지난한 일이 될 것 같다. 불길한 예감이 드는 순간이었다.

"이자가 죽으면 우린 다 죽는다. 의원을 불러 반드시 살리라 하여라!"

"알겠습니다, 대승정님."

세로맥아는 팔짱을 낀 채 들것에 실려 나가는 아칸을 냉정하게 노려보았다.

'그나저나 제 지아비 밀고하여 죽이려던 그 계집이 소스라치겠군. 제 팔자 피게 해줄 것이라 생각한 아칸이 이 꼴이 된 것을 알면 시퍼렇게 질리겠는걸? 내일 당장 제 뜻과 달리 정곡성, 마루한 곁으로 돌아가야 한다는 것을 알면 다시 그 얼굴이 어찌 변할지 정말 궁금해. 큭큭큭.'

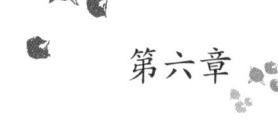

第六章

환인께서 탄식하셨다.

"슬프다. 슬프다."

세상 만물은 제 마음의 거울과 같나니,

내 두려움이 남의 더한 두려움을 낳고,

내 미움이 남의 더 큰 미움을 낳고,

나의 의심이 남의 더 심한 의심을 부르는구나.

"으…… 으음. 으으…… 으……."

 지독한 극독에 당하고 급소를 정통으로 찔렸다. 죽지도 못하고 살지도 못하는 고통 안에서, 단지 간헐적인 경련과 힘없는 신음 소리만이 그가 살아 있다는 유일한 증거였다.
 덕운재로 옮겨진 아칸은 급히 불려온 의관들과 아련나의 시중 안에서 끔찍한 고통을 견뎌내야만 했다.
 하지만 의관인들 뾰족한 수가 있을까? 닿기만 해도 살에 불꽃이 타올라 태워 버린다. 맹수도 정통으로 당하면 단번에 죽어 나자빠진다는 독에 당하였다. 행여 그 곁에 다가가기만 해도 그 독이 옮는 것은 아닐까? 심지어 상처의 고름을 닦아내는 일조차 두려워하는 표정이었다.

아련나는 그때 자신의 거처에서 배덕의 죄책감과 가증스런 눈물을 닦아내고, 향물 욕간을 하고 있었다. 모든 것을 다 가지게 되었다, 이젠 완전히 끝났다 안심하였다. 제 손에 묻은 핏물을 지우듯이 살뜰한 손길로 백옥 같은 살결을 박박 문지르고 있었다. 내내 굴러 올 앞날의 행복만을 생각하라는 가시솔의 잔소리를 듣고 있던 중이었다.

"이왕 끝난 일 돌아보지 마시란 말입니다. 세월이 가면 다 잊혀질 일이어요. 몸 간수 잘하시어 덩실하니 아드님이나 낳을 꿈이나 꾸셔요."

그런 때 욕간실로 궁녀가 달려들어 온 것이다. 얼굴이 새파랗게 질려 있었다. 대 장방에서 벌어진 일을 전해 들었다. 순간 아련나와 가시솔 두 사람 다 까무러칠 수밖에 없었다. 얼마 후 정신을 차려 허겁지겁 달려갔을 때, 아칸은 이미 사경을 헤매고 있는 한갓 고깃덩어리에 불과했다.

"이럴 순 없어! 어떻게 이런 일이! 당장 살려! 무슨 수를 쓰든 당장 아칸을 살려내! 만약 너희들이 실패하면 다 목을 잘라 버릴 것이야!"

애꿎은 의원더러 악을 쓰고 패악을 부려보았지만 소용없었다. 고루불이 독을 해약할 방도는 없다는 것이다. 유일한 해독약인 짐초의 즙액은 오직 아칸을 부상시킨 그 괘씸한 계집만이 행방을 알고 있다는 것이었다.

이제 나의 앞날은 오직 행복만이 기다리고 있을 것이야, 하고 방심하고 있었다. 그러다가 단번에 아칸의 부상과 더불어 나락으로 수직 추락한 아련나의 심정은 참혹하였다. 왜 내 팔자는 이토록 배배 꼬이고 궂게만 변해갈까?

'이럴 순 없어!'

잘 다듬어진 손톱이 손바닥을 깊게 파고들었다.

"으으, 으으…… 으윽. 으윽…… 으으."

끔찍한 고통에 시달리고 있는 아칸의 신음 소리에 아련나는 정신을 차렸다. 시선을 들어 혐오스러운 사내의 모습을 노려보았다.

밤이 깊어 커다란 촛불을 가득 켜놓았다. 일렁이는 불 그림자 사이로 아칸의 참혹한 모습은 더없이 흉물스럽게만 보였다. 어느새 손과 발이 거뭏게 썩어가고 있었다. 직접적으로 벼리의 단검에 찔린 옆구리의 상처에서는 푸른 고름과 더불어 부글부글 거품이 끓어오르고 있었다. 살점까지 툭툭 떨어지고 있었다. 보기에도 너무 흉하고 끔찍하여 가까이 다가갈 수조차 없었다.

"아…… 아, 아…… 련나. 이, 이리…… 로……."

애정이란 것이 남았나, 가까이 간호해 주는 여인이 고마운 것인가? 아칸이 고름으로 짓무른 눈을 돌렸다. 억지로 미소 짓는 듯싶었다. 아련나는 소름이 쫙 끼쳤다. 그러나 침상의 가엾은 사내는 그것을 알지 못했다. 꿈틀꿈틀 구더기 같은 손을 그녀 쪽으로 내밀었다. 혼신의 힘을 다하여 어린 연인을 불렀다. 사랑스러운 사람을 불렀다. 그런 몸을 하고도 그녀 걱정을 한다. 상심할까 속상하였을까 걱정을 하였다.

"거, 걱정을…… 말…… 라……. 괜찮다…… 나는…… 괜찮아……."

그 말 한마디를 하는데도 힘에 겨워 숨을 헐떡이고 있었다. 그럼에도 아칸은 아련나를 향해 뻗은 손을 거두지 않았다. 사경을 헤매는 처지가 되다 보니, 오히려 더 욕망은 치열해진다. 살아 있는 자에 대한 정과 욕심은 더 애틋해진다. 어리석은 사내의 마음이야, 앞에 있는 저 여인의 마음이 제 것이라 여기니, 제 순정처럼 여인도 그렇다 믿었다. 자신의 이런 꼴에 얼마나 속이 상할까, 슬퍼할까만 신경 쓰였다.

"아, 아…… 련나…… 이, 이리…… 로…… 그대가…… 보이지…… 않아. 희미…… 하다. 가까…… 이. 보고…… 싶다……. 그대의 얼굴이 보고 싶…… 어."

아련나는 억지로 몸을 가누었다. 주춤주춤, 그가 부르는 대로 가까이 다가갔다. 그럼에도 도저히 그를 만질 수는 없었다. 악취도 나는 것 같고 혹여 고루불이 독에 당한 그와 가까이 하다가 그녀도 독이 옮을 것 같아 두려웠다. 덜덜 떨면서도 애타이 그녀 손을 청하는 아칸의 손을 물끄러미 내려다보기만 할 뿐 끝내 잡아줄 수는 없었다.

"아련…… 나. 내, 내가…… 싫어진 것…… 인가? 이렇게 흉측한…… 꼴이…… 된 나를 이제는 가까이하기 싫은…… 가?"

그 작은 동작 하나로도 얄팍한 여인의 속내를 읽어버렸다. 낙심

천만, 비애마저 느껴지는 아칸의 목소리가 잦아들었다. 말 대신 짐승의 울부짖음 같은 신음 소리만이 새어 나왔다. 다시금 참아내기에 너무 큰 고통이 엄습한 것이다. 이내 아칸의 몸이 축 늘어졌다. 혼절한 것이다. 이제 그의 입에서는 광인(狂人)처럼 허연 거품이 부글부글 새어 나오고 있었다. 누가 보아도 회생의 가망성이란 보이지 않았다.

'안 돼. 저자가 이리 허무하게 죽으면 안 돼. 난 어쩌라고?'

아련나는 발을 동동 굴렀다. 하지만 아무것도 할 수 없어 더 기가 막히고 분노가 치밀었다.

'망할 것! 다 된 밥에 보기 좋게 재를 뿌리고 말았구나! 죽여 버리고 말겠어!'

아련나는 애꿎은 벼리를 두고 바득바득 욕하였다. 저를 구하러 온 것에 고마워하기는커녕, 안락한 제 팔자 망쳤다 앙심만 품었다. 누가 돌아간다고! 날벼락이지 무어람! 어디서 그런 쓸데없는 계집이 나타난 것일까? 무어라고? 감히 버금 마린을 자처하였단 말이지! 그 계집이 바로 날 두고도 마루한이 선택한 두 번째 정이란 말이지?

'얼굴에 흉측한 검상까지 있다 하면서! 사내 못지않게 억세고 못난 주제에, 그런 것이 어찌 버금 마린 따위가 되었담? 어찌 일을 이 따위로 망쳐 놓은 거지?'

그때였다. 무례한 일이다. 기척도 없이, 들어오란 말도 없는데 감히 아칸의 침궁 문이 벌컥 열렸다. 초조하게 손톱만 씹고 있던 아련나는 몸을 휙 돌이켰다.

들어온 사람은 세 사람이었다. 언제나 아칸의 손 닿는 곳에 웅크리고 앉아 총애를 받는 그녀를 못마땅하게 노려보던 신관 세로맥아, 그리고 아칸의 상처를 치료하는 의관, 또 한 사람은 그녀가 처음 보는 건장한 사내였다. 차아킨의 표식으로 남색 장포를 어깨에 걸치고 있었다. 그들은 방 안에서 서성이고 있는 그녀 따윈 전혀 상관하지 않는 얼굴이었다. 마치 없는 사람처럼 여기는 얼굴이었다. 곧바로 아칸이 널브러져 있는 침상 앞으로 다가갔다. 사내가 혀를 쯧쯧 찼다.

"끔찍한 꼴이로군요."

"무사할 리가 없지요. 고루불이의 독에 당했는데. 닿기만 해도 살이 썩어 내리는 극독입니다. 정통으로 옆구리를 찔렸어요. 아마도 내장까지 다 녹아내리고 있을 것입니다."

결국은 끝장난 상태라는 것이다. 아칸의 회복을 기대하는 것은 어리석은 짓이라는 뜻이다. 아련나는 절망적인 시선으로 의관을 바라보았다. 그가 유일한 희망이었다. 하지만 그인들 무슨 수가 있을까? 고루불이 독의 상극인 짐초의 독을 구할 수 없는 이상, 그 역시도 지켜보는 도리밖에는 없는 것이다.

행여 자신의 살에 닿을까 두려워하며 의관이 조심조심, 아칸의 상처를 열었다. 새 붕대만 갈고는 물러났다. 아련나의 말없는 애원과 재촉에 숟가락으로 아칸의 입을 억지로 열었다. 고통을 잊게 하는 마약만 물에 개어서는 밀어 넣고 끝이었다.

사내가 세로맥아를 바라보았다.

"역시 회생의 희망이 없는 겁니까?"

"있다면 장군을 사무란으로 불러들이지도 않았지요."

세로맥아가 침상 위의 아칸을 바라보았다. 비판적인 어조로 상태를 설명하였다.

"사흘 이내에 해독하지 못하면 시커멓게 부풀어 퉁퉁 몸이 썩어 죽습니다. 제 몸에 구더기가 생겨도 아픔도 모르고 미쳐 날뛰지요. 하지만 중요한 건 이것이 아닙니다."

"또 다른 문제라도?"

"아칸을 위해한 자는 원하는 요구조건을 들어주지 않으면 사무란의 모든 샘에다 고루불이 독을 풀어버리겠다고 협박하였습니다."

사내가 한숨을 쉬었다. 냉철하게 지적하였다.

"기만일 가능성은?"

"없습니다. 그 자객 자신조차 지금 고루불이 독에 중독된 상태니까요."

"어떻게 그런 일이 일어난 것이지요?"

"제 요구조건을 들어주면 약조를 지킨다는 것을 제 몸으로 보여준 것이라고나 할까요? 사흘 이내에 마린들을 국경선 밖으로 내보내지 못하면 그 여자와 함께 우린 다 죽게 생겼습니다. 그 계집을 도운 짝패들 실력도 보통이 아닌 것이, 번쩍하고 나타났다가 번쩍하더니 사라졌단 말입니다. 그들이 고루불이 독을 가지고 있다면…… 아마도 사실일 듯싶지만요. 싫어도 그 계집 말대로 해주어야만 해요."

"대승정께서 결정하셨다면, 그렇게 하십시오. 이렇게 아름다운 사무란성을 귀신불만 떠도는 곳으로 만들 수는 없지요. 저는 나가서 전국의 차아킨들을 소집하는 방을 붙이겠습니다."

"좋아요. 그리고 사무란의 차아킨은 당분간 가실세아 장군께서 겸임하여 주십시오. 이것은 아칸의 유고 시, 대승정인 나의 결정에 따라 국사를 진행하는 관습에 의한 것이니, 다른 방백들도 할 말이 없을 겁니다."

"소장을 믿어주시니, 감사드립니다. 잠시 후에 대 장방에서 뵙지요."

사내가 한 손을 이마에 대고 무후 식으로 인사하였다. 절도있는 동작으로 뒤돌아서 걸어갔다.

"가실세아 장군."

"달리 하실 말씀이시라도?"

"……저는 장군을 다음 아칸으로 강력하게 지지할 작정입니다. 아칸의 상황을 다른 방백들은 아직 아무도 모릅니다. 제일 먼저 이런 상황을 그대에게만 전한 제 뜻을 잘 아시리라 생각합니다만."

그 사내가 싱긋 웃었다. 각진 턱이며 검은 눈동자가 몹시나 사내답고 시원스러웠다.

"영광입니다."

문이 탁 닫혔다. 세로맥아가 다시 아칸이 누운 침상 쪽으로 고개를 돌린 순간이었다. 무엇인가 그를 향하여 허공을 날아왔다. 아련나가 극도의 분노와 모욕감을 참지 못해 손에 잡히는 대로 연적을 내던진 것이었다.

"궁지에 몰린 앙칼진 고양이가 드디어 발톱을 드러내시는 건가?"

혼잣말처럼 중얼거리며 세로맥아가 침상의 휘장을 내렸다. 그들과 아칸을 갈라놓았다. 소리없이 미소 지으며 아련나를 바라보았다. 대체 왜 저에게 신경질을 부리고 난동을 피우시는 것이요? 되묻는 듯 능청맞은 표정이었다. 그러지 않아도 뿔이 돋은 그녀의 부아를 더 돋우었다. 아련나는 발을 동동 구르며 악을 썼다.

"당신은 아칸이 가장 신임하던 대승정이잖아!"

"그렇습니다만, 타무라."

"어찌하든 아칸을 구해야지. 무슨 수를 써서라도 이 사람을 구해내! 그 계집을 고문하고 손목을 잘라서라도 짐초의 독을 가져오게 하란 말이야!"

"고문한다고 그 용맹한 여인이 순순히 내놓을까요? 목숨을 걸고 아칸을 죽이러 온 자이올시다. 소용없는 일이랍니다."

"그렇다면 아칸을 이대로 죽게 내버려 둘 것이란 말이냐?"

마지막 보루이자, 그녀의 행복과 안일한 삶을 보장하는 유일한 끈이다. 이대로 아칸이 죽으면 그녀의 신세는 다시 나락으로 떨어질 것이다. 절대로 용납할 수 없어. 이것만은 피해야 해. 너무 큰 공포와 절박함으로 아련나는 체면도 위엄도 잃었다. 바락바락 고함을 쳤다. 세로맥아가 창가로 걸어갔다. 밤하늘을 등에 지고 히죽 웃었다. 은빛 머리카락, 가면을 쓴 듯 끔찍하게 무표정했다.

"내가 왜 저 멍청한 돼지를 꼭 구해야 하는지 설명해 보시지요, 타무라 아련나."

"뭐, 뭐라고?"

아련나의 옥같이 말간 얼굴이 파랗게 질렸다. 너무나 아무렇지도 않게, 아주 태연하게 세로맥아는 지엄한 자신의 군주를 일컬어 돼지라고 불렀다. 경멸한다는 뜻을 조금도 감추지 않았다. 노래하듯, 책을 읽듯, 인간적인 감정 하나 보이지 않고 말을 잇는 그의 모습은 모골이 송연할 정도였다.

"우리의 새 아칸 노릇을 하고 싶어 하는 방백은 수십 명이나 있습니다. 오늘 밤 방을 붙이면 무후의 각처에서 새로운 아칸이 되고자 몰려들 겁니다. 말로는 아칸의 부상을 염려하고 위문을 한다는 것이되, 사실은 한시라도 빨리 돼지기를 원하여 독 바른 시선을 던지러 오는 겁니다. 혹여 모르지요. 더 빨리 돼지기를 원하는 그 누군가가 저자의 목줄을 오늘 밤에라도 눌러 버릴지."

"뭐, 뭐라고?"

아련나가 한 발 물러섰다. 세로맥아가 한숨을 쉬었다. 입술은 살랑살랑 미소 짓고 있다. 친절하게도 입술은 자분자분 설명을 하고 있는데 눈빛은 시퍼런 비수였다. 얼음이 뚝뚝 떨어지고 있었다.

"이번 일로 우리 무후가 얼마나 큰 손해를 입었는지 아십니까?"

대답을 기대하는 것이 아니었다. 세로맥아가 짜증스럽게 자신의 지팡이로 바닥을 탁탁 쳤다. 극도의 분노와 확실한 증오를 표현하였다.

"방백들이 모여 아칸을 장사지내고, 다음 대 아칸을 추대하는 일만도 몇 년이 걸린다. 이왕 시작한 전쟁, 올해면 해란 따위는 끝장내고, 건방진 마고국까지 넘볼 수 있었는데 이렇게 중간에서 발목을 잡히다니……. 갑자기 하늘에서 떨어진 저 벼리란 계집이 저놈의 명줄을 따버리는 바람에 모든 계획이 엉망진창되고 말았다. 우리의 대업이 적어도 몇 년은 미루어지게 생겼단 말이다!"

그가 이를 갈았다. 아사벼리란 희한한 물건이 갑자기 나타난 이유가 무엇인가? 제 마루한이 오매불망 잊지 못하는 저 배덕한 계집을 구하고자 함이란다. 제 지아비를 제 손으로 목줄 끊으려 한 그런 계집을 마린이라 섬겨, 목숨 떼 걸고 그들의 뒤를 치러 나타났던 것이다.

"이래서 경계한 거다! 저 돼지같이 미련한 놈이 얄팍하나 칭칭 감기는 네 거미줄에 잡히게 될 것을 그리도 경계하였더니만……. 애초에 금 몇 자루 받고 너란 계집을 정곡으로 보내 버려야 했다. 그랬다면 너란 계집이 우리의 아칸을 망치듯이 대신 네 나라 어리석은 마루한 놈을 망쳤을 텐데 말이야."

난생처음 당하는 지독한 모욕이었다. 너무나 기가 막혀, 또 두렵고 분하여 아련나는 그저 부들부들 떨었을 뿐이었다. 숨도 쉬지 못하고 주먹만 움켜쥔 채였다. 감히 고귀한 그녀를 상대로 무엄하고 난폭한 말을 함부로 내뱉는 세로맥아를 죽일 듯이 표독하게 노려보고 있었을 뿐이었다. 대승정이 고개를 흔들었다. 그의 눈은 얇다란 비단옷에 감긴 화사한 여체에 가 닿아 있었다.

"정말 대단해, 타무라 아련나. 아니, 이젠 다시 마린인가? 여하튼, 사내의 혼백과 몸의 쾌락을 딱 자극하는 계집이라니까. 저 돼지놈이야 원없이 너를 껴안고 뒹굴었으니 여한은 없을 것이다."

"이, 이…… 이놈!"

극도로 흥분한 아련나의 입에서 마침내 새된 고함 소리가 터졌다. 쇠를 긁는 듯, 귀청을 찢는 고성 앞에서도 그의 표정은 변함없었다.

"그, 그 입 닥치지 못하겠느냐? 감히 내가 누구라고 더러운 말을 함부로 하느냐?"

"나는 더러운 계집에게는 더럽다 한다."

그가 잘라 말했다. 속내 드러내는 일이야 그도 아련나 못지않았다. 지금껏 마음속에 감추어두기만 하였던 것들을 거침없이 끄집어내서는 제 잘났다 자부하며 기생충처럼 살아간다 생각하였던 여자에게 곧바로 들이댔다. 신관에게 있어 아련나는 오직 요물(妖物). 만나는 사내마다 망치고 나라를 기울게 하는 흉물스런 것에 불과했다. 더없는 혐오와 경멸을 담아 뼈에 새겨주듯이 내뱉었다. 아련나의 자존심을 갈가리 난도질하였다.

"남들보다 좀 나은 살가죽을 입고 태어나 그 얼굴 들이밀어 지금껏 인생살이 쉬웠을 테지만. 아서라, 마린 아련나. 세상살이, 그리 호락호락하지 않다. 일국의 마린이란 계집이 겨우 적의 사내 유혹하여 팔자 고치는 법이나 꿰고 있다니. 쯧쯧쯧…… 정곡의 네 지아비는 그것을 알고 있느냐? 밤낮으로 그리워하며, 나라의 미래마저 망쳐 가며 모시려 한 그 지어미가, 딱 이렇듯이 사내 침상이나 데워 주는 첩질에 어울리는 계집인 것을 알고 있나?"

"뭐, 뭐라고? 네, 네 이놈……!"

세로맥아의 손이 긴 소매에서 빠져나왔다. 아칸을 찌른 벼리의 검이다. 보란 듯이 그것을 허공에 던졌다 다시 받았다.

"어디서 많이 본 검이란 말이지!"

분명 그 검은 어젯밤 아칸이, 밀고한 그녀가 보는 앞에서 분질러 버렸는데, 내 것과 똑같은 저건 대체 어디서 나타난 것이지? 아련나의 심장이 다시 뚝 떨어졌다.

그녀가 받았던 검은 사곤이 만든 가짜인 것을 아직 모른다. 하여 눈앞에 다시 나타난 단검을 보고 새삼 당황하였다. 알량한 양심이 새로운 죄책감을 만들었다. 스스로 시작한 배신의 증거가 그것을 통해 어찌할 수 없이 나타났기에 본능적으로 수치스러웠던 까닭이다. 대승정의 시선이 검신에 박힌 항구여일, 일편단심이란 글자에 박혔다. 파랗게 질린 아련나의 얼굴과 글자를 향해 번갈아 움직였다.

"항구여일? 변치 않는 일편단심이라……."

쥐꼬리만 한 염치는 있어 아련나의 볼이 시뻘겋게 붉어졌다. 그가 히죽 웃었다.

"해란국의 마루한은 나이가 어리다더니, 역시 계집 보는 눈이 없어. 겉볼새만 중요하단 말이지. 명색이 한 나라의 마린이면서도, 먼저 몸을 열어 적을 유혹하는 계집을 두고 이리도 간절하다니, 그를 구하고자 몸무게만 한 황금을 내놓는 자라니……. 그는 네가 사무란에서 이런 짓을 했다는 것을 꿈에도 생각하지 못할걸? 하지만 유감이야, 마린 아련나. 그대는 내일 싫어도 정곡성으로, 네가 먼저 버린 마루한 곁으로 돌아가야 한다."

"뭐, 뭐라고?"

마지막 통보, 최악의 결말. 상상할 수 있는 한, 가장 끔찍한 결말이었다. 아련나가 그 자리에 털썩 주저앉아 버렸다.

"나, 나를…… 내일…… 정곡성으로 보낸다고?"

"왜 그리 슬퍼하느냐? 설마 저 썩어가는 돼지에게 정분이 들어 못 가겠다고 버틸 작정은 아니겠지?

"……정곡성으로…… 돌려보낸다고……? 나를……?"

이제 아련나의 음성은 꺼져 가는 불꽃이었다. 너무나 놀라고, 또 절망스러워 노화를 내거나 애원을 할 기력조차 사라져 버린 것이다. 고함을 치고 호령질을 할 기운은 더더욱이나 없는 것이고. 절망에 가득한 하얀 얼굴이 바닥 쪽으로 뚝 떨어졌다. 주루룩 눈물 같은 것이 볼을 타고 흘렀다. 손가락 하나 움직일 힘도 없다. 머릿속이 온통 캄캄한 절망, 끔찍한 두려움과 공포로 가득해 아련나는 제대로 숨도 쉴 수가 없을 정도였다. 지금 그녀의 배 속에는 아칸의 씨앗이 들어 있다. 이런 몸을 하고 마루한 곁으로 다시 돌아가라고? 대 마린 이하, 사무란의 궁녀들은 그녀의 실절과 가증스런 배신을 다 알고 있다. 이런데도 그에게 다시 돌려보내진다고? 그들은 보내 준다 하지만 아련나에게 있어서는 가장 무서운 형벌(刑罰)인 것을 어찌 모를까?

"혹여 남고 싶다 해도 아서라. 그럴 수 없다. 감옥에 갇힌 그자가 아무것도 모르고 네 마루한께 충성을 다 한단다. 너와 대 마린을 보내주어야 우리를 살려준다 하니 어쩌겠더냐? 싫다 하여도 너를 떠나보내야 한다. 물론 나도 너더러 살고 싶으면 한시라도 빨리 이곳을 떠나라고 말하고 싶지만 말이다."

커다랗고 공허한 눈동자가 검은 눈물을 가득 담고 세로맥아를 올려다보았다. 대승정은 씩 웃었다. 그녀에게 처음으로 보여주는 웃음. 그러나 그건 한결 더한 공포요 협박이었다.

"너로 인해 아칸의 총애를 잃고, 사무란의 차아킨 자리까지 위협당한 자가 있음이다. 거들먹거리던 제 아비가 무력하게 한 덩이 썩은 고깃덩이가 된 지금, 당장 돌아와 네 목을 따버리려고 한단다. 누구인지 짐작하지 못하겠느냐?"

아련나는 헉 하고 놀랐다. 사무란으로 입성할 시, 아칸이 데리고 온 첫아들, 그의 후계자가 있었다. 나이 스물 넘은 어엿한 방백이다. 이스탄에 남아 있는 타민의 장자요 사무란의 차아킨으로 승승장구하다가, 아련나에게 빠진 아칸이 멀리 변방으로 보내버린 그 아들이다. 제 아비의 배신과 그를 홀린 타무라 아련나에 대하여 무서운 원한을 삼킨 채 그가 이를 갈며 돌아오고 있다 한다.

"네 배 속의 그 아기, 아칸이 겁도 없이 공공연하게 앞으로 후계자로 삼는다 헛소리를 하는 바람에 그자의 분노가 한결 커졌단다. 여기 있어도 넌 반드시 죽는다. 그것도 사흘 안에!"

너무나 잔인한 통보였다. 여기 있어도 죽고 떠나도 죽는다. 아련나에게 있어 출구란 어디에도 보이지 않았다.

문이 탕 닫혔다. 아련나는 독악한 눈초리로 세로맥아가 사라진 문을 노려보았다. 부들부들 떨며 발악하듯 고함질렀다.

"무엄한 놈! 네놈 목을 잘라 버릴 것이야!"

하지만 그 누가 나서 아련나의 울부짖음을 들어줄까? 손을 들어 명령을 내려줄까? 세로맥아가 떠난 자리, 아련나는 홀로 버림받아 넋을 놓은 채 바닥에 앉아 있기만 했다. 원망에 가득 차고 궁지에 몰려 표독해진 눈빛이 침상으로 다가갔다. 숨만 쉬고 있을 뿐, 이미 죽은 것과 진배없는 저 아칸 따위, 이제 조금의 가치도 없다. 벽도 되어주지 못하고 살아 안아주지도 못하며 그녀가 바란 부귀영화 따윈 더더욱이나 줄 수 없다. 정말 어리석은 일이었다. 저렇게 나자빠질 인간에게 모든 것을 걸다니! 사랑하는 지아비를 배신하고 돌아섰다니!

"잘 처리한 것인가?"

방으로 들어서던 세로맥아는 헉 하고 놀라 발을 멈추었다. 창가에 불청객이 앉아 있었기 때문이다. 어떻게 스며들었을까? 왕성 안에서도 대승정의 거처인 이곳은 가장 은밀하고 가장 경계가 심한 곳이었다. 그런데 검푸른 옷을 입고 두건을 쓴 사곤이 창틀에 앉아 있었기 때문이다. 마치 제 안방인 양 편안한 얼굴이었다.

"정말 놀라게 하는군. 대체 어찌 들어온 것이지?"

"마음먹으면 내가 못 갈 데가 어디 있나? 어찌하기로 한 것이냐?"

"내일 새벽에 두 여인을 내보낼 것이다. 정곡에서 온 사신 일행과 함께 전부 다."

"그렇군."

그가 손을 내밀었다. 대승정은 그 손을 바라보았다. 사곤이 씩 웃었다.

"내 여인의 검을 네가 챙겨갔다고 해서."

"이것?"

세로맥아가 소매 춤에서 손을 꺼냈다. 아련나의 단검을 던져 주었다. 사곤이 허공에서 잡아챘다. 한 눈을 찡긋했다.

"다른 것도 있을 텐데?"

"뭐라고?"

"왜 이러실까? 벼리를 잡아갈 때 그 여자 짐 보통이 다 빼앗아왔잖아. 일월봉황검. 탐이 좀 날 터이지만, 아서라. 빼돌릴 생각 말아라. 명색이 혼약 예물인데, 네가 가져가면 그 검을 준 내가 기분 나쁘지. 돌려다오."

끙, 세로맥아는 이맛살을 찌푸렸다. 하는 수 없이 아사벼리의 짐 전부를 그에게 내주었다. 사곤이 그 짐들을 전부 다 등에 짊어졌다.

"미리 말해두는데, 장사 준비하라고 말야. 네 아칸의 목, 사흘 후에 잘라갈 예정이다."

"흐음."

"네가 할 일은, 아사벼리가 갇혀 있는 감옥의 경비를 철저히 세울 것. 그 여자가 솜털 하나라도 더 다치면, 넌, 끽! 알지?"

사곤이 손으로 목을 그었다.

"걱정 마라. 그 여자를 지키는 병사들은 다 내 심복이다."

"좋아, 좋아. 우리 사인 또 신용이 생명 아니겠어?"

"그 여자, 네 반려인가?"

"반려가 될 자라고 하여야겠지."

사곤은 탁자에 놓인 은그릇에서 청포도 한 송이를 집어 들었다.

"아직은 다른 놈 아낙이잖아. 정곡에 있는 애송이 그 마루한 놈이 내가 찜한 여자를 냉큼 가로챌 줄 누가 알았겠어? 단뫼의 사곤이 먼저 찜한 물건을 중도에 가로채인 적은 이번이 처음이야. 그것을 되돌리느라 이런 짓을 하고 있다. 등골이 휘는 중이다."

"너는 복도 많다, 그런 여자를 발견했으니. 대단한 여걸이더군."

"나보다 더 복이 많은 자가 바로 해란의 마루한이다."

사곤은 한숨을 쉬었다. 복도 많지만 근심도 두 배인가? 두 여인 사이에 서서 고생깨나 할 것이야. 아련나라는 저 계집, 돌아가도 그냥은 있지 않을 텐데. 아까 천장 위에서 지켜보던 바, 세로맥아를 노려보던 눈빛이 말 그대로 비수 날이었다. 일을 쳐도 크게 칠 눈빛이었다. 바닥까지 몰린 자는 필사적이므로 그 어떤 짓도 할 수 있다. 거죽은 유약하고 말랑하게 생긴 것이, 생각보다 요악하고 강한 기질을 가진 듯싶었다. 뭐, 내 일 아니니까. 사곤은 다시 포도 한 알을 따서 입에 넣었다. 일이 벌어지면 마루한이 당하겠지.

"거죽 어여쁜 첫 마린도 모자라서 저런 여인을 버금 마린으로 맞이하여 양손에 쥐었으니, 하긴 그놈 팔자가 천하에서 최고로군."

세로맥아가 한마디 하였다.

"사무란의 이 여자도 만만찮아. 살아남는 법을 아는 계집이지. 제 얼굴 거죽을 무기로 사용할 줄 알아. 위엄 높은 마린의 역할을 할 여자 따로, 끼고 사랑할 여인 따로. 사내라면 누구나 썩 부러워할 상황이로군."

"하지만 사치스럽고 여린 꽃은 건사하기가 꽤나 힘들어. 날마다 새로운 장난감을 원하는 그 여자를 치장하느라 해란의 마루한이든 너희 아칸이든 보물깨나 탕진했을 테지."

세로맥아가 동의의 뜻으로 고개를 끄덕였다.

"평화한 나라에서야 그저 사랑받는 고운 계집으로 살았을 테지만, 때를 잘못 만났다. 힘없는 아름다움은 그리 더럽혀지는 법이지. 하물며 일국의 마린임에랴. 그 계집은 그저 침상이나 데우고서 같이 껴안고 잘 법한 황금꽃이지. 하나 내가 택한 그 여자는 너도 보았듯이 말 그대로 일국의 국모이다. 곧고 용맹하고 바르다. 진정 백성들의 앞에 서서 귀감이 될 만하지. 하여 내가 그 복을 가로챌 작정이란 말이지."

사곤이 벌떡 일어났다.

"잘 먹었다. 그럼 다음에 보자."

"어디로 갈 작정이지?"

"감옥에. 내 여인이 잘 계신가, 점검해야지."

"……내, 노파심으로 묻는다만, 정말 고루불이 독을 샘에다 집어넣는 일 따위 하지 않는 거지? 이건 약속 위반이야. 흑군, 그런 경고는 안 해주었잖아!"

"걱정 마. 내가 누구냐? 고루불이 독도 있지만 짐초의 독도 가지고 있다니까! 실수로 내 짝패가 그런 짓을 해도 내가 금세 되돌려 놓지."

비틀어지는 세로맥아의 얼굴을 바라보며 사곤이 킬킬 웃었다.

"그리고 웃기는 소리! 내가 왜 내 모든 계획을 다 너에게 밝혀야 하나? 너희들에게 피해 주지 않는다는 약조만 지키면 그만이다. 자, 그럼!"

그가 창에서 뛰어내렸다. 금세 밤하늘을 날아 어둠 속에 묻혀 버렸다.

다음날 아침, 채 동이 트기도 전이었다. 마린의 거처 지향전 앞은 다른 날과는 달리 무척 소란하였다. 말 네 마리가 이끄는 수레가 너덧 대나 서 있었다. 여러 사람들이 들고 나며 짐을 내어다가 수레들에게 싣고 있었다. 급히 떠나는 길이라 필요한 물건들만 챙기라 하였다. 하나 일국의 마린께서 떠나시는 길이다. 훌훌 몸만 간다 해도 간수하고 차비해야 할 물건은 한둘이 아니었다.

"물건을 다 실었느냐? 급하다 하였다. 빨리빨리 움직이지 못할까?"

사람들을 재촉하고 있는 대승정 세로맥아였다. 시각을 다투는 화급한 일이다. 마린들을 태운 수레들이 한시라도 빨리 국경을 벗어나야 사무란의 사람들은 고루불이 독의 위협에서 안전해지는 것이다. 그는 속으로 사곤을 향해 혀를 찼다. 천하에 나쁜 놈 같으니라고! 고루불이 독 이야기 같은 건 눈곱만큼도 해주지 않았다. 정작 일이 벌어지니, 태평스럽게도 해독해 주면 되지, 하고 능청맞게 말하지 않는가? 정말 물어뜯어 버릴 뻔하였다.

"짐을 다 실었으면 마린더러 빨리 나옵시라 하여라. 급하다 하였지 않느냐?"

재촉하는 그의 말을 들은 것처럼 석계 위에서 마린 아련나가 모습을 드러냈다. 유모 가시솔과 함께였다.

"아이고, 마린 조심하세요!"

천천히 지향전을 나서던 아련나의 신형이 비칠거렸다. 부축하고 있던 가시솔이 비명을 질렀다. 그럼에도 아련나의 귀는 그것을 듣고 있지 않았다. 초점 잃은 눈동자가 멍하니 아래를 굽어보았다. 지향전의 석계 아래에는 이미 그녀들을 데리고 갈 수레가 대기하고 있었다. 그녀의 눈에는 파멸의 지옥으로 굴러가는 마차로 보였다.

"으윽흑흑."

질끈 다물린 입술 사이로 가냘픈 신음과 더불어 울음소리가 터졌다. 하룻밤 내내 흐른 눈물이 다시 또 흘렀다.

지금 그녀의 모습은 마린으로서의 위엄 따위 완전히 사라진 상태였다. 도살장에 끌려 들어가는 소나 다름없었다. 석계를 내딛는 모습은, 걷는다기보다는 차라리 끌려 내려가는 것이었다. 거의 쓰러지기 일보 직전의 그런 아련나를 가시솔이 단단히 부축하고 있었다. 물론 아련나만큼 편치 않은 마음이라, 가시솔 역시 느릿느릿, 마지못한 걸음이었지만. 뼈 없는 사람처럼 흐느적거리는 걸음으로 두 사람이 마침내 비실비실 계단을 내려왔다.

"마린!"

모시던 마린은 마루한께 돌아가시나, 자신들은 여전히 적국의 점령지에 묶여 살게 되었다. 수레 좌우로 늘어선 궁녀들이 하나같이 흐느끼고 있었다. 그런 사이, 마린의 시중을 들기 위하여 같이 가는 세 명의 궁녀들도 보따리를 들고 계단을 내려왔다. 그들도 눈물 콧물을 짜내고 있었다. 수레에 올라타면서까지 내내 훌쩍이고 있었다.

떠나는 사람이나 남는 사람이나, 울음 터지는 것은 마찬가지이다. 떠나는 사람은 미안해서 눈물 나고, 남는 사람은 앞으로 어찌 될지 모르는 제 처지가 불쌍하여 눈물 나고…….

"잘 가시오, 마린. 그동안 신세 많았소이다. 쿡쿡."

아련나의 수레 앞에 서 있던 세로맥아가 정중하게 인사를 던졌다. 마지막에 따라붙던 미소는 분명 비릿한 비웃음이리라.

바로 그때, 동쪽 문에서 하얀 옷을 입은 대 마린과 더불어 떠나는 시녀들이 나타났다. 대 마린을 따르는 일행은 아련나와 더불어 떠나는 네 명보다 훨씬 더 많았다.

지금껏 그녀를 모시고 생사고락을 같이하던 한울전의 궁녀들을 다 함께 보내달라, 그렇지 않으면 절대로 나도 가지 않겠다고 대 마린이 강하게 주장한 때문이었다. 결국 세로맥아는 대 마린을 지척에서 모시며 고생하던 시녀 열두 명을 함께 보내줄 수밖에 없었다.

"어서 오십시오."

아련나에게는 그리도 모욕적이던 대승정이었건만, 대 마린에게는 더없이 정중하였다. 시녀의 뒤를 따라 천천히 걸어나오는 대 마린에게는 가장 정중한 예를 갖추어 인사했다.

비록 패망한 나라의 여인이되, 한 번도 굴복하지 않고 묵묵한 침묵으로 저항하였다. 온화하고 긍지 높은 기품으로 끝내 굴복하지 않았던 해란의 곧은 아낙에 대한 인간적인 예의였다.

"먼 길이되, 몸조심하시오. 무사히 돌아가십시오."

"감사합니다, 대승정. 해란의 대 마린으로서 백성들은 놓아두고 우리만 떠나는 것을 두고 감사하다 말할 수 있는지는 모르겠소만."

대 마린이 위엄있게 대답하였다. 하나 그를 바라보는 시선은 온화한 편이었다.

거칠고 불유쾌하던 아칸과는 달리 그는 점잖았다. 사무란성이 점령된 후에, 얼마 지나지 않아 평화로워지고, 백성들이 생업에 종사하며 그럭저럭 살 수 있었던 것은 조용하고 이성적인 처분을 잘 내렸던 대승정 세로맥아에게 많이 힘입었다는 것을 전해 들었다. 대 마린 또한 그에게 특히 반감을 가지거나 기분 나쁠 이유는 없었다.

"하지만 이것은 반드시 감사하고 떠나야 할 것 같소. 이 노인의 부탁을 들어준 것에 대하여서는 말이오."

한울전의 시녀들을 함께 데려가게 해준 배려를 감사하는 말이었다.

"부리시는 아랫것들까지 거두시는 대 마린의 인품에 감복하였다고 생각해 주십시오."

대 마린이 잠시 망설이다가 그를 바라보았다.

"대승정, 제가 감히 한 가지만 묻자 합니다."

"말씀하시지요."

"어제, 그곳에서 부상을 입었던 싸울아비는……?"

세로맥아가가 손짓을 했다. 말미의 수레를 가리켰다.

"이미 저 수레에 타고 있습니다. 치명상이되, 목숨은 건졌다 합니다. 의원과 함께이니 그다지 걱정은 아니 하셔도 될 겝니다."

"목숨을 구했다 하나, 용맹한 싸울아비가 한 다리를 잃고 눈까지 다쳤으니……. 그 눈은 이제 다시 뜨지 못하겠지요?"

"그자는 한 다리와 두 눈을 잃었으되 우리의 군주는 명이 경각입니다, 대 마린. 입장이 달라 그를 칭찬하지 못함을 용서하여 주십시오."

냉정한 세로맥아의 말도 틀린 것은 없었다. 아칸을 공격하여 치명상을 입히고 마린들을 구해낸 아사벼리만 해도 그렇다. 해란에서는 큰 영웅이라 부를 것이나, 무후의 입장에서는 생것으로 씹어 먹어도 분이 풀리지 않는 대 원수(怨讐)가 아닐 것인가? 그의 대답은 마린들 대신 감옥에 갇힌 버금 마린 아사벼리가 절대로 살아남지 못하리라는 예언만 같아 마음이 아팠다.

'홀로 남아 감옥에 갇힌 그이는 얼마나 외로울까? 두려울까? 저 역시 독 발린 검으로 자해를 한지라 지금 말로 표현할 수 없을 정도의 지독한 고통을 당하고 있을 것이다. 아아, 누구 하나 보아주는 이 없이 홀로 겪어내는 고생이니…… 얼마나 슬플까? 얼마나 고독할까? 가엾어라.'

대 마린은 어두운 얼굴을 들어 대승정을 바라보았다. 나지막이 물었다.

"대승정, 마지막으로 이 늙은이가 하나만 더 묻자 합니다."

"말씀하시지요."

"아칸을 찌른 자, 우리의 장한 그 사람을 죽이시겠지요?"

"당연합니다."

세로맥아가 잘라 말했다.

"이해하시리라 믿습니다. 해란에서는 영웅이되 우리에겐 우리의 군주를 위해한 자라, 참으로 큰 죄인입니다. 절대로 용서하지 않을 것입니다."

"……아아, 그런 줄 알고 있습니다. 알고 있으면서도 헛된 기대로 한번 물었습니다."

대 마린의 눈에 눈물이 핑 돌았다. 누군가의 희생과 죽음으로 자신의 생이 이어진다는 것을 알게 된 사람의 마음이란 얼마나 무겁고 비통한 것인지. 하물며 첫눈에 반하였다. 내 아들의 반려라 하니, 자신의 며느리가 아닌가? 저토록 아름답고 굳센 자가 내 아들의 곁을 지켜준다면, 평생을 곁에서 보필하여 준다면 걱정이랑 없을 것인데. 그런 이를 잃어야 한단다. 입에 담기도 싫은 저 의지박약하고 패덕한 것과 맞바꾸어야 한단다. 대 마린의 눈길이 매섭게 돌아갔다. 제가 탈 수레 앞에 시름겨운 얼굴로 서 있는 아련나를 노려보았다.

"적이나 그는 참으로 무서운 이입니다. 충성심과 의기가 높고 단호한 기품을 갖춘 사람이었습니다. 그토록 강인하고 반듯한 싸울아비가 여인이라 하니 더 놀랐습니다. 더구나 그런 자가 해란의 마린이라, 참으로 모골이 송연합니다."

세로맥아가 저만치 선 아련나 들어라 하듯이 큰 목소리로 대 마린에게 말하였다. 아사벼리를 반드시 죽여야 하는 이유가 하나 더 있다는 것이었다.

"그런 자가 무사히 돌아가 해란의 후사를 잇는다 생각하면 어찌 그를 그냥 두리오? 그자의 태를 빌어 태어나는 아이는 그 어미 닮아 용맹하고 영걸차겠지요? 두고두고 우리 무후를 괴롭히는 강골의 후대 마루한이 등장할 것이니, 세세연년 우리의 두통거리가 될 것입니다. 절대로 그를 좌시할 수 없습니다. 화근은 완전히 잘라야지요. 우리의 잔혹함을 용서하십시오. 대 마린께서는 아실 것입니다."

눈물 담은 눈으로 대 마린께서 고개를 끄덕거렸다.

"목숨을 살려주지 못한다 할지면…… 그러면 그이에게 이 말이라도 전해주시겠습니까?"

"죽을 자에 대한 예우라고 생각합니다. 전해 드리겠습니다. 말씀하십시오."

"······장하다고, 감사하다고······ 절대로 잊지 않겠노라고 전해주십시오. 이 늙은이가 죽는 날까지 그를 생각하며 눈물지을 것이라고 말해주십시오."

기억 속에 살아 있으면 죽어도 산 것이라 하였다. 아사벼리, 몸은 죽을지언정 네 그 아름다운 이름은 대대손손, 해란의 역사가 끝날 때까지 이어질 것이다.

"자, 그럼 떠나실까요? 이미 시각이 많이 지체되었습니다. 저희가 서두르는 것을 이해해 주십시오."

대 마린은 고개를 끄덕였다. 아칸을 찌른 아사벼리의 호령질은 사무란성을 일거에 공포에 빠트렸다. 사람들이 마시는 샘물의 근원에다 고루불이 독을 풀어버린다니. 마린들이 탄 수레가 해란의 병사들이 지키는 송요성 경계를 넘어가야 한다. 그들이 무후의 손아귀에서 벗어나서 안전하다는 것이 전해져야, 사무란의 모든 사람들은 고루불이의 공포에서 벗어날 수 있을 것이다. 뿐만 아니라 벼리의 검에 찔린 아칸의 목숨도 무사하게 된다. 세로맥아가 초조해하는 이유를 이해할 수 있었다. 말 그대로 사무란성 목숨 전부가 그들 수레의 바퀴에 달려 있었다.

"오르십시오. 오늘만큼은 소승이 대 마린의 마지막 문을 열어드리도록 하겠습니다."

세로맥아가 대 마린이 탈 수레의 문을 열고 휘장을 걷어주었다. 이곳에 남는 시녀들과 일일이 손까지 잡으며 인사를 마친 대 마린이 먼저 수레에 올랐다. 따라가는 열두 명의 시녀들도 대 마린의 수레와 그 다음 수레에 나누어 올라탔다. 그럼에도 대 마린이나 한울전의 시녀들 어느 누구도 옆 눈길 한 번 주지 않았다. 수레 옆에 죄인처럼 기운없이 선 아련나와 가시솔과는 눈 한 번 마주치지 않은 채였다. 마치 없는 사람처럼 철저히 무시하고 있었다.

바닥에 시선을 떨군 채 아련나는 피가 나도록 입술을 깨물었다. 저절로 몸이 부들부들 떨렸다.

무서운 환청!

대 마린이야 말 한마디 하지 않았으되 자격지심과 죄책감에 시달리는 불안한 귀가 대 마린의 심장 속에 메아리치고 있는 고함 소리를 그대로 들었다.

'네 이년! 잘도 내 아들과 나라를 배신하였지? 어디 두고 보자, 내 아들을 만나면 반드시 가증스런 네 목을 치고야 말리라!'

슬며시 고개를 든 아련나는 표독한 눈빛으로 대 마린이 탄 수레를 노려보았다. 한마디도 나누지 않았으나, 이심전심(以心傳心). 그녀의 옆에 선 가시솔의 눈빛도 아련나와 똑같이 섬뜩하게 번뜩이고 있었다.

"시간이 급하오."

그러니 어서 타란 말이었다. 아까 대 마린을 대할 때와는 천지 차이나는 거동이었다. 거칠고 무례하였다.

두고 보자. 이 철천지 원수, 반드시 갚고야 말리라. 대답 없는 메아리 같은 다짐을 다시 한 번 삼키며 아련나는 제 몫으로 정해진 수레에 올랐다. 가시솔도 올라타 달달 떨고 있는 아련나를 꼭 안아주었다. 귓속말로 어린 마린을 위로하였다.

"걱정 마세요, 마린. 제가 있습니다."

"가시솔."

"걱정 마시라니까요."

가시솔의 눈빛은 아련나의 그것보다 더 표독했다. 궁지에 몰린 쥐는 고양이도 문다 하는데, 아무리 선한 자도 마지막 바닥으로 떨어지면 모질어진다 하는데. 하물며 이미 여러 번 악한 짓을 저지르고도 반성하지 못한 자의 흉계라니…….

고개를 든 가시솔의 시선은 휘장 밖, 대 마린의 수레에 오래도록 박혀 있었다.

덜컹, 두 사람의 몸이 흔들렸다. 수레가 움직이기 시작한 것이다. 전속력으로 달리고 있는지, 흔들림이 몹시 심하였다. 아무 데도 의지할 곳이 없는 아련나는 본능적으로 유일한 제 편인 가시솔의 품을 파고들었다. 가시솔 역시 아련나가 어린 아기였을 적부터 그러하였듯이 제 품에 꼭 안아주었다. 아련나는 눈물 젖은 얼굴을 들어 투정하듯 제 유모를 불렀다.

"가시솔."

"예, 마린."

"난 곱게 살고 싶었어. 마린이 되어 행복하게 살고 싶었을 뿐이야. 그게 그리 큰 죄인 거야?"

"죄일 리 있나요! 사람들도 다 그런걸요."

"그런데…… 왜 나만 자꾸 이렇게 되지?"

언제나 행복은 잠시 잠깐, 금세 시련이 닥친다. 하늘은 언제나 그녀가 가지려 안달하는 행복을 빼앗아 간다. 괴로움과 눈물의 나락으로 빠뜨린다. 다시 검은 눈물이 아련나의 하얀 볼을 적셨다. 가시솔이 몇 번이나 지워주어도 소용이 없었다.

"난 죽고 싶어."

"그런 말씀 마시어요. 제가 있잖아요. 마린을 위해서라면 무슨 짓이든 다 할 것이어요."

"무슨 일이든?"

"그러믄요!"

"……나 살게 해줘, 가시솔! 행복하게 살게 해줘. 그리 만들어줘!"

유일한 끈이요, 제 편이다. 태어나서부터 지금까지, 늘 곁에 있어준 사람. 언제나 모든 일을 함께하는 가시솔에게 아련나는 필사적으로 매달렸다.

"이런 몸을 하고 정곡으로 돌아가면…… 난 마루한의 손에 의하여 죽임을 당할 거야! 그 사람의 눈이 날 더러운 계집으로 볼 거란 생각을 하면 끔찍해! 무서워! 가시솔, 나 어떡해?"

"마린, 진정하셔요!"

수레가 달리는 요란한 소리 때문에 아련나를 안심시키는 가시솔의 목소리는 전혀 밖으로 새어나가지 않았다. 무서운 가랑비 소리처럼 허공 속으로 사라져 버렸다.

"정곡까지 가는 길은 멀고도 멀지요. 그사이 무슨 일이 일어날지 어떻게 압니까?"

"나를 위해서…… 가시솔이 뭐든지 해줄 거야?"

"당연하옵지요! 마린은 그 누구도 범접하지 못하는 대 해란의 큰어미요, 마루한의 지엄한 마린이어요. 누가 감히 마린을 위해한답니까? 절대로 그리 못하게 소인이 막을 것입니다."

"그래, 맞아. 나는 해란의 마린이야. 절대로 그 자리에서 밀려나지 않을 거야. 그 자린 애초부터 내 것이었어."

"당연하옵지요. 마린, 아무 걱정 마시고 다 제게만 맡겨놓으셔요. 입 꾹 다물고 제가 시키는 대로만 하셔요."

"……대 마린과 마루한이 절대로 만나서는 안 돼!"

"물론입니다."

"무슨 일이 있어도…… 내가 사무란에서 어떻게 살았는지 아는 자들의 입을 다 막아버려! 할 수 있지?"

허공에서 두개의 눈빛이 교차하였다. 안심하시어요. 가시솔이 싱긋 웃어 보였다. 아련나가 팔목에 끼고 있던 황금옥팔찌를 풀었다. 천하의 명품 유리옥에다가 황금으로 투각하여 봉황을 새기고, 가운데에는 고양이 눈알만 한 홍묘석이 박혀 있는 물건이다. 그 홍묘석만 해도 성 하나를 사고도 남을 정도로 엄청난 보물이었다. 아칸이 사랑하는 애첩 아련나의 잉태를 기뻐하며 채워준 팔찌이기도 했다. 그것을 아련나는 가시솔의 팔에 채워주었다.

"이제 이건 네 것이야, 가시솔. 내 마음이니까! 고마워! 나에게는 너뿐이야!"

 탐욕에 눈이 멀고, 제가 키운 소녀 아련나에 대한 비뚤어진 애정에 심장이 멀었다. 무엇을 생각하는지, 이내 잠이 든 아련나의 등을 쓰다듬어 주는 가시솔의 눈빛이 궂게 번쩍거렸다. 간악한 빛을 흘리고 있었다.

 '달이 세 번 졌다.'
 그녀가 이곳 허공의 감옥에 갇힌 것도 벌써 사흘이 지난 것이다. 벼리는 창가에서 물러섰다. 고루불이 독에 당한 허벅지가 썩어 들어가고 있었기 때문에 한 다리는 힘을 줄 수가 없었다. 절룩거리며, 다리를 질질 끌며 아까 앉았던 침상 쪽으로 다시 돌아갔다.
 '이 정도면 마린들께서 충분히 경계를 넘어서 안전한 곳으로 도착했을 시간이다. 왜 매가 날아오지 않는가?'
 이젠 더 이상 버틸 힘이 없는데……. 벼리는 검게 타는 입술을 물로 적셨다. 깜빡깜빡 꺼져 가는 의식을 다시 찾으려 애를 썼다. 독에 당한 고통은 지독하였다. 그럼에도 해란의 긍지를 품고 있는 싸울아비의 체면이 있는 법, 적들 앞에서 흉하게 나뒹구는 꼴을 보일 수는 없다. 살이 타고 뼈가 갈라지는 고통도 참고, 창백한 입술이 말라 비틀어졌음에도 신음 소리 한 번 내지 않고 버티었다. 가만히 앉아 참아냈다.
 어차피 독에 당하고 까마득한 절벽 위에 선 성의 맨 꼭대기 탑에 갇혀 있다. 도망치지 못할 것이라 생각하였는지, 그녀를 지키는 간

수도 없었다. 묶지도 않아 좁은 감옥 안에서는 이리저리 움직일 수 있었다. 하지만 움직일 힘이 없다.

'무사히 빠져나가셨을 게야.'

그리 믿어야지. 그것을 위해 내 이런 고생을 자처한 것인데. 다시 눈앞이 꺼멓게 흐려졌다. 벼리의 몸이 가만히 옆으로 사그라졌다. 반 눕다시피 벽에 기댄 채 가쁜 숨을 몰아쉬었다. 적의 아칸에게 치명상을 입혀, 전쟁의 바퀴를 멈추게 하였다. 마린들을 무사히 탈출시켰다. 의무를 다하였다. 이젠 좀 쉬어도 될까?

'이젠 여한이 없으니까.'

세상에 대하여 빚진 것은 다 갚았다. 벼리는 희미하게 웃었다. 이젠 좀 쉬어도 될 거야. 아무도 욕하지 않을 것이야. 한잠만 자고 일어나야지. 다시 눈을 뜨면 내 몸은 죽었어도 내 넋은 정곡으로 가 있겠지. 정다운 분들과 함께하고 있을 것이다.

벼리는 아슴해져 가는 눈을 억지로 떴다. 눈앞에 불유가 빙그레 웃고 서 있었다. 예전처럼 맑고 빛나는 두 눈을 뜨고 늠름한 두 다리로 서서 그녀에게 손을 내밀고 있었다.

"가자, 우리 둘이 같이 예전처럼 수련하던 그곳으로. 이번에는 절대로 양보하지 않는다."

희미한 미소가 절로 어렸다. 그래, 가자. 우리 둘이 가자. 걱정없고 눈물 없던 그 시절로 나도 가고 싶구나. 이제야 말하건대, 불유…… 사실은 내 그때 너를 참 좋아했었단다. 너의 친구 말고 어린 각시가 되고 싶었단다. 나도 다른 계집애같이 너의 등에 업혀 시내도 건너고, '꽃풀놀이' 때에는, 네가 던지는 노란 꽃도 받고 싶었었지.

그의 등 뒤로 그리운 정곡성의 전경이 흘러가고 있었다. 성벽 위에 서신 내 아버지도 보인다. 아득한 옛날, 돌아가신 젊은 내 어머니도 계신다. 다들 웃고 계신다. 이리 오라 손짓하시는구나. 나도 가야지. 돌아가야지. 내가 아니 돌아가면 내 아버지 홀로 우실 터이니. 떨리는 벼리의 야윈 손이 그쪽으로 향하다가, 풀쩍 아래로 떨어졌다. 옆으로 기우뚱하던 몸이 스르르 바닥으로 완전히 무너졌다.

그때, 그곳에서 단 하나뿐인 창문 쪽에서 달각달각 소리가 났다. 창문에 박힌 쇠창살이 하나둘 뚝뚝 바닥으로 떨어졌다. 바깥에서 거꾸로 된 머리통 한 개가 불쑥 들어왔다. 안을 살폈다. 침상 위에 쓰러져 있는 벼리더러 소곤거렸다.

"아사벼리! 어이! 살 만하냐?"

대답이 없었다. 그녀의 몸은 더 이상 움직이지 않았다. 그가 혀를 찼다. 이내 몸에 줄을 감은 그가 창문을 통해 돌 감옥 안으로 스며들었다. 침상으로 다가가 몸을 흔들었다. 대답이 없었다. 창백하게 질린 얼굴하며, 시커멓게 탄 입술이 그녀의 위급한 상태를 대신 말해주고 있었다. 사곤은 허공을 바라보며 눈알을 굴렸다.

"별로 괜찮지 않은 얼굴인데? 내가 너무 늦었나?"

그는 다시 벼리의 몸을 흔들었다. 길게 얼굴을 덮은 머리카락을 매만져 주고 타버린 입술을 손가락으로 만졌다.

"네 고집도 참 여간하다, 아사벼리. 어쩌자고 이렇듯이 네 몸 크게 상해가며 이런 짓을 하는 거냐? 내 참! 그렇게 제 몸 아끼라고 설교를 늘어놓았는데도, 소용이 없어요. 정말 말 안 듣는 놈이라니까!"

그는 주머니에서 작은 병을 꺼냈다. 뚜껑을 열어 벼리의 허벅지 쪽 상처를 헤쳤다. 시커멓게 살이 녹아내리고 뼈가 드러날 정도로 깊이 상한 상처에다 몇 방울을 똑똑 떨어뜨렸다. 짐초의 독은 이내 부글거리며 상처 속에 스며들었다.

"일단 중화를 시켜놓았으니까 좋아지겠지."

반 혼절을 한 상태에서도 극독이 다시 피부를 태우는 고통은 극심한 모양이다. 미약한 신음 소리가 벼리의 입에서 새어 나왔다. 잘 보이지도 않는 눈을 억지로 떴다.

"멍청한 놈! 적당히 하지."

"사…… 곤."

"그래, 나다. 이 바보. 명색이 싸울아비라, 전쟁터도 아니고 감옥에서 썩고 있다기에 불쌍해서 데리러 왔다."

웃음도 아닌 것이 울음도 아닌 것이 벼리의 입가에 떠올라 실룩였다. 야윈 손이 그녀의 얼굴을 쓰다듬어 주는 남자의 손 위에 다정히 겹쳐졌다.

"왔구나…… 네가…… 왔어. 나를…… 데리러…… 와주었어……. 왜 난…… 너를…… 잊고 있었을…… 까……."

항시 내 뒤에서 날 지켜보고 있는 이 사람을, 지켜주는 이 사람을 왜 떠올리지 않았을까? 내가 잘못되면 누구보다도 슬퍼할 사람은 이 사내인데. 내 그대를 기다려야 함에도, 그만 약조를 어기고 홀로 갈 뻔하였구나.

"가자. 데리러 왔다."

벼리가 힘겨이 고개를 흔들었다.

"못 간다. 아직…… 매…… 가 도착하지 않았어. 두 분이 안전한…… 곳에까지 가야…… 내가……."

"아까 오다 보니까, 못생긴 매 한 마리가 열심히 날아오더구나. 구워나 먹어볼까 하고, 내가 중간에서 가로챘더니, 다리에서 이런 게 나오더라."

사곤이 품 안에서 천 조각 하나를 꺼내 흔들었다. 찢어진 소매 깃 한쪽. 대 마린께서 약조하신 그대로, 벼리의 상처를 동여매 준 바로 그것과 똑같은 조각이었다. 기쁨으로 벼리의 눈이 잠시 맑아지는 듯했다.

"아, 무사히 넘어가셨…… 구나. 이제는 되었다."

"같이 가는 거지?"

그녀가 고개를 끄덕였다. 안심한 것이다. 몸을 일으키려 하던 벼리가 다시 푹 쓰러졌다. 사곤의 품 안에 무너졌다.

"아이고, 내 이럴 줄 알았어. 날 힘들게 하지 않으면 네 녀석 이름이 아사벼리가 아니지."

사곤이 한탄했다. 제 몸을 감은 줄을 풀고 난 후, 일단 혼절한 벼리를 등에 업었다. 다시 줄로 두 사람 몸을 꽁꽁 같이 묶었다. 한 몸

빠져나가기도 힘든 작은 창으로 두 몸이 함께 나가려니 어지간한 그도 낑낑대야만 했다. 돌벽 끝에 붙어서는 줄을 잡아 당겼다. 하늘에서부터 두 몸이 붙은 줄을 서서히 끌어올리기 시작했다. 캄캄한 밤하늘에 하늘배가 둥둥 떠 있었다. 이내 그들의 몸이 하늘배 안으로 빨려 들어갔다.

"설마 우리가 너무 늦은 것은 아니겠지요?"

사곤이 내려놓는 벼리를 내려다보며 크락마락이 걱정스럽게 물었다. 아사달에서 하늘아비를 만났다. 소원을 이루었는지 한 몸의 두 얼굴은 한결 생기가 가득하였다.

"혼절한 거다. 일라는?"

"아직 신호가 없습니다요."

"자식이, 다 죽어가는 놈 목 하나 따는데 왜 이리 시간이 걸려? 그 실력으로 살수 노릇 해먹고 사는 것 보면 참 용하다, 용해."

"세상 사람이 다 사곤님처럼 동에 번쩍 서에 번쩍하는 실력은 아니랍니다그려."

벼리를 침상에 눕히며 투덜대는 사곤을 향해 크락이 말했다.

"제가 벼리님을 간호하겠습니다그려."

"부탁한다. 이놈 고생이 자심한 모양이다. 일단 내가 짐초의 액으로 고루불이 독은 해독하였으나, 그동안 몸 고생 마음고생이 심하여 제정신을 놓아버린 듯하다. 한동안 치료도 하여야 하고 좀 쉬게 해야 한다."

"염려 마셔요, 사곤님. 우리 크락의 의술은 신의 경지에까지 다

다랐다고 칭송받았답니다."

하늘배 안에서 이런 일이 벌어지고 있는 동안, 지상의 일이라도 검은 그림자처럼 움직이고 있었다. 천두금에게 아칸의 목을 가져다 주어야 하니, 볼일 마쳐야지.

텅 빈 침궁. 아무도 없는 외로운 침상에서 아칸의 몸은 계속하여 썩어가고 있었다. 대승정과 방백들은 대 장방에 모여 다음 대 아칸이 누가 되느냐에 대한 갑론을박만 되풀이하고 있을 뿐 누구도 끔찍한 고통에 사로잡혀 죽어가는 그에게는 관심을 두지 않았다. 유일하게 사랑하였던, 혹은 사랑한다 생각했던 아련나가 뿌리친 그 손은 그때 그 자리에 여전히 툭 떨어져 있었다. 시커멓게 썩어 들고 있었다.

의관된 죄로, 그런 자의 침상을 지키고 있었다. 어느새 자정이 넘어가고, 자신도 모르게 꾸벅꾸벅 졸던 의관은 문득 솜털을 흔드는 서늘한 냉기에 퍼뜩 잠을 깨었다. 그만 자지러졌다. 눈앞에 빙글빙글 웃고 있는 복면의 괴한이 서 있었던 것이다. 너무 놀라고, 또한 겁에 질린 터라 미처 비명을 지를 생각도 하지 못했다. 사이한 붉은 눈은 처음 보았다. 꿈에 다시 만날까 무서울 지경이었다. 심약한 의관일 뿐인 그의 넋은 벌써 구천을 헤매고 있었다.

괴한이 눈으로 씩 웃었다. 손가락을 입술에 대 보였다. 고개를 흔들더니 목을 스윽 긋는 흉내를 냈다. 해석을 하자면, '입을 벌리는 순간 너도 죽는다' 이런 뜻이었다. 고개를 끄덕였다. 착하구나. 일라는 어린애 머리통 쓰다듬듯 의관의 정수리를 살살 쓸어주었다.

단번에 눌러 기절을 시켜 버렸다.

"생눈으로 사람 목을 자르는 것 보는 것보단 이게 나을 거다. 아, 난 너무 착하다니까."

일라는 자화자찬(自畵自讚)하면서 침상으로 다가갔다. 휘장을 젖혔다. 한 발을 들어 고루불이 독에 썩어가는 아칸의 머리통을 지그시 밟았다.

"더러운 놈, 죽는 꼴도 추악하군. 나더러 고맙다고 해라. 이날 내가 네 목을 잘라주지 않으면 네놈은 지옥보다 더한 고통을 며칠이나 더 겪어야 할 것이니까 말이다."

일라는 예리한 검으로 단번에 싹둑 아칸의 시커메진 머리통을 잘라냈다. 겉에 밀랍이 발라져 있는 자루에다 넣고는 돌돌 묶었다. 등에다 둘러맸다. 창으로 빠져나가 지붕으로 치솟았다. 화섭자로 불을 밝혀 신호를 보냈다. 이내 하늘에서 줄 하나가 내려오기 시작했다. 사곤처럼 일라가 매달린 그 줄이 캄캄한 하늘 위로 올라갔다. 이내 사라져 버렸다.

第七章

"교언영색*을 경계하라. 악의 화장(化粧)이니라."
"웃음과 입술이 달면 속도 어질다 하더이다."
성내어 크게 꾸짖으셨다.
"어리석은 자여, 아직도 알지 못하는가?
버섯도 맹독을 감추기 위하여 화려한 치장을 하느니."

*〈논어〉의 〈학이편(學而篇)〉. "교묘한 말과 아첨하는 얼굴을 하는 사람은 착한 사람이 적다[巧言令色鮮矣仁]"는 뜻

정신을 차려보니, 그녀는 푹신한 침상에 누워 있었다. 감옥의 돌벽은 아니고, 딱딱한 금속 천장이었다. 고개를 돌려보니 낯익은 것들이 보였다. 투명한 연통 안의 푸른 불길 타는 보석 두 개였다. 크락마락의 하늘배 속인 모양이다. 무사히 아사달까지 다녀온 것인가? 저들 소원을 이루었을까? 그런 생각을 채 하기도 전에 벼리는 공중에서 흔들리는 제 손을 보았다. 웬일일까? 그녀의 두 손은 꼭꼭 묶어져 허공에 매달려 있었던 것이다. 다른 사람들은 그녀의 다리 아래 모여 서 있었다. 대체 저 인간들이 모여서 무슨 수작질을 하려는 것일까? 덜컥 불안해졌다. 벼리는 고함을 꽥 질렀다.

"무슨 짓이야? 뭣하자는 것이냐!"

"아픔이 자심할 것입니다. 입에다 무엇을 물려 드리는 것이 나을 것 같습니다그려. 이가 상할지도 모르니까요."

"그래, 그것이 좋겠다. 나도 저놈 비명 지르는 꼴은 견딜 수 없을 것 같으니까."

남이야 고함을 지르건 말건 상관도 하지 않았다. 저들끼리 쑥떡거리더니, 사곤이 그녀의 머리 쪽으로 다가왔다. 막무가내 입에다 천 뭉치를 한가득 집어넣어 버렸다. 콱 틀어막았다. 날카로운 검에 찔리고 닿기만 하면 살이 녹아난다는 고루불이 독에 상한 몸이다. 아프지 않을 리가 없다. 맹수도 견디지 못한다는 지독한 고통이다. 얼마나 시달렸는지, 닷새 지난 그사이 벼리의 얼굴은 말 그대로 반쪽이었다. 메마른 입술은 새카맣게 타버리고, 눈이 퀭하니 변하였다. 그런 모습을 바라보고 있는 사곤의 마음이 얼마나 아픈지, 오직 하늘아비들만 아시리라. 그런 사람을 이제 또 더 아프게 해야 한다.

"지금부터 크락이 네 허벅지 상처를 치료할 거다. 썩은 살을 도려낸단다."

그제야 벼리의 눈이 알아들었다는 표시를 했다.

"좀 많이 아플 것이란다. 하지만 어쩌겠어? 견뎌라."

사곤이 눈짓을 했다. 예리한 흑요석 단도를 들고 있던 크락이 벼리의 허벅지를 푹 쑤셨다. 고름 흐르고 너덜거리는 상처를 헤집기 시작했다. 고루불이 독에 당한 부위가 한 점이라도 남아 있다면 다시 썩어 들어갈 터이니, 철저하게 잘라내 버리자는 것이었다.

인간의 한계를 벗어나는 고통에 그 참을성 많던 벼리가 덫에 걸린 짐승처럼 격렬하게 꿈틀거렸다. 입으로는 한가득 천을 물고 있었으므로 신음 소리도 내지 못했다. 검고 순한 눈동자에 눈물만 그렁그렁, 이내 그것은 귀 아래로 흘러내렸다. 바라보는 사내의 가슴을 아프게 하다 못해 아주 너덜거리게 만들었다. 피 철철 흐르게 했다.

"아프냐? 암만, 아프지. 아프고말고. 하지만 견뎌야 해. 그래야 산다. 참아라, 벼리. 참아내라."

막힌 목 안에서 터져 나오지 못한 비명이, 울음소리가 윽윽으흑 꿈틀거렸다. 사곤은 그만 부들부들 떨리고 있는 벼리의 몸을 두 팔로 꽉 안아버렸다. 제 머리를 그녀 가슴에 묻어버렸다. 온몸으로 감싸 통곡처럼 거칠게 뛰는 고동 소리를 받아들였다. 그것은 살아 있는 자의 심장이 아니었다. 고통과 괴로움에 푹 절어버린 넝마쪼가리였다. 제 것 잘라 남 주시는 이의 불쌍한 심장은, 그렇게 갈가리 찢겨져 참을 수 없는 아픔으로 소리없이 떨고 있었다. 지켜만 보는 그의 애달픈 심장만큼이나 급박하게 뛰고 있었다.

울어라, 울어. 아플 것이다. 제발 울어라. 이렇게 내 품 안에서만 울어라. 내가 닦아줄 터이니. 네 눈물 전부 내가 마셔줄 터이니. 지금만 아프고 다시는 아프지 말아라. 내 너를 다시는 절대로 아프지 않게 해줄 터이니. 바들바들, 끝없는 경련을 하던 벼리의 몸이 다시 한 번 작살 맞은 물고기처럼 튀어 올랐다. 퍼덕거리다가 이내 툭 하고 떨어졌다. 견딜 수 없는 통증에 그만 혼절을 한 것이다.

"휴우, 이제 끝났습니다그려."

크락의 이마에 땀이 맺혀 있었다. 마지막으로 상처에 새 살이 돋게 하는 약초를 찧어 붙이고, 깨끗한 붕대로 감아주었다. 사곤은 축 늘어진 벼리의 몸을 바로 눕혔다. 야윈 볼에 아직도 흐르는 눈물을 제 소매로 닦아주었다. 그런 다음 크락마락이 벼리를 아프게 한 원흉인 양 노려보았다.

"통증을 덜하게 하는 약도 있다 하더니."

"있기는 있지만은, 그것을 쓰면 정신이 몽롱해져서 회복이 더딥니다. 이것으로 끝났으니 너무 안타까워하지 마세요."

"불행 중 다행이니, 뼈까지는 독이 침투하지 않은 듯합니다그려. 만약 뼈까지 상하였다면……."

크락이 손을 씻으며 나직하게 말하였다. 사곤은 벼리의 타버린 입술 끝을 가만히 손가락으로 어루만져 주었다.

"뼈까지 상하였다면? 그 다음은?"

"벼리님의 이 다리를 잘라내야 했을 겁니다."

"그렇군. 정말 큰일 날 뻔하였다. 이 녀석이 제 몸마저 자해하여 적들을 위협할 줄은 정말 몰랐다."

벼리가 다시 정신을 차린 것은 이틀이나 지난 날 아침이었다. 눈을 떠보니, 사곤이 꼭 붙어 누워서는 팔베개를 해주고 있었다. 이마에 송골송골 맺힌 진땀을 몇 번이고 몇 번이고 쓸어주며 지켜주고 있었다. 그럼에도 정작 벼리가 정신을 차려 저를 알아보는 눈빛을 하자, 퉁명스레 굴었다. 제 팔에 놓았던 머리를 화들짝 베개에 옮겨 놓았다. 다정한 제 모습을 좀 부끄러워하는 빛이었다.

"살 만하냐?"

"아직은…… 많이 아프다."

사곤이 이맛살을 찌푸렸다. 곧 죽어도 아프다 말하지 않는 이가 아프다 말한다. 보통 사람은 견뎌내기 힘든 고통이 아직도 계속되고 있다는 뜻이다.

"고비는 넘겼다. 차차 나아질 것이야. 크락이 고통을 덜 느끼는 약제를 처방한다고 한다. 기다리렴. 다소 덜할 것이다. 그나저나, 무엇 좀 먹고 싶으냐?"

"물을……."

손가락 끝에 물을 적셔 타버린 입술 위로 떨어뜨려 주었다. 살살 적셔 아프지 않게 해주더니, 제 입 가득히 물 머금어 입술 안으로 옮겨주었다. 생명을 나누어주는 얼굴이었다. 몇 번이고 그리하였다. 벼리 또한 마다하지 않았다. 죽음을 건너온 이후인지라 살아 있는 모든 것이 다 고맙고 은혜롭고 간절하였다. 생명의 온기를 가진 이 사람의 감촉이 행복했다. 게다가 그 사람은 벼리의 은인이고 또 정인이며 그리운 사람이 아닌가? 다시 다가온 입술 아래에서 나지막이 속삭였다.

"고맙다."

"뭐가?"

"……잊지 않고 날 데리러 와주어서."

"단뫼의 장사치는 셈이야 정확하다. 지난번에 네가 몽혼사에 잡힌 나를 구해주었지 않느냐. 이젠 빚을 갚았다."

"안아주어서…… 그것도 감사하다."

다시 물 머금어서는 넘어오려고 불룩하던 사곤의 입이 헤 벌어졌다. 물이 턱 아래로 뚝뚝 떨어졌다. 잠시 말을 잇지 못하던 그가 기이한 눈초리로 벼리를 내려다보았다. 손가락으로 야윈 볼을 콕콕 찔렀다. 의심스레 물었다.

"무슨 뜻이냐?"

"말 그대로, 날 안아주어서 고맙다는 거다."

"곧 죽어도 내가 아는 해란의 아사벼리는 이런 요상한 말, 안 해. 너 누구냐?"

"……고마웠다, 정말…… 그때, 크락이 살을 베어낼 때, 죽도록 아프고 힘들었다. 도저히, 어떻게 참아낼 수 없을 정도로…… 차라리, 죽어버리고 싶을 정도로 고통스러웠다. 그런데 네가 안아주어, 아픔을 함께해 주어, 견딜 수 있었어. 외롭지 않았다. 내 심장이 깨어지고 울부짖을 때 네 심장도 그리 울더라. 격하게 뛰고 있더라, 사곤."

그 말을 하는 것도 힘에 겨워 어느새 벼리의 눈이 스물스물 감기고 있었다. 말이 이어졌다 끊어졌다. 거친 숨소리가 중간에 섞였다. 그럼에도 시커멓게 타고 껍질이 홀라당 벗겨진 입술이 미소를 머금었다. 사곤의 눈에는 세상에서 가장 어여쁘게만 보이는 웃음꽃. 보얀 한 송이가 거기 피어 있었다. 그는 벼리의 야윈 손을 꼭 잡아주었다.

"그래, 말하여보렴."

"이제 나는…… 우는 것을…… 부끄러워하지 않기로 하였다."

"어찌하여서?"

"내가…… 울면…… 네가 같이 울어주는 것을 알게 되었으니까."

혼돈의 잠에 취한 그녀의 목소리는 이제 알아듣기 힘든 웅얼거림으로 변하고 있었다. 사곤은 벼리의 입술 쪽으로 귀를 가져다 댔다.

"……기분이…… 좋았다. 나로 인해…… 네가 흔들리는 것…… 기분 좋다. 나도 너 때문에만 흔들리니까…… 우리가…… 같은 병을 앓고 있으니까……. 내 옆에 네가 있어 참 좋다. 정말…… 좋다, 단뫼의 사내야."

저도 알지 못하는 귀여운 사랑 고백이었다. 열에 들떠 제가 무슨 말을 뱉는지도 모르고 내심을 정직하게 드러낸다. 결국은 네가 있어 행복하다는 것, 고통마저 잊는다는 말이다. 울지 못한다는 그녀가 이제는 거침없이 울 것이라 말한다. 눈물 닦아주는 이 있으니, 기대고 의지하며 제 마음 정직하게 풀어내련다 한다. 언제나 의무와 책임이 먼저라, 꼭꼭 싸매고 먼저 접던 이 사람이 이제는 어린양 한다. 울고 웃으며 제 속내 풀어놓기 주저하지 않는다.

"아사벼리, 많이 컸구나."

사곤의 커다란 손이 벼리의 이마에 붙은 머리카락을 떼내 귀 뒤로 넘겼다. 대견하여 칭찬하였다.

"태어난 그대로, 자연 그대로, 인간이 만든 굴레를 벗어나 네 심성이 가라는 그대로 살 줄 알게 되면 그것이 개벽이다. 너의 개벽은 이제 다가오는구나. 내 빛이 깨어나고 있구나. 멀지 않았다, 아사벼리."

벼리가 다시 눈을 뜬 것은 그날 저녁 어스름 무렵. 창백하게 질린 안색이 아직 회복되지 아니하였다. 하지만 아침보다는 한결 더 생기 가득하였다. 상처의 붕대를 갈던 크락마락이 큰 입을 벌려 웃어주었다. 일라도 곁에 서 있다가 시원한 물을 건네주었다.

"많이 나아졌습니다. 이제부턴 잘 쉬고 섭생 잘하며 조심만 하면 됩니다그려."

"내내 혼절한 상태였습니다. 걱정하였어요."

"고맙군, 다들……. 그나저나 내가 언제쯤이면 걸을 수 있을까?"

"서너 날만 지나면 뭐……. 사곤님이 재빠르게 짐초의 즙액을 흘려주었기로 중화가 많이 된 상태라 뼈까지는 독이 스며들지 않았습니다그려. 만약 그랬다면 이 다리를 잘라야 했을 겁니다그려."

벼리가 쓸쓸하게 웃었다.

"한 다리가 없는 싸울아비라, 정말 쓸모없게 될 뻔하였군. 그를 면하였다 하니 불행 중 다행이다."

생각에 잠긴 그 얼굴이 갑자기 더 울적해졌다. 무엇인가 곰곰이 생각에 잠기더니, 크락마락을 바라보았다.

"크락."

"왜 그러시오?"

"예전에 말하기를 마락은 못 만드는 것이 없다 하던데? 사실인 거냐?"

"우리 아트란 사람은 절대 거짓을 말하지 않소이다그려. 우리 마락은 하늘배도 만들었던 실력이오이다그려."

"왜요, 벼리님? 제게 뭘 만들어달라 부탁하실 것이 있나요?"

마락은 여자라 그런지 역시 눈치가 빨랐다. 벼리는 고개를 끄덕였다.

"저어, 사람의 다리도 만들 수 있나?"

"뭐, 그것쯤이야 어렵지 않습니다. 제 것만큼은 아니되, 일상생활을 불편함없이 할 정도의 의족은 만들지요. 어찌하여 그러십니까?"

"내 벗이…… 나를 구하고자 하다가, 두 눈과 다리를 잃었다. 천호장을 맡은 싸울아비였다. 그런 이가 보지 못하고 걷지 못하는 자가 되었다. 내 어찌 그를 생각하면 마음 편히 눈을 감을까? 훗날, 부탁하느니, 그이에게 다리를 만들어주면 한다. 그래 줄 수 있느냐?"

"모처럼 벼리님이 하신 부탁인데 걱정 마십시오. 제가 한번 실력을 발휘해 보지요."

막 하늘배로 들어서던 사곤이 그 말을 들었다.

"멍청한 놈! 배알도 없는 놈! 아이고 답답하여서! 너, 정말 이따위로 굴 것이냐?"

대체 벼리가 무엇을 어찌하였다고? 다짜고짜 버럭 고함질부터 시작하였다. 들고 있던 부채나무 열매를 내던지며, 얼굴까지 시뻘겋게 붉혀가며 화를 냈다.

"남 걱정 말고 네 걱정 좀 해라. 아직도 약에 취하여서 제정신이 아닌 것이냐? 고루불이 독에 당하여서 머리가 잘못되었느냐? 이 멍청아! 네가 지금 남의 사정 가려 부탁하고 앉아 있을 팔자더냐?"

참말 환장할 노릇이었다. 살다 살다 벼리 같은 인간은 정말 처음 보았다! 남 아낄 양 만분지일만 저를 아낄 줄 알면! 제놈 우는 꼬락서니에 그의 마음 너덜거리는 것은 보이지도 않는가? 정신 차리자마자 남 걱정부터 하고 앉았다. 어찌나 미욱스럽고 얄미운지 콱 패고 싶었다. 속 타는 정인 마음이야 남 일이라는 듯, 벼리가 뚱하니 그를 바라보았다. 더 속 뒤집는 소리만 잘도 하고 있었다.

"불유가 어찌 남이냐? 벗이지."

"자알 한다. 나 아닌 사내라면 전부 남이지! 버젓한 사내놈 두고 아니라 막말도 하는구나, 그래!"

"시끄러! 배고파."

맹한 얼굴을 하고 벼리가 툭 내뱉었다. 짜증스런 얼굴이었다. 골이 울려 죽겠는데, 왜 고함은 치고 난리냐? 기운이 있어야 싸우기라도 하지.

삿대질까지 하며 버럭버럭 신경질을 내던, 아니, 내려던 사곤이 갑자기 잠잠해졌다. 재빨리 바닥에 던져 버린 부채나무 열매를 다시 주웠다. 제일 큰 놈으로 잘 익은 것을 골라서는 슥슥 옷자락에 문질렀다. 헤벌쭉하며 벼리에게 건넸다. 버럭질을 하던 방금 전까지와는 천양지차. 방실방실 웃어가며 다정하게 물었다.

"배고파? 뭐 좀 먹을 테야? 뭐 줄까?"

"향어죽, 먹고 싶어."

"그래, 그래! 향어죽 하면 또 내가 전문이지. 기다려라. 횡하니 가서 끓여 올 터이니."

바람처럼 사라졌다. 제가 대체 왜 화를 냈는지, 기억조차 하지 못한다는 얼굴이었다. 오히려 곁에 서 있던 크락마락과 일라가 황당해서는 눈알만 굴렸다.

"사람이 좀 이상해진 것 같지 않습니까그려?"

"원래 저 인간은 좀 이상한 인간이기는 하더라."

"저렇게 쉬이 풀릴 양이면 아까 신경질은 왜 낸 것입니까그려?"

"낸들 알아?"

약 한 시진 후에 사곤은 싱글벙글하며 하늘배로 다시 돌아왔다. 호수에서 건진 향어로 단번에 맛난 죽을 끓여 온 것이다. 누가 정인에게 바치는 상(床)이 아니랄까 봐, 노란 들꽃까지 끼워서는 받쳐 주었다. 벼리가 수저질하는 것만으로도 대견하고 어여뻐서 어쩔 줄 몰라 하는 얼굴이다. 사내가 되어서는 쪼잔하게 그녀 옆에 턱을 괸 채 쪼그리고 앉아 기다리고 있다. 그릇이 빌 때까지 지켜보며 기다릴 심산이었다.

"먹어야지. 먹고 기운차려야지. 맛나냐? 더 줘? 물 먹을 테야? 응? 응?"

이쯤되면, 아무리 참을성이 많은 일라와 크락마락이라 해도 참기가 힘들어지는 법이었다. 갑자기 맛있던 밥이 모래알이 되었다. 아까까지는 괜찮던 입맛이 탁 떨어졌다. 한심하여 사곤을 째려보았다. 무엇인가 이상한 기미를 느꼈는지, 그도 그들을 돌아보았다. 대뜸 시비조였다. 벼리를 향할 때는 봄바람이더니, 저들에게는 세모꼴로 눈을 치뜨고 있었다.

"뭘 봐?"

"거 좀 적당히 하지!"

"다정하신 것은 좋으나, 너무 돌변하시니 바라보기 좀 그렇소이다그려."

"내가 내 여인한테 잘해주는 것에 뭔 불만들이야? 우리 둘이 정분난 것에 보태준 것 있어?"

내가 뭔 짓을 하든지 한마디만 더하면 다들 죽여 버려! 살벌한 시선이 협박하고 있었다. 폭력에는 소심한 일라와 크락마락이 동시에 고개를 흔들었다. 약속이나 한 듯이 고개를 흔들었다. 조용히 그릇을 들고 일어나 바깥으로 나갔다.

"오늘도…… 역시 침상은 벼리님이 차지하시는 건가요?"

"우리 마락도 피곤하다고! 편안하게 자야 합니다그려! 남의 침상 빼앗은 주제에 저래도 되는 겁니까그려?"

크락과 마락이 동시에 탄식하고 화를 냈다. 언제나 기회주의자인 일라는 얌전히 침묵했다. 그들이 항의해 보았자, 저 사곤이란 자가 눈 하나 까딱할 리가 없다. 배알 더 뒤집혀지기 전에 빨리 우시나벌로 가리라. 그는 새삼 다짐하였다. 서글프게 조밥을 퍼먹으며, 그 옛날, 떡국 끓여주신 아기씨 생각을 했다. 눈물이 핑 돌았다. 아칸의 머리통을 들고 가면 천두금이 누이를 만나게 해줄 것이다. 그때

나도 향어죽 해달래야지.

'너만 정인 있냐, 자식아? 되게 잘난 척이야! 나도 있다, 인마.'

녹림에서의 날이 어느덧 일곱 번이 지났다.

보랏빛 어둠이 내리는 저녁. 부채나무 숲 그늘, 호숫가 옆 아늑한 곳에는 아담한 파오가 하나 쳐져 있다. 호수에 파랑을 일으키며 하늘배가 둥실둥실 떠올랐다. 하늘배를 얻어 타고 우시나벌로 가는 일라와 크락마락이다. 허공에서 손을 흔들었다. 사곤은 손나팔을 했다.

"잘 다녀오너라—!"

"우리는 걱정 말고 벼리님 간호나 잘하셔!"

"시간 맞추어 약을 잘 발라주시오! 이내 다녀오겠습니다그려."

아직도 약에 취한 채 그녀는 밤낮으로 자고 있는 중이었다. 눈을 뜨면 밥과 약물을 먹고 그리고 이내 또 잠을 잤다. 그러는 동안 허벅지 상처는 제법 아물고 새살이 서서히 돋고 있는 중이었다.

"꼼지락대지 말아라."

잠이 깨었을 때, 벼리는 자신의 몸이 이 며칠 내내 늘 그러하듯 사곤의 품 안에 있음을 알았다. 허리도 저리고, 다리도 굳었다. 좀 꼼질거리자니 낮은 목소리가 경고했다.

"자꾸 꼼질대며 이리저리 나를 건드리면, 내 너를 두고 유혹질한다 여길 테다. 확 덮쳐 버려!"

푸른 새벽빛이 우뚝한 콧날 위로 미끄러지고 있었다. 그의 너른 가슴에 얼굴을 박고 있던 벼리는 살금살금 눈만 치떴다. 몰래 입을 비죽였다. 팔베개도 좋지만, 똑같은 자세로 잠을 자면 다리도 저리고 엉덩이도 좀 배기고 그런 것이다. 다소간 불편하여 슬쩍 몸을 좀 움직였더니, 이젠 다리가 움직일 만한가 싶어 발가락 끝을 좀 간달거렸기로서니, 당장에 유혹질한다고 비난하다니! 누가 안아달랬더냐? 모처럼 붙은 정 상하게스리……. 제가 좋아 안고 자면서, 절 자극하여 발정나게 한다고 신경질을 부렸다. 적반하장도 유분수이지.

"너, 사내가 새벽마다 얼마나 기운찬지 알기나 하느냐. 보얀 몸품고 누워, 손도 대지 못한 채, 이 며칠이냐? 뻗는 기운 다스리느라 내, 골병이 들고 있단 말이다."

"쳇! 누가 들으면 내가 먼저 안아달라 애원한 줄 알겠구나?"

"아니 그러했던? 너 밤마다 아파서 잠 못 이루고 신음 소리 내기에 이러한 것이잖아."

"내가 목석인가? 하룻밤 내내 똑같은 자세로 어떻게 자? 목이 아파 죽겠구면. 아, 좀 치워봐. 돌아누워 보게."

"이제는 살 만하구나, 아사벼리? 말대꾸도 하는 것을 보아하니 말이다."

벼리는 몸을 돌려 그에게 등을 보이고 누웠다. 헉, 이것은…… 엉덩이 쪽을 찔러대는 딱딱한 것이 적나라하게 느껴졌다. 사곤이 나직이 이를 갈았다. 신음하며 투덜거렸다.

"내가 말이지, 성인군자도 아니고…… 아이고. 제발 좀 가만있어라."

"내가 뭘 어쨌다고?"

몸이 저려 돌아누운 죄밖엔 없다. 좀 떨어지려고 하니 제가 먼저 길고 강인한 팔로 잡아채 제 품 안에 쓸어 넣는다. 멀어지게 내버려두지 않았다. 그러면서 벼리더러는 저를 건드린다 신경질 내는 이유가 무엇인가?

"몸도 성치 않은 놈, 건드리기 무엇하여 내 꾹 참고 있는데, 자꾸 이리 유혹하고 자극하면 정말 사정 보지 않고 콱 잡아먹어 버린다."

우스스 몸이 떨려왔다. 비로소 살아 있음이 느껴졌다. 무사히 위기를 넘기고 평화한 때를 만났음이 느껴졌다. 사곤의 늠름한 품에 안겨 토닥토닥 말싸움을 하고 있으니 그녀가 당한 모든 험한 일들이, 궂은 것들이 사라졌다. 물러갔다. 이것이 바로 안식. 절실하게 바라고 기다리던 행복의 얼굴이요 실체였다. 벼리는 비로소 자신이 그 지독한 고루불이 독에서도, 무후의 마수에서도 벗어나 살아 있음을 새겼다. 마음껏 행복해했다.

"여하튼, 뭐든지 제멋대로구나. 껴안는 것도 제멋대로고, 투덜대는 것도 제멋대로야."

종알거리는 벼리의 입술을 사곤이 제 입술로 막았다. 몸을 반만 일으킨 그가 어깨 너머로 쳐들어왔다. 벼리의 목덜미와 귀불을 깨물었다. 그것만으로도 호흡이 가빠지고 심장이 후끈 달아올랐다. 그가 속삭이고 있었다.

"몰랐느냐? 내가 널 살렸다. 내가 아니면 넌 벌써 무후의 감옥에서 죽은 목숨이야. 내가 살린 네 목숨, 내 마음대로 하겠다는데 무슨 잔소리가 그리 많느냐?"

"......안고 싶으면 그냥 안을 일이지, 왜 뜸은 들여? 사람 무안하고 부끄럽게!"

둘만인 이 시간, 살아 있어 너무 좋다. 생의 그 싱싱한 맛을 만끽하고 싶었다. 오직 순간만이 남은 것처럼, 찰나를 영원으로 태우고 싶다. 벼리는 이 순간 자신의 온몸을 적시는 욕망을 정직하게 인정했다. 원하고 소유하고자 그를 끌어당기며 투덜거렸다.

그가 껄껄 웃었다. 새벽빛 사이로 파오를 스며든 청신한 바람과 함께 덜 익은 듯, 너무 익은 듯, 사곤의 숨결이 가슴골로 다가왔다. 새하얀 가슴 끝에 매달린 진분홍 유실을 가만히 머금었다. 무르익은 향이 느껴졌다. 혀끝으로 살며시 핥아보았다. 달고 끈적한 맛이 느껴진다. 이를 살짝 세워 긁어보았다. 보들거리면서도 탱글한 감촉이 기분 좋았다. 더 이상은 참을 수 없어, 그는 벼리의 몸을 자신의 무릎 위에 끌어안아 올려놓았다. 한 손으로는 말랑하면서도 탄력있는 그것을 움켜쥐며 동시에 입술로는 격하게 빨아들였다. 진한 향과 달콤한 맛을 동시에 흡입했다.

하아 하아, 누구의 입술에서 흘러나오는 신음일까? 밝아지는 아침, 주변의 공기마저 달아오르게 만든다. 너무나 아름답고도 색정적인 신음 소리였다. 격하게 정인의 뜨거움과 온기를 탐하던 사곤의 입맞춤이 다시금 부드러워져 갔다. 그가 고개를 들었다.

"괜찮으냐?"

그를 받아들일 만큼의 기력이 있느냐는 뜻이었다. 벼리는 대답 대신 사곤의 바지 허리춤으로 손을 집어넣었다. 아까 그녀의 엉덩이를 찌르던 것을, 이 아침의 정사(情事)를 이끌게 된 감촉을 음미했다. 부드럽게 쓸다가 꽉 움켜쥐었다. 그의 말대로 '유혹질'이란 것을, '자극'이라는 것을 난생처음 해보았다.

"벼리, 아사벼리."

그가 숨차하며 그녀의 이름을 불렀다. 그녀의 몸을 감싼 옷가지를 급히 뜯어내듯이 벌리며 물었다. 다가올 쾌락을 예감하는 목소리가 탁했다.

"나랑 갈 테냐? 이젠 네 의무를 다 했으니, 어디든지 가자 하면 나랑 갈 테냐?"

"가자 하면!"

"오직 나하고만?"

"오직 너하고만! 아흑!"

행여 다친 다리를 아프게 할까 봐 극도로 조심하는 것이 느껴졌다. 그는 앉아서 누운 그녀의 두 다리를 벌려 받친 다음 강하게 허리를 튕겼다. 처음의 침입은 강하고 거칠었다. 하지만 이미 젖어버린 몸은 그러한 공격을 너무나 부드럽게 맞이하였다. 그가 몸 안으로 꿰뚫고 들어오는 순간, 싱싱하게 움직이며 그녀의 모든 감각과 영혼과 육신 하나하나를 정복해 오는 순간, 벼리는 더 이상은 아무런 생각을 할 수가 없었다. 다만 정직하게, 황홀한 관능과 육체적 기쁨으로 솔직하게 그를 받아들이고 갈구했을 뿐이었다. 살아서 사랑을 나누고 있다는 것이 너무 좋았다. 너무 행복했다. 그들이 두 번째의 결합을 풀었을 때 비로소 붉은 해가 호수 위로 떠올랐다.

"이랴앗―!"
 앞서거니, 뒤서거니 수레 두 대가 대로를 일직선으로 질주하고 있었다. 중화성에서 이레 전에 출발한 수레였다. 어제 비가 내려 축축하고 미끄러운 길을 잘도 달려 단숨에 능선을 넘었다. 이제 목적지에 거의 다 왔다. 이 언덕만 내려가면 정곡성이다. 수레에 타고 계시는 분이 오매불망 그리워하시는 마루한께서 계시는 곳이다. 그분이 또한 노심초사 잊지 못하시는 마린께서 도착할 곳이다.
 "워이, 워이."
 잠시 숨을 좀 돌리려는 것일까? 마부가 고삐를 잡아당겼다. 천천히 수레가 멈추었다. 창문의 비단휘장이 살며시 올라갔다. 빼꼼 나온 얼굴은 가시솔이었다.
 "여보게."
 "예, 으뜸 감고님."
 "도착한 게야?"
 "아닙니다. 하나 금세입니다. 이제 저 언덕을 내려가기만 하면 되옵니다."
 "그런데 왜 멈춘 것이냐?"
 "쉬지 않고 내내 서둘러 달린 터라, 수레바퀴가 헐거워진 듯싶습니다. 내리막길이라 자칫 잘못하면 전복될 우려가 있사와, 잠시 살펴보려 하옵니다."

고개를 끄덕였다. 휘장이 내려지고, 가시솔의 얼굴이 사라졌다.

"언제쯤 도착을 한다 하느냐?"

"언덕만 내려가면 금방이랍니다. 두어 식경이면 성문을 들어설 것입니다."

"우리가 도착한다는 것을 기별하였지?"

"그러믄요. 아침에도 매를 날렸는걸요."

마린이 고개를 까딱했다. 만족하였다는 뜻이다. 다시 손에 든 면경을 두고 이리저리 제 얼굴을 들여다보았다.

원행(遠行)용이라 그들이 탄 수레 안은 침상까지 놓일 정도로 넉넉한 공간이다. 지금 아련나는 비단신을 벗고 침상에 비스듬히 앉아 있었다. 커다란 비단베개를 팔걸이 삼아 받치고 아무 걱정 없이 느긋한 얼굴이었다. 제 주인 앞에 무릎을 꿇은 가시솔이 웃으며 마린의 치맛자락 주름을 폈다. 입에 침이 마르도록 칭찬하였다. 마린의 허영심을 한껏 충족시켜 주었다.

"어찌 이리 오래도록 면경만 보실까? 걱정 마셔요. 충분히 어여쁘셔요."

"하지만 마루한과 이별한 지 일 년이 넘었는걸. 그사이 못나졌다 하면 어찌해?"

"축이 난 것 하나도 없으셔요. 훨씬 더 해사하신걸. 그만하시어요."

아련나는 건성으로 고개를 끄덕였다. 여전히 면경을 놓지 못하였다. 거울 속의 그녀 모습, 충분히 아름답고 여전히 청초하였다. 마린의 성장인 노란 비단옷에 황금봉관을 썼다. 진주 꿴 두 줄 목걸이에다 홍옥박이 귀고리가 하얀 귓불에 찰랑대고 있었다. 거울을 든 가냘픈 팔목에도 청옥 팔찌 세 줄이 찰랑거렸다. 마루한이 사모하던 그 모습대로, 그리워한 그대로 순수하고 고운 미소 머금고 있다.

"아래는 어떠셔요? 새것으로 갈아드릴까요?"

"음, 기분이 나빠."

가시솔이 침상 아래에서 착착 접은 천을 꺼냈다. 요강을 내놓고, 마린의 속곳 사이로 손을 뻗어 핏물 젖은 천을 걷어냈다. 새것으로 갈아주었다.

"이제는 확실히 아래 것이 덜합니다. 조만간 멈추실 것이어요."

"정말 다행이지 무어야? 수레에 흔들려 몸에 충격이 왔는데다, 알맞게 그 떡을 먹고 심하게 앓아 태아가 저절로 떨어지다……. 으읍!"

가시솔이 아련나의 입을 막았다. 심지어 찰싹 때리기까지 했다. 어린 아련나가 해서는 아니 되는 나쁜 말을 하였거나, 입에 넣어서는 아니 되는 더러운 것을 입에 넣었을 때 그러했던 것처럼. 무엄하게도 마린의 입을 막아놓고 가시솔은 둘만 들을 수 있도록 목소리를 낮추었다. 강하게 오금 박았다.

"말조심하라 당부하였지요? 낮말은 새가 듣고 밤말은 쥐가 듣습니다."

당황한 아련나의 눈동자가 데굴거렸다.

"마린의 하혈은 지금 달거리 때문이라고 몇 번이나 말씀드렸습니다."

고개를 끄덕였다. 가시솔이 입을 막았던 손을 뗐다. 피비린내 나는 요강을 수레 바닥 아래로 밀어 넣었다. 물병을 들어 수건을 적신 다음 아련나의 허벅지에 묻은 핏자국을 씻어주었다.

"대 마린께서는 한울전 궁녀들이 바친 떡을 잡수신 후에 심한 급체를 하시었어요."

"그럼, 그럼! 그 떡이 잘못된 것이야. 다들 함께 먹었는데 다 탈이 났지 무어야. 대 마린께서는 특히 병이 심하신 것이야. 그럼, 그럼."

"따라오던 의원이 말하기를 병세가 너무 나빠 참사를 겪을지도 모르니, 가까운 중화성에 들어가서 간병하셔야 합니다, 하기에 우리는 그저 따라간 것입니다."

말을 하며 입을 맞추는 연습을 다시 하고 있는 중이었다. 몇 번이고 몇 번이고 되풀이되어, 이제는 거짓이 아니라 진실이 되었다.

지금 생각해 보아도 가시솔이 꾸민 흉계는 너무나 완벽했다. 국경을 넘던 날 점심이었다.

한울전의 찬방 궁녀가 늘 하던 대로 큰 쟁반에 가득히 월병을 담아 대 마린과 마린을 위시한 사람들에게 올렸다. 마린도 두 개를 먹었고 대 마린은 늘 드시던 붉은색 연꽃 모양 월병을 드시었다. 그리고 서너 시각 후, 그 월병을 먹은 모든 사람들이 하나같이 엄청난 설사에 배앓이를 시작하였다. 알고 보니 실수를 하여 그 궁녀가 월병을 빚고 튀길 적에 상한 돼지기름을 사용한 것이었다. 그중 대 마린은 노인이시며 그동안의 피로까지 겹쳐 그 증상이 심각하게 드러났을 뿐이었다. 뜻 아니한 관격*으로, 그만 생사를 헤맨다 해서 누가 의심하랴? 붉은색 월병에 내장을 녹이는 극독이 제법 들어 있었다는 것을 아는 자는 당장 죄를 물어 목이 베어진 찬방 궁녀와 가시솔뿐이었다. 홍옥이 박힌 팔찌 하나에 눈이 멀어 인자한 주인을 배신한 계집의 말로는 그리도 비참했다.

대 마린의 병세가 너무 심하니 이것, 큰일 났다. 아래위로 피까지 토하신다. 함께 동승한 의원이 깜짝 놀라 아뢰었다. 가까운 성으로나 들어가 편안히 모시고 간병을 하여야지 아니하며 큰일 나리라 하여 못이기는 척 근처의 중화성으로 수레를 돌렸다. 한울전의 궁녀들과 대 마린을 그곳에 떼놓았던 것이다. 그들 말고도 사무란에서 데려온 지향전의 궁녀 세 명은 불경하고 도둑질을 하였다는 누명을 씌워 매질하고 멀리 쫓아내 버렸다. 그리하여 지금, 정곡으로 오는 수레에 탄 자는 가시솔과 마린 아련나, 그리고 아무것도 모르고 그들을 호위하는 중화성의 싸울아비들뿐이었다. 아련나는 다시 다짐하였다.

"절대로 마루한과 대 마린이 만나서는 안 돼. 알지? 무슨 일이 있어도!"

"그럼요. 제가 누구입니까요? 그런 일은 허투이 처리하지 않습니다. 걱정 마시어요."

---

*관격:음식물에 급체하여 가슴이 답답하고, 먹지도 못하며 정신을 잃는 위급한 증세. 관(關)이란 소변불통을 말하며, 격(格)이란 토역(吐逆)하여 음식이나 물을 먹지 못해 아래로 내려보내지 못하는 것을 말한다

"불씨는 아무리 작아도 다시 피어오를 수 있어."

"걱정 마시래두요. 우리가 놓아두어도 저절로 꺼질 불씨올시다. 이 세상 그 누구도 마린의 앞날을 가로막지는 못할 겁니다. 제가 가만있지 않을 테니까요."

"그런데 가시솔, 그 의원 믿을 만한 자야?"

"그럼요. 제 놈이 이미 대 마린을 향하여 독을 한 번 쓴 적이 있는지라 같은 배를 탄 사이. 서서히 간호하는 척하며 약에다 독을 타기로 한 것입니다. 너무 급하면 다들 의심하니, 두어 달 사이로 하여 자연스럽게, 아주 천천히……."

가시솔이 은밀하게 웃었다. 믿음직하게 고개를 끄덕여 보였다. 그때였다. 바깥에서 호위병이 아뢰는 소리가 들려왔다.

"황공하옵니다, 마린. 잠시 옥보 옮기시어 바깥을 살펴주시옵소서."

"무슨 일이지?"

가시솔이 먼저 수레의 문을 열고 나갔다. 이내 고개를 들이밀었다. 환하게 웃었다.

"내다보시어요. 지금 누가 달려오고 계시는지."

아련나의 얼굴이 갑자기 복사빛이 되었다. 흥분한 눈동자가 반짝거리기 시작했다. 가시솔이 다시 재촉하였다.

"어서 나와보세요, 어서요! 마린께서 도착하시는 것을 그냥은 기다리지 못한 모양입니다. 마루한께서 직접 마린을 맞이하러 말달려 오시네요."

아련나가 수레에서 내렸을 때, 마루한이 탄 말도 언덕 위에 도착했다. 가람휘가 훌쩍 뛰어내렸다. 그의 얼굴 역시 사랑하는 아내와의 재회로 인한 기쁨에 환하게 반짝이고 있었다. 사랑하는 여인의 이름을, 그립디그리운 이름을 목청 높여 크게 불렀다.

"아련나!"

"마루한!"

"정말 그대인가? 아련나? 정말 그대가 돌아온 것인가?"

"마루한…… 마루한…… 흑흑흑."

성큼 다가온 가람휘가 아련나의 작은 손을 꼭 잡아버렸다. 목소리가 감격에 떨렸다.

"잘 오시었소! 정말 다행이야! 이렇게 무사하신걸. 이젠 걱정이 없어! 이제 우리가 다시 만났으니, 나는 여한이 없어, 아련나."

"죄송하여요, 마루한."

아련나가 고개를 숙였다. 민망하고 죄송하여 어찌할 바를 모르는 모습이었다.

"미리 기별하였지만, 어머님의 병환이 몹시 심하시어요. 노구에 먼 길을 급히 오시느라 노독이 심한 탓으로 관격이 크게 왔나이다. 하여 같이 오지 못하였어요. 정말 죄송해요, 마루한."

"그게 어디 그대의 죄인가? 할 수 없는 노릇이지. 이리라도 먼저 그대가 오시니 얼마나 고마운지 모르겠소. 괜찮아."

"며느리의 도리로 어머님을 보살펴 드리고 곁에서 간병함이 옳은 줄은 아오나, 그리워서……"

말을 채 끝내지 못했다. 아련나가 그만 가람휘의 소매 끝에 얼굴을 묻어버렸다. 눈물이 반, 어리광이 반. 정인의 심장을 곧바로 으깨어 버리는 치명적인 애소(哀訴)였다.

"그리워서…… 참을 수가 없었어요. 마루한께서 지척에 계시는 것을 뻔히 아는데…… 이리도 오래 떨어져 그리워만 하던 분이 가까이 계신다는데…… 그래서 그만 홀로 와버렸어요. 마루한께 달려와 버렸어요. 이런 저를 꾸짖어주셔요."

눈물 먹은 눈으로 그대가 그리웠노라고, 사모하는 마음 도저히 참을 수 없어 한달음에 달려와 버렸노라고 말하는 어여쁜 이의 모습에 마루한의 피가 끓었다. 그는 그만 어린 아내를 격정적으로 안아버렸다.

차마 만질 수가 없었다. 손을 대면 지난밤 꿈처럼 사라져 버릴 것 같아서였다. 가람휘의 손이 어찌할 바를 모르며 맴돌이를 했다. 주저주저 아련나의 얼굴과 머리타래를, 어여쁘고 작은 손과 투명한 볼을 어루만지고 확인하고 쓰다듬었다. 몇 번이고 몇 번이고 더듬어보았다. 어루만져 보았다. 내 사람이구나. 내 사모하던 그이가 확실하구나. 가람휘의 눈에 물기가 고였다. 아련나의 볼에는 벌써부터 투명한 이슬이 흐르고 있었다.

"마루한, 여위셨네요. 소녀가 곁에 없어…… 보살펴 드리지 못하여…… 이리 거칠고 야위신 것이지요."

까치발하여 그의 볼을 쓰다듬어 주시는 이 손은 누구신가? 보드랍고 어여쁜 이 손의 주인은 누구신가? 혼인날, 그가 끼워준 옥가락지 분명하니, 내 여인이로구나. 내 마린이로구나. 작은 새같이, 작은 꽃같이 애틋하고 고운 그 사람이 분명하구나!

그리워하고 그리워하였으나 생이별한 채 만나지 못하였던 두 사람이 이렇게 만났다. 인간의 뜻이 간절하면 하늘도 움직인다 하더니, 다시는 보지 못할 것이라 아파하였는데, 이리 다시 만났다. 상사병, 그리움에 지치고 애달픔에 병들어 내내 잠 못 이루었지. 내가 울던 밤에 그대 또한 잠 못 들고 울었을 텐데. 아련나, 그대를 외로이 만든 이 지아비를 용서하라. 이 여린 몸이 감당하지 못할 시련을 준 이 남편을 원망하라.

가람휘는 보석 같은 어린 아내를 다시 품 안에 가득 안아버렸다. 뜨겁게 뜨겁게 몇 번이고 입 맞추었다. 붉은 입술에, 깨끗한 정수리에, 백옥 같은 볼에 그동안 못다 한 입맞춤을 마음껏 원없이 퍼부었다. 소나기같이 내려치는 사랑의 증표 아래서, 마린 아련나의 하얀 볼은 이내 붉은 홍시감이 되었다.

"자, 수레에 타시오! 어서 갑시다. 모든 신민들이 그대가 도착하기만을 기다리고 있소!"

가람휘가 들뜬 목소리로 소리쳤다. 앞장서 말달리기 시작했다. 이내 마린들이 탄 두 대의 수레도 언덕길을 달려내려 가기 시작했다. 거침없이 질주했다. 단번에 정곡성의 외문을 통과하여 내성으로 향하였다.

정곡성은 단숨에 큰 잔치 분위기로 휩싸였다. 마루한의 사랑하는 반려 마린 아련나가 무사히 돌아온 것이다. 함께 돌아오시던 마루한의 모친 대 마린께서는 노독이 심하시어 지금 중화성에 머물고 계신다. 당장은 못 돌아오시되 무사히 적의 손아귀에서 벗어나셨으니 그 아니 경사이랴?

"만세! 만세!"

"마린께서 무사히 풀려나셨다!"

"우리의 마린께서 사무란에서 풀려 나오셨다! 잔치다!"

순박한 백성들이 마린이 타신 수레를 향하여 엎드려 절하였다. 같이 기뻐하며 즐거워하며 만세를 외쳤다. 수레를 따라 줄달음질을 쳤다.

즐겁고 떠들썩한 잔치의 밤이 깊어갔다. 정곡성에 입성한 이후, 단 한 번도 크게 웃지 않던 마루한이, 처음으로 파안대소를 터트렸다. 설레고 기쁜 얼굴로 돌아온 아내의 손목을 잡아 끌어당겼다. 수줍어하는 어린 아내를 난짝 안고 침실로 들어가 뒷발로 문을 닫았다. 행여 떨어질세라 잠시도 팔을 풀지 못하였다. 두 개의 입술이 격정적으로 부딪쳤다. 이내 한 몸이 되어 침상에 쓰러졌다. 침실의 촛불이 꺼졌다.

그렇듯이 오랫동안 이별하였던 부부가 재회한 밤, 그 누구도 버금 마린 아사벼리의 이름은 말하지 않았다. 가람휘와 아련나가 그동안 쌓인 무한정의 회포를 풀며 다정스레 입 맞추었을 무렵, 새삼 영원히 사모하는 정을 맹세하던 그 무렵, 정곡성의 깊은 방 하나에서는 딸을 잃은 늙은 아비가 울고 있었다. 소리조차 내지 못하고 얼굴을 싸안은 채 흐느끼고 있었다.

같은 시간, 붉은 사막의 녹림.

몇 날 며칠이나 지났을까? 아사벼리와 단목사곤의 보금자리. 둘만 아는 세상, 둘만 아는 시간이 별처럼 곱다이 흐르고 있었다. 하늘배를 타고 크락마락과 일라가 우시나벌로 떠난 것은 엊그제. 완전히 둘만인 세상, 그들만의 천국에 다시 밤이 내렸다.

벼리가 사곤이 팔베개를 베고 누워 혼잣말처럼 중얼거렸다.

"오늘 밤은 유난히 더 운치있구나."

"네가 내 곁에 있고 내가 네 곁에 있어서 그렇다."

"달이 유난히 밝은데?"

"우리가 함께라서 그렇다니까."

"엉터리."

"왜 엉터리란 거냐? 더불어 함께이니 옹색한 천막도 천국이고, 모래밭도 비단침상인걸."

"꽃비단 침상 맞다. 네가 이렇게 아름다운 꽃을 뿌려준 터이니. 어떤 여인이 이런 호사를 누릴까?"

벼리가 만족스럽게 중얼거렸다. 엎드려서는 나른한 고양이처럼 온몸을 죽 뻗었다. 두 사람은 어제와 똑같이 푹신한 파오 속에서 알몸으로 뒹굴고 있었다. 밤이나 비단결처럼 따스한 바람이 불고 있었다. 달빛 아래 짓이겨진 윤다화 꽃잎들이 향기로 날아오르고 있다. 그들의 몸에 즙액을 남겼다. 농밀한 꽃잎의 침상 안에서 지금껏 서로를 품었다. 물리도록 향기로운 꿀물을 마셨다. 그럼에도 사랑스러워 견딜 수가 없다. 마셔도, 마셔도 싫증나지 않았다. 더 더 마시고 싶다. 인간의 힘으로는 끌 수 없고, 끄고 싶지도 않은 짙붉은 화염에 기꺼이 한 번 더 굴복하였다. 사곤은 손가락으로 강인하고 섬세한 등골을 따라 덧그리며 웅얼거렸다.

"둘이 같이 꽃잠 자면서, 등 돌리고 누우면 소박맞는다. 아사벼리."

벼리가 엎드려 버려, 그 잠시도 어여쁜 얼굴을 보지 못한 것이 불만이다. 사곤이 퉁을 주었다. 그러면서 벼리의 몸을 제 몸으로 덮듯이 하고 뒤에서부터 꼭 끌어안았다. 입술을 가져가 그 장하고 아름다운 등골에다 꽃의 낙인들을 새겨주기 시작했다.

"간지러워!"

벼리답지 않게 키득이며 몸을 뒤척였다. 어린양하듯 몸을 뒤로 빼며 그를 밀어내는 시늉을 하였다. 그럼에도 사곤은 부드러운 강압으로 그녀의 앙탈을 눌러 버렸다. 단번에 몸을 굴려 그녀의 몸을 타고 올랐다. 뜨거운 도적질을 다시 시작하였다. 그의 손길과 입술이 닿은 곳 전부, 목덜미에서 쇄골, 지금껏 사랑받은 가슴골을 지나 귀여운 배꼽으로 흘렀다. 사흘 내리 탐닉하고 또 탐닉하여도 또 마셔 버리고 싶은 아름다운 존재의 선과 체와 질감을 온몸으로 더듬고 맛보고 또 즐겼다. 그에게 사랑받고 그를 받아들이기 위해 만들어진 듯한 아사벼리의 빛과 달큼한 즙액을 마음껏 마셨다.

벼리의 입술에서 한숨 같은 교성이 흘렀다. 사곤이 혀를 세워 배꼽 언저리를 간지럽혔다. 그가 희롱하여 흐뭇하게 중얼거렸다.
"여기도 내 꽃이 피었구나."
아래로 아래로 다시 흐르기 시작한 혀와 손이 움직이며 더 은밀하고 깊숙한 곳에다가 붉은 꽃잎을 자꾸만 새겨놓았다. 마치 맹수의 수컷이 나무를 긁어서는 제 영역을 표시하듯이 사곤은 벼리의 나신 전부, 곳곳에 보이는 곳과 보이지 않는 곳 전부에다 자신의 존재를 새기기에 여념이 없었다.
모두 다 내 것이다.
네 모든 것은 다 내가 가질 터이다.
말하지 않는 말이 그의 입술과 손길을 타고 아름다운 꽃잎을 새기며 천천히 강렬하게 흘러간다.
그래, 맞다. 다 네 것이다.
그의 몸 아래에서 달빛의 여신처럼 누웠다. 부끄럽다 하지 않고 온몸 온넋을 열어 그를 반가이 마주한다. 그에게만 모든 것을 개방하는 아사벼리가 몸으로 내지르는 탄성이 달빛을 살포시 물결지게 했다. 잔잔한 은빛 호수에 자잘한 물어룽을 만들었다.
내 모든 것은 다 그대의 것. 내가 그대의 꽃잎이듯 그대 또한 나의 나비요 짐승이요 열락인 것을. 다 가져가 다오. 다 주면 나는 또 그만큼 너를 얻는다. 너를 가진다. 어서 가져가거라, 나의 사내여. 기쁨과 희열의 눈물로 화답하였다.
처음에는 부드러이 몸 이곳저곳을 핥고 지분대고 애무해 가던 그가 사랑하는 여인의 사분한 몸짓에 갑자기 난폭해졌다. 천천히 흐르던 강물이 급한 소를 만나고 바위를 돌아 격하게 휘돌아서는 한줄기 폭포가 되어 강하게 떨어지듯이 그의 몸놀림도 격렬해지고 잔혹하도록 강해졌다. 살며시 어루만지다가 입술 끝으로 깨물던 유두를 자극적으로 빨아들이며 한 손가락을 그녀의 비소로 밀어 넣었다. 촉촉하게 젖어 달빛 물결이 넘치는 호수에 물결을 일으켰다.

"아으음⋯⋯ 사곤⋯⋯ 아아⋯⋯ 좋아. 제발⋯⋯."

언제나 정직한 벼리의 입술에서 탄성이 터졌다. 사내가 격한 만큼 마찬가지로 급하고 뜨거운 여인의 강한 팔이 사곤의 목을 휘감았다. 아래에서 전해지는 율동적인 감각을 따라 손가락 끝으로 사내의 부드러운 머리카락을 헤집어놓았다. 잡아당기며 자신의 강렬한 쾌락을 알려주었다.

이내 아까보다 더 충일하고 아까보다 더 강도 높은 기쁨이 맞닿은 곳으로부터 일깨워졌다. 출렁대며 춤을 추며 서로의 혼백을 진동시켰다. 동시에 터지는 관능의 짜릿함, 춤추는 희열의 물결을 견디지 못한 두 개의 입술이 함께 거친 한숨을 내뱉었다. 열락의 신음을 서로 나누어 삼켰다.

한계까지 도달하고 그것의 경계를 또 넘어가는 쾌락. 한껏 침범하고 한껏 소유당하는 행위는 또한 눈앞이 캄캄해지는 그 무언가에 그들의 혼백이 먹혀 들어가는 듯한 소멸의 순간이기도 했다. 벼리는 깊은 몸 안에 들어온 뜨거운 사내를 한껏 조였다. 뜨겁게 불이 타는 격렬한 감각으로 격하게 꿈틀거렸다. 그 안에서 움직이는 사내 역시, 하늘꽃 피어나는 쾌감으로 울부짖었다. 반려와 더불어 하는 이 기쁨은 무엇하고도 비교할 수 없는 행복, 살이 타고 넋이 녹는 화염지옥의 불길이었다. 지금까지 경험한 적이 없고, 또 표현할 수 없는 감각의 천국 안에서 단뇌의 사내는 또 한 번 모래알처럼 부서져 버렸다. 반짝반짝 빛나는 유리옥처럼 귀하여져서는 풍염한 가슴 안에 다시 파고들었다. 단단히 안아주는 팔 안에서 완전히 평화로워졌다.
 하늘과 땅을 닮은, 바람과 비를 닮기도 한, 나무거나 호수거나 혹은 기어다니는 벌레, 날아다니는 나비, 비에 젖은 들꽃이기도 하고 호수에 반짝이는 물비늘 같기도 한, 그런 사람들, 그냥 자연(自然). 아사벼리의 단목사곤이, 단목사곤의 아사벼리가 꼭 안은 채 깊은 잠에 빠져들었다. 지상에서 피어난 한 가지 두 꽃송이처럼 어울려 그렇게 잠이 들었다.
 그가 눈을 떴을 때, 벼리는 호숫가에 앉아 있었다. 감주홍 노을빛을 옆얼굴로 받으며 그녀는 어젯밤 그가 새로이 감아준 허벅지의 붕대를 풀고 있었다. 조심스레 일어나 다리에 힘을 주었다. 약간의 고통이 어린 듯도 했으나, 금세 반듯하게 섰다. 이리저리 몇 발자국을 걸었다. 신중한 동작이기는 했으나 귀여운 토끼처럼 깡충거리기도 해보았다. 제 다리가 무사한지, 그럭저럭 힘 디뎌 걸을 만한 것인지 가늠하는 동작이었다. 한참을 그러고 있더니, 만족스러웠나 보다. 몸을 돌이켰다. 입가에 잔잔한 미소가 그려져 있었다.
 "성미도 거 참! 그리도 급했더냐?"

사곤은 몸을 일으키며 한마디 잔소리를 하였다. 그럭저럭 아물어 간다 하지만 내내 쓰지 않은 다리였다. 갑자기 무리하면 아니 될 것 인데, 왜 저리 성마르게 구는 것인지 모를 일이다. 느긋하게 기다리 면 우시나벌로 갔던 크라마락의 하늘배가 돌아올 것이다. 편안하게 드러누워 울타로 갈 수 있을 것인데 왜 저리 제 발로 걷지 못해 안 달안달하는 것인가. 걸어오던 벼리가 얼굴을 붉혔다.

"아, 언제 깨었지? 다 보았나?"

"당연하지. 네가 곁에 없으면 저절로 눈이 번쩍 뜨여진다."

벼리의 입술이 반만 튀어나왔다. 거짓부렁, 그리 말하는 듯했다. 여전히 드러누운 그의 옆에 앉아 빗으로 머리를 빗기 시작했다. 이 제 제법 어깨 아래로 길어진 머리카락이 바람을 타고 산들거리고 있었다.

"참말이라니까. 너는 내 옆을 벗어나기만 하면 항시 큰 사고를 쳤잖나. 어디 불안해서 살겠더냐? 언제나 내 가까이 있어라, 아사 벼리. 옆에서 떨어지지 말아라, 그러면 다치지 않는다. 아프지 않는 다, 내 그리 당부하였건만."

가만히 벼리가 그를 바라보았다. 너무나 고맙고 눈부신 말씀을 하시는 자신의 사내를 바라보았다. 그러더니 푹 하고 고개를 숙여 버렸다. 애꿎은 머리카락만 만지작거렸다. 금세 갈래머리로 땋기 시 작하였다. 이제 그녀는 여느 계집같이 혼자서도 능숙하게 머리를 땋 을 줄 안다. 사곤이 묶어준 비단 끈으로 끄트머리를 칭칭 동여맸다.

"……내일, 떠날 것이다."

"내일? 하늘배는 사흘은 더 있어야 돌아올 텐데? 기다렸다 같이 떠나야지. 말도 없이 우리 둘만 가버리면 그들이 섭섭타 할 것이다."

아무 생각 없었다. 흩어진 바지를 주워들며 사곤은 밤에 무엇을 먹어볼까 그런 생각을 하였다. 내내 둘이 엉켜 뒹굴었으니 기력을 많이 소모한 듯싶었다. 오늘은 통통한 비사마 한 마리 잡아 통구이나 해볼까? 그런 생각만 하는 사내더러 여인이 날벼락을 떨어뜨렸다. 야멸치게 그의 뒤통수를 후려갈겼다.

"나 혼자, 갈 것이다. 미안하다, 사곤. 나는 내일 정곡성으로 돌아갈 것이다."

"뭐, 뭐라고?"

귀가 잘못되어 헛것을 들었나 싶었다. 얼마나 놀랐던지, 손에 쥐고 있던 저고리마저 떨어뜨려 버렸다. 너 미쳤냐? 무후의 감옥에서 이미 죽었다 소문난 네가 아니냐. 아무도 반기지 않을 그곳으로 왜 돌아간다는 것이냐? 너, 나랑 같이 떠난다 약조하지 않았더냐? 버럭 고함질을 칠 작정이었다. 아주 슬픈 눈을 한 벼리가 그를 올려다보았다. 사곤은 그만 목울대를 타고 오르던 말을 꿀꺽 넘기고 말았다. 사람으로 하여금 그 어떤 말도 하지 못하게 만드는 그런 표정, 그런 분위기였다.

"지금 가지 않으면 나는 살아 다시는 정곡으로 돌아가지 못한다. 하여 돌아가야 한다."

"꼭 가야 하는 이유가 무엇이냐? 넌 이미 죽은 사람이다. 다 잊고 나랑 함께 떠나 나의 아낙이 되어 산다 약조하였잖느냐? 한데 기운

차리자마자 그 말 뒤집고 홀로 떠나겠다? 하, 기가 막혀서! 대체 왜 그런 미친 생각을 하였는지 들어나 보자."

벼리가 잠시 침묵했다. 마음속으로 제 할 말을 고르고 있는 것이 분명했다. 그녀가 다시 고개를 들었다. 아주 간절한 얼굴이었다.

"여기서 계속 있다간, 네 곁에만 있다간…… 무너질 것 같아서 그러하다."

"뭐?"

"오직 내 생각만 하며 무너질 것 같아서…… 이 자리에 주저앉아 버릴 것 같아서. 이기적으로, 내 편안함만 구하는 교활하고 이기적인 계집 노릇에 익숙해질 것 같아, 내 더 이상은 못하겠다."

다정하고 너른 그대 품에 얼굴을 묻고, 눈과 귀를 막아버리고 복잡한 인간사, 아무것도 보지 않고 듣지 않고 오직 다디단 춘몽에만 젖어 사는 일, 즐겁고 기껍다. 나도 인간, 어찌 좋고 편안하고 안락한 것 모르랴? 구하지 않으랴? 사랑만 말하는 네 곁에서, 좋은 것만 주는 네 품 안에서 나 또한 사랑만 받는 아낙 되어 너와 더불어 평생 행복한 꿈에 빠져들어 살고 싶단다.

하지만 나는 그럴 수 없어. 벼리는 고개를 들었다. 사곤의 눈을 똑바로 바라보았다. 이제 그는 상시의 침착함을 잃고 고함을 벅벅 지르고 있었다.

"다시 설명하여라. 사람 속 쥐어뜯지 말고 다시! 내가 알아듣게 설명해!"

"난 아직 이기적으로 내 생각만 하고 어리광 부릴 수 없다. 내가 이미 죽었다면 모르되, 이렇게 살아 있는 한, 해야 할 일을 해야 하지 않겠는가? 못다 한 의무를 마저 수행해야 하지 않겠는가? 난 정곡으로 돌아가야 한다. 마루한을 알현하고 아사벼리, 마침내 임무를 완수하였다고 고하여야 한다."

"왜, 왜, 왜?"

사곤의 목에 터질 듯이 핏대가 솟았다. 주먹을 움켜쥔 모양이 이토록이나 멍청하고 답답하고 앞뒤 꽉 막힌 벼리의 머리통을 팍팍 후려갈겼으면 좋겠다는 뜻을 여실히 보여주고 있었다.

"……우리를 위해서, 아니, 오직 너를 위해서다!"

"뭐라고? 하, 정말 웃기는군!"

사곤의 입술 위로 어이없다는 듯 비뚤어진 웃음이 떠올랐다. 벼리는 잠이 깨기 전까지 세상에서 가장 어여쁘고 가깝던 그 사람을 반듯하게 응시하였다. 감추지 않고 솔직하게 털어놓았다.

"미안하다, 사곤. 이제 내가 눈이 틔었다. 사모하는 이라, 너와 더불어 함께하는 기쁨, 내 어찌 모르겠느냐? 너의 품에 안겨 가장 행복한 사람이 나인데…… 너는 이 세상에서 나에게 가장 가깝고도 고마운 사람이다. 어여쁜 사람이다. 하지만 동시에 제일 멀리해야 할 슬픈 사람이란 것을 내 잠시 잊었다."

"무슨 뜻이냐? 알아듣게 설명하라고 하였지? 네 입으로 나에 대한 정분을 인정하면서도 또한 나를 버리려는 너의 거짓을 나는 이해할 수가 없다! 날 위해서 날 버려? 대체 나를 버리려는 이유나 알아보자! 굳이 정곡으로 돌아간다는 속내나 전부 까보란 말이다!"

"나는, 사곤…… 사모하는 이여, 너를 두고 더러운 간부(姦夫)로 만들고 싶지 않다. 그 뜻 알겠느냐?"

"뭐라고?"

사곤의 얼굴빛이 파르라니 식었다. 벼리는 스스로에게 엄혹한 눈빛으로 잘라 말하였다.

"명목이기는 하나, 나는 아직 마루한의 버금 마린이다. 정식으로 파약하지 못하였다. 신 앞의 혼약도 어기고 의무도 다하지 못한 채, 혼자 살고자 도망간다면 평생 너는 부정한 마린 아사벼리의 추악한 곁서방밖에 되지 않는다. 나는 너를 절대로 그리 만들지 않겠다!"

얼굴까지 벌겋게 되어 버럭 고함치고 있었다. 그러던 사곤이 그만 깊이 침묵했다. 한 손으로 이마를 가린 채 돌아서 버렸다. 어깨가 갈수록 내려앉고 있었다. 그녀의 말을 곰곰이 씹어 충분히 알아들었다는 뜻이었다. 가야만 하는 그녀와 결국은 보내야 하는 자신의 처지를 뼈아프게 확인한 것이다. 벼리는 그만 실의에 찬 정인의 등을 와락 안아버렸다.

"날 이해해 다오."

그들의 발치에는 둘의 몸이 뜨겁게 합해질 때 으깨어진 붉은 꽃잎이 아직도 널려 있었다. 함께하던 잠자리는 흐트러진 그대로. 몸과 마음 전부에는 서로가 화인으로 찍혀 있는데, 그만 이별하자 한다. 서로 갈라서자 한다, 저 어리석은 여인이. 곧은 것만 알아 또 고난의 길 가려는 여인이 제멋대로 그런 말을 한다. 등을 돌린 채 사곤이 느릿하게 물었다.

"이해…… 해야 하는…… 거냐?"

"귀해서 그런다! 네가 제일 귀해서 그런 것이다. 사곤."

벼리는 간절하게 말했다. 바보라 해도 좋고 어리석다 욕을 들어도 할 수 없다. 그러나 자신 스스로에게 가장 가혹하니, 명예와 긍지를 아는 해란의 아사벼리, 스스로를 부끄러워하며 눈앞의 행복을 잡지는 않는다. 그리는 못한다. 당당하고 떳떳하게 사는 법만을 배운 탓이다.

"나는 네가 자랑스럽고, 넓고 큰 네가 내 정인인 것이 자랑스럽다. 하여 세상에서 가장 귀한 너를 당당하게 사람들에게 소개하고 보여주고 싶은 거다. 대답해 보아라. 너는 사람들 눈앞에, 한갓 서방질한 계집의 숨겨진 사내 노릇이나 하려느냐? 너도 그러고 싶지 않을 터이나, 나 또한 절대로 그러지 않을 것이다."

어느새 벼리의 눈에 눈물이 반짝이고 있었다. 떨리는 손을 뻗어 살며시 상심한 정인의 볼을 어루만졌다.

"날 가게 해다오. 돌아가서, 마루께 혼약을 파기해 달라고 정식으로 청하련다. 죽지 않는다면 너에게로 당당히 갈 것이다. 우리 그때 다시 만나, 참마음으로, 참몸으로 사랑하고 혼인하자꾸나. 아직은 내 다른 사내의 지어미란 이름 붙어 있음이라. 그 족쇄 떼어내고 당당히 찾아가련다. 천하에서 가장 귀한 너에게 그리 가고 싶다."

사곤은 더 이상 아무 말도 할 수가 없었다.

第八章

환인이 물었다.

"진정 강한 자가 누구인가?"

"하지 말아야 하는 일을 하지 않는 자입니다."

"아무래도 내궁을 새로 짓자 해야겠어. 이렇게 좁아서야 원."

후원을 거닐면서 아련나는 가시솔에게 푸념했다. 변방에 있는 일개의 성과 사무란의 규모는 그야말로 하늘과 땅 차이라, 너무 초라하여 짜증스러웠다.

며칠 만에 벌써 답답증이 났다. 후원에 서 있는 정자란 것도 겨우 띠로 지붕을 둘렀다. 사무란성의 대리석 정자와 별궁은 아예 없었다. 몇 발자국만 돌아도 벌써 끝이었다. 산보를 할 기분이 나지 않았다.

성 밖의 백성들이 이 겨울나기가 얼마나 힘든 줄 모른다. 자기중심적이고 철없는 어린 마린의 말에 가시솔 역시 옳지 않다 말하는 대신 맞장구를 쳤다.

"아무래도 그래야 할 듯싶습니다. 마루한의 위엄이 있고, 마린의 체면이 있는 법이지요."

"사무란으로 돌아가는 것이 못할 일이라면 여기서라도 재미나게 사는 법을 궁리해야지."

"그나저나, 몸조심하라 그리 여쭈었더니."

가시솔이 꾸짖는 시선을 보냈다. 아련나가 눈을 흘겼다.

"사람 마음대로 끊는 것이 어디 정인가? 그날로부터 어지간히 지났으니 상관없잖아. 내가 그런 것 아니야. 마루한이 어찌 보채던지…… 여하튼, 우린 아주 오랜만에 만났잖아. 그러니까, 가시솔. 으응?"

어린양을 하는 아련나를 바라보며 가시솔은 흐뭇하게 웃었다. 손을 뻗어 아련나의 머리 위에 올린 봉관을 바로잡아 주었다.

"여하튼 두 분 금실은 정말 깊으세요. 진짜 천생연분입니다."

"나도 그렇게 생각해."

아련나가 수줍게 속삭였다. 하얀 볼이 연분홍빛이 되었다.

"참, 가시솔."

"예, 마린."

"중화성에서 기별은 왔어?"

"예."

"무어래?"

"그만하답니다. 더 나아지지도 않고 더 나빠지지도 않았사와요."

잠시 초조하고 악한 빛이 아련나의 순진하고 검은 눈동자에 어렸다.

"……왜 그냥 그렇게 시간을 끌고 있는 것이야?"

"모든 것은 자연스러운 것이 좋지요."

"자연스러운 것?"

"의원들과 감고들이 잘 간병하고 있사와요. 노인의 병환이 워낙 깊으시니, 오늘내일한다지요? 그렇다고 하루아침에 죽지는 않지요."

"절대로 마루한이 살아 있는 대 마린을 만나서는 안 돼! 무슨 일이 있더라도!"

작지만 날카로운 목소리였다. 가시솔이 믿음직하게 웃어 보였다.

"걱정 마시라니까요! 소인이 다 알아서 일을 처리하옵니다. 마린은 그냥 아무 근심 없이 마루한께 사랑받으시며 즐겁게 지내시면 되는 것이옵니다."

"알았어. 나는 유모만 믿을게. 그보다 나 시장해."

"알겠습니다. 소인이 간식을 장만하옵지요."

그때였다. 가시솔과 스쳐 지나쳐 회랑을 돌아 후원으로 나타난 사람은 재상 카낙이었다. 아련나는 그를 바라보며 생긋 미소 지었다. 그가 허리 굽혀 절하는 것을 바라보며 다정하게 화답하였다.

"어서 오세요, 재상."

"무사귀환과 강녕하심을 진정 감축드립니다, 마린."

"감사합니다. 하나 대 마린께서 중도에 병환 깊으시어 저만 먼저 돌아온 것이 마음에 걸리는군요."

 해란국의 비단옷으로 치장하고 황금관을 쓴 아련나는 더없이 우아하고 아름다워 보였다. 며칠 내내 침실에서 나오지도 않고 마루한과 함께 재회의 기쁨과 더불어 사랑을 불태웠다는 소문이 사실인 모양이다. 눈앞의 마린은 물기 머금은 꽃송이처럼 화사하게 만개해 있었다.

 "한데 미리 기별도 않고 어찌 여기까지?"

 아련나는 카낙을 바라보며 물었다.

 "마루한께 아뢸 말씀이 있으시면, 대 장방으로 가보셔요. 마루한은 여기 아니 계신답니다."

 "아까 전에 잠시 뵈었나이다. 저는 마린께 감히 여쭙고 싶은 것이 있어 들었나이다."

 "나에게요? 말씀하세요."

 "저어, 마린…… 도대체 마린께서 어찌하여 갑자기 억류에서 풀려나셨는지 아시고 계십니까?"

 "이곳에서 몸값을 치렀다면서요. 아니었나요?"

 아련나는 너무 순진한 표정으로 되물었다. 카낙이 기묘한 표정을 지었다. 천천히 말을 이었다.

 "신은 마루한께서 제 몸 희생한 버금 마린의 이야기를 마린께 전했다고 분명히 들었습니다만……."

 아련나는 혀를 깨물었다.

 '실수했구나.'

도둑이 제 발 저린다 하였다. 지혜 깊고 유리알처럼 투명한 카낙의 눈동자 앞에서 저절로 긴장이 되고 아랫배가 꼬였다. 당황한 마음에 그만 아련나는 짜증부터 부리고 말았다.

"나는, 나는 몰라요. 아무것도! 그런 여자의 일 따위 내가 알게 무어람!"

"천 리 떨어진 여기 정곡의 사람들도 다 아는 쾌거를, 그 덕분에 사무란에서 풀려나신 마린께서만 모르셨다 하니 신은 다소 당황스럽습니다."

"나, 나도 들었어요. 하지만 잠시 잊어버려서…… 그래요, 그 여자 이야기! 어떤 여자도 지아비를 나눈 계집의 이야기를 하는 것을 좋아하지 않지요. 내가 왜 그 여자 이야기를 재상과 해야 하죠?"

아련나는 도전적인 눈빛으로 카낙을 노려보았다. 앙칼지게 되물었다. 카낙은 하도 어이없어 되물었다.

"'지아비를 나눈 계집의 이야기'라니요?"

"버금 마린인가 하는 그 계집, 결국은 마루한의 후궁. 아무리 나를 사무란에서 빼내주는 쾌거를 이루었다 해도 내게는 그 여자가 그런 의미밖에는 되지 않는다는 말입니다. 불쾌해요. 이야기하고 싶지 않아요!"

몇 마디 되지 않는 말임에도 불구하고 충분했다. 카낙의 신중한 귀는 그 말 속에 숨은 증오심과 투기를 그대로 읽어내고 말았다. 어찌하여 마린은 벼리에 의하여 생명의 구함을 받았으면서도 애초부터 그녀에 대하여 이리도 적대적인가? 정말, 정말 기묘한 일이다.
 카낙은 생각을 추스르며 다시 온화하게 물었다.
 "마린, 중요한 일입니다. 우린 단지 버금 마린의 생사를 알고 싶을 뿐입니다."
 벗이자, 성주 딜곡의 상심을 그냥 두고 볼 수는 없었다. 하여 카낙이 나선 것이다.
 "나는 모른다니까요!"
 "……네에, 그렇습니까? 모르신다 하니 어쩔 수 없지요. 소신이 그만 결례를 저지른 듯하옵니다."
 잠시 후 카낙은 어깨를 축 늘어뜨렸다.
 노심초사하는 벗 딜곡의 근심을 조금이나마 덜어주려 하였던 의도였다. 다른 뜻은 없었다. 그녀가 어떤 경로로 아칸의 목을 잘랐는지, 어떻게 협상하여 두 분의 마린을 인질에서 풀어주게 된 것인지, 그녀 자신의 안위는 어찌 되었는지, 단지 그것만을 알고 싶었다. 사무란성에서 온 아련나가 모를 일은 하나도 없었다.
 '혹여, 사무란성에서 우리가 알지 못하는 무슨 일이 있었던 것은 아닌가?'
 새침하게 고개를 돌려 그를 외면하고 있는 마린을 다시 바라보았다. 무엇인가 부자연스럽고 어색하게 보였다. 비단 소맷자락에 반쯤 묻힌 손이 떨리는 것도 같았다.
 '어째서 마린은 은인이라 해도 모자랄 버금 마린에 대하여 저리도 강한 거부감과 격한 증오심을 드러내고야 마는 것일까?'

바로 그때였다. 헐레벌떡 전령이 뛰어왔다.

"재상 합하, 빨리 대 장방으로 들어주십시오!"

"무슨 일이냐?"

"급하옵니다. 송요성이 함락되었다고 하옵니다!"

"뭐, 뭐라? 송요성이 함락돼?"

아연실색. 차마 믿을 수 없어 카낙은 재우쳐 물었다. 전령의 얼굴빛도 시커먼 색이었다.

"봉화가 올랐습니다."

세 사람의 시선이 저절로 먼 산으로 향했다. 검붉고 불길한 불길이 봉화대에 남실거리고 있었다. 그 불길의 의미는 단 하나였다. 패전(敗戰). 해란의 희망불은 또 하나 꺼졌다.

"어서 듭시옵소서. 대책을 논의해야 한다 하옵니다."

"알았다."

"아, 참! 마린께도 아뢸 말씀이 있나이다."

"무엇이냐?"

"마루한께서 전하라 하였나이다. 사무란성에서 두 분 마린을 구출하는데 지대한 공적을 쌓은 버금 마린의 생사가 드러났습니다. 기뻐해 주십시오. 무사하시옵니다!"

"뭐, 뭐라고? 그 말이 참이냐?"

카낙은 반색하고, 아련나는 대경실색하였다.

"매가 날아왔습니다. 무사히 탈출을 하시어 지금 정곡성으로 돌아오고 계신답니다."

"오오, 살아 있었구나! 살아 있었어. 다행이로다!"

크게 기뻐하는 재상의 눈에서는 눈물까지 어렸다. 그런데, 아련나는 영 시큰둥하였다. 마지못해 잘되었다 치하하면서도, 결국은 비아냥이었다.

"계집 주제에 용맹한 싸울아비 출신이라 하더니, 끝내 탈출하였군. 대(大) 영웅이 돌아오시니, 재상은 크게 기쁘겠소이다."

"방금은 버금 마린에 대하여 아무것도 모른다 하지 않으셨던가요? 그이가 싸울아비 출신인 것을 아신다니 의외입니다."

"아, 아…… 바람이 전하는 이야기를 잠시 들었을 뿐입니다."

"아, 네에. 한데 마린께서는 생명의 은인이 무사하시다는 것에 대하여 그다지 즐겁지 않으신 모양입니다."

구명(求命)의 은인이 살아 있다 하는데도 조금의 기쁜 빛을 보이지 않는다. 의아해하는 그의 시선 앞에서 억지로 다행이다 말로는 하였다. 하지만 결코 깊은 데에서 솟아오르는 대견함이거나 즐거움은 아니었다. 정곡을 찔린 터라, 아련나의 얼굴은 그만 벌게졌다.

"무슨 말이지요?"

"전령의 이야기를 같이 들었잖습니까? 지금 정곡성은 버금 마린께서 무사하시다는 말에 전부 다 즐거워 축제 분위기라 합니다. 마루한께서도 크게 기뻐하시며 직접 말달려 맞이하러 가신다 할 정도이구요."

"돌아오면 버금 마린의 자리 차지하고 마루한의 총애를 두고서 다투고 대적하게 될 사람이지요. 그것을 미리 생각한다면 내가 즐겁기만 하지는 못하리란 것을 아실 터인데요?"

카낙의 시선이 다시금 아련나의 얼굴로 향했다. 이상해, 정말 이상해.

카낙은 이 정도에서 아련나에게 묻기를 그만두기로 하였다. 자칫 잘못하면 추궁하는 것이 될까 싶어서였다. 더 이상의 무례를 저지를 수는 없었다. 그는 허리를 굽혔다.

"마린, 신은 급하니 이만 물러날까 합니다."

"들어가 보세요."

전령과 재상이 나란히 후원에서 사라졌다. 정자에 홀로 앉은 아련나는 자신도 모르게 손톱을 깨물고 있었다. 안절부절못하는 얼굴에는 공포와 두려움이 시커멓게 깔려 있었다.

'절대로 벼리란 그 계집이 돌아오면 안 돼!'

아련나는 발을 동동 굴렀다. 벼리의 무사귀환은 그녀와 가시솔의 파멸이었다. 단번에 나락으로 떨어지게 만드는 최악의 일이었다.

벼리가 돌아오면 아련나 자신이 어떻게 마루한을 끔찍하게 배신했는지 확연하게 알려지게 된다. 사랑 하나 믿고 그 사랑 하나 찾아 단신으로 천 리 길을 찾아온 마루한—이라 생각한—을 밀고하여 죽음으로 내몰려 했던 것이 다 알려지게 될 것이다.

'멍청한 무후 놈들!'

아련나는 마음속으로 욕설을 퍼부었다. 부상당한 채 단신으로 감옥에 갇혀 있던 그 계집 하나도 죽이지 못했단 말인가? 아칸이 죽었듯이 당연히 그 계집도 죽임을 당했을 것이라 믿었다. 하여 주도면밀한 음모를 세우고 사악한 계획을 하나하나 착착 실행해 나가면서도 벼리에 대한 문제는 전혀 염두에 두지 않았었다.

'그 자리에서 죽여 버렸다면 정말 좋았을 텐데.'

그녀의 그늘이 되는 모든 것은 무덤 속에 쓸어 넣어버렸다고 생각했다. 누구도 이제는 아련나 자신의 행복을 건드리지 못하게 될 것이라 믿었다. 한데 벼리란 그 계집이 돌아온다니, 그녀를 망치려 다시 돌아온다니!

'뭐든지 망쳐 놓아! 다 빼앗아가, 그 계집이!'

정곡성에 처박혀나 있지, 뭣하러 사막을 건너 그녀를 구한답시고 찾아왔을까? 누가 구해달랬나? 뜬금없이 벼리가 나타나지 않았다면 지금도 여전히 아칸의 총애받는 타무라로서 안온하고 화려한 생활을 보장받았을 텐데.

배 속의 아기를 잃은 것도, 그녀 자신이 악해진 것도, 마루한을 배신하려 했던 것도 다 불현듯 나타난 그 멍청한 계집 때문이다. 그 누구도 원하지 않았던 일, 자리 잡아 제대로 잘 돌아가는 모든 것을 망쳐 놓고는, 뻔뻔하기도 하지. 영웅 대접 받으러 돌아온다고 한다. 이제 겨우 찾은 아련나의 행복을 다시금 망쳐 놓으려고 하는 것이다.

아련나는 벼리가 미웠다. 죽도록 미웠다. 인간이 가진 가장 강력한 증오와 분노, 미움. 그것을 넘어서는 강도로 미웠다. 형언할 수 없을 정도로 격한 감정에 여린 몸이 파들 떨렸다.

선한 쪽의 마음이 전율하고 있었다. 아무리 부인하려 하여도 벼리는 구명(救命)의 은인. 그런 생각을 해서는 아니 된다. 어찌하여 내 마음속에는 이토록 격렬하고 지독한 악함이 숨어 있을까? 경악하고 있었다.

그럼에도 아련나의 이기적이고 악한 부분이 더 강한 힘을 발휘하고 있었다. 벼리를 미워하고 증오하는 마음을 털어내지 못했다.

무엇보다 그녀에게 가장 강력한 것은 거미줄처럼 전신을 휘감는 위태로움과 자기보전 본능이었다.

'누구도 날 위협하지 못해. 해칠 수 없어. 날 마린의 이 자리에서 쫓아낼 수는 없다고. 마루한은 내 사내야!'

하지만 그 계집은 아련나 자신의 수치와 비밀을 너무 잘 알고 있다. 사랑하는 이에 대하여 정절을 지킨 장한 마린, 흠 하나 없는 순결하고 우아한 마린이 실상은 적국의 아칸에게 몸을 허락하였고, 잉태까지 하였다는 것을 알려지게 할 수는 없었다. 하물며 정곡성으로 돌아가지 않으려고 마루한이라 생각한 벼리를 밀고했다는 사실이 알려지면, 아련나의 가냘픈 목은 단번에 꺾어지게 될 것이다. 다른 누구도 아닌 분노한 마루한에 의하여.

'그딴 계집 때문에 내가 위험에 처한다는 것은 참을 수 없어. 마루한이 날 경멸하는 시선으로 바라보는 것은 참을 수 없어!'

오래도록 깨물고 있어, 아련나의 입술은 다시금 피 먹은 듯 새빨개졌다.

'게다가 버금 마린이야. 아무것도 모르는 그 계집은 돌아와 영웅 대접을 받겠지? 이내 마루한의 총애를 빼앗아갈 거야. 나처럼 잉태도 하겠지? 후대의 마루한이 그 계집이 낳은 소생이 될지 어떻게 안담? 참을 수 없어! 절대로 용서 못해.'

아련나가 벼리를 본능적으로 증오하게 된 것은 상당 부분 지독한 투기심에서 비롯된 것도 있었다. 여자로서나, 혹은 한 인간으로서나 모든 면에서.

일단 아련나는 아사벼리란 그 계집이 자신만의 남자 마루한의 두 번째 여자라는 것을 참아낼 수가 없었다. 지금은 비록 명목상이라 하지만, 일단 우르 신 앞에서 맹세한 혼인이다. 함부로 깨트릴 수는 없었다. 싫든 좋든 그 계집이 돌아오면 아련나는 총애의 독점에서 밀려나는 것이었다.

'게다가, 그 계집을 두고 다들 진정한 마린감이라 하였어. 대 마린도 그렇게 말했으며, 심지어 적국의 사내들까지도 그렇게 말했어.'

벼리의 검에 중상을 입고 독에 시달리는 아칸의 머리맡에서 대승정에게 당한 모욕은 평생 잊지 못할 것이다.

'날더러 첩실에나 어울리는 계집이라고 하였어! 더럽다고 하였어!'

그날을 생각하는 순간, 아련나의 표정이 삽시간에 추악하게 일그러졌다. 심상(心相)이 드러난다 하거니와, 지금껏 사랑만 받고 떠받들음만 받았다. 곱다 하는 시선을 즐기고 발아래 엎드리는 사내들만 보아왔다.

한데 감히 그 하찮은 계집과 그녀를 견준 것으로도 모자라서, 벼리를 윗길로 치고 그녀를 하찮은 쓰레기 취급을 하였지. 심장에 새겨진 지독한 경멸을 죽을 때까지 잊지 못하리라.

'내가 무슨 죄를 지었다고? 난 아무 죄도 없어. 힘 약한 여자로 살고자 하는 욕심밖엔 없었어. 그게 무슨 큰 죄라고? 세상사람 다 하는 일인걸.'

어찌할 수 없는 전쟁의 상황 속에서 살아남기 위하여 무후의 왕에게 몸을 바쳤다. 누구나 바라는 편안함을 좇았을 뿐이었다. 배신을 저질렀던 것도, 밀고하였던 것도 당연한 자기보전 본능이었을 뿐이다.

아련나는 제 허약한 운명을 들었다 놓았다 하는 이 시대가, 피비린내 나는 이 전쟁이 죽도록 지겨웠다. 사내들의 힘에 따라 이리저리 움직이는 스스로의 운명이 저주스러웠다. 그녀는 다만 어여쁜 꽃, 사랑하고 사랑받는 여자이고 싶었다. 지금껏 살아온 그대로, 비단옷을 입고 황금패물을 차고 향내 나는 목욕물에서 욕간을 하고 화려한 궁에서 살고 싶을 뿐이었다. 밤마다 사랑하는 남자의 품에 안겨 뜨겁게 정분을 나누며 살아가고 싶을 뿐이었다.

'그런데 네년은 감히 그런 나를 비웃었단 말이지!'

벼리의 곧음이, 순결한 충성심이, 목숨을 아끼지 않는 의기와 꿋꿋함이 전부 다 아련나의 비위를 건드렸다. 그것이 곧 마루한의 반려, 해란의 국모인 마린의 자질임을 유약하고 어리석은 그녀조차도 뼛골 깊이 알고 있었기에.

"끔찍해!"

자신도 모르게 아련나의 짙붉은 빛 입술 사이로 증오의 한마디가 새어 나왔다.

목숨을 건다. 자신의 모든 것을 건다는 것은 얼마나 몸서리쳐지는 일인가? 그것도 자신이 아닌 다른 사람을 위해. 아무 짝에도 쓸모없는 명분에다가 자신의 생 전부를 건다는 것이 과연 가능한가?

전부를 걸고, 극단까지 가는 그 치열함이, 그런 절실함이 무서웠다. 자신은 가지지 못한 것을 가지고 행하는 그 여자가 끔찍한 괴물처럼 느껴졌다. 그런 자는 언제나 주변의 다른 사람을 바보로 만들고 어리석게 만들고 죄인으로 만든다.

무릇 인간으로 태어나, 제 일(一)의 소망은 살려 하는 것. 그 다음 소망은 가능하면 편안하게 안락하게 살아가려는 것. 한데 그 계집, 저는 인간이 아니던가?

아련나 자신이 가진 아름다운 얼굴과 젊은 몸매는 이내 사라질 것이다. 하나 벼리란 년이 가진 그 모든 것들은 시간이 갈수록 빛이 나고 절대로 사라질 수 없는 것이었다. 세로맥아 그자가 말했듯이 마루한은 이내 아련나 그녀가 아니라 벼리가 진정한 마린의 자격을 갖춘 여자임을 알아볼 것이다.

아련나도 사실은 알고 있었다. 자신이 쓴 황금봉관은 아름다움을 장식하는 한갓 꾸밈붙이가 아니란 것을. 그녀의 자리는 그저 살아가려는 여자, 좋고 곱고 편안한 것만을 원하는 그런 여자가 감당할 수 없는 자리였다. 너무나 커다랗고 너무나 지엄하며 또한 지독히 무섭고 위험한 자리였다. 하지만 아련나는 그만큼 달콤한 그 자리의 기쁨도 한껏 만끽한 터였다. 쓴맛보다 더 강렬한 단맛에 집착하고 있었다.

'버림받고 싶지 않아. 또다시 이 자리에서 밀려나기 싫어. 무슨 수를 쓰더라도!'

아련나는 작은 주먹을 꼭 움켜쥐었다. 음식 쟁반이 든 바구니를 안고 오는 가시솔을 바라보며 다시 이를 악물었다.

'아무래도 이상해. 빨리 사정을 알아보아야겠군.'

회랑을 걸어 대 장방으로 돌아가며 카낙은 생각했다. 한시라도 빨리 중화성에 사람을 보내야겠다고 다짐하였다.

'따지고 보면 사무란성에서 출발하여 이곳에 무사히 도착한 자는 마린과 지향전의 으뜸 감고뿐이다. 그들이 말하는 것만이 진실이요 사실이라지만, 아닐 수도 있지.'

중도에서 뜻하지 아니한 관객을 만나, 병세가 심각하다고 하였지. 결국은 중화성에 머물고 있는 대 마린 이하 사무란에서 빠져나온 다른 사람의 이야기를 들어볼 필요가 있을 것 같다.

'불길해. 무엇인가 잘못되고 있어.'

정곡의 그들은 알지 못하는 아주 심각하고 불길한 그 무엇이 감추어져 있었다. 아주 교묘하고 신중하게, 주도면밀하게 은폐되어 있는 것이 있었다.

카낙의 뇌리에 지난번 무후의 사신이 와서 떠나기 전 은밀하게 속살거리던 이야기가 떠올랐다.

[내, 이리저리 하여 적이되 그대를 존경하니, 재상께만 귀띔하오. 그대들의 마루한은 왜 이미 흘러가 버린 물을 잡으려 애를 쓰는지 모르겠소이다.]

[무슨 뜻인지?]

[그 마루한이 애면글면하는 마린 그 계집, 아칸의 애첩질로 목숨 부지하고 호의호식한다고 소문이 자자하오.]

[무어라고요?]

[해란의 여인들은 다 정조 높고 한 번 맺은 마음정 평생을 간다 하는데, 다 그런 것은 아닌 듯하오.]

하도 터무니없어 그냥 흘러들었다. 물론 그런 말을 마루한에게 귀띔하였다 해도 노발대발, 아니라고 부인하고 넘어갔을 테지만. 하지만 적의 사신까지 그런 말을 할 정도라면?

'만약 그 사신의 말이 처음부터 끝까지 사실이라면?'

갑자기 카낙의 등골에 오싹 오한이 들었다. 눈앞에서부터 검은 환란이 해란을 덮치는 환영에 주춤 걸음을 멈추었다.

그가 대 장방에 들어서자 창가에 서 있던 마루한이 돌아섰다. 탁자 앞에 앉아 있는 중신들 얼굴도 하나같이 당황한 것이자, 황망해하는 것이었다.

"마루한, 송요성이 함락되었다는 것이 참입니까?"

"······불길한 봉화를 재상도 보았을 테지요? 그렇다 합니다."

사실은 예견하였던 결과였다. 다만 함락의 그때가 언제일까 그것만이 문제였을 뿐. 더 이상 나빠질 것도 없다. 하여 충격도 오히려 덜하다.

가람휘가 한 손으로 얼굴을 가렸다. 마지막 보루라 여겼던 것들이 하나씩 둘씩 사라져 간다. 그만큼 해란의 국운은 나락으로 떨어져 간다. 이 자리의 어느 누구도 거대한 수레바퀴를 멈추게 할 힘이 없다. 그것이 비애이다. 그것이 절망이다.

"우리 해란의 명줄이 하나둘씩 끊어지는 것을 지켜보는 일이란, 참 고통스럽군요. 무력한 군주의 슬픔이란 것이겠지요."

쓸쓸하게 내뱉는 가람휘의 어깨에 쓸쓸한 낙조가 어렸다.

"송요성은 말 그대로 철옹성. 어찌하여 이리도 허무하게, 갑작스레 무너진 것일까요?"

"……무후의 대군이 철통같이 포위하여 겹겹이 에워싼 것이 어느덧 서너 달, 이만큼 버틴 것도 기적이라 하겠지요. 적들의 운이 우리보다 좋았던 모양이오."

"너무 상심하지 마십시오, 마루한. 하늘이 무너져도 솟아날 구멍이 있다 합니다."

옆자리에 앉은 딜곡이 나지막이 아뢰었다. 가람휘가 크게 고개를 끄덕였다. 결연한 의지가 단단한 턱에 서렸다. 이제 그는 잠을 자며 울지 않는다. 군주가 비통하게 울 때 눈물 닦아주고 바람막이해 주던 충성스런 그 신하가 곁에 없기에. 돌아온 마린 아렌나는 그가 눈물을 훔쳐 줄 사람일 뿐, 가냘픈 꽃일 뿐, 그의 눈물을 닦아주는 여인은 아니기에.

"이가 없으면 잇몸으로 버티면 되는 겁니다. 상하 할 것 없이 좀 더 내핍하고 좀 더 절약하며 버티어야지요."

"곡식 창고가 벌써 바닥이라고 하옵니다."

"······할 수 없지. 일단 버텨야 하오. 곡식을 사고파는 일을 금지하고, 배급하는 양을 하나같이 줄여야 할 것이야. 하고, 남은 금을 다 퍼서 단뫼의 상인들에게 내주어야지. 곡식을 사오도록 하시오."

"분부 받들겠나이다."

"재상은 마고국을 다녀오시오."

"마고국으로요?"

"고개를 숙여야 할 때 숙일 줄 알고 몸을 낮추는 것이 지혜라 하더군. 어쩔 수 없소, 마고국에게 식량 원조를 청하시오."

"그들은 조건을 내걸 것입니다."

"마고국이 탐내하던 얼지 않는 항구 둘, 덕수항과 어지물항을 빌려주겠다고 하시오."

"하지만 그리되면 여기 정곡까지 마고국의 배들이 자유롭게 오갈 수 있게 됩니다."

재상의 지적에 가람휘가 고개를 흔들었다. 단호하게 결정을 내렸다.

"할 수 없소. 우리가 망하면 마고도 답답한 것은 마찬가지이니, 섣불리 경거망동은 하지 못할 것이야. 우리가 망하면 결국 저들 자신이 무후와 직접 대적을 하여야 할 터, 어쩔 수 없이 우리를 돕게 될 것이오."

"언제 떠나리까?"

"급하오. 오늘 밤이라도 당장 떠나시오."

"오늘 밤이요?"

지금 내가 떠나도 될까? 카낙은 잠시 아련나의 일을 생각했다. 아까 느낀 불길한 그 예감을 사실로 확인하지 않고서는 불안해서 견딜 수가 없을 것 같았다. 하지만 근거도 없는 예감을 확인하기 위해 국운이 걸린 명령을 미루거나 소홀히 할 수는 없다. 게다가 그가 파헤치고자 하는 이는 마루한이 사랑하는 당당한 마린이다. 누구도 건드릴 수 없는 존재이다. 설불리 시작했다가는 그만 당하게 될 것이다.

"분부 받자옵니다. 소신은 당장 오늘 밤에 떠나겠나이다."

"명심하시오. 지금 우리가 가장 먼저 생각해야 할 것은 어떻게 하면 살아남는가 하는 것이야. 설사 그들이 다소간 무리한 요구를 더 하더라도, 재상이 판단하여 필요하다 싶으면 내주시오. 송요성까지 잃은 지금, 우리에겐 마고국과의 동맹만이 희망이오."

아주 슬픈 일이나 인정해야 할 진실이었다. 가람휘가 덤덤하게 말을 이었다.

"솔직히 인정합시다. 봄이면 시작한다는 개전(開戰)은 없소. 이길 힘이 없는 전쟁을 할 수는 없소. 필멸이요."

"하지만 마루한, 그렇다고 언제까지 이곳에서 몸을 낮춘 채 옹색하게 살 수는 없지 않습니까?"

사무란에서 빠져나온 화백의 귀족들이 불만스레 웅얼거렸다. 아직도 그들은 깨지 못한 꿈에서 살고 있다. 한시라도 빨리 이 촌스러운 곳에서 벗어나, 호사스런 저택이 있고, 애첩이 있고, 식구들이 기다리는 수도로 돌아가야 하지 않느냐는 말이다. 가람휘가 냉정하게 되물었다.

"살 수 없으면 어찌할 것인가?"

"개전하시어 해란의 무력을 한번 크게 떨쳐 주십시오. 적들은 간담이 서늘할 것입니다."

"그대는 한 번도 몸소 전쟁에 나가 싸운 적도 없으면서, 무작정 예전의 우리 해란의 영광만을 생각하며 일전도 불사한다 하지. 하지만 그대들은 틀렸소이다. 우린 무후를 이길 힘이 없소. 하여 승리를 한다든지, 설욕을 한다든지 이런 건 헛된 말에 불과하오."

마루한이 딱 잘라 내뱉었다. 차갑게 번쩍이는 눈빛 아래 그만 중신들은 하나같이 자라목이 되었다.

"잊지 마시오. 이제 우리 해란은 천하를 호령하던 강대국이 아니오. 번번이 패배만 하는 약소국으로 전락하였소이다. 주변의 나라들 눈치를 살펴 어찌하면 명운을 이어보나 가늠하는 처지인 것이오. 궁즉통*, 변하시오. 그러지 못하면 우린 이 해가 가기 전에 죽게 될 것이오! 그것도 분노한 백성의 손에 말이오!"

"좋은 일과 나쁜 일은 같이 온다 하더니, 그래도 나쁜 소식 안에 좋은 소식도 하나 있군요."

---

* '궁즉변(窮則變) 변즉통(變則通)'의 줄인 말. 원 말은 '궁즉변(窮則變) 변즉통(變則通) 통즉구(通則久)'. 궁하면 변하게 되고, 변하면 통하고, 통해야 오래갈 수 있다는 뜻이다

카낙의 말에 중신들이 고개를 돌렸다. 그가 무슨 말을 하는지, 금세 알아차린 사람은 가람휘와 벼리의 아비 딜곡뿐이었다. 카낙은 딜곡의 거칠고 주름진 손을 잡고는 진심으로 치하하였다.

"감축하오, 딜곡. 버금 마린은 참으로 하늘이 내린 용장이요."

"감사하오이다. 나는 이제 여한이 없소."

생때같은 자식을 먼저 보내는 것을 참척이라 하였나. 그런 꼴을 보지 않아도 좋다 하였다. 나라에 닥친 어려움은 잠시 잊고 말았다. 딜곡은 염치없이 기뻐하는 자신을 들킬까 봐 민망하였다. 가람휘가 비로소 미소 지었다.

"이해하오, 국구. 오죽 기쁘실까? 나도 참으로 행복하오. 다행이오! 마린이 무사히 성으로 돌아오신 후, 우리 함께 마음껏 기뻐하십시다. 나 또한 가슴 벅차, 이 밤은 잠을 이루지 못할 듯하오."

"성은이 망극하옵니다, 마루한."

"참으로 대단한 사람이란 말이지! 일당 백, 아니, 일당 천이오! 싸울아비라 하나 여자의 몸이 아닌가! 단신으로 사막을 지나 아칸을 죽여 조국에는 숨 돌릴 시간을 벌어주고, 마린들까지 무사히 모시고 나오다니, 이는 청사에 대대로 기록될 영웅의 기상이오."

"하지만 마린을 도운 싸울아비 불유가 큰 부상을 입었다 하니 그저 미안하고 가슴 아플 따름입니다."

불유가 벼리의 대업을 도우고자 나섰다가, 한 다리를 잃고 두 눈을 잃어버렸다. 그 일에 대하여 중화성에서 마린을 호위하여 온 병사가 알렸던 것이다.

"대업에는 희생이 따르는 법, 그럼에도 큰일을 이루었으니 두 분 다 장하오! 이내 그이도 모셔 와야 할 것이오."

가람휘가 탁 하고 탁자를 쳤다.

"입으로만 떠들면 소용없소. 다들 일을 합시다, 일을! 국구께서는 지금 당장, 식량의 사고팖을 금지하는 방을 붙이시오. 하고, 친기대장은 식량 창고 문을 더 엄중히 경계할 것이며, 내달부터는 배급으로 들어간다는 소문을 널리 알리시오."

"존명!"

"재상은 당장 행장을 꾸리어 떠나시고요. 청수장군께서 재상을 호위하시오."

"분부 받들겠나이다."

가람휘는 탁자 위에 놓아두었던 투구를 집어 들었다.

"나는 다시 군막으로 나가보겠소."

아련나가 보낸 시녀가 문 앞에 서 있었다. 언제 침방으로 들어오시나 묻는다.

"오늘 밤은 늦을 것이다. 마린더러 먼저 쉬시라 전하여라."

예전만 같으면 열 일 젖혀두고 달려갔으리라. 어여쁜 새 각시가 그를 기다리는 생각만 하면 가슴이 뛰고 다른 것이 보이지 않았다. 하지만 이제는 아니다. 그는 한 사내이기 전에 한 나라의 군주이다. 모든 이의 귀감이 되어야 하는 마루한이다.

'그이가 돌아왔을 때, 나는 부끄럽지 않은 군주가 되어 있어야 하니까.'

강물처럼 너르고 심산처럼 깊은 그 여인. 굳센 송죽같이 기품 넘치는 그녀가 돌아오면, 내 의연히 그대를 믿고 기다렸노라고 말할 수 있어야 하니까. 한 번도 의심하지 않았다고, 다른 사람은 몰라도 나는 믿었다고 말할 수 있어야 하니까.

그가 진심으로 믿고 마음에 둔 친기대장 아사벼리. 이제는 그의 소중한 버금 마린이기도 한 그 사람은 하늘도 울리는 용장 중의 용장(勇壯)이 아닌가? 남들은 다 불가능하다 말하는 일을 그이만은 해낼 줄 알았다고 말하고 싶다.

'빨리 돌아오시오, 마린.'

가람휘는 말을 달리며 마음속으로 중얼거렸다.

'내 다시 한 번 그대가 지켜주는 안식의 잠을 자고 싶소. 모든 것을 들어주고 받아주는 그대 곁에서 내 깊고 외로운 속내 다 털어놓고 위로받고 싶소.'

남녀지간 사랑과는 또 다른 정. 곁에 두고 싶고 의지하고 싶고, 내 눈물 부끄러워하지 않고 흘릴 수 있으며 속내 털어놓고 편안한 것. 그것을 사랑이라 하면 가람휘는 친기대장이자 마린이며 벗이자 충복인 아사벼리, 그를 깊이 사랑하였다. 한 번도 말하지 않았으되, 이제는 뼈저리게 느끼고 있는 또 하나의 진정.

'내 그대와 혼인하던 날, 언제고 내 마음이 두 개로 갈라질지도 모른다 예감하였거니. 그렇게 되었소이다. 날더러 신의없는 사내라 욕하지 마오. 이건 내 죄가 아니오.'

그의 사랑이 둘로 나뉜 건 아사벼리, 아름다운 그 사람의 죄. 향기 높은 꽃처럼 피어난 매혹의 죄. 아니라 부인해도 저절로 경모하게 되는 인품의 죄.

'그대는 내게 자꾸만 은혜를 입혀. 그래서 날 친친 묶어. 그대가 억지로 그런 것은 아니나, 내 마음이 저절로 묶여. 빨리 돌아오시오. 내 그대에게 술잔을 권하리라. 홀로 드신 그날의 술잔을 사죄하고, 다시 한 번 내게 술잔을 주실지 여쭈어보리다.'

가람휘는 고개를 돌려 아련나가 있을 성을 돌아보았다. 미안하면서도 그러나 부끄럽지는 않았다. 구명의 은인이요, 제 목숨 베어 나라와 지아비를 구한 벼리라면 아련나도 흔쾌히 버금 마린으로 인정해 주리라.

그의 어린 마린은 늘 착하고 선량한 사람이었으니까.

마루한이 늦게야 들어온다는 것이 그리도 기쁠 수가!

아련나는 손짓을 해 가시솔을 더 가까이 무릎 곁으로 불러들었다. 누구도 들어오지 못하도록 하기는 하였지만, 혹시 모르는 일이다. 오직 두 사람만 들을 수 있게 목소리를 더 낮추었다.

"차라리 중도에서 뒈지도록 자객을 보내는 게 어떨까?"

"그 계집은 싸울아비 출신이랍니다. 사내도 당해내지 못하는 무술 솜씨라는데요? 성공하기는 녹록치 않을 거여요."

"그럼 어쩌란 말이야? 그 계집이 무사히 정곡성으로 돌아오게 내버려 두란 말이야?"

마치 가시솔의 얼굴을 손톱으로 뜯을 기세였다. 그때의 아련나의 얼굴은 말 그대로 독 오른 살쾡이였다.

"돌아오지 못하도록 하면 좋으나, 그것이 여의치 않다면 돌아온다 해도 입을 벌리지 못하도록 만들면 되지요."

"어떻게? 좋은 방책이 있는 것이야?"

"궁리하여 보겠나이다."

"그 계집이 돌아와 입 한번 잘못 벌리면 너나 나나 그 자리에서 죽어!"

"걱정 마시어요. 쇤네가 잘 알아서 할 것이어요."

무슨 못된 꾀를 짜내는 것인지, 가시솔의 눈빛이 교활하게 번쩍이고 있었다.

밤 깊어 마루한이 침방으로 돌아왔을 때 아련나는 아직 잠들어 있지 않았다. 홀로 탁자 앞에 앉아 한 손으로 턱을 괴고 깊은 상념에 잠겨 있었다. 무슨 생각을 하고 있는 것인지, 고운 아미를 찌푸리고 있었다.

"아련나."

근심스런 얼굴이 되어 가람휘가 그녀 곁으로 다가왔다. 그저 애틋하고 사랑스럽기만 한 아내의 얼굴을 살폈다.

"대체 왜 그리 걱정스러운 얼굴을 하고 있는 거지?"

"아, 아니에요. 잠시 좀 머리가……."

"저런, 아직도 노독이 풀리지 않은 게다. 이리로."

가람휘가 두 손으로 아련나의 야들한 어깨를 잡았다. 일으켜 세워 꼭 안아주었다. 한 점 꽃잎 같은 그 몸을 난짝 안아 들고는 침상으로 옮겼다. 그는 그 옆에 앉아 작고 보드라운 얼굴을 다정스레 쓰다듬었다.

"왜 이리 어두운 얼굴을 하고 있는 것이야? 무슨 근심이라도 있소?"

"아니어요, 마루한. 아무것도 아닙니다."

"아니야. 그대 얼굴에 그늘이 있어. 무슨 일이오?"

잠시 망설이던 아련나가 자그만 목소리로 대답하였다.

"……재상이 소녀를 만나러 왔사옵니다."

"재상이? 어이하여?"

"사무란에 억류된 버금 마린의 일로 들렀습니다. 죽었다던 그이가 무사히 탈출하여 돌아온다 하더군요."

"그렇소. 그대도 들었구려?"

가람휘의 얼굴이 금세 밝아졌다. 아까는 잠시 내려앉아 있던 늠름한 어깨가 죽 펴졌다. 그러다가 휴우 한숨을 쉬었다.

"정말 다행이야. 믿었어. 믿은 대로 된 일이야. 그렇지 않소? 하지만 난 정말 민망해."

"무슨 뜻인지요?"

"솔직히 그대가 돌아왔을 때 내, 행복했지만…… 완전히 마음이 편안치는 않았소."

아련나가 발딱 일어나 앉았다. 마루한의 등을 노려보는 눈이 삽시간에 세모꼴로 변해 있었다. 소매 속에 숨은 주먹이 꽉 움켜쥐어져 있었다.

"마루한, 설마 저 대신 그 여자가 돌아왔어야 한다고 생각하시는 것입니까? 그는 아니시지요?"

어느새 커다란 눈물이 어렸다. 파르르 떨리는 아내의 얼굴 앞에서 가람휘는 강하게 고개를 흔들었다. 그런 말 말라 꾸짖었다.

"그대와 견줄 존재가 어디 있다고 그런 말을 하는가? 그런 것은 아니야."

"그런데 왜 편안치 않으셔요? 제가 곁에 있사와요. 제가 무사히 돌아와 이렇게 곁에 있사와요."

"그래, 그래."

어느새 굴러떨어질 듯 말듯, 맑은 이슬이 긴 속눈썹에 접혀 있었다. 가람휘는 그것을 손가락 끝으로 톡 하니 터뜨렸다. 살짝 지워주었다.

"하지만 우린 지금 버금 마린 이야기 중 아닌가? 그이는 그대의 은인이며 우리 해란의 자랑이야. 그토록 용감할 줄이야! 단신으로 사무란에 잠입하여 아칸을 죽이고 대담하게 담판을 지었기에 그대가 내게로 돌아온걸. 적을 교란하고 잠시나마 전쟁을 피할 수 있는 말미를 얻었잖소."

"……그렇지요."

"그 대신에 그녀가 인질로 잡혔던 것이고. 이렇듯이 이 나라에 큰 은혜를 준 사람임에도 불구하고…… 나는 그녀를 위해 죽은 목이라도 찾아오기 위해 값을 지불하는 것을 거절했었소."

제 군주를 죽인 자이니, 설사 값을 낸다 하여도 그들이 아사벼리의 죽은 목을 돌려주지 않을 것이라고 생각하였다. 그렇지 않아도 없는 나라 살림, 헛된 돈을 쓸 수 없다 싶었다. 이미 각오하고 떠난 그대이니, 죽음도 삶도 그대의 몫. 모질게 잘라 버렸다. 그이는 그것마저 이해하리라 이기적으로 생각하면서 그를 버렸다.

아련나가 돌아온 행복에 그의 하늘이 모처럼 개었다. 하나 가람 휘는 그 안에서도 내내 가슴에 걸린 벼리의 일 때문에 온전한 행복을 누리기 힘들고 죄스러웠다.

겉으로야 눈치 하나 보이지 않았지만 상심하고 있을 딜곡을 대하기에 영 눈치가 보였다.

그의 행복은 결국 아사벼리가 죽음으로 만들어준 것이 아닌가. 마린 아련나를 위해서는 아깝다 않고 성의 보물 반을 털어내 간 자신이었다. 그런데 그의 친딸인 벼리를 위해 그 어느 것도 해주지 않고, 목조차 되돌려 받는 것에 값을 치르기를 거절한 이중적인 위선에 대해 민망하고 양심의 가책을 느꼈다. 누구도 입 밖으로 내어 말은 하지 않았으나 야속하다 꾸짖는 모든 사람의 시선이 내내 등 뒤에서 느껴졌다. 내가 어찌해야 하나, 그이를 대체 어찌해야 하는가, 홀로 고민하였다.

그런데 장한 그 사람이, 용맹한 벼리가 살아 있었다 한다. 제 혼자 힘으로 탈출하였다 한다. 사막을 가로질러 지친 몸 가누면서 맨발로 걸어 걸어, 다시 돌아오신다 한다. 이 나라 위해 제 모든 것 다 주신 이를 위하여 이 나라는 아무것도 해준 것이 없구나. 그런데도 장하게 제 임무 다하고 살아 귀환하신다 하는구나.

어찌 미안하지 않으랴. 자랑스럽고 장하되 민망하여 낯을 들 수가 없었다. 가람휘는 솔직히 벼리를 다시 만나는 일이 두려웠다. 받기만 하는 자의 부끄러움에 차마 낯을 들 수가 없을 것 같았다.

"그런 이가 무사히 돌아오신다 하오. 반갑고 기뻐. 하지만 그이를 다시 만나 내가 무슨 말을 하지? 무력하게 앉아서 눈물을 흘리던 내가, 분연히 나서서 내 소원 전부 이루어주신 그이에게 무슨 말을 해야 하지?"

분명 가람휘의 눈 속에 잠긴 것은 애틋한 정이었다. 자신은 모르나 이미 깊이 박혀 버린 또 하나의 정이 보였다. 아련나의 몸이 파르르 떨렸다. 격한 투기의 불길이 그녀를 태워 버렸다. 오직 제 것인 지아비 정을 나누어간 그 계집을 절대로 용서할 수가 없었다. 분하여 아련나는 크게 소리쳤다.

"그 계집을 두고 걱정하시는 것은 옳지 않아요, 마루한!"

"그 계집이라니? 설마 아련나, 그대의 은인인 아사벼리를 두고 하는 말은 아니겠지?"

되묻는 가람휘의 얼굴은 아연실색, 바로 그것이었다. 아련나의 입에서 나온 말을 차마 믿을 수 없어 하는 표정이었다.

"그 계집 맞아요, 마루한."

투기와 증오의 독을 바른 혀가 하지 말아야 할 말을 만들어냈다. 뱀처럼 날름거리며 사악한 모해를 시작하였다. 말하는 아련나 자신도 경악하면서, 그러나 그 혀는 멈추지 않았다.

"내 차마 끔찍하여, 가증스러워 말하지 못한 것이 있어요. 어차피 그 계집이 사무란에서 처형당할 것이라 싶어, 비록 배신자라 하나 고인(故人)이 된 자의 일이기에 내 함구하려 하였어요. 하나 그 간특한 것이 버젓이 고개 들고 다시 돌아온다 하니, 돌아와 말짱하게 영웅 대접을 받는다 하니 더 이상은 참지 못하겠어요!"

"아련나, 제발 진정하오. 대체 무슨 말을 하고 싶은 거요?"

가람휘가 다급하게 물었다. 이토록 앙칼지고, 서릿발 내리듯이 찬 아련나의 모습은 처음 보는 것이었다. 낯선 아내의 모습에 그는 몹시도 당황해하고 있었다.

"재상이 찾아왔을 때 이 말을 할까 말까, 고민하였어요. 망설였어요. 하지만 입 꾹 다물고 참으려 하였는데······. 아아, 마루한. 우리가 말짱히 그 계집의 농간에 놀아나고 있다는 것을 아시나요? 그 계집은 추악한 배신자예요. 나를 구해주고 무후의 아칸을 죽인 대(大)영웅이 아니에요! 우리를 기만하고 제 살길 찾아 적들과 내통한 천하의 반역자예요!"

"그만하시오!"

채 말이 끝나기도 전이었다. 가람휘가 버럭 고함쳤다.

"마루한!"

"함부로 그런 말 하지 마시오! 무슨 근거로 감히 그런 말을 하오? 천벌받을 것이오, 아련나!"

엄히 누르는 말에 아련나 또한 더 크게 고함질렀다. 얼토당토아니한 말에 멍해진 마루한의 심장을 직격으로 파고들었다.

"제가 보고 들었어요. 그 계집이 송요성의 비밀 지도를 가져왔다고 그랬어요!"

"뭐라고?"

"아칸을 죽인 것은 적과 우리를 함께 속인 기만술에 불과하다는 것을 왜 모르시나요? 이미 그자는 무후에서도 인심을 잃어 아랫것들이 그를 제거할 날만 기다리고 있다 하였어요. 제가 똑똑히 들었는걸요. 송요성을 공격하는 차아킨에게 지도를 주고, 대신 그 계집은 허수아비 아칸을 죽인 후에 목숨을 구함받는 것을 약조하였어요. 제가 들었는걸요. 더러운 거래를 하는 장면을 제 눈으로 직접 보고 들었는걸요!"

"믿을 수 없소!"

"믿으셔요! 믿으셔야 해요!"

아련나의 목소리는 이제 거의 절규였다.

"난공불락이라는 송요성이 그토록 단숨에 허무하게 함락된 이유가 무엇인지 생각하여 보셔요. 무후가 비밀 지도를 가지고 있지 않다면 그럴 수가 없어요. 제 말을 못 믿으신다면, 송요성에서 탈출한 사람을 수소문하여 성이 어떻게 함락되었나를 하문해 보시어요!"

"그만하시오, 아련나."

"마루한, 제발 제 말을 믿으셔요!"

"믿지 않소. 믿지 않아. 이 세상 모든 사람은 다 아니라 해도, 벼리 그 사람만은 믿소이다. 하늘이 무너지고, 땅이 뒤집혀진들 그는 절대로 그럴 사람이 아니야."

아련나가 비극적으로 몸을 마루한의 발치에 던졌다.
"아아, 마루한. 마루한, 이렇게 믿으시다 말짱히 당하면 어쩌지요? 다시 우리가 기습당하여 사무란처럼 이 정곡성도 무너지면 어찌하지요? 그런 위기가 지금 닥쳐오고 있답니다. 그런데 그따위 계집을 영웅이라 불러 돌아오는 것을 기뻐하시다니······. 아아, 마루한. 그토록 큰 거짓으로 마루한의 눈과 귀를 가린 그 계집을 대체 어찌해야 좋을까요? 그 계집을 두고 심지어 다음 아칸으로 내정된 자가 그리 말하였어요. 더 큰 공을 세우면 제 타무라로 만들어준다구요. 그 계집이 웃으며 고개 끄덕이는 것을 이 두 눈으로 똑똑히 보았단 말이지요!"
"닥치시오! 닥치란 말이오! 누가 감히 그 사람을 모해하는가! 하늘이 무너져도 나를 배신하지 못할 자 있으니, 그 이름 하여 아사벼리라! 더 이상 듣지 않겠소! 그만하시오!"
가람휘가 귀를 막았다. 귀를 막다 못하여 거칠게 문을 박차고 나가 버렸다.
명색은 마린이되 결국은 속 좁은 여인네라는 말이었다. 아무리 은인이되 버금 마린이다. 벼리를 지아비 정 다투는 연적으로 알아, 아련나가 곱게 보지 않을 수는 있었다. 하지만 그렇다고 해서 터무니없는 배신의 누명을 씌우려고 하다니······. 헛웃음만이 나왔다. 다른 사람도 아니고 아사벼리가 배신을 해?
'기가 막혀서! 아무리 그래도 너무 심하지 않느냔 말이다. 저토록이나 옹졸하고 비뚤어진 심성이라니······. 투기를 하는 게야. 그래서 그런 게야. 쯧쯧, 곱고 다정하여서, 내가 말 안 하여도 흔쾌히 벼리를 받아줄 줄 알았더니……. 기가 막혀서! 누가 그딴 모해를 믿을 줄 아는가?'

하나 불행한 일이었다. 가람휘와 아련나가 고성(高聲) 높여 주고받은 말을 들은 귀가 여럿 있었다. 깊은 밤이라 하나, 오고가는 사람이 제법 많았다. 들은 이야기가 하도 엄청나, 어찌할 바를 모르며 소곤소곤, 쑥떡쑥떡. 이내 연못에 물어룽 퍼지듯이 삽시간에 번져나버린 것은 당연한 일이었다.

진실보다는 거짓이 더 강렬하고, 진실을 가장한 강렬한 거짓은 깨끗함을 더 빨리 오염시킨다. 의심은 더한 의심을 부르고 의혹은 갈수록 더해지니, 참으로 이상하도다. 의심스럽도다.

대체 아사벼리, 그녀는 어찌 아칸을 죽이고도 무사히, 버젓이 탈출할 수 있었을까? 적들은 왜 그리도 허술한 것이냐? 자신의 주군을 암살한 자를 그리도 허투루이 놓치고 말다니. 무엇인가 흑막이 있지 않고서야 그럴 리 없다.

당연히 죽임을 당하였을 것이라 생각한 이가 무사히 귀환한다 하는 것이 이제는 움직일 수 없는 의심의 근거가 되고 말았다. 불길하고 간악한 씨앗이 되어 멀리 날아갔다. 싹을 틔우고 독의 꽃을 피운다. 오호 통재. 게다가 송요성의 난민들이 하나둘 정곡성으로 들어오기 시작하면서, 아련나가 주장하는 거짓은 더욱더 강력한 진실의 얼굴을 갖추기 시작하였다.

[기습을 당하였다지?]

[음, 사무란에서처럼 꼼짝도 하지 못하고 당하였다는 것이야.]

[역시 비밀 통로가 있었던 게지!]

[적들이 그리로 들이닥치는데 어떻게 감당하나? 손도 제대로 한 번 쓰지 못하고 허무하게 항복하였다는구먼.]

[어찌 그들은 비밀 통로를 알게 된 것일까?]

[지도를 가지고 있었다네.]

[그 지도를 우리 쪽의 배신자가 건네주었다고 하더라네.]

[하기는 우리 안의 배신자가 없으면 적들이 어찌 기밀 중의 기밀인 비밀 통로 지도를 손에 넣을 수 있었겠어?]

[그런 건 마루한이나 가지고 계신 것이니, 결국…… 음, 마루한의 지척에 있었던 자의 소행이란 말인가?]

[그 배신자가 소문대로, 그렇다면……?]

[쉬잇! 입조심하게]

[하기는 아칸의 목을 따고서 적들에게 잡힌 사람인데, 무사히 탈출했다는 것이 이치에 맞는가, 이 말이야. 우리 같으면 당장에 목을 베고 말지.]

[그렇긴 하지.]

[마린이 말씀하신 자가 진정 배신자인지도 모른다는 생각이 자꾸만 드는구먼.]

단 며칠 만에 어이없는 유언비어는 봄날 들불처럼 걷잡을 수 없이 번져 나가고 있었다. 말하는 입들을 전부 다 틀어막을 수는 없는 노릇이기에, 소문은 소문을 부르고 그 소문은 분노를 불렀다.

그렇지 않아도 팍팍하고 하루하루가 살기 어렵다. 너무 힘들다. 제 처지 어렵고 힘들면 원망은 자신에게로가 아니라 제 바깥의 다른 누구에게로 먼저 가는 것이 인간의 속성. 무슨 일이 생기면 자신을 탓하기보다는 대신 원망할 남을 먼저 찾는 것이 사람의 본능이다. 그런 와중에 진실의 모양을 갖춘 벼리의 배신과 반역은 백성들의 큰 공분을 불러일으키기에 충분하였다.

저들이 힘들고 어려워진 것이 전부 그녀의 탓인 양 원망하고 미워하고 증오하였다. 누구도 옛날부터 한결같던 벼리의 공정함과 자비로움과 고결함, 곧고 굳센 의기에 대하여는 말하지 않았다. 정곡은 이미 토박이 사람보다는 각처에서 몰려온 유민들이 훨씬 더 많았다. 아사벼리의 인품을 아는 바 없기에 밝혀진 바 없는 배신의 죄만을 입방아 찧고 욕하기 바빴다.

물론 그런 악한 소문이 그리도 빨리 삽시간에 퍼져 나간 것은 또 다른 이유가 있었다. 가시솔이 제 주인을 위하여 사악하나 은밀한 모해를 시작했기 때문이다.

불만 많고 입이 싼 유랑민 너덧을 돈 주고 샀다. 이리저리 옮겨 다니며 소문의 불을 지피도록 사주하였다. 그들은 가뜩이나 고향을 잃고 애달픈 송요성의 난민들과 합세하여 아련나와 가시솔의 거짓을 널리널리 퍼뜨렸다.

적들이 비밀 통로를 열고 밀려오는 것을 직접 제 눈으로 보았다. 그 지도를 준 자가 해란의 배신자라는 말도 들었다. 그것들이 다 합쳐져 모든 거짓을 움직일 수 없는 굳건한 사실로 만들었다. 아무것도 모르고 돌아오는 아사벼리 그녀를 천하의 패덕자, 비열한 배신의 악녀로 만들어놓았다.

돌아오면 무지한 백성들의 돌팔매질에 맞아 죽어 마땅한 대역 죄인으로 만들어놓았다.

그런 날 밤이었다. 메마른 바람이 하루 종일 세차게 불던 날 밤이었다.

"불이야! 불이야!"

"식량 창고에 불이 났다— 아!"

군막에서 돌아와 아주 늦게야 잠자리에 들었다. 아주 잠시, 깜빡 잠이 채 들락말락하던 때였다. 가람휘는 꿈인 듯 꿈이 아닌 듯한 상태에서 멀리서 들려오는 고함 소리에 잠이 깼다. 깜짝 놀라 벌떡 일어났다. 자리옷 차림으로 허겁지겁 창가로 달려갔다.

"저, 저런!"

절망적인 신음 소리가 그의 입에서 터졌다. 컴컴한 밤, 붉은 꽃이 한꺼번에 피듯이 벌겋게 치솟아 오르는 화염(火焰). 분명히 식량 창고가 있는 서북쪽이었다. 하늘까지 태울 듯 거센 불길은, 그날따라 세차게 불어온 거센 바람을 타고 삽시간에 번져 가고 있었다.

"아아……"

마지막 희망마저 사라져 가고 있었다 한 점 불길에 의하여, 그만 단 한순간에 잿더미로 화하고 있었다. 절망한 심장이 산산이 부서졌다. 힘 풀린 다리가 저절로 꺾였다. 그 자리에 주저앉은 채 가람휘는 그만 으윽으흑 소리 내어 통곡하고 말았다.

"하늘님! 하늘님, 정녕…… 정녕…… 저의 대(代)에서 이 해란을 끝장내시려는 것입니까?"

시련은 지나치게 자주, 그리고 독하게 휘몰아쳐 왔다. 그것도 짜 맞춘 듯 더 나쁜 방식으로, 더 심각하게 덤벼들었다. 보리와 밀을 수확할 날까지 성의 주민을 먹여 살려야 할 식량이 허공에 불티로 날고 있었다.

그의 마지막 희망과 기력도 그렇게 한 점 불꽃으로 날려 사라져 갔다.

"마루한……."

"마린, 저것을 보시오. 저 불길을 보시오. 으흑으흑…… 해란의 명운은 이제 끝이오. 이제 끝이오."

차마 말을 잇지 못해 눈물이 반, 이 사이로 뱉어내는 말 반. 가람휘는 그저 안타깝기만 한 어린 아내의 몸을 안고 더 서럽게 울어버렸다. 울면 아니 되는데, 의관을 갖추고 달려나가 불을 꺼라 호령질을 해야 하는데……. 움직일 수가 없다. 두 눈으로 타버린 식량 창고를, 잿더미가 된 곡식을 볼 수가 없다.

"어찌 그러하셔요? 마루한, 두렵습니다. 대체 저 큰불은 무엇입니까?"

품속의 어린 마린은 천진난만하게 묻고 있다. 무슨 일이 벌어졌는지도 모르고, 머루알처럼 까만 눈동자를 하고 있다. 그저 제 지아비 우는 꼴만 서럽고 슬퍼, 그것만이 속상하여 눈물을 글썽거린다. 가람휘는 제 볼에 흐르는 눈물일랑 훔칠 생각도 못하고, 아련나의 분홍빛 볼에 묻은 눈물만 먼저 훔쳐 주었다. 종이쪽 같은 얇다란 어깨를 안고 부릅뜬 눈으로 허공을 노려보았다.

"내, 몰락하는 나라의 못난 군주로, 나만 믿고 사는 이 사람을 끝까지 지켜줄 수 있을까? 여리디여린 이 사람을 행복하게 만들어줄 수 있을까?

"마린……."

"네, 마루한."

"설상가상이라 하더니…… 지금 우리 처지가 그러하오."

"불이야 끄면 되지요. 너무 상심 마시어요."

"……불이야 끄면 되겠지. 하지만 재로 날려간 식량은 다시 돌아오지 않으니…… 이를 어찌하면 좋을까? 아련나, 이 못난 사람이 군주가 되어…… 이 해란이 망하오. 백성들이 다 죽게 되었소이다. 이제야말로 희망이 없소. 다 사라져 버렸어."

가람휘는 한 손으로 눈을 가린 채 절망적으로 중얼거렸다.

"송요성도 무너지고, 식량 창고도 불에 타고…… 굶주린 백성들은 이미 눈이 벌게진 채 거리를 헤매고 있음인데…… 나는 그들을 달래줄 수가 없소. 어느 날, 내 목이 분노한 백성들에 의하여 성벽에 매달린들 어찌 원망할까? 다 내 죄인걸."

어린 아내의 가슴골에 무너져 흐느끼며 마루한이 탄식했다. 통곡했다. 그의 머리카락을 쓰다듬어 주며, 아련나도 같이 울어주었다.

하지만 마루한은 보지 못했다. 같이 울어주는 아련나의 입술 사이로 아주 은밀한 미소가 살짝 흐르다 사라진 것을. 그들을 가린 어둠보다 더 진한 빛이었다.

'여하튼 가시솔이라니까!'

마린 자신을 위해 몸을 아끼지 않는 늙은 유모가 기어코 야무지게 일을 시작한 모양이다. 아련나는 가증스런 분홍빛 입술을 열어 상심한 지아비를 위로하였다.

"마루한 잘못이 아니어요! 이건 마루한 탓이 아니어요!"

"아니오, 내 탓이오. 다 내 탓이오."

아련나가 세차게 고개를 저었다. 발을 동동 구르며 안타까이 소리쳤다. 오직 제 지아비 편이라, 앙칼진 원망을 쏟아냈다.

"이건 다 그 계집 탓이어요! 제가 말씀드렸지 않아요? 그 계집이 우리를 배신하였다고요. 이것도 그 계집 짓일 거여요!"

"진정하시오, 아련나! 제발 그런 터무니없는 말을 함부로 하지 마시오!"

그러나 사모하는 지아비의 눈물에 반미치광이가 된 것일까? 아련나는 격한 저주를 벼리에게 퍼부었다. 그녀의 입에서 나오는 말들은 다시 한 번 그대로 가람휘의 흔들리는 심장에 직격으로 가 박혔다. 서서히 검은 물을 들이기 시작했다.

"송요성이 함락된 것은 그 계집이 적에게 비밀 통로의 지도를 주어서라 하였지요? 송요성의 사람들이 증언한 바 그대로가 아니던가요? 마루한, 이제 조만간 적들이 그 여자의 정보에 따라 여기 정곡을 망칠 거여요. 그 계집이 가르쳐 준 비밀 길을 밟아 이곳을 쳐

들어올 거여요. 우리를 전부 죽일 거예요."

"그만하시오! 아련나, 어찌 보지도 않은 일을 그리도 쉬이 말하시오? 내가 아는 한 친기대장 아사벼리는 절대로 그런 인물이 아니오!"

"마루한, 더없이 사랑하는 저보다 그 여자를 더 믿으신다는 건가요? 제가 거짓말을 하는 건가요? 하늘에 맹세코 전 들었어요. 해란의 싸울아비가 송요성의 비밀 통로 지도를 가져왔다고요. 대가로 제 목숨을 살려달라고 하였다고요! 가시솔에게도 물어보세요! 우리가 함께 들었어요."

"아련나, 미안하오. 그대의 말을 믿지 못하겠소. 다른 건 모르나 아사벼리, 그이에 대한 것은 믿지 못하겠소."

고함지르는 마루한의 눈이 무섭게 빛나고 있었다. 그녀를 밀어내고 벌떡 일어났다. 그녀의 시중을 받지도 않고 스스로 옷가지를 주워 입었다.

"다른 사람은 다 나를 배신하고 나라를 팔아먹을지언정, 그 사람만은 아니오! 나는 믿소."

"마루한, 진실을 바로 보셔요! 제발……."

가람휘는 끝내 아련나의 호소에 귀를 기울이지 않았다.

그가 아는 한, 그이는 유일하게 마음과 몸이 같은 사람. 단 한 번도 거짓일랑 없었다. 처음부터 끝까지 마루한 그를 위하여 제 몸 제 마음 다 바쳤다. 하지 않은 일을 하였다 하고, 한 일을 하지 않았다고 말하지 않았다. 그는 벼리를 믿어야 한다.

'설사 배신을 하였다 해도, 왜 그랬는지, 그 사람 입으로 직접 들을 테다. 그것이 충성스런 부하이자 벗이자 마린으로 믿었던 사람에 대한 기본적 예의.'

가람휘는 몸을 돌이켜 엄히 아련나를 노려보았다. 처음으로 어린 마린에게 화를 내고야 말았다.

"입 다무시오! 이제 다시는 아사벼리에 대한 그대의 고발을 금지하겠소! 그렇게 따지면, 그대의 말을 증명해 줄 자 또 누가 있는가?"

"뭐라구요? 설마, 마루한…… 저를…… 의심하신다는 건가요? 제가 마루한께 거짓을 말씀 올리고 있다는 뜻인가요?"

아련나의 눈물이 볼을 타고 주르르 떨어졌다. 그러나 가람휘는 이제 그녀의 눈물을 훔쳐 주지 않았다. 그리하여 아련나는 마음속으로 독한 손톱을 더 날카롭게 치켜세웠다. 무슨 일이 있어도 그 계집을 마루한 곁에 다시 오게 하지 않을 테야!

가람휘 스스로는 모를 테지만, 아련나는 여인의 본능으로 이미 알고 있었다. 그는 이미 벼리란 계집의 마수에 걸려 제정신을 잃은 지 오래였다. 만약 그 계집이 돌아와 마루한의 버금 마린으로 지척에 있게 되면, 아련나 자신은 결국 총애의 경쟁에서 실패할 것이다. 그녀가 누리고자 했고 가지고 싶었던 모든 것을 다 그 못난 계집에게 빼앗기고 말 것이다.

아련나는 너무나 분하고 모욕적인 감정에 그만 다시 울고 말았다. 큰 눈에서 눈물이 뚝뚝 떨어졌다. 그러나 가람휘의 시선은 엄격하고 맑았다.

"따져 보면, 그대의 주장이 진실이라는 것을 증명해 줄 자, 역시 없다는 말이오. 가시솔은 그대의 심복, 그대의 말을 객관적으로 확인해 줄 적절한 자가 아니야. 그대가 우리를 배신하였다고 주장하는 아사벼리가, 그렇지 않다고 주장할 시에는 그것을 증명할 사람이 없듯이 말이오. 오히려 그는 자신의 행동으로 스스로의 결백을 증명하고 있소. 아직도 모르겠소?"

"무슨 뜻이어요?"

"그가 그대가 주장하듯 우리의 배신자라면, 왜 이곳으로 다시 돌아오는 걸까?"

"네에?"

"나 같으면 멀리멀리 도망을 치고 말 것이오. 아니면 사무란성에서 그냥 눌러 살든지. 우리에게는 배신자이되, 적들에게는 큰 영웅이 아니오? 그대 말에 따르자면 다음 아칸의 타무라가 될 수도 있다 하지 않았소? 평생 대접받고 살 수 있어. 굳이 이곳으로 다시 돌아올 필요가 없단 말이오. 그런데 그는 지금 돌아오고 있소. 성치도 않은 몸으로, 험한 길을 걸어 걸어 돌아오고 있소. 왜일까? 그건 그이가 하나도 부끄럽지 않고 떳떳하기 때문이오!"

그만 입이 딱 막히고 말았다. 너무나 논리정연한 마루한의 말에 갑자기 응대할 말을 찾을 수가 없었다. 가람휘가 무섭게 화를 내며 노려보고 있었다. 눈에는 불길이 이글거리고 있었다.

"가뜩이나 어지러운 이때, 험한 말 함부로 하여 사람들 불안하게 만들지 마시오. 함부로 죄 없는 사람 누명 씌우지 마시오! 다시 한 번 그이에 대한 험한 말을 내뱉을 시, 아무리 마린 그대이나 용서치 않을 테요!"

지난번처럼 그가 문을 쾅 닫고 나가 버렸다. 아련나는 홀로 남았다. 분한 마음을 어찌하지 못하고 씩씩대는 그녀에게 살그머니 다가온 이는 가시솔이었다.

"보았지? 들었지? 다 아사벼리란 그 계집 때문이야!"

아련나가 몸서리를 치며 빽 하니 고함질렀다. 제 분을 이기지 못해 손 아래 놓인 화병을 집어 던졌다. 잘캉 깨어지는 파편처럼 뾰족한 원망을 마구잡이로 쏟아냈다.

"나에게만은 늘 다정하시던 분이 이렇게 고함을 질러. 노화내고 있어. 그 계집이 무사히 돌아와 마루한 곁에 머물게 되면, 조만간 필시 나를 내치고 그 계집만 총애할 것이야. 뻔해!"

분해, 분해죽겠어! 아드득, 이를 가는 소리가 음산하게 울려 퍼졌다. 가시솔의 팔을 부여잡고 안달하여 발을 굴렀다.

"어찌 일을 처리한 것이야? 틀림없는 게지?"

"암만요. 제가 누구입니까?"

"절대로 빠져나가지 못하게 만들어! 그 계집이 입을 벌릴 기회도 주면 안 돼! 성문 안에 들어서자마자, 백성들에게 돌팔매질이나 당해 뒈져 버리면 좋을 터인데!"

아아, 이것이 아련나의 입에서 나오는 말이 맞는가? 다른 누구도 아니고 자신을 구해준 사람이 아닌가? 제 목숨 버려가며 이 나라를 구하고 마루한의 소원을 이루신 이가 아닌가? 그런 벼리를 두고 죽임을 당하기나 바라다니.

아련나가 가시솔의 팔목을 부여잡았다.

"그 계집을 죽이는 일이라면 무엇이든 할 테야!"

"걱정 마셔요. 제가 다 유념하고 있사옵니다."

가시솔이 단언하였다. 그들 어깨 너머로 여전히 곡식 창고가 타고 있는 붉은 불길이 하늘높이 솟구치고 있었다.

가뜩이나 식량 사정이 어려워 불만들이 부글부글 끓고 있었다. 난민들은 날마다 늘어나고, 밥 빌러 다니는 이들은 넘쳐흐르고 있었다. 그로도 모자라서 식량의 사고팖조차 금지한단다. 엄격하게 배급제를 실시한다는 방이 붙기가 무섭게 민심은 더 흉흉해져 있었다.

그런 상황에서 식량 창고가 불에 타버린 것이다. 온 성내 사람들이 모여들어 불을 껐으되, 그날의 바람은 워낙 심하였다. 간신히 불길을 잡았을 때 이미 곡식은 태반이 타버린 후였다. 성한 것들도 다 물에 젖고 말았다. 먹지도 못하거니와, 금세 썩어버릴 것이다. 말 그대로 절망적인 상황이었다.

"안심들 하라! 이내 곡식이 들어올 것이다!"

"재상께서 마고국으로 곡식을 가지러 가신 참이니 며칠만 기다려라! 절대로 굶어 죽는 일은 없을 것이다!"

중신들이 목이 터져라 외쳐도 백성들은 믿지 않았다. 내성 앞을 빙빙 돌았다. 당장 오늘 먹을 것은 있다 하여도 앞날을 미리 걱정하고 근심하는 버릇들이니, 앞으로는 어찌할까, 우린 다 굶어 죽으란 말인가 고함들을 질렀다.
 곡식 창고의 불이 우연이 아니었다는 말이 퍼지기 시작한 것은 그 다음날 아침이었다.
 "분명히 보았대두!"
 "참말이냐?"
 "그렇대두! 분명 시커멓게 얼굴을 가린 두어 놈이 창고 앞을 오락가락하는 것을 보았는걸."
 "무엇인가 수상하여 우리가 다가가니, 화다닥 도망치는 것이야. 그자들이 사라지기가 무섭게 불길이 솟았으니, 뻔한 게지. 그놈들이 일부러 창고에 불을 지른 것이야."
 친기대의 보고로 인하여 마루한은 정식으로 그 일을 알게 되었다.
 "참으로 어제의 그 불이 방화(放火)란 말인가?"
 "그런 소문이 있으니 조사하심이 가한 줄 아옵니다."
 "경비병들이 수없이 지키고 있었는데, 어떻게 불을 지를 수 있단 말인가?"
 "어제는 달도 없고 캄캄하였는데다가, 마침 병정들이 교대하는 시간이었다 합니다. 또한 창고 주변이 워낙 넓으니 곳곳에 번을 세운다 하여도 구석에 숨어 기회를 노리고 있었을 자들을 확실하게 색출한다는 것은 무리가 있었을 것입니다. 곡식이 보관된 창고라,

전부 가마니들이며 탈 것들이라, 기껏 불붙은 심지 두엇만 던져 넣어도 불길이야 금세 일어났을 겁니다. 게다가 어제는 바람조차 여간 강하지 않았습니까?"

"그대들은 이번에 일어난 불이 누군가 일부러 지른 것이다 확신하는군?"

"가능성이 크다 보여집니다. 엄중한 조사가 필요하다고 사료되옵니다."

"좋소! 병사들을 내보내 샅샅이, 엄중하게 탐문하시오."

그 다음날 저녁, 쪽배를 타고 항구를 빠져나가려던 수상한 사내 하나가 붙잡혔다. 곡식 창고에 불을 지른 자를 찾아낸 것이다. 엄히 치달하였더니 마침내 자복하였다. 예상한 대로 무후의 간자였다. 그날의 불은 실화(失火)가 아니었던 것이다. 불쌍한 백성들을 굶겨 죽이려는 적의 음모임이 만천하에 드러난 것이다.

"곡식 창고를 불태워, 정곡성의 혼란을 야기하고 몰래 도망쳐라 하였습니다. 그 기회를 틈타 우리의 군사가 쳐들어올 것이니, 이내 해란의 명줄을 눌러 버리게 될 것이다 하였습니다."

무서워라, 두려워라. 적의 간자가 이미 정곡성 깊숙이 곳곳에 파고들었음이 낱낱이 밝혀졌다. 제 본진(本陣)의 사람들과 긴밀한 연락을 하고 있었다는 것이다.

"그는 어떻게 연락을 받았더냐?"

"매가 날아왔습니다. 동금준매는 제 고향으로 날아가는 법이니, 그 매의 주인은 여기 정곡의 싸울아비라 들었나이다. 그가 우리의 군사를 이끌어 길잡이 노릇이라, 아무도 모르는 새 길로 안내하고 있다 합니다. 그자가 송요성의 지도도 우리에게 넘겼다고 알고 있습니다."

아아, 귀를 막고 싶어라! 들었던 것을 다 토해내고 싶어라. 결국, 적의 간자와 내통하고 해란을 무너뜨리려 음모를 꾸민 자, 믿음을 배신한 자는 누구인가? 바로 해란의 긍지 높은 싸울아비요, 버금 마린이라 우러름받던 아사벼리 그녀가 아닌가?

세상의 많은 입들이 한꺼번에 같이 내뱉는 비난이라…… 그것이 쌓이면 무쇠도 녹이고, 하늘도 가린다. 그 누구도 맹목이 되어 거짓을 진실로 믿어버린 백성들의 입을 막을 수는 없었다.

[돌아오기면 해봐! 돌로 쳐 죽일 것이여!]

[그런 주제에 뻔뻔하게 왜 돌아와?]

[뻔하지, 뭐! 무후 놈들에게 길을 가르쳐 주려는 게지. 살금살금 제 홀로 돌아오는 척하면서 적들에게 우리 땅 지름길을 알려주려는 게지.]

[더러운 배신자!]

[목을 베어 죽여야 해! 아니, 사지분시를 하여야 해!]

둘만 모이면 온갖 험한 욕설과 함께 허공에다 주먹감자를 먹였다. 눈앞에 벼리, 그가 있다면 당장에 찢어 죽일 듯이 험악한 기세였다.

그런 사이, 무후의 간자란 그자는 며칠 후 갇혀 있던 감옥 안에서 싸늘한 시체로 발견되었다. 필시 분을 참지 못한 누군가가 짓이겨 죽인 것이다. 벼리와 대질하여 진정 그녀가 배신자인지를 가릴 자가 사라진 것이다.

아무것도 모르는 벼리가 하늘배를 타고 정곡성에서 하루거리 들판에 도착한 것도 그날이었다.
"여기서 내려다오."
"하루나 말을 타고 가야 한다는데 좀만 더 가시오그려. 아직 몸이 다 회복되지 않았으니, 무리하지 않는 것이 좋을 것이오그려."
크락마락은 만류하였다. 사곤이 힐끗 고집스런 얼굴을 한 벼리를 돌아보았다. 비아냥대듯이 한마디 하였다.
"하늘배가 사람 이목에 드러나서 좋을 것 하나 없다. 고집 센 녀석이라 남의 말 듣는 것 보았나? 이만해서 내려줘라."
벼리는 묵묵히 짐을 챙겼다. 짐이래야 일신에 지닌 일월봉황검 말고는 입고 있는 옷이 전부이다. 챙길 것도 없었다.
단 하나, 마루한의 신물인 단검은 잊지 않았다. 빼앗겼던 그것을 사곤이 다시 찾아다 주었던 것이다. 소중하게 챙겨 품에 담았다. 돌아가면, 마루한께 제일 먼저 이것을 바치고, 싸울아비 아사벼리, 임무를 다하였다고 당당하게 고할 작정이었다. 그런 다음, 그 수고의 대가로 감히 한 가지 청할 것이다.
'절연(絶緣)하여 주옵소서, 청할 것이다. 당당하게 너를 찾아갈 수 있도록, 마린인 나를 잘라주시기를 소청드릴 것이다.'
이렇게 돌아가는 것은 당당하게 널 찾아가기 위해서이다. 벼리는 입술을 꼭 깨물었다. 이날따라 사곤이 유난히 쌀쌀맞게 대하여도 아프지 말자 새삼 다짐하였다. 그가 또 한 번 자신을 잡는다 해도, 가지 말라, 나랑 도망가자 다시 말한다 해도 그녀는 가지 않을 터이니. 그러나 그는 아무 말도 하지 않았다.

하늘배의 문이 열렸다. 같이 태워 온 비사마 고삐를 잡고 끌었다. 홀로 내려 하늘배에 그대로 남은 크락마락과 일라, 사곤을 돌아보았다.

사막을 건너며 온갖 일을 함께 겪어 혈육처럼 다정하게 된 사람들을 마지막으로 돌아보았다. 눈물 핑 도는 눈을 하고 마지막 작별 인사를 하였다.

"이제 가련다."

"잘 가시오. 몸조심하시구려."

"벼리님, 다음에 또 만나요."

"가거라."

사곤은 아예 그녀 쪽은 바라보지도 않았다. 딱 한마디였다. 휙 하니 몸을 둘러 등만 보이고 섰다. 이상한 일이다. 당연한 작별인데도 아팠다. 원망은 아닌데 슬펐다.

"잘 가란 말도 안 해줄 것이냐?"

"……이내 다시 만날 것이니까."

그래서 헤어진다고 생각하지 않는단다. 작별인사 같은 건 아니한단다. 조용히 기다리자니, 천천히 다가온 그 사람의 눈이 그렇게 말하고 있었다.

"다시 만나면 지겹도록 같이 있을 터인데, 평생 함께 다닐 터인데, 네 말대로 잠시쯤 떨어져 있어도 괜찮다."

"그래, 그렇고 말고."

벼리는 맞장구 쳤다. 서글프게, 다정하게 웃어주었다.

"반드시 내게 온다는 약조만 기억하거라."

그 맹세 당당히 지키기 위해 나는 돌아가느니, 그 마음은 내가 알고 너도 알고 있다. 이승에서 잇지 못한다면 저승에서라도 내 너를 찾아가려니, 이것이 해란의 아사벼리가 한 맹세이다. 그 약조 너도 잊지 말아라, 단뫼의 사내야.

내내 넷이던 길이더니 이제는 혼자.

달빛 따라, 아침빛 따라 벼리는 고향 정곡으로 말을 달렸다. 이제 돌아간다. 그리운 아버님, 내 벗이 기다리고, 존모하는 그분이 계시는 곳으로 내 돌아간다.

돌아가 뵈오면 그분, 이제는 웃고 계시겠지. 사랑스런 마음꽃을 다시 찾으셨으니, 다시는 잠이 들어 울고 있지는 않으실 게야. 벼리, 그가 굳이 발치를 지켜 드리지 않아도 이제는 편안한 잠 주무실 게야. 아침마다 젖은 베개 돌려놓지 않아도 되는 것이야.

'그리도 행복하실 터이니, 못난 소장에게도 기특다 하시며 한 번 웃어주시렵니까? 마루한.'

언덕에 올랐다. 눈 아래 정곡의 정다운 풍광이 가득히 펼쳐졌다. 가슴이 설레고 벅찼다. 당당하게 의무를 다하고 내 살아 돌아왔다. 벼리는 말 배를 강하게 걷어찼다. 바람처럼 다시 달리기 시작하였다. 성벽에 서서 경계를 서고 있던 병사들이 그녀를 발견하였다. 팔을 마구 흔들었다. 반가운 손짓을 하였다. 벼리 또한 맞서 힘차게 손을 흔들어주었다. 갑자기 크게 호탕하게 웃고 싶었다. 거만하고 잘난 척하여서가 아니라 그냥 크게 웃고 싶었다.

"이랴앗!"

언덕길을 단숨에 달려내려 갔다. 성문 앞에 도착하여 말에서 내렸다. 성문을 지키는 이들과 반가운 인사라도 할 참이었다. 성문을 통과하여 막 한 발 내디뎠을 때였다.

갑자기 돌멩이 하나가 그녀를 겨냥하여 날아왔다. 머리통 옆쪽을 세차게 치고 떨어졌다. 벽력같은 고함 소리가 그녀의 고막을 찢었다.

"이 배신자!"

第九章

바람의 직책은 만물을 고무하는 것
만물에 입히는 공덕 더하고 덜함이 없는 걸세.
만일 꽃을 아껴 바람이 불지 않는다면
그 꽃 영원히 생장할 수 있을까.
꽃 피는 것도 좋지만
꽃 지는 것 또한 슬퍼할 일 아니네.
피고 지는 것 모두가 자연일 뿐인데.*

*이규보의 〈꽃샘바람〉을 인용함. 원문은 '鼓舞風所職/ 被物無私阿/ 惜花若停風/ 其奈生長何/ 花開雖可賞/ 花落亦何嗟/ 開落摠自然'

"이 배신자!"

"죽여라! 죽여!"

"무후의 군사를 끌고 온다지?"

"이젠 우리를 다 죽이려고? 에잇, 퉤엣!"

성문을 들어서는 벼리를 기다리고 있던 것은 파도처럼 몰려오는 성난 고함 소리였다. 사람들이 퍼붓는 돌멩이 세례였다. 정통으로 돌멩이 하나가 관자놀이를 때렸다. 격한 충격에 방심했던 벼리는 그만 땅바닥에 뒹굴고 말았다. 일어설 틈도 주지 않았다. 그 위로 다시 돌멩이가 무수히 날아왔다.

대체 왜……?

오직 하나의 물음. 사람들이 내게 대체 왜 이러는 거지?
왜 나는 적들도 아닌 우리 정곡의 사람들에게 이런 일을 당하고 있는 거지?

이유도 없다. 아무런 설명도 없다. 어느 누구도 그녀에게 이런 부당한 대접을 퍼붓고 있는 것에 대하여 설명해 주지 않는다. 오직 무조건적인 증오와 분노 속에 휘말려서, 치욕적이고 끔찍한 돌팔매질을 당하고 있었다. 벼리는 생애 처음으로 공포를 느꼈다. 온몸의 힘을 풀어버리게 만드는 무력감을 느꼈다.

'보이지 않아. 들리지 않아!'

이해를 바라듯, 설명을 원하듯 고개를 들어 주변을 돌아보았다. 하지만 아무것도 보이지 않았다. 아무리 둘러보아도 증오와 원한에 가득 차 있는 핏발 선 눈동자들뿐이었다. 가시넝쿨처럼 뻗어와 몸과 마음을 칭칭 감고 두드려 대는 건 오직 순수한 증오, 그것뿐이었다.

'저들의 마음을 볼 수가 없어.'

해란국에서도 가장 당당하고 긍지 높은 싸울아비 아사벼리는 그것이 가장 무서웠다.

'무섭다. 무서워…….'

벼리는 비로소 사곤이 말한 바, 그것을 완벽하게 이해할 수 있었다. 그는 언젠가 그녀더러 그렇게 말했다. '가장 약한 것도 마음, 가장 변덕스러운 것도 마음, 가장 차가운 것도 마음, 가장 추악하고 더러운 것도 사람의 마음'이라고.

벼리는 바로 지금 그렇게 무섭고 끔찍하고 차갑고 변덕스런 심연을 보았다. 너무나 공포스러운 인간의 마음 바깥쪽을 보았다.

일이 잘 풀리지 않거나 불행한 일이 닥치면 사람들은 본능적으로 희생양을 찾게 된다. 자신의 분노와 원한을 투사할 상대를 찾지 못하면 온전히 그것을 자신 스스로가 감당해야 하는데 그럴 용기가 없기 때문이다. 일단 희생양을 정하면 모든 악을 그에게 퍼붓는다. 그리하여 그들 자신은 순백의 양처럼 완전무결하게 선하다고 믿고 안심한다. 이날 벼리는 그것을 보았던 것이다.

"으윽."

그녀의 깨물린 입술 사이로 다시금 미약한 신음이 터졌다. 작은 돌멩이 하나가 그녀의 한쪽 눈두덩을 정통으로 후려갈겼던 것이다. 이왕 찢어진 상처에 덧보태진 충격이었다. 심한 통증과 더불어 말릴 사이도 없이 눈물이 흘렀다. 핏물인가 눈물인가. 옷섶을 벌겋게 적셨다.

벌써 희미해져 가는 눈을 들었다. 그 돌을 던진 사람과 정통으로 눈길이 마주쳤다. 벼리는 절망하여 눈을 꽉 감아버렸다. 차라리 보지 말 것을……

'하늘님! 저 아이를 용서해 주십시오.'

아무 생각이 없다. 진실과는 전혀 상관없이, 자신이 무엇을 하는지도 모르는 너덧 살 된 아이였다. 주위에 선 어미 아비가 그러하듯 재미삼아, 그럼에도 확실한 증오를 담아 아이가 다시 돌을 던졌다. 어린아이의 천진한 눈동자 속에 깃든 이기심의 악마를 보았다. 그녀가 견뎌낸 그 어떤 지옥보다 참혹한 지옥이었다. 절망의 얼굴이었다.

벼리의 목이 푹 꺾였다. 더 이상의 설명도, 해석도 필요없었다. 그녀는 이곳에서 원치 않는 자였다. 철저히 버림받은 자였다. 누구도 그녀가 이곳으로 돌아오는 것을 원하지 않는다. 전부 다 그녀의 죽음을, 갈가리 찢긴 시신을 원하고 있었다. 무슨 이유인지는 모르나 그들에게는 희생양이 필요했고, 그 희생양은 다름 아닌 바로 그녀였다.

오직 충성만 한 자, 온몸을 바쳐 마루한과 백성을 위해 희생하고 헌신하는 것밖에는 알지 못하는 자, 한때 해란의 자랑이요 정곡성의 긍지였던 그 아사벼리, 그 사람의 피와 찢겨진 살을 사람들은 원하고 있었다.

이유도 없이, 왜 이런 일을 당하는지 알지도 못한 채 그렇게 벼리는 돌팔매질을 당하는 치욕을 겪고 있었다. 증오와 분노를 감당해야만 했다. 그것도 사랑한 사람들에 의하여, 지키고 싶었고 보호하려 하였던 그 사람들의 손에 의하여 철저히 유린당했다. 긍지와 위엄을 지킬 기회도 얻지 못한 채, 항명하여 스스로를 변호할 기회도 얻지 못한 채.

다시금 커다란 돌멩이 하나가 날아와 이미 꺾여 버린 무력한 등판을 후려쳤다. 넋을 놓아버린 후였으므로 벼리는 이제 아픔도 느끼지 못했다.

눈을 감은 채, 이 치욕과 고통이 언제쯤 끝날까, 차라리 누군가

검을 들어 깨끗하게 일거에 목을 날려주면 좋겠다는 생각만 했다.

아버님……. 감은 눈 사이로 피눈물이 다시 흘렀다. 벼리는 흙 묻고 피 묻은 두 손을 들어 필사적으로 얼굴을 가렸다.

이왕 죽는 터로 어찌 죽든 괜찮거니와, 오직 하나. 시신의 얼굴이라도 온전히 남겨야지. 이런 딸자식의 서른 꼴을 보시면 늙은 분의 가슴이 얼마나 찢어질까? 그 수치, 그 아픔을 어찌 견디실까? 누가 무어래도 아버님만은 내 결백을, 내 억울함을 아실 터이니, 노부(老父)의 가슴이 터지지 않게, 이 딸자식 얼굴만은 깨끗이 간직해야지.

바로 그때였다. 성문을 한꺼번에 달려들어 오는 말발굽 소리가 우두두두, 우레처럼 울려 퍼졌다. 벽력같은 고함 소리가 사람들을 멈칫하게 만들었다.

"멈춰라—!"

"네 이놈들! 그만두지 못하겠느냐? 당장 물러나렸다!"

말을 탄 싸울아비 백여 명이 성문을 넘어 달려들어 오며 천둥벼락처럼 소리 질렀다.

"당장 물러서지 못하겠느냐? 고약한 놈들! 누가 감히 우리의 친기대장을 핍박하느냐! 목을 잘리고 싶으냐!"

앞장섰던 한 사내가 말에서 뛰어내렸다. 땅바닥에 엎드려 두 손으로 피 흘리는 얼굴을 가리고 있는 벼리를 안아 일으켰다. 부축하여 주었다.

"정신 차리시오. 대장, 괜찮으시오?"

벼리는 피가 흘러들어 잘 보이지 않는 눈을 천천히 떴다.

"현목……."

그녀와 함께 친기대를 이끌었던 부대장 현목이었다. 둘러싸고 돌을 던지는 사람들의 앞을 가로막고는, 검을 빼들고 서슬 푸르게 호령하는 자들은 생사고락을 같이하였던 그녀의 동료들이었다. 성벽 위에는 시위에 살을 매긴 다른 동료들이 개미떼처럼 늘어서 있었다.

"우리가 믿소이다. 하여 왔소! 감히 누가 우리의 대장을 모함하여 누명을 씌우고 나락에 빠트렸는지 반드시 밝힐 것이오!"

누가 당신을 이렇게 만들었나? 싸울아비로 태어나 충성한 죄뿐인데……. 사선(死線)을 넘어 적의 목을 따고 인질을 구한 대가가 이것인가?

용맹의 귀감이요 믿음직한 으뜸 빛, 우리의 대장 아사벼리여. 다른 이들은 모두 그대를 버려도 우리는 그대를 지킨다. 함께 전쟁터를 말달리며 삶과 죽음을 같이하였다. 그런 때에 그대는 단 한 번도 벗을 배반하거나, 비겁하게 물러서거나, 싸울아비의 의무를 잊지 않았다. 신의와 충성을 지켰다. 하여 우리는 그대를 믿는다. 운명을 같이할 것이다.

허리를 베이고 독화살이 박혀도 신음 소리 한 번 내지 않는 용맹한 싸울아비들, 죽음 앞에서도 울지 않던 그 사내들의 순박한 눈에 굵은 눈물이 고여 있었다. 사랑하는 대장이자, 아름다운 벗의 뼈아픈 수모 앞에서, 처절한 굴욕 앞에서, 마침내 그 눈물이 굵은 고랑이 되어 흘러내렸다.

벼리는 끝내 믿어주고 도와주러 달려온 동료의 품에 몸을 기댔다. 천천히 눈을 감고 스러졌다. 현목이 벼리를 부축하여 일으켜 세웠다. 돌멩이를, 몽둥이를, 쇠스랑을 움켜쥐고 노려보는 폭도들을 향해 부르짖었다.

"대체 무슨 권리로 이런 짓을 하는가? 그 어떤 흉악한 죄인도 이런 식의 수모는 당하지 않는 법이다! 말하라! 대체 우리 대장이 무슨 죄를 지었는가? 백주대낮에 돌팔매질을 당할 죄를 언제 지었는가? 목숨을 아끼지 않고 마루한과 나라에 충성한 자를 두고 어찌 이런 모진 짓을 하는가?"

현목의 목울대에 붉근 핏줄이 섰다. 쏘아보는 눈빛에, 사납게 고함치는 서슬에 그들을 둘러싸고 있던 군중들이 주춤주춤 몇 발자국 물러섰다. 하지만 이내 그들 사이로 큰 고함 소리가 터졌다. 그들의 행동이 정당하다, 옳다 주장하며 사람들을 선동하는 자들이었다.

"마루한과 나라를 배신하고!"

"적들에게 송요성 지도를 내주고!"

"식량 창고를 불태워서 우리를 굶겨 죽이려고 하고!"

"이제는 무후의 군사를 이끌고 길잡이 노릇까지 하는 계집인데!"

"이놈들도 다 같은 패거리 아닌가?!"

"때맞추어 달려온 것만 보아도 알 만하지! 반역이다! 저놈들은 우리를 다 죽이려는 자들이다! 우리를 다 죽이고 적들에게 정곡성을 내주려고 한다! 당하기 전에 죽여라!"

이번에는 벼리와 현목을, 그들 등 뒤에 선 싸울아비들을 향하여 돌멩이들이 날아오기 시작했다. 몽둥이와 낫과 쇠스랑을 움켜쥔 손에 불끈 힘줄이 섰다. 히히힝, 놀란 말들이 날뛰었다. 싸울아비들 역시 빼든 검을 단단히 움켜잡았다.

일촉즉발.

누군가 한 사람이라도 한 걸음 앞으로 나선다면, 불씨를 던진다면, 바로 이 자리는 순식간에 피비린내 나는 살육의 현장으로 변할 것이다. 지켜라 명받은 해란의 싸울아비들이 제 나라 백성을 죽이는 어처구니없는 비극이 벌어질 것이다. 벼리는 부르짖었다.

"현목!"

그러나 현목의 대답은 무뚝뚝하기 그지없었다.

"대장은 아무 말도 말고 계시오! 오늘 우린 다 같이 죽거나 다 같이 살 거요!"

벼리는 자꾸만 희미해지는 눈을 돌려 현목을 바라보았다. 말을 탄 동료들을 살펴보았다. 아아, 정말 그러한 것인가? 하나같이 그들의 눈에서 이글거리는 살기를 보았다. 정말 그들은, 백성들의 목을 베고 반역을 해서라도 벼리 한 사람을 살리려 달려온 것이었다.

"아니 된다. 이래서는 아니 돼! 멈추어라. 이런 짓을 할 수는 없어!"

악을 쓰는 벼리의 말을 현목이 가로막았다. 그도 맞서 악을 썼다.

"누굴 위해 그런 명령을 하시오? 설사 나라를 배반한 죄를 지었다 해도 이런 대접은 받지 않소!"

그대의 죄란 오직 충성한 죄, 목숨 아끼지 않고 사선을 넘나들며 적을 교란하고 마린을 구해낸 죄뿐이다.

"그대가 주신 은혜에 보답하기는커녕 더러운 누명 씌워 생목숨 끊어내려 하는 이 나라를 위하여 왜 충성하라 하오? 못하오. 안 할 것이오! 대장 아사벼리 그대는, 우리는 이런 대접을 받을 이유가 없소!"

현목이 손을 들었다. 사랑하는 대장을 지키기 위하여, 충성하는 싸울아비의 명예를 위하여 피를 흘려라 명령하였다.

"멈— 추— 어— 라!"

그때였다. 누런 먼지를 일으키며 내성에서부터 일단의 군사들이 전속력으로 질주해 오고 있었다. 맨 앞에 말을 타고 달려오는 자는 황금빛 전포를 입은 마루한 가람휘였다. 저들 편이 나타났다고 생각한 듯했다. 폭도들이 우와아! 환성을 질렀다.

"마루한이시다!"

"마루한이 친기대를 이끌고 달려오신다."

"가증스런 반역자를 벌하러 오신다."

"반역한 자들을 응징하러 나오신다. 만세!"

"더러운 계집을 죽여라! 죽여라!"

성난 군중들의 고함 소리를 뚫고 마루한을 태운 말이 그들 앞에 멈추었다. 그의 등 뒤로 수백 명의 친기대가 완전 무장을 한 채 달려와 그들 전부를 빙 둘러싸 버렸다. 누구든 반항하거나 저항한다면 그대로 베어버릴 엄혹한 기세였다.

"마루한."

"현목, 내 팔을 놓아라."

벼리는 현목의 부축을 벗어났다. 한 무릎을 꿇었다. 존귀한 주군에게, 경모하는 마루한께 무사히 임무를 마치고 귀환하였다는 고변을 올렸다.

"친기대장 아사벼리, 무사히 명을 받들어 아칸의 목을 따고 이제 마침내 귀환하였나이다."

"장하다, 아사벼리. 그대의 공명은 내 이미 들었다."

마루한의 눈빛이 벼리의 피 흘리는 얼굴에 머물렀다. 오랜 여정에 고생한 흔적이 역력하다. 피골이 상접하고 초췌한 모습을 안쓰럽게 바라보았다.

"마린 아사벼리."

"예, 마루한."

"고개를 들라."

벼리는 찢어져 계속하여 피 흐르는 눈두덩을 주먹으로 비볐다. 억지로 눈을 부릅떴다. 희미하게 아물거려 잘 보이지 않는 그분의 모습을 올려다보았다.

억겁 같은 찰나였다. 영원 같은 응시였다. 벼리는 가람휘를, 가람휘는 벼리를 마주 보았다. 짧되 긴 눈빛이 얽혔다. 벼리가 두 손으로 내내 간직하여 온 마루한의 단검을 바쳤다. 마루한이 잠시 그것을 내려다보더니, 아무 말 없이 받아 들었다. 자신의 허리띠에다 찼다. 이것으로 되었다. 벼리는 그렇게 생각하였다. 이제 마침내 그녀의 의무를 다하였다.

'그대 무사하였구나. 내 가슴 타게 하고 바람처럼 사라지더니, 이렇게 무사히 돌아왔구나.'

해를 등진 마루한의 눈에 눈물이 어린 듯 보이는 것은 착각일까? 사선을 넘어 돌아온 그대, 대견하고 장하다. 한데 그대를 기다리는 것은 이렇듯 무서운 수모로구나. 이 나라는 그대를 이런 대접밖에 하지 못하는구나. 군주로 부끄러워 내 그대 앞에 고개를 들지 못하겠구나. 가람휘가 이를 악물었다. 하지만 나는 일국의 마루한, 그대의 죄를 덮어줄 수는 없다. 그가 날카로운 목소리로 내뱉었다. 엄히 명령했다.

"유감이다, 마린 아사벼리. 그대는 반역죄로 고발당했다. 형보장*, 이 죄인을 포박하라!"

쇠뭉치로 강하게 뒤통수를 후려 맞는 충격이었다. 처음에는 바람에 쓸린 귀가 잘못 들었는 줄 알았다. 벼리는 멍하니 마루한을 우러렀다.

"반…… 역이라 하셨습니까?"

되묻는 목소리에 피눈물 같은 것이 흘렀다. 무엇인가 뚝 하고 부러졌다. 서걱거리는 모래알이 심장을 쓸어내리는 아픔이었다.

"그렇다. 반역! 그대는 가장 가증스런 반역을 저질렀다. 제 목숨 살겠다고, 우리의 마지막 희망인 송요성의 비밀 통로가 적힌 지도를 적에게 내어주었다지? 적의 밀명을 받고 이 나라 백성을 다 굶겨 죽이고자, 매를 날려 식량 창고를 불태웠다지? 네가 다시 고개를 치켜들고 정곡으로 돌아온 이유는 적들에게 이곳을 습격하도록 길잡

---

*형보장:형부의 관리. 감옥의 책임자이기도 하다

이 노릇을 하려 함이었다지?"

"부당하오, 마루한!"

순간 현목이 새된 목청으로 절규하였다. 마루한이 나타났을 때, 모든 진실이 밝혀지려니, 정의가 살아 있음을 알게 되려니 기대하였다. 하지만 그건 그들의 섣부른 기대였을 뿐이다.

"누가 대장을 고발하였습니까? 누가 이 사람에게 배신의 누명을 씌운 것입니까? 대체 누가 우리 대장더러 송요성의 비밀 지도를 주고 곡식 창고를 불태우고 무후의 적들에게 길을 가르쳐 주었다고 하였습니까? 해명하여 주십시오! 그 말을 듣기 전에는 절대로 물러나지 않을 것입니다, 마루한!"

"사무란성에서 이자의 가증스런 죄악을 낱낱이 목격한 자의 증언이다."

"그자가 누구인지요! 대질하게 하여 주시오! 감히 우리 대장에게 짓지도 않은 죄를 뒤집어씌운 자를 보여주시오!"

격앙하여 이제는 심지어 반말 짓거리이다. 현목이 거칠게 항의하였다. 자신에게 붙은 죄목이 반역이라는 말에 모든 기운을 상실해 버렸다. 멍한 얼굴을 하고 묵묵히 땅바닥만 내려다보고 있다. 무죄를 주장하여 항명할 기운마저 잃어버린 벼리를 대신하여 격렬하게 소리쳤다.

마루한 역시 자신의 말을 부인하는 현목에 대하여 맞고함을 질렀다. 가람휘 자신, 이런 하극상을 처음 당하는 일이었다. 자연스레 흥분이 아니 될 수가 없었다.

"어리석구나. 허면 내가 거짓 누명을 이자에게 뒤집어씌운다는 말이냐? 저자의 가증스런 반역의 행위를 사무란에서 직접 보고 들은 마린이 계시다. 허면 너는 마린께서 거짓 증언을 하고 있다고 감히 주장하는 것이냐?"

"누구의 말이 진실인지, 하늘만이 알 것이오! 어찌하여 한쪽 말만 들으십니까? 마린의 말씀이 진실이라면, 또 한 분의 마린이신 이분의 진실은 왜 외면하시는가?"

현목이 피 토하듯 절규했다.

"마루한의 총애가 진실을 결정짓는 것이오? 받아들이지 못하리라! 아무리 마루한이시라 하나, 함부로 이분을 핍박하지는 못할 것이오!"

"현목, 물러서랏!"

가람휘가 거칠게 소리쳤다. 말등에 올라탄 마루한과 벼리 곁에 선 현목의 눈빛이 사납게 맞부딪쳐 불꽃을 튕겼다.

"너는 지금 감히 나에게 항명하느냐? 여기 이곳에서 한 발자국만 더 움직인다면, 너희들 모두 반역의 중죄로 다스리리라."

"해란의 싸울아비, 오직 마루한과 나라에 충성하는 자로 길러졌습니다. 하나 우리의 자랑이자 우리의 동료인 이 사람이 나라에 세운 공을 칭송받기는커녕 억울한 누명을 쓰고 투옥당하여 온갖 모욕을 당할 일을 좌시할 것이라 믿으신다면 마루한께서 오판하신 것입니다."

"오판? 좌시하지 않는다면 어쩔 것이냐? 나에게 반항하여 너희들의 마루한에게 검이라도 들이댈 작정이냐?"

현목이 비릿하게 웃었다. 이 사이로 비장하게 뱉어냈다. 사생결단. 벼리를 구하러 군막을 이탈하여 달려오던 순간, 그 역시 더 이상은 잃을 것이 없었다.

"어찌 소장이 그것을 못할 것이라고 생각하시옵니까?"

가람휘의 얼굴에 짧은 경련이 일었다. 마루한을 호위하여 달려온 병사들의 표정에도 동요가 일었다. 아까보다 더한 긴장이 광장을 휘감아 돌았다.

가람휘는 현목의 말이 거짓 하나 없는 진심임을 직감했다. 신의에 목숨 거는 싸울아비답게 그들은 그들의 대장인 벼리의 무고함을 굳게 믿고 있었다. 그를 구명하기 위하여 어떤 짓이든 할 것임을 분명히 밝힌 것이다. 설사 그것이 마루한을 향하여 검을 들이대는 최악의 죄라 하여도.

절대자인 그에게 반역하겠다는 발칙한 말을 들었다. 당연히 극도의 화가 치밀어야 할 터인데, 이상하게 화가 나지 않았다. 오히려 부러움에 가슴까지 저렸다. 저절로 가람휘의 시선이 벼리에게로 흘렀다. 이 모든 격앙된 감정의 바깥에 서 있는, 이 모든 문제의 원인이자 결과인 그녀. 벼리는 서러운 눈빛으로 동료들과 마루한의 극단적인 반목을 지켜보고 있을 뿐이다. 그런데도 가람휘는 그 순간의 벼리가 너무나 부러웠다.

'아아, 마린 아사벼리. 그대는 이런 충정, 이런 우의를 지닌 사람이구나. 벗을 지키려 죽음도 불사하는 이들을 곁에 두었구나. 천하

에서 제일 가는 부자이다. 내 그대가 정녕 부럽구나.'

잠시 흔들리던 가람휘의 시선이 다시 현목을 향했다. 강렬한 시선을 그 역시 피하지 않았다.

그는 마루한, 어찌하든 그에게 항명하고 무엄한 짓을 저지른 백여 명의 싸울아비들을 제압해야 한다. 그것이 그의 의무였다. 수천 개의 눈이 지켜보고 있다. 무서운 침묵. 팽팽한 시선이 한 치의 양보도 없이 오갔다.

"마린을 불러내소서! 모든 이들이 보고 듣는 가운데, 두 분의 진위를 가리리라. 왜 일방의 말만 듣고, 억울한 자의 죄만 묻사옵니까?"

"이, 이 무엄한!"

그런데 바로 그때, 예기치 않은 일이 일어났다. 어느 한쪽도 물러서지 않고 양보하지 않는 팽팽한 긴장을 벼리가 깨트렸다. 그녀 스스로 먼저 짓지도 않은 죄를 인정하여 고개를 숙인 것이다.

"소장, 모든 죄를 자인하옵니다. 엄한 벌을 청하옵니다."

벼리가 힘겨이 일어섰다. 옆의 현목을 밀어냈다. 스스로 형보장 앞으로 다가가 두 팔을 내밀었다.

"대장!"

"다 인정하오!"

"대장! 대체 왜 이러시오?"

"현목, 나를 위해 나서지 말라! 나는 그대들이 믿는 그런 영웅이 아니다. 나 살자고 나라를 배반한 가증스런 죄인이다. 벌을 받아야 한다. 물러서라."

형보장이 벼리의 두 팔을 뒤로 돌려 포박하였다. 가람휘가 현목에게 명령하였다.

"감히 마루한에게 대적하고 반역을 말하였으니 너희들 역시 한 패거리다. 검을 내려놓고 포박을 받으라. 그렇지 아니하면 너희들은 이날, 이 자리에서 다 죽게 될 것이다."

현목 이하 싸울아비들의 얼굴에 경련이 일었다. 벼리는 강한 어조로 고함을 쳤다. 그들을 이 자리에서 개죽음당하게 할 수는 없었다.

"마루한의 명에 따르라! 검을 풀고, 어서 활을 내려라. 현목!"

"대장!"

"우리가 누구더냐? 마루한의 명을 받들어 나라를 지키는 싸울아비이다. 물러서라! 불복종은 가장 큰 죄이다. 어서 검을 풀고 포박을 받아라!"

결국 마지못하여, 현목이 허리춤의 검을 집어던졌다. 성벽의 병사들도 활을 내렸다. 마루한의 뒤를 따라온 병사들이 현목을 비롯한 벼리의 부하들을 포박하기 시작했다. 꼴좋다! 비아냥과 더불어 다시 몇 개의 돌멩이가 그들에게로 날아왔다. 마루한이 말머리를 돌려 벽력같이 소리쳤다.

"무엄하다!"

무섭게 부릅뜬 눈에서는 푸른 불줄기가 활활 배어 나오고 있었다.

"죄인은 국법으로 다스리는 것이다. 한데 아직 문초도 하지 않고 죄명도 밝혀지지 않았는데, 누가 함부로 이자를 상하게 하느냐?"

사람들이 슬금슬금 물러났다. 옆에 선 사람들을 서로 손가락질하였다. 가람휘가 더 크게 호령했다.

"필시 밝혀내 엄히 다스리리라. 반드시 폭거한 죄를 물어 책임을 물을 것이다!"

형보장이 벼리를 죄인이 타는 수레에 밀어 넣었다. 검은 휘장이 내려졌다.

"반역의 중죄인이다. 지하 감옥에 가두고, 그 누구도 만나게 하지 말라. 닷새 후, 이 자리에서 모든 사람들이 보는 앞에서 명명백백 죄상을 가리리라."

우렁찬 가람휘의 목소리가 너른 광장에 울려 퍼졌다.

"지금 돌을 쥔 자는 그때에 던져라! 만약 이자의 무죄가 증명될 시에는 그 돌을 자신이 맞으리라! 자, 돌아가자! 형보장은 죄인들을 호송하랏!"

마루한이 먼저 말머리를 돌려 내성으로 달려가기 시작했다. 친기대장을 비롯한 시위대가 그 뒤를 따랐다. 털털거리며 죄인 벼리를 태운 수레가 굴러가고, 줄줄이 굴비 두름으로 두 팔이 묶인 싸울아비들이 끌려갔다.

한 사람, 두 사람 떠나기 시작한 대광장, 이내 황량한 바람만이 남았다. 바닥에 구르는 피 묻은 돌멩이를 스쳐 사라졌다.

철커덕, 둔중한 자물쇠가 채워지는 소리가 들렸다. 기진한 몸을 돌벽에 기댔다. 고개를 떨어뜨린 채 저 벽 너머, 그녀를 바라보는 호기심 어린 눈동자를 피했다.

어떤 것은 동정이었고 또 어떤 것은 증오, 또 다른 것은 분노나 연민일 것이다. 그러나 벼리는 그 모든 눈빛을 거부했다. 시선을 차단하고 마음벽을 세우고 감각을 닫아버렸다.

'피곤해. 힘들어. 이제는 쉬고 싶다.'

몹시도 피곤했다. 손가락 하나 움직일 힘이 없었다. 그저 쉬고 싶었다. 평생 이 지하 감옥에 갇혀 있는다 해도, 설사 죽는대도 좋았다. 지겹고 싫었다. 이 복잡하고 미묘하고 더러운 갈등과 마음고생에서 벗어나고 싶었다.

마린이라 한다. 그 어여쁘고 사랑스럽던 마린이라 한다. 마루한 께서 못 잊어 하시어 밤새 울던 그리운 분이라 한다. 더없이 성결하고 아름다운 그분이 그녀를 죽이고자 한다. 천하에서 가장 나쁜 죄인으로 만들어 버리셨다.

벼리 자신을 반역의 죄로 고발한 자가 마린이라는 말을 듣는 순간, 모든 것이 깨어졌다. 끝나 버렸다.

아니다, 아니다 하며 끝내 부인한 진실이, 끝까지 아니기를 바랐던 아픈 진실이 완전히 그 추한 몸을 드러냈다. 사곤이 그리 말했던가? 가장 선한 얼굴을 한 자가 가장 악한 자의 심장을 지니고 있다고.

'내가 죽었다고 생각한 것이야. 하여 사무란에서의 제 행적이 드러나지 않을 것이라 생각했던 것이야. 그런데 내가 탈출하였다 하니, 마루한을 배신하고, 정절을 더럽히고, 정표를 지닌 자를 죽이려 하였던 죄가 발각될까 봐, 나를 배신자로 몬 것이야.'

허탈한 미소가 절로 흘렀다. 벼리는 고개를 무릎 위에 묻고 쿡쿡 웃음소리를 냈다.

'궁지에 몰린 게지. 제 살길 막힌 거라 생각한 게지. 하여 남 목숨 베어 제 살길 찾으려 하는 게지. 아아, 나는 겨우 그런 자를 위하여 먼먼 사막을 건넜는가? 나라의 금을 꺼내 몸값을 치르자고 먼저 청원하였는가? 내 목숨 바쳐도 아깝지 않다 생각하고 그곳까지 간 것인가? 내 소중한 벗은 씩씩한 다리와 두 눈을 잃었는가?'

장엄하고 거룩한 사명을 이루자고 살았다. 지금껏 고단한 삶을 지탱하게 만들어준 것은 오직 충성, 그 신념 하나, 그 긍지 하나였다. 한데 그것은 전부 쓰레기. 아무런 가치도 없구나. 누구도 고마워하지 않는구나. 필요치 않았다 하는구나.

"내 삶이…… 참으로 보잘것없음이로다."

지키고 보우하려 애썼는데, 실체가 없었다. 벼리는 쇠사슬로 묶인 다리를 내려다보았다.

'나로 인해 행복 찾으신 그분이 나를 죽음으로 몰고 가는구나. 주고 또 주어, 내 님에게는 드릴 것 없었던 아사벼리의 삶이 이렇듯이 끝나는구나.'

가슴 아프다. 서럽다. 서럽다.

서럽다 못해 손을 들어 흐르는 이 눈물을 닦아낼 힘도 없어. 울고 있는 나 자신의 어리석음을 한탄할 힘도 없어.

또다시 벼리의 입술 사이로 눈물 같은 웃음소리가 나직하게 새어 나왔다.

마음은 끔찍한 비명을 지르고 있는 중이다. 하지만 뇌리 속은 오히려 담담했다. 쾌청한 하늘처럼 맑아지고 있었다. 체념이 시작되었기 때문일까?

동시에 무서운 공포이기도 했다. 비로소 뼛속까지 파고드는 깊은 외로움에 벼리는 떨었다.

저벅저벅, 돌감옥의 복도를 지나치는 병사들의 발자국 소리, 두런거리는 소리, 어디선가 디리링, 현금을 연주하는 소리도 들린다.

벽 하나 사이에 두고 살아가는 사람들. 저렇듯이 그리운 동포, 사랑하는 사람들이 곁을 지나가고 있는데, 벼리는 처절하게 혼자였다. 버림받고 배신당한 상처를 핥으며 해란의 으뜸 싸울아비요 긍지 높은 마린 아사벼리는 더러운 진창에 빠져 쇠사슬에 매여 있었다. 적들도 묶지 않았던 쇠사슬을 그녀 인생 전부를 바친 동포가 묶었다.

돌로 만들어진 감옥의 작은 창문으로 검은 밤이 내리고 있었다. 피멍울 새겨진 눈으로 며칠 보지 못할 밤의 그 별빛을 멍하니 올려다보았다.

무심한 별들이 애써 욱씬거리는 아픔을 감춰주고 있었다. 상처투성이 어둠을 더 깊이 캄캄하게 만들고 있었다.

벼리는 차가운 돌감옥의 벽에 머리를 기댔다.

이상한 일이다. 허탈함과 슬픔이 가득하던 마음에 그 밤처럼 깊은 것이 가라앉기 시작했다. 이렇게 희망 없이 묶여 있는데, 어쩐지 이제야 짐을 내려놓은 듯 마음이 후련했다. 한 번도 허락되지 않던 이기적인 편안함을 죽음을 목전에 두고 누리게 되다니. 싸울아비로서 생사(生死)야 중요하지 않은 것. 가만히 벼리의 입술 사이로 늘 외던 시 한줄기가 흘러나왔다.

"……꽃피는 것도 좋지만
꽃 지는 것 또한 슬퍼할 일 아니네.
피고 지는 것 모두가 자연일 뿐인데."

스러지는 것도 자연. 피는 것도 자연. 내 생을 치열하게 살았으니, 미련도 여한도 없다. 이제는 질 때가 온 것일 뿐. 다만 예기치 못한 돌풍에 휘말려 떨어지는 것일 뿐이다.
'이것이 내 운명이라면 받아들이자. 내 한 목숨 끝내 모든 사람이 평온한 길을 찾자.'
그녀가 끝내 무죄를 주장하고 항명하면, 현목을 비롯한 사랑하는 벗들이 마루한을 대적하는 일이 생길 것이다. 그렇지 않아도 허약한 국운, 둘로 나뉘어 갈기갈기 찢기는 일은 만들 수 없어. 하물며! 벼리는 주먹을 꼭 움켜쥐었다. 마루한, 당신을 위하여…… 당신이 사랑하고 향일하는 꽃송이를 빼앗을 수는 없다.
'나에게는 배은망덕하고 사악하되, 당신에게는 행복이라 하

니…… 내 마루한께 그런 기쁨 주는 사람이라 하면 그대에게서 다시 빼앗지는 않을 것입니다.'

모든 것은 결국 나의 죄. 떳떳치 못한 내가 무슨 말을 할 것인가? 벼리는 서글프게 웃었다.

우르 신 앞에 혼약을 맹세한 마린으로 지아비라 하는 그대에게 내, 몸과 마음의 정조를 잃었나이다. 배신하였다 하면 사실 그것이 진실. 부부지정 맺어 충실하겠다는 맹세 지키지 못한 벌이라 하옵나니.

'내 입 다물고 목이 잘리면, 그대는 어여쁜 마린과 더불어 행복한 꿈을 꾸실 테지요. 그대라도 행복하면 내 죄는 조금이라도 씻기는 게지요? 하여 마루한, 나는 저승에서는 그대를 잊어버리고 내 님 찾아가렵니다. 마루한 그대가 아닌 다른 사내 마음에 담았으니, 이승에서 만나지 못하면 저승에서라도 그를 찾아간다 맹세하였거니. 내 진정(眞情)의 사람 따라갈 수 있다면 죽음도 행복하옵나니. 그것까지는 나무라지 마시옵소서.'

샘물처럼 고여오는 슬픔의 근원은 대체 누구인가. 금단의 이름 하나가 메마른 혀끝에서 맴돌았다. 우욱우욱, 꾹꾹 다물린 입술 사이로 검은 오열이 터진 것은 그때였다.

'사곤.'

이 순간 그녀가 가장 보고 싶은 사람이 있다면 늙은 아버지도 아니요, 존모한 가람휘도 아니었다. 진실과 정의를 외쳐 불러 그녀를 자유롭게 해줄 판관(判官)도 아니었다. 오직 한 사람. 가슴이 터져 버릴 정도로 그리운 이름. 그는 이런 결과를 예상하고 그녀더러 돌아가지 말라 하였던가.

"사곤."

마루한의 긍지 높은 마린으로서 절대로 부를 수 없는 그 이름. 그것은 마지막 생의 순간에서야 발설하는 진실의 존재. 깊숙이 감춰두고 가슴앓이하여 병이 된 정인의 이름이었다. 울음과 함께 터진 그리운 이름을 부르고 나니, 더 그립고 서러워 벼리는 더 크게 울었다.

'다시 태어난다면 난 반드시 그대의 아낙이 될 것이다.'

팍팍하고 힘겨운 삶의 시간 내내 기쁨이 되고 의지가 되고 언제나 웃음이 되었던 그대. 날이면 날마다 생각을 하고, 몰래 입 달싹여 그대의 이름을 부르고.

아주 간단하니, 그것이 사랑이었다. 그저 정직하게 사모한다 말 한마디면 될 일을, 어리석어 말 못하고 기다리지 않았다. 보잘것없는 충정의 갑옷 두르고 참마음 가려 그대 외면하여 뒤돌아선 죄, 어찌 씻을까?

내 이제 저승에 가면 다른 누구도 아닌 그대 때문에 눈물 흘리겠지.

이 세상에 홀로 버려둔 그대를, 깊은 마음 한 번 말하지 못하고 홀로 남겨둔 그대를 그리워해, 미련을 씻지 못해, 명부를 걸어가는 내내 뒤돌아보겠지.

언제나 나를 따라 그대 오시나, 바람결로 날아 그대의 머릿결을 어루만지겠지.

사곤, 내 마음의 지아비여. 연인이여. 운명이여.

그들은 지금, 홍월루의 가장 높은 층에 앉아 바깥을 내다보고 있는 중이었다. 특등석이었기에, 넓은 기루는 오직 그들 두 사람뿐이었다. 물론 하늘배를 타고 먼저 당도한 사곤과 일라였다.

그들은 오늘 내내 이 자리에 앉아 있었다. 아까 성에 들어온 벼리가 당하는 모든 일을 고스란히 눈에 담은 후였다.

"너무 몰아붙이는 것 아닌가?"

일라가 투덜거렸다. 애꿎은 술잔만 비웠다.

"가엾어서 눈 뜨고는 못 보겠더구먼. 해란 놈들, 생각보다 험한 걸? 다짜고짜 돌팔매질이라니!"

"저들도 독이 올라 그런 거다. 식량을 사올 수 있는 금을 캐는 송요성은 빼앗겼지, 계절 나기 필요한 곡식 창고는 타버렸다. 수천 명이 굶어 죽을 거란 소문이 파다하게 난 상태. 너라면 광분하지 않을 듯싶으냐?"

"그렇다고 제대로 알아보지도 않고 죽도록 고생하고 돌아온 사람을 저렇게 개 패듯이 패? 벼리님더러 미리 귀띔 좀 하지 그랬어?"

"믿지도 않았을 거다. 저한테 목숨을 빚진 마린 계집이 그렇게 말짱하게 배신하고 저를 사지로 몬다는 일조차 이해를 하지 못할 위인 아니냐?"

"하기는…… 벼리님은 지나치게 사람에 대하여 낙관적이고 긍정적이긴 하지."

낙관적? 긍정적? 웃기고 있네. 사곤이 코웃음을 쳤다.

"맹목은 어리석다 하는 것이며, 남 마음 제 마음이라 믿는 것은 바보라 하는 것이다. 알고서 용서하는 것은 어질다 하되, 모르고서 무조건 선하다 말하면 그것은 당달봉사. 저 녀석은 맹목에다 어리석은 바보요, 눈뜬장님이다. 아직도 모르겠냐?"

"그런 여자 좋다고 천리만리 따라다니는 놈은 뭔데? 더한 바보냐?"

"어럽쇼? 사염화, 너 많이 컸다? 인젠 내가 필요치 않다, 그 말이냐?"

"우리 사이 거래 관계 다 끝났는데, 내가 아쉬운 게 어디 있어?"

일라가 퉁얼거렸다. 사곤이 눈을 부릅떠도 소용이 없었다.

"그나저나, 벼리님은 저대로 놓아둘 거야?"

"고생 더 해야 한다."

사곤이 잘라 말했다.

"사실은 더 지독한 꼴을 당해야 해. 그래야 미련한 그 녀석이 제 나라에 대한 미련 맞은 애정을 완전히 자를 수 있다. 해란이 아사벼리를 버리고, 아사벼리가 해란을 버려야 한다. 온전히 가진 것 없이 떠나야 한다. 그래야 나의 반려가 될 것이다."

"미리 꾀어내서 재미는 다 본 주제에, 또 웬 시험? 너무 가혹한 거 아냐?"

"천하의 주인이 될 나다. 그 반려가 되는 일이 쉬운 줄 알았더냐?"

잔말 말라는 뜻으로 사곤은 대꾸했다. 그러면서도 매같이 날카로운 그의 눈은 내내 줄줄이 굴비 두름처럼 묶인 채 내성의 감옥으로 끌려 들어가는 해란의 싸울아비들을 지켜보고 있었다.

"제법 쓸 만한걸?"

"음?"

"저자들 말이다. 대장에 대한 충성심이 골수에 박힌 놈들이다. 벼리 녀석을 끌고 오면 다들 따라온다고 난리일 텐데……. 흠, 연온각의 호위로 삼아줄까?"

"저 싸울아비들을 다 데려가려고?"

"못할 것도 없지."

"한 명의 싸울아비도 아쉬운 판에 백여 명이 넘는 무장들을 마루한이 좋다구나 하며 놓아줄 것 같아?"

"마루한의 뜻과는 상관없다. 벼리가 감옥에 들어감으로 하여 이미 저들의 마음은 해란의 마루한에게서 떠난 것이다."

진심에서 우러난 자발적인 복속이 아니면 소용이 없다. 현목을 비롯한 저들 싸울아비들의 주군은 굴러온 돌 마루한 따위가 아니다. 한결같은 벗이요, 대장인 아사벼리가 그들의 유일한 주인일 뿐. 그런 충성이 있어야 전쟁터에서 목숨을 건다.

'어리석은 마루한. 거죽 어여쁜 계집 하나를 잘못 곁에 두어, 곧고 용맹한 인재를 자꾸만 잃는구나. 제 스스로 무덤을 파는구나. 하

기는 이것이 몰락하는 나라의 걸어가는 길이지만.'

그런 생각을 하며 사곤은 일라를 힐끗 바라보았다.

"우시나벌의 일은 잘 처리한 것이냐?"

일라가 고개를 끄덕였다. 입가에 흡족한 미소가 새어 나왔다. 아칸의 목을 천두금에게 올린 공으로 사모하는 누이를 후궁에서 모셔 나올 수 있었던 것이다. 이제 그녀는 고향 마을로 돌아가, 어린아이들에게 글을 가르치고 마음껏 수를 놓으며 평화롭게 살 수 있을 것이다. 사곤이 가볍게 코웃음을 쳤다.

"그것 참 놀랄 일이로군. 마고의 천두금이 제 장난감을 그리도 쉽게 내어주다니."

"약조를 아니 지키면 내가 가만있을 줄 알고? 그것을 알고 있는 게지."

사곤이 고개를 끄덕였다. 은근히 물었다.

"이봐, 일라."

"왜?"

"어차피 넌 은퇴한 살수. 가끔씩 나에게 고용될 생각이 없냐?"

"싫다. 나는 고향으로 돌아가련다. 누이더러 이내 돌아간다 약조하고 온 거다."

"그래? 그렇다면 할 수 없지."

이상할 정도로 깨끗하게 물러난다. 사곤이 일라를 곁눈질하면서 한마디 하였다.

"순진한 네 앞날이 좀 걱정된다만, 뭐 네 뜻이 꼭 그렇다면 잡지는 않으마. 인연이 닿지 않으면 할 수 없는 게지."

말꼬리를 흐리는 것이 어쩐지, 불길한 예감을 느끼게 하였다. 일라가 미심쩍은 시선으로 그를 노려보았다.

"무슨 뜻이냐?"

"글쎄…… 별다른 뜻이 있는 건 아니고 말이지. 눈 깜짝할 사이에 목을 따는 자객을 곁에 두고 네 나라 천두금은 잠도 잘 오겠구나, 잠시 그런 생각을 하였을 뿐이다."

"뭐라고?"

"나라면 네가 돌아온 즉시 목을 베었을 게다. 제 목숨 위협하는 이를 누가 흔쾌하게 곁에 두겠느냐? 어차피 목적을 달성한 후에 간자와 자객이란 자는 쓸모없는 인간이다. 돌아가 봐야 벼리와 똑같은 운명에 처해지지."

"협박하냐?"

일라가 고함을 꽥 질렀다. 사곤은 젓가락으로 술안주인 어란만 후비적거렸다.

"군주란 무릇 제멋대로인 인간이다. 절대로 저를 위협할 수 있는 자를 용납하지 않지. 내기할까? 아마도 며칠 이내로 네 누이란 자, 다시 입궁하게 될 것이다."

"웃기지 마!"

"네게 일을 시키려거나, 제 목숨의 안전을 보장받으려면 그는 항상 네 목줄을 잡고 있어야 하거든. 네 유일한 약점이 바로 그이이니, 순순히 놓아준 것이 이상하지. 필시 무슨 핑계를 대더라도 다시 제 덫에 가둬놓을 거다."

일라가 심각한 얼굴로 노려보았다. 사실일까, 아닐까 헤아리는 표정이었다. 사곤은 씩 웃었다. 이렇게 씨앗을 뿌려두었으니 조만간 싹이 트겠지. 사곤은 저 멀리 외성 바깥 숲 쪽을 바라보았다.

"크락마락은?"

"하늘배에서 열심히 다리를 만들고 있는 중이다."

"다리라니?"

"아, 벼리님이 제 벗을 위해 잘린 자리를 붙여달라고 부탁하였잖아."

"그래서 사람 다리를 만들고 있다고?"

"그런 모양이더군. 제 다리와는 똑같지 않으나, 그럭저럭 걷는 데는 불편함이 없도록 만들어준다더라."

"그렇군. 중화성에는 언제 가려느냐?"

"조금 있다가."

"좋아. 시간 제대로 맞추어 일을 잘 살펴라. 그보다, 하늘배에 탈 일행이 하나 더 늘었다. 잘 보살펴라."

"누구?"

대답 대신 문이 열리고 한 사람이 나타났다. 사뿐사뿐 다가온 이는 꽃분네였다. 나부죽이 허리를 굽혀 보였다.

"태궁."

"오냐. 차비는 끝났느냐?"

"예."

평상시 걸치던 비단옷이 아니었다. 어디로 먼 길을 떠나려는 모습이었다. 무명 치마바지에 질끈 묶은 허리띠, 간편한 행장을 차렸다. 어깨띠 둘러 등에는 보퉁이를 지고 있었다.

"어멈이 순순히 놓아주었다니 그것이 기이하군."

"이곳에 머물기로 한 약조는 벌써 끝난 지 오래입니다. 제가 어디로 가든 막지는 못하지요."

사곤은 고개를 끄덕였다. 일라를 돌아보았다.

"이 사람과 함께 떠나라. 한나절이면 중화성에 도착할 게다. 그에게 안내해 줄 것이다."

"예."

사곤은 가만히 꽃분네를 바라보았다. 진중하게 물었다.

"너의 결심은 바뀌지 않았느냐? 정말 모든 것을 뒤로 묻어두고 초야에 묻혀 그이를 간병하려느냐?"

"예. 소녀 이미 굳게 결심하였나이다. 하여 이곳의 모든 것을 다 정리하였습니다."

"쉬운 일이 아니야."

꽃분네는 중화성에 머물고 있는 불유를 찾아 떠나려는 참이었다. 한 다리 잘리고 두 눈이 먼 천호장이라니. 싸울아비로서의 삶은 완전히 끝나고, 또한 한 사내로서의 삶도 끝났다 할 것이다. 한데 뜻밖에도 꽃분네가 그를 찾아가 평생 곁에서 수발을 들며 살고 싶다 청하였다.

"언제 떠나실까, 다시 돌아오실까? 나 아닌 다른 사람을 보고 계시는 것은 아닐까? 홀로 마음 동당거리며 마냥 앓고 사는 병보다는 그분을 모시는 것이 천배만배 낫사옵니다."

원망 서린 듯, 처연한 말에 사곤은 쓴웃음을 짓고 말았다. 꽃분네가 살그머니 웃었다. 한편으로는 서럽고 또 한편으로는 행복한 미소였다.

"그분을 뫼시고 살면, 눈이 없으니 나 아닌 다른 사람을 볼 것이라 걱정하지 않아도 좋습니다. 다리 하나 없으니 나에게 기대지 않고는 어디로든 가지 못할지니, 평생 곁에 있어주실 것입니다. 소녀는 내내 행복할 것입니다."

사곤이 고개를 저었다. 아직도 지혜롭지 못한 꽃분네를 꾸짖었다.

"쯧쯧쯧, 얕은 계집의 소견머리라니."

눈 없어도 마음으로 보는 것이며, 다리가 없어도 정은 만 리를 날아가는 것이다.

"명심하여라. 동정이나 연민은 아주 나쁜 것이다. 사내란 의외로 약하고 섬세하니, 진정이 아니면 주지 말아라. 한갓 여린 마음으로 그의 곁에 다가갔다간 둘 다 슬프고 괴로울 것이다."

"……저 하나 없어도 눈 하나 까딱 않고 천하를 누비시는 분을 이제는 감당하지 못할 것입니다."

꽃분네가 야무지게 대답하였다.

"저를 천하로 알고 중히 여기시는 천호장님 곁에서, 저도 그분의 마음을 천하로 만들어보겠나이다. 그분은 몸이 성치 않지만 저는 마음이 성치 않으니까요."

"네 마음이 갑자기 그리 애틋하게 변한 이유나 알아보자."

"……배 속의 아기를 저처럼 천애고아로 만들 수는 없지 않습니까?"

반사적으로 사곤의 시선이 꽃분네의 아랫배로 향하였다.

"천호장의 아이였더냐?"

"……예."

들어서는 줄도 몰랐던 아기였다. 그가 사무란으로 떠나고서야 잉태함을 알았다. 쓸쓸하고 외로운 세상, 곁에 있어주던 그것이 위로였으니. 다른 데 보는 나처럼 그 사람도 나 아닌 다른 곳을 보시었지만, 알고 보니 우린 둘 다 싸늘한 등만 홀로 바라며 외사랑을 하던 처지. 그것을 일러 동병상련(同病相憐)이라 하던가.

난생처음 태 속에 담은 핏줄이기에, 더없이 소중하고 귀하였다. 지금껏 기녀의 몸으로 천하를 떠돌았으나 이제는 피와 살 이어받은 아기를 얻어 한곳에 뿌리박고 살고 싶었다. 비록 아기의 아비 될 그 사람, 두 눈 잃고 한 다리 없다 하나, 그러기에 오롯이 내 사내로만 되시려니. 그런 분 곁에서 나도 든든한 지팡이 되고 눈이 될 수 있으려니.

"다 갖춘 분보다는, 모자라 제가 곁을 줄 수 있고, 드릴 수 있는 분이면 족하옵니다. 사랑하는 일, 이번에는 제대로 하고 싶나이다."

"결심이 굳으니 내 더 이상은 너를 걱정하지 않으련다. 가거라."

"감사하옵니다, 태궁."

"그동안 네, 나를 위하여 온갖 궂은일을 다 하였으니 의식(衣食) 걱정은 아니 해도 될 것이다. 걱정 말고 천호장 간호나 잘하여라."

일라와 꽃분네가 이내 떠났다. 사곤은 들고 있던 술잔을 마저 비웠다.

'그나저나 벼리 놈하고 싸울지도 모르는 호랑이 쉬이 죽게 발톱 끝에다 바늘이나 하나 박아볼까? 좋은 일 하고도 날벼락 맞은 그 녀석, 감옥 안에서 어떤 욕을 당하고 있는지 얼굴이나 한번 보러 가야겠다.'

또 하루가 간다.

지하의 돌감옥이라, 해 뜨고 지는 것을 보지는 못하나, 때맞추어 밥그릇 들어오는 횟수로 날을 헤아려 본다.

이곳에 갇힌 것도 벌써 사흘째. 배신자의 낙인이 찍힌 채 무참히 처형될 날이 조만간 다가온다.

벼리는 무릎 아래 놓인 나무그릇을 가만히 내려다보았다. 물 한 그릇과 주먹밥이 들어 있었다. 배고픈 줄도 모르면서, 무작정 집어 들었다. 먹게 되어 있는 것인지라, 먹어야만 하는 것이다. 밥알을 꼭꼭 깨물었다. 간간한 소금기가 느껴졌다. 메마른 목이 막혔다. 물그릇을 들어 한 모금 마셨다. 그것으로 충분했다.

그릇을 밀어놓고 다시 단정히 가부좌를 했다. 눈을 감았다.

'아버님……'

마지막으로 꼭 한번 뵙고 싶은 이는 천지간에 오직 한 사람. 그러나 그분 또한 갇혀 계신다. 못난 딸의 허물 때문에, 행여 죄인을 탈출이라도 시킬까 봐, 재판의 그날까지 방 안에서 한 발자국도 움직이지 못한다 하였다. 그 소식을 전해준 이는 몸종 여지울이었다.

"어찌 들어올 수 있었더냐?"
"새벽 경비 서는 이가, 쇤네하고 같은 동리 사람인걸요. 사정사정하였지요, 무어."
이날 새벽 무렵, 사람들의 이목을 피해 살그머니 찾아온 것이다. 가슴에 품고 온 것은 작은 보따리였다. 곶감이랑, 고기반찬이랑 들어 있었다. 아마도 찬방을 몰래 뒤져서는 훔쳐 온 것이겠지. 울컥 눈물이 나 한동안 말을 이을 수가 없었다.
"네가 이리 들어온 것을 사람들이 눈치채면 너나 그 사람이나 큰 욕을 볼 것이다. 어서 가거라."
"욕 보이려면 보이라지요, 무어? 아가씨 아니 계신 성은 쇤네 집 아니어요. 인제 있으라 잡아도 싫사와요."
여지울 눈에도 내내 눈물이 글썽하였다.
"여지울."
"예, 아씨."
"내 일이 다 끝난 후, 솔담에게 기별하여……."
"예."
"내 시신을 수습하는 일이며, 또한 아버님……."
목이 아파 말을 이을 수가 없었다. 그러나 마지막을 부탁하는 일이니 허투루 할 수 없는 노릇이었다.

"예, 훌쩍."

"가능하면 솔담이 모셔갔으면 하여라. 이 정곡성에 무슨 미련이 남아 있어 노구를 이끌고 홀로 계시랴. 다행히 제부가 어질고 넓어 아버님을 맡길 만하니……."

그렇게 유언하였다. 정리를 다 하였다. 이젠 미련이 없어.

벼리는 감았던 눈을 떴다. 이를 꽉 깨물었다. 주먹으로 축축한 눈 아래를 훔쳤다.

울지 말자, 울지 말자. 다시금 되뇌었다. 내가 울면 내 아비, 내 아우가 더 우실 터이니, 살아남아 더 서러운 그분들이 우실 터이니.

"자알 한다."

다시 들을 것이라 생각해 보지 않았던 목소리였다. 그래서 깜짝 놀랐다. 벼리의 눈이 휘둥그레졌다.

"사, 사곤……."

수백의 병사가 번을 서고, 날밤으로 경비를 도는 데다 두터운 돌벽으로 사방이 가려진 이곳에 어떻게 들어왔을까? 쇠창살 앞에 선 그가 거짓말 같았다. 제 눈으로 보면서도 믿을 수가 없었다.

"대체 어떻게 들어온 거지?"

"바람 같은 내가 못 갈 데가 어디 있다던? 흥, 계집같이 질질 짜고 있느냐?"

말이야 비아냥이되 눈빛은 안타까웠다.

"아사벼리 꼴이 참 좋구나. 해란은 군자지국이라 하더니, 나라에 충성한 자를 이런 식으로 대접하느냐?"

"음, 이건…… 그다지 좋은 대접은 아니지."

애써 위엄있게 대답하려고 애를 썼다. 사곤이 한 발 더 쇠창살 앞으로 다가왔다. 단호한 어조로 잘랐다.

"나랑 가자, 아사벼리."

"뭐라고?"

"못 알아들은 척할 거냐? 나랑 같이 도망가자는 말이다. 널 도망시키려고 온 거다."

"……싫다. 나는 도망가지 않는다."

"허면 이대로 그냥 죽을 셈이냐? 제발 나랑 가자, 아사벼리. 죽었다 치고 나랑 가자. 우리 둘이 도망가서, 아무도 모르게 숨어 살자. 단뫼의 장사치 노릇하며 함께 천하를 주유하며 우리 둘이설랑 행복하게 같이 살자."

얼마나 달콤한 유혹인가? 얼마나 행복한 미끼인가? 이왕 죽을 목숨, 그러나 사랑하는 이가 저리 손을 뻗어 같이 가자 한다. 같이 살자 한다. 모든 것 다 잊어버리고, 오롯이 둘만을 생각하며 살아보자 한다.

"살아야 명예도 있는 것이다. 죽은 자의 명예란 어느 누구도 기억해 주지 않는다. 제발 우리 같이 도망가자. 훗날 누명을 풀면 되는 것이다."

마음만 먹으면 쇠도 두부처럼 자르는 무공을 지닌 사람이니, 제 말대로 감쪽같이 그녀를 탈출시키는 것은 일도 아니겠지. 까딱하였으면 손을 내밀 뻔하였다. 고개를 끄덕일 뻔하였다. 그러나 벼리는 사곤에게 다가가는 대신 오히려 한 발 뒤로 물러났다. 단호하게 고개를 좌우로 흔들었다.

"싫다."

"무고하게 죽는 것이 옳다고 생각하느냐? 너 그렇게 멍청해?"

"사곤, 나는 항상 옳다고 생각하고 모든 일을 한다. 그렇지 않으면 한 발자국도 움직일 수 없으니까. 그러면 아무 일도 할 수 없다. 너랑 가지 않는다. 나는 내 명예를 지킬 테다."

"웃기는 소리! 네가 사랑하는 명예는 이미 땅에 떨어졌다. 어차피 죽든 살든 너는 배신자일 뿐이다. 그런데도 무슨 명예 타령이냐?"

"너는 아직도 모르는구나. 명예란 남이 주는 것이 아니라 내 자신에게 주는 것이다. 내 스스로 하늘을 우러러 한 점 부끄러움이 없으면 되는 것이야. 나는 결백하고, 그것은 하늘이 알고 땅이 안다. 항명하지 않는 죽음으로 나는 그 명예를 지킬 참이다."

"틀렸다."

사곤이 잘라 말했다. 그의 눈이 무섭게 번쩍이고 있었다.

"네가 지키고 싶은 것은 다른 것이다. 너는 네 자신의 죽음으로써, 스스로 명예를 저버린 마린 그 계집의 보잘것없는 위신을 지켜 주고, 말짱하게 속아 넘어간 마루한 그자의 값싼 사랑 따위를 보우하려는 것이다. 아닌가?"

"……네 말이 맞을지 모른다. 하나 이것은 내가 그분께 해드릴 수 있는 마지막 충성이다. 나의 의무이다."

"아아, 너의 그 쓸데없는 의리나 충성심이란…… 정말 질렸다."

그가 이를 갈았다. 버럭 고함을 쳤다.

"그래! 좋다. 넌 거기서 죽어라. 나 따위는 상관 말고 홀로 명예롭게 죽어라!"

그녀에게 화를 내는 만큼 그는 슬프다는 뜻이다. 어찌할 수 없는 이 현실에 대하여 좌절하고 있는 것이다. 미련없이 등 돌려 떠나려는 저 사람, 그녀처럼 속으로 통곡하고 있을 거다.

"사곤."

의연하려 애쓰되 끝내 흔들리고 마는 목소리. 등을 돌렸던 사내가 움찔 발을 멈추었다.

"……내가 죽으면……."

말꼬리가 잦아들었다. 그럼에도 위엄을 찾으려 애를 쓰며 벼리는 아련하게 미소 지었다.

"날 위해, 내 죽은 날, 한잔 술을 마셔주겠느냐?"

"일없다. 이미 죽은 계집에게 미련 가져 무엇할 것이냐?"

"……그럼, 한 가지만 약속해 다오."

사곤의 시선이 벼리와 마주쳤다. 벼리는 비로소 몸을 움직여 감옥 창으로 가까이 다가섰다. 손을 내밀었다. 닿을 듯 말듯, 아무리 애를 써도 벽의 쇠사슬은 너무 짧아 그녀를 구속했다. 두 사람의 손은 맞닿아지지 않았다. 내내 엇갈리기만 하던 그 마음들처럼. 내내 서로의 등만 안타깝게 바라보던 지난날의 가슴앓이처럼.

"닿지 않아. 너무 멀어."

"그래, 너무 멀구나."

사곤 또한 벼리의 다리를 묶은 쇠사슬을 노려보며 나지막이 이 사이로 씹어 뱉었다. 항상 둘을 가로막는 것들이 존재했다. 정직한 마음들은 하나로 묶이는데, 자꾸만 서로에게로 속하려 하는데, 가까이 닿고 싶다 닿고 싶다 속삭이는데. 이날은 두터운 돌벽과 굵은 쇠사슬이 그들을 막고 있었다.

"마지막으로 네 얼굴을 똑똑히 보아두고 싶은데, 어둠이 너무 짙어."

탄식하여 내뱉는 말 한마디가 찌르르 거문고 줄에서 새어 나오는 낮은 음처럼 사곤을 적셨다.

"말을 해. 네 목소리로도 충분하다. 그 이름이 아사라, 빛이 아니냐."

"그런 거냐? 거짓이라 하여도 듣기 좋구나."

사곤은 천천히 익숙해지는 어둠 속에서 하얀 이를 드러내며 웃었다.

"네 목소리를 들으면 얼굴이 보인다. 존재만으로 빛이 나는 자, 네가 유일하니, 내 처음이자 마지막이 아니더냐?"

못다 한 고백을 마침내 하는 것처럼 벼리가 나지막이 시 한 수를 읊었다. 처음에는 씩씩한 싸울아비처럼 낭랑하게 외웠으되 이내 잦아들어 흐느낌처럼 젖어버린 음성. 우기(雨期)의 강물처럼 범람하여 사곤을 흠뻑 적셨다.

泣涕零如雨 눈물은 비처럼 계속 흐른다.
河漢淸且淺 은하수는 맑고 또 얕으며
相去復幾許 서로 떨어진 거리도 멀지 않다.
盈盈一水間 넘치는 물줄기 가운데 두고
脈脈不得語 바라만 볼 뿐 말조차 나누지 못한다.*

노력하지 않아도 빗물이 사막에 스며들듯 그는 그녀를 적셨다. 그녀가 가지고 있을 거라고 생각하지도 못한 부드러움과 정다움과 사랑을 이끌어내 활짝 피게 만들었다. 이 사람 앞에서는 싸울아비 아사벼리는 오직 사랑받는 여인이었다. 그것만으로 족했다.

"사곤."

"그래."

"살아 있던 나를 기억해 주겠느냐?"

"그러지."

"우리가…… 아무것도 생각하지 않고…… 우리 둘의 순간만을 생각하던 그 밤, 그런 하늘 아래 똑같은 달이 뜨면, 날 위해 한 번만 그 사막에서 말을 달려다오. 바람이 불면, 널 위해 웃었던 내 마음이라 생각해 다오."

오직 널 위해 웃었던 그날, 해란국의 마린이라는 지위도 잊어버리고, 엄중한 무게의 삶의 짐도 망각해 버리고 오직 꽃잎처럼 활짝

---

*文選 권 29의 고시 19수 중 열 번째 〈은하수〉에서 부분 인용

피어났던 날 밤, 사막의 달은 춤을 추고 녹림의 물소리는 한없이 평화스러웠다. 우리가 한 몸이 되어 보드라운 모래 위에 누웠을 때 아사벼리는 더 이상 싸울아비도 아니오, 해란의 마린도 아니었다. 오직 가슴 위에서 가쁜 숨을 토해내던 그 사내의 한결같은 정인이었을 뿐.

그대가 내 얼굴의 상처를 부드럽게 핥아주었을 때, 단단하고 거친 피부 위를 비단처럼 입맞춤해 주었을 때, 사내처럼 작고 풋풋한 유두를 흡입하고 애무해 주었을 때, 남김없이 행복했다.

내가 무엇을 바라고 살았던가 생각해 보면, 내 수많은 날에서 참되이 기쁜 날은 오직 그날이었다.

말하지 못하는 말을 하는 벼리의 눈을 바라보며 사곤이 미소 지었다.

"아사벼리."

"음."

"행복했더냐?"

그날이, 우리가 함께이던 그 순간이, 너에게도 온전히 기쁜 일이었던가? 남김없는 행복이었던가?

"물론이지. 해란의 싸울아비는 절대로 거짓 따윈 말하지 않는다."

"그럼 되었다."

사곤은 미련없이 몸을 돌이켰다.

섭섭하다, 벼리가 어렵사리 중얼거렸다. 가지 마라. 지금은 가지 마라. 살아 있을 때 그리운 너를 조금만 더 보고 싶다.

"가야지."

사곤은 딱 잘라 대답했다.

"시간 낭비할 여유가 없다. 무슨 일이 있어도 널 구해야 할 이유가 마침내 생겨 버렸거든."

검은 사막의 사내는 제 여인을 절대로 빼앗기지 않는다. 나의 아름다운 아사벼리. 어디 한번 내일의 일이 어떻게 뒤집혀지는지 두고 보자꾸나.

第十章

가장 깊은 슬픔의 이름은 비밀이다.

진실.

그러나

영원히 밝힐 수는 없는 진실로서의 비밀.

휘영청 달이 밝았다. 내내 뒤척이던 가람휘는 결국 몸을 일으켰다. 침상에 우두커니 걸터앉아 멍하니 허공을 바라보기만 했다.

지아비가 깬 것도 모르고, 아련나는 색색 숨소리를 내며 깊은 잠에 빠져 있었다. 가람휘는 고개를 돌려 잠이 든 어린 아내를 가만히 내려다보았다. 사랑스럽고 순결하고 그저 다정하며 착하다 믿었던 사람이다. 새삼 너무나 낯선 이를 보듯 응시했다.

고개를 옆으로 기운 채 분홍빛 입술을 약간 벌리고서 아련나는 깊은 잠에 빠져 있었다. 검은 머리카락 한 올이 매끄러운 볼에 붙었다. 하지만 손을 내밀어 그것을 귀 뒤로 넘겨주고 싶은 마음은 들지 않았다. 그저 사랑스럽고 애틋하기만 하던 이 사람의 모습이 언제부터 자꾸 거슬리게 된 것일까? 왜 자꾸 의심의 눈으로 살피게 되는 것일까?

한 손을 이마에 댄 채 그는 이 며칠 내내 계속했던 생각에 빠져들었다.

시시각각, 뇌리 속에 울리는 고함 소리. 부릅뜬 눈을 하고 현목이 피 토하듯이 소리치던 바로 그 말이었다.

[누구의 말이 진실인지, 하늘만이 알 것이오! 어찌하여 한쪽 말만 들으십니까? 마린의 말씀이 진실이라면, 또 한 분의 마린이신 이분의 진실은 왜 외면하시는가?]

"아련나……."

마루한의 낮은 목소리가 탄식처럼 어둠 속에 울려 퍼졌다.

"그대 또한 거짓을 말할 줄 아는 사람이었던가?"

인간이기에, 완벽히 성결한 천녀(天女)가 아닌 이상은 누구든 하는 것이 거짓이요, 속임인 것이다. 곁에 누운 이 사람도 그런 인간인데, 왜 그녀의 입술에서 나온 말은 전부 사실이라고 생각하였을까?

이 여자도 살고자 몸부림치는 약한 사람 중 하나인 것을 그는 미처 생각하지 못하였다. 어리석은 사랑이란 것에 눈이 멀어, 내 사랑한 이는 언제나 옳고 고결하고 반듯하다 믿어 의심치 않았던 아집으로.

'해후의 기쁨에만 젖어 내, 그대의 눈빛이 불안하다는 것을 몰랐어. 내 마음과 똑같거니, 그저 그리워하고 기다린 사람이라 생각하

여 안타깝기만 하였지. 하지만······.'

그들이 헤어져 있던 그동안, 사무란성에서 아련나가 어찌 살았는지에 대하여 알고 있는 사람은 아무도 없다.

사무란에서 제 눈으로 직접 보고 제 귀로 들은 사람으로서 정곡으로 돌아온 사람은 오직 벼리 한 사람뿐이다. 아련나가 그토록 강하게, 사악할 정도로 벼리에 대하여 분노와 증오의 감정을 드러내는 이유는 무엇인가? 필사적이라고 해도 좋을 정도로 그녀를 배신자로 만들어 버린 것은 대체 무슨 이유일까?

'사람이라면, 구명의 은혜를 입은 자에 대하여 너그러워지는 것이 인지상정이지. 그가 설사 배덕을 저지른 천하의 죄인이라 해도 구명을 받은 그대만은 용서하여야 함이 순리일 것이야.'

한데 그녀는 모든 말과 정황으로, 증거로서 벼리를 조국을 배신한 죄인으로 만들었다. 그녀를 죽여라, 가람휘에게 종용하였다.

'대체 왜 그러는 거지, 아련나? 대체 왜 벼리에 대하여 그토록 강한 악감정을 품고 있는 거지? 혹여 그녀가 돌아와, 내가 알아서는 아니 되는 말을 할까 봐 그대는 그를 죽이고자 함인가?'

그는 고개를 흔들었다. 며칠 전 늦게 군막에서 돌아오다가 샘가에서 들었던 궁녀들의 수다를 곰곰이 다시 씹어보았다.

"달거리라 하나 그리 오래가는 게 어디 있어? 개짐*이 달포나 나오나? 흉하게스리!"

"잉태하였던 것이 분명한데 배는 납작하니, 필시 도중에 아기집

---

*개짐:여자가 월경을 할 때, 헝겊 따위로 기저귀처럼 만들어 샅에 차는 것. 생리대, 월경대

을 두드려 낙태를 한 것이 분명하니까!"

"그래 놓고도, 말갛게 순정한 척하는 것 보라지? 마린의 체모가 있는데, 가증스러워!"

"욕간할 때 보니 젖꼭지 색이 달라."

"원래 잉태를 하면 몸이 변하는 것이라 하더라. 마루한은 어찌 그것을 모를까?"

"그러니 사내더러 어리석다 하는 게지. 작정하고 속이려 들면 당해낼 사람이 있으려구?"

"쉬잇! 말조심하렴. 누가 들으면 어쩌려구?"

"하기는. 이제 사무란에서 온 마린의 세상이 아니냐? 벼리님은 이미 반역질을 한 중죄인이라 죽임을 당하거나 하겠지. 마린에게 미움받아 쫓겨나기 전에 입 다물고 비위나 맞추자꾸나."

속닥속닥, 저들끼리 찧고 까불다가 궁녀들이 깜짝 놀랐다. 지나가다가 듣지 말아야 할 말을 들은 터, 멍하니 멈춰 버린 마루한을 보았다. 에구머니! 소스라치게 놀라 어찌할 바를 모르던 그들은 이내 '죽을죄를 지었사옵니다', '소인들이 한 말은 전부 근거없는 수다올시다' 하며 변명하기 급급하였다. 황망하게 달음박질 쳐서 달아나 버렸다.

충격이 너무 컸던 탓인가? 머릿속이 하얗게 변하고 있었다. 자신이 어떻게 대 장방까지 걸어왔는지 기억이 없었다. 불도 켜지 않는 방 안에서 한참 동안 멍하니 앉아 있기만 했었다.

'어쩌면……? 어쩌면……?'

하기는 무엇인가 이상하다, 하고 느낀 것은 돌아온 그녀를 처음 안았던 그 밤부터였다. 이상한 일이었다. 사내의 본능이 무엇인가 다르다고, 사랑하는 그 여인의 몸짓이 어쩐지 낯설다고 느꼈다. 본능적인 이물감이었다.

[내내 울었어요. 내내 그리워했어요. 내내 원망하였어요. 아련나만 두고 가신 마루한을 미워하였어요. 내내 같이하자 약조하시어 놓고 천지간에 저만 홀로 두신 분을 미워하였어요.]

다시 만난 그 밤, 아련나는 하얀 볼에 구슬 같은 눈물을 뚝뚝 흘리며 애달피 속삭였었다. 든든한 지아비 팔을 꼭 잡은 채 한시도 떨어지지 않으며 작은 새처럼 떨었었다.

[죽으려 하였어요. 평생 같이하자 하였는데, 마루한이 아니 계신 세상, 아련나만 살 이유가 없지 않아요?]

[미안하오. 그대를 홀로 두어, 험한 고초를 겪게 하여 정말 미안하오.]

[하지만 되었어요. 이렇게 다시 만난걸요. 아름다우신 분, 다시 뵈었는걸요. 아련나는 이제 여한이 없어요. 죽어도 좋아요, 마루한.]

정인의 여린 볼에 흐르는 그 눈물이 너무 안타까워, 가슴 저렸었다. 한편으로는 너무 향기로워 어여뻐 견딜 수가 없었다. 그로 인해 흘리는 눈물, 그에게만 보여주는 그 눈물. 그만이 닦아줄 수 있는 눈물이기에, 마침내 그 눈물 닦아줄 수 있게 다시 만났으니 이제는 여한이 없다 여겼었다.

그 밤 같이 어울려 함께 몸을 나눌 때, 아려나는 가람휘의 품속에서 다시 울었다. 자지러지는 교성과 더불어 최고의 유열(愉悅)을 맛보며 울었다. 그가 찬물을 뒤집어쓴 것처럼 화들짝 놀란 것은 바로 그때였다. 그의 어린 아내는 헤어지기 전 단 한 번도 그렇게 온몸으로 흐느끼며 그를 갈구한 적이 없었다.

의혹, 의심, 분노, 자탄과 원통함.

바늘 끝처럼 그를 괴롭히는 검은 것들을 무수히 물리쳤다. 한 번도 아련나에게 내색하지 않았으며 심지어 가람휘는 오히려 의혹에 괴로워하는 또 다른 자신을 무수히 꾸짖었다. 설사 만에 하나, 아련나가 실절(失節)하였다 해도 그녀의 죄는 아닌 것. 패국의 여인들이 왕왕 겪는 그 일이 만에 하나 이 여린 사람에게도 닥쳤었다면, 그 책임의 반은 바로 지켜주지 못한 지아비 자신에게 있다 다짐하였다.

'하지만 난 이 사람을 보듬어야 해. 다 내 죄인걸. 내 못난 탓에 이 사람이 고스란히 겪은 일인걸. 세상 사람 전부 손가락질하여도 난 이 사람의 지아비, 든든한 벽이 되어야 해. 감싸주고 덮어주어야 해.'

그랬던 결심이 궁녀들의 입질 한 번에 산산조각이 났다. 아련나에 대하여 가진 아름답고 애틋한 모든 감정이 순식간에 박살이 난 것이다.

눈물이, 여인의 눈물이, 그것도 사랑하는 여인의 눈물이 그토록 가증스럽게 느껴질 줄이야.

그날 밤, 가람휘 자신이 느꼈던 이물감과 낯선 감각이 말 그대로 사실이라면……?

헤어져 있던 그동안 그의 어린 아내에게 그가 알지 못했던 어떤 비밀이 있었다면? 절대로 그에게 알려져서는 아니 되는 수치가 있었다면?

그렇다면 사무란에서 모든 것을 보고 들은 벼리가 돌아오는 것을 꺼려할 이유가 충분한 셈이다. 심지어 반역의 누명을 씌워서라도 그녀의 입을 막아야 할 필사적인 이유가 있는 셈이다.

"아아, 아련나. 대체 그대의 진실은 무엇이오? 어디까지가 진실이고 어디까지가 거짓이오?"

가람휘는 아내의 잠든 얼굴을 바라보며 나지막이 탄식했다. 투명하리 만큼 하얀 얼굴을 내려다보고 있으면 이 여인의 모든 것을 진실로 믿고 싶다. 그만큼 이 여인의 아름다움을 경모하였고 숭배하였다.

그에게로 향하던 사랑이 절대적이라 믿었기에 감히 그를 속이고 기만하리라 한 번도 생각하지 않았다. 추악한 거짓을 만들고 아무 죄도 없는 이를 음해하고 사지(死地)로 몰아가는 짓을 할 수 있을 거라고 상상도 하지 못하였다. 하지만…….

'그대는 그런 짓을 하였어. 그리고 지금도 그러고 있어. 아니 그러하오, 아련나?'

수치스런 실절도 모자라서, 궁녀들의 추측에 따르자면 적의 씨앗까지 품었던 자다. 그러면서도 너무나 가증스럽게 그를 그리워하였노라고 울었다. 순백한 얼굴을 하고 오직 사모지정을 지켰노라고 자랑까지 하였다. 일편단심, 그대에 대한 마음을 하나도 훼손치 않았다고 당당하게 주장하였었다. 저 작은 손으로 감히 하늘을 가리려 하였다.

더 이상은 괴로워서 아련나의 얼굴을 바라보고 있을 수 없다. 곁에 있는 것조차 이제는 괴롭고 너무 힘들었다.

가람휘는 훌쩍 일어났다. 소리없이 겉옷을 차려입고 침방을 빠져나왔다. 곁방에서 시중을 들러 기다리던 시녀가 깜짝 놀라 몸을 일으켰다.

"마루한, 이 야심한 밤에 어찌하여……?"

"쉬잇! 나는 지금 군막으로 간다. 혹여 마린이 깨시어 묻자오시거든 그리 말하여라."

"예, 마루한."

그러나 그는 성 밖으로 나가지 않았다. 대신 지하 감옥으로 향했다. 어둠에 반 가려진 그의 얼굴엔 무서울 정도로 단호한 빛이 어려 있었다.

'진실은 다른 이가 밝혀줄 것이야. 천지간 절대로 거짓을 말하지 않고 거짓을 모르는 자, 내 알고 있거니.'

어둡고 서늘한 지하 감옥의 통로에는 희미한 횃불이 몇 개 길을 밝히고 있었다. 가라앉은 침묵과 어둠이 가람휘의 발자국에 따라 조금씩 깨졌다.

적막을 뚫고 들려오는 건 어디선가 새어 들어온 바람 소리인가?

그는 발을 멈추고 귀를 기울였다.

바람 소리가 아니다. 그것은 사람의 울음소리였다. 크게 소리 내지도 못하고 손으로 입을 틀어막은 채 흐느끼는 자, 누구인가? 심장에서부터 흘러내리는 오열을 차마 참아내지 못해, 이 깊은 밤 홀로 흐느끼고 있는 자, 누구인가?

'벼리, 아사벼리…… 그대인가?'

가람휘의 다리가 비틀거렸다. 염치없고 미안하여 그는 더 이상은 걸음을 옮기지 못했다. 통로의 벽에 등을 기댄 채 서버리고 말았다. 모퉁이를 돌면 아름다운 그 사람이 갇혀 있는 것을 볼 수 있다. 하지만 감히 더 이상은 다가갈 수 없었다.

깊고 깊은 밤, 모두가 잠든 밤에서야 비로소 억누른 울음소리를 내는 이 사람을 어찌하리. 가람휘는 젖어가는 시선을 들어 허공을 바라보았다.

아파도 아프다, 한 번도 말하지 않던 굳센 사람이 지금에서야 우는구나. 주군이라 하고 지아비라 하는 내가 묶은 쇠사슬에 얽매어 홀로 울고 있구나. 크게도 아니고, 숨죽여 홀로 우는구나. 그 울음으로 그대는 자신의 결백을 주장하고 있구나. 하지만 그대의 울음소리를 들어주는 이는 아무도 없구나.

'하지만 그대, 굳은 만큼 어리석어. 어째서 그대는 내가 그대를 믿지 않는다고 생각하지? 어째서 당당하게 자신의 결백을, 무죄를 주장하지 않지? 어째서?'

그것을 알고 싶어 찾아온 것이다.

어찌하여 벼리는 그토록 쉽게 자신의 배반을 인정하였을까? 아무런 항변도, 저항도 없이 순순히 포박을 당하였을까?

생각해 보면, 그렇지 않아도 어지러운 나라. 싸울아비들이 저로 인해 마루한에게 대적하거나, 반역하는 꼴을 볼 수 없었기에 그랬다고도 할 수 있다. 가뜩이나 흉흉한 이때에 내전까지 벌어진다면, 누구도 막을 수 없는 사태로 걷잡을 수 없이 흘러가게 될 것이다. 해란이란 나라는 이 해가 가기 전에 대륙에서 사라지게 될 것이다. 그것을 차마 볼 수 없으니, 제 한 몸 희생하여 막으려 하였던 거다.

하지만, 가람휘는 고개를 흔들었다.

'그게 전부는 아니지. 그건 이유가 안 돼, 아사벼리.'

배신하지 않은 자가 배신자의 오명을 뒤집어쓴 것은 말 그대로 자살(自殺). 정곡으로 돌아와 영웅으로 상을 받기는커녕 배신자로 돌팔매질을 당할 때 긍지 높은 으뜸 싸울아비 아사벼리는 스스로 목숨을 끊은 것이나 진배없었다.

'그대는 모든 것을 포기했기 때문이다. 이용만 하고 버린 표리부동한 이 나라와 백성들을 그대가 먼저 버렸다는 뜻이다.'

마루한 자신을, 이 나라 해란을…… 목숨 걸고 지키던 그것들이 아무런 가치가 없어졌다. 이제 더 이상은 힘내어 지킬 이유도, 의미도 찾지 못했기 때문이다. 이 나라가 주는 명예도 긍지 따위도 필요 없다는 뜻이다. 배신의 낙인이 찍힌 자는 아사벼리이되 그 배신의 칼날에 진정 죽은 것은 마루한이요, 해란이었다.

'그런가? 아사벼리, 정말 그대는 나라를 버리고 떠나려 하는가? 죽음을 택하여 나마저 버리려는가?'

가람휘는 흔들리던 몸을 바로 세웠다. 결연하게 눈을 빛냈다.

'그대가 그러하다면, 그것을 정녕 바란다면…… 내, 받아주지. 그것이 그대에게 필요한 유일한 것이라면! 날 위해 모든 것을 주고 아무것도 남지 않은 그대에게 그것만은 주지.'

그는 일부러 발소리를 크게 냈다. 역시나, 가늘게 바람처럼 흐르던 흐느낌이 칼로 자른 듯 뚝 끊겼다.

창살 사이로, 벼리가 고개를 들었다. 벽에 걸린 희미한 불빛만으로도 볼에 묻은 눈물을 확인할 수 있었다. 그녀의 눈이 커다랗게 변했다. 문 앞에 선 이가 마루한 가람휘라는 것을 믿지 못하는 표정이었다.

그는 잠시 멈추어 서서 벼리를 바라보았다. 침묵의 응시 속에서 무수히 많은 이야기가 오갔다. 가람휘가 그 눈에서 확인한 것은 역시나 체념. 지독한 공허였다. 따스한 피가 흐르던 아사벼리, 마루한의 유일한 마음 벗은 이미 사라지고 없었다. 죽은 지 오래였다.

"마, 마루한."

"왜, 내가 여기에 온 것이 놀라운 일인가?"

"……존귀하신 분이 오실 만한 곳이 아닙니다."

"이런 때에 내가 오지 않으면 절대로 그대의 정직한 말을 듣지 못할 것 같아서 온 것이다."

가람휘는 벼리가 갇힌 감옥의 문을 열었다. 벼리가 엉거주춤 일어섰다. 다가오지도 않고 물러서지도 않고 그대로 서 있기만 했다. 저벅저벅 걸어 가람휘가 그녀에게로 다가갔다. 가만히 그녀를 바라보았다. 언제나 그의 눈을 똑바로 바라보던 사람이었다. 언제나 가람휘 그를 향일하여 그의 마음과 몸이 가는 방향을 더 먼저 알아채던 사람이었다.

하지만 이제는 아니다. 그를 보지 않는다. 어깨 너머를, 그가 아닌 다른 곳을 바라보고만 있다.

"아사벼리."

"예, 마루한."

"언제나 정직하고, 항시 진실만을 말하는 싸울아비의 명예를 걸고 대답하라."

"무엇을 말입니까?"

귀찮다 하는 느낌이 강하게 풍겼다. 무엇 때문에 내가 대답을 해야 하는지요? 되묻고 싶어 하는 얼굴이기도 했다. 또한 대답한다 한들, 내가 그대들에게 배반당한 것은 변함없음이니, 새삼스럽게 진실을 가리자 하는 것도 우습다 하는 뜻이기도 했다. 이래도 좋고 저래도 좋다. 어차피 그대는 내 말을 믿지도 않을 터인데, 입맛에 맞게 내 죄를 만들고 단죄할 것인데 내가 왜 새삼스레 구차한 변명을 하랴.

고집스럽게 다문 입술이 그런 뜻을 묵언(默言)으로 뱉어내고 있었다.

"한마디면 족하다. 대답하라, 아사벼리. 그대는 정말 배신자인가?"

고요한 눈동자가 그를 향했다.

"소장이 감히 되묻겠나이다. 마루한께서 정녕 듣고 싶어하시는 말씀이 무엇입니까?"

그 순간, 가람휘는 그만 할 말을 잃었다.

그렇다. 그는 자신에게도 묻고 싶었다. 정말 그가 듣고 싶은 말이 무엇인지 알고 싶었다.

벼리가 아니라 하면 어찌하나. 가증스런 배신과 무서운 거짓은 눈앞의 이 여인이 아니라 머리 위 침방의 비단이불 안에서 잠든 그녀인 것이 밝혀지면 어찌하나?

애타이 그리워하고 사랑하였던 그 사람이 거짓을 만들어낸 자라면? 은혜를 갚기는커녕 사지(死地)로 몰아넣고, 그것으로도 모자라서 모든 이를 기만하고 배신한 자가 그녀라면? 나라의 미래마저 망쳐 가며 그녀를 구하고자 하였던 마루한의 일편단심을 한갓 장난감처럼 희롱한 자가 그녀라면?

솔직한 심정으로 마루한은 갈등하였다. 더없이 사랑하고 아꼈던 여인의 가증스런 위선을 정말 파헤치고 싶은 것인가? 아니면 그 사랑을 이유로 맹목이 되어, 사랑하지 않는다 믿은 이 여자의 목을 베어 모든 것을 덮고 싶은 것인가?

잠시의 침묵 후에 가람휘는 천천히 내뱉었다.

"오직, 진실. 그것을 듣고 싶다."

"진실은 때때로 몹시나 가혹한 것이기도 하지요."

"하지만 진실을 원한다. 잔인하여도 들어야 한다. 나는 정의를 판결하는 마루한이므로."

벼리의 핏방울 맺힌 입술에 문득 희미한 미소가 떠올랐다. 눈부셔하는 얼굴이었다. 모자람없는 군주의 위엄을 갖춘 가람휘를 진정 대견해하고 자랑스러워하는 표정이었다.

"과연 마루한다우신 말씀이십니다."

나를 이렇게 만든 사람이 바로 그대이다. 가람휘는 목울대까지 치밀어 오른 말을 억지로 거두었다.

울지도 않고 투정하지도 않는다. 궂은 것은 자신이 가지고 좋은 것은 남에게 드린다. 책임과 의무를 먼저 알고 어려운 일에 앞장선다.

'남을 다스리는 자, 그 몸가짐이 어떠해야 하는지 분명히 아는 자. 아사벼리, 나의 마린. 존경하는 반려여.'

나라에는 충성스럽고 벗에게는 다정하였다. 적 앞에서는 용맹하였고 백성에게는 자비로웠다. 그대는 그 어떤 것도 나에게 요구하지 않았으나 그대의 행동으로 모든 것을 가르쳤다. 일깨워 주었다. 철부지였고 유약하던 나를 참된 마루한으로 거듭나게 한 것은 오직 그대였다.

벼리가 마루한을 바라보던 시선을 거두었다. 나지막이 대답하였다. 가람휘가 절대로 듣기 원하지 않았던 것을 시인하였다.

"진실을 원하시니, 진실만을 대답하리이다. 저는…… 마루한, 배신자올시다. 아름답고 고결한 마린께서 거짓없이 증언하신 바, 가증스런 배신자입니다."

희미한 불빛 아래 회칠한 듯 창백한 얼굴이 비감한 미소를 머금었다. 망설이지 않고 벼리는 잘라 자신의 죄를 자백했다.

"내 목숨 버리기 아까웠나이다. 살고 싶었나이다. 송요성으로 들어가는 비밀 통로를 적들에게 토설하고 그 목숨을 돌려받았나이다. 사람들이 말한 대로 다시 뻔뻔하게 돌아온 것은 적들에게 정곡으로 통하는 지름길을 가르쳐 주기 위해서였습니다. 인정하옵니다, 마루한."

남들은 상처라 해도 그녀에게는 상처가 아니다. 싸울아비로 자라 가시넝쿨을 걸어가는 것을 자처하였기에 이러한 고통은 고통이 아닌 것이 된다.

나의 아름다운 군주이시여. 벼리는 가없이 바랐다. 그대가 바라시는 모든 것을 이루어지시기를. 훼손되지 않는 영광과 사랑이 그대의 인생에 내리는 선물이기를.

이를 악물고 벼리는 거짓을 말했다. 깊이 흠모하고 존경하는 마루한의 사랑을 온전히 지켜주기 위해, 그가 깊이 사랑하는 여인의 비밀과 명예를 위해 기꺼이 자신의 명예를 무너뜨렸다. 그로 하여금 피의 복수를 다짐하게 하는 강한 군주가 되기를 기원하며 피 토하듯이 수치를 드러냈다.

"그들은 마린인 날 더럽혀서 해란국의 명예를 능욕하고, 고문하여 길을 밝혀내고 배신하게 만들었습니다. 마루한, 배신자인 나를 거침없이 처형하시되, 마지막 한 가지만 간청드립니다."

검고 순한 눈에 비로소 맑은 눈물 같은 것이 어렸다. 힘없는 나라의 유약한 군주라, 가람휘의 가슴을 찢는 칼날을 뱉어냈다.

"긍지 높은 해란국, 귀하신 마루한의 마린을 능욕한 적들을 찾아내 복수해 주시겠습니까? 사랑하는 여인을 끝내 지켜주시었듯, 사랑하지 않았던 두 번째 마린의 명예에 대한 복수도 해주시겠습니까? 반드시 이 전쟁에서 이겨 아름다운 해란의 땅에서 야만인을 몰아내 주시겠습니까? 다시는 이 나라의 여인들이 사랑하는 남자를 떠나 원치 않는 적국의 사내들에게 몸을 짓밟히는 일이 없도록 해주시겠습니까? 늙은 아비를 먼저 떠나 가슴에 못을 박는 일이 다시는 없도록 해주시겠습니까?"

애초에 그녀의 것이 아니기에 욕심 부리지 않았다. 사랑이라 이름 붙일 수 있는 것들의 갈래도 수천 수만 개이니. 어리석은 이 충성조차 사랑이라면, 당신이 사랑하는 여자의 명예를 위해 내가 죽는다 해도, 그것이 내 군주이신 당신에게 기쁜 일이라면 어찌 목숨을 내놓지 않을까?

한 번도 생에 대하여 분수없는 욕심 따윈 부리지 않았다. 주어진 것들에 대해 묵묵히 걸어갔을 뿐. 죽음도 또한 이처럼 맞이하여야 하는 새로운 의무인 것이다. 배신자의 역할도 그분이 사랑하시는 자가 원하시는 일이다. 이것이 내 마지막 의무이다. 기꺼이 받아들이련다.

"마린 아사벼리."

"말씀하십시오."

"……나는 너에게…… 불을 주었다 하였는데, 대신 준 것은 무서운 칼이었구나."

가람휘가 나지막이 속삭였다. 뼈에 새긴 아픔과 대상이 없는 분노가 그대로 느껴졌다.

"내 믿음이며 내 사랑이…… 온전히 너에게 꽃인 줄 알았는데, 네가 대신 가져간 것은 무거운 짐이었고, 모자란 미련이었고, 더러운 집착이었구나."

"무슨 말씀을 하고 계시는지 알 수가 없습니다, 마루한."

"내 너에게 꽃을 바란다 말을 하지 말았어야 했다. 네 손에 피를 묻히고 가시투성이 가지를 기어올라 가라는 말은 아니었는데, 어리석은 너는 나 대신 그런 짓을 하였구나. 이미 그 꽃은 시들고 벌레 먹어 한 줌 가치도 없어진 것을."

가람휘가 깊은 한숨을 토해냈다. 손을 들어 처음으로 벼리의 얼굴을, 그녀의 볼에 그어진 검상을 가만히 어루만졌다.

"아사벼리, 긍지 높은 나의 신하요, 마린이여. 하지만 그대처럼 어리석은 사람은 또 없다. 어찌하여 너는 내가 끝내 혼몽한 군주일 것이라 믿었더냐?"

턱을 움켜쥔 마루한의 손에 힘이 지그시 주어졌다. 그의 눈빛이 송곳처럼 아프게 찔러왔다.

"어린 사랑에 눈이 멀어, 옳고 그른 것도 끝내 가리지 못할 것이라 믿었더냐?"

벼리는 고개를 돌려 버리려고 했다. 하나 가람휘가 턱을 세게 움켜쥐고 있었기에 그것마저 여의치 않았다.

"아사벼리, 똑바로 나를 보아라."

두 사람의 눈이 마주쳤다. 횃불이 가람휘의 등 뒤에서 타고 있었기에 벼리는 그의 표정을 제대로 읽어낼 수 없었다. 하지만 그가 격동하고 있다는 것을, 그녀의 가면과 껍질을 낱낱이 벗기고 속살 그대로의 속울음을 듣고 있다는 것을 알 수 있었다.

"다시 한 번 묻겠다. 정녕 네가 나를 배신했더냐?"

고개를 끄덕였다. 아니, 그러려고 하였다. 그러나 가람휘의 손이 강하게 그녀의 턱을 움켜쥐고서는 좌우로 흔들었다. 아니라 부정하게 만들었다.

"암만, 배신자는 따로 있음이지."

자신이 대답을 내어놓고 그가 만족한 듯 중얼거렸다.

"이 밤이 되어서야 너는 비로소 정직하게 말하는구나. 어디 한번 다시 물어볼까? 내 옆에 서서 황금관을 쓰고 웃고 있는 사람이 너를 이렇듯이 사지로 내몬 것이야. 아니 그러하느냐?"

다시 한 번 그가 이번에는 고개를 끄덕이게 만들었다.

"목숨을 구해주고, 적진의 수중에 떨어져 온갖 고초를 겪고 있음에 그를 면하게 만들어준 은인임에도 불구하고, 제 일신의 평안함과 속 좁은 계집네 소견으로 너를 이리 만들었지. 암만."

"마루한!"

"어리석다. 어리석어, 아사벼리."

가람휘가 그녀의 턱을 잡은 손을 떨어뜨렸다. 허허로운 두 손으로 제 부끄러운 얼굴을 가려 버렸다.

"하긴 더 어리석은 건 그대가 아니라 바로 나임에랴."

"마루한, 억측은 그만두십시오!"

"왜 그녀의 거짓을 말하지 않았지?"

준엄한 질문이었다. 더 이상의 거짓은 용서하지 않겠다는 강한 빛이 그대로 서려 있었다. 있는 그대로, 발가벗은 심장을 고스란히 드러내란 요구였다. 거짓의 시간은 이제 끝났다.

가람휘의 질문은 또한 그녀를 이용만 하고 배신한 아련나를 어째서 지켜주려 하는 것인지, 왜 미워하지 않는 것인지를 알고 싶다는 뜻에 다름 아니었다. 벼리는 잘라 말했다.

"미워하지도 원망하지도 않습니다."

"어째서?"

"마루한이 사랑하시는 분이기 때문입니다."

그가 사랑하는 사람이기에 아련나는 벼리에게 용서받았다. 그녀의 존재가 있어야 숨을 쉰다는 눈앞의 남자를 알고 있었다. 그토록 아름답고 빛 부신 사랑을 벼리는 참되게 존경하였다. 그 사랑의 수호자가 되고 싶었다.

"마루한이 사랑하시는 사람을 저 역시 사랑해야 하는 것이 저의 의무이기 때문입니다."

벼리는 정말로 가람휘에게 아련나의 속 좁으나 정직한 욕망을 이해해 달라 청하였다. 목청 높여 그녀의 치열한 소망을 변호해 주려 하였다.

"마루한도 미워하지 마십시오. 그리운 분과 살아 다시 만나고 싶었던 마음이었습니다. 여인의 마음으로, 진정 사랑하는 정인을 두고 치욕을 당하면 죽기란, 의외로 쉽지요."

"……아련나의 실절(失節). 결국 그것이었군."

아니라 하면서도 본능은 짐작하였던 일이다. 그것이 사실로 드러나니, 오히려 덤덤해졌다. 가람휘는 돌아섰다. 돌벽에 화악 열기 오른 이마를 갖다 댔다.

더 이상 듣지 않아도 충분히 알아버렸다. 가람휘는 돌아섰다. 허탈하게 중얼거렸다.

"게다가 그 실절은 강제가 아니라 자발적이었던 것이다. 아닌가?"

이제야 모든 비밀의 실마리가 풀리는 기분이었다. 왜 아련나가 사무란에서 벼리가 돌아오는 것을 그토록 꺼려하였는지 알 수 있었다. 그녀가 돌아오면 명명백백하게 드러날 자신의 허물이 무서워서, 말짱하게 마루한을 배신한 자신의 죄를 감추려고 그토록 필사적이었던 거다.

"제발 미워하지 마십시오, 마루한! 제가 그러하였던 것처럼 마린께서도 어찌할 수 없었던 것입니다."

"소용없다. 아사벼리, 아무리 그대가 기특하게 대신 변호하여 준다 해도 그녀의 더러운 죄는 사라지지 않는다."

"사내는 모른답니다. 죽음을 감수하고, 그런 치욕을 감수하고서라도 살아남으려는 여인의 또 다른 마음을요. 오직 하나, 사랑하는 정인에게 다시 돌아가려, 모진 목숨 이어가는 그 일도 쉬운 일은 아니지요. 마린은 그런 일을 하셨습니다. 제발 그분을 미워하지 마십시오. 마루한의 온전한 그 사랑을 믿고 다시 한 번 그분을 받아주십시오!"

"아프구나."

가장 사랑한 여인에게 배신당하고 기만당하였다. 사랑한 이유로 바보가 되고 말았다. 그 여인 하나를 위하여 나라의 창고를 털어내고, 백성을 굶주림으로 내몰고, 가장 사랑하는 벗이자 또 다른 마린을 죽음의 길로 가게 만든 결과가 이것인가? 애달픈 그리움 하나 지켜, 간절한 그 마음 잊지 못한 사내의 단심(丹心)이 이렇게 허무하게 짓밟혔는가?

남자가 소리없이 오열했다. 처절한 배신 때문에 흘리는 것이라 아팠다. 연연하던 첫정을, 애련한 그것을 자르는 것이기에 비장했다.

눈물을 닦아주고 싶었다. 그러나 벼리의 손은 잘린 듯 움직이지 않았다. 그의 눈물을 닦아줄 권리란 그녀에게 없었다.

그럼에도 동감(同感)했다. 울컥 솟아 결국 그녀의 볼에도 전이되어 젖은 고랑을 이루는 이것의 정체는 무엇인가? 벼리는 처음이자 마지막으로 마루한이 아닌 인간 가람휘를 위해 울었다. 어찌할 바를 모르고 울어대는 어린 아기를 본능적으로 안아주려는 연민으로.

"안아다오, 아사벼리."

가람휘가 눈물 젖은 얼굴을 들었다. 한 발 더 가까이 다가섰다. 배고픈 어린애가 젖을 조르듯이 벼리를 끌어안았다. 제가 먼저 끌어안으면서도 그녀더러 예전같이 안아달라 말하였다. 언제나 위로가 되고 의지가 되던 그 사람으로 돌아와 달라 간청하였다.

"이 밤에만이라도 좋다. 나를 안아다오. 아사벼리, 너의 위로가 필요해. 내가 울어도 부끄럽지 않은 유일한 사람. 내 눈물을 가져가고 웃음과 빛을 주는 사람이 필요해. 바로 그대, 나의 벗이고, 뒷곁이고, 또 한 분 내 마린. 나에게 가슴을 열어다오. 못난 군주요 못난 지아비이며 못난 벗이되, 너만을 필요로 하는 자이니라. 애타며 너를 기다린 이 사람을 안아다오."

그러나 벼리의 두 팔은 움직이지 않았다. 아래로 축 떨어진 채 끝내 그를 향해 다가오지 않았다. 오히려 그의 팔을 밀어냈다. 강하게 거부했다. 상처 입은 맹수처럼 가람휘가 소리쳤다.

"어째서? 어째서 예전처럼 나를 안아주지 않는가? 말하라, 아사벼리. 어째서 나를 밀어내는가?"

"저는…… 마루한, 죄송합니다. 우르 신 앞에 혼약을 맹세한 지아비이신 그대를 안을 자격이 이제는 없습니다."

눈빛이 지독하게 슬펐다. 벼리가 똑바로 가람휘를 바라보았다. 단번에 그의 가슴을 무너뜨렸다.

"이름뿐이기는 하나 사모지정의 지조를 지켜야 하는 부부의 맹세를 저버렸습니다. 저는, 저는…… 마루한, 이제 순결하지 않습니다. 적들에게 능욕당하였다는 것은 거짓이되, 우르 신 앞에서 혼약을 맺고 당신의 여인이기를 맹세한 바, 그것을 깨트렸습니다. 나는 정녕 배신자입니다. 그러니 제발 저를 처형하세요."

가람휘의 눈빛이 삽시간에 살기로 가득 찼다. 한 번도 예상하지 못했던 진실, 잔인한 사실이 그를 나락으로 몰고 갔다. 상처 입은 맹수로 만들었다. 그가 피 토하듯 부르짖었다.

"누구냐? 대체 누구냐? 누가 긍지 높은 그대를 내게서 빼앗아 갔느냐? 감히 누가 있어 우르 신의 이름 앞에 건 너의 맹세를 깨트리게 했는가?"

당신.

아니, 바로 나.

아니, 하늘. 내게 하늘 같은 그 사람이.

마루한일 뿐 정인은 아니었던 당신이었다. 두고 온 한 여인만을 깊이 사랑하여 다른 누구도 돌아보지 않던 그대가, 한 여자를 지움으로 하여 사랑하는 정인의 명예를 지켜주려는 그대가 나를 이렇게 만들었다. 그런 그대의 마음을 바라 아프던 내 유약함이 그만 다른 사람을 보았다. 그를 받아들였다.

하나 후회하지 않는다. 벼리는 이를 악물었다. 그 배신이 그녀에게는 진실이었다.

'그런 정의 중죄를 나는 지었습니다. 다른 사람을 마음에 심고도, 하잘것없는 의무에 묶여 사랑도 아닌 그대의 손을 잡았습니다.'

존모하고 숭배하는 것을 사랑이라 속임하며 마린이 되었다. 기만과 배신은 처음부터 그녀가 저질렀다. 사모하는 그 사내에게도, 사모하지 않는 당신에게도 내가 죄를 지었다. 그렇듯이 처음의 잘못을 내가 택하였기에, 아무것도 보답받지 못한다 해도 이것은 내 업. 상처난 이 마음도, 가시투성이 이 운명도 다 그녀가 감당해야 할 몫이었다.

상념에 잠겨 대답하지 못하는 벼리의 어깨를 가람휘가 움켜잡았다. 사납게 뒤채었다. 그 서슬에 그녀의 팔다리를 구속한 쇠사슬이 철렁거렸다.

"말하라 하였다. 아사벼리, 말해! 누가 너를 빼앗았더냐? 누가 너의 긍지를 무너뜨리고 부끄러운 여인으로 만들었느냐?"

끝내 대답하지 않는 벼리를 가람휘가 격정적으로 끌어안았다.

"해와 달이 남아 있는 한, 변한 건 없어. 변한 것은 없어. 나는 아무것도 들은 것 없으니 그대도 다 잊으라!"

그대는 내 마린이시고, 죽을 때까지 내 가까이 남아 계실거야. 가람휘는 소리쳤다.

"누구도 그대를 내게서 빼앗아가지 못해! 그대가 간다 하여도 보내주지 않아!"

이 사람이 곁에 없으면 그는 얼마나 외롭고 쓸쓸한지……. 천지간 혼자. 마루한인 그가 감당해야 할 짐은 너무 무겁고, 지켜가야 할 나라는 몰락하는 중이었다. 한데 이 사람을 만나 든든한 방벽을 얻었다. 쓸쓸함도, 비겁함과 모자람도 다 채워졌다.

그는 벼리의 여윈 몸을 처음처럼, 마지막처럼 굳게 끌어안았다. 주고 또 주고 다 주어서 이렇게 깡마르고 여윈 이 몸을 얼마나 그리워했던가? 안타깝고 고맙고 미안하면서도 내 그대, 그리워서 놓지 않아. 그대가 더 괴로워해도, 힘들다 하여도 놓지 못해. 그는 죽어도 놓지 않을 듯, 굳건한 두 팔로 벼리를 옥죄었다. 나지막이 속삭였다.

"아사벼리, 그대는 내게 사모함이나 정이 없다 해도 좋아. 싸울아비의 의무를 다하듯이 마린으로서의 의무도 다하라 명령하겠어. 이제는 나도 그대를 대할 적에 마음껏 정직해지려 해. 누구도 막을 수 없어."

가람휘의 눈이 번쩍이고 있었다. 그 눈에 스며 있던 것은 연민도 아닌 동정도, 벗의 사랑도 아닌, 그저 열정. 처음으로 드러낸 남자의 욕망이, 갈급한 빛이 서린 눈이 강하게 벼리의 눈을 쏘아보았다.

그리고 이내 다가온 입술. 갑작스럽고 강렬한 입맞춤이었다. 벼리는 너무나 놀라 꼼짝도 하지 못하고 목석처럼 굳어져 버렸다. 뻣뻣이 서 있기만 했다. 고귀한 마루한의 입술이 분명 피딱지 앉고 메마른 그녀의 입술 위에 머물러 있었다.

그가 잠시 고개를 들었다. 무서운 눈으로 쏘아보았다. 낮으나 명확하게 물었다.

"이것이 싫은가? 마린 아사벼리?"

"……싫지 않습…… 아니, 싫습니다! 제발 이러지 마세요, 마루…… 흐으흡!"

다시 다가온 입술은 광포했다. 무섭게 누르는 힘이 그녀의 거부를 막아버렸다. 뜨겁고도 뭉클한 혀가 강한 힘으로 그녀의 입술을 강제로 열었다. 거침없이 안으로 침범했다. 억지로 순응하게 만들었다.

군주요, 지아비시니, 어찌 대하든 달게 응하리라. 어떤 것이든 기꺼이 받으리라 하였다. 그런데 이것만은 싫었다. 견딜 수가 없었다. 벼리는 눈을 꼭 감고 그를 강하게 밀어냈다. 피 토하듯 소리쳤다.

"제발 멈추어주십시오, 마루한!"

"왜? 왜? 그대는 나의 마린이시니 내 지어미라. 지아비와 지어미가 하는 일을 왜 거부하는가? 왜? 무엇 때문에?"

가람휘의 목소리는 이제 거의 통곡 같았다. 그가 발을 굴렀다. 벼리는 두 손으로 부끄러운 얼굴을 가렸다. 떨리는 목소리로, 그러나 정직하게 고백하였다.

"우르 신 앞에서 혼약을 맺은 그대의 마린이되, 마음은 이미 천리만리. 제 목숨은 드리되, 이것은 싫습니다. 마루한, 용서하세요."

"……목숨은 내어주되 정은 싫다라. 아아, 그래. 그대의 이것을 빼앗은 자가 따로 있었구나."

가람휘의 손이 말릴 사이도 없이 벼리의 가슴골에 닿았다. 생생하게 박동치는 심장 위에 얹혀졌다. 으뜸 싸울아비로 이름난 용맹한 전사라 해도 심장은 여린 새처럼 퍼덕이고 있었다. 수줍은 처녀처럼 두근거리고 있었다. 그의 손에 생생하게 전해졌다. 하지만 그 심장을 뛰게 하는 자는 가람휘 자신이 아니라 한다. 그의 주인은 따로 있다 한다.

"……이 아름다운 것이…… 뛰고 있구나. 누군가를 그리워해 설레고 있구나."

어둠 안에서, 침묵 안에서 벼리가 긍정하였다. 붉은 보석 같은 이것을 이미 가져간 큰 도적이 있음을 고백하였다.

"하나만 담아, 그것만 알고…… 평생 가는 이것은…… 붉디붉은 이것은…… 한때 온전히 내 것이었다. 아니 그러하냐?"

한때라도 좋으니 대답하라, 아사벼리. 가람휘의 눈이 그렇게 호소하고 있었다. 나도 한때는 그대에게 가장 소중한 사람이었었어. 그렇지? 이 심장에 박힌 가시처럼 나도 그대에게 그런 사람이었다. 그렇지?

벼리가 고개를 숙였다. 나직하게 고백하였다.

"예전에는, 아주 예전에는…… 그러하였습니다. 제가 사막을 건너기 전까지는."

"하지만 내가 그대로 하여금 그 사막을 건너가라고 등을 떠밀었지."

가람휘가 속삭였다. 긍지 높고 순수한 이것을 알면서도 필요없다 내쳤었지. 온통 내 손에 들어왔던 이 아름다운 것을 너무나 쉽게 내쳤었다.

"비단과 황금으로 만들어진 터라, 그런 것이 없으면 단 한시도 살지 못하는 유약한 가짜에 속아, 이렇듯이 긍지 높고 아름다운 것을 원치 않았었다."

가람휘가 다시 벼리의 몸을 끌어안았다.

"다 내 죄. 다 내 탓."

사내의 눈물 젖은 볼이 여인의 피멍 들고 거친 볼에 맞닿았다. 벼리는 눈을 꼭 감았다. 차마 염치없어 눈 뜨고는 하지 못할 청원을 감히 입 밖으로 내밀었다.

"죄, 죄송합니다, 마루한. 우르 신 앞의 혼약이라, 지엄하되…… 단 한 번이라도 소장을 가엾게 여기신다 할지면…… 불쌍하다 여기시면…… 지존의 연민에 힘을 입어…… 감히, 감히 청하옵니다. 버금 마린 아사벼리, 마루한께 청하노니…… 부디, 부디, 저를 버려주십시오."

가람휘는 눈을 꽉 감아버렸다.

그대를 버리라 한다. 아아, 그대를 버리라 한다.

나는 지금 그대를 부여잡으려 하는데.

지난날 못 다 준 마음, 지난날 못다 한 것들 같이하고자, 세세연년 같이하고자 내 그대를 기다렸는데.

날더러 버리라 말하면서 그대는 나를 버리고 있다.

그대가 먼저 나를 자르고 있다. 이렇게 어리석은 내가 버림받고 있다.

"내가, 그를 싫다 하면? 거부하면?"

"……소장, 결국은 배신자. 죽음으로 떠나게 되겠지요. 저승에서라도…… 그 사람을 찾아가겠습니다."

벼리가 비로소 흐느끼고 있었다. 울지 않던 굳센 사람이 마침내 눈물 보이나, 그것은 마루한을 위한 것이 아니다. 낯모르는 제 정인 생각하여 아뜩하여 우는 것이리라.

"싸울아비의 명예를 걸고, 소장 아사벼리, 검에 대고 맹세하였으니, 마루한께서 이 몸 놓아주시면 그이를 찾아가되, 만약 이승에서의 연이 닿지 않는다면…… 다음 생에는 그 사람을 찾아, 반드시 손 잡아주리라 맹세하였나이다."

죽어도 굳센 이 마음은 잡을 수 없어. 가람휘는 나직한 벼리의 말을 들으며 눈을 꽉 감아버렸다. 다시 사내의 눈을 타고 흐른 눈물이 거칠고 메마른 여인의 볼을 적셨다. 두 가닥의 눈물이 한 볼에서 만나 합쳐졌다.

아름다운 이 마음, 어찌하여도 잡을 수 없네. 이렇게 내 울어도 그대, 흔들리지 않으시니.

이승이 아니라면 저승에서라도 찾아가고픈 이 있다 하시네. 하지만 나는 아니라네. 이 붉고 아름다운 심장 뛰게 하시는 이, 내가 아니라 하네. 준 것 없는 내가, 늘 받기만 한 그대에게 이제 무엇이든 주어야 할 때. 은혜 입은 자, 가람휘가 은혜 준 자, 아사벼리에게 보답할 길 하나뿐이네.

피울음 우는 심장을 다잡았다. 이를 악물었다. 떨리는 목소리를 억지로 누르며 가람휘는 벼리에게 선언하였다. 좋다, 허락하였다.

"아사벼리, 나의 마린이여. 내가 너를 먼저 버렸음에랴, 어찌 너에게 감히 사랑과 신의를 요구할까? 이날, 나는 마루한의 이름으로 우르 신 앞에서 맺은 우리의 혼약을 파기한다. 너는 이제 자유다.

그 어떤 사내에게도 얽매이지 않았으니, 이 심장이 뛰는 곳으로 가도 좋다."

벼리의 눈물 젖은 얼굴이 들렸다. 어둠 속에서도 한순간, 환하게 빛났다.

"정말, 정말 가도 좋사옵니까? 염치없으나 다시 묻자옵니다. 소장, 가도 좋사옵니까?"

"암만. 내 너를 먼저 버렸느니. 내 곁에서 한 번도 행복하지 않았던 자여, 이제부터는 그대의 행복을 찾아라."

"……저 역시…… 다만…… 마루한, 그대가 행복하시기만을 빌었습니다. 그는 믿어주소서."

가람휘는 고개를 끄덕였다. 강하게 긍정했다.

"암만. 그대가 목숨을 바쳐 내게 주고자 한 것이지. 하여 나 또한 행복해질 게다."

손을 뻗어 벼리의 피멍 든 볼의 눈물을 살짝 지워주었다. 믿음직하게 웃으며 다짐하였다.

'하지만, 너로 인해 내가 절대로 행복하지 않음을 또 너는 어찌하려느냐?'

마음속 말을 듣지 못한 터이니 벼리가 당부하였다.

"마루한은 이제 다 가진 분이십니다. 위엄을 더럽히고 나라를 배신한 이 계집 따윈 아무것도 아니랍니다. 하니 더 이상은 소장의 일에 마음 쓰지 마십시오."

"내가 널 그대로 배신자의 낙인을 찍고 죽이리라 하면 오산이다,

아사벼리."

그가 벼리의 팔을 구속한 쇠사슬을 풀었다. 벼리의 눈이 휘둥그레졌다.

"왜 이러십니까? 마루한!"

"가라, 아사벼리."

"마루한!"

"떠나거라, 그대의 심장의 주인에게로. 그대가 진정 바라는 정인에게로 훨훨 날아가거라. 평생 의무만 배우고 짐만 짊어졌던 그대. 마지막으로 내, 마루한으로서 명령하리라. 떠나라."

그러나 벼리는 움직이지 않았다. 팔과 다리가 다 자유로워졌음에도 불구하고 여전히 묶인 사람처럼 고개를 저었다. 단호하게 거절했다.

"가지 않습니다."

그녀의 눈빛은 이제 투지로 활활 불타고 있었다. 다시 찾은 희망의 빛으로 생기 가득하였다.

"마루한께서 제 무죄를 믿으시는 지금, 더 이상은 두렵지 않습니다. 하나, 나는 아직도 내 백성들에게 죄인입니다."

그녀는 조용히 말을 이었다. 이 밤, 설사 마루한이 놓아준다 하더라도 이대로 달아날 수 없는 이유를 설명했다. 녹림에서, 사곤더러 그대와 더불어 지금은 도망칠 수 없음을 설명하던 그때와 마찬가지로, 비겁한 삶을 택하느니 당당하게 떳떳하게 죽음을 택하는 자존심을 드러냈다.

"나는 내가 지킨 백성에게 끝내 조국을 배신하고 도망친 더러운 비겁자로는 남고 싶지 않습니다. 그것은 나를 길러주신 내 아비와 나를 믿어 반역까지 불사하려던 내 동료들과 나를 위해 다리를 잃고 눈을 잃은 내 벗에 대한 예의가 아닙니다. 나는 하늘을 우러러 한 점 부끄럼이 없기에, 모든 사람들 앞에서 내 스스로 나의 무죄를 주장하고 증명할 것입니다."

"하지만 지금 누가 그대의 무죄를 증명해 줄 것이냐? 그대는 결국 맨손으로 산군과 싸워야 해."

"이깁니다. 그러면 되는 겁니다."

벼리는 간단하게 대답했다. 깡마른 주먹을 움켜쥐었다. 가람휘더러 안심하라는 듯이 빙그레 웃기까지 했다.

"이기겠습니다. 설사 산군의 발톱에 몸이 찢겨 죽을지언정, 비겁한 도망자의 노릇은 하지 않습니다. 마루한, 제가 아직도 마루한의 충직한 부하임을 인정하신다면 저에게 그런 기회를 주십시오. 제 스스로 무죄를 증명하고 당당하게 파문당하여, 제 발로 떠날 수 있게 허락하여 주십시오."

"어리석다, 어리석어. 아사벼리……."

쉬운 길을 놓아두고 언제나 어려운 길을 간다. 왜냐하면 그것이 떳떳하기에. 군자가 가야 할 길이라 믿기에. 스스로의 신념을 몸으로 증명하여 어김없이 산다는 것은 그 얼마나 어려우랴. 이렇게 의로운 자, 충성되고 진실인 자, 아사벼리. 하지만 나는 영영 이런 그대를 잃었다.

'내, 그대를 잡을 힘이 없어. 잡을 능력이 없어. 그대는 하늘인데, 나는 작디작은 부스러기이니까.'

가람휘는 돌아서며 홀로 되뇌었다. 시작도 하기 전에 끝나 버렸다. 일생을 두고 영원히 갈 또 하나의 사랑을, 나는 오늘 밤 내 스스로 놓아주었다. 하지만 후회하지 않아. 내 일생에 있어 가장 잘한 일이었다.

모퉁이를 돌자마자였다.

"어이, 거기! 애송이 마루한, 나 좀 보고 가실까?"

갑자기 모퉁이에서 검은 그림자 하나가 튀어나왔다. 까딱했으면 엉덩방아를 찧을 뻔했다. 심장이 입 밖으로 튀어나올 만큼 놀랐다.

"누, 누구냐?"

어둠 속에서 눈만 번쩍이는 사내였다. 초승달처럼 휜 검을 들고 있었다.

"어리석은 사내, 눈 뜬 바보 마루한이 버린 물건을 훔쳐서 세상 최고의 물건으로 맞바꾸려는 자이지."

온통 검은 옷에 시커먼 복면을 쓰고 있어 얼굴을 알아볼 수가 없었다. 야심한 밤에, 병사들이 엄중한 경계를 서고 있는 이곳으로 어떻게 스며들었을까? 그런 의문을 풀기도 전에 그 사내가 가람휘의 멱살을 잡았다. 사뿐히 들어 돌벽 모서리에 밀어 넣었다. 어지간한 사람보다 머리 하나는 더 큰 그를 어린애 다루듯이 자유자재로 갖고 놀았다. 엄청난 괴력을 지닌 사내였다.

"네, 네 이놈! 정체를 밝혀라! 대체 누구냐?"
"저승사자!"
"뭐라고? 경비병! 여봐라!"
"헛소리 까고 있네! 입 다물어, 인마. 떠들어도 소용없어. 일단 넌 좀 맞아야 해!"

대꾸도 할 사이가 없이 주먹이 명치끝에 와서 퍽 하고 박혔다. 쇠몽둥이로 후려치는 것 같은 충격이었다. 정체불명의 그 사내는 평생 맺힌 원한을 풀 듯 무차별적으로 가람휘를 후려 팼다. 원없이 때리고 주먹질하는 것이, 그동안 맺힌 것이 얼마나 많았는지 직설적으로 표현해 주었다.

"야, 이 자식아! 철없는 네놈 때문에 내가 얼마나 고생한 줄 알아? 돈 버리고, 몸 버리고, 아까운 시간에다 감정까지 낭비하였다. 천하대계 짜고 있어도 모자랄 시간에 내가 지금 더러운 호랑이 발톱 끝에 바늘 박고 있어야 한다더냐? 이리 와! 아직 멀었어! 넌 죽도록 맞고도 세 대 더 맞아야 해!"

세 대만인가? 가람휘는 태어나서 처음으로 비 오는 날 먼지 나도록 맞고, 그러고도 열 대는 더 맞았다. 왜 맞는지도 모르고, 무조건 맞았다. 악 소리도 내지 못하고 그냥 맞았다. 맞고, 맞고, 또 맞았다. 걸레처럼 너덜거릴 때까지 맞았다.

그런데도 이놈이 얼마나 교묘한지, 남들이 알아차릴 만한 얼굴 따위는 절대로 건드리지 않았다. 겉으로는 안 보이는 데, 급소만 골라가며 골병들게 패는 것이었다.

"마루한 체면이 있지, 내 그는 봐주었다."

엄청나게 남의 사정을 봐주는 척하였다. 얄밉게끔 요란 소리나 해대면서 주먹질 발길질을 장마비 쏟아지듯 내려치는 것이었다.

처음에는 기막히고 공포에 질렸다. 하지만 무수히 쏟아지는 주먹질을 당하면서, 가람휘는 차츰차츰 침착해졌다. 어쩐지 굉장히 후련해지는 기분이었다. 심장 속에 박힌 응어리 하나가 팍팍 부서지는 듯했다.

패다가, 패다가 그 작자도 지친 모양이다. 바닥에 구르는 가람휘의 몸뚱이를 발끝으로 휙 걷어차 버렸다. 고귀한 마루한의 옥체가 하찮은 돌멩이처럼 둘둘 굴렀다. 돌벽 모서리에 쿡 처박혔다.

"이제 정신이 좀 드냐? 이 얼빠진 놈아."

가람휘는 천천히 몸을 일으켰다. 한 손으로 피 터진 입술을 훔쳤다. 눈만 번쩍이는 정체불명의 사내를 노려보았다. 낮은 목소리로 물었다.

"내가 왜 맞아야 하는지나 들어보자."

"몰라서 물어?"

"몰라서 묻는다."

"웃기는 놈! 저걸 뻔뻔하다고 해야 하나, 멍청하다고 해야 하나? 아이고, 내 팔자야."

가람휘가 앉은 맞은편 벽에 그도 등을 기대고 앉았다. 사내가 홀로 한탄하였다.

"네놈의 정체가 뭐냐? 여긴 어떻게 들어왔지? 이렇게 소동이 벌어진 터에, 왜 내 경비병들은 하나도 오지 않는 거냐?"

"천하의 마루한이 똥개 몽둥이질당하듯이 맞는 꼬락서니 남들 눈에 띄지 말라고. 그래도 내가 또 사내의 멋이란 걸 좀 알거든. 강기의 막을 둘렀다. 왜?"

"원하는 게 뭐냐?"

"원하는 게 있다 해도 네놈이 줄 건 없어."

사내가 잘라 말했다. 운명을 얻고자 한다면, 누구든지 제 손으로 얻어야 한다. 사곤은 엄숙하게 소리쳤다. 사랑받았던 자, 하여 남이 주는 것을 고마움없이 받는 데만 익숙한 자, 더없이 어리석은 마루한을 마음껏 비웃었다.

"내가 원하는 건 내 손으로 얻어. 남이 준 건 가치없다. 평생 남이 준 것 받기만 하고, 네 손으로 하나 이룬 것 없는 철부지 마루한 따위야 절대로 알지 못하겠지만."

그가 고개를 돌려 어두운 지하 감옥을 둘러보았다. 다시 가람휘를 바라보며 씩 웃었다.

"소문나기로, 이곳에 천하의 보물이 감춰져 있다더라. 하여 빼앗고자 왔다. 무거운 돌벽에 쇠창살, 수많은 경비병. 과연 엄중하게 지키고 있더군."

"무엇을 원하느냐? 도적이여, 여긴 아무것도 없다. 보물을 얻고자 한다면 차라리 성의 창고로 잠입하여라."

"내 보물이야, 이곳에 있다. 네가 실컷 이용만 하고는 가차없이 버린 한 사람이 있어. 그이가 나에게는 가장 큰 보물이다. 마루한 가람휘, 나는 네 빛을 훔치러 왔다."

가람휘의 눈썹이 꿈틀했다. 하얀 이를 드러내고 조롱하듯 웃고 있는 사내를 똑바로 응시하였다.

"……설마, 네가 벼리의 정인인가?"

"오호, 눈치는 빠른걸?"

"……간부(姦夫) 주제에 당당하구나."

"닥쳐, 인마!"

사내가 다시 가람휘를 걷어찼다. 버럭 고함질렀다.

"이렇게 될 줄 뻔히 알면서 그 멍청한 녀석이 이곳으로 돌아온 이유를 내가 몰랐다면 넌 오늘 죽었어."

가람휘는 고개를 들었다.

"그녀는…… 자신이 이렇게 배신의 누명을 쓸 줄 알았나?"

"그거야 다는 모르지. 하지만 사무란에서 아칸을 죽인 연후에 탈출하면서 나는 청하였다. 같이 도망치자고. 토사구팽, 제 실덕과 거짓이 드러날까 두려운 앙칼진 계집이 그를 가만두지 않을 것은 뻔한 일. 돌아오면 필시 저를 모함하고 해치려 할 것이다 충고하였다. 하지만 그 멍청한 여자가 거절했어. 왜인 줄 아냐?"

가람휘로선 대답할 말이 없었다. 대체 왜 돌아온 걸까, 그녀는?

"명목이든 거짓이든 그녀는 너의 마린. 이렇게 도망치면 천하에서 가장 귀한 나를, 지아비 있는 아낙을 유혹한 더러운 간부(姦夫)로 만들기에 싫다 하였다. 당당하고 떳떳하게 돌아와 공명을 아뢰고, 너와 혼인을 파약한 다음 나에게 찾아온다 하더라. 그래서 제 죽을

길 따라 돌아온 거다, 이 어리석은 놈아."

가람휘는 바로 그 순간, 이 사내가 누구인 줄 알아차렸다. 섬광같이 달려든 깨달음이었다.

벼리와 사무란까지 동행한 사내라면 그 사내일 수밖에 없다. 단뫼의 장사치. 그들에게 무기를 팔러 오고, 식량을 가져간 그 푸른 눈의 사내다. 험한 길 같이하며, 생사고락을 같이 나누었기로, 서로가 피하지 못할 정분이 솟구쳤던 게지.

그 사내가 마주 가람휘를 노려보았다. 사뭇 비아냥댔다.

"남의 여인 빼앗았다 말하지 말라, 못난 사내여. 네가 끼어들기 훨씬 오래전부터 그이는 내 사람이었다. 방해자는 너였다. 오직 의무와 복종만 배운 싸울아비라, 그 순진함을 이용하여 허수아비로 만들고 이용만 한 자는 바로 너이다. 못난 그 녀석은 충성을 연모로 알아, 제 마음 핏물을 훔치며 네 허수아비 마린 노릇까지 마다하지 않았다. 대답하라, 해란의 마루한. 누가 더 큰 죄를 지었느냐?"

가람휘는 고개를 푹 숙여 버렸다. 구구절절 옳은 말이라, 사내의 말이 가시처럼 그를 푹푹 찌르고 있었다.

"또한 그렇게 해서 너는 행복한가, 마루한? 지금 비단침상에 누워 잠자는 그 계집, 너를 사모한다는 이유로 형극의 길을 걸어 네 님을 모셔다 준 아픈 그림자의 희생으로 돌려받은 그 계집, 그 곁에서 너는 행복한가?"

"······행복할 게다. 아니, 행복하다. 네 정인인 그녀가 그리 말하였다. 나더러 행복하라고······."

"무책임하고 어리석은 마루한이여, 그래서 더없이 죄 많은 남자여. 너는 그녀의 긍지 높은 신랑이 될 자격이 없다. 하여 내가 빼앗아 가겠다, 그 말이다."

"그럼 너는 아름다운 사람의 신랑이 될 자격이 있는 자이더냐?"

그가 씩 웃었다. 자신만만 장담하였다.

"당연하지. 이왕 내 것인 것, 돌려받자는 거다. 설마 날 비열한 도둑놈이라 부르려는 건 아니겠지?"

"……네 이름을 알고 싶다."

"알아서 무엇하려고?"

"우리의 자랑을 모셔가는 네놈이 과연 누구인지 나는 알아야 하지 않느냐?"

사내가 씩 웃었다. 검(劍)을 수평으로 들고서는 가람휘와 자신 사이의 공간을 반으로 갈랐다. 그들의 땅을 둘로 나누었다. 가람휘는 활활 불타는 눈을 들어 그를 노려보았다.

"무슨 뜻이냐?"

"천하를 탐하는 욕심으로도, 한 여인을 두고 다투는 사랑으로도 우린 이렇듯이 이쪽과 저쪽이다. 하여 사람들은 너와 나를 평행선, 혹은 숙적이라 부른다. 하늘이 내린 바 너와는 절대로 양립할 수 없는 자다."

"한갓 장사치 주제에 담대하구나. 감히 일국의 군주인 나를 두고 저와 견주어 호적수라 하니."

"웃기네. 네놈은 겨우 일국의 군주이나, 나는 하늘의 뜻을 사람 세상에 펼치려는 천하의 주인이다. 자식이! 나 흑군의 상대가 된 것만으로도 영광인 줄 알아야지."

가람휘의 심장이 철렁 떨어졌다. 신음하듯 내뱉었다.

"네놈이, 흑군이라고……?"

사내가 다시 여유만만하게 씩 웃었다.

"천하를 훔치려는 큰 도둑놈임에랴. 사서(史書)는 훗날 나를 일러 대(大) 영웅이라 하겠지. 아서라, 마루한. 정의 인연도 밝달의 천하도 다 내 것이다. 어찌하든 오래 살아남아 승리하는 자가 영웅이다."

그가 훌쩍 일어났다. 커다란 충격으로 할 말을 잃어버린 가람휘에게 마지막 협박을 하였다.

"다시 한 번만 야밤에 홀로 내 여인 만나러 몰래 찾아다니기만 해라, 다리몽둥이를 분질러 버려!"

第十一章

군자는 대로행.
언제나 정의로운 길만 걸어간다.
마음에는 한 점 부끄러움도 없이
무릇 사람이 가야 할 길만을 떳떳이 활보하니
한 번 소매 짓에 천 리를 가고
한 번 발걸음에 만 리를 난다.

씨 뿌리는 달(3월) 열하루 날.

아사벼리.

곧고 정결하며 충성심 높아 해란의 귀감이던 사람.

마루한의 고귀한 버금 마린이자, 정곡성의 근위대장이었으며 해란의 으뜸 싸울아비로 칭송받던 자. 목숨 돌아보지 않고 사막길 넘어, 적국 무후의 아칸을 암살하여 전쟁을 늦추었으며, 인질로 억류 중이던 마린을 구한 영웅.

하지만 알고 보니, 그 영웅지행은 추악한 배신의 행로였다 한다. 비겁하게 제 목숨 구하고자 적의 앞잡이 노릇을 하고, 만백성을 곤경에 빠트린 사악한 변절의 다른 이름이었으니, 그자는 마땅히 나라와 겨레를 배신한 매국노의 낙인이 찍혀야만 하리라. 그렇게 고발당하였다.

정의는 살아 있어 결코 진실이 덮여지지는 않았다. 아름다운 마린께서 사무란에서 보고 들은 것을 그대로 고하니, 어찌 마루한과 백성들이 공분(公憤)하지 않으리. 마린 아련나가 분연히 우르 신과 백성 앞에서 그런 배신의 죄업을 고발하였다. 이날, 가증스런 아사벼리, 나라를 배반한 더러운 싸울아비가 하늘 아래 지은 죄에 대하여 낱낱이 밝힐 것이다. 엄중하게 재판을 받을 것이다.

그날 아침, 정곡성 전역은 누군가의 눈물처럼 여린 비가 쓸쓸히 내리고 있었다.

마린 아련나는 늘 하던 대로 가람휘의 의대를 받쳐 들고 있었다. 한 시진 후에 그는 재상과 판관들과 더불어 대광장으로 나갈 것이다. 배신자 아사벼리를 처단할 것이다. 그것으로 아름다운 마린 아련나는 영원히 안전해지고 평온한 앞날을 선물받게 될 것이다.

그녀는 두 손으로 옷을 들어 등을 돌린 남편의 어깨 위로 걸쳐 주었다. 아내다운 자디잔 근심으로 가득 찬 아련나의 그 표정은 한결 더 다정스러워 보였다.

"새벽에 깨었더니, 신음을 하시더이다. 옥체 허하시어 그러신 것이여요?"

"내가, 그랬소?"

"예. 이삼일 내내 군막에 나가시어 몇 시진 주무시지 못한 탓인가 싶어 근심하나이다."

가람휘는 더 이상 대답하지 않았다. 묵묵히 아련나가 입혀주는 저고리의 옷깃을 여미고 바지 허리띠를 묶었다.

"진지하시어요."

"입맛이 없어."

"아이, 큰일 감당하시어야 할 터인데, 빈속으로 나가시면 아니 되어요. 마루한께서 아니 드시면 저도 따라 굶게 되니, 저를 위해서라도 한술만 하시어요. 네에?"

동그랗게 눈을 뜬 귀여운 얼굴로 그를 졸랐다. 생글생글 웃으며 그의 손을 잡아 억지로 탁자 앞에 데려갔다. 손수 젓가락을 손에 들려주었다.

"아침은 늘 간소하게 준비하라 하였는데."

가람휘가 물끄러미 상을 바라보더니 한마디 하였다.

죽 한 그릇에 소채 찬 두엇, 멀건 딤채 한 사발이면 끝날 것을. 아침부터 지지고 볶고 두르고 무쳤다. 산과 바다와 들판에서 가져온 먹거리들을 호화롭게 담은 접시들이 즐비하게 벌려져 있었다.

"제가 찬방에다 하명을 내렸사와요. 마루한께서 이 며칠 내내 진지를 부실하게 하시니 근심이 되어서요."

"살다 보면 입맛이 돌 때도 있고 잦혀질 때도 있는 거지. 죽 한 그릇도 못 얻어먹는 사람들이 수천인데, 나만 이리 사치하게 굴면 망신이오."

"명색이 지존이신 마루한이셔요. 음식치레를 놓고 무어라 하시면 소첩이 민망하나이다. 마루한께서 한갓 백성들보다 못한 찬으로 진지하시면 체면이 서겠나이까? 아무런 말씀 마시고 맛나게 진지 하시어요."

찬모를 들들 볶아 정성껏 장만한 음식이다. 한데 고마워하기는커녕 오히려 넘친다 꾸지람을 들었다. 겨우 그것으로도 속이 상하여 아련나의 눈엔 어느새 눈물이 핑 돌았다. 가람휘는 무연히 어린 아내의 까만 눈동자에 어린 물기를 바라보았다. 이내 고개를 숙이고는 아무런 말도 없이 젓가락을 움직이기 시작했다. 결국은 그녀에게 지고 마는 사내 앞에서 아련나의 분홍빛 입술이 보시시 미소를 머금었다.

'이젠 걱정이 없어. 완벽해.'

남편을 위해 찻물을 준비하면서 아련나는 마음속으로 자신만만 중얼거렸다. 이날이 지나면, 눈엣가시인 그 계집이 죽을 것이다. 그것으로 그녀를 괴롭히던 적수도 사라지고 행여 들킬세라 감추었던 비밀이 드러날 염려도 끝나게 된다. 하여 심장 안에 가시처럼 박혀 시시각각 소스라치게 만들고 따끔거리게 하던 불안도 완전히 사라진다. 말 그대로 벼리, 그 계집의 죽음은 아련나에 있어 완벽한 사면(赦免) 혹은 자유의 다른 이름이었다.

아련나의 입술에 저절로 다시 만족스런 미소가 떠올랐다.

정곡성으로 온 후 그녀는 사무란에서와 마찬가지로 날마다 향유로 목욕하고 색색의 비단옷을 갈아입었다. 먼 길 올 때 잊지 않고 챙겨온 온갖 보석과 황금패물로 피어나는 아름다움을 단장하였다.

마린의 황금관은 틀림없이 칠흑 같은 머리 위에 얹혀져 있다. 사각거리며 몸에 감긴 마린의 홍색 비단옷도 마찬가지이다. 그렇듯이 그녀의 아름다움은 여전히 완전했다. 마린의 위엄을 갖추고 백성 앞에서 군림했다.

저토록 늠름하고 헌칠한 지아비의 아낌없는 사랑과 다정함도 여전히 그녀만의 것이다. 게다가…… 아련나는 마루한의 찻잔에 차를 따르며 다시 한 번 자신만이 아는 미소를 상긋 날렸다.

어제 가시솔이 아랫배를 꼭꼭 주물러 주면서 귀엣말을 속닥거렸었다.

[이제 완전히 옥체 회복하신 듯하나이다.]

[하면 조만간 회임도 할 수 있단 말이냐?]

[물론입니다. 승은받으사, 얼른 잉태하옵소서. 마루한께서 크게 기뻐하실 것입니다.]

조만간 날을 가려 몸 거룩하게 단장하고 그의 씨앗을 받으리라. 이내 그녀의 배 속에는 누구도 부인하지 못할 마루한의 자손, 후대의 마루한이 될 어린 용이 무럭무럭 자라고 있을 것이다.

이 아침, 다정한 남편 곁에서 맑은 햇살 바람 즐기면서 차를 마신다. 연전, 남편을 전쟁터에 떠나보내던 날이 생각났다.

앞으로 내 인생은 대체 어찌될까 근심하며 눈물로 그를 보내던 때 기억을 되살렸다. 나름대로 온갖 우여곡절을 겪었다. 하지만 결국 이렇게 다시 만나, 아무 일도 없다는 얼굴로 함께 지낼 수 있게 되었다. 조금도 어긋남없고 모자람없다. 원한 바 이루지 못한 것도 없다. 언제나 마지막 인생의 승리자는 아련나, 그녀였다. 스스로가 대견하여 아련나는 다시 생긋 분홍빛 미소를 머금었다.

가람휘가 식사를 마쳤다. 찻물로 입을 헹구고 일어났다. 묵묵히 아련나가 입혀주는 마루한의 장포를 걸치고 손 닿는 곳에 놓인 관을 받아 썼다. 탁자 위에 정갈히 놓인 환도를 집어 들어 허리띠에 패용하였다.

그 곁에는 아사벼리가 사무란에서 다시 가져온 마린의 예장인 단검이 함께 놓여 있었다. 혼인할 때 아련나가 남편에게 선물한 바로 그것. 마루한은 장도와 더불어 항시 그것을 같이 패용했다. 항구여일, 일편단심. 영롱한 여덟 글자가 아침 햇살에 변함없이 반짝이고 있었다.

잠시 마루한은 그것을 가만히 내려다보았다. 저절로 단정한 입술 위에 서글픈 미소가 떠올랐다.

'황금으로 새긴 마음 심(心)은 어제도 오늘도 변함없는데, 그 사람 진짜 마음은 조변석개(朝變夕改)로구나. 허망하여라. 허무하여라. 서럽고 가슴 아파라. 권력 따라 이익 좇아 굴절하는 내 여인의 정(情)이란 것이여.'

그의 시선이 가득 슬픈 빛을 담은 채 옆으로 돌아갔다. 살풋 고개를 숙인 채, 그의 허리끈을 매만져 주는 아련나의 하얀 손을 바라보고 있었다.

항시 애지중지하며 같이 패용하시던 검을 오늘은 집지 않는다. 그냥 돌아서기에 아련나는 아무 생각도 없이 자신의 단검을 집어 그에게 건네주었다.

"하나를 잊으셨사옵니다."

"아, 되었소이다."

"네에?"

하얗고 아름다운 얼굴이 찌푸려졌다. 문득 소스라쳤다. 등골이 선들 식었다. 그녀의 손끝에 닿은 남편의 손이 한없이 차디찼기 때문이다. 가람휘가 묵묵히 아련나를 외면하고 돌아섰다. 동경(銅鏡)을 바라보며 다시 관을 고쳐 썼다. 등 뒤에 선 아련나는 그를 우두커니 바라보며 서 있기만 했다. 분홍빛 입술 끝에 잡힌 웃음기가 서서히 식어 내렸다. 자신도 모르게 불안한 입술이 열렸다. 남편을 부르고 있었다.

"마루한."

가람휘가 고개를 돌렸다. 무어라 말하려다 아련나는 그만두고 말았다. 그녀를 바라보며 빙그레 웃고 있는 남편의 표정은 예전과 전혀 다름없이 다정스러웠다.

"왜 그러는 거요?"

"아니에요, 아무것도."

눈동자 속에 섭섭함이나 의아함이 묻어 있었나 보다. 가람휘가 아련나의 손에 들린 단검을 바라보았다. 싱긋 웃으며 말을 이었다.

"이미 환도를 찼으니, 단검은 굳이 패용치 않아도 된다는 말이지. 같은 한 쌍이 아니면 동시에 패용하는 것이 예법이 아니랍니다."

"아아, 네에. 그렇다면 소녀가 깊은 곳에 잘 간수하렵니다."

"마음대로 하오. 내겐 필요치 않은 물건이니 그대가 알아서 하구려."

내게는 필요치 않은 물건. 다시 가슴에 말뚝이 박혔다. 여린 손가락 끝이 바들거렸다.

"마루한!"

"음?"

다급하고 불안한 마음에 불러놓기는 하였지만, 정작 남편의 눈을 바라보니 할 말을 찾을 수가 없었다. 그가 빙그레 웃었다.

"원, 요 실없는 사람을 보았나."

가람휘가 돌아섰다. 문 쪽으로 한 발자국 걸어갔다. 아련나는 다급하게 다시 소리쳤다.

"마루한!"

"왜 또?"

돌아서는 그의 표정에 약간 귀찮다는 빛이 드러나 있었다. 왜 말도 하지 않으면서 자꾸 불러 세우느냐는 뜻이다. 아련나는 자신도 모르게 그에게 한 발 다가가 소매 깃을 꽉 부여잡았다. 떨리는 목소리로 물었다.

"오늘 가증스런 그 계집을 처형하시는 건가요?"

"그대의 고발이 사실이라 할 것이니, 변할 일은 없소."

"아, 네에……."

"하지만 국법이 엄연하니, 그가 재판장에서 자신의 죄를 부인하고, 누군가 나서 함께 무죄를 주장한다면 바뀔 수도 있을 것이오.

그렇게 되면 결국 그는 산군과 홀로 싸워 이겨 제게 쓰인 누명을 벗어야 할 거요."

"하, 하지만 이미 그 계집은 스스로의 죄를 자복하였다 하였잖습니까?"

"그것이 그래. 다소 난처하오."

가람휘가 고개를 저었다. 수정처럼 투명한 눈빛이 순진한 얼굴을 하고 있는 어린 아내를 똑바로 바라보고 있었다. 벼리가 곧바로 처형당하는 것이 아니라, 자신을 변호할 기회를 얻고, 무죄가 될 수도 있다는 것을 알게 된 아련나의 얼굴엔 분명히 감출 수 없는 불안과 두려움이 떠올라 있었다.

'죄를 짓는 자는 강심장이어야 한다더니……'

감당하지 못할 짓을 저지른 다음, 어찌할 바를 몰라 저리도 애면글면, 작은 것 하나에도 놀라고 공포에 질리는 사람이 왜 자꾸만 죄를 짓는가.

"아사벼리, 그녀가 그날 포박을 당할 시에는 분명 제 입으로 죄를 자복하였지."

"한데요?"

"하지만 지금 중론(衆論)이 그래요. 그날 그가 스스로 포박을 당한 것은 정녕 죄를 지어서가 아니라, 그를 구하러 달려온 싸울아비들이 나에게 항명하는 것을 가로막으려 한 일이 아닌가 하고요."

"이곳이 제 터전이니, 그 계집의 편이 의외로 많군요."

"게다가 그가 우리를 배신하였다는 그 일을 누가 있어 증명할 것인가? 하물며 그녀가 이곳으로 간자를 보내 곡식 창고를 태웠다는 것은 정말 얼토당토않은 누명이라는 주장이 많소. 어젯밤 돌아온 재상이 내 말을 듣더니 그런 의견을 내놓았는데, 대신들이 그럴듯하다 찬동하는 이가 많더이다."

"재, 재상께서요……? 하지만 그 계집의 밀지를 받아 곡식 창고에 불을 질렀다는 간자가 잡혔지 않아요? 죄를 시인하지 않았나요?"

"그자가 오늘 대광장에 나와 다시 한 번 증언한다면 모르되, 그는 이미 감옥 안에서 죽었지 않소?"

"하지만 저도 증인이여요. 그 계집이 우리나라를 배신하고 제 목숨을 살리고자 송요성의 지도를 내주었다는 말을 들어 마루한께 아뢴 사람은 저란 말이어요. 재상께서는 제 고변조차 거짓이라 한단 말입니까?"

자기도 모르게 아련나의 목소리가 비수 날처럼 날카로워졌다. 벼리의 무죄가 인정되어 살아난다는 것은 아련나 자신이 거짓의 배신자가 되는 일이며, 나라의 영웅을 음해한 일이 되는 것이니, 곧바로 나락으로 떨어지는 일이었다. 필사적이 될 수밖에 없었다.

"저는 분명히 들었나이다!"

아련나는 외쳤다. 자신의 말이 진실임을 알리느라 안간힘을 다하는 얼굴이었다.

"그 자리에 가시솔도 있었나이다. 분명 대승정 그자가 그리 말하였나이다! 마루한! 소녀를 믿으시지요? 소녀가 마루한께 항시 진실만 말씀드리는 것을, 한 번도 속임없음을 마루한께서는 믿으시지요?"

"진정하시오, 마린. 대체 왜 이러시오?"

"그 계집이 무죄라 하심은, 바로 소녀가 그 여자를 음해하여 배신자로 몰고 해치려 한다는 말과 무엇이 다를까요? 마루한! 소녀를 지켜주십시오! 저는 오직 들어 알고 있는 진실을 말씀드렸을 뿐입니다."

"압니다, 알아요."

마루한의 단정한 얼굴에 엄한 빛이 어렸다.

"유죄가 증명된 바 없다는 것은 동시에 무죄도 증명된 바 없다는 거요. 하늘이 아시는 일이라, 사필귀정(事必歸正). 반드시 사실을 엄중히 가려 엄한 본보기를 보이겠소. 마루한의 위엄을 세우도록 하리다."

"저를 믿으신다면, 그 계집의 배신을 반드시 낱낱이 가려 죽음으로 치죄하여 주십시오!"

가람휘가 고개를 끄덕였다. 비로소 안심한 얼굴이다. 마린의 아름다운 얼굴에 웃음기가 머금어졌다. 그런 그녀를 잠시 응시하다가 가람휘가 문을 향해 걸어갔다. 막 문을 열고 한 발 나가려다가 다시 돌아섰다. 그 얼굴이 엄숙했다.

"아련나."

"네, 마루한."

"내가 정말 궁금해서 묻는데 말이오, 부디 정직하게 대답해 주겠소?"

"무슨 말씀이십니까?"

아련나의 얼굴에 다시 빳빳한 긴장이 서렸다.

"비록 배신자라 하되, 아련나…… 한 번도, 단 한 번도, 그대는 그대와 나라를 구하고자 사무란까지 고생하여 단신으로 찾아간 그녀에게 고맙다는 생각은 해보지 않았소?"

간당간당 붙어 있던 심장이 덜컥 또 떨어졌다. 조용히 그녀를 바라보고 있는 남편의 시선과 더불어 쥐꼬리만큼 남은 양심이 모진 비수가 되어 심장을 사정없이 난도질했다. 하여 아련나는 더 앙칼지게, 모질게 되받았다.

"제가 감사해야 하나요?"

이 순간, 그녀는 아사벼리가 죽도록 미웠다. 인간이 가질 수 있는 한도 내에서 가장 증오했다. 고귀한 자신을 이렇게 추하게 만들어 버린 그 여자, 추해질 수밖에 없도록 몰아댄 그녀의 생살을 씹어 먹고 싶었다. 하나도 도리에 어긋남없다. 말 그대로 선이고 정의이고 곧다하는 그 여자가 지긋지긋했다. 끔찍하게 증오스러웠다. 가람휘가 가만히 중얼거렸다.

"결국은 그이의 배신이 목숨 때문이라 한다면…… 사람은 누구나 죽음을 앞에 두고 가장 귀한 제 목숨 구하고자 발버둥 친다 하지? 그래서 오판을 할 수 있다 하면…… 그이의 배신을 용서하지 못할 것도 없다 싶어서……."

"잘못 생각하시는 거여요! 마루한!"

아련나는 얼음이 뚝뚝 떨어지는 목소리로 냉혹하게 되받았다.

"마음이 약해지면 아니 되십니다. 제 일신이 구명당한 은혜는 큰지 모르나, 이 나라를 배신한 죄는 무겁고도 큰 죄. 감히 견줄 일은 아니지요."

마루한이 가만히 고개를 끄덕였다. 엷은 미소를 지었다.

"하긴 그렇지. 견줄 일이 아니지. 내가 왜 그대에게 너무나 명확한 물음을 헛되이 했는지 모르겠소."

그가 돌아서서 문을 닫았다. 문 하나를 사이에 두고 가람휘가, 아련나가 이쪽과 저쪽으로 나누어졌다. 회랑을 걸어가는 마루한의 발자국 소리가 조금씩 멀어져 갔다. 그 소리가 완전히 사라질 때까지 아련나는 그 자리에 붙은 것처럼 그대로 서 있기만 했다.

설마 그가 아사벼리, 그년을 용서하려는 것은 아닐까?

'안 돼! 절대로 안 돼!'

그녀는 돌아서서 가시솔을 부르는 줄을 잡아당겼다. 몇 번이고 세차게, 그녀의 불안과 공포만큼이나 강한 힘으로 잡아당겼다. 이내 깜짝 놀란 얼굴을 한 가시솔이 나타났다.

"마린, 부르셨사와요?"

"나도 대광장에 가볼 테야. 차비하여라."

"마린!"

"불길한 예감이 들어. 잘못하면 그 계집이 무죄가 될 수도 있어!"

"별말씀을……. 걱정 마시어요."

"마루한이 그랬어. 그 계집의 밀지를 받아 곡식 창고를 태운 간

자도 감옥에서 죽었으니 증명을 하지 못할 바이며, 내 말 외에는 그 계집이 배신의 죄를 지었다는 것을 사실로 밝힐 자가 없다고. 재상을 비롯한 많은 중신들이 뜻밖에도 강하게 그 계집을 무죄로 주장한다 하였어. 자칫하면 판결이 뒤집혀질 것이야!"

"저런……."

자신만만하던 가시솔의 얼굴에 낭패한 기색이 어렸다. 무후의 간자로서 벼리의 지령을 받고 곡식 창고를 태웠다고 자백한 사내를 살려두었으면 좋았을 것을……. 하지만 혹여 나중에 딴소리를 할까 봐서 화근을 제거하는 뜻으로 죽여 입을 막았던 것이다.

"어쩌지, 가시솔? 그 계집이 무죄를 증명받고 풀려나면 그건 바로 우리가 그 계집을 음해하고 거짓으로 배신자라 밀고하였다는 말과 같게 돼! 마루한은 더 이상 내 말을 믿지 않을 거야. 날 멀리하면 어쩌지?"

"걱정 마세요, 마린."

가시솔이 부들부들 떨고 있는 아련나의 손목을 부여잡았다. 믿음직한 어미처럼 토닥여 주었다.

"그런 일은 없어요. 우린 들었다 하면 되는 겁니다. 우리가 거짓을 고했다고 증명할 자도 없사와요."

늙은 유모의 말은 마치 악마의 주문 같았다. 제 편들어주고 속삭이는 가시솔의 말에 아련나는 홀린 듯이 고개를 끄덕였다.

"하고요, 아무리 그 계집이 무죄라 한들, 이미 나라를 배신한 반역의 도당으로 고발을 당한 터입니다. 완벽하게 무죄를 증명하여 풀려나지 못한다면, 아무리 발버둥 쳐보았자, 이날 죽게 되어 있습니다."

"어떻게?"

"국법이 정한 바, 아시지 않습니까? 유죄도 무죄도 증명되지 못한 자는 하늘의 뜻에 따라 죄가 결정되는 것이니, 맨손으로 산군과 싸워 이겨야 풀려날 수 있습니다. 아무리 무장이라 한들 굶주린 호랑이와 대적하여 이길 수 있을까요?"

비로소 아련나의 볼에 분홍색 화기가 돌아오기 시작했다.

"게다가 그 계집은 몇 날 며칠 사막을 건너와 기력을 소진한 상태에서 곧바로 투옥되어 내내 쇠사슬에 매달려 있던 몸입니다. 그런 꼴을 하고 건장한 싸울아비도 이기지 못하는 맹수와 싸워 이길 가능성은 만분지일도 없사와요. 마린의 근심은 부질없는 것입니다."

"그래, 그래. 유모의 말이 맞아! 그 계집은 이날 반드시 죽을 것이야."

"그러믄요, 그러믄요."

아련나가 일어나 새침하게 비단옷자락을 뒤로 걷었다.

"하지만 역시 가볼 테야."

"마린."

"준비하라니까! 내 눈으로 직접 그 계집이 산군에게 물어뜯겨 죽는 꼴을 보고야 말겠어!"

"그런 흉한 꼴을 왜 꼭 보시려 하시어요? 처신이 정숙하지 못하다고 구설수 난답니다. 그만두시어요."

"그래야 속이 시원할 것 같단 말이야!"

아련나가 앙칼지게 고함을 질렀다. 그녀의 눈은 표독한 빛으로 반짝이고 있었다.

"명목이기는 하지만 버금 마린. 결국은 내 남편 빼앗아간 첩년 아니냔 말이야! 시앗을 보면 우르 신도 돌아앉는다면서?"

오통통하니 순진하기만 한 양 볼에 빨갛게 분노의 열꽃이 돋았다. 아련나가 면경 앞에 다가가 마린의 황금관을 다시 올려 꽂았다. 오드득 이를 갈았다. 면경 속의 미인은 이제 더 이상 천녀(天女)처럼 순수하지도, 고아하지도 않았다.

"괘씸한 것! 이곳에서는 제 터전이라 그 계집이 오롯이 마린 대접을 받았다면서? 불쾌해, 아주 불쾌해!"

저는 사람 아닌가? 아련나는 새삼 아사벼리에 대한 미움으로 몸을 떨었다. 사사건건 매사 옳고 공정하며 용맹하다 칭송만 자자하니, 대체 내가 왜 그런 계집과 견주어서 비교를 당해야 하는 것이냐? 못나고 사내같이 멋없는 것 주제에! 가서 그 잘난 몸뚱이가 찢기는 꼴을 꼭 보고야 말겠다. 거울 속의 붉은 입술이 보기 싫게 비틀어졌다.

"그나저나, 중화성에 보낸 사람은 왜 기별이 없어?"

그녀는 가시솔이 꺼내 입혀주는 비단도포를 걸치고 담비틸로 겉을 두른 토시를 끼었다. 아직 완전히 해결되지 않은 걱정거리를 입 밖으로 꺼냈다.

"기다리셔요. 이내 좋은 기별이 올 것이어요."

"어젯밤 마루한께서 조만간 직접 중화성에 가서 어머님을 모셔 오겠다고 그랬단 말야. 그가 가기 전에 대 마린의 일이 처리되지 않으면 우린 다 죽어!"

"명심하고 있사와요. 쇤네가 다 알아서 한다니까요."

아침나절까지만 해도 촉촉이 내리던 비는 얼마 후 이내 그쳤다. 하늘 한쪽이 푸르게 열리기 시작하더니, 푸른 옥처럼 밝디밝은 하늘에 반가운 해가 따사로이 내려쬐기 시작했다. 대광장 주변의 집들 담 안에서 산수유 꽃이 툭툭 노랗게 벌어지고 있었다.

정곡성의 대광장.

이른 아침부터 사람들이 모여들기 시작했다. 한 시진도 채 지나지 않았는데, 벌써 물샐틈없이 가득 차버렸다. 더 가까이 자세히 보고자 발꿈치를 높이고 고개를 치켜들었다. 좋은 자리를 서로 먼저 차지하느라 입싸움을 벌이는 자들도 종종 눈에 뜨였다.

"여하튼 명명백백 가려져야 한단 말이지."

"마루한께서 엄하시니깐 얼렁뚱땅 넘어가지는 않을 것이야."

"어젯밤 재상께서도 돌아오시었으니, 아무리 속이려 하고 감추려 해도 다 드러날 테지. 지혜하면 또 그분이잖아."

"하지만 거참 말이지, 아무리 생각해도 불가사의인걸? 그렇게 곧고 반듯한 근위대장이 반역자라니."

"쉬잇! 자네, 그런 말 함부로 하다간 여기서 매 맞아 죽어."

쑥덕쑥덕, 귀엣말을 주고받다가 화들짝 놀란다. 이리저리 눈치 살피며 오늘의 판결 결과를 가늠하고 미리 점쳤다. 그러면서 사람들은 빨리 정오가 되기를, 재판이 시작되기를 기다렸다.

"물렀거라—!"

"길을 비켜라—!"

"마루한의 행차이시다! 어서 물렀거라—!"

정오가 채 되기 전, 내성의 문이 열렸다. 오백여 명의 친기대를 앞장세우고 황금빛 전포를 입은 마루한이 말을 타고 나타났다. 그 뒤로 화백의 중신들이 말을 타고 줄줄이 뒤를 이었고, 그 다음이 죄인을 호송하는 형보장 차례였다.

죄인을 태우는 수레이니, 검은색 휘장을 두른 우마차였다. 열여섯 명의 형리들이 지키는 가운데 느릿느릿 굴러왔다. 그 안에 아사벼리가 묶인 채 앉아 있었다.

닷새 전, 그녀를 구하느라 백여 명의 병사들이 기습을 한 사건도 있고 하니, 그들의 긴장은 한층 더 심했다. 다시 그런 일이 일어나지 말란 법이 어디 있으랴?

죄인이 탄 검은 수레 뒤로 또 하나의 수레가 끌려 나오고 있었다. 바라보는데도 지레 기가 질려 한 발 물러서게 되었다. 그 안에는 죄인의 무죄를 판별할 지표이니, 거대한 산군(호랑이) 한 마리가 들어 있었기 때문이다.

몇 날 며칠이나 굶주린 후이다. 어두운 지하 감옥에 얽매여 있다가, 밝은 데에 갑자기 나온 참이니 한층 더 날뛰게 되었다. 수레의 쇠창살이 막지 않았다면 당장에라도 뛰쳐나와 사람들을 덮칠 듯한 기세였다. 핏빛 살기를 내뿜으며 캬르르 캬오오, 울부짖고 있었다. 사람들이 저절로 자라목이 되었다. 슬금슬금 한 발 두 발 물러날 정도였다.

"만약 무죄를 증명하지 못하면 저놈이랑 맨손으로 싸워야 한다지?"

"하지만 그전에 목이 잘릴걸? 누가 나서 반역자의 편을 들어주냔 말이야. 돌 맞아 뒈지려고?"

"그런 말 함부로 하지 마시오. 은근히 친기대장 무죄를 믿는 이도 많소."

"에이, 증거가 그리도 명확하고 증인까지 있는데 어찌 빠져나갈까?"

"그래도 모르는 게 사람 일이여."

그러는 가운데, 이미 광장에 도착한 마루한 일행은 천천히 단상에 오르고 있었다.

한가운데 마련된 용상에 마루한이 앉았다. 한 단 아래에는 판관인 우르 신전의 신관과 재상 카낙, 그리고 율백* 두 사람이 앉았다. 나머지 중신들은 그 아래, 서열과 순서대로 자리 잡았다. 친기대가 마루한이 앉아 있는 단상과 백성들 사이에 창검을 빼들고 가로막아 섰다. 성벽에도 천여 명의 친기대가 엄한 경계를 서고 있는 중이었다.

---

*율백:화백의 중신 중에서 법을 맡은 자. 오늘날의 법무장관이다. 좌율백은 기록, 우율백은 재판의 진행을 담당한다

"고지(告知)하라. 재판을 시작할 것이다."

카낙이 명령했다. 고수(鼓手)가 둥둥 큰북을 울렸다. 시끌거리던 대광장이 순식간에 커다란 침묵으로 가득히 덮였다. 양피지를 앞에 놓고 좌율백이 기록을 준비하였다. 이날의 일은 하나도 남김없이 해란의 사서(史書)에 기록될 것이다. 우율백이 일어나 크게 고함쳤다.

"죄인을 끌어내라!"

수레의 검은 휘장이 올라갔다. 형보장이 수레의 자물통을 열고 죄인을 끌어냈다.

나라를 반역한 자라, 싸울아비의 명예를 더럽히고 마린의 위엄을 저버린 배덕한 계집이 끌려 나왔다. 차마 파란 하늘을 보는 것마저 부끄럽고 수치스러운 터라, 그녀의 얼굴은 검은 천으로 가려져 있었다. 맨발이었다. 두 다리에는 굵은 쇠사슬이 묶여 있었다.

죽여라, 죽여라! 둘러싼 사람들 사이에서 흥분하여 선동하는 고함 소리가 터져 나왔다. 여기저기에서 지난번처럼 돌멩이가 날아오기 시작하였다.

"무엄하다! 마루한이 계시는 지엄한 이곳에서 누가 감히 난동을 피우느냐?"

"아직 재판이 끝나지 않았다. 경솔하게 소란을 떠는 자, 대신 옥에 갇힐 것이다!"

형보장이 크게 소리쳤다. 친기대가 시퍼런 검날로 을러대자, 사람들이 한 발 물러섰다. 이내 잠잠히 잦아들었다.

형보장이 벼리를 끌고 마루한이 앉아 있는 단상 앞으로 걸어갔다. 꿇어 앉혔다. 얼굴을 가린 검은 천을 벗겼다.

초췌하고 야윈 얼굴이다. 볼에 새겨진 검흔이 유난히 선명했다. 닷새 전, 돌아오자마자 돌에 맞아 찢긴 상처며 피멍이 아직도 가라앉지 않았다. 두 손과 두 발이 쇠사슬로 묶인 채로 그녀는 결코 눈을 뜨지 않았다. 고개를 떨어뜨린 채 묵묵히 이 모든 수치를 인내하고 있었을 뿐이다.

우율백이 자리에서 일어났다. 물을 뿌린 듯 조용한 광장에 그의 목소리만이 크게 울려 퍼지고 있었다.

"아사벼리, 여기 나라를 배신하고 백성을 기만하였으며, 마루한의 위엄을 능욕한 자, 반역의 죄로 고발당한 자가 있다."

가람휘는 눈 하나 깜빡이지 않고 벼리를 내려다보고 있었다. 뜨거운 것이 울컥울컥 새어 날 것 같았다. 심장에서 직격으로 솟아나는 붉은 핏덩이였다.

이것으로 그대, 못난 나와 이 나라에 대한 미련을 버려라. 가람휘는 기원했다. 소매 안에서 지그시 주먹이 쥐어졌다.

'뒤돌아보지 말고 너의 자유를 찾아, 너만의 행복을 찾아 훌훌 떠나라. 누구도 너를 잡지 않는다. 너를 잡을 권리도, 자격도 없다. 아름다운 아사벼리, 이것으로 우리의 인연은 끝이다. 당당하게 떠나거라.'

그러는 사이 우율백은 하나하나, 그녀에게 씌워진 혐의를 고발하고 있었다.

"……또한 정곡의 혼란상을 야기하고 민심을 불안케 하기 위하여 무후의 간자에게 연락을 취하여 곡식 창고를 불태우게 한 죄이다."

우우우! 죽여라! 백성들이 하나같이 고함질렀다.

"그는 창고에 불을 지른 자가 체포되어 자백한 바, 움직일 수 없는 증거이다. 단, 그는 이미 감옥 안에서 죽었기로 그를 다시 증명할 바 없으나, 이왕 자백한 기록이 있어 그를 증거로 삼는다. 또한."

우율백이 잠시 말을 멈추었다. 다시 낭랑하게 읊었다.

"사무란에서 돌아오신 마린께서 증거하시었기로, 또 하나의 죄는 이것이다. 아칸을 죽인 후, 투옥된 뒤 제 목숨을 구하고자, 정곡에서 가져간 송요성의 비밀 지도를 적에게 넘겨주었다. 하여 무후로 하여금 송요성을 함락시키는데 결정적인 도움을 주어 나라에 엄청난 피해를 입혔다. 이는 사무란에서 돌아오신 마린께서 직접 목격한 사실이다. 죄인 아사벼리."

벼리가 비로소 눈을 떴다. 고개를 들어 단상의 율백을 올려다보았다.

"이것이 네가 반역의 죄로 고발당한 죄의 전부이다. 증인과 증거가 있으니 부인하지 못하리라. 하늘 아래 한 점 부끄러움 없이 자복하라. 너의 죄를 인정하느냐?"

"……."

"대답하라. 너의 죄를 인정하느냐?"

문득 벼리의 눈이 단상의 한곳에 가 박혔다. 굳세던 눈빛이 흔들렸다.

'아버님.'

아비 딜곡의 주름진 얼굴이 그곳에 있었다.

딸이 죄인이 되면서, 아비조차 죄인이 되어 방에 억류되었다 하였지. 행여 딸을 도와 탈출이라도 시킬까 봐, 그는 감옥 근처에도 접근하지 못하게 차단당하였다. 평생을 묵묵히 충성한 대가가 바로 이것. 우리 부녀는 이렇게 사랑한 조국에게서 배신당하였구나.

믿는다.

딜곡이 빙그레 웃었다. 고개를 끄덕여 주었다. 근심 대신, 부끄러움 대신 웃어주시었다. 아버님. 울컥 눈물이 쏟아질 것 같았다. 벼리는 흐느낌이 새어 나올 것 같아 이를 악물었다.

"죄인, 말하라! 너의 죄를 인정하느냐?"

"……인정, 하지, 않습니다."

분연히 고개를 치켜들었다. 벼리는 큰소리로 하늘 아래 자신의 무죄를 당당하게 주장하였다. 결백한 나를 위해서, 나를 믿어주시는 아버님을 위해서, 나를 죽이고 훗날 부끄러워할 내 백성들을 위해서, 무엇보다 나를 놓아주신 마루한의 명예를 위해서. 그분의 버금 마린은 좋은 반려는 되지 못하였을지언정 절대로 배신자가 아니었다는 것을 보여 드리고 싶었다.

"나는 나에게 걸린 이 모든 죄를 부인하오!"

"좋다. 죄인은 자신을 변호하라. 당당하게 네 죄를 부인하는 이유를 마루한과 백성들 앞에서 말하라."

"나는 그 누구도 배신하지 않았습니다. 이 나라와 마루한을 위해 한 적은 한 번도 없소."

"너의 죄에 대한 증인이 분명히 있는데도?"

"증거는 없소. 내 뒤를 따라 무후의 병사가 들이닥치지 않았으니 내가 길잡이 노릇 하였다는 것은 터무니없으며, 곡식 창고를 불태운 자가 내 명령에 따랐다 하나 그 역시 증거가 어디 있는가? 또한 그 증인은 이미 죽었다 하니 사무란의 감옥에 갇힌 내가 어떻게 그에게 지령을 내렸는지 누가 설명할 수 있단 말인가?"

벼리는 어금니를 악물었다. 용서는 마루한의 몫, 그녀의 손을 떠났다. 그대의 죄는 내가 감추어주려 해도 이미 저분이 명백하게 알고 계신다. 마린이여, 아름다우나 배은망덕한 자여. 자기만 알아 더 없이 사악해진 여자여, 나는 이제 그대를 보호하지 않을 것이다. 그대는 충성을 받을 자격을 잃었다.

"사무란에서 내가 송요성의 지도를 주었다는 증언도 역시 증거가 없소. 마린께서는 내가 저지른 배신을 증언하였다 하나, 나는 부인하오. 내가 싸울아비라 하나 송요성의 지도는 기밀 중의 기밀. 내가 어찌 탈취하여 가져갈 수 있단 말인가? 나는 그 일이 우리의 적인 무후와 흑군이란 자가 결탁하여 저지른 일이라 확신하고 있소이다. 사무란성을 함락시킬 때 그가 적을 도운 것처럼 송요성의 함락에도 그가 개입하였음을 주장하오. 난 이 모든 혐의에 대하여 부인하오!"

"뻔뻔하다, 죄인이여! 감히 너의 죄를 부인함으로써 마린의 위엄에 누를 끼치려 하는가?"

"증거가 없기는 우리 둘 다 마찬가지. 마린은 나더러 반역자라 하나 나는 마린을 두고 마루한을 기만한 자로 고발하오!"

마루한이 손을 들었다.

"그만."

우율백이 뒤로 물러섰다. 마루한이 조용히 선언하였다.

"듣기로, 죄인의 부인은 타당하다. 유죄라 할 마땅한 증거가 없어."

"마루한."

우우우, 백성들이 야유를 보냈다. 마린의 편을 들어 벼리를 죄인으로 만드는데 일조한 중신들의 얼굴에 당황한 빛이 역력하였다. 가람휘가 냉정하게 내뱉었다.

"하지만 그렇다고 해서, 죄인이 무죄라는 것도 아니다."

"마루한, 뜻을 밝혀주십시오."

"유죄로 고발당한 자이되, 그렇다고 해서 그 죄가 확실하게 증명되지 않았다. 그러나 무죄를 주장하는 죄인의 발언 역시 증명되지 않기는 마찬가지이다. 하물며 그 죄란 사소한 것이 아니라 나라에 반역한 대죄 중의 대죄이다. 허투루 처리할 수는 없다. 아무것도 밝혀지지 않았으니, 오늘의 죄인을 삼율*에 의거, 엄정하게 처리하라."

만세 만세! 백성들이 소리 질렀다. 중신들이 고개를 끄덕였다. 저 멀리, 골목길 어디쯤, 짙은 색 너울을 쓰고 재판 광경을 지켜보던 두 여인이 있었다. 달달 간을 졸이며 일의 향방에 대하여 지켜보다가 비로소 실끗 미소 지었다.

우율백이 다시 나섰다. 마루한의 명령에 따라 죄인 아사벼리에 대한 삼율의 절차를 시작하려는 것이었다. 고수가 북을 둥둥 울렸다.

"죄인 아사벼리, 스스로를 변호하여 자신의 무죄를 주장하였다. 이에 어지신 마루한께서 죄인에게 자비를 베푸시니, 유죄에 대해서도 완전히 증명되지 못한 바, 이자에 대하여 삼율의 율법을 시행한다. 누가 나서서, 이자의 무죄를 주장할 것인가?"

대광장이 쥐죽은 듯 조용해졌다. 사람들이 이리저리 살피며 눈알을 굴리고 있었다. 그 사이로 우율백의 목소리가 다시 울려 퍼졌다.

"하늘 아래 이 땅에서 이자의 무죄를 주장하는 자가 세 명도 없다면 이자는 곧바로 반역죄로 사지분시당할 것이다. 만약 누군가가 나서 이자의 무죄를 주장한다면, 죄인은 자신의 무죄를 우르신과 백성 앞에 증명하기 위해 신령스런 산군과 맞서 싸울 것이다."

누가 나설 것인가? 그녀의 벗들은 전부 다 마루한께 불경하고 하극상을 한 죄를 물어 지금 감옥에 갇혀 있다. 혹여 나서고 싶어

---

*삼율(三律): 해란국의 법령에 따르자면, 죄를 지은 자가 있어 완전한 무죄나 유죄가 증명되지 못할 시, 마지막 기회를 준다. 그의 무죄를 주장하는 세 명의 사람이 있다 하면, 죄인은 산군과 싸우게 된다. 이기면 무죄, 지면 유죄이다. 유죄가 되면 당연히 그는 맹수의 밥이 되었다. 이것이 삼율이다

도 두려울 것이다. 잘못 나섰다가, 다른 사람들에게 핍박이나 받지 않을까 하는 마음이야 범인(凡人)이면 다 똑같은 것. 바로 그때였다.

"제가 무죄를 주장합니다."

아아, 아버님. 나의 아버님.

벼리는 그만 눈을 감아버렸다. 딜곡이 자리에서 일어나 마루한 앞에 엎드렸다.

"아비로서 아뢰옵나니, 딸자식을 큰 죄인으로 키우지도 않았거니와, 단 한 번도 내 딸은 도리에 어긋난 짓을 하지 않은 아름다운 사람이었나이다. 설사 한순간의 잘못으로 명명백백한 죄를 지었다 하여도 소인은 아비. 천륜인지라, 나는 내 딸의 무죄를 주장합니다."

"저 또한 주장합니다. 제가 아는 한, 언니는 누군가를 속이고 배신하는 짓은 절대로 하지 않습니다."

'솔담!'

전혀 예상치도 못한 사람의 목소리에 벼리는 눈을 크게 뜨고 돌아보았다. 갓난아기를 안고 아우 솔담과 그 지아비가 나란히 서 있었다. 먼 길을 어찌 달려왔을까? 그녀가 사는 하림성과 정곡은 아무리 빨리 달려도 사흘이 꼬박 걸리는데.

눈에 눈물이 가득한 채였다. 솔담이 불우한 제 언니를 바라보며 억지로 웃었다.

"이런 기막힌 기별을 이제야 들었지 무어야? 이 사람이 당장 가자 하여 왔지, 뭐. 밤낮으로 말달려 왔는데, 정말 다행이야. 늦지 않아서."

바로 그때였다. 갑자기 하늘이 어두워졌다. 때아닌 돌개바람이 휘몰아치기 시작했다. 사람들이 깜짝 놀라 웅성거리기 시작했다. 허공으로 고개를 치켜든 사람들이 하나같이 빳빳이 굳어져 버렸다. 모두의 입이 쩍 벌어졌다. 돛이 펄럭이고 노가 올라갔다 내려갔다. 멀쩡하게 생긴 배가 둥둥 하늘에 떠 있었기 때문이다.

"에구머니!"

"저, 저것이 무엇이냐?"

"배, 배가 하늘에서 내려오네?"

"우와앗! 도망가자. 깔려 죽는다!"

사람들이 사방팔방으로 개미 떼처럼 흩어졌다. 친기대들조차 도망을 쳤을 정도였다. 너무 놀라 단상에 앉은 마루한 이하 중신들 역시 움직일 생각조차 하지 못했다. 눈만 꿈쩍꿈쩍. 광장에 내려앉는 배를 바라보기만 했다.

하늘에서 내려온 배가 이내 땅에 안전하게 안착하였다.

흩어졌던 사람들이 하나둘씩 다시 모여들기 시작했다. 어찌할 수 없는 호기심이다. 겁을 먹은 얼굴이면서도 고개를 쭉 빼고 하늘에서 내려온 배를 기웃거렸다.

잠시 후, 배의 아래 부분이 쩍 벌어졌다. 먼지를 뚫고 그 안에서 몇 사람이 걸어나왔다.

"어엇, 저이는 천호장 아녀?"

"사무란에서 죽었다 하더니?"

"아니야, 죽기는! 아칸을 죽이려다가 다리가 잘리고 눈을 잃었다던데?"

뜻밖에도 불유가 하늘배에서 제일 먼저 걸어나왔다. 꽃분네가 그를 부축하고 있었다. 그의 두 눈은 검은 안대로 가려져 있었다. 꽃분네가 인도하는 대로 그가 절룩거리며 벼리에게 다가갔다. 보이지 않는 눈을 돌려 마루한 쪽을 향했다.

"조국을 위해 잃어버린 내 다리와 두 눈을 걸고, 천호장 불유, 주장하오. 아칸을 죽여 전쟁을 멈추게 하고, 두 분 마린의 구명(救命)을 위해 단신으로 떠난 내 벗이거니! 어려서부터 목에 칼이 들어올지언정 옳지 못한 일은 하지 않았던 내 벗의 심성을 믿거니와, 죽었으면 죽었지, 배신 따위는 하지 못할 이 사람의 무죄를 당당하게 주장하오."

그가 다시 검은 안대로 가려진 눈을 광장에 모인 사람들에게로 돌렸다.

"부끄러워하시오! 필요할 때는 마음껏 이용하고, 사정이 어렵다 하니 당장 엉뚱한 사람을 죄인 만들어 핍박하면 그대들은 마음이 편안한가? 진실은 하나이니, 누가 가증스러운 배신자인지 세월이 증명해 주리라!"

그의 눈은 마치 보이는 것처럼 한 골목길을 노려보고 있었다. 그늘에 쥐새끼처럼 숨어 있는 두 여인을 짓밟아 죽이려는 듯이.

그때, 하늘배에서 또 다른 사람이 걸어나왔다. 놀랐기는 하였으되 마루한의 체면과 위엄이 있어 조용히 앉아 지켜만 보고 있던 가람휘가 벌떡 용상에서 일어섰다. 중신들도 깜짝 놀라 따라 일어섰다.

"대 마린이시다!"

"대 마린께서 돌아오시었다."

"어머님이 어찌 저 물괴한 것에서 내리시는가? 저것이 중화성에서 온 것인가? 한데 다 회복되신 것인가? 운신도 못할 만큼 불편하시다 하더니……."

골목길에 숨어 서 있던 가냘픈 여인의 신형이 땅바닥으로 스르르 무너졌다.

아들의 놀라움도, 중신들의 경악도 아랑곳하지 않고 궁녀들을 거느린 대 마린께서 불유의 곁으로, 아니, 아사벼리의 곁으로 다가갔다. 인자한 손을 뻗어 초췌한 벼리의 볼을 살며시 어루만져 주시었다.

"네가 이런 고초를 겪고 있었을 줄이야! 정말 하늘도 무심하시구나."

"대, 대 마린……."

대 마린의 눈에서 맑은 눈물이 글썽였다.

"네가 반역자라 하면 천하에 패역 아니 한 자가 어디 있을까? 내 생명을 구해주고 적의 목을 자른 대 영웅이 바로 너 아니더냐? 걱정 마라. 내 모든 것을 알고 있느니. 너의 더러운 누명을 누가 조작한 것인지도 내 다 짐작하고 있거니."

대 마린께서 일어섰다. 아들의 눈을 똑바로 바라보았다.
"천하에 있어 이 사람의 무죄를 주장할 자 여기에도 있소이다."
어리석은 이 사람아! 어머니의 눈이 가람휘를 꾸짖고 있었다. 헛된 사랑에 눈이 멀어 진정 충성하는 참된 자도 알아보지 못하는 군주라니……. 내 아들이 그리도 혼군인 것을 내 참으로 부끄러워하오.
"누가 무어래도 장한 이 사람, 대 마린인 내가 버금 마린의 무죄를 주장하오. 사무란에서 모든 것을 보고 들은 자, 내가 여기 있으니, 누가 감히 이 사람에게 돌을 던지는가? 절대로 용서치 못하리라."
그토록 많은 사람이 모여 있음에도, 쥐 죽은 듯한 정적만이 대광장에 가득했을 뿐이었다. 조용한 가운데 우율백의 목소리가 울려퍼졌다.
"이렇듯이 아사벼리, 이 사람들이 너의 무죄를 주장하였다. 너는 어찌할 것이냐?"
벼리는 입술을 깨물었다. 목청이 아팠다. 살아 있어야 그것이 예의이다. 사랑하는 사람을 위하여, 끝내 믿어준 사람들을 위하여 내 귀한 목숨을 아끼리라. 스스로의 힘으로 쇠사슬을 끊고 내 그리운 사람에게 훨훨 날아가리라.
"한결같이 나 역시 내 무죄를 주장하오. 하니 마루한이시여, 하늘 아래 거짓없는 나의 결백을 증명하기 위하여 나는 산군과 싸울 것입니다. 나에게 기회를 내려주소서! 이 땅과 하늘이, 신령스런 산군이 나의 청명함을 입증할 것입니다."
 바로 그때 광장의 한 옆에 모여 서 있던 싸울아비들이 입을 모아 우렁차게 노래하기 시작하였다. 해란의 싸울아비들이 전쟁에 떠날 때 부르는 〈대로행(大路行)〉이었다. 노래로써 그들의 대장, 그들의 자랑인 아사벼리를 응원하는 것이었다.

싸울아비는 군자일세.
큰 길, 곧고 밝은 길
옳은 길만 찾아 정정당당히 간다네.
마음에 한 점 부끄러움,
거리낌도 없이
사악한 것을 베어버리는 검을 안고
겨레와 마루한을 위해
광명정대하게 길을 떠나네.

 가람휘가 일어섰다. 단 아래로 내려왔다. 허리춤의 검을 빼 들었다. 벼리 앞으로 다가가 그녀의 손을 구속하고 있는 것들을 잘라 버렸다. 그녀 곁에 굳건히 섰다.
 "나 또한 이 사람의 무죄를 주장한다."
 그의 시선은 저 멀리 골목길 어디쯤에 다가가고 있었다. 이것으로 내 뜻을 알게 되겠지. 그 다음 선택은 그대 몫이다, 아련나.
 "내가 아는 한, 이 사람은 단 한 번도 마린으로서의 의무를 잊은

적 없으며 지아비이자 마루한인 나의 위엄을 더럽히는 짓을 하지 않았다. 하여 누가 뭐래도 이 사람의 무죄를 지아비인 내가 주장한다."

바로 그 순간, 허물어지듯이 주저앉았던 비단옷의 여인이 정신을 잃었다. 가람휘의 눈길은 그곳에 박혀 있었다. 비웃음 같은 것이 선명한 입술에 떠올랐다. 하나 그것은 그녀에게로가 아니라 스스로에게로 향한 것이었다.

'아낌없이 내어준 이 내 정(情)의 말로(末路)가 이렇다. 아련나여, 어리석은 내 여인이여. 어찌 작은 손으로 하늘을 가리려 하였더냐?'

사람이기에, 한 번의 실수는 할 수 있는 법이지. 그리 사랑한 마음이니, 어쩔 수 없는 실절이나 한 번의 배신은 용서하려 하였는데. 눈먼 사람 흉내 내며 그대의 앙큼한 속임수 따위야 넘어가려 하였는데. 지키지 못한 내 죄라 생각하고 덮으려고 하였는데. 끝내 모진 네 욕심과 사악한 이기심이 일을 이렇게 몰고 갔구나. 용서받지 못할 길로 달려가는구나.

우율백이 벼리 곁에 수풀처럼 늘어선 사람들을 바라보았다. 고개를 끄덕였다. 손을 번쩍 들어 하늘과 백성들에게 고하였다.

"아사벼리, 이날 반역자라 고발당한 그대에게 삼율의 법에 따라 기회를 주려 한다. 산군님의 판단으로 네 무죄를 증명하라. 죄인의 족쇄를 풀어라."

"좋지 않군."

홍월루 가장 높은 방. 창가에 앉아 광장에서 벌어진 모든 소동을 내려다보던 사내가 중얼거렸다. 눈꼬리가 위로 휙 치켜 올라가 있었다.

"마루한 저 자식, 항상 결정적인 순간에 저렇게 멋있는 척한단 말이지."

"저 마루한, 꽤나 사내다운걸? 제법 군주스러워. 잘생기기까지 했네. 돈만 밝히는 누군가하고는 비교가 아니 되는걸?"

앞에 앉은 사람도 감탄했다. 사곤의 속을 더 뒤집었다.

"저러니 벼리가 항상 애면글면하는 거다. 어떻게 자근자근 밟아주어야 하는 걸까? 저 빌어먹을 놈 때문에 내가 항상 뒷전이었으니 말이다."

"왜 그래? 어젯밤 비 올 때 먼지나도록 팼다면서?"

"그건 그렇지만. 죽도록 패주고 세 대 더 팼지. 그래서 정신이 좀 든 거다. 역시 애는 맞아야 큰다니까."

몇 대 패기는 했다. 분이야 좀 풀었다지만 그 한 번으로 그동안 꽉 막혔던 속이 시원해질 리가 없다. 그가 먼저 침 발라, 찜해두었던 여인을 냉큼 빼앗아간 자라. 솔직히 다리몽둥이 하나쯤 분질러 놓았어야 했는데.

만날 고생은 제가 하고 광영은 가람휘, 저놈이다. 사곤은 다시 한 번 깊이 한탄했다.

"자식이 복은 많아가지고설랑은 말이지. 꼴에 엄청 멋진 척은 해요. 하지만 난 뭐냐고? 시시껄렁하게 호랑이 발톱에다 바늘이나 박아두곤, 저놈 저지른 일에 대하여 뒷설거지나 하는 팔자라니. 빛이 안 나, 빛이!"

쩝쩝 입맛을 다시는 사곤을 향해 일라가 비아냥거렸다.

"막후에서 암약하는 인물의 운명이지."

사곤은 일라를 노려보았다. 놀리냐, 인마?

일라는 이제 여장(女裝)을 풀고, 어느새 버젓한 해란국의 싸울아비로 변신해 있었다. 천면호리(千面狐狸)라 불리는 자답게 변신이 자유자재였다.

"뭐, 네가 원한다면 저놈도 죽여주지. 쥐도 새도 모르게. 청부해봐, 나도 요새 돈이 좀 궁하거든."

"아서라, 재미없다."

사곤은 시들하게 말했다.

"왜?"

"무후의 욱일하는 기세, 한풀 꺾어놓아야 하기에 아칸 한 놈 죽여도 상관없었다. 게다가 내 필요상, 그놈은 제거해야 할 대상이었어. 하지만 마루한, 저놈은 어차피 지는 해다. 새삼 여기서 죽여보아야 내 일에 도움이 될 것이 없어. 오히려 저놈이 살아 무후와 피터지게 싸워준다면 나나 네 나라에 더 이득이 될 게다."

"너는 정말 무서운 자군. 제 손에 피 한 방울 묻히지 않고 천하를 쥐락펴락하다니. 치도살인지계. 적들끼리 싸움 붙여 서로 죽이고 죽게 만들어, 천하를 무주공산으로 만든 다음 네가 차지하겠다는 속셈 아니냐?"

"진정한 명장은 싸우지 않고도 이기는 것이다."

"음흉한 놈."

일라가 내뱉었다.

"너는 호랑이 발톱에 바늘 박고 마루한 패준다고 분주했을 테지만 나도 나름 바빴어. 사방으로 이리 뛰고 저리 뛰었다구. 술 한 잔도 안 줘?"

술잔을 불쑥 내밀었다. 그는 크락마락과 꽃분네를 데리고 중화성까지 다녀온 터였다. 대 마린의 병을 치료하고 불유를 태워 온 것이다. 사곤은 일라의 잔에 최고급 두견주*를 철철 따라주었다.

"그나저나 대 마린, 내가 조금만 더 늦게 갔으면 죽었을 거야."

"그렇게 심각했나?"

"음, 아주 간당간당하고 있더라고. 의원 놈이 매수를 당한 것이야. 조금씩 조금씩 약에다 독을 타 먹이고 있었으니, 회복이 될 리가 있나?"

"그 의원은?"

"사람 목숨 살리라는 의술을 배운 주제에, 도리어 죽이고 있는 자다. 어찌나 괘씸한지 손모가지 하나 분질러 주었지."

"끌고 오지 그랬어? 마린, 그 계집 얼굴, 새파랗게 질리는 것 좀 보게."

"대 마린이 만류하시더군. 이왕지사 저질러진 일, 어찌할 것이냐

---

*두견주:진달래 술. 말린 진달래를 넣고 빚은 술로서 해란국의 특산물. 연분홍빛이며 단맛이 난다

고. 어차피 대 마린도 돌아오고 하였으니, 교활한 그 계집이야 동당거리며 제 혼자 무덤 파게 될 것이야. 새삼 벼랑에서 밀 것은 없다고 말이지."

"그렇군."

일라가 고개를 뺐다. 창밖을 내려다보았다. 맨손으로 선 벼리와 맞붙을 호랑이가 들어 있는 수레가 끌려 나오고 있었다. 형장들이 사람들 앞으로 나무방책을 세우고 있는 중이었다.

"위험할 것 같은데?"

일라가 중얼거렸다. 허연 이를 드러내고 포효하는 산군을 걱정스레 내려다보았다.

"저 호랑이, 여간 사나워 보이지 않아. 맞붙어도 괜찮을지 모르겠네."

"저런 놈 하나 이기지 못한대서야 싸울아비 이름 내팽개쳐야지. 내가 아는 아사벼리는 반드시 이긴다!"

"아무리 그래도 걱정스러워. 사무란에서는 고루불이 독에 당해 사경을 헤매었지, 몇 날 며칠 사막을 가로질러 정곡으로 돌아오자마자 바로 투옥되어 지금껏 갇혀 있었잖아. 아무리 용맹하다 해도 감당할 수 있을까 모르겠네."

"발톱 끝에 바늘을 박아놓았다니까."

사곤만 끝까지 태연했다. 한 시진이나 날뛰다가 제풀에 지쳐 쓰러져 죽을 놈. 뭐, 바늘이 혈관을 타고 올라 난동이야 더 많이 부릴 것이다.

'그래야 그런 놈을 때려잡는 아사벼리의 위엄이 더해지는 것이지. 쿡쿡.'

광장 아래 햇살이 따갑게 내려쬤다. 시끌거리던 사람들이 방책 가까이 달라붙었다. 침을 삼켰다.

방책 안에 오직 한 사람, 벼리는 그녀를 향해 달려드는 호랑이를 노려보았다. 그녀도 따라 포효하며 달려들었다. 호랑이의 등에 올라타고 단번에 목을 비틀어 버리려 안간힘을 다했다. 엎치락뒤치락, 말 그대로 용쟁호투였다. 인간과 맹수가 한 덩이가 되어 땅바닥에 굴렀다. 생사가 걸려 있다. 필사적이었다.

〈절대로 놈에게서 눈을 떼지 말아라. 눈동자부터 공격해. 시야를 빼앗아야 한다. 아가리를 찢어버려. 넌 할 수 있다, 아사벼리.〉

어디선가 들려오는 심어(心語). 너무나 반갑고 그리운 목소리였다.

들끓고 혼란하던 마음이 명경지수처럼 맑아졌다.

그다. 그가 왔다.

부릅뜬 눈에 눈물 같은 것이 어렸다. 날 보러 오시었다, 내 님이. 자유가 된 나를 데리러 오시었다. 반드시 이긴다. 당당하게 떳떳하게 그대에게 갈 테다. 맹세한 바 그대로, 나를 묶는 모든 속박을 풀고, 내 그대에게 갈 것이다.

갑자기 새 기운이 샘솟기 시작했다. 감추어두었던 원영진기를 단전에 끌어모았다. 벼리는 손가락을 갈퀴처럼 오므려 맹수의 노란 눈동자를 가차없이 찔러 버렸다.

캬악! 캬르르, 카악! 눈동자를 잃은 맹수가 미쳐 날뛰었다. 고통에 몸부림치며 무작정 달려들었다.

바람 소리를 내며 날카로운 발톱이 허공을 할퀴었다. 벼리는 잔혹하게 얼굴을 찢어발기려는 맹수의 발톱을 아슬아슬 피하였다. 강한 힘으로 호랑이의 아랫배를 주먹으로 수십 번 후려 박았다. 다시 올라타 급소를 누른 후에 그놈을 타고 올랐다. 두 팔에 팽팽하게 퍼런 심줄이 섰다. 젖 먹던 힘을 다하여, 벼리는 침 질질 흘리며 비수 같은 허연 이빨을 드러내는 범의 아가리를 두 손으로 늘려 비틀었다. 생살을 쥐어뜯고 잔혹하게 찢어발겼다.

내가 살려면 너를 죽여야 하거니, 부디 용서하소서. 벼리의 피와 호랑이의 피가 함께 섞여 흘렀다. 이마에서 땀이 뚝뚝 떨어졌다. 온몸으로 호랑이를 타고 누른 채 벼리는 범의 아가리를 반으로 찢고 목을 꺾어버렸다.

부르르 떨며 경련하던 범의 몸뚱이가 축 늘어졌다. 지칠 대로 지친 채, 긴장이 풀려 벼리 또한 비틀비틀 주저앉았다. 피비린내가 훅 하니 코에 끼쳤다. 피범벅이 된 손을 찢겨진 옷자락에 닦았다.

모든 사람들이 멍하니 그녀를 바라보기만 했다. 설마 맨손으로 산군과 싸워 이기다니, 맹수를 찢어 죽이다니. 다들 입을 벌린 채 말을 잃고 있었다.

벼리는 떨리는 다리를 억지로 가누며 일어섰다. 단상의 마루한과 중신을 향하여 똑바로 섰다.

"이것으로 나는 내 무죄를 주장하고 또 증명하였소. 이것으로 충분하오? 내가 이제 그 누구도 배신하지 않았음을 이제야 인정해 주실 것이오?"

장엄하도다. 용감하도다. 저 여인을 보라.

개천의 시대. 고마의 첫 여인처럼 늠름하게 서서, 하늘 아래 한 점 부끄러움 없는 스스로의 결백함을 증명하노니. 이날, 사람들이여! 똑똑히 보고 후세에 전하라. 아사벼리, 해란의 마린이자 싸울아비였던 자. 그 사람의 호기롭고 당당한 저 모습을 칭송하라.

우율백이 방책을 열고 들어왔다.

"죄인이 하늘 아래 스스로의 무죄를 증명하니, 이렇듯이 산군과 싸워 이겼도다. 청명이 드러난 바, 아사벼리, 너는 이제 반역자가 아니다. 너는 이제 자유이다."

마루한. 벼리의 시선은 마루한에게 박혀 있었다. 무엇을 원하는 것인지, 어떤 것을 청원하는 것인지. 단상 위의 마루한과 아래의 벼리 시선이 묶여 움직이지 않았다.

한동안의 침묵으로 이야기를 나누었다. 허락하고 허락받았다. 마루한이 일어나 벼리에게로 내려왔다. 날카로운 발톱에 찢기고, 허연 이에 물려 피 흐르는 상처를 제 옷소매로 닦아주었다. 가만히 손을 내밀어 피와 땀에 젖은 이마를 쓸어주었다. 이것이 내가 그대에게 해주는 마지막 위로. 너의 살에 닿는 마지막 손길. 사모, 하였다. 사모한다, 내 마린이었던 사람아.

"아사벼리."

"예, 마루한."

"이날, 나는 우르 신 앞에 맹세한 바, 우리의 혼약을 파기한다. 이미 사무란에서 마린이 돌아오신 바, 너는 더 이상 허수아비 버금 마린의 노릇을 계속할 필요가 없다. 들거라, 백성들아. 이 사람은 내 마린이라 하였으되, 한 번도 실절한 적 없으며 남녀지간 인연을 맺은 바도 없다. 말 그대로 청명하다. 훗날 누가 이 사람의 지아비가 된다 해도 부끄러움없으리라."

가람휘가 검을 들어 벼리의 옷깃을 잘라주었다. 명백한 절연(絶緣)의 표식이었다. 두 사람은 백성들의 눈앞에서 남남이 되는 의식을 거행한 셈이었다. 그것이 마루한이 할 수 있는 유일한, 그리고 마지막 배려였다. 떳떳이 떠날 수 있게, 그리운 정인 찾아 그대가 훨훨 날아갈 수 있게.

구종이 벼리의 애마를 끌고 왔다. 마루한이 고삐를 벼리의 손에 쥐어주었다.

"너는 자유다, 아사벼리."

떠나거라, 뒤돌아보지 말고.

벼리가 눈물 젖은 눈으로 그를 바라보았다. 넙죽 엎드려 절하고는 미련없이 말 등에 올라탔다.

"나중에, 응? 기별하면 갈 터이니……."

아우 솔담이 어느새 달려와 어린 조카를 내밀며 속삭였다. 어린 아기 야들한 볼에 행여 피 묻을세라, 안아주지도 못하고 떠난다. 늙은 아비의 눈물 또한 바라보지 않고 달려간다. 아사벼리, 미련없이, 주저함없이 지금껏 지켜온 모든 것을 다 떨치고, 그녀를 묶었던 모든 의무와 책임에서 풀려나 달려간다. 떠나간다. 훨훨 날아간다.

'아사벼리, 나의 유일한 벗이자 충성스런 신하요, 혹은 사모……하는 반려여, 잘 가거라.'

가람휘는 내내 성벽 위에 서 있었다. 이제 막 서산 너머 기우는 저녁 햇살을 받으며 까마득한 검은 점으로 멀어지는 말과 그 말을 타고 바람처럼 자유롭게 사라지는 아사벼리의 모습을 오래도록 바라보았다.

눈물보다 더 검고 시린 것이 해란의 마루한이라 부르는 사내의 눈 아래로, 심장 속으로 흘러내렸다. 젖어가는 볼 위로 저무는 햇살이 말갛게 내려앉았다.

돌아보면 받은 것이 그 얼마나 많았던지.

쉼을 주고 웃음을 주었다. 깊은 속내를 털어놓게 하고 다독여 주었다. 그것이 어찌 유약한 인간의 사랑법일까? 늘 한 발자국 뒤에 서서 곁에 있어주었던 사람. 말 대신 목숨을 내어놓음으로 하여 그 깊은 사랑과 변치 않는 신의를 보여주었다. 어리석은 그가 선택한 여인의 수치와 가증스런 배신마저도 너그럽게 감싸고 덮어준 사람이었다. 어찌 감사하지 않으랴. 어찌 경외하지 않으랴? 하늘 같고 바다 같은 저 사람을 어찌 하잘것없는 한 인간인 그가 존모하지 않으랴.

어느 곳에나 있는 물길 같아 심상하게 지나쳤으나, 그 대지는 물길이 없으면 살지 못한다. 땅을 적시는 너른 강물이었다, 그대는. 아사벼리.

'아사벼리, 나 또한 너를 깊이 홀로 사랑한다. 하여 보내는 것이다. 내 곁이 아니라 너를 목숨보다 더 귀이 여기는 그 사내라면, 널 먼저 배신하고 버린 이 나라의 운명쯤이야 잊어도 좋으리. 이미 썩을 대로 썩어 냄새나는 과거의 마음에 미련 두어 너를 버렸던 이 못난 사내와는 감히 견줄 수 없어, 청명하게 떠오르는 해 같은 그 사내가 너를 귀이 아껴주기에 내, 너를 보내는 것이다.'

유일한 벗을 잃어버렸다. 현명한 군주라면 한 성(城)을 내주고라서도 곁에 잡아두어야 할 충성스런 신하를 빼앗겼다. 하지만 가람휘는 애써 미소 지었다. 그는 자신이 지금껏 한 일 중에서 가장 옳고 현명한 일을 하였음을 알고 있었다. 환한 아침이자 곧은 정의의 아사벼리는 이제부터 제 몫 온전한 삶을 살 자격이 있었다. 그의 사랑을 찾아갈, 자유를 요구할 권리가 있었다. 그녀의 희생과 충성은 지금까지의 것으로도 충분히 넘쳤다.

'하늘을 원망한다. 너를 원망하는 것은 아니다. 너무 늦게 만난 우리를 아쉬워할 뿐이다.'

애초부터 그가 벼리를 만났다면, 으뜸 마린으로 맞이하였었다면, 그는 굳센 반려의 도움을 받아 진정 위엄 높은 군주가 될 수 있었을지도 모른다. 이내 그에게 그녀 자신처럼 곧고 긍지 높은 아들을 주었을 것이다. 그 아이가 해란국의 미래를 굳굳하게 책임질 수도 있었을 것이다.

'만약에……' 라는 가정은 넘치고 흘렀다.

후회도 넘치고 부서졌다. 벼리가 떠나가기 전에 딱 한 번만이라도 말하였다면.

어찌 이리 인간은 항상 똑같은 잘못을 되풀이하는 어리석은 존재인가. 늘 한 발자국 늦어서야 진실이 무엇인지, 사랑이 무엇인지, 그가 바라던 행복이 무엇인지 깨닫게 된다.

이것이 스러져 가는 망국의 운명. 저절로 손에 잡혀주었던 보석마저 자신이 먼저 내쳐 버린 이 멍청함. 아사벼리를 보내주며 가람 휘는 쓸쓸한 황혼녘처럼 기울어 가는 해란국의 명운을 예감했는지도 모른다.

'아사벼리, 그대는 나에게 보이지 않고 만져지지 않으나 꼭 필요한 아침의 햇살, 공기 같은 사람이었.'

사랑의 마음은 너무나 인색하여 두 여인을 동시에 담을 수 없었다. 하나 깨달았으니, 보이지 않던 마음의 방은 수천 수만 개.

마음먹자 하면 억만의 빗방울까지도 담을 수 있었다. 그럼에도 바보라서 보여주지도 않았고 말하지도 않았으나, 또한 그것도 비밀. 그녀를 바라만 보던 것도 또 하나의 사랑. 그것이 사랑이라 이름 붙일 수 있다면.

'그대가 내 그 말을 들으면 그대는 절대로 자신만의 행복을 위해 떠나려 하지 않았을 테니, 내 모질어질 수밖에 없었다. 사랑한다는 말 따윈, 하지 않았다. 다시 태어나 우리가 또 만난다면, 내 그때는 너를 놓지 않으리라. 더없이 너를 귀이 여기고 아끼리라.

아사벼리, 하지만 이승의 인연은 여기까지이다. 이제 나는 너를 잊는다.'

온 줄도 모르고 가진 줄도 몰랐다가 비로소 알게 된 깊은 사랑이 마루한 가람휘의 가슴에 가득 찼다. 그가 가진 많은 것들이 벼리와 함께 떠나 버렸다. 가람휘는 자신이 절대로 예전의 그가 될 수 없음을 본능적으로 알았다. 그는 이제 기력이 다한, 쓸쓸한 황혼녘의 그 자리에 선 스러져 가는 나라의 힘없는 군주에 불과했다. 언제나 시작이 있으면 끝이 있는 법, 역사서에 기록될 초라한 패전의 군주는 다름 아닌 바로 자신이 될 것이다.

'그러나 나는 걸어가야 한다.'

질 줄 알면서도, 전쟁터에 나가는 무사처럼. 망할 나라인 줄 알면서도, 패배할 것을 알면서도 이 슬픈 나라를 이끌고 무거운 짐을 멘 늙고 지친 황소처럼 저벅저벅 인생이 끝날 때까지 걸어가야 하는 것이다. 그것이 마루한인 자신의 운명.

가람휘는 단호하게 몸을 돌이켰다. 세찬 바람이 고독한 마루한의 장포자락을 날렸다.

"아사벼리."

생애 마지막으로 단 한 번 부를 이름이 굳게 다문 그 입술 사이로 새어 나왔다.

이제 정녕 나는 홀로 서야 하는구나. 그대가 돌아오기 전까지는, 그대가 돌아오면 기대고 쉬어야지 하였던 유약한 마음은 이제 영영 접어야 하는구나. 난 정말 철저하게 혼자로구나.

'하지만 더 가슴 아픈 것은 다른 것이지. 그대는 평생 모를 테지만.'

그의 마린이었던 벼리가 떠나가면서 비로소 그토록 아름다운 아침 햇살 같은 제 모습을 드러낸 것이 못내 가슴 아팠다. 너무나 맑고 순정한 웃음을 지었지. 하지만 그것은 군주이자 남편이었던 그를 위한 것이 아니었다. 이름 모를 그 사내를 위한 그 웃음. 말 그대로 떳떳하게 사랑할 수 있는 자격을 얻어 그에게로 날아가던 마음결을 보았다.

'내 인생에서 가장 쓸쓸하고 슬픈 순간이었다. 그것을 아는가?'

인생에서 그 누군가를 만나, 그가 너무나 소중한 의미로 다가왔지만 결국 인연이 아님을 깨닫게 되었다. 그 사람을 보내주는 일이야말로, 장엄하고 아름다운 일이되, 가장 슬픈 일이었다. 가람휘는 이날 그런 일을 하였다. 그리고 마침내 어른이 되고 지엄한 군주가 되었다.

第十二章

단뫼의 혼인 풍습은 기이하니,
반드시 여인이 먼저 사내를 정한다.
서옥을 지어 여자의 집에서 기거하는데,
뜻이 맞으면 아이를 낳고 삼 년을 내리 산 후에야 비로소 혼례를 치른다.
가문을 이어받는 자는 여인이며
사내는 멀리 집을 나가 뜻에 따라 각자 맡은 일을 한다.
그것을 부끄러워하지 않는다.
여인들은 용맹하여 맨손으로 맹수를 때려잡고 전쟁에도 참여한다.
절대로 겸손하지 않으며 매사 사내들과 동등히 경쟁하니
그는 그들이 스스로 '고마의 여인'이라 자부하기 때문이다.

—해란국의 〈제국 풍속열전〉 중 단뫼국 편

세 겹의 성문을 지나, 한 번도 뒤돌아보지 않았다.

바람처럼 자유롭게 구름처럼 훨훨 말을 달렸다.

살아 있는 한은, 내 아버지, 내 아우, 내 벗들을 다시 만날 수 있을 터이니 섭섭타 하지 않으련다. 돌아서면, 눈물 흘리시는 그분들 모습만 볼 터이니 매운 눈 비비면서도 내 끝내 돌아보지 않으련다. 마음으로만 인사하련다.

딱 한 번, 정곡성이 내려다보이는 언덕에서 멈추어 섰을 뿐이었다.

벼리는 말등에서 내렸다. 무릎 꿇고 땅에 두 손을 짚은 채 깊이 허리 굽혔다. 그녀가 태어나고 자라 지금껏 섬기고 지켜온 땅과 사람들에 대하여 마지막 인사를 했다.

　내내 평강하소서!

　다시 훌쩍 말등에 올라탔다. 아우 솔담이 살그머니 손에 쥐어준 여인의 꽃이 든 주머니를 두드려 보았다. 그만 싱긋 미소 짓고 말았다. 눈 아래 새어 난 이별의 눈물을 지우고, 티 없이 웃었다.

　'용서하소서. 내 오늘은 그 누구도 생각하지 않으렵니다. 나만을 생각하렵니다.'

　내, 남은 생을 두고 맹세한 바, 이제는 자유로워졌다. 약조한 그대로 오직 나만 기다린다 말하는 사람부터 찾아가련다! 벼리는 박차를 가했다.

　어디로 가야 하는지는 이미 확실했다. 북쪽으로, 북쪽으로 말머리를 돌렸다. 그들만의 천국을 향해 달렸다.

　어리석고 미련 맞아 스스로의 참마음도 알지 못했다. 버리고 외면한 그 사람, 참 많이 아프게 하고 폐를 끼친 그 사람, 그럼에도 나만을 기다리고 사랑해 온 그 사람에게로, 나를 기다려 준 그 사람에게로 달려가니!

　오직 그 사람만을 섬기려 내 이제 떠난다. 남은 이 삶, 오직 그와 더불어 하려 내 웃으며 달려간다. 난생처음으로 나만을 생각하며 그와 나만이 이루는 둘만의 삶을 기원하며, 내 모든 것을 등지고 이렇게 달려가니.

　쏜살같이 그녀를 태운 말이 다시 달리고 달렸다. 너른 들판을 지나 언덕을 넘었다. 푸른 하늘을 거처 삼아, 훨훨 날아가는 검은 솔개처럼, 그녀를 태운 말은 이내 아주 작은 점이 되었다. 마침내 시야에서 사라졌다.

언덕을 넘어 북쪽으로, 밤바람을 동무 삼아 흙먼지를 날리며 질주하는 검은 말 머리 위로 둥실 둥근 달이 떠올랐다.
열나흘 날, 한쪽이 이지러진 달이 동실하니 떠오를 즈음, 사흘 내내 그녀를 따라 바람처럼 달려가던 말 한 마리가 마침내 벼리의 말을 따라잡았다. 크게 고함질렀다.
"어이, 설마 시시하게 눈물 따위를 흘리는 것은 아니지?"
싱긋 웃으며 도발하는 사곤을 향해 정곡의 아사벼리가 크게 호통쳤다.
"닥쳐라, 단목사곤! 해란의 싸울아비는 피를 흘릴지언정 눈물 따위는 흘리지 않는다!"
"의기는 좋아! 싸울아비로서 파문당한 주제에, 아직도 네가 무장임을 자처하느냐?"
"한 번 싸울아비는 영원한 싸울아비, 시시하게 날 여염집 계집이라 생각하느냐?"
벼리가 다시 일갈하였다. 사곤이 핫하 소리 높여 웃었다. 벼리도 따라 크게 웃었다. 거침없이 기쁘게 웃었다. 벅찬 가슴 진정하지 못해, 말에서 풀쩍 뛰어내렸다. 그녀를 향해 두 팔 가득 벌린 그에게로, 달빛 어린 그 사내의 너른 품 안으로 온몸을 던졌다.
"여기밖에는……."

"그래."

"갈 데가 없었다."

달빛 내리는 언덕에서, 그리도 그리워했던 연인의 품에 마침내 안겼다. 탄식하듯 중얼거렸다.

"사발팔방 다 길인데도, 내 발길 닿으면 못 갈 데 없으련만, 구차한 이 한 목숨 감출 만한 한 폭의 땅이 내겐 없었다. 이곳밖에는…… 여기 이곳, 네 품 안밖에는……."

한꺼번에 닥친 복잡하고 깊은 감정은 그녀를 거의 나락으로 밀어 넣고 기진맥진하게 만들었다. 정곡성을 떠나온 지 사흘, 그녀의 인생에서 가장 길고 힘들었던 순간이었다. 생각하지 않으려고 달리고 또 달렸다. 지금껏 살아온 모든 것을 떨쳐 내고 버리기 위해, 깨끗하고 온전한 마음을 찾아 그 사람에게로 가기 위해 필요했던 시간이었다.

"다른 데로 가게 내버려 둘 줄 알았나 보지?"

사곤이 장난스럽게 을렀다. 마침내 그의 품에 제 스스로 날아온 대견한 그 사람을 꽉 안았다.

"헛된 곳에 네 생명을 심지 말고 변치 않는 내 마음에 너를 심으려무나. 네가 가야 할 곳, 도달해야 할 곳은 바로 여기. 게다가 내가 먼저 널 향해 달려오지 않았느냐?"

사곤이 강한 힘으로 벼리의 얼굴을 끌어당겼다. 윤다화처럼 붉어진 입술을 거칠게 탐했다. 불길의 낙인을 찍었다.

"이제 나도 참지 않으련다. 아사벼리, 이미 네 땅에서는 죽어버린 네 목숨. 마루한의 마린도 아니요, 더 이상 해란의 싸울아비도 아닌 오직 너. 죽어 이 땅에는 살아갈 수 없는 너를 내가 찾고 있단다. 내가 널 원하고 있단다. 내가 너에게로 달려오듯이 너 또한 거침없이 이제는 나에게로만 달려와 다오."

한 번도 얻지 못한 사랑, 거친 열망과 소속감, 귀속감. 이 모든 것들이 그 말속에 스며 있었다. 고치 속에 든 나방처럼 그녀를 감쌌다.

왜 눈물이 나는지도 알지 못하는데, 그만 걷잡을 수 없이 눈물이 흐르기 시작했다.

으흐흐흑…….

벼리는 자신이 왜 우는지도 모르면서 울었다. 크게 소리 내어 울었다.

슬픈 것도 아닌데, 비통하고 억울한 것도 아닌데, 그냥 눈물이 흘러내렸다. 차마 말하지 못하고 뱉어내지 못한 모든 것들이 녹아내렸다. 촉촉한 눈물로 흘러내렸다. 그 눈물마저도 감싸 안아주는 남자의 품 안에서 돌가루처럼 부서져 내렸다.

사곤의 커다란 손이 주저주저 벼리의 머리로 다가갔다. 가장 소중하고 여린 꽃잎을 어루만지듯이, 너풀거리는 머리카락 위로 다가갔다. 매화꽃잎 위로 부서지는 초봄의 달빛같이 가만히 쓸어내렸다.

"아사벼리."

"……으흑흐흐흑."

"나의 아사벼리."

많이 사랑하고 오래 기다린 남자가 속삭였다.

이제 누구의 것도 아닌 단지 그대 한 사람.

누구의 마린도 아니요, 다른 사내의 정인도 아니고, 거친 싸울아비도 아닌 오직 한 사람. 온전히 제 한 목숨만 남은 이 사람은 누구신가. 제 마음 약조하신 그대로 이렇듯이 당당하게 그에게로 달려오신 이 사람은 누구인가?

"아사벼리, 나의 소중한 아사벼리."

그의 목소리 한 번이 울릴 때마다 상처난 가슴이 아물어간다. 오래도록 밀쳐만 내고 아닌 척 거짓말만 해, 그런 거짓이 진실이 되어버린 위선적인 여자가, 다른 모든 것에서는 당당하고 정직하였으되 사랑에만은 비겁했던 그녀가 그 남자 손길 한 번 더 다가올 때마다 생생하게 살아난다. 물기를 머금어 푸릇하니 저 눈부신 갈매빛 산을 닮아간다.

부서졌던 심장이 다시 기워진다. 이렇듯이 그대, 조각난 나를, 허공에 뜬 나를, 삶으로 다시 바느질해 주고, 땅으로 내려준다. 이것이 사랑하는 이유. 서로가 운명이고 반려인 이유.

"듣기 좋다."

눈물 젖은 얼굴을 들었다. 새빨개진 눈으로 벼리가 씩 웃었다.

"다시 한 번 말해주겠느냐? 아무짝에도 쓸모없는 목숨, 그나마 한줄기 뿌리 내린 듯 든든하다."

그날 밤, 달이 뜨고 기울 즈음까지, 사곤은 수천 번, 아니, 수만 번 사랑하는 사람을 안고 자장가처럼, 사막을 흐르는 바람 소리처럼 그녀의 이름을 불러주었다. 영원히 그에게 속하게 된 유일한 여인의 이름을 불러주었다. 마침내 사모한다, 사랑한다 말해주었다.

"사곤."
"그래."
남자는 사랑하는 여인의 얼굴을 벌거벗은 가슴 안으로 다시 끌어당겼다. 강인한 등골을 가만히 쓰다듬어 다시 잠을 청하게 만들었다. 달게 사랑받아 환한 꽃잎같이 된 얼굴로 벼리가 고개를 치켜들었다. 가만히 그의 가슴에 입술을 비볐다.
"생각해 보니, 지금껏 나는 항상 무엇인가를 섬기며 살았더구나."
벼리는 조용히 말했다. 창으로 새어 들어온 달빛이 그들을 엿보고 있었다. 어려서는 부모님을, 싸울아비가 되어서는 나라를, 마린이 되어서는 오직 마루한을 거짓없이 충심으로 섬겼다. 그 한결같은 마음에 모든 생을 담았다는 말, 거짓이 아니었다.
"하지만 지금부터 나는 나 자신을 섬기려 한다. 너를 향하는 나를, 너만을 사랑하는 나를 섬기려 한다."
이토록 경건한 사랑 고백이라니. 억세고 무뎌 들을 것이라 생각하지도 못하였던 어여쁘고 다정한 말씀이라니. 가슴 벅차 차마 말을 잇지 못하는 남자를 앞에 두고 벼리는 그녀의 생과 명예를 걸고 완전한 사랑과 참정을 인정했다.
"나는 아주 서투르다. 너무나 많은 것이."

벼리는 느릿느릿 말을 이었다. 한 번도 해보지 않은 말이다. 속내 가장 깊고 여린 것을 끄집어내설랑은, 그 사람 앞에 들이대려니 밤인데도 온몸이 뜨겁게 달아올랐다. 하지만 말씀은 신성한 것. 언약(言約)하였다.

"느리고 느려, 네가 답답해서 화가 날 정도로 느리고 둔하다."

하지만 이건 하나 약조한다. 해란국의 긍지 높고 유일한 싸울어미이자 고귀한 마린이었던 아사벼리가 맹세했다.

"내 삶 전부로 너에게로 가고 싶다. 너만 담고, 너만 배우고 익히련다. 네가 허락하고 기다려만 준다면."

사곤 또한 굳은 약조의 의미로 고개를 끄덕였다.

"내 모든 것을 네 가슴 안으로 옮기련다. 뿌리까지 깊게. 그러니, 이런 나라 하여도 네 곁으로 받아주겠느냐? 반려로 맞이해 주겠느냐?"

"그건 내가 묻고 싶은 말이로구나, 아사벼리. 가진 것 없고 늘 떠돌아다니는 나 같은 장사치 놈을 긍지 높은 싸울아비의 반려로 맞이해 줄 수 있느냐?"

사곤이 일어나 앉았다. 달빛에 젖은 검은 머리카락을 쓰다듬었다. 벼리의 머리를 제 허벅지 위로 올려놓았다.

"아사벼리."

"응."

"왜 내가 반(半) 사내 같은 네 녀석에게 첫눈에 반하였는지 언젠가는 말해주려 하였다."

"나에게 처, 첫눈에 반하였다고?"

의외였는지, 벼리의 목소리가 잠시 높게 솟구쳤다. 부끄러운 빛이 역력했다.

"정분은 벼락이라지? 그날 우리 둘이 검끝으로 드잡이질한 날, 내가 그만 그런 벼락을 맞았단다. 이제야 고백하건대."

밝은 날은 부끄러워, 대놓고 제 사랑 고백하는 말 따윈 절대로 못하지. 능청맞고 대담한 이 사내도 수줍기는 마찬가지였다.

"호기심이 나더구나. 어찌하여 저토록 아름다운 여인이 남장(男裝)하고 싸울아비 노릇을 하는 것일까?"

"내, 내가 아름답다고 생각하였었나?"

가슴 깊은 곳이 움찔 전율하였다. 사모하는 사내가 그녀더러 아름답다 말하여주었다. 천하를 주겠다는 말보다 더 귀한 선물을 받은 기분이었다.

"두꺼비처럼 추한 계집에게 눈 돌리는 사내도 있다더냐?"

"음음······. 아, 아름답다는 말은 처음 들었다."

"내 눈에만 아름다운 여인이면 된다. 나는 뭇 사내가 탐내는 예쁜 거죽의 계집보다 나에게만 이리도 수줍고 아름다운 네가 정말 좋다. 세세연년 아름답고 사랑스러운 나의 반려, 아사벼리."

사곤이 픽 웃었다. 손가락 끝으로 벼리의 볼을 살짝 꼬집었다. 결국 짓궂기만 한 그의 말버릇이 또 나왔다.

"어떤 이는 윤다화를 곱다 하고 어떤 이는 별연꽃을 곱다 하나, 나는 실하고 튼튼한 월과꽃*을 곱다 한다. 월과 열매를 볶아 교자

---

*월과꽃 : 호박꽃이다

를 만들면 얼마나 맛난지 아느냐?"

 결국, 벼리더러 넌 월과처럼 못났다는 말인가? 곰곰이 헤아려 화를 내기도 전에 그가 먼저 장난스럽게 미소 지었다. 땀에 젖고 달빛에 젖은 이마에 다정스레 입맞춤하였다.

 "농(弄)하였다. 아사벼리, 이리 귀한 내 사람을 어찌 바람 불면 지고 마는 유약한 꽃에 비유할까? 너는 내 천하요, 내 넋이요, 내 삶 전부인데."

 눈 아래로 흐르는 물기를 그가 가만히 훔쳐 주었다. 울지 못하는 그녀에게 눈물 흘릴 수 있도록 해주시고, 그 눈물 지워주시고. 이제와 생각해 보니 그녀의 기쁨과 슬픔, 그것들에서 우러나오는 눈물 모두가 다 이 사내에게서 비롯된 것이었구나. 그대는 내 샘이어서, 나를 물처럼 적시게 하고 흐르게 하였구나.

 "곰곰이 살폈다. 오며 가며 널 보았다. 귀 열어두고 널 들었다. 그리하여 알게 되었지."

 해란의 아사벼리, 이름처럼 밝고 공정하고 순일한 사람. 천하를 담은 그의 너른 마음 박아도 후회하지 않을 유일한 여인을 마침내 발견하였다.

 "하나 우리의 만남은 너무 늦어, 너는 나 대신 네 나라와 네 마루한을 먼저 마음에 담아 그들만을 전부로 알고 살았지. 나 따위는 곁눈질도 해주지 않았지. 정직한 제 마음일랑 덮어두고 묻어두고⋯⋯ 제가 무엇을 하고 싶은지, 하여야 하는지도 모르면서 언제나 의무나 책임 먼저 생각하여 네 스스로 너를 죽이고 있었지."

이 여자 마음속에는 억센 줄기가 들어 있구나. 의무밖에 없어.

하나밖에 모르는 사람. 하나밖에 지킬 줄 모르는 사람.

때로는 그 맹목이 두렵고도 지겨우나 그만큼 순수하여 숨이 막히지.

하나밖에 모르는 저런 이의 마음이 내게로 향한다면?

사곤은 어둠 속에서 빙그레 미소 지었다. 대견하고 가슴 벅차 벼리의 머리타래를 쓰다듬었다. 비로소 온전히 제 것이 된 그녀의 모든 것을 어루만졌다. 입맞춤하고 더듬어 확인하였다.

저 곧고 일편단심인 여인의 한 사람이 바로 그 자신이라면?

하나라 하였으면 오직 하나이고, 그렇다고 한다면 오직 그런 사람. 오롯이 맹목이고, 오롯이 순수하고, 오롯이 완벽한 그런 사랑을 받는다면 그 기분은 어떨까?

배신도 변절도 의심도 없다. 곡해도 원망도 갈등도 없다. 항구여일하고 영원불멸한 그런 것, 인간이 하늘아비들에게 받은 가장 강하고 가장 아름다운 심성을 그대로 간직한 참된 사람 하나 보았거니.

얼마나 장엄하고 황홀할까?

그런 사랑은 오직 하나. 그런 향일을 가진 자가 오직 한 사람이기에, 그는 그 여인을 선택했다. 원했고, 가지고 싶었고 얻으려 최선을 다했다.

그자의 이름은 아사벼리. 해란의 으뜸 싸울아비, 바로 단목사곤이 사랑하는 여자 아사벼리이다. 단뫼의 태궁이 유일한 반려로 선택한 바로 그 사람이다.

"뭐, 솔직히 가끔 네 멍청한 강직함에 대하여 짜증도 났지만 말이지. 하지만 절대로 흔들린 적은 없다. 뜻이 간절하면 하늘도 감복시킨다 하지 않더냐? 나는 너를 택하였고 언젠가는 이 여자가 내 생각도 해줄 것이다 믿었다. 더 기다리면 네가 먼저 내게로 올 것이다, 한 번도 믿어 의심치 않았다."

벼리는 아무 말도 할 수가 없었다.

그리고 사곤은 이렇게 오랜 시간을 곁에서 지켜주고 기다려 주고 있었던 것이다. 그녀가 스스로 자신의 껍질을 벗고 자유로이 달려 나올 때까지. 모든 것을 잃고 버린 그녀가 바람처럼 훨훨 자유로이 그에게로 달려올 때까지 거기 서서, 흔들림없이.

사곤이 벼리를 일으켜 제 앞에 앉혔다. 달빛 아래에서, 태초의 그대로 가림 하나 없이, 오직 천연(天緣)의 이름으로 만난 한 남자와 한 여자가 마주 앉았다. 그녀의 굳은살 박인 두 손을 잡아 사랑스럽게 입 맞추었다. 단뫼의 사곤이 해란의 벼리에게 청혼해 달라 청하였다.

"나를 선택해 다오, 아사벼리. 나와 혼인하고 싶다고, 나를 네 반려로 맞이하고 싶다고 네 먼저 말하여주렴."

망설임없이 벼리 또한 그에게 청혼하였다.

"혼인, 하고 싶다. 너하고 하고 싶다. 단목사곤, 나의 지아비가 되어주겠느냐?"

벼리는 사곤에게 잡힌 두 손을 폈다. 아무것도 없는 빈손. 달빛만

묻고, 침묵만이 담긴 초라한 손.

"나는 지참금도, 패물도 가진 게 없다. 이 빈손밖에는. 붉은 마음 밖에는. 그런데도 초라하다 말하지 않고 내 청혼을 받아주겠느냐?"

"어째서 그것이 빈손이냐? 그 손은 이미 내 전부이다. 보아라, 아사벼리."

사곤이 그녀의 손과 맞닿은 자신의 손을 끌어올려 밤하늘을 가리켰다.

"하늘이, 별이, 바람이, 달빛이 전부 담겨 있지 않느냐? 너는 이 손안에 담긴 천하를 내게 예물로 가져왔다. 어느 사내가 이리 귀한 것을 받는단 말인가? 아름다운 아사벼리."

벼리의 얼굴이 난생처음 발그레해졌다. 무지개 어린 사랑스러운 얼굴을 외로 꼬았다.

"맹세하노니, 아사벼리. 나는 네 지아비가 되어 평생을 같이 살 것이다. 하니 나만 믿고 나를 따라 내 나라로 가겠느냐? 내 아이를 낳아주겠느냐?

사모한다는 고백보다 더 귀한 말씀이 샘물처럼 솟아 그녀를 적셨다. 불모지인 가슴 안에 씨앗처럼 간직한 꿈 하나, 그건 사모하는 이의 아낙이 되어 귀여운 아이를 갖고 어미가 되는 꿈이었다. 마침내 그 소원이 이루어졌다.

"우리 둘이 힘을 합하면 무엇이듯 이루지 못하랴? 우리들의 천하를 만들자."

사곤이 속삭였다. 다시 한 번, 뜨거운 열정 안에서 아스라이 별을 딴 후였다. 든든하고 늠름한 품 안에서 깊이 잠이 들어버린 사랑스러운 신부의 이마에 입술을 부딪쳤다.

"철든 이후로 이십여 년, 천하 곳곳을 돌아다녔단다. 천기를 읽고 정세를 짚고 인맥을 만들었단다. 이제 나의 천하를 만들고 깃발을 꽂을 준비를 시작해도 좋을 때이다. 아사벼리, 너는 세세연년 이름 남을 내 나라의 으뜸 고마가 될 것이다."

삼십여 년 후, 사곤은 맹세대로 땅의 사람으로 하늘나라의 문을 다시 여는 다물* 영웅, 단군이 되니. 그가 천하를 질주할 때, 언제나 곁에서 함께 말달리며 함께 호령하던 한 여인이 있었다. 번쩍이는 일월봉황검 높이 치켜들고 모든 사악한 것들을 베어 넘기는 그녀의 이름 또한 아름다워라.

아사벼리, 땅의 아침이며 인간의 근본이 되는 단군의 반려이자 어미인 바로 그 사람. 대대로 이어질 국선의 아들들을 낳은 바로 그분이 될 것이다.

이른 아침, 이름을 닮은 아침이 왔을 때 벼리는 눈을 떴다. 그녀가 삶을 맡긴 그 사내는 이미 말에다 짐을 싣고 있었다.

"자, 어디 한번 떠나볼까?"

하얀 이를 드러내고 활짝 웃는 그 사람의 얼굴이 너무 아름답고 찬란하여 숨이 막혔다. 햇살이 어린 그의 얼굴은 벼리에게 펼쳐진 세상의 다른 이름이었다.

---

*다물: '되물린다', '되찾는다', '되돌려 받는다' 라는 뜻의 순수한 우리말로서, 이 글에서는 '되돌려 받는다' 는 뜻으로 사용하였다

사막의 길을 건너 사무란으로 떠나기 전, 그녀의 세상은 정곡성의 울타리 안과 밖이 전부였었다. 마린을 구하러 붉은 사막을 건너면서 벼리는 이 세상이 더없이 넓음을, 대해(大海)보다 더 넓어 물방울 같은 자신 하나쯤이야 더없이 사소하고 하찮다는 것을 뼈저리게 느껴야만 했다. 활달한 성정답게 모든 것을 버리고 훨훨 그 세상 안으로 떠나보고 싶은 열정을 가득 담았었다.

마루한과의 강제 혼인이 닫힌 문이라면, 사곤과의 출발은 그녀에게 펼쳐진 세상의 문을 활짝 열어젖히는 일이었다. 어젯밤 그녀의 지아비가 된 자가 손을 내밀었다. 같이 커다란 세상 안으로 떠나자 한다.

오늘, 그녀는 이렇게 떠난다. 더 넓은 세상, 한 남자의 가슴과 인생을 담고 함께 달려간다. 이 거대하고 무서운 법열이여.

"잠꾸러기, 길이 멀다. 서둘러야지."

벼리도 그를 따라 활짝 웃었다. 큰 소리로 되물었다.

"우리 같이?"

"당연하지. 우리 함께, 언제나 같이 가는 거다."

두 사람은 말등에 올라탔다. 붉은 해가 시작되는 곳을 향해, 청신한 공기를 마시며 마음껏 질주하기 시작했다. 오직 두 사람의 길로, 두 사람이 함께 가는 길로 달려가기 시작했다.

"어이 어이!"

말을 타고 달리던 벼리와 사곤의 입술에 똑같이 미소가 퍼졌다.

고개를 치켜들어 허공을 우러렀다. 크락마락의 하늘배가 둥둥 떠 있었다. 이내 돌풍과 먼지를 일으키며 내려앉았다. 출구가 쩍 벌어지며 크락마락이 나타났다. 일라와 벼리의 몸종인 여지울의 얼굴도 빼꼼 나와 있었다. 두 사람은 말 배를 걷어차 하늘배 가까이 다가갔다.

"생사고락 같이하던 처지에, 둘만 떠나갑니까? 의리없소."
"간다 하면 간다 하고 떠나기나 하지? 한참을 찾았소이다그려."
"내가 녹림에 계실 것이라 그랬지?"
크락과 마락, 일라가 동시에 와글거렸다. 사곤과 벼리의 입술에 똑같이 다시 미소가 떠올려졌다.
지난번 사막을 같이 지나가던 바로 그때로 돌아간 듯싶었다. 돌아보면 죽을 고비 줄줄이 넘기던 고생길이었으되, 이제는 행복한 추억이다. 여하튼 살아남았고, 원하던 바를 이루었으며, 이리 멋진 친구들이 끝까지 곁에 있다. 게다가 서로가 없으면 살지 못할 멋진 반려를 만나지 않았는가. 이만하면 인생, 살 만한 것이었다.
"태워줄 테냐, 교수?"
"정처없이 떠도는 팔자, 그나마 아는 사람 곁에서 의탁함이 나을 듯싶소이다그려. 단뫼까지는 수만 리, 같이 동승합시다그려."
"생각해 보니, 아무래도 너랑 동업하는 게 좋을 것 같아서 말이야."
일라도 새침하게 말했다.

"누이께 기별하였다. 일가친척 수습하여 전부 짐 싸들고 울타로 이주하라고. 설마 박대는 아니 할 터이지?"

"뭐 해서 먹고살자고? 염치없이 나한테 빈대 붙는 거냐?"

"뭐 표사라도 시켜줘. 안 되면 너희 나라 가무단에 소개장이라도 써주든지."

"좋아. 단, 소개비는 금 한 냥이다."

"일라, 저 인간에게 붙지 말고 우리 둘 독립해서 아예 표국을 차리자."

벼룩의 간을 내 먹으려는 사곤을 벼리가 제지했다.

"크락 교수의 하늘배를 이용하여 신속 안전하게 물건을 운반해주는 것이야. 그리고 크락 교수가 만든 신묘한 약을 파는 약재상도 나쁘지 않지 않냐?"

"흠, 좋아. 나쁘지 않은데?"

"자알한다! 날 따돌리고 일이 잘될 것 같으냐? 십 리도 못 가서 발병 날 것이다."

"입씨름 그만하시고 어서어서 타시오들! 갈 길이 머오이다그려."

일행은 전부 하늘배에 올라탔다. 크락마락이 키를 잡았다.

"자, 어디로 갈깝쇼? 말씀만 하시구려."

"서쪽으로. 울타로 갈 것이다."

"아니."

벼리가 사곤의 말을 중간에서 잘랐다. 조용한 목소리로 크락마락에게 부탁했다.

"북쪽으로. 떠나기 전 꼭 들르고 싶은 곳이 있다."

중화성 변두리, 숲 속의 공터에 하늘배가 내려앉았다. 말 네 마리가 성을 향해 출발하였다.

"정곡보다 더 동북쪽이라 날씨가 한결 온화하군."
"춘삼월이니 날도 풀릴 때지."

기이한 일행이었다. 단뫼의 복식을 한 한 사내, 왜소한 꼽추 한 사람, 붉은 머리카락을 바람에 흩날리는 요염한 무희 복장의 여인, 그리고 볼에 검흔을 지닌 헌칠한 여인이 탄 말에는 양 갈래 머리카락의 소녀가 함께 올라탔다. 그들이 탄 말이 동구에 접어들고 있었다.

버들강아지도 이미 쇠어 톡톡 벌어지고 있다. 연녹빛 잎새가 비어져 나와 사라랑거리고 있었다. 개울가, 졸졸 흐르는 물을 거슬러 은빛 납자루 떼가 햇살 아래 치솟아 은빛으로 번쩍이고 있었다.

초삼월 넘어가는 때이니, 들판은 이제 새로운 파종기였다. 논마다 농부들이 엎드려 논에 물대기를 하고 있었다. 써레질을 하고 있었다.

매화나무 빙 둘러선 한적한 농가였다.

푸른 나물 다보록이 자라는 양지편 언덕 아래 납작 앉은 초옥, 그들이 살고 있는 보금자리였다. 그 집 담 너머로 새로운 집 한 채가 새로 지어지고 있는 참이었다.

후르륵, 말이 투레질하는 소리에 삐걱 대문이 열렸다.

담담한 베옷 차림. 이제는 혼인한 여자이니, 머리 위로 틀어 올려 비녀 세 개를 꽂은 꽃분네의 하얀 얼굴이 빼꼼 나왔다. 깜짝 놀라 눈이 휘둥그레졌다.

"태궁! 아니, 근위대장…… 아니, 아니, 벼리 아가씨!"

"누가 왔다고?"

버선발로 뛰어나오는 꽃분네의 신형 뒤로 불유의 모습이 드러났다. 검은 안대로 흉하게 푹 패인 한 눈을 가렸다. 하지만 크라마락의 신묘한 기술로 새 눈을 만들었으니, 문 앞에 선 반가운 이들이 누구인지는 분명히 알아볼 수가 있었다.

"아니, 이게 누구인가?"

"잘살고 있는 게지?"

"어서 들어오시지요. 허 참, 이렇게 기별도 없이 들이닥치면 어찌하란 말인가? 여하튼 고약하거든! 나중에 손님 대접 잘 못하였다고 꾸짖기만 해봐!"

불유가 환하게 웃으며 방문을 나섰다. 반가운 이들을 맞이하였다. 한 다리로 절룩거리며 마루를 내려섰다. 부축하여 주는 아내의 어깨에 의지한 채 부산을 떨었다. 채근하였다.

"먼저 밥부터 안치지? 시장하실 터인데. 아니, 먼저 술상부터 보는 게 좋으려나? 거기 아범 시켜 닭 한 마리 잡고 말이야, 엊저녁에 들인 거 향어 있잖나? 술안주 하여보지."

"천천히 하시게, 급하지 않으니. 박대만 아니 하시면 이날 예서 자고 갈라네."

사곤의 말에 꽃분네와 불유의 얼굴이 더 반갑게 피었다.

"새 이불 내려야겠군. 저녁 진지까지 하시려면, 반찬이 더 필요할 것 같은데? 아범 시켜 저잣거리 좀 다녀오라 하여야겠어."

"우리가 그리 염치없는 인간인 줄 알았더냐? 하룻밤 청하면서 안주거리도 안 가져왔을까 봐?"

벼리가 타박하였다. 제 말 등에서 술통과 육것들을 내렸다. 사곤은 다리와 날개가 묶여 입으로만 꽉꽉거리는 오리 세 마리를 풀어내렸다. 일라는 탐스런 능금이 담긴 망태를 들었고, 크락마락도 뒤뚱거리며 녹림의 부채나무 열매를 한 자루 질질 끌며 대문 안으로 들어섰다.

"빈손이면 안 재워주는 줄 알았구먼. 핫하하."

"왜 이런 것들을 들고 오셨어요?"

꽃분네가 미안해서 타박하였다. 크락마락이 큰 입을 활짝 벌리고 웃었다.

"이는 우리 꽃분네님만 드시라고 가져온 것입니다그려."

꽃분네가 크락마락의 손에서 자루를 받아들었다. 얼굴이 환해졌다. 지난번에 불유를 치료하러 온 크락마락이 귀한 부채나무 열매를 십여 개 가져다 주었었다. 입덧하는 때라 몹시도 맛있어 하며 탐하였던 기억이 났다. 그것을 잊지 않고 다시 가져다준 것이다.

일단 손님들을 방으로 모시려 하였다. 그러나 봄볕이 너무 따스하고 매화꽃 향기는 청아했다. 사곤이 먼저 매화나무 아래 마련된 작은 정자 쪽으로 걸어갔다.

"집이 제법 좋은걸?"

"좋기는, 옹색하지."

일라와 사곤, 크락마락은 이곳에 한 번 온 적이 있으되, 벼리는 처음이다. 나중에도 된다 하는데, 굳이 불유가 절룩거리는 다리를 하고도 앞장섰다. 제가 만든 작은 게고동 같은 보금자리 자랑하자는 게지. 한 바퀴 돌자 하였다.

"한 바퀴 돌아보셔요. 그사이 점심상 마련하지요."

꽃분네도 권하였다. 오랜만에 만난 두 벗은 천천히 함께 집 주변을 걸었다.

불유와 벼리가 사무란에서 다시 만나 또 헤어진 것을 헤아려 보자 하니 겨우 두 달 남짓이었다. 하지만 그사이 참 많은 일이 일어났구나.

그들이 따로 또 함께 겪은 일들을 가만히 생각하여 보면, 아뜩하고 막막해서 할 말이 없었다. 하물며 그 늠름하고 씩씩하던 벗은 한 다리 잃고, 두 눈 잃었으니. 그 벗이 반드시 지키려 하였던 이 사람. 죄인으로 이 나라에서 밀려나는 길이었으니, 우리 인생, 참 서럽구나. 허무하구나.

이렇듯이 서럽고 슬프고 아픈 일 하 많았다. 난세의 싸울아비들이라, 즐겁고 기쁜 일보다는 고생하고 핍박당하고 궂은 일 더 많앉다.

하지만 후회하지 않느니!

누구보다 치열하게 정직하게 살았노라 우리 자신있게 말할 수 있지 않느냐. 벗으로 동료로 함께하던 그 시절, 거룩하고 위대한 일도 참 많았다. 하니 잊자꾸나. 흘려 버리자꾸나. 내 자신, 내 삶에 부끄럼없이 당당한 것으로 우리, 다 덮어버리자꾸나.

불유가 벼리의 굵은 손가락에 낀 쌍가락지를 내려다보았다. 굳은 살 박인 손이되, 칠보단장 금가락지는 아름다웠다. 아주 잘 어울려 보였다. 하기는 단뫼의 대 상인이니 제 아낙 가락지야, 천하 명품으로 장만하였겠지.

"가락지 낀 것 보아하니, 혼약한 것이냐?"

"어."

"단뫼의 저놈하고?"

"이놈 저놈 하지 말아라! 내가 너 아낙더러 상욕하면 좋으냐?"

벼리가 벌컥 화를 냈다. 불유가 치받았다.

"아이고, 언제부터 연분 엮었다고? 수십 년 지기일랑은 단번에 밀어내고 제 남정네 역성드는 것 좀 보아라?"

"그래도 점잖게 말하지 못하련? 명색이 내 지아비 될 이인데."

"초례는?"

"단뫼에 가서."

"그렇군."

불유가 잠시 말을 멈추었다. 벼리를 바라보며 은근히 물었다. 짓궂은 표정이었다.

"좋으냐?"

"뭐가?"

"저이가. 저이가 주는 정이."

"그럼 아니 좋을까? 인간사(人間事), 남녀상열지사가 제일이라더만."

몰라서 물어? 그쪽 방면으로는 제가 한참 선배 아니더냐?

"단단히 반한 게야. 천하의 아사벼리가 한 사내의 아낙이 되고, 또 그 앞에서 발그레 얼굴도 붉힐 줄 알고. 남녀상열지사에 대해서도 논할 줄 알고."

"난 뭐 인간 아니냐? 내가 목석인 줄 알아?"

"네가 피 통하는 사람, 그것도 여인인 줄 알았다면 내, 널 만난 일곱 살 그때에 미리 청혼을 하는 것이었는데, 너무 늦었구나."

"뭐라고?"

"내내 몰랐었던 게지?"

"음?"

"내, 그날부터, 내내 너를 깊이 사모하였던 것을."

"어, 어…… 그랬던가?"

예상치 못한 불유의 말에 벼리의 얼굴이 그만 발그레해졌다. 둘 다 말은 못하고 서로 좋아했었던 것을 이제야 알게 되다니. 푸핫하 웃어버리다가, 이내 그만 어쩐지 좀 어색하고 부끄러워졌다. 손가락을 꼬았다. 고개 들어 바락 화를 내버렸다.

"늘상 발가벗고 함께 물장구치고, 덤덤한 목석이라. 벗이라고만 하던 네가 그런 말을 하니, 어허, 좀 징그럽구나. 이 음흉한 사내야."

"그래 그래, 내가 원래 좀 의뭉하지."

불유도 벼리 따라 그만 너털웃음을 지었다. 난생처음 드러낸 깊은 속내, 매화꽃 따라 날아온 바람에 훅 날려 버렸다. 그들 발치 끝으로 하얀 매화꽃잎이 수북이 쌓였다.

'이것이 너와 나의 거리(距離). 인연의 이름이구나, 아사벼리.'

불유는 속으로 가만히 중얼거렸다.

결국은 벗. 형제처럼 가까우나 정인은 되지 못하는 사람들. 내 사모함이 어찌 너에게 굴레가 될까? 혼자 한 사랑이니 이제는 혼자 끝내야지. 못난 나를 선택해 주신 여인이 옆에 계시니. 내 아기를 품고 있고, 인생 같이해 주실 터이니.

신열 끓던 젊은 날 열정이란 이제 내려놓아야 할 때이다.

벼리는 고개를 돌려 사곤과 함께 선 꽃분네를 바라보고 있었다. 꽃분네의 아랫배는 제법 부풀어 있었다. 불유는 빙그레 웃었다.

그의 마음이 딴 데 있음을 이젠 다 알면서도 한결같이 다정한 사람. 서로 모자라, 꽃분네도 역시 사모한 그 누군가에게 두 번째라 하였다. 그 쓸쓸함 알아 함께 의지하자 하던 사람. 불유는 크락마락이 만들어준 인공눈을 가볍게 깜빡였다.

[나는 눈 하나만 필요하오. 두 개의 눈을 나는 벗을 위해 아낌없이 바쳤소. 그를 후회하지 않으나 지금 다시 한 눈이 필요하오. 염

치없으나 나만 보는 내 사람과 태어날 아기를 위해 부탁하오.]

눈멀어 나 아니면 아무 데도 못 가시니, 오히려 더 사랑하옵나니, 하던 그 사람을 위하여. 모자라 곁에 있어주시는 그 사람이 더 사무치게 감사하거니. 하여 크락마락이 붙여준다는 의족도 사양하였던 불유였다.

'이제 다 털고 가볍게 되어야지. 이것이 나를 안아주시고 나의 핏줄을 품고 있는 저 사람에 대한 마지막 예의. 이날 다 털고 다 잊고 저 사람과 함께해야지.'

이제는 여인의 자태라, 곱게 땋아내려 비단끈으로 묶은 벼리의 검은 머리에 하얀 매화꽃잎이 붙었다. 손을 내밀어 떼주었다.

잘 가거라. 잘 살아라. 내 첫사랑이여, 마지막 벗이여.

"벌써 아랫배가 제법 통통한걸? 아기는?"

"순조로이 자라고 있단다. 이내 정곡에서 부모님도 오실 터이다."

"다 이곳으로 이주하시느냐?"

"말년이시다. 모자라기는 하나 아들과 며느리, 손자 곁에 사신다는 게지."

"학당을 차린다는 것이 사실이냐?"

불유가 또 빙그레 웃었다. 담 너머 새로 짓는 초옥을 바라보았다. 지붕 올리는 일만 남았다.

"먹고살아야지. 이제는 들어앉은 내자(內子)더러 예전같이 기루에 나가 돈 벌어오란 말도 못할 터이고. 가족들 전부 정곡의 땅일랑 다

버리고 몸만 오시는 분들이다. 죽이라도 끓이려면 일자리 잡아야 한단다."

"정곡의 알아주는 부호라, 하담 가의 불유 신세가 무척 초라하구나. 쳇."

"해란의 마린이었다가 한갓 떠돌이 장사치 마누라가 된 네 팔자보다는 낫지."

"왜 이래?"

벼리가 발끈했다. 곧 죽어도 제 지아비 초라하단 말은 듣기 싫다는 뜻이었다. 강하게 주장했다.

"떠돌이 장사치라도 너보다 돈은 많아! 아기에게 설형진삼을 먹이는 집안 아들이야. 달리 단뫼의 돈질이라 할까?"

"다행이구나. 한 끼에 밥 두 그릇 먹는 너를 굶기지는 않을 터이니. 핫하."

"이, 이익, 이젠 나 밥 두 그릇 안 먹어! 기껏해야 한 그릇 반이라구!"

"학강 열심히 하여 돈 벌어둘 터이니, 나물죽이라도 푸지게 끓여줄 터이니, 언제 다시 한 번 들러주렴."

"물론이지! 나도 뭐, 일자리가 없는 것은 아니야. 일라가 나더러 표국*이나 같이하자 했거든. 표사나 될까 생각 중이다."

사곤더러 말은 아니 했으나, 벼리는 심각하게 살아갈 고민 중이

---

*표국:도적들로부터 상품이나 재물, 주요인물의 호위 및 운송을 담당하는 오늘날의 운송 회사라 할 수 있다. 호송무사들을 보표라 하는데, 그중 일반적인 무사를 표사라 한다

었다. 일라와 동업해서 표국을 차리든지, 크락마락과 동업해서 신약장사나 의국을 차려볼까? 아니면 불유 이놈처럼 단뫼에 가서 무술학당이나 차려?

"남편은 장사치, 마누라는 표사. 굶어 죽지는 않겠군."

"안 굶어 죽는다니까! 잘살 테야. 떼돈 벌어 금방석 깔고 금이불 덮고 살 거라고."

금방석 깔 팔자 되어도 너는 헌 방석에 헌 이불 덮고 살겠지. 금이불 뜯어 너보다 못한 사람 덮어주시겠지. 내가 아는 벗 아사벼리는 그러한 사람. 그렇게 아름다운 사람. 그래서 그대가 내 벗인 것이 자랑스럽다. 불유가 싱긋 웃으며 나직하게 속삭였다.

"천하를 돌고 돌며 기이한 것 구경 많이 하고, 사람들이 어찌 사나 많이 배워두고. 어느 날 지치고 힘들면 이리로 오너라. 내 저 매실 따서 술 담아놓으마. 향기롭게 익혀두마."

"술안주라, 멧돼지는 내가 한 마리 잡아 등에 지고 오지."

"좋구나."

불유가 활짝 웃었다. 사곤더러 들어라 하듯이 크게 소리쳤다.

"그땐 꼭 셋이나 넷이 같이 오너라. 알겠지?"

사곤이 힐끗 불유와 벼리를 돌아보았다. 그도 불유가 한 말을 들었다. 나지막이 투덜거렸.

"셋이나 넷? 웃기네. 못난 놈! 저가 정력 떨어지니 그런 소리 하는 게지. 십 년 사이에 열 놈은 만들 생각이구만."

"뜻이야 장하옵니다만, 잉태하시어 해산하실 벼리님이 힘드시지 않겠습니까?"

"그깟 일로 헤실거리는 놈이면 내가 선택하지도 않았다. 저 투실한 엉덩짝에 강인한 골격을 보아라. 열 놈은 줄줄이 너끈할 게다. 내 혼사가 늦어 어머님을 근심케 하였으니 효도하는 셈치고, 내리 손자만 몇 년 보게 해드린다는 게지."

꽃분네가 빙그레 미소 지었다. 매화꽃 떨어지는 양지바른 곳에다 자분자분 술상 차리고 있었다.

사곤은 가만히 꽃분네를 바라보았다. 어미가 될 자는 다 이런가. 한결 강인해지고 성숙해진 인상이었다. 천하의 미기(美妓)라 이름 떨치고 뭇 사내의 심장을 쥐락펴락하면서도, 늘 결핍되고 모자라 보이던 그녀였다. 안주하지 못하고 한 발 늘 떠 있던 그녀가 이제는 굿굿하다. 검박한 무명옷 입고 손수 만든 나물 찬을 차리고 있다. 그럼에도 행복하게 미소 짓고 있었다.

"다음에 보면 이 집 식구도 늘어 있겠구나."

"여름 지나면 그리될 것입니다."

갓 지은 쌀밥에 갓채, 무짠지며 앞 개울에서 그물질한 향어탕이 전부이되, 정성만이 담겼다. 소리쳐 지아비를 상 앞으로 부르는 표정엔 정다움이 넘쳤다. 한 다리로 절뚝이며 다가오는 불유 역시 온화하고 평화로웠다.

"행복해 보이는구나."

"행복해 보이는 것이 아니라 행복하옵니다."

꽃분네가 조용히 말을 이었다. 사곤을 올려다보는 눈빛이 맑고 서늘하였다.

"가질 수 없고 갖지 못할 분을 마음에 담아 안달복달하던 그때에는 절대로 알 수 없는 평온함이 있사옵니다. 내가 만드는 행복이올시다. 하여 누구도 줄 수 없고 빼앗아가지 못하는 행복이옵니다."

"장하다. 네가 비로소 사람 사는 이치를 깨달았구나."

"늘 감사하게 생각하옵니다, 태궁."

"내게 감사할 필요는 없다. 네 행복, 네가 선택하여 네가 가꾼 것이니, 어찌 나더러 고맙다 할까?"

"……한때 소녀가 철없어, 막무가내 태궁의 정을 청하였을 때 말입니다. 단호하게 거절하여 주심을 감사하나이다."

사람의 정은 시시한 것이 아니라 하셨지. 그녀만을 위해 마련된 진정한 사내가 나타날 때를 위하여, 그 사람을 위하여 순정을 아무에게나 하찮게 나누지 말라 하셨다. 단호한 거절이었지만, 지금 생각해 보면 이분이 주신 최고의 사랑이었다.

"그때 그 열병은 진심이었나이다."

"진심이 아니라 하지는 않았다. 하지만 네 정은 결국 이리 안착하지 않느냐? 네 마음의 물길 다다른 저이가 네 참정이다. 귀하게 아끼고 모시어라."

"명심하겠나이다."

벼리와 불유가 다가오고 있었다. 다르나 아주 닮은 얼굴을 한 두 사람이었다. 나란히 오는 그 얼굴들은 오래 익어 향기로운 꿀술과 같이 깊은 정의 향기가 배어 있었다. 먼저 술잔을 건네는 사곤더러 불유가 짐짓 협박을 하였다.

"내 좋은 벗을 난짝 훔쳐간 터이니 고생만 시켜봐, 가만두지 않겠다는 말이지!"

"누가 할 소리? 천하의 미인을 홀로 제 품에 쓸어 넣은 주제에, 염치도 없구나!"

"잔소리 말고 술이나 마시지?"

두 사내가 투닥거리는 것을 가로막으며 벼리가 잔을 내밀었다. 술의 향기 앞에서 침을 꼴깍꼴깍 삼켰다. 불유가 그녀의 잔에 잘 익은 두견주를 철철 따라주었다.

"내 충고 하나 하는데, 술 좀 줄여라, 아사벼리. 예전처럼 술 퍼먹고 비틀거리다 개골창에 빠질 것 같아 걱정되는구나."

"뭣이? 참말이냐?"

사곤이 깜짝 놀란 얼굴을 했다. 당장 벼리의 술잔을 빼앗아 저 멀리 던져 버렸다. 벼리가 제 망신을 까발리는 불유의 입을 틀어막으려 덤벼들었다. 실실거리며 불유가 끝까지 벼리의 약을 올렸다.

"꼴에 술도 약한 것이 꼭 호기만 부려. 내 미리 말하건대, 이놈이 술 퍼먹자 하면 석 잔 이상은 주지 마라. 인간이 아니라 야수로 변한단다."

"야, 이 나쁜 놈아!"

맛난 술을 앞에 두고도 먹지 못하게 된 팔자. 벼리가 씩씩거리거나 말거나, 두 사내는 다정하게 잔을 부딪쳤다. 술잔 안에 다시 매화꽃잎이 톡톡 떨어졌다.

이렇게 하여 해란의 그리운 사람에게 다 작별 인사를 마쳤다. 다음날 새벽, 벼리는 사곤과 더불어 크락마락의 하늘배를 얻어 타고 그의 고향 단뫼의 울타로 떠났다.

해란의 아침빛 아사벼리를 냉큼 탈취한 자. 천하의 행운아 단목 사곤이 의기양양 매를 날린 후였다. 이르기를 사흘 후에 혼례를 치를 준비를 하라 명하였다.

태궁 사곤의 혼인이라니, 이렇게 갑작스레? 상대가 누구인지도 밝히지 않고? 이런 이런!

울타만이 아니라 온 단뫼가 뒤집어지는 순간이었다.

"되었다. 이 정도에서 내려다오."

끝없이 이어지던 검은 사막 언저리, 드문드문 녹림들이 나타나던 곳에서 사곤이 크락마락에게 부탁하였다. 중화성을 떠나온 지 이레만이었다.

"여기서 울타까지는 하루면 된단다. 말을 타고 가야 한다."

"그냥 하늘배로 쭉 가지? 이왕 한 번 사람 눈앞에 등장했잖아?"

일라가 투덜거렸다. 편안한 것에 익숙해지는 것은 인지상정. 다시 엉덩이 아픈 말을 타야 한다 싶으니 짜증이 난 것이다.

"기이한 물건, 사람 눈앞에 자주 드러내면 좋지 못하다. 탐내는 이가 많아진다고! 넌 크락마락이 평생 이것을 탐내 하는 자들에게 쫓기며 살기를 원하느냐?"

"그건 아니지만."

"하늘배는 이곳에 숨기고 가자."

사곤이 하늘배 근처에 진을 설치했다. 다섯 사람은 하늘배에 싣고 온 비사마를 타고 울타로 떠났다.

"예전에는 붉은 사막이더니, 여긴 검은 사막이로군."

사무란 성으로 갔던 여정 말고는 정곡성을 거의 떠나보지 못한 벼리였다. 주변에 펼쳐지는 이국적인 광경이 다 신기했다. 그녀의 중얼거림에 사곤이 힐끗 바닥을 내려다보았다.

"모래라고 우습게 보지 말아라. 태반이 철가루이다."

"뭐라고?"

"모르는 게 당연하지. 우리 단뫼의 사막은 이렇듯이 대부분이 노천 철광산이다. 너희들 해란의 멍청이들이야 이것을 모래라 하겠지만."

"이게 다 철가루라고?"

"왜 두려우냐?"

"……다른 나라는 이를 아무도 모른다."

"당연하지."

사곤이 고삐를 잡아당겼다. 한가로이, 별것 아니라는 듯이 말을 이었다.

"어떤 미친놈들이 이것을 탐하여 쳐들어오면 어쩌나 하여 함구하고 있을 뿐이지."

"참으로 세상은 넓고 산물은 기이하며 자연은 기묘하다더니……

이 모래밭이 노천 철광산이라니…….”

"놀랄 일을 더 말해주랴? 우리나라에는 소금호수도 있다."

"소금호수?"

"정곡성만 한 호수가 전부 소금이지. 우린 소금이 필요하면 그곳에 가서 수레로 퍼온다. 하여 우리나라는 소금 따윈 돈 주고 사지 않지."

바다가 없는 나라에서는 금값보다 더한 소금이 공것이라고? 호수에 가서 그냥 퍼온다고? 벼리는 이 대목에서 단뫼국에서는 강아지 밥그릇도 금으로 만든다는 소문을 믿기로 하였다.

한나절쯤 갔을까? 주변의 풍광이 확연히 달라졌다. 슬슬 나무가 많아지고 강물이 흐르고 호수가 반짝이기 시작했다. 푸른 나무가 우거진 산맥이 아스라이 펼쳐지기 시작했다. 공작새가 화려한 날개를 펼치고 도도하게 돌아다니는가 하면, 흙탕물 안에서 물부리 소가 후적후적 비비적거리기도 하였다. 이내 그들 눈앞으로 거대한 성벽이 나타났다.

"생각보다는 너희 나라 수도도 규모가 큰걸?"

"적어도 정곡성보다는 큰 것이 분명해."

"사무란성만 한가?"

"글쎄다. 견주어보지 않아 뭐라고 말 못하겠으나, 그를 능가하지는 못하되, 버금가는 것은 분명하다."

늠름하게 씩씩하게 잘도 달리던 벼리가 말고삐를 잡아당겼다. 약간 걱정스런 얼굴이었다. 그녀답지 않게 말꼬리를 흐렸다.

"저어, 사곤."

"왜?"

"네 부모님, 네 형제들……."

"무슨 말을 하고 싶은 거냐?"

"……나, 나를…… 네 반려로 좋아하실까? 얼굴도 이런 데다, 다른 나라 여인이라서……."

"별 시답지 않은 걱정이랑 관두지. 내가 어련히 알아서 하였을까 봐……."

바로 그때였다. 성문이 활짝 열렸다. 시퍼런 창칼을 치켜든 수백 명의 병사들이 흙먼지를 날리며 그들 일행 쪽으로 말달려 오기 시작했다. 단뫼 특유의 청푸른 두건과 턱 가리개, 번쩍번쩍 빛나는 갑옷 차림이었다.

"어어, 기세가 장난 아닌걸?"

"우리가 수상한 사람이라 생각하나 봅니다그려."

"걱정 마라. 너희들은 내가 지킨다."

호기롭게 소리쳤다. 벼리가 일월봉황검을 빼들려 하였다.

"멋없는 여자하고는! 사내인 내가 해야 할 말을 제가 먼저 하고 있구나."

사곤이 검 손잡이에 가 닿은 벼리의 손을 눌러 제지했다. 병사들은 검은 비단 바탕에 그들이 찬 초승달 모양의 검이 교차된 문장이 새겨진 깃발을 등에 메고 있었다. 질풍처럼 달려와 그들 앞에 멈추었다. 일사불란, 한 사람처럼 말 등에서 뛰어내렸다. 사곤의 말 앞에 무릎을 꿇었다.

"태궁, 다녀오셨습니까?"

오백의 친위대들이 외치는 소리가 하늘을 찌를 듯했다.

그나저나 태궁의 반려란 분은 대체 누구냐? 제일 가능성 있어 보이는 자는 저 붉은 머리 미녀인데 말이다. 아니면 볼에 검흔을 가진 키 헌칠한 반(半) 사내 여인? 취향이 독특하시니, 어쩌면 저 노랑머리 왜소한 자인지도 몰라.

사곤이 쿡쿡 웃었다. 인사를 하면서도 병사들이 다 하나같이 눈알을 굴리는 소리가 들렸기 때문이다. 그는 가볍게 고개를 끄덕였다.

"별일 없었겠지?"

"물론입니다. 환제폐하께서 이제나저제나 하고 기다리고 계십니다."

"알았다. 가자."

병사들이 다시 일사불란하게 말 위에 올라탔다. 그들의 말이 움직이기를 기다리며 옆으로 물러섰다. 몇 발자국 가던 사곤이 뒤를 돌아보았다. 세 사람이 멍하니 그 자리에 선 채 그를 노려보고 있었다.

벼리가 아주 심각한 얼굴을 하고 물었다. 도대체 너 뭐하는 인간이냐, 따졌다.

"환제?"

"음."

"폐하?"

"그렇지."

"저 인간들은?"

"내 친위대."

"왜 왔는데?"

"날 호위하러. 주인이 도착했으니 마중을 나와야지."

"당신 정체가 뭐야?"

마침내 참지 못하고 벼리가 고함을 꽥 질렀다. 놀란 말이 펄쩍 뛰었다. 에구머니! 귀하신 태궁께 함부로 호령질하는 벼리를 바라보며 오백의 병사들은 더 놀랐다. 그 순간 확신하였다. 저분이 반려이시로군.

"나? 내 어머니 아들."

"제대로 말하지 못해?"

벼리는 사곤을 노려보며 딱딱거렸다. 여차하면 그를 검으로 내려칠 기세였다.

"단뫼를 다스리는 자랑스런 환제폐하의 첫 번째 아들이다. 남들은 나를 태궁이라 부르지."

"환제의 아들이라고?"

"왜 놀래? 왜 날 두고 속임수나 쓰는 인간으로 여기는 그런 눈초리를 하는 거냐?"

적반하장. 이번에는 사곤이 버럭 고함쳤다.

"말했잖아! 단뫼의 첫째가는 부잣집 아들이라고! 내가 속인 게 어디 있어?"

"그래도 그렇지! 첫째가는 부잣집 아들이란 것하고, 군주의 후계자라는 것하고는 하늘과 땅 차이지!"

"이름 하나 더 붙은 건데, 뭔 차이야? 태궁이면 내 머리에 뿔이 돋는다던?"

"그렇게 잘난 놈이 나는 왜 데려가? 같이 표국해서 먹고 살자더니! 이제 보니 순전히 사기친 것 아냐?"

"사기 좋아하네! 혼인하는 지아비더러 삿대질까지 하고, 잘하는 짓이다!"

"나는 장사치 단목사곤하고 혼인하지, 태궁인 자하고는 절대로 안 해! 안 해!"

"웃기네. 네 맘대로 혼인을 무르냐? 미쳤어? 널 데려가야 내 팔자가 피는데, 내가 왜 물러?"

"듣자 하니, 이미 네 팔자는 필 대로 피었는데, 왜 또 나까지 끌어들여?"

"네가 나랑 혼인해야 내가 다음 대 담궁이 될 것이니까 그렇지! 내가 미쳤어? 활짝 핀 자리, 다른 놈에게 밀어주게? 젠장, 이게 정말 나빠요. '사내 팔자, 뒤웅박' 이라니까. 어떻게 사내 팔자가 혼인 한 번으로 결정되냐? 생각하면 할수록 분하구만. 아, 갑자기 짜증나네!"

사곤이 씩씩거렸다. 벼리는 더 씩씩거렸다. 일라와 크락마락, 여지울, 오백의 병사들이 두 사람의 삿대질과 말싸움을 지켜보는 가운데였다. 지지 않고 더 크게 고함을 뻑 질렀다.
"제대로 설명하란 말이얏! 내게 원하는 게 뭐야?"
"고이 날 따라가자는 거지! 너랑 나랑 혼인하면 넌 다음 대 환제가 되실 것이고, 난 너 따라서 팔자 핀다 이 말이야. 환제폐하의 수많은 이궁 중에서 으뜸가는 담궁폐하가 되신다, 그 말이지."
"내가 왜 너희 나라 환제가 되어야 하느냐고요오!"
"네가 호랑이를 때려잡았잖아. 그래서 반했다고요오."
"뭐얏?"
"호랑이를 맨손으로 때려잡고, 으뜸 싸울아비이며 용맹하기로 천하에 소문난 여자라. 네가 환제가 되지 않으면 내 손에 장을 지진다. 아, 참! 설명을 안 했구나. 우리나라는 오직 여인만이 환제가 될 수 있다. 모계(母系) 우선이거든."
"뭐, 뭐라고? 어떻게 그럴 수가……."
너무나 다른 가치관을 가진 세상 앞에서 벼리의 눈이 휘둥그레졌다. 얼떨떨해졌다.
"네 여자 형제도 있을 것 아냐? 그 사람더러 하라 하지, 왜 나더러 네 나라 환제가 되라는 거냐?"
"내 누이가 있었지만, 그녀는 자신의 몫을 죽이지 못했다."
"뭐라고?"
"계곡으로 들어가 자신의 사자를 죽이려 했지. 한데 오히려 자신이 맹수의 밥이 되고 말았다."
어지간히 대담한 벼리도 소름이 끼쳤다.

"허, 허면……."

"넌 이미 시험을 통과했잖아. 아사벼리, 네가 맨손으로 산군과 싸워 이긴 용맹성은 이미 이 나라까지 퍼졌단다. 어머니께서 아주 환영하실 거다."

싱긋 웃던 얼굴이 이내 무섭게 변했다. 사곤이 험상궂은 얼굴로 벼리를 협박했다.

"이미 내 가락지 끼고 있는 주제에, 내 순정 빼앗고 몸도 빼앗고 말이지. 거기다가 나에게서 수만 납 금전적 손해까지 입힌 주제에. 흥! 너무한 것 아냐? 혼인 안 해주기만 해, 아사달에 가서 고발할 거얏! 몸 주고 마음 주고 사랑 주었더니, 이제 와서 딴소리한다고! 평생 쫓아다니면서 귀찮게 해줄 테닷!"

병사들이 웅성거렸다. 아니, 저 지독한 태궁께서 저 여인을 위해 금전적 손해까지 입는 것을 자처하였단 말인가? 허어, 그런데 저런 식으로 뻔뻔하게 나오면 그건 배은망덕한 일이지. 우리 단뫼의 사내들은 다른 것은 몰라도 절대로 금전적 손해를 입힌 것에 대하여서는 용서하지 않는다는 것 아냐.

너무나 우세스러워, 벼리의 얼굴이 시뻘게졌다. 남녀상열지사, 그 은밀한 이야기까지 공개하며 고래고래 고함지르는 인간은 처음 보았다. 거기다가 혼인 안 해주면 돈 내놓으란다. 어떻게 정분질할 때 제가 쓴 돈까지 내놓으라는 이야기를 할 수 있단 말인가?

"그러니깐, 잔소리 말고 조용히 따라오지 못해?"

사곤이 꽥 고함을 쳤다.

무서워서가 아니라 민망하고 부끄러웠다. 그녀를 바라보며 웅성거리는 저 병사들의 눈이 너무나 남우세스러웠다. 천 개의 눈과 귀 앞에서 졸지에 치사스럽고 비열한 〈혼인빙자 정분탈취사기 사건〉의 주범이 된 셈이 아닌가? 하도 기가 차고 수치스러워 아무 말도 못했을 뿐이다.

벼리는 시뻘게진 얼굴로 아무 말 못하고 졸졸 끌려갔다. 훗날 전설로 남게 되는 그 유명한 〈사곤의 호령질〉 사건이 종결되는 순간이었다.

여인들 앞에서 눈도 제대로 뜨지 못하고 꽥 소리도 치지 못하는 단뫼의 사내들, 이날 집에 돌아가, 입에 침을 튀기며 이날의 사건에 대하여 각색하기에 바빴다.

[사곤 태궁께서 다음 대 환제가 되실 분더러 삿대질하고 호령질을 하였다네.]

[그분은 너무 놀라 신방에 든 새신랑처럼 얼굴이 붉어져서는 아무 말 않고 따라가더라네.]

[아이구야, 정말 속 시원하더라!]

[우리도 이 기회에 '남정네 권리옹호 짝패' 나 만듭시다.]

[거, 정말 괜찮지 않아? 뭐라고 마누라님이 호령질하면, 혼약하기 전 내가 쓴 돈 다 내놓으라고 하는 것이야.]

[우리가 또 금전 손해 보는 일은 못하지. 세상에 공짜가 어디 있냐? 그렇지?]

이렇게 하여 〈사곤의 호령질〉 사건은 단뫼국 역사상 가장 유명한, 〈남정네 권리향상운동〉의 시발점이 되었다.
 훗날 사내들은 그날을 기념하기 위하여 그날만큼은 주막에 나가 태궁주를 마셨다. 집에 돌아가설랑은, 아내들에게 감히 꼬장 부리는 전통을 만들었던 것이다.

第十三章

약해서 어여쁜 자여, 사랑받으리라.
약해서 악해진 자여, 용서받으리라.
이유없는 악이 어디 있으랴.
사연없는 슬픔이 없는 것처럼,
우리의 생은 이처럼 누추한 것을.

철혈의 여제라 불리는 그녀도 아들 앞에서는 평범한 한 어미에 불과했다. 대 장방에서 국사를 보고 있는 중이라지만, 그가 입궁하였다는 말을 듣자마자 곧바로 문을 열고 나왔다.

"어서 오세요, 태궁."

"오랜만에 환제폐하를 알현하옵니다."

짐짓 점잔 빼는 얼굴로 사곤은 한 무릎을 꿇고 오른팔을 아랫배에 대고 단뢰 식으로 인사하였다. 일어나 크게 웃으며 두 팔을 벌려 스스럼없이 어머니를 꼭 안았다.

"아주 오랜만에 뵙사옵니다. 석 달 만인가요?"

익살맞게 눈을 찡긋하는 아들에게 환제가 다정스레 대꾸했다.

"태궁께서는 석 달이라 하나 이 어미에게는 삼십 년같이 긴 세월이었소. 바람처럼 훌쩍 나타났다 바람처럼 훌쩍 사라지는 짓일랑 대체 언제쯤 그만두실까?"

"단뫼의 사내란 늘 천하를 돌아다니는 것이 팔자 아니겠나이까? 그만 근심하시지요. 혼인하러 돌아온 것이니, 적어도 한 해는 울타에서 머무를 작정입니다."

"듣자 하니 정말 반가운 일이구려. 하지만 명색이 일국의 태궁이라, 어떻게 혼인을 삼 일 만에 처리할 수 있을까?"

"듣잡기로 환제께서도 담궁을 만나시어 사흘 만에 혼례를 치렀다는 말을 들은 적이 있사옵니다만? 제가 잘못 들은 것입니까?"

"그래도 어미인데, 그렇게 놀리시지요? 자, 나가봅시다. 그대의 반려를 내가 한 번은 미리 보아야 하지 않소?"

"이 아들이 삼십 년 만에 고른 반려라……. 폐하의 눈에 들 만한 인품이요, 기품일 것입니다. 곱다 하여주십시오."

사곤이 마치 정다운 친구인 양 어머니의 팔짱을 끼었다. 문을 나섰다.

"그들은 지금 어디 있지요?"

"연온각에 들었나이다."

"좋습니다. 한데 우리 태궁께서, 과연 며칠 만에 연온각으로 무사히 듭실지……? 이 어미는 삼 년을 내리 채울까 그게 걱정이오."

환제가 생글거렸다. 짐짓 아들을 놀렸다. 사곤이 머리를 긁적였다.

"그게…… 그이가 단뫼의 풍속에 통 익숙지 않아, 걱정이올시다. 소자는 삼 년 내리 외소박맞고 살까 걱정이옵니다."

"글쎄요……. 이 어미와 담궁께서 그대를 키울 적에 그렇게 못나게는 가르치지 않은 것으로 아는데?"

사곤만큼 키가 헌칠한 환제는 이날따라 영 짓궂다. 일국의 위엄 서린 군주라기보다는 여염집 인자하고 넉넉한 가주처럼 보였다. 그녀의 배로 낳았으나 너무 크고 깊어, 낯선 이같던 아들이 이날따라 유난히 살갑고 대견하였다.

벼리와 일라, 크락마락은 진홍빛 윤다화가 가득 핀 뜨락 안에 세워진 정자 안에 앉아 있었다. 사곤의 거처인 연온각의 아취 어린 정원 안이었다.

사곤과 환제가 다가가자 세 사람이 동시에 긴장하여 몸을 일으켰다. 아무리 둔한 벼리라 해도, 사곤과 똑같은 눈빛을 하고, 헌칠한 기품을 자랑하는 여인이 누구인지는 금세 알 수 있었다. 위엄 가득 찬 거동에 황금빛 장포, 오색 구슬을 꿴 관을 쓴 분이니, 바로 단뫼의 으뜸 환제폐하이신 것이다.

벼리는 한 무릎을 꿇고 무사의 예법대로 절하였다.

"해란의 싸울아비 아사벼리, 광영스럽게도 단뫼의 환제폐하를 알현하옵니다."

"저런! 이날 나는 환제가 아니거늘. 고운 며느리감 처음 보아 속떨리는 어미랍니다."

환제가 웃으며 벼리의 손을 잡아 일으켰다. 굳은살 박인 이 손을 밉다 하시면 어찌하지, 하였는데 그분의 손 역시 거칠었다. 이분도 싸울아비이셨나? 오래도록 검을 잡아 굳은살 박인 큰 손이었다. 하나 따스하였다.

"못난 내 아들의 반려가 되어주신다는 분을 처음 만나는 자리라. 행여 나로 인해 내 아들이 소박맞을까 두려웠다오. 해란의 싸울아비이자 정곡성의 근위대장 아사벼리, 그 이름이 맞는가요?"

"그렇습니다, 폐하."

"의기 높고 마음 곧으며 또한 아름다운 이름 높아, 내 아들이 홀딱 반하여 내내 꽁무니를 쫓아다녔다 하던데?"

"네에? 설마요!"

"하나 소문은 그리 났던걸? 돈 한 푼 허투이 쓰지 않는 내 아들이 반려를 처음 만나 정표로 주기를, 천하의 보검을 푼돈으로 넘겨주고 아깝다 하지 않으며, 무한히 금전 뿌려 꾀어냈다고. 심지어 그 여인 말 한마디에 마고국으로 넘어가야 하는 곡식마저 반이나 덜어냈다는 소문이 자자합디다. 그런데도 그 여인, 내 아들 걷어차고 다른 사내 보아 날아가 버렸기에, 큰 상사병이 들어 골골 앓았다 하던데요?"

"어머님!"

낯이 뜨거워진 벼리는 사곤을 돌아보았다. 그 능청맞은 자 얼굴이 시뻘게져 있었다.

"사, 상사병?"

"아, 누가?"

또 버럭 고함질이었다. 전혀 아니라는 듯이 손가락으로 제 가슴을 콕콕 찍어 보였다.

"설마, 나? 에이, 그런 말 믿지 마. 다른 누구도 아닌 내가 그런 몹쓸 병에 걸렸겠어?"

환제가 쿡쿡 웃었다. 여간해서는 그 표정을 풀지 않는 아들이 제 반려를 앞에 두고 실실거리는 모습이 대견하기도 하고 어여쁘기도 하였다.

'어찌 그리 눈이 밝아 저토록 밝고 곧은 사람을 맞이하였나?'

용맹한 싸울아비의 기세를 지녔으되, 순박하고 무던하였다. 창천(漲天)처럼 높고 순진한 맑은 눈을 가진 아사벼리가 몹시 좋아졌다. 태양과 달처럼, 산과 물처럼 서로가 다르고 또 아주 닮은 두 사람이었다. 그녀의 아들은 깊이 지혜로운 자라 천하의 명품만을 알아보는 사람. 여인도 그리 골라 이렇게 아름다운 이를 반려로 모셔왔구나. 해란의 으뜸 빛을 난짝 훔쳐 와버렸구나. 단뇌의 후사는 앞으로 내내 걱정없겠는걸? 환제가 지극히 만족스러운 얼굴로 물었다.

"그래, 혼례를 사흘 후에 치르시겠다고?"

"그리할까 하옵니다."

"서옥을 지어야 하는데요?"

"초가삼간이면 충분하옵니다."

"호오, 내 아드님께서는 상당히 자신만만하시구려."

환제가 미소 지으며 사곤을 바라보았다. 얄미워 입을 삐죽였다.

"누구는 아낙이 불러주지 않아 삼 년 내리 초옥에서 살았던 사내도 있다 합니다."

"그 못난 작자가 대체 누구란 말이오?"

환제가 나타났던 문이 다시 열리고 키가 헌칠한 사내가 나타났다.

검푸른 장포에 두건을 쓴 그는 오랜 병에 아직도 초췌한 안색을 한 중년 사내였다. 눈이 웃고 있었다. 우뚝한 콧날에 턱 선이 날카롭고 눈썹이 짙은 그 얼굴, 사곤을 몹시 닮았다. 보나마나 사곤의 부친일 테지. 벼리는 사곤의 익살기를 닮은 그가 단박에 좋아졌.

"어서 오세요, 담궁."

"말썽만 부리는 우리 맏아들이 제 반려를 모시고 왔다 하더니 말이오. 아비인 나에게는 보여주지도 않는가?"

"에이, 제가 어찌 그런 짓을 하겠나이까? 이제부터 슬슬 궐 안 구경도 할 겸 내리내리 두루두루 들르려고 하였습니다."

"혼례 준비야 급히 굴면 사흘 안에 끝날 터이지만, 내 아들 서옥 살이는 며칠이나 갈까?"

"뭐, 저 능청 보아서는 하루면 충분할 것 같습니다. 자리를 옮기시지요. 태주들과 이궁들이 목을 빼고 기다리고 있습니다."

환제가 단목유성과 함께 앞장서 걸어가기 시작했다. 비죽비죽 일라와 크락마락, 벼리도 사곤을 따라 걸음을 옮기기 시작했다. 벼리가 사곤의 옆구리를 쿡쿡 찔렀다.

"서옥이라니?"

영 못 알아들을 말씀들을 하신다. 사곤이 별것 아니라는 듯이 퉁겼다.

"아, 그런 게 있어."

"모르는 것은 설명해 주어야 할 것 아냐?"

"우리나라 풍습인데, 신경 쓰지 않아도 좋아. 우린 그냥 시키는 대로 혼인만 하면 된다고."

말 못해 죽은 귀신이라도 붙은 양, 주절주절 잘난 척, 잘도 떠들던 이치고는 영 설명이 시원찮았다. 가능하면 그 화제와는 멀어지고 싶다는 의사를 명백하게 드러내 보였다. 자꾸만 묻자 하니, 마지못해 손가락질을 하였다. 잘 꾸며진 정원 한구석, 초라한 집 한 채가 덩그러니 서 있었다. 잘 가꾸어진 궁과는 영 어울리지 않았다.

"저것을 일러 서옥이라 한다."

"이토록 호사스럽고 큰 궁을 두고 저런 집을 무엇에 쓰자고 만들었을까?"

"……내 집이다."

마지못해 대답을 하는 사곤의 얼굴은 꼭 무엇 씹은 것처럼 일그러져 있었다.

"뭐라고? 기껏 저깟 것이 네 집이라고?"

벼리가 눈을 크게 떴다. 도무지 이치에 맞지 않고 상궤에 벗어나는 일이 아닌가. 원래 이 집 주인인 사곤의 거처가 저토록 초라하고 단출하다니.

"우리나라는 원래 여인이 사내를 선택한다. 연분을 맺어 정을 통한 다음에 여인이 마음에 들어 불러들일 때까지 사내는 서옥에서 머물며 기다려야 한단다. 아기를 가질 때까지는 감히 함부로 접근

하지 못한단다."

"그래서 너도 저곳에서 머물러야 한다고? 내가 불러들일 때까지 기다려야 한다고?"

좋구나! 갑자기 벼리의 얼굴이 싱글벙글 변하였다. 사곤이 문득 발걸음을 멈추었다. 의심과 불안이 반반 섞인 눈초리로 그녀를 노려보았다.

"왜 그렇게 좋아하는 거냐?"

"아, 아니. 아무것도 아냐."

"너 혹시…… 나를 평생 저곳에 처박아두려는 거냐?"

대답 대신 벼리가 다시 캐물었다. 모처럼 그녀의 눈이 반짝반짝 빛나고 있었다.

"정말 내가 부르지 않으면 평생 너는 저곳에서 살아야 하는 것이냐?"

"……적어도 아기를 낳기 전까지는."

"흐흠."

"수상한데? 너 정말 그리하려는 게지?"

순진한 놈이 어떤 생각을 하는지, 얼굴에 다 적혀 있었다. 그렇지만 끝내 부인하였다. 펄쩍 뛰기까지 하였다.

"에이, 설마! 귀한 낭군을 내 그리 박절하게 대접하겠어? 어떻게 삼 년씩이나 내치겠어? 난 그저……."

"그저?"

"한 백 일이나 놓아두련다. 사막을 지나가며 내 당한 설움일랑은 다 풀어야지!"

음핫하하! 벼리의 웃음소리가 의기양양하게 울려 퍼졌다. 그동안 당한 분풀이를 단단히 하고야 말리랏!

뭣이여? 지아비를 백 일씩이나 서옥살이를 시킨다고라? 이런 괘씸한 놈 같으니라고! 사곤의 얼굴이 붉으락푸르락되거나 말거나, 사뭇 거들먹거렸다.

그로부터 열흘 후, 해란국의 싸울아비였던 아사벼리는 진홍빛 윤다화 수놓아진 장엄한 혼례복을 입고 태궁 단목사곤의 지어미가 되었다. 단뫼의 으뜸 태주가 되었다.

어스름 걸어오는 고운 저녁, 꽃등불이 타고 있었다. 천지사방 온통 윤다화 꽃잎 뿌려진 길을 걸어 새신랑신부 걸어오신다. 꽃향기 나부끼는 신방에 들었다.

"곤할 터이니, 욕간이나 하자구나."

썩썩 무거운 옷가지 벗어 던지고 사곤이 벼리의 손을 잡아끌었다.

단뫼의 풍속은 해란과 아주 다른 점이 많으니, 그중 하나가 욕간 풍속이었다.

땅이 이상하여 파기만 하면 더운물이 퐁퐁 나온다. 모래바람 자주 불어오는 곳이어서인지는 몰라도 그들은 하루에도 몇 번이고 온천욕을 즐기곤 했다. 남녀지간 혼욕(混浴)도 예사로웠다. 여인네들의 목소리가 크다 하더니 심지어 욕간하는 일까지도 활달하고 거침없는 것이다.

연온각에도 향나무 욕간실이 몇 개나 만들어져 있었다. 오늘은 경사스러운 날이니, 궁녀들이 맑은 물에 난초를 가득 띄워놓았다. 난꽃의 은은한 향내가 가득히 머물고 있었다.

아직도 함께하는 이 시간이 익숙지 못해 물에 가라앉은 벼리의 알몸은 온통 복숭아 꽃물이 들어 있었다.

"이리 와. 등물하여 줄 터이니."

새삼스레 내외하느냐? 눈을 흘기며 사곤은 젖은 수건을 들고 기다리고 있었다. 싸울아비일 적에는 거침없이 개울물에 들어가 뭇 동료들과 함께 욕간을 즐기기도 하였지만, 어쩐지 둘만이 있는데도 너무 수줍어졌다. 찰랑대는 더운 물 속에서 내내 미적거리다가 몇 번 재촉을 받고는 마지못해 일어섰다.

"누가 보면 너더러 사내 얼 빼는 요염짓한다 하겠다. 다 아는 처지, 아주 몸까지 꼬는군."

명색이 첫날밤, 이런 때나 입 좀 다물고 있거나 운치있는 말 좀 해주면 얼마나 좋을까? 콱 물어뜯어 주고 싶었다. 하지만 이내 등골을 문질러 주는 손길이 그만 농밀한 애무가 되고 마는지라, 벼리의 튀어나온 입술이 쑥 들어갔다. 저절로 나른하게 꽃잠 자며 몸앓이 하는 신음이 새어 나오고 말았다. 목덜미 뒤에서부터 더운 입김이 닿았다. 솜털이 오르르 솟았다.

"기분이 좋은 게지?"

새신랑의 목소리가 그윽하게 젖어 들었다. 벼리는 젖은 머리타래를 그의 너른 가슴에 기댔다.

"으응."

"힘겨이 살아온 지난날, 지난한 기억들 다 잊어라. 등에 새겨진 이 흉터들, 다시는 늘지 않을 것이다. 내 오롯이 어여쁘게 너를 지켜줄 것이다."

사곤이 벼리의 등에 새겨진 흉터에 가만히 입 맞추었다. 더운 입술 아래서 벼리가 미소 지으며 나지막이 되받았다.

"거짓부렁장이 같으니."

"음?"

사곤이 고개를 들었다.

"헛된 맹세 하지 말아라. 넌 이미 어겼다."

"뭐라고?"

벼리가 사곤의 두 팔을 잡아 자신의 어깨를 두르게 만들었다. 커다란 두 손이 출렁 솟은 소담한 가슴을 덮었다. 소유욕 가득한 그 동작이 싫지 않아, 벼리는 다시 또 웃고 말았다.

"그때, 몽혼사."

"음."

"그놈들을 죽일 때, 내 등에 허리에 다리에 수없이 많은 상처 생겼었다. 지워지지 않는 흉터, 너 때문에 만들어졌다."

"아, 그랬나?"

"……내 흉터 두고 무조건 슬프다 하지 말아라. 그것처럼, 사모하는 이 지키려고 생긴 것들이다. 앞으로도, 나는 내 소중한 것을 지키려 이런 흉터 또 만들 것이다. 내가 다치더라도, 지킬 것이다."

벼리가 고개를 돌려 언제나 그리운 이의 입술을 청하였다.
"내 소중한 이, 내 평생 지킬 이, 바로 그대이다. 난 그대를 위해서 다치고 흉터 남는 일 두렵지 않다. 내게 인간의 참정 가르쳐 주고, 여인으로 돌아가 살게 하여주고, 나에게 자유를 주신 그대를 숭배하느니. 그대의 여인이 된 오늘, 나는 다시 한 번 맹세한다."

향기 흐르는 물결 위로 사랑을 말하는 벼리의 얼굴이 수줍게 비쳤다. 고요히 어렸다.

"그대가 어디에 있든 나는 그대 곁에 있으리라. 또한 나는 맹세하느니, 그대가 아파하시는 일이라, 내가 아프고 괴로운 일 피하리라. 나를 소중히 여겨 그대를 기쁘게 할 것이다. 이것이 내 사람 앞에서 다짐하는 아사벼리의 두 번째 맹세이다."

가슴 벅차 차마 잊을 수 없다. 사곤은 감격하여, 행복하여 사랑하는 여인의 고운 가슴에 얼굴을 묻었다. 이 붉은 심장은 영원히 그의 것이려니, 곧고 정의로운 아침빛은 마침내 오롯이 단목사곤 그의 몫이 되었다. 그의 너른 세상을 환하게 밝혀주시었다. 그는 벌떡 일어나 물속에서 젖은 인어 한 마리를 건져 올렸다. 번쩍 안았다.

"아사벼리."

"음."

"초야(初夜)라, 급하다. 빨리 꽃잠 자러 가자."

한 발자국 걸을 때마다 뚝뚝 떨어지는 향기로운 꽃물들. 둘만 가는 꽃잠자리는 어둠 속에 묻히고, 서로의 고운 맨살 어루만지는 손길 그윽하니, 이내 신방에 촛불이 꺼졌다. 둘만 아는 그 일일랑은 그 누구도 묻지 않았다. 염치없는 달빛만이 몰래 들여다보다 낯 붉어져 구름 속에 숨어버리네.

그 달빛, 홀로 바라보는 이는 정곡성에도 있었다.

마루한 가람휘는 홀로 누루에 올라앉아 자음자작 술잔을 기울이고 있었다. 쪼르르 흐르는 투명한 액체 위로 처연한 달빛이 어렸다. 함께 술잔에 채워졌다.

"희월혼파심(稀月混破心) 낭영일배비(郞影一盃悲)*……. 홀로 술을 마시며 싯귀를 읊으니, 제법 운치라 할 수 있으려나. 하지만 어쩐지 이날은 쓴맛만 도는구려."

다가오는 이는 재상 카낙이었다. 가람휘는 혼잣말처럼 중얼거렸다. 굳이 그더러 들어라 하는 것도 아니었다. 하지만 또한 그런 식으로 자신의 마음을 반 드러낸 것이기도 하였다.

"국구께서는 떠났습니까?"

"예. 소인이 외성까지 배웅하고 왔나이다."

가람휘는 천천히 고개를 끄덕였다. 오늘, 성주이자 국구이던 딜곡이 퇴임하여 둘째 딸 솔담을 따라 하림성으로 떠났다. 아마도 그는 조만간 큰딸 벼리가 있는 단뫼의 울타까지 옮겨가게 될 것이다. 그를 어찌 잡을까?

삼십 년을 머물며 가꾼 정곡을 버리고 가면서도 그는 뒤 한 번 돌아보지 않았다. 만 정 떨어진 이곳을 떠나 아주 속 시원하다는 표정을 감추지 않았다. 하지만 그 누구도 그에게 섭섭하다 말할 수는 없었다. 그를 등 떠밀어낸 이는 다름 아닌 그들이니 말이다.

---

* '희미한 달빛 부서진 마음에 섞이어 한 잔 술에 비치는 그대 모습 슬프구나'

가람휘는 술잔을 내려다보며 울적하게 말했다.

"다, 떠납니다그려."

"네에?"

"한 분, 한 분…… 내게서 떠난단 말이지요. 거룩하고 충성 깊은 분들은 다 떠나고, 내게 남은 자들은 대체 누구입니까?"

대답하지 못하는 재상을 바라보며 가람휘가 엷게 미소 지었다. 손짓하여 그를 상 앞으로 청하였다.

"오르세요, 재상."

"망극하옵니다."

가람휘가 카낙에게 술잔을 권하였다. 달빛은 내내 늙은 재상의 하얀 수염 위에, 그가 얼굴 돌려 마시는 술잔에도 떨어지고 있었다.

"단뫼의 사신이 들었다고요?"

"그러하옵니다."

"천하의 부국이니, 아무것도 아쉬운 것 없을 터인데? 그런 자들이 우리 같은 패국더러 무엇을 원한다 하던가요? 무어라 합디까?"

"그들이 원하는 것은 언제나 거래입니다. 저희들에게 곡식을 보내준다 합니다."

"대가는?"

"그 옛날 아사벼리가 친기대장이던 시절, 그의 지휘를 받던 오백의 싸울아비들 목숨입니다."

가람휘의 눈썹이 치켜 올라갔다.

"그녀의 무죄를 믿어 감히 그날 나에게 반역을 하려던 그자들 말입니까?"

"그렇습니다."

"그들에게 자유를 주고 데려가겠다, 그 대신 곡식을 받아가라? 아, 이 거래의 뒤에 누가 있는지 알 만하군요."

그가 다시 술잔을 비웠다. 아사벼리, 떠난 이후에는 이 나라 따위 일랑 다 잊어버리지, 여전히 마음 쓰는가? 명목은 네 사람 데려가는 것이되, 결국은 이 나라 명줄을 이어주려는 큰 자비심. 이 나라는 염치없이 다시 그대에게 빚을 지는구나.

"미련없이 보내주시오."

가람휘는 냉정하게 잘라 말했다.

"이왕 마음 떠난 싸울아비란, 있으나마나 한 존재. 결국은 또다시 나를 향해 칼을 들이댈 자들이라, 곁에 두어도 편치 않아. 그들이 진정 복속하고자 하는 자에게 가라 보내시오."

"분부 받자옵니다."

잠시 침묵이 흘렀다. 가람휘가 괴로운 얼굴을 들어 카낙을 바라보았다.

"그 여자를 심문하였는가?"

"예, 마루한."

"지은 죄가 하도 많아 대체 무슨 죄를 지었는지도 기억나지 않을 것이다."

지금껏 카낙은 마루한의 명령에 따라 마린의 유모인 가시솔을 며칠째 심문하고 있었던 것이다.

"다른 것은 몰라도 곡식 창고에 불을 지르도록 사주한 것은 분명하옵니다. 그것 하나만으로도 사형을 받아야 마땅할 것입니다."

가람휘가 공허한 눈동자로 텅 빈 제 술잔을 내려다보았다. 잠시 침묵하다가 나직한 목소리로 확인하였다.

"······마린은 어디까지 연루되었는가?"

"그것이······ 비록 간악한 계집이되, 끝내 모든 일을 홀로 하였다 주장하옵니다. 마린을 보호하고자, 버금 마린이 돌아오면 제 주인이 실절한 이유로 총애를 잃으실까 두려워 제 홀로 저지른 일이라 하옵더이다."

삐뚤어진 충성과 그릇된 사랑은 반드시 죄악을 만드느니. 그릇된 짓을 하는 자야, 남의 탓을 하면 아니 되겠으나, 가람휘는 아련나가 배덕의 길로 빠진 것은 반 이상이 유모인 가시솔의 충동질 때문이었으리라 짐작하였다. 심약한 제 주인을 충동질하고 죄의 나락으로 빠트리면서도 한 번도 후회하거나 잘못이라 가책받지는 않았을 것이다. 오히려 제 주인의 행복을 위해서였다고 강변하리라. 가람휘는 가볍게 이맛살을 찌푸렸다.

"간특한 계집에게도 제 주인에 대한 충성은 남아 있다니 의외로군. 하면 대 마린을 감히 독살하려 한 죄는?"

"그것 역시······."

"홀로 한 죄다?"

"그렇사옵니다."

"······그 계집은 간악하나 참 어리석어. 그렇지 않은가?"

"네에?"

카낙이 마루한을 올려다보았다.

"자비롭지 못하다는 이야기야."

"대체 그것이 무슨 뜻이온지……?"

"제가 죄를 전부 뒤집어쓰고 죽는다 할지면, 그리도 보호하고자 하고 애련해하던 마린의 곁에는 더 이상 아무도 편이 없다는 것이지. 게다가, 죽음은 한순간이되, 살아남아 마린이 당할 심적인 고통이나, 자책의 지옥은 평생 동안 내내 계속될 일. 나라면 차라리 같이 죽자 할 것이야. 고통을 어찌하면 짧게 해줄 것인가 궁리하였을 것이다, 이 말이지."

그 말은 다시, 마루한 자신이 마린을 그만큼 고통스럽게 만들어주고 지옥보다 못한 삶을 살게 해주리란 맹세같이만 들렸다.

"재상."

"네, 마루한."

"패역무도하고 배덕한 그 계집을 내일 해뜨기 전에 처형하시오. 시신은 들판에 버려, 누구도 그의 시신을 수습하여 장사지내 주는 일이 있어서는 아니 됩니다."

"하명을 받자올 것입니다."

다음 말을 기다리는 침묵이다. 허면 그 잘못의 일부라, 마린은 어찌 처분하실 참이신지요? 재상이 기다리는 것은 그 질문에 대한 답이었다. 가람휘가 고개를 돌렸다. 똑바로 카낙을 바라보았다.

"마린이 잉태한 것을 모르지요?"

"아, 마린께오서 회임을 하시었나이까?"

"그렇소. 이제 두 달째 접어든다 하오."

"아, 네에."

"짐승도 새끼를 배면 죽이지 않고 살린다 하지 않소. 재상이 무어래도 나는 마린을 버리지 않소. 아니, 절대로 버리지 못하오."

재상은 고개를 숙였다.

'깊이 사랑하는 정이 죄올시다, 마루한. 뜻대로 하옵소서.'

이왕 죄는 가시솥이 다 뒤집어썼다. 마린은 결백하고 자유로워졌다. 지아비인 마루한이 깊이 사모하여 내치지 못한다는데, 감히 누가 무어라 할 것인가? 결국 아련나의 허물로 남은 것은 사무란에서 실절(失節)한 그 일뿐인데, 마루한이 용서한다고 말한다. 누구도 어쩔 수 없다. 그러나 가람휘의 눈빛은 몹시 찼다.

"오해하지 마오. 내 그를 용서하고 이해하여서가 아니오. 다만 약조를 지키자 함이오."

"약조라 하심은?"

"마린의 명예를 지켜주고 나에게 그를 데려다 주기 위하여 사선을 넘으신 분이 부탁한 일이기 때문이오. 나는 아사벼리에게 약조하였어. 마린을 버리지 않겠노라고."

은인인 저를 죽음으로까지 몰고 간 그 배신마저도 이해하고 용서하며 벼리는 그리 말하였었다. 그런 짓이라도 하여 살아남아 정인을 다시 만나려 한 여인의 간절한 결심으로 이해해 달라고 말이다.

"하늘이 정해준 부부지연을 인간의 미움으로 끊지는 않겠다 맹세하였소이다."

그가 다시 술잔에 술을 따랐다. 달빛 채워지는 잔을 바라보았다. 홀로 중얼거렸다. 잔혹한 미소가 입술에서 흘렀다.

"버리지 않고도 버릴 수가 있어, 아사벼리."

끊지 않고도 끊어내는 방법이 수만 가지이듯, 배신당한 사내가 어떻게 변하였는지 그대, 끝내 모를 것이야.

"재상, 내일 당장 마고국에 큰 사절단을 보내시오."

"무슨 명목으로 말이옵니까?"

"무후와 맞서 지금의 국경을 지키고 지탱하기 위해서는 우리는 힘을 더 키워야 하오. 우리들 힘만으로는 부족해. 마고의 힘을 빌려야 하오. 더 견고한 동맹을 맺어야지. 그들이 크게 반길 만한 선물을 들고 가시오."

"분부하여 주십시오."

"듣기로, 마고의 천두금에게는 혼인기에 이른 연주*가 있다 하지요?"

"그리 들었나이다."

"재상, 그대는 우시나벌에 가서 아주 정중히 혼인 동맹을 제의하시오."

카낙이 해연히 놀랐다.

"혼인 동맹을요?"

"빌려줄 성이 없고 내어줄 항구가 없으면 사람이라도 팔아야지."

가람휘는 냉정하게 말을 이었다. 헌칠한 그 얼굴은 꼭 가면(假面)

---

*연주:마고국의 왕녀를 일컫는 말이다

같았다.

"나는 나를 팔 작정이오. 해란의 다음 마루한 자리를 놓고 그들과 거래하고자 하오."

"마루한!"

"동맹이라 하나 그들은 우리의 기름진 땅과 항구를 내내 탐냈소. 그들의 연주가 내 마린이 되어 아들을 낳아 후대의 마루한이 되면 그들은 손 하나 대지 않고 우리 해란을 전부 삼킬 수 있다고 자신해할 거요. 우리의 혼인 동맹을 거부하지는 못할 것이오."

"하, 하지만……."

"어디 한번 도박을 해봅시다. 우리 해란이 내 대에서 끝이 날지, 아니면 구차한 명맥을 몇십 년은 더 이어가게 될지……. 나만 바라보는 뭇 백성들을 위하여 할 수 있는 데까지는 해야지요."

그 다음날, 재상 카낙은 마루한의 명을 받아 우시나벌로 떠났다. 정중하게 혼인 동맹을 청하였다.

마고국의 천두금 입장에서야 그닥 나쁜 제의는 아니었다. 패전을 거듭하고, 수도까지 천도하였으며 그 국경선이 반 이상 줄었다 하나, 아직은 큰 나라이다. 그런 나라의 마루한이 그들의 연주 한 명을 청한다. 마린은 아직 잉태하지 않았고, 실절하여 쫓겨난다 하는 소문이 자자하다. 비록 버금 마린으로 혼인하나, 그들의 연주가 마립간*을 낳으면 으뜸 마린이 될 가능성은 얼마든지 있는 것이다. 그리고 그 아들이 자라 마루한이 된다면, 손 하나 대지 않고 마고는 해란의 영역을 삼킬 수 있는 것이 아닌가.

---

*마립간:해란국에서 왕자를 일컫는 말

또한 마루한이 죽기 전이라 해도 얼마든지, 연주와 그 소생 마립간을 보호한다는 명목 하에 해란에 군사를 보내고 국정을 농단할 수 있게 될 것이다. 후대의 마루한은 결코 제 모후의 나라를 무시하지는 못할 것이다.

"원래부터 해란과 우리 마고는 우의 깊은 형제지국(兄弟之國)으로서 좋은 일과 나쁜 일을 함께하였소이다. 이제 혼인의 연으로까지 맺어지니, 그 아니 기쁘랴? 즐겁게 승낙하며 우리의 아름다운 연주를 늠름하신 마루한의 짝으로 보내 드리리다."

그렇게 하여 해란국의 마루한 가람휘와 마고국의 세 번째 연주 서융의 정략적인 혼인이 결정되었다.

마린의 유모이자 지향전의 으뜸 감고이며, 모든 검고 궂은일의 시작이자 끝을 쥐고 있던 가시솔이 처형당한 후, 정곡의 침전에 홀로 누운 마린 아련나만 홀로 울어주던 밤이었다. 함께 악을 저지른 자도 동료라 할 것이면 그마저 사라진 후, 이제 그녀는 철저하게 혼자가 되었다. 누구보다도 외로워졌다.

"마린님! 정신 차리세요!"

시녀들이 놀란 얼굴로 그녀를 바라보며 무어라 고함치고 있었다. 아련나는 멍한 시선을 들어 그들을 바라보았다. 침의 차림에 맨발, 그녀는 동도 트지 않은 이 새벽에 홀로 깎아지른 듯한 성벽 위에 앉아 있었다. 바다에서 날아오는 바람이 그녀의 얇은 옷자락을 흔들었다. 가득 날렸다. 그 옷자락 아래 아랫배는 봉긋하니 부풀어가는 중이었다. 그녀는 슬프게도 회임 중이었다. 아무도 반기지 않고 축복하지 않는 잉태였다. 핏기 하나 없는 얼굴을 들었다.

'가시솔, 어디 있어?'

분명히 그녀가 불렀다. '이리로' 하며 그녀를 잡아끌었다. 이곳에 마루한이 기다린다 하였어. 웃으며 기쁘게 달려나왔는데…… 아무도 없다. 가시솔도 없다. 마루한도 아니 계셔. 대체 다들 어디로 간 것이지? 왜 나만 홀로 여기 있지?

"마린! 제발 내려오시어요!"

"떨어지면 크게 다치시옵니다!"

"마린! 제발 정신 차리셔요!"

아래에서 사람들이 아우성을 치고 있는데, 그녀 귀에는 하나도 들리지 않았다.

'나는 버림받은 거야. 가시솔, 대답해 봐. 나 혼자 두고 가지 않는다 하였잖아. 어디든지 날 따라와서 보살펴 주고 힘이 되어준다 하였잖아.'

불러도 대답이 없다. 차디찬 눈물이 하얀 볼을 타고 흘렀다. 망치로 머리를 때리듯이 날마다 되풀이되며 그녀를 괴롭히는 꿈이 오늘도 그녀를 벌떡 일어나게 만들었다. 정신을 차려보니 이렇듯이 바람 부는 성벽에 홀로 앉아 있다. 무의식 속에서 한 점 꽃잎처럼 그녀도 가시솔과 더불어 스러지고 싶다는 염원이 아니었을까?

'마루한.'

눈물이 다시 흘러내렸다.

'나만을 사랑하시잖아요? 그 계집이 아니시잖아요? 그렇지요? 제발 대답해 주시어요. 마루한!'

눈만 감으면 떠오르고 떠올라 그녀의 피를 말리고, 살을 내리게 하는 기억이 있었다. 그녀가 지은 가증스런 죄가 알게 모르게 드러난 후이다. 모든 죄를 가시슬이 뒤집어쓰고 처형당한 후이나, 그녀 또한 사람들로부터 경원당하고 눈빛으로 다가오는 경멸과 모욕을 감내하고 있었다. 이제 어떻게 살까 하는 죄책감과 불안함보다 더 큰 상심과 상처가 있었다.

그녀의 마루한이, 남편 가람휘가 그녀를 버렸다. 그녀를 더 이상 사랑하지 않는다. 그날, 벼리의 무죄를 믿는다 하며 남편의 이름으로 그가 나섰을 때, 머리 위로 햇살 가득 비추이던 그들을 똑똑히 보았다.

'일심동체였다. 내가 아니라 그녀와 일심동체였다.'

똑같이 입술에 새겨지던 어질고 곧은 미소를 보았다. 말하지 않아도 뜻이 통하는 사이. 말 그대로 그들은 일심동체인 부부였으며 동시에 유일한 지기지우(知己之友)였다.

접하지 않아도 하나였고, 닿지 않아도 한 몸으로 얽혀 있었다. 그때 남편 가람휘가 벼리 그녀를 온전히, 진심으로, 전부로 사모한다 선언한 것을 보았다. 골목길에 선 아련나 자신은 완전하게 버려졌다. 마루한을 배신한 그녀에게 내리는 가혹한 처벌이었다.

'그가 날 사랑하지 않아. 그가 날 버렸어. 그는 이제 날 사랑하지 않아.'

아슬아슬한 줄타기처럼 위태로운 생각은 언제나 거기서 끊어졌다. 줄에서 떨어진 광대처럼 아련나는 벌떡 일어나 소리쳤다. 비명 질렀다. 가람휘가 벼리의 손에 묶인 줄을 자르고 곁에 섰을 때, 사랑받던 아련나 그녀가 처형당했다. 영원히 암흑의 지옥으로 떨어져 갔다.

궁녀들이 꺄악, 소리 질렀다. 한 발만 잘못 디뎌도, 마린의 가냘픈 몸은 그대로 저 시커먼 바닷속으로 떨어지고 말 것이다.

"마린님! 제발 진정하세요! 마린님!"

아무리 시녀들이 만류하고 애원해도, 광인(狂人)처럼 비명 지르고 비통하게 흐느끼는 울음소리는 그칠 줄 몰랐다.

"무슨 일이냐?"

"대 마린!"

이러한 소란이 사람들에게 감추어질 리가 만무하다. 군막에 나가 있는 마루한이야 못 본다지만, 성안에 있는 사람들은 다 알게 되었다. 마린의 실성기 서린 파행(跛行)을 듣잡고는 깜짝 놀랐다. 대 마린께서 허겁지겁 달려나오신 것이다.

"이게 대체 무슨 일이더냐? 정신 차리지 못할까? 마린! 체통을 지켜라."

그러나 그 영혼이 암흑을 헤매고 있는데 아련나의 귀에 무엇이 들어올까? 텅 빈 눈을 하고 바람 부는 대로 떨고만 있다. 그럼에도 아래에 선 대 마린은 아련나를 부르고 또 불렀다. 지은 죄야 괘씸하다지만, 저리 넋 놓고 공허한 무(無)의 천공을 헤매는 사람이 가엾지 않은 것은 아니었다.

"마린! 어서 이리 내려오너라. 제발 자기를 아끼거라."

누가 날 부르지? 누가 날 부르는 걸까?

대 마린의 엄한 목소리에 비로소 아련나의 텅 빈 눈동자에 천천히 빛이 돌아오기 시작했다. 대 마린과 시선이 부딪쳤다. 엄하시나 분명 근심하여 주시는 따뜻한 빛이 그 눈동자에 어려 있었다. 차디찬 아련나의 얼음을 녹였다. 이 근래 그 누구도 그녀에게 이런 온기를 나누어주는 사람은 없었다. 그 누구도.

"어머님……."

"자중자애하라고 그렇게 일렀는데, 이게 무슨 흉한 꼴이냐? 하물며 잉태한 몸으로 이렇게 경솔한 일을 벌이다니. 정녕 네가 아기를 잉태한 어미 맞느냐?"

"아, 아기……."

"그래. 홀몸이 아니니, 매사 조심하라 그렇게 말하였는데. 마루한의 씨앗을 품은 터라, 어찌 네가 함부로 경망되이 행동하느냐?"

아련나가 본능적으로 두 손을 자신의 아랫배에 대었다. 대 마린은 나직하게 다독였다. 이런 마당에 미움은 또 무엇이며 원망은 또 무엇인가? 불쌍한 것. 한 치 어김없이 제가 저지른 죗값을 저리 받는구나.

"네가 잘못되면 그 아기마저 잃는 게야. 조심하여야지."

"네, 네, 어머님."

사무란을 떠난 후에 처음 들어보는 따뜻한 목소리였다. 아련나의 눈에 검은 눈물이 넘쳤다.

"하니 어서 내려오래두! 애들아, 마린의 손을 잡아주어라."

궁녀들이 서넛 다가가, 조심스레 아련나의 팔과 다리를 잡았다. 조심스레 그녀의 몸을 부축하여 안전한 성벽 아래로 끌어내렸다.

'너도 정말 불쌍한 사람이다. 원망하고 미워하기에는 네가 이제 너무 초라하구나, 아련나.'

어린 마린의 젖은 얼굴을 손으로 쓸어주며, 대 마린은 한숨을 삼켰다.

이렇듯이 하늘의 벌은 정확하시다. 심신이 불안한 사람에게 또다시 충격이려니. 대 마린은 어제 마루한이 마고국의 연주를 새 마린으로 맞이한다는 기별을 들었다. 터벅터벅 시녀들을 따라 유령처럼 걸어가는 아련나를 바라보았다. 저절로 혀를 쯧쯧 차게 되었다.

새벽에 그녀가 벌인 소동을 들었을 법한데, 그 밤 침전에 들어온 가람휘의 얼굴은 변함이 없었다. 늘 그렇듯이 다정하고 항시 온유하시다. 그럼에도 아련나는 그에게 쉬이 다가가지 못하였다. 그를 붙잡고 싶은 손이, 그럼에도 차마 다가가지 못하는 손이 소매 안에서 가늘게 떨렸다. 원망 반, 간절함 반. 그만 입술이 준비도 없이 그를 부르고 있었다.

"마, 마루한."

"왜요, 마린? 하실 말씀이 있으십니까?"

묻는 그 얼굴이 그저 맑다. 온화한 그 얼굴이 그럼에도 아련나는 지독히 무서웠다.

제게 추궁하고 싶으신 것이 많지 않습니까? 대 마린께서 저의 앙큼하고 발칙한 행적을 다 고자질하지 않았나요? 가시솔이 다 자백하였다 하였잖습니까? 저를 치죄하여 대 처분하시지 않으실 겁니까? 입속에서 뱅뱅 도는 물음들. 그러나 너무 두렵고 막막하여 차마 입 밖으로 내지 못하는 말들이, 그 두려움이, 결국 아련나의 아름다우나 초췌한 그 얼굴을 다시 구겨지게 만들었다. 그녀는 그만 또 울상이 되고 말았다.

그가 혀를 찼다. 늘 눈물 글썽이는 아내를 두고 안쓰럽다는 표정이었다.

"아무것도 감추지 않고 말 못할 것도 없던 우리 사이였는데, 이 근래 마린께서는 말 못할 것들이 많은지 자주 말을 흐리십니다그려."

아련나의 유약한 가슴이 발발 떨렸다. 다정한 남편의 그 말이 엄중한 추궁이거나 무서운 힐난보다 더 뼈아팠다. 가람휘가 창가의 탁자에 가 앉으며 혼잣말처럼 내뱉었다.

"마린은 해란의 큰어미이시니 함부로 눈물 따위를 보이지 말아야 하실 터인데, 그대는 만날 어린애라, 내가 근심입니다."

그가 빙그레 웃으며 손짓했다.

"아련나, 이리 가까이로."

주저주저하며 아련나는 남편에게 다가갔다. 언제나 먼저 천진난만하게 매달리면 그는 크게 웃으며 안아주었지. 그런 기억은 이미 까마득한 전설일 뿐.

다가온 아련나를 향해 그가 손을 뻗었다. 본능적으로 그녀는 흠칫했다. 그만 한 발 물러서고 말았다. 그러나 그는 다만 상냥한 표정으로 아련나의 아랫배를 한 손으로 내려 쓸었을 뿐이었다.

"태교가 중요하다고 하는데, 매사 마음을 편안하게 갖도록 하시오. 편안히 쉬시도록 하오."

"네, 네에."

다시 시선을 내려 탁자의 두루마리를 집는 가람휘의 등을 내려다보았다. 그만 아련나는 든든한 남편의 등을 필사적으로 끌어안고 말았다.

"마루한, 제발 이 밤에는 제 곁에 있어주시어요! 제 곁에만 있어주시어요, 네에?"

"어찌 이리 어리광이 많으실까요? 밤이나 나는 이내 또 대청에 나가 회의를 집전해야 하오. 마린의 포근한 품에서 나 또한 운우지정을 즐기고 싶으나 군주인 나는 할 일이 많소. 더불어 할 시각이 없구려."

부드럽고 다정했다. 하지만 너무나 명확하고 논리적이기에 섭섭하다 말도 할 수 없게 만드는 거절이었다. 지긋지긋 등을 안았던 아련나의 작은 손이 떨어졌다. 한 발 물러섰다. 너무나 무섭고 차갑게만 느껴지는 넓은 등. 돌아와 다시 알게 된 남편의 모습은, 그저 예전처럼 사랑하는 남자만은 아니었다. 그저 해란국의 마루한, 그 사람일 뿐이었다. 아련나는 멍하니 손을 늘어뜨린 채 버림받은 아이처럼 서 있기만 했다.

그가 고개를 들었다. 쓸쓸히 돌아서는 아련나를 바라보았다.

"아련나."

"네, 네에!"

예전과 다름없이 남편이 다정스레 이름을 불렀다. 삽시간에 아련나의 얼굴이 다림질을 한 듯 다시 곱게 피었다. 꽃술 같은 긴 속눈썹에 매달리려던 이슬방울이 멎었다.

"이리 와 앉아보시오. 할 말이 있어."

모처럼 부부지간 다정한 대화를 나누자 청하는데, 반가움에 앞서 불안함이 먼저였다. 가슴이 덜컥 떨어졌다. 조심스레 앞자리에 앉는 아련나를 바라보던 가람휘가 나직이 한숨을 쉬었다.

"이건 역시 내가 직접 말해야 할 것 같아서……."

"말씀하시어요."

"오늘, 재상을 비롯한 사절이 마고국에서 돌아왔소이다. 반가운 소식을 가져왔어요. 마고의 군사들이 우리와 더불어 무후에 대적하여 국경을 같이 지키기로 하였습니다."

"아아, 그렇습니까? 다행이어요."

"아무리 우리 군사가 용맹하다 해도 수적으로 열세가 아니오? 무후를 상대하기엔 역부족. 단뫼국에도 이내 동맹을 요청할 테지만 급선무는 국경을 맞댄 마고국과 힘을 합침이 우선이라. 패전만 거듭하고 대부분의 성을 다 잃어버린 우리가 마고국에 내줄 만한 것이 별로 없어요. 다시 한 번 그들에게 손을 내밀 명분이 없음이라. 하여, 나는 그들에게 나를 팔기로 하였소이다."

"네에? 그것이 무슨 말씀이신지……?"

아련나의 동공이 크게 뜨여졌다. 그녀의 머리가 그 말뜻을 이해하는 데에는 약간의 시간이 필요했다.

"힘없는 나라의 비애가 아니겠소? 하니, 그대도 나를 이해하여 주구려. 속 깊고 어진 그대야 물론 나의 뜻을 말하지 않아도 지지해줄 것이라고 생각하오만은."

"무, 무슨 말씀이온지? 어리석어 이 몸은 잘 알아듣지 못하겠습니다."

새파랗게 질려가는 아련나의 얼굴과는 달리 가람휘의 표정은 처음이나 지금이나 변함이 없었다.

"마고국에 혼인기에 있는 연주가 있음이라, 내가 그곳으로 혼인 동맹을 요청하였소이다."

"혼인 동맹이라…… 고요?"

"그들이 무엇을 믿고 우리의 국경을 지켜주고 식량 원조를 해주겠소? 그들도 얻는 바가 있어야지."

별일 아니라는 듯 가람휘가 냉정하게 말을 이었다.

"하여 나는 그들의 뜻대로 마고국의 연주를 버금 마린으로 맞아들이기로 하였소. 하니, 그대는 으뜸 마린답게 그 사람이 오시면 잘 대해주시기를 바라오. 꽃풀놀이 달(4월)이 지나면 이내 내가 우시나벌로 가 그분을 정곡으로 모시고 올 것이오."

"마, 마루한, 제가 제대로 들은 것입니까? 마루한께서, 저의 단 한 분 지아비께서…… 나만을 사랑한다 맹세하신 그분이…… 지금 나 아닌 다른 여인과 혼인한다 하심입니까? 새 여인을 맞이하니, 저더러 다정하게 대해달라 요청하심이십니까? 이럴 수는 없어요, 마루한! 저에게 또다시 이런 시련을 주실 수는 없사옵니다! 제발, 마루한……."

"진정하시오, 아련나."

더없이 차가운 목소리였다. 아련나의 입술이 얼음처럼 굳어져 버렸다. 감정 하나 느껴지지 않는 지아비의 음성에 소름이 끼쳤다. 멍하니 그를 바라보았다. 그럼에도 가람휘의 얼굴에는 다정한 미소가 어려 있었다. 그것이 더 무서웠다.

"이번 혼인은 오로지 정략적인 동맹의 이유요. 우린 이제 무후만큼 힘이 없어. 힘센 상대를 감당하려면 다른 곳에서 힘을 빌려와야 해. 어찌할 수 없소. 이건 마루한인 내 의무요."

피할 수 없고 피하지 않을 것이라 한다. 정 따위는 이제 아무것도 아니라 한다. 네 가슴 찢어도 나는 내 나라와 백성을 위하여 그런 일을 하리라 한다. 아련나의 아름다운 얼굴에 핏기가 싹 가셨다. 차마 믿을 수 없어 다시 재우쳐 물었다.

"정녕, 정녕…… 저를 버리실 참이셔요? 이젠 저를 버리실 참이셔요?"

"누가 버린다 하였소? 그대의 자리는 굳건하오. 하니, 해란의 으뜸 마린으로서 체통을 지켜주시오. 아련나, 버금 마린이 오시면 잘 화합하여 내전을 편안하게 만들어주시구려. 나는 오직 그대만을 믿소."

더 이상은 말도 붙일 수 없게 칼날같이 잘라 버린다. 서러운 눈물이 뚝뚝 흘러도 훔쳐 주지 않는다. '그대만을 믿는다'는 말은 더 이상 그대를 믿지 않는다는 말과 같다. 날 배신하고 믿음을 버린 자여, 내 그대를 처절하게 징치(懲治)하리라. 마루한의 냉엄한 표정이 그리 말하는 듯싶었다. 더 이상은 어찌할 수가 없다. 아련나는 눈물을 삼키며 뒤돌아섰다. 비틀비틀 문을 향해 걸어가기 시작했다.

다 내 잘못이야 하면서도 서러웠다. 아팠다. 눈물이 났다.

남의 상처는 상처가 아니다. 오직 자신이 받은 상처만이 아플 뿐이다. 세상 사람들 대부분이 다 그렇다. 자신의 손과 입이 저지른 죄악은, 그로 인해 벌어진 타인의 상처는 아무것도 생각나지 않는다. 아주 편리하게도, 남의 눈길과 입술에서 받은 상처만을 아파한다. 치명적이라 생각한다. 추하다 경멸했던 일이었는데, 지금 아련나가 그러고 있었다. 처절하게 아파하고 서러워하고 있었다.

각양각색의 사람들 사연은 아랑곳없이 세월은 무심히 흐른다.

마고국 연주인 서융이 버금 마린으로 정곡성에 입성한 지도 어언 여섯 달째. 해누리 동제 달(10월)이 되었다.

어느덧 그녀의 배는 보름달처럼 부풀어 있었다. 만삭이었다. 그러나 그와 반대로 말만 으뜸 마린이지 아련나의 처지는 더 슬프게 잦아들고 있었다. 점점 더 작고 초라하게 변해가고 있었다.

말만 버금 마린이되, 마루한의 총애가 눈에 보일 정도로 서융에게 쏠린 후라, 성안의 사람들 또한 자연히 그녀 곁으로 몰려들 수밖에 없었다. 비록 대 마린께서 감싸주신다 하나, 아련나에게는 위로가 되지 않았다.

밤마다 홀로된 침상에서 쓸쓸히 울었다. 그러나 마루한은 와주지 않았다. 잠시 잠깐 스쳐 지나갈 때면 미소를 지어주나, 그것은 감정이 없는 무채색의 미소였다. 그럼에도 그것만으로도 행복하여 하루 종일 맴돌이. 행여 밤에 오실까 싶어 거울 앞에 앉아 내내 분단장하였지만, 어느덧 정신을 차려보면 닭이 울고 있었다. 님 오시지 않는 침방의 촛불만 쓸쓸히 잦아들고 있었다.

마음의 병과 슬픔으로 아련나는 갈수록 야위어갔다. 초췌해지고 허약해졌다. 살점 쏙 내려 투명하게 뼛골만 남은 몸에 무거운 아기를 담고 있으니 누가 보아도 가슴 아픈 광경이었다. 하지만 그 마린을 동정하는 자, 거의 없었다. 마린 아련나의 실절은 쉬쉬하였지만 어느새 정곡성 전역으로 소문이 퍼져 있었던 것이다.

그런 날 하루, 밤 깊어 가람휘가 아련나를 찾았다.

필시 눈물 흘리다 잠이 드신 게지. 여린 몸이 더 자그마해져 있었다. 부푼 배 때문에 바로 눕지도 못하고 모로 누워 불편한 쪽잠에 빠져 있었다. 어미의 가슴앓이란 모르는 게지. 배 안의 아기가 울룩불룩 움직이고 있었다.

그러한 모습을 바라보고 있자니, 깊은 연민이 그를 물결처럼 적셨다. 사랑한 그 마음이 참이라면 그림자라도 남아 있음이니. 저절로 남자의 손이 그 배 쪽으로 다가갔다. 그러나 그 뿐, 끝내 닿지는 않았다.

아직도 시퍼런 죽창(竹槍)처럼 꽂혀 그를 갉아먹는 벌레가 있다. 원망. 더 깊은 곳에서 소용돌이 치고 있는 분노, 배신감. 이렇게 사랑하였는데, 그리도 소중히 아꼈는데, 나라마저 위태롭게 하며 내 그대를 구명하고자 최선을 다했건만, 그 사랑받은 이 여자는 그의 사랑을 더럽혔다. 마루한의 위엄을 망치고 이 나라의 앞날을 막아버렸다.

'아련나, 왜 그랬소? 그대와 나 오롯한 참됨을, 진정(眞情)을 나누

었다고 믿었는데.'

사내는 한 손을 들어 축축해지는 눈을 가렸다. 홀로 비통하게 뇌까렸다.

대체 우리가 나눈 것은 무엇이었던가? 그가 죽었다 하면, 먼저 따라 꽃처럼 웃으며 같이 죽어줄 것이라 한 번도 믿어 의심치 않았다.

어리석은, 어리석은 사내야. 대체 너는 그리도 약한 사람의 마음이란 것을 어찌 그다지도 강하다 믿었더냐? 눈에서 멀어지면 마음에도 멀어짐을 왜 몰랐더냐? 금석 같은 마음도 있거니와, 깃털 같은 마음도 있는 법이거늘. 내 마음 변하듯이 저 마음도 변하는 것은 당연한 것인데.

그는 손을 내렸다. 강하게 고개를 저었다. 손을 들어 미끄러진 이불을 가냘픈 어깨 위로 끌어올려 주었다. 다독였다. 가슴에 못으로 박혀 있는 벼리의 말을 다시 한 번 되새겼다.

'누구를 원망할까? 약한 내가 잘못이었다. 이 사람은 다만, 약해서, 너무 약해서 그래서 악해진 사람일 뿐인데······.'

진실을 말하고 모든 것을 바로잡기에는 너무 늦어버린 것이다. 필사적으로 자신의 거짓을 지키려, 더 큰 거짓말을 만들어내고 자신과 다른 사람을 기만하고 더 숨어버렸다. 약해서, 그것이 설사 죄 없는 사람을 곤경에 빠트리는 짓이었어도, 자기 생각밖에 하지 못한 소견 좁은 일이라, 그것을 어찌 풀어야 할지 몰라 때를 놓쳐 버린 것이다.

잘못을 바로잡을 기회는 여러 번 있었는데, 비겁하고 두려움에 젖은 여자는 그 일을 하지 못했다. 할 수가 없었다. 진실은 때로 아주 큰 용기를 필요로 하는 법이니까. 그가 사랑한 여자는 그 정도로 강하고 긍지 높은 존재가 아니었다. 그냥 고운 꽃. 죽어도 마루한의 위엄있는 마린은 될 수 없는 그냥 어여쁜 꽃, 그뿐. 그런 이를 마린으로 모셔 가혹한 의무를 강요한 이도 결국 그 자신이 아닌가?

'아련나, 대체 그대를 어찌하면 좋을까?'

아아, 더러운, 이 더러운 정이여.

아직도 남은 정의 찌꺼기와 새로이 돋은 증오가 그를 찢었다.

가람휘는 두 손으로 가만히 아련나의 볼을 감싸 안았다. 무심한 그조차 금세 느낄 정도로 통통하던 볼이 홀쭉해져 있었다. 연민으로 챙겨주되, 더 이상은 사랑하지 못해. 죽여 버리고 싶어. 너만 없었다면…… 네가 적의 손에 넘어갔을 때 차라리 자진이라도 해버렸다면.

비겁하고 이기적인 스스로에게 가람휘는 소름이 끼쳤다.

아련나를 통해 그는 자신의 업보를, 죄를, 이기적인 비겁함을 보았기에. 자신의 죄를 남에게 던져 버리는 똑같은 죄악을 느꼈기에.

어디선가 냉기가 흘러들어 와 그녀의 잠을 깨웠다. 아련나는 살짝 돌아누우며 실눈을 떴다. 숨을 멈추고 말았다.

기별 없이 반가운 님이 찾아오셨다. 하나, 그분의 얼굴은 이미 낯선 타인. 푸른 달빛을 받은 마루한의 옆얼굴은 더없이 무서웠다. 살기에 가득 찬 눈빛이었다. 당장에라도 그녀를 잡아먹을 듯 분노와 증오로 가득 차 마치 악귀처럼 변해 버린 얼굴로 그녀를 내려다보고 있었다.

"마, 마루한!"

"그대를 보고 있으려니, 어쩐지 자꾸 눈물이 나오."

알아듣지도 못할 만큼 낮은 목소리였다. 볼에 닿은 손길이 몹시도 찼다. 그 냉기가 마루한의 모든 마음을 드러내고 있었다. 아련나는 얼음인형이 된 채 숨도 채 쉬지 못하고 그대로 누워 있기만 했다. 가람휘가 탄식하였다.

"약해서 사랑스럽던 그대가…… 약해서 악해졌구려. 하여 약해서 미운 사람이오."

그녀가 무엇을 어찌 대답할 수 있으랴?

홀로 설 수 없는 여린 여자이다. 오직 누군가에게 기대야만 빛이 나고 존재 가치가 있는 그녀로서는 오직 살고자 한 이유밖엔 없었다. 그 죄밖엔 지은 것이 없었다. 하지만 이제야 똑똑히 깨닫는다. 죽더라도 지켜야 할 것이 있었다. 그것을 잃으면 살아도 산 것이 아닌 그런 것이 있었다. 아련나는 격하게 울음을 터뜨렸다. 필사적으로 가람휘의 팔을 부여잡았다.

"제발 용서해 주세요, 마루한."

닫힌 마음의 문을 두드리듯, 무릎 꿇고 엎드려 사죄하듯, 그녀는 흐느끼며 중얼거렸다.

"잘못을 할 수 있지 않아요? 나도 약한 사람이라, 잘못할 수도 있잖아요. 그렇지요? 저도 편안치 않았어요. 마루한께서 전사하였다는 소식 들었을 때, 저도 따라 죽으려 하였어요. 진정 소녀의 첫정이자 마지막 정이란 것, 그는 믿으시지요. 네, 네?"

"……그렇고말고. 진정하고 푹 자도록 하오."

"죄송해요, 죄송해요. 당신을 너무 사랑해서, 도저히 다른 여자와 나눈다는 생각을 할 수가 없었어요. 견딜 수가 없었어요. 미워했어요. 미워서…… 당신이 그 여자를 바라보는 눈길이 부러워서…… 제가 가지지 못한 것 다 가진 그 여자가 너무 부러워서…… 미워하였어요. 마루한의 정을 다 빼앗아갈까 봐 무서웠어요, 마루한."

가람휘는 아련나의 그 말이 버금 마린 서융에 대한 이야기가 아니라는 것을 본능적으로 감지했다. 모든 친절과 배려를 주었으나 그녀가 배신한 벼리에 대한 이야기를 하고 있는 것이었다. 그의 사랑을 믿었다면, 더 큰 사랑을 가졌다면 저지르지 않을 일들을 그래서 저질렀다는 변명이었다.

"용서해 주세요, 마루한. 제발 용서해 주세요. 으흐흐흑."

서늘한 손이 다가와 초췌한 볼에 흐르는 눈물을 훔쳐 주었다. 나지막이 속삭였다.

"용서하고 말고가 어디 있을까? 아무 생각도 말고 마음 편히 몸조리하시오."

후회는 아무리 빨라도 늦은 것. 이날 이런 눈물을 흘릴 줄 알았다면 한 번만 더 뒤돌아보지 그랬소? 무고한 사람 죽음으로 내모는 일, 하지 말지 그랬소? 깊이 사랑한 사내의 마음, 짓이기는 짓일랑은 하지 말지 그랬소.

"마린, 방 안에만 있지 말고 잠시 산보라도 하시어요. 만삭이라,

너무 누워만 계시면 출산할 적에 힘들다 하옵니다. 의원이 그리 말하지 않아요?"

시중들던 궁녀가 안타까워 창의 휘장을 걷으며 아련나에게 권유하였다. 간신히 몸을 일으키는 마린을 부축하였다.

"내일 모레가 동제 날이라 달맞이 구경이 장하답니다. 날이 서늘하고 상쾌하옵니다. 잠시 후원이라도 나가셔요. 자꾸 걸으시고 하여야 아기 낳으실 적에 편안하시답니다."

재촉하는 궁녀의 말에 따라 아련나는 마지못해 천천히 후원으로 나갔다.

어젯밤 마루한이 찾아왔다. 용서해 달라 흐느끼는 그녀의 머리타래를 내내 쓰다듬어 주었다. 말은 아니 하였으나, 얼어붙은 마음 반은 녹아졌을까? 내 지은 죄 너무 커, 님의 맑은 눈 마주 바라보지도 못하니.

빨갛게 익은 능금을 까마귀 한 마리가 콕콕 쪼고 있었다. 많이도 섬약해진 몸이라, 그 잠시의 산보도 힘들었다. 눈앞이 어지러웠다. 아련나는 몸을 일으켰다.

"방으로 들어가시렵니까?"

"그러자꾸나. 모처럼 나온 길이라 어지럽구나."

다시 방으로 돌아가기 위해 막 회랑을 돌아나가려던 참이었다. 그냥 방에 있을걸. 내원에서 걸어나오던 버금 마린 서융과 딱 마주치고 말았다. 그녀도 회임하였다 한다. 아직은 표시 나지 않는 납작한 배를 내밀며 거만하게 걸어온다. 아련나 따위는 전혀 안중에 없다는 듯 당당한 표정이었다.

사람들의 시선이 있으니 고개만 까딱할 뿐이었다. 멍한 시선으로 아련나는 그녀를 바라보았다. 미움도 분노도 메마른 마음. 까칠한 시선 안에서 서율의 입술이 힐쭉 한쪽으로 말려 올라갔다.

"만삭이시라, 몸조심하셔야지요, 마린. 함부로 나다니시다가 낙상이라도 하시면 어쩌려구요?"

대꾸할 기운도 없다. 그럼에도 가르침받은 예절대로 입술이 제멋대로 움직이고 있었다.

"걱정해 주셔서 감사하구려. 그대도 회임하신 몸이라 하니 각별히 몸조심하시오. 그럼."

돌아섰다. 몇 걸음 옮기던 아련나는 그만 바늘처럼 찔러오는 서율의 말 한마디에 휘청하고 말았다. 분명 그녀더러 들어라 하는 뜻이 분명하였다.

"그 몸하고 망신스럽지도 않은가? 죽은 듯 엎드려 살지, 무엇 자랑스럽다고 나돌아 다닌대? 홍, 뻔뻔하기도 하지. 잘난 척 배를 내밀고 다니지만 그 아이, 정작 마루한의 아기임을 누가 안담?"

매몰찬 혼잣말, 비수를 박고는 아무렇지도 않게 유유히 걸어가 버린다. 그 자리에 못 박힌 듯 서서 아련나는 부들부들 떨었다. 두 팔이 부푼 배에 꼭 닿았다. 배 속의 이 아기마저 의심받고 있었다니, 마루한의 후사가 아니라 의심받고 있었다니……. 단 한 번도 생각해 보지 않았던 공포가 그녀를 후려갈겼다.

'아니야!'

백지장처럼 하얗게 변한 입술이 신음을 뱉어냈다. 도리질 쳤다.

어디서 그런 기운이 났을까? 아련나는 만류하는 시녀들의 팔을 뿌리치고 반 실성한 양 달렸다. 뒤뚱뒤뚱하면서 미친 사람처럼 달렸다. 가람휘가 있는 대 장방으로 달려갔다. 그에게 호소할 작정이었다. 엎드려 기어서라도 아기만은 지켜달라고, 이 아기의 청명만은 믿어달라고 애원할 작정이었다. 그러나 대 장방의 문을 열던 순간, 들려오는 목소리에 아련나의 발길은 우뚝 멈추어지고 말았다.

"불경한 소문이 그러하옵니다. 마린의 태중에 있는 아기가 마루한의 후사가 아니라는 구설이 자꾸만 번지고 있나이다."

"웃기는 소리!"

"하나, 백성들 입소문이 그러한지라…… 참으로 난처하옵니다. 억지로 막을 수도 없고."

"헛소문이오. 아련나가 잉태한 것은 정곡으로 돌아온 이후, 날수를 헤아려도 그는 터무니없는 구설이오. 하지만 내가 걱정하는 것은……"

강하던 가람휘의 목소리가 잦아들었다. 듣고 있는 아련나의 간도 졸아붙었다.

"민심은 천심이라 하였소이다. 마린이 무후에 억류되었던 것은 사실이고, 내 그녀의 청명을 믿소만은, 전쟁에 억류된 여인들이 왕왕 겪는 그 일이 마린에게 일어나지 말란 법이 없고 보면, 까마귀 날자 배 떨어짐이라. 우연이지만 괴롭구려."

"허, 허면……"

"비록 첫아들이고 후대의 마루한이 될 자격이 있다 하나, 백성들이 저리 믿지 못하고 불신하여 의심의 눈초리를 보내는데, 과연 그 아이가 후대의 마루한이 되어 해란국의 우두머리가 될 자격이 있을까? 마립간이 태어난다 할지면 기뻐할 일이나 훗날 큰일이 날 것 같소. 어찌하면 좋을까?"

아련나는 부들부들 떨었다. 정신없이 방으로 돌아와 문을 잠갔다. 이불을 뒤집어쓰고 숨었다. 바들바들 떨었다. 아비마저 바라지 않는 아기이다. 어미를 미워하듯이 원치 않는 아기이다. 당장에라도 누군가 들어와 아기를 빼앗아갈 거란 망상에 젖어 격하게 울음을 터뜨렸다. 누구도 그녀를 달랠 수 없었다.

"마린, 마루한께서 기별을 보내셨습니다."

사흘째, 만삭의 배를 안고서는 자신의 방에 꼼짝 않고 앉아 있기만 했다. 억지로 문을 열고 들어와 궁녀가 전갈을 하였다. 아련나가 고개를 흔들었다. 싫다는 뜻이었다.

"달맞이 날이니, 반드시 함께 자리하시자구요. 대 마린께서도 각별히 걱정하사 부디 나오십사 하였나이다."

어른들까지 나오시는 자리이니 반드시 참석하라는 엄명이었다. 싫다 해도 나갈 수밖에 없었다. 으뜸 마린이라 마루한과 나란히 앉았으되, 만삭의 몸으로 숨은 차서 힘겹고, 얼굴 가득 기미는 끼여 새카맣다. 초췌하고 야윈 형상이 누가 보아도, 넋만 남은 그림자 형국이라. 저 여인이 과연 천하제일미라 칭송받던 그 마린 아련나가 맞는지 사람들은 잠시 자신의 눈을 의심할 지경이었다.

모처럼 베풀어진 연회였다. 음식과 술이 돌고 화기애애한 담소가 오갔다. 그러는 사이, 둥실둥실 대보름달이 떠올랐다. 맑고 깨끗한 달빛이 바다에 어려 눈부신 기둥을 이루었다.

"저 달을 보니 갑자기 옛이야기가 떠오르는군."

내내 거의 말이 없던 가람휘가 문득 입을 열었다. 희미한 미소를 지으며 술잔을 들어 자작자음하였다.

"듣고 싶사옵니다. 말씀하여 주시어요."

버금 마린인 서용이 애교있게 말을 받았다. 여위고 만삭인 아련나와는 달리 그녀의 얼굴은 고운 분단장뿐 아니라 총애받는 자의 기쁨까지 더해져 윤기 가득하였다. 어여쁘고 복스럽게만 보였다.

"저 달을 가만히 바라보면 말이야, 그림자가 있어. 무엇처럼 보이오?"

사람들의 고개가 동시에 치켜 올라갔다. 다들 둥근 달을 바라보았다.

"우리나라에서는 큰 두꺼비가 들어 있다고 믿사옵니다. 혹자(或者)는 오공이라는 사내가 계수나무를 날마다 도끼질하는 모습이라고도 하고요."

"토끼가 떡을 찧는 모습이라고도 하지요."

"달 속 그림자는 같으나 나라마다 제각기 보는 것은 다 다르구면. 허허허."

"마루한, 해란에서는 저 그림자를 무어라 합니까?"

서용이 다정하게 다가앉았다. 이야기해 달라 졸랐다.

"우리나라에서는 예의 아내 항아의 모습이라고 하오."
"항아? 선녀를 말하옵니까?"
"그렇소. 지아비인 예가 불사약을 구해왔는데 저만 살겠다고, 항아 저 혼자 홀라당 마셔 버렸다지?"
"저런!"
서융이 혀를 차는 소리를 냈다. 가람휘는 덤덤하게 말을 이었다. 바로 옆에 앉은 아련나의 얼굴이 한층 더 해쓱해졌다.
"지아비 예의 노염이 두려워 항아는 저 달 속으로 도망을 갔다지요? 영원히 저리 갇혀 살게 되었다 합니다."
"부부지간 일심동체. 저만 살겠다고 그리하다니, 고약한 여인이 올시다."
"천녀(天女)인 항아도 영원히 산다는 욕심 앞에서는 지아비를 배신할 수밖에 없었던 것이니 뭐, 허약한 인간이야 오죽할까? 문득 그런 생각이 드오."
아련나의 고개가 뚝 떨어졌다. 눈에 문득 눈물이 넘쳤다. 감추지 못한 눈물이 볼을 적셨다. 비단치마 자락을 까맣게 적셨다.
'이것이 그대의 뜻인가요? 말 안 하신 속내를 드러내신 것이지요, 마루한?'
그들이 부부지연 맺어 함께한 첫 보름날, 똑같은 이야기를 들었었다. 그날도 그녀는 울었었다. 항아의 배신을 미워하여, 왜 지아비를 배신하였느냐고 원망하며 울었었다. 항구여일, 일편단심. 그에게 먼저 맹세한 것도 그녀였다. 하지만 그것을 배신한 자도 그녀였다.

용서받지 못하였어. 그는 나를 용서하지 않아. 내가 죽는다 해도 그는 절대로 나를 용서하지 않아. 나는 평생 저 달에 갇힌 항아처럼 세세연년 이 세상이 끝날 때까지 미움의 수인(囚人)으로 살아야 하는 것이야. 이것이 그대의 사랑을 배신한 내가 받는 죄. 스르르 아련나의 몸이 바닥으로 무너졌다.

"마린!"

뒤에 서 있던 궁녀가 대경실색하여 부르짖었다. 쓰러진 아련나의 아래, 비단치마 자락이 흠뻑 젖어 들고 있었다. 이슬이었다. 아련나의 진통이 갑자기 시작되었다는 뜻이기도 했다.

대경실색하여 마루한이 안아 들고 회랑을 달렸다. 그러나 축 늘어진 그녀의 눈은 결코 뜨이지 않았다.

지독한 난산이었다. 어미가 힘을 쓰지 못하니 아기가 나오지 못하였다. 깜빡깜빡 정신을 잃다 차리다, 사흘 밤낮을 그리 앓던 중, 깊은 밤 마침내 피 묻은 아기의 머리가 아래로 내려왔다. 하나 어미 아련나의 쇠약한 육신과 넋은 이미 잦아들고 있었다. 야위어 떨리는 손을 아련나가 내밀었다. 한 팔로는 눈도 뜨지 못한 갓난아기를 꼭 안고 남은 손을 내밀었다. 한때 깊이 사랑하고 사랑받았던 남자를 바라보며 슬프게 웃었다.

아시지요?

그 눈이 말하고 있었다.

저를 용서하세요, 마루한.

처음 만난 소녀 아련나. 가람휘 그가 깊이 사랑하였던 순한 그 빛이 눈물 따라 흘러내리고 있었다.
 누가 뭐래도 우리의 아들인 것은 아시지요?
 말하지 못하는 애원이 차츰차츰 빛이 꺼져 가는 아련나의 눈에 가득 넘쳤다. 누가 뭐래도 이 아이를 사랑해 주실 거지요? 믿어도 되는 것이지요?
 닿을락 말락, 한동안 망설이던 가람휘의 손이 그녀의 여윈 손 곁으로 다가갔다. 살며시 잡아 꼭 감쌌다.
 창백하고 하얀 입술에 순수한 미소가 어렸다. 첫사랑에 빠졌던 그날 그대로의 어여쁜 미소. 바로 그 순간, 아련나의 고개가 힘없이 툭 떨어졌다. 애련하여, 불쌍하여 차마 놓지 못하리라. 갓난 아들을 안았던 그 팔도 힘없이 아래로 미끄러졌다. 태어나자마자 어미 잃은 어린것이 발버둥 치며 우는 소리도 듣지 못하는 귀가 이내 파르라니 식어 내렸다.
 '마루한, 후생에는 제발 이 손을 놓지 마셔요.'
 그리 말하는 듯했다.
 연약한 내가 오직 살고자 하여, 그대 아닌 다른 사람 손을 잡는 실수는 다시 하지 않게, 꼭꼭 잡아주세요. 절대로 곁에서 떼놓지 마셔요. 마루한, 그대를 사모하는 이 마음. 모질게 버리지 못하도록 꼭 잡고 놓지 마셔요.
 마치 그 말을 하는 듯했다. 지아비 손에 맺힌 그녀의 작은 손은 오래도록 풀리지 않았다.

하늘의 뜻은 맑으시니
사람의 곧음을 만드시고,
땅의 뜻은 너르시니
사람의 넉넉함을 만드셨네.
사람이여, 땅의 아비여 기억하라.
이것이 바로
하늘아비와 땅의 자손이
만나는 길의 이름이려니.

結

"슬픈 일이야."

두루마리를 접으며 벼리가 간단하게 소감을 피력했다.

아니라 해도 제 태어난 곳의 사정을 듣고 싶은 것은 인지상정. 게다가 그곳이 편안치 못하다는 이야기를 듣는 것도 속 쓰릴 터였다. 우울한 표정이었다.

"그렇게 살아보려고, 호강하려고 그악스럽게 굴더니 결국은 아기를 낳다 죽다니, 허무하군."

"음."

해란에서 아우 솔담이 보내온 서신이었다. 노환 중인 아비 딜곡의 병이 차도가 있다는 이야기 끝에 마린 아련나가 아기를 낳다가 죽었다는 이야기도 양념으로 적혀 있었던 것이다.

"출산 전부터 심신이 어지러워 종종 헛것에 홀렸다고 하는구먼. 만삭의 몸을 하고 맨발로 성벽을 걷기도 하고 미친 듯이 날뛰기도 하여 다들 쉬쉬하였지만, 마린이 미쳤다는 소문이 자자하였대."

"그 여자가 헛것에 홀린 지는 아주 오래되었지."

침상에 누워 게으르게 뒹굴거리던 사곤의 목소리는 사뭇 냉소적이었다.

"헛된 탐욕, 자멸로 가는 허영심, 이기적인 자기애. 그런 것들에게 홀려 아니 할 일, 많이 하였지. 그를 일러 사필귀정(事必歸正)이라 하는 것이다."

"이미 고인이 된 사람이다. 굳이 나쁘게 이야기할 필요는 없잖아."

벼리가 이맛살을 찌푸렸다.

"아비 될 자가 그리 마음보가 고약해서 어디 쓰겠던? 태교라 하는데, 말조심 좀 하지?"

"저런, 내 실수하였다."

사곤이 금세 말을 바꾸었다. 그가 벼리의 아랫배를 흘깃 바라보았다. 대견한 빛이 그의 눈 속에 잠시 어렸다 사라졌다. 손을 내밀어 앉아 있는 아내의 아랫배를 살짝 어루만졌다.

벼리 또한 잉태한 몸이라, 이제 다섯 달로 접어들고 있었다. 그녀의 회임으로 인하여 사곤은 출산할 때까지 울타에 머무르겠다고 결정했다. 아기가 탄생하면 세 식구는 이제 먼 길 떠나 아사달로 갈 것이다. 그가 아비 따라 그러했듯이, 어린아이의 맑은 눈에 아름다운 신시를 보여줄 것이다. 다물의 거대한 웅지를 심어줄 것이다.

홀몸 아니니, 또한 그도 어미 될 자라 하니, 태어나자마자 어미 잃은 아이의 일이 어쩐지 내내 가시처럼 걸렸다. 벼리는 두루마리를 접으며 한숨을 쉬었다.

"가엾어라. 태어나자마자 어미를 잃은 터, 누가 그 아기에게 젖이나 제대로 먹여줄까?"

"마루한의 첫아들이다. 유모쯤 못 구할까?"

"하지만 어미젖만 하겠느냐?"

"하긴 그래."

사곤이 동의한다는 뜻으로 고개를 끄덕였다. 게다가…… 그는 혼자만 짐작한 것을 입안으로 삼켰다. 제 어미의 실절을 미워하고 그 얄팍한 간특함을 경멸하는 아비가 아닌가. 아들이라 하여도 사랑할 수 있을까? 죽은 제 어미 대신으로 더 크게 원망과 미움을 쏟지는 않을까?

"여하간 아기에게는 제 어미가 최고인데. 갓난아기 낳아두고 이내 눈감은 어미의 심정, 휴우……. 어련할까? 차마 눈도 감지 못하였을 것이야."

벼리가 다시 한숨을 쉬었다. 두 손으로 자신의 아랫배를 꼭 감쌌다. 그 안에 든 아기더러 걱정 말아라, 이 어미가 지켜줄게, 약조하는 듯한 동작이었다.

"설마 우리 아이를 걱정하는 거냐?"

"그럴 리 없잖아."

사곤이 너털웃음을 터뜨렸다. 벼리는 시선을 돌렸다. 비단휘장을 두른 창밖으로 붉은 노을이 지고 있었다.

"......쓸쓸해."

"어째서?"

"미우나 고우나 내 조국. 저물어가는 저 노을과도 같은 운명이라는 것이 슬프구나."

고독한 마루한 그는 어찌하든 자신의 등에 얹힌 짐을 지고 가고자 최선을 다할 것이다. 하나 인생이란 그렇듯이 나라의 운명도 그런 것이다. 흥할 날이 있듯 쇠락해지는 날도 있다. 번성하는 때가 있으면 패망하는 때도 있다. 그것이 천리(天理)라고 하는 것이다. 누구도 피할 수 없다.

"잊어버려. 우리 일이나 생각하자꾸나."

사곤이 엎드려 벼리의 무릎에 얼굴을 기댔다. 아랫배를 가만히 만졌다. 배 안에서 꿈틀대는 움직임에 경이로운 표정을 지었다.

"시간은 흐르고 오늘의 우리도 언젠가 시간 따라 스러진다. 그것이 순리이다. 내일은 이 아이의 시대가 될 것이다."

그가 속삭였다. 손을 뻗어 아내의 검은 머리카락을 손가락에 감았다.

이제 벼리의 머리카락은 아주 길어져, 해란의 혼인한 여인들이 그러하듯 위로 틀어 올려 옥비녀를 여럿 꽂고 있었다. 지금도 여전히 사곤은 아내의 머리를 빗어주고 땋아 올려주는 일을 아주 좋아하였다. 종종 머리에 꽃을 꽂아주기도 했다. 하여 벼리의 긴 머리타래는 늘 향기로웠다.

"이봐, 당신은 아주 강인한 딸을 낳아야 해."

"산군을 몇 마리나 때려잡는?"

벼리의 물음에 그가 씩 웃었다.

"잘 아는군. 그 애는 앞으로 이 대륙의 유일한 패자가 될 것이다."

"사곤!"

벼리가 경고했다. 그러나 그녀는 이 남자의 눈 속에 움직이고 있는 야망을 결코 깨트리지 못할 것임을 너무 잘 알고 있었다. 그녀가 사랑하는 남자의 눈과 가슴 안에 감추어진 것은 너무 크고 깊어 아직도 다 알 수가 없었다. 읽어도 읽어내도 끝이 없었다. 혼인하여 살을 맞대고 산 지도 벌써 몇 달이 지난 지금, 서서히 벼리는 자신의 옆에 누운 이 사내의 정체가 천하를 움직이는 흑군이란 자가 아닌지 의심하는 중이었다.

만약 사곤이 정말 그 '흑군'이라면, 그의 예의는 적어도 반려인 아사벼리의 손으로 그녀가 떠나온 고국을 멸망시키지 않는 정도랄까?

"당신이 해란국을 아끼는 마음을 알아. 가능한 한 친선하도록 하지."

"무슨 생각을 하는 거지?"

사곤이 벌떡 일어나 앉았다.

"이 아이가 태주라면 말이지…… 벼리, 해란국의 첫 마립간을 데릴사위로 맞이하는 것도 나쁘진 않을 거야."

"으흠?"

"냉철하게 생각해 봐. 누구라도 나서지 않으면 이제 태어난 그 사내아이는 아마 조만간 쥐도 새도 모르게 죽임을 당하게 될 것이다."

벼리는 반박하려다가 이내 입을 꼭 다물었다. 충분히 예상 가능한 수순이었다.

으뜸 마린인 어미는 죽었다. 아기는 홀로 남았다. 문제는 홀로 남은 그 아기의 근원과 신분이 불투명하다는 것. 잉태한 내내 마린은 적국 무후의 아칸의 씨앗을 가졌다는 구설수에서 결코 자유롭지 못했다. 아사벼리를 배신자로 본 것도 다 자신의 실절과 수치를 감추기 위해서라는 소문이 솔솔 돌면서 그녀는 누구에게도 동정을 받을 수 없는 고립무원의 상태가 되어 서서히 미쳐 갔을 것이다. 아마도 그리고 마루한은 그것을 철저하게 방기하였을 테고. 그것이 배신당한 사내가 배신한 여인에게 내린 가장 큰 벌이 아닐까?

벼리는 낮게 한숨을 쉬었다.

"당신은 모르겠지만, 난 알아. 마린은 마루한의 혈육을 품었어. 누구도 부인하지 못해. 진실이야."

"그 진실일랑 아무도 인정하지 않지. 이를테면 어미의 행실이 아들의 앞길을 가로막아 버린 것이라고나 할까?"

"씨도둑은 못한다는데, 아비가 보면 제 핏줄인 것을 알 터이고…… 마루한께서 품으실 것이야."

"아비인 마루한은 그러하나, 든든한 뒷결을 가진 버금 마린이 있지 않나? 그도 아기를 가졌다 한다. 그녀마저 아들을 낳는다면 문제가 심각하다."

"그렇겠지?"

"둘 다 마립간이되 마루한 자리는 하나다. 버금 마린은 절대로 제 아들을 위하여 그 자리를 포기하지 않을 것이다. 설사 마루한이 그 아이를 필사적으로 보호한다 해도, 글쎄…… 그 어린 녀석, 돌 되기도 죽는다는 데, 내 전 재산을 걸겠다."

"천벌받을 소리! 아, 가엾어라."

"그러니 그놈을 네 데릴사위로 삼아서 보호하란 말이다. 혼약하여 이곳으로 데려와도 좋고. 너라면 해란의 마루한도 충분히 인정하고 믿을 것이다. 그는 너를 믿고 뭐 꽤나 좋아하는 것 같으니까."

"하지만 갓난 아들을 이국으로 보내실까?"

"그가 아들을 살리고 싶다면 납득할 것이다. 눈앞의 가시거나 혹은 방해물이 사라져 주는 건 나쁘지 않지. 여하튼 지금 해란에서는 후계자 다툼이 생기는 것은 절대 피해야 할 일이니까 말이야. 여력 없는 나라에 전혀 도움이 되지 않거든. 일단 그 꼬맹이와 우리 딸을 혼약시킨 다음, 10년 후에 그 아이를 데려오겠다고 하든지. 그러면 적어도 그동안은 그 꼬마가 생명을 유지할 보루가 생기는 것이다."

"음, 그럴 수도 있겠네."

벼리는 고개를 끄덕였다. 마린, 그대가 내게 한 짓이 아무리 나쁘다 해도, 이미 그대는 저승의 사람. 이승의 묶인 애증은 끝난 것이지요. 그녀는 창밖을 내다보며 홀로 조용히 중얼거렸다.

'이제 그만 나는 그대를 용서하고, 다시 품고자 합니다. 홀로 남겨두고 가신 그 어린 아기…… 아무 죄도 없이 내쳐지고, 평생 외로운 눈물을 흘릴 그 아이를 내가 품는다면, 우리 맺힌 악연들, 조금은 풀릴 수 있을까요?'

사곤이 명쾌하게 정리했다.

"그 어린놈이 가엾다고 생각한다면, 그놈 생명을 구하고 싶다면, 그것이 유일한 방법이다."

"하지만 우리 아이가 아들이면 어쩌지?"

벼리는 너무나 확고하게 배 속의 아기가 딸이라고 단정한 채 발언하는 사곤에게 되물었다. 그깟 게 무슨 문제람? 그가 아주 대수롭지 않게 대답하였다.

"상관없어. 우리나라에서는 사내끼리도 혼인하니까. 남처(男妻)로 삼으라고 해."

"뭐, 뭐라고?"

"저런, 아직 몰랐다 말인가? 명색이 으뜸 태주이면서? 너 말이지, 우리 단뫼에 대해 더 많은 것을 알 필요가 있어. 대체 내가 처음에 너 아사벼리를 보고 반한 이유가 무어라고 생각하나?"

"설, 설마…… 너, 그때…… 나를 사내라 생각하고……?"

벼리의 얼굴이 슬슬 분노로 시뻘게지기 시작했다.

"당연하지. 너 정도의 사내라면 남첩 삼아 평생 끼고 살 만하다 내 생각했지. 그럭저럭 사내 녀석 안는 맛도 각별하거…… 으악!"
"이, 이! 죽어버려엇!"

겁도 없이 나불거리다가 마침내 제대로 날벼락을 맞았다. 그 순간, 사곤은 격노한 아내의 발길질에 채여 보기 좋게 침상에서 굴러 떨어졌다. 그 길로 서옥으로 쫓겨났다. 한동안 벼리 근처에 얼씬도 하지 못하게 되었다.

아사벼리 〈完〉

다시 시작하는 아사벼리의 이야기

    이지환이 만든 단군신화 '밝달나라 이야기'의 첫 번째 편 〈아사벼리〉가 5년 만에 새 옷을 입고 다시 세상에 나옵니다. 설레고 행복합니다.
    글을 쓰는 이로선 가장 기쁜 일이 다시 생겼네요. 자신이 만든 글의 생명이 끝나지 않고 계속해서 읽히는 일만큼 반가운 일이 어디 있을까요?
    밝달나라 이야기의 다음 편인 〈청미래〉도 조만간 제 손끝을 타고 세상에 내려오겠지요. 부디 그 이야기도 빨리 나와주기를 바랍니다.

    앞으로도 계속, 오 년, 십 년 후에도 읽히는 글을 쓰고 싶습니다. 그런 글을 만드는 사람이 되고 싶습니다. 〈아사벼리〉는 제게 그러한 희망이 가능하다는 믿음을 줍니다. 그 믿음을 바탕 삼아 더 노력하고 더 정진하겠습니다.

    이 글을 읽으시는 모든 분들, 평강하십시오. 고맙습니다.

―수리산 기슭에서 이지환 드림